KALME CHAOS

Vertaald door Rob Gerritsen

Sandro Veronesi

Kalme chaos

2009 Prometheus Amsterdam

De vertaler ontving voor deze vertaling een werkbeurs van de Stichting Fonds voor de Letteren

Eerste druk 2006
Eenentwintigste druk 2009

Oorspronkelijke titel *Caos Calmo*

Omslagontwerp Tessa van der Waals
Omslagillustratie Teun Hocks, *Zonder titel*, 2005, olieverf op getinte zwart-witfoto / courtesy Torch Gallery, Amsterdam
Foto auteur Roeland Fossen
www.uitgeverijprometheus.nl
ISBN 978 90 446 1174 8

I

I

'Daar!' zeg ik.

We hebben zojuist gesurft, Carlo en ik. Gesurft, zoals twintig jaar geleden. We hebben planken geleend van twee jonge knullen en we hebben ons gestort in de hoge, lange, zeer ongewone golven van de Tyrrheense Zee die ons hele leven heeft omspoeld. Carlo agressiever en roekelozer, luid krijsend, getatoeëerd, niet meer van deze tijd, met zijn lange haar in de wind en zijn oorringetje dat glinsterde in de zon; ik voorzichtiger en stijlvoller, meer nauwgezet en beheerst, minder opvallend, zoals altijd. Zijn beruchte beatmentaliteit en mijn vertrouwde understatement op twee surfplanken die voortschoten in de zon, en onze twee werelden die weer de strijd met elkaar aangingen als in de tijd van de slaande ruzies tijdens onze jeugd – rebellie tegen revolutie –, toen de stoelen door de lucht vlogen, bepaald niet om te lachen. Niet dat we de show stalen, het was al heel wat dat het ons lukte om niet van de plank te vallen; nee, de show die we opvoerden was die van mannen die ook jong zijn geweest, en voor korte tijd hebben geloofd dat bepaalde krachten echt zouden overwinnen, en die in die periode een heleboel dingen hebben geleerd die later volmaakt zinloos bleken te zijn, zoals spelen op conga's, of een munt tussen je vingers laten draaien zoals David Hemmings in *Blow Up*, of je hartslag vertragen om een aanval van bradycardie te simuleren en afgekeurd te worden voor militaire dienst, of de ska dansen, of een joint rollen met één hand, of boogschieten, of transcendentale meditatie, of, natuurlijk, surfen. De twee knullen konden dat niet begrijpen, en Lara en Claudia waren al naar huis gegaan, Nina 2004 is vanochtend vroeg vertrokken (Carlo heeft ieder jaar een nieuwe verloofde, daarom zijn Lara en ik begonnen ze van een jaartal te voorzien). Er was niemand om ervan te genieten, het was een showtje voor ons tweeën, een van die spelletjes die alleen werken tussen broers, omdat een broer de getuige is van een onkwetsbaarheid die vanaf een bepaald moment niemand meer bereid is je toe te kennen.

'Daar!' zeg ik opeens.

Vervolgens zijn we op het zand gaan liggen om op te drogen, doezelig van vermoeidheid, met gesloten ogen terwijl de wind door ons borsthaar speelde, en we zwegen, om bij te komen. Plotseling merkte ik dat we, om te kunnen genieten van die rust, iets negeerden wat al een tijdje bezig was zich te manifesteren met luidruchtige hardnekkigheid: kreten. Ik kwam overeind, onmiddellijk gevolgd door Carlo.

'Daar!' zeg ik opeens, en wijs naar een groepje zeer opgewonden mensen, zo'n honderd meter verderop.

We springen op, onze spieren nog warm van de lange rit op de golven, en we rennen naar die kleine menigte. We laten alles liggen, mobiele telefoons, brillen, geld. Opeens bestaat er niets anders meer dan dat groepje en die kreten. Sommige dingen doe je zonder erover na te denken.

De tijd die volgt is een soort bliksemsnelle sequentie van suggestieve beelden, met als enige gewaarwording dat ik één geheel vorm met mijn broer: de vraag wat er is gebeurd, de oude levenloze man op de natte zandstrook, de man met het blonde haar die probeert hem te reanimeren, de wanhoop van twee kinderen die 'Mama!' krijsen, de verbijsterde gezichten van mensen die naar de zee wijzen, de twee hoofdjes die verloren dobberen tussen de golven, en niemand die iets doet. In die koortsachtige stagnatie tekent zich de blauwe blik van Carlo af, intens, geladen met een enorme kinetische energie. Die blik zegt dat het om een of andere onbetwistbare reden aan ons is om die twee arme drommels te redden, en dat het in werkelijkheid lijkt alsof we het al hebben gedaan, ja, alsof alles al voorbij is, en wij twee broers al de helden waren van dat zootje onbekenden, omdat we buitengewone waterschepselen zijn, wij zijn tritons, en om mensenlevens te redden kunnen wij de golven bedwingen met hetzelfde gemak waarmee we ze hebben bedwongen om ons te vermaken op de surfplank, en er zijn geen andere mensen in de buurt die daartoe in staat zijn.

We rennen het water in, en slepen ons voort tot daar waar de eerste golven breken. Daar stuiten we op een vreemde man, lang, dun en met rood haar, die onhandig bezig is een heel kort touw de zee in te werpen, terwijl de drenkelingen zich op een afstand van minstens dertig meter bevinden. We gaan hem snel voorbij, hij kijkt naar ons met ogen die ik nooit zal vergeten – de ogen van iemand die mensen laat verdrinken – en met een laffe stem, die past bij die ogen, tracht hij ons te weerhouden: 'Ga er niet heen,' sist hij, 'jullie lopen het risico ook meegezogen te worden.' 'Ach, krijg de kolere,' is het antwoord van Carlo, net voordat hij een golf induikt en begint te zwemmen. Ik doe hetzelfde, en al zwemmend zie ik in het tegenlicht de zwarte schaduwen van de harders horizontaal voorbijschieten langs de groene muur die zich iedere keer vormt als een golf oprijst om vervolgens op mij te pletter te slaan. Die vissen zijn aan het surfen, ze vermaken zich, zoals wij een paar minuten geleden.

Vanaf het strand gezien leken de twee hoofden dicht bij elkaar, maar in werkelijkheid zijn ze een flink eind van elkaar verwijderd, zo ver dat Carlo en ik op een bepaald punt uiteen moeten gaan. Ik beduid hem af te buigen naar het hoofd rechts, terwijl ik me zal storten in de richting van het linkerhoofd. Opnieuw kijkt hij naar me en glimlacht, dan knikt hij, en opnieuw voel ik me onoverwinnelijk; we zwemmen beiden weer krachtig door.

Als ik dichtbij genoeg ben, zie ik dat het een vrouw is. Ik denk weer aan de wanhopige kinderen op het strand: 'Mama!' Het hoofd verdwijnt onder de golven en komt weer boven door een ondoorgrondelijke combinatie van krachten die volkomen buiten de vrouw lijkt om te gaan. Ik schreeuw tegen haar om vol te houden en sla mijn armen krachtiger uit, terwijl een sterke stroom probeert mij de andere kant op te sleuren. Die vrouw is precies in het midden van een draaikolk terechtgekomen. Als ik op een paar meter afstand ben, begin ik haar sterke trekken te onderscheiden, een beetje platte neus, à la Julie Christie, maar vooral de waas van pure doodsangst die over haar ogen ligt. En geheel uitgeput kan ze zelfs niet schreeuwen, ze kan slechts snikken. Het laatste stukje doe ik met de schoolslag, en ik ben bij haar. Uit de diepte van haar lichaam komt een soort geheimzinnig borrelend geluid, als van een verstopte wastafel.

'Rustig maar, mevrouw,' zeg ik, 'ik breng u naar het stra...'

Bliksemsnel, alsof ze zich er zorgvuldig op had voorbereid, zet de vrouw haar handen in de holtes van mijn sleutelbeen en trekt me uit alle macht onder water. Overvallen halverwege mijn zin, drink ik, en kom dan weer hoestend boven.

'Rustig maar,' zeg ik, 'u moet me niet...'

Opnieuw duwt de vrouw mij onder water zonder dat ik mijn zin kan afmaken, en opnieuw krijg ik water binnen en kost het me moeite om weer boven te komen en adem te krijgen. Onmiddellijk probeert ze me weer naar beneden te trekken, en ik moet me loswringen om aan haar greep te ontkomen. Om me tegen te houden krabt ze tot bloedens toe met haar nagels over mijn borst wat heel veel pijn doet. Naar adem snakkend en opengereten doe ik twee slagen naar achteren, en al mijn kracht, dat schitterende gevoel van onkwetsbaarheid waarmee ik van het strand ben vertrokken, is verdwenen.

'Laat me niet alleen!' gorgelt de vrouw. 'Laat me niet alleen!'

'Mevrouw,' zeg ik, terwijl ik afstand bewaar, 'zo gaat het niet! Rustig maar!'

Maar als antwoord verdwijnt ze onder water en komt niet meer boven. Jezus. Ik duik naar beneden om haar op te halen, het lukt me om haar bij de haren te grijpen terwijl ze zinkt als een baksteen; dan pak ik haar onder de oksels en breng haar weer naar boven, vechtend tegen de stroming die ons naar beneden trekt. Ze is heel zwaar. Als ik weer bovenkom staan mijn longen op het punt te barsten, maar de vrouw geeft me in ieder geval de tijd om een paar maal te ademen voordat ze me weer onder begint te duwen.

'Laat me niet alleen!' Terug bij af.

Ik verijdel een nieuwe poging om me naar beneden te laten trekken door haar bij voorbaat een trap in de lendenen te geven. Nu laat ik me niet meer verrassen, en ik krijg tenminste geen water binnen, maar ik verspil wel al mijn krachten om haar te beletten mij de dood in te sleuren, en het gaat helemaal niet goed.

'Laat me niet alleen!'

'Ik laat u niet alleen!' schreeuw ik. 'Maar u moet mij loslaten! Anders verdrinken we alleb...'

Het is nu wel duidelijk dat deze vrouw niet gered wil worden, ze wil alleen dat iemand samen met haar sterft. Maar ik wil niet sterven, denk ik. Ik houd van het leven. Ik heb een vrouw en een dochter die thuis op me wachten. Over vijf dagen ga ik trouwen. Ik ben drieënveertig, ik heb mijn werk: verdomme, ik kan niet sterven...

Ik denk erover om ervandoor te gaan, om nog wat huid van mijn lijf te laten scheuren door de begerige nagels van die vrouw, om zo uit haar dodelijke omhelzing weg te glippen, en haar alleen te laten verdrinken, maar die groene, waterige ogen, die onder normale omstandigheden heel mooi moeten zijn, zien er zo verslagen, zo doodsbang en dof uit dat ik gewoon wel een poging moet wagen om haar te redden. Ik denk weer aan die kinderen. Aan die idioot die zei dat we het niet moesten doen. Aan mijn broer die op dit moment wie weet wat meemaakt.

'Laat me niet alleen!'

Nee, ik laat haar niet alleen, ik ga er niet vandoor, en ik bedenk zelfs een oplossing. Terwijl ik me loswring uit haar greep lukt het me om achter haar rug te glijden en haar armen te omklemmen met de binnenkant van mijn ellebogen. Zonder die twee bezeten tentakels kan de vrouw me niet meer vermoorden, en dat is al een flinke stap in de goede richting. Maar nu zijn niet alleen háár omklemde armen onbruikbaar maar ook de mijne waardoor ze omklemd worden, en het blijkt niet zo eenvoudig om haar naar het strand te krijgen. Ik moet erin slagen om op haar volle gewicht de weinige kracht over te brengen waartoe mijn lichaam nog in staat is, en dat in een zee die zo woelig is dat ik er net nog op heb gesurft, midden in een draaikolk die ons naar beneden blijft trekken, en zonder dat ik mijn armen kan gebruiken. Een lastig probleem. Ik probeer mijn hersens te gebruiken en zie werkelijk geen andere mogelijkheid dan mij te verlaten op mijn benen en mijn bekken. Dus ik sla hard uit met mijn benen en met kracht breng ik deze beweging met mijn bekken over op het hare. We vorderen een klein stukje richting strand. Ik herhaal de handeling, terwijl haar suïcidale onbewuste haar doet spartelen en worstelen om het moeilijker te maken. Beenslag, bekken, en opnieuw komen we een stukje dichter bij het strand. Weer een beenslag, weer een klein stukje verder, en weer door. Geduld, kalmte en de juiste dosering van mijn krachten, ik besef dat we het daarmee kunnen redden, en voel me al rustiger. Ik heb 'bekken' gezegd, omdat je dat ook zo kunt zeggen, maar de realiteit is dat we ons in een enigszins obscene houding bevinden, en in werkelijkheid is haar bekken een kont, een grote zachte weelderige kont, terwijl mijn bekken alleen bestaat uit mijn lul. Ik ben bezig mijn lul met kracht tegen haar kont te stoten, dat is wat ik doe, uit alle macht, terwijl ik haar armen van achteren in bedwang houd en als een gek met mijn benen trap, in een dusdanig absurde, ongegeneerde, primitieve houding dat er plotseling iets absurds, ongegeneerds en primitiefs gebeurt: ik krijg een erectie. Ik merk het terwijl het gebeurt, terwijl dit heftige gevoel van potentie opduikt uit het niets (waar was het, een ogenblik geleden?) en zich concentreert op één enkel punt om vandaar mijn spieren te spannen, ze te krommen als dat mogelijk was, en zich onmiddellijk in omgekeerde richting te verspreiden over het lichaam als een warme, overstelpende golf, zodat in een mum van tijd mijn hele lichaam een erectie heeft, alsof ik me met deze vrouw niet in deze positie bevond midden op een stormachtige zee met gevaar voor beider leven, maar alsof ik bezig was haar woest in haar kont te neuken op het grote onbekende bed van een sprookjesachtig, oosters slaapvertrek. Ik merk het terwijl het gebeurt, en ik ben ontzet, maar alle ontzetting van de wereld kan niet verhinderen dat mijn lul blijft zwellen en hard wordt onder mijn zwembroek alsof hij een autonome eenheid was, onafhankelijk van mij, een fanatieke hormonale minderheid die weigert het idee van de dood te aanvaarden, of die, juist omdat hij het heeft aanvaard, zijn laatste, belachelijke strijdkreet uitstoot naar het heelal.

Dat ben ik dus. Zie mij nu, in levensgevaar, terwijl ik mijn harde lul tegen de kont van die onbekende, door de dood gek geworden vrouw stoot, en tegen mezelf zeg dat ik het voor haar doe, maar intussen doe ik het ook voor mijzelf, voor Lara, voor Claudia, voor mijn broer en voor alle mensen die het nieuws dat een onbekende vrouw voor mijn ogen is verdronken in vijf minuten zouden verwerken, maar die zouden lijden, huilen en die nooit meer dezelfden zouden zijn als ik hier nu samen met haar zou verdrinken. Ja, ik doe het om haar te redden, en om mezelf te redden, maar dit absurde verschijnsel jaagt me meer angst aan dan de dood, terwijl ik er nog nooit zo dichtbij ben geweest. Ter plekke te moeten constateren dat de aanblik van de dood dit effect op me heeft, en te moeten ontdekken dat uiteindelijk – na er zo vaak aan te hebben gedacht of te hebben vermeden eraan te denken, na er zo onder geleden te hebben in dat verschrikkelijke jaar 1999 toen hij eerst de vader van Lara kwam halen, daarna haar moeder en vervolgens ook mijn moeder, binnen slechts tien maanden, en na er sinds die tijd zo intensief mee bezig te zijn geweest om hem te accepteren, te temmen en te beteugelen totdat hij een soort makke salontijger werd – de dood me dusdanig opwindt dat hij verbonden raakt met een hoogst inferieure seksuele fantasie waarvan ik me niet kan herinneren haar ooit eerder te hebben gehad, dit alles, shit, en niet de dood op zich, dit alles jaagt me angst aan.

En toch, behalve dat het me angst aanjaagt, maakt het me ook rustig. Het is idioot maar het is zo. Ondanks de objectieve onzekerheid die plotseling is neergedaald over mijn voortbestaan, voel ik opnieuw de beschermende vleugels van de onkwetsbaarheid boven me. Dat wat me, toen ik de zee in dook, werd beloofd door de blauwe ogen van mijn broer die in het meervoud spraken als nooit te voren ('Wij zullen ze redden, wij zullen niet sterven'), en wat was verdwenen bij het eerste contact met deze vrouw, deze stuwende geest van jeugdige onaantastbaarheid, is opeens weer bij mij teruggekeerd, ditmaal in het enkelvoud ('Ik zal haar redden, ik zal niet sterven'), en ik voel, terwijl ik me afbeul, een doelgerichte kracht in mij die kort tevoren geheel ontbrak, alsof ik nu pas ben begonnen deze vrouw te redden. De erectie heeft een nieuw evenwicht in mij teweeggebracht, mijn ademhaling loopt gelijk met mijn bewegingen, ik zuig me blindelings vol, duw en verplaats me, terwijl ik me verzet tegen de verleiding om ook maar iets aan mijn positie te veranderen om over haar schouders heen te kunnen controleren hoe ver het nog is naar het strand – want het is zo ver als het is en ik moet het bereiken, en weten hoe ver het is verandert daar niets aan. Ik ga gewoon verder, krampachtig, dwangmatig, met deze baal vlees die siddert en snikt en nog steeds probeert zich te verzetten tegen mijn heroïsche actie – want het lijdt geen twijfel dat mijn actie, behalve onbezonnen, onbeheerst en steeds meer obsceen vanwege mijn erectie en de keelgeluiden die ik mezelf hoor voortbrengen als ritmische ondersteuning van mijn inspanning, zoals Serena Williams als ze de bal wegslaat, heroïsch is. En deze eenvoudige herhaling heeft iets grandioos, een soort zen waar ik al zo lang naar heb gezocht in het leven, via allerlei oefeningen, op allerlei leeftijden, om te ontkomen aan allerlei dreigingen, en die ik zelfs nooit bij benadering heb bereikt, en die nu plotseling over mij is gekomen dankzij deze eenvoudige combinatie van primaire elementen – Eros, Thanatos, Psyche – die eindelijk zijn verenigd in één aapachtige handeling...

Maar opeens is dit alles er niet meer. Een geweldige dreun slaat me naar beneden, en plotseling verandert alles: geen vrouw meer, geen licht meer, geen lucht meer, alles is water geworden. Ik voel hoe een soort harpoen mijn been binnendringt en nog een in mijn zijde, en ik maak heftige bewegingen, meer vanwege de pijn dan om te proberen boven te komen, ik zwem als een gek, als een door een harpoen getroffen zeebaars, hoewel het me juist daardoor, volkomen toevallig denk ik, lukt om boven te komen. Ik haal adem, begin weer iets te zien, maar word bijna verblind door het licht, de vrouw houdt mijn bekken nu stevig omklemd, en de harpoenen zijn haar nagels die mijn zijde binnendringen. Een lang ogenblik zie ik haar rood aangelopen gezicht, haar smekende blik, ik heb de indruk dat ze me met haar van angst doordrenkte ogen om vergeving vraagt, ja, dat ze me belooft dat ze me niet meer naar beneden zal trekken, dat ze zich zal laten redden zoals ze vanaf het begin had moeten doen. Maar ik ben nu buiten adem, en het lukt me niet meer om regelmaat terug te brengen in mijn ademhaling, mijn hart bonst in mijn borst, de erectie is verdwenen, ik voel de wurggreep van de kramp steeds dichterbij komen en ik merk dat we precies op het punt zijn waar de golven breken, en plotseling ben ik er absoluut zeker van dat ik met het kleine beetje kracht dat ik nog heb in mijn eentje het strand nog net kan bereiken, maar het is nu ondenkbaar dat ik ook haar mee zou kunnen nemen. En op een of andere manier weet ik ook dat de tijd op is, dat ik me zo snel mogelijk van haar moet ontdoen, onmiddellijk, wil ik niet echt zo miserabel omkomen als ik nu dreig te doen. Opeens haat ik haar, die vrouw. Maar hoe haal je het in je hoofd, gore teef, om voor mijn ogen te verdrinken, op de plek waar ik al mijn zomers heb doorgebracht, al vanaf mijn kinderjaren, de plek waar ik heb leren zwemmen, duiken, surfen, zeilen, waterskiën, en onder water te blijven, zonder adem te halen, zonder zuurstoffles, op een diepte van vijftien meter en me daarom onkwetsbaar te voelen, hoor je me goed, onkwetsbaar, voor de verdrinkingsdood, en als ik reageer op jouw noodkreet, en doe wat jij wilde dat ik zou doen – ik kom dus aangerend om je te redden ondanks het feit dat ik je niet ken, en dat ik over vijf dagen ga trouwen, en een heleboel te verliezen heb, waarschijnlijk meer dan de roodharige hufter die me aanraadde om je te laten sterven –, en jou ten slotte bereik, probeer je me te vermoorden? En nu heb je berouw? Krijg toch de kolere.

Een stomp. Ik besluit haar een stomp in het gezicht te geven en haar hier alleen te laten sterven, en me mee te laten sleuren naar het strand door die enorme golf die eraan komt, jezus, en ik sta op het punt het te doen, en eigenlijk ben ik er al mee begonnen; ik ben al bezig me achterover te buigen om kracht te kunnen zetten voor de klap, want zij klampt zich met haar nagels vast in mijn flanken, en het doelwit – haar half ondergedompelde gezicht dat wanhopig naar boven is gericht – klotst ter hoogte van mijn knieholtes als de enorme golf ons verplettert, en alles is weer duisternis en water en haken die steeds dieper in mijn vlees dringen – nu in mijn dijen –, en er is geen boven of onder meer, het is allemaal kolkend water en schuim en zand en luchtbellen, totdat ik in mijn machteloze beweging – de lome, onverbiddelijke spiraal van drenkelingen – met mijn gezicht tegen de bodem sla. Boem. De klap geeft me weer besef en richtingsgevoel, en als dit onder is, dan wil dat zeggen dat de tegenovergestelde richting boven is, en ik roep mijn benen op om mij te helpen, en ze komen, dat wel, maar met enorme moeite, alsof er zich niet één stervende vrouw aan vastklampt maar een dozijn, en op een bepaalde manier lukt het me om een voet op de bodem te zetten en mezelf een duw naar boven te geven die echter direct teleurstellend schuin blijkt te zijn, een te zwak effect voor de bovenmenselijke kracht die ik naar mijn idee had aangewend, en dan krijg ik het gevoel dat alles verloren is, omdat ik de laatste kans om weer boven te komen heb verspeeld, en nu ben ik stervende, ja echt, nu sterf ik, precies op dit moment sterf ik, het is al gebeurd, ik ben gestorven, een ogenblik geleden, ik ben verdronken als een domme kluns; en dan komt mijn hoofd weer boven het water uit.

Verdomme, mijn hoofd is uit het water.

Terwijl het lijkt alsof ik voor het eerst van mijn leven ademhaal zie ik een soort grote witte bek die boven mij hangt, en ik hoor een stem die schreeuwt: 'Pak 'm vast! Pak de surfplank vast', en ik doe het onmiddellijk, automatisch, ik zet mijn nagels in het *clarck foam* van de plank zoals de vrouw de hare in mijn dijen heeft gezet, en de plank trekt ons naar het strand, ver genoeg voor mij en mijn menselijke ballast om buiten het gebied te geraken waar de golven breken. Ik strek mijn benen uit naar beneden en mijn voeten raken de grond – nooit, ik zweer het, nooit is een aanraking zo overweldigend geweest –, het water reikt tot aan mijn borst, de golven die tegen me aan slaan zijn nu krachteloos, uitlopend dood schuim. In een flash zie ik een lange menselijke keten die zich vanaf het strand tot mij uitstrekt, als bij een polonaise, aan de kop waarvan zich een van de twee knullen bevindt, schrijlings op de surfplank, die iets tegen me zegt. Maar ik begrijp niet wat. Ik laat de surfplank los, mijn benen houden me, ik probeer me te oriënteren, te begrijpen. Intussen valt de menselijke keten uit elkaar en direct voel ik een gemis. Ik heb hem slechts heel even gezien, en het was een van die beelden die zin geven aan een heel leven – anderen houden elkaars hand vast met de bedoeling jou te bereiken – en het duurde natuurlijk te kort. Maar ook in dat ene ogenblik werd ik getroffen door de onpeilbare schoonheid van dat beeld, omdat het me opeens het gevoel gaf gered te zijn, jezus, de redder gered, het klinkt me onverdraaglijk in de oren. Daarom hervat ik onmiddellijk mijn opdracht, ik pak de vrouw onder haar oksels en trek haar omhoog want ook hier waar je kunt staan schijnt ze te willen verdrinken, maar nu werpen ze zich in groten getale op mij, en trekken haar uit mijn handen, en ze willen ook mij vastpakken, ondersteunen en geruststellen, de klootzakken. Ik moet ze van mijn lijf houden, ik moet verklaren dat met mij alles in orde is, dat alles goed gaat, dat ik niets nodig heb, maar ik heb niet de kracht om mijn buit te verdedigen en haar in mijn armen naar het strand te dragen, zoals ik wilde, naar haar kinderen, gered, dankzij mij. Nee, daar heb ik de kracht niet voor, en de vrouw verdwijnt, zachtjes schuift ze weg naar de armen van die roodharige man, jawel, of misschien niet, nee, hij draagt haar niet, dat doet een ander, hij loopt er alleen maar naast, maar hij is er wel op het beslissende moment, hij komt tegelijk uit het water met haar en de mannetjesputter die haar in zijn armen draagt, en met alle anderen die zich de verdienste willen toe-eigenen haar gered te hebben, en ook de jongen op de surfplank, die als laatste is achtergebleven om er zeker van te zijn dat met mij alles in orde is, dat ik me niet eventueel aan zijn plank wil vastgrijpen om me naar het strand te laten slepen – en ik zeg ik weer nee, ik zeg het grommend, met mij is alles in orde, ik heb niets nodig, dankjewel – ook hij keert terug naar de menigte op het droge, en ik blijf alleen achter. Dat is dan dat. Dat is dan dat. Het gaat natuurlijk helemaal niet goed met me, mijn lichaam trilt, mijn adem is nog gejaagd, ik heb het koud, maar ik wilde ze laten geloven dat met mij alles in orde was, en ze hebben het geloofd. Ze hebben het geloofd en me alleen achtergelaten. Ik adem, adem, adem.

Opeens, alsof ik ontwaak uit een wonderbaarlijke nachtmerrie, word ik door alle prioriteiten van mijn leven gelijktijdig overvallen. Lara. Claudia. Carlo. Carlo. Hoe lang heb ik al niet meer aan hem gedacht? Wat zal er met hem gebeurd zijn? Ik kijk wanhopig om me heen, zoals je doet wanneer je denkt dat je je dochtertje kwijt bent geraakt in een supermarkt omdat je even afgeleid was, terwijl ze vlak bij je staat; ook Carlo is vlakbij, zo'n twintig meter verderop, nog steeds in het water net als ik, en hij praat met de andere jongen van de surfplank, net zoals ik even geleden, terwijl ook in zijn omgeving dat wat het overblijfsel lijkt van een menselijke keten die zich had gevormd om hem te bereiken en daarna voor altijd uit elkaar is gevallen, zich met het geredde mensenleven in de richting van het droge verplaatst. Carlo ziet me en zwaait naar me. Ik zwaai naar hem. Hij komt op mij af. Ik ga naar hem toe, en de reeds overduidelijke symmetrie van onze omstandigheden wordt volmaakt wanneer ook zijn jongen hem alleen achterlaat en zijn eigen weg vervolgt. We ontmoeten elkaar halverwege – zoals overigens altijd gebeurt als hij en ik elkaar ontmoeten.

We omhelzen elkaar zelfs. We vertellen elkaar hoe het is gegaan, en het blijkt voor beiden min of meer op dezelfde manier gegaan te zijn. We laten elkaar onze schrammen zien, de bloedige striemen die de twee drenkelingen in doodsnood (ook de zijne was een vrouw) op ons hele lichaam hebben achtergelaten. Carlo is echter minder ontdaan dan ik, hij maakt grappen en lacht, hij is waarschijnlijk niet bijna verdronken zoals ik; of het heeft op hem minder indruk gemaakt; ik schaam me daar een beetje over. Intussen lopen we langzaam naar het strand, het water komt tot aan ons middel, we beginnen nu ook de geluiden te horen van de koortsachtige bedrijvigheid van de redders – een wirwar van stemmen die samenvalt met de chaos van bewegingen rond de plek waar de twee vrouwen zijn neergelegd. Glimlachend kijkt Carlo me aan.

'Weet je wat er nu gaat gebeuren?' zegt hij.

'Wat dan?'

'We komen nu uit het water, nietwaar?'

Het water komt nu tot onze dijen, we zijn er bijna.

'Ja,' zeg ik.

'Ik kan me vergissen,' zegt Carlo, 'maar als wij zo meteen het strand bereiken zonder dat iemand dankjewel heeft gezegd zal het volgens mij zijn alsof we niets hebben gedaan.'

'Waar zijn we in terechtgekomen?' We lopen door, het water komt nu tot onze knieën. Niemand merkt ons op, ze gaan allemaal op in hun reddingswerk. Carlo blijft glimlachen, ik blijf rillen van de kou. Het water komt nu tot onze kuiten, niemand ziet ons. Tot onze enkels, niemand let op ons.

'Nog drie stappen,' zegt Carlo, 'en we zijn niet meer dan twee boerenlullen die komen kijken wat er aan de hand is.'

'Dat is onmogelijk,' antwoord ik, maar intussen begin ik hetzelfde gevoel te krijgen.

Nu zijn we uit het water. Niemand keurt ons een blik waardig. Heel veel zijn druk in de weer met hun mobiele telefoon, het schijnt een probleem te zijn om een ambulance te vinden. Anderen – het merendeel – staan opeengepakt rondom de twee vrouwen die op het zand zijn neergelegd. Carlo loopt op een van de twee groepjes af, baant zich een weg, en ik volg hem. Het is mijn vrouw die daar ligt, doodsbleek en omwikkeld met badhanddoeken, ze drinkt water uit een papieren beker. Ze staan allemaal om haar heen: de mannetjesputter die haar naar het strand heeft gedragen, de man met het rode haar, nog twee mannen, de kinderen, oude mensen met vertrokken gelaat en de jongen van de surfplank. Ze zien me wel, maar alsof ik een ander ben. Ze herkennen me niet. De vrouw daarentegen ziet me niet eens, met een matte blik en een pijnlijke uitdrukking streelt ze de kinderen die gehurkt bij haar zitten, wat overkomt als een onverdraaglijk intiem tafereel. Carlo doet een paar stappen achteruit, en ik ook. Een muur van vlees belemmert onmiddellijk mijn uitzicht op de vrouw. Carlo richt zich tot een mevrouw met een gerimpelde huid en door cellulitis verwoeste dijen.

'Wat is er gebeurd?' vraagt hij haar.

'Twee vrouwen zijn bijna verdronken,' antwoordt ze terwijl ze druk bezig is met haar mobiele telefoon. 'Het was vandaag geen dag om te zwemmen. Er zouden hier badmeesters moeten zijn, en rode vlaggen. Eerst een man, en nu die twee arme vrouwen.'

'Het is me wat,' zegt Carlo, en kijkt dan grijnzend naar mij. 'Maar gaat het goed met ze? Ik bedoel, zijn ze gered?'

'Ja,' zegt de vrouw, 'maar er is geen ambulance te vinden. Er is er maar één in het dorp en die is weg.'

'Het is me wat,' herhaalt Carlo.

Het is nu bijna onverdraaglijk om naar hem te kijken. Hij is zo vol van zijn eigen gelijk: we hebben twee kutwijven gered, te midden van een zootje klootzakken die, klootzakken als ze zijn, dat niet eens hebben opgemerkt. En dat hij dat eerder door heeft dan ik is mijn laatste vernedering.

We lopen weg. Voor zover die mensen weten hebben wij even ons neus gestoken in een drama van anderen en vervolgen we nu onze wandeling. We komen weer bij onze badhanddoeken, we verzamelen de spullen die we daar hebben laten liggen en we verlaten in stilte het strand. Op mijn mobiel staan vier telefoontjes van thuis, en het is ook al heel laat, het is ruim halfdrie, Lara en Claudia zijn vast ongerust. Ik besluit om niet terug te bellen, omdat we immers toch over vijf minuten thuis zijn en dan kan ik alles uitleggen. Ik weet alleen niet hoe ik die vijf minuten door moet komen, er verdringen zich zo veel gedachtes in mijn hoofd en het lukt me niet om te praten, ik ben razend op de wereld en ik heb het duistere gevoel dat, als Carlo ook niets zegt, deze vijf minuten ook tussen ons tweeën een diepe kloof zullen veroorzaken. Jazeker. Een heel diepe kloof.

'Wat een enorme, ongelooflijke eikels!' barst Carlo los terwijl we het pad door de duinen afdalen. Het is echt heerlijk om hem dat te horen zeggen, want nu kan ik het ook zeggen en kunnen we er samen over praten, en al pratend kunnen we tot de conclusie komen dat die mensen ons volslagen koud laten, dat het belangrijkste is dat we leven, dat we broers zijn en dat we samen iets hebben gedaan wat niemand anders had kunnen doen, zomaar, uit grootmoedigheid, en we staan op het punt het verhaal te vertellen aan mensen die op ons wachten en van ons houden. Met een paar grappen weten we de juiste afstand te vinden tot wat er is gebeurd, het juiste cynisme, de juiste ironie, en we sloffen terug naar huis terwijl we lachen en schuttingwoorden schreeuwen – twee volwassen kerels – net als de twee jongetjes die we ooit waren, die we ooit samen waren, een tijd lang zelfs onafscheidelijk, zoals Dik en Dun.

Terwijl we het laantje inslaan waar ik woon bereid ik de afgezwakte versie voor die ik Lara en Claudia ga vertellen – zonder erectie, zonder iets van levensgevaar – en die om de nu niet meer gruwelijke, maar cynische, en zelfs vrolijke constatering draait dat je in het leven iets enorms kunt doen, zoals het leven redden van iemand die verdrinkt, zonder dat iemand dankjewel zegt. En spontaan vraag ik me af of het misschien niet een beetje te veel is voor een meisje van tien zoals Claudia, of ze hiertegen niet beschermd zou moeten worden door de gebeurtenis nog verder af te zwakken of zelfs te liegen ('...op een bepaald moment hebben we twee menselijke ketens gevormd met alle mensen die op het strand waren, nietwaar Carlo? Toen hebben we de twee surfers naar hen toe geduwd zodat ze zich konden vastgrijpen aan hun planken...'): en op dat moment zie ik het blauwe zwaailicht. Ik kijk naar Carlo, ook hij is verbijsterd, ik versnel mijn pas, en aan het eind van het laantje zie ik naast onze auto's de ambulance geparkeerd staan met geopende deuren. Ik begin naar mijn huis te rennen, en tijdens die tien meter zie ik achtereenvolgens onze rechterburen, de Bernocchi's, onze linkerburen, de Valiani's, Maria Grazia de werkster, Mac de oppas van Claudia, en Claudia die door haar wordt omarmd. Een lang moment zie ik niets anders, en dat wat ik zie is al voldoende om mij de angst om het hart te doen slaan. Maar ik zie niet dat Lara zich niet bevindt tussen al die huilende, ontdane mensen. En ik zie evenmin dat Lara er wel degelijk is, ze is het middelpunt van dat tafereel, omringd door de dokter en de brancardiers, ze ligt op de grond naast een nutteloze, glimmende brancard, omringd door de witte scherven van een dienblad dat aan diggelen is gevallen en door rode en gele vlekken die rondom haar heen overal op het plaveisel verspreid liggen (ham en meloen), mooi, gebruind, en roerloos in een eigenaardige, onnatuurlijke houding. Een lang moment zie ik dit alles niet, maar dan zie ik het; opeens zie ik het, alles tegelijk, er is niets aan te doen: in het middelpunt van dit tafereel, voor mijn huis, voor de ogen van mijn dochter, van de werkster en de oppas, van mijn buren en mijn broer die zojuist samen met mij is gearriveerd, met op de achtergrond een naast mijn auto geparkeerde ambulance met zwaailicht, bestaat dit alles.

2

Ik heet Pietro Paladini, ik ben drieënveertig en weduwnaar. Voor de wet is deze laatste bewering niet juist want Lara en ik waren niet getrouwd; maar aangezien we al twaalf jaar samen waren, en al elf jaar samenwoonden, en we een dochter hebben die nu tien is, en aangezien we, mocht dit nog niet voldoende zijn, juist hadden besloten om te trouwen ('eindelijk' was het commentaar van velen), en al een aantal cadeaus hadden ontvangen, en aangezien Lara plotseling is gestorven, en begraven op de dag dat het huwelijk voltrokken had moeten worden, is de wet niet het meest geschikte uitgangspunt om als kader te dienen in deze context. Verder ben ik behoorlijk rijk. Ik bezit een mooi huis in het centrum van Milaan, een bastaard foxterriër genaamd Dylan, nog een mooi huis aan zee, in de Maremma, samen met mijn broer Carlo, en een zwarte Audi A 6 3000 Avant vol uiterst dure accessoires die ik op dit moment bestuur in het Milanese verkeer om Claudia, mijn dochter, naar school te brengen. Vandaag is het de eerste schooldag, en Claudia gaat naar de vijfde van de basisschool.

Ik ben verbijsterd, verdwaasd; de laatste twee weken ben ik heen en weer geslingerd door een onafgebroken reeks van bezoeken, omhelzingen, tranen, geruststellingen, telefoongesprekken, raadgevingen, macabere details, toevalligheden, telegrammen, necrologieën, missen, praktische problemen, huwelijkscadeaus die maar bleven komen, koppen koffie, woorden, begrip – heel veel begrip; maar ondanks dat alles voel ik de echte pijn nog niet. En Claudia lijkt me hierin te volgen: verbijsterd, verdwaasd, maar nog ver van de echte pijn. In die maalstroom zijn we steeds bij elkaar gebleven, zonder elkaar ooit los te laten, en we hebben veel dingen gedaan, ook banale zoals het afmaken van haar huiswerk voor de vakantie, of het kopen van een nieuwe schooluitrusting, of het naar de dierenarts brengen van Dylan vanwege een oogontsteking. Iedere keer dacht ik dat het de laatste keer was, een vreemd uitvloeisel van het oude leven dat zich niets aantrok van de gebeurtenis waarmee dat leven voorgoed was afgesloten, en iedere keer verwachtte ik dat achter de delingen met dubbele getallen, achter de Simpsons-agenda of de oogdruppels voor de hond de echte klap op de loer lag, voor ons allebei, de vreselijke klap die nog niet was gekomen. Maar iedere keer kwamen we er, tot mijn grote verbazing, weer heelhuids van af. Dus nu vraag ik me af of misschien vandaag niet de vreselijke dag is; of de uitgestelde uitbarsting niet is gepland voor de eerste schooldag, de eerste dag waarop zij en ik echt uit elkaar zullen gaan en de normale dingen weer de overhand zullen krijgen over de prettige, gemêleerde noodtoestand waardoor wij twee weken zijn omhuld. Iedereen is nu naar zijn eigen leven teruggekeerd, ook al heeft iedereen verklaard beschikbaar te zijn: mijn schoonzuster die twee kinderen heeft en het dus al zwaar genoeg heeft, mijn broer die in Rome woont, al mijn collega's die onder druk staan door de fusie en hun van de weeromstuit gestreste vrouwen, zelfs mijn vader die ziek is en in Zwitserland woont met zijn verpleegsterminnares Chantal, afgesloten van de wereld, geheel in beslag genomen door zijn studie over Napoleon, met wie hij zich heeft vereenzelvigd zoals de gekken uit moppen... Ze zijn allemaal beschikbaar, ja, allemaal bereid een handje te helpen, maar ze kunnen niets uitrichten tegen dat wat recht op ons afkomt – want het gaat komen, het moet komen, en deze stralende ochtend lijkt daar een volmaakte gelegenheid voor.

We zijn vroeg. Er is vóór de school nog genoeg ruimte om te parkeren, zelfs zonder te hoeven manoeuvreren. Claudia heeft een vlechtje gemaakt dat ze voortdurend aanraakt, stil en rustig op de achterbank. 'Kom, engeltje, we gaan,' zeg ik als ik zie dat ze aarzelt, ook nadat ik de motor heb afgezet. Wat komt er nu op haar af? Het moment is gekomen om uit elkaar te gaan, engeltje, om elkaar een kusje te geven en allebei terug te keren naar onze dagelijkse verplichtingen, want het leven gaat door met nog meer liefde dan daarvoor, zoals de priester heeft gezegd bij de begrafenis, en mama zegent en beschermt ons vanuit de hoge hemel waarheen haar echte Vader haar tot zich heeft geroepen (mooie vader); en aangezien jij tien bent zou het begrijpelijk zijn als je nu langzaam je hoofd zou opheffen en me zou aanstaren met rode ogen zoals in *The Exorcist* en, in plaats van je nieuwe rugzakje om te doen en uit de auto te stappen, de beschuiten zou uitkotsen op mijn jasje, die je zojuist hebt gegeten in de keuken van het huis waar je moeder nooit meer samen met jou zal ontbijten, en als je je zou overgeven aan een uitspatting van snikken en stuiptrekkingen terwijl je mij ervan beschuldigt, openlijk en met een holle stem, of, nog erger, in gedachte en in stilte, dat ik heb toegelaten dat je moeder voor je ogen lag te zieltogen zonder je te vergunnen dat ik er ook bij was omdat ik op dat moment geheel opging, zoals een of ander psychologisch genie je heeft verteld (ik heb nog niet begrepen wie: Carlo zeker niet, dat heeft hij me bezworen) in het aan de dood ontrukken van een andere vrouw, een andere echtgenote, een andere moeder, die ik zelfs niet kende. Staat dat te gebeuren, engeltje? Staat dat te gebeuren?

Maar niets van dat alles: Claudia stapt uit de auto, gedwee, rustig, en volgt mij op een drafje door de grote toegangsdeur van de school naar de centrale hal waar al een paar ouders elkaar staan te vertellen hoe ze de zomer hebben doorgebracht, op welke plekken, en hoeveel ze hebben uitgegeven, terwijl hun kinderen elkaar besnuffelen en elkaar herkennen als honden. Het is een mooie school: groot, licht, negentiende-eeuws, een van die scholen waar je met smart aan terugdenkt als je er eenmaal vanaf bent. Hij is genoemd naar Enrico Cernuschi, 'Milanees patriot', en er hangt inderdaad iets van het Risorgimento, een gevoel van hoop dat zeer geschikt is voor iemand die alleen een toekomst voor zich heeft. Terwijl ik Claudia gadesla die om zich heen kijkt op zoek naar een of andere vriendin, bedenk ik dat ik blij ben, heel blij dat mijn dochter op deze school zit.

De eerste die op mij afkomt is een van haar onderwijzeressen, Gloria, een mooie grijzende, altijd glimlachende vrouw. Natuurlijk weet ze het. De condoleance is van haar gezicht af te lezen, en de behoedzaamheid waarmee ze haar woorden kiest is een voorproefje van hoe anderen mij de eerste tijd zullen benaderen. Nu de roes van familie en intieme vrienden voorbij is en we de grote wereld weer hebben betreden, gaat verdriet over in medeleven. Dat is normaal. Ook de andere onderwijzeres arriveert, Paolina, dan de moeder van Benedetta, de beste vriendin van Claudia, die ik al op de begrafenis heb ontmoet, en geleidelijk alle andere moeders die ik ken, en ook verscheidene vaders omdat het vandaag de eerste schooldag is. Opnieuw wordt mij de volledige beschikbaarheid van deze wereld verzekerd: om Claudia naar school te brengen en weer naar huis te brengen, mocht ik het te druk hebben met mijn werk, om haar te laten logeren, mocht ik op reis moeten; het is eigenaardig maar sommige van deze spontane aanbiedingen krijgen zelf iets dreigends, alsof ze er hier allemaal van uitgaan dat ik me niet met mijn dochter zal kunnen bezighouden, alsof ze haar bij me weg zouden willen halen. Er zit zeker genegenheid in deze aanbiedingen, en ik zal moeten wennen, zoals ik al heb gezegd, aan al het medeleven dat op mij wordt gericht, het medeleven dat bestemd is voor iemand die door het lot is getroffen; maar er bestaat ook nog de geweldige neiging van mensen om zich een voorstelling te willen maken van een toestand waar ze vóór die tijd geen idee van hadden, en dan moeten ze improviseren. Meestentijds verhindert deze neiging mensen om te begrijpen hoe diep het lijden van een individu is, hoe verloren hij zich voelt en hoe hopeloos, en dat brengt hen ertoe om bijna altijd belachelijke adviezen te geven, maar in sommige gevallen kan dezelfde neiging leiden tot exact de tegenovergestelde fout: de constatering dat de pijn van anderen eenvoudigweg ondraaglijk is, terwijl daarentegen die pijn helemaal niet ondraaglijk is, of dat nóg niet is. Want ondanks wat die mensen denken blijf ik vaststellen dat de klap niet komt, zelfs vandaag niet, en ook niet voor Claudia, die met haar vriendinnen lacht en haar nieuwe uitrusting laat zien...

'Hé, ik wacht hier op je,' zeg ik tegen haar, wanneer de bel gaat. 'Tot halfvijf, als je weer naar buiten komt, blijf ik hier.'

Claudia is even verbijsterd, dan begrijpt ze dat ik een grapje maak en glimlacht. Ik buig me, om even lang te zijn als zij.

'Ik meen het serieus, engeltje,' fluister ik. 'Misschien ga ik wel even naar buiten, gezien het mooie weer, om een sigaret te roken in het parkje, of een kopje koffie te drinken in de bar, maar reken erop dat ik hier op je blijf wachten tot je weer naar buiten komt. Ook als je me niet ziet, begrepen? Ik ben hier.'

Ze glimlacht weer, mijn kleine meid, ze begrijpt me weer. Wat geweldig om vast te stellen dat je je met je eigen kinderen kunt verstaan. Ik druk een kus op haar voorhoofd, zij geeft mij er een op mijn wang, dan loopt ze door de gang samen met de andere kinderen die achterom kijken en hun hand opsteken. Ook zij draait zich om als ze ver weg is en zwaait naar me: met gebaren herhaal ik, glimlachend, dat ik op haar blijf wachten tot halfvijf. Dan verdwijnt ze op de trap, ik blijf een hele tijd op dezelfde plek staan om de andere ouders de gelegenheid te geven de school uit te stromen zonder mij, zonder me uit te nodigen om koffie te gaan drinken in de bar, zonder verdere blijken van medeleven. Voor vanochtend heb ik mijn portie gehad.

Als ik me in beweging zet, zijn de andere ouders al weg. Niemand heeft me durven storen. De conciërge Maria, die naar me heeft gekeken terwijl ik onbeweeglijk stond te staren naar de lege gang, glimlacht moederlijk naar me. Medeleven, begrip. Ik steek mijn hand naar haar op, loop naar buiten en steek een sigaret op; ik had besloten te stoppen op de dag dat ik zou trouwen, en dat zou ik ook hebben gedaan, maar die dag is nooit gekomen en nu rook ik meer dan vroeger. Ik zet mijn mobiel aan, het display vertelt me dat het acht uur negenendertig is. Ik kijk naar de school, naar de grote in vierkantjes verdeelde ramen die de lokalen afbakenen, en ik vraag me af in welk lokaal Claudia dit jaar zal zitten. Vorig jaar was het het eerste lokaal op de tweede verdieping. De zon schijnt fel, met zomerse kracht, en baadt de gevels van de gebouwen in het geel. Er staat een zacht Milanees windje dat de bomen in het parkje hiernaast doet ruisen. We zitten zo'n tien meter boven straatniveau, en de stadsgeluiden klinken dof en goedaardig. Dit is een mooie plek, er is weinig te doen. Je hoort zelfs het gekwetter van de vogels.

Uit de verte druk ik op de afstandsbediening van de auto, de richtingaanwijzers gaan aan en de auto maakt een beepgeluid. Een vrouw met een kind met het downsyndroom aan de hand loopt net langs de auto, en er gebeurt iets vreemds: het kind draait zich om naar de auto – langzaam, maar voor een Down-kind razendsnel – en staart er intens naar, alsof hij die beep en dat knipperlicht had opgevat als een voor hem bedoelde groet. Het is overduidelijk maar alleen ik merk het op, want de moeder heeft waarschijnlijk haast en trekt hem aan zijn hand mee terwijl ze voor zich uit kijkt, en hij loopt nu met tegenzin achter haar aan, zijn hoofd naar de auto gedraaid in afwachting van een nieuw signaal. En dat komt want ik druk weer op de afstandsbediening, speciaal voor hem: dan glimlacht hij voldaan, en hij wendt zich tot zijn moeder om het tegen haar te zeggen, te zeggen dat die auto hem twee keer heeft gegroet, met de beep en met de richtingaanwijzers; maar hij is langzaam en de moeder heeft haast, ze luistert niet naar hem, ze sleept hem mee. Ze steken de straat over en begeven zich naar de entree van een wit, modern, redelijk elegant gebouw. Alvorens naar binnen te gaan draait het kind zich weer om naar mijn auto, en weer groet mijn auto hem want ik druk voor de derde keer op de afstandsbediening.

Dat is dat. Acht uur vierenveertig. Ik stap in de auto en start. Nu ga ik naar kantoor, denk ik, terug naar mijn werk na deze vreemde vakantie; terug naar mijn secretaresse, mijn vrienden, mijn vijanden, en het zwaard van Damocles van de fusie dat ons allen boven het hoofd hangt. Er zal mij een speciale behandeling wachten, gebaseerd op medeleven en begrip. Jean-Claude zal me op zijn directiekamer ontbieden en herhalen dat ik me nergens druk om moet maken, mijn dochter bij moet staan, en rustig aan doen, en hij zal me uitnodigen voor de lunch. En daar zou het kunnen gebeuren, in het restaurant, onder de carpaccio van zeebaars, tegen kwart voor twee op deze prachtige dag, op dat moment zou het kunnen gebeuren dat ik word getroffen door de harde klap...

Er is al iemand met een Mégane die mijn plaats wil hebben. Hij vraagt het aan me, met gebaren en ook met woorden – duidelijk fluisterend, zoals je doet wanneer je praat met iemand die je niet kan horen. Ik kijk hem aan: hij ziet er al moe uit, om negen uur 's ochtends. Wie weet hoe lang hij al rondrijdt op zoek naar een parkeerplaats. Met zijn richtingaanwijzer geeft hij de auto's achter hem aan dat het zijn plek is, en dat hij bereid is om op de vuist te gaan als iemand hem zal durven tegenspreken.

'Nee,' zeg ik tegen hem, door het omlaag gedraaide raampje. 'Ik ga niet weg, het spijt me.'

De man is teleurgesteld, hij was er van overtuigd dat ik op het punt stond te vertrekken. Hij dringt aan, doet alsof hij me verkeerd heeft begrepen, vraagt het me opnieuw, en dit keer is mijn antwoord overduidelijk: ik stap uit de auto en sluit hem af met de afstandsbediening. Beep.

'Ik kom net aan, het spijt me,' zeg ik, terwijl ik het enorme voordeel benut dat ik buiten sta, rustig, vrij om te praten zo lang ik wil zonder het verkeer te belemmeren. Hij zit echter opgesloten in een auto, nerveus, teleurgesteld, en achter hem heeft zich al een kleine stinkende file gevormd. Hij kijkt naar me, hij haat me, hij schakelt en scheurt weg, met zijn richtingaanwijzer nog aan. De file lost zich in een oogwenk op, de lucht wordt gelijk weer schoon. Ik haal mijn mobiele telefoon uit mijn zak en bel Annalisa, mijn secretaresse. Ook zij is op de begrafenis geweest en heeft gehuild. Ik zeg dat ik ook vanochtend niet op kantoor kom en dat ze telefoongesprekken moet doorschakelen naar mijn mobiel. Ze attendeert me erop dat ik om elf uur een afspraak heb, en nog een om twaalf uur dertig. Ik zeg dat ze ze allebei moet verzetten. Ik zeg dat ze faxen moet doorsturen naar het apparaat in de auto. De e-mail kan ik via mijn mobiel raadplegen, ook al is dit WAP-systeem een halve miskoop omdat je de bijlagen niet kunt openen. Annalisa zwijgt, maakt een notitie en vraagt me vanzelfsprekend niets, maar ik begrijp dat ze brandt van nieuwsgierigheid om te weten wat er met me gebeurt. En opeens lijkt het me een goed idee om het haar te vertellen.

'Weet je,' zeg ik tegen haar, 'ik heb mijn dochter beloofd dat ik vandaag voor de school zal blijven wachten tot ze om halfvijf naar buiten komt.'

'O,' zegt ze.

'Het is hier aangenaam,' voeg ik eraan toe. Het is een mooie dag en ik kan vanuit de auto werken.

Annalisa zwijgt gegeneerd. Ik ken de uitdrukking die ze nu vertoont heel goed, het is alsof ik haar zie. Het is een goede meid, efficiënt, loyaal, maar het lijkt of ze altijd bezig is met dingen die groter zijn dan zijzelf, en haar normaal redelijk mooie gezicht neigt bijna permanent naar ontreddering, wat haar helemaal niet staat. Als iemand die aan één stuk door denkt: Ik sta erbuiten, ik voer slechts bevelen uit, en ik pas me aan aan een onbegrijpelijke wereld. Volgens mij heeft deze uitdrukking te maken met het feit dat ze geen verkering heeft. Dat is de oorzaak of het is het gevolg.

'De president heeft al naar u gevraagd,' mompelt ze. 'Als hij het me weer vraagt, wat moet ik dan zeggen?'

'Zeg maar dat ik voor de school van mijn dochter sta.'

'O,' zegt ze, en trekt weer haar ontredderde gezicht.

'Dag, Annalisa,' zeg ik. 'We zien elkaar morgen.'

'Tot morgen, mijnheer.'

Ik klap de telefoon dicht met het gevoel dat ik het juiste heb gedaan. Het was lief om tegen Claudia te zeggen dat ik de hele dag hier zou blijven, maar het echt doen is iets heel anders. Soms moet je de dingen die je tegen kinderen zegt letterlijk uitvoeren. En de reden is simpel: vandaag uit elkaar gaan is te riskant; voor haar, en misschien ook voor mij. Ja, ik heb het juiste gedaan.

De lucht is schoon, blauw, en stralend. Een net opgestegen vliegtuig schittert in de zon, en zwenkt langzaam terwijl het blijft stijgen. Het zou dat niet moeten doen volgens de veiligheidsnormen, maar op Linate werkt het wel zo: vliegtuigen stijgen op en zwenken onmiddellijk voordat ze genoeg hoogte hebben gewonnen. Het schijnt om een gunst te gaan die verleend is aan Berlusconi toen hij nog ondernemer was om te vermijden dat vliegtuigen over Milaan 2. zouden vliegen. Ik volg met mijn blik het vliegtuig dat nog steeds stijgt, ook na de zwenking, en dat koers zet naar het zuiden. Naar Rome, want vanaf Linate wordt alleen nog op Rome gevlogen. Het is heel waarschijnlijk dat in dat vliegtuig, in een aktetas met combinatieslot (gewoonlijk de geboortedatum van de eigenaar, of van zijn minnares, of van een kind), documenten meereizen die betrekking hebben op de fusie die, met zijn naderend geraas, mijn onderneming verlamt: tegenwoordig is er praktisch geen vliegtuig dat uit Milaan vertrekt dat niet iets betreffende de fusie vervoert.

Negen uur vijftien.

Ik heb trek in koffie.

3

Lijst van luchtvaartmaatschappijen waarmee ik heb gevlogen:

Alitalia, Air France, British Airways, Aeroflot, Iberia, Air Dolomiti, Air one, Sudan Air, Lufthansa, Aerolinas Argentinas, Egypt Air, Cathay Pacific, American Airlines, United Airlines, Continental Airlines, Delta, Alaska Airlines, Varig, KLM, TWA, Pan Am, Meridiana, Jat.

Dit heb ik in mijn notitieboekje geschreven. Vanwege een vreemde gedachte die bij me opkwam terwijl ik koffiedronk, was het belangrijk deze lijst te maken. Een soort oefening, denk ik: niet om het geheugen te trainen maar om het in bedwang te houden, het te beheersen, het te onderwerpen, met een zowel precies als abstract en in wezen nutteloos doel. Wat heb ik eigenlijk aan deze lijst? Wat heeft hij aan mijn leven toegevoegd? Niets. Toch ben ik er trots op dat ik hem heb opgesteld: ten eerste omdat het niet makkelijk was en ik echt mijn hersens heb moeten pijnigen om bijvoorbeeld op de Alaska Airlines te komen, waar ik bij toeval in alle haast een keer gebruik van heb gemaakt voor het traject Calgary-Seattle tijdens een bewogen reis van Vancouver naar Miami; ten tweede omdat ik erin geslaagd ben een gebied te doorkruisen waar ik op dit moment bang van ben. Ja, ik ben bang om me dingen te herinneren. Ik ben bang van iedere herinnering die ik heb. Het heeft me gerustgesteld te ontdekken dat ik in staat ben een uur lang nutteloos rond te darren in mijn geheugen, waarbij ik herinneringen tegenkom van opwindende of simpelweg mooie of aangename reizen – waarvan ik er veel samen met Lara heb gemaakt of in ieder geval terwijl ik al met haar was – zonder me rot te voelen. Dat brengt me ertoe om te zeggen dat deze lijst, nu hij op een bladzijde van mijn notitieboekje staat met de objectiviteit van gedane zaken, belangrijk is. Ik bekijk hem steeds weer opnieuw; het is de kwintessens van mijn geheugen, een concentraat van gegevens over mijn leven, en hij doet me geen pijn. Hij is belangrijk.

Mijn mobiel is verscheidene malen gegaan terwijl ik mijn lijst opstelde. Korte werkgesprekken voorafgegaan door lange betuigingen van deelneming, gegeneerde stemmen van mannen en vrouwen die, terwijl ze me verzekerden van hun beschikbaarheid, mij in werkelijkheid op de proef leken te stellen. Het doel van de gesprekken was altijd vaag, nooit praktisch, alsof het een voorwendsel was om na te gaan of ik, nu ik terug was, nog steeds een betrouwbare gesprekspartner was. Een mengsel van solidariteit en cynisme. Overigens is de situatie van het bedrijf verward genoeg om een dergelijke test te rechtvaardigen. De fusie die ons te wachten staat is iets enorms, en bij ons is er letterlijk niemand die er niet onder te lijden heeft. Bijna iedereen kijkt om zich heen, met gespitste oren, angstig als apen in de savanne. Dat was tenminste tot twee weken geleden het geval, voordat ik me losmaakte uit de kolonie vanwege persoonlijke zaken, en er is geen aanleiding te denken dat er in deze twee weken iets is veranderd. Daarom begrijp ik deze testen ad personam, vooral waar het mezelf betreft. Het is niet het moment om mijn collega's te bekritiseren, in hun plaats zou ik hetzelfde doen. *It's a wild world.*

A wild world.

Bijvoorbeeld: wie heeft Claudia verteld dat ik bezig was een vrouw te redden terwijl haar moeder stierf? Carlo heeft me bezworen dat hij het niet heeft gedaan, en ik geloof hem; maar toen ik hem vroeg of hij er met iemand anders over had gepraat, heeft hij dat eerlijk toegegeven: met mijn schoonzuster, met mijn neven en nichten uit Bologna, zelfs met tante Jenny... Resultaat: in de familie is iedereen op de hoogte van het reddingsverhaal, en vooral Claudia, want een paar avonden geleden heeft ze er met mij over gesproken, wat me koude rillingen bezorgde. Zonder omhaal vroeg ze mij of ik nog iets had gehoord van de vrouw die ik had gered, en ik zei nee, maar ik had niet de moed haar te vragen wie haar dat verhaal had verteld. Het feit dat ze het verhaal had gehoord, heeft me behoorlijk dwars gezeten. Wie zal zeggen wat ze heeft gedacht. Wie zal zeggen wat in de loop der tijd de wetenschap dat je vader bezig was een onbekende vrouw te redden terwijl je moeder voor je ogen stierf teweeg zal kunnen brengen.

Overigens is het ook waar dat kinderen verrassend zijn: soms lijkt het of ze alles al weten. Diezelfde avond, bijvoorbeeld, even nadat ze me had gevraagd naar 'die mevrouw', toen ze al in pyjama in bed lag en ik op het punt stond haar een hoofdstuk voor te lezen uit het boek waar ze heel enthousiast over is (*De avonturen van Pizzano Pizza*), heeft Claudia me diep geraakt met een volmaakte vraag: 'Weet je,' vroeg ze me, 'wat me het meest had geschokt in mijn hele leven?' Haar letterlijke woorden, ik zweer het. Maar voordat ik me nog meer zorgen kon maken, toen ik constateerde hoe vanzelfsprekend het voor haar was dat het reddingsverhaal verbonden was met het werkwoord schokken, en hoe meedogenloos het gebruik van de voltooid verleden tijd, had geschokt, zou kunnen impliceren 'totdat mama stierf' – maar ook, nog subtieler, 'totdat ik te weten kwam wat jij aan het doen was terwijl mama stierf' –, voordat ik de kans kreeg me in dat alles te storten, dat wil zeggen onmiddellijk na het stellen van de vraag, gaf ze mij ook het antwoord: 'Dat was toen ik ontdekte dat mijn oma ook jouw moeder was,' zei ze met een vertederende glimlach voor zichzelf. Terwijl mij die avond een zeer verraderlijk, angstig gevoel bekroop, want de vraag kon ook het voorspel zijn voor de echte klap, herinnerde Claudia me eraan dat kinderen heel anders redeneren dan volwassenen, en het is niet gezegd dat ze noodzakelijkerwijs worden geschokt door de dingen die volwassenen daarvoor in aanmerking vinden komen. Daarom is het waarschijnlijk niet nodig me er zo druk om te maken dat ze van de redding afweet, of om wie het haar heeft verteld, maar moet ik er van nu af aan alleen rekening mee houden dat ze het weet, verder niet...

Er zwenkt weer een net opgestegen vliegtuig boven mijn hoofd, en de namen van nog twee luchtvaartmaatschappijen die aan de lijst toegevoegd moeten worden komen bij me op: Aero Mexico en Mexicana Airlines, waarmee ik van Merida naar Cuba ben gevlogen en daarna weer naar Merida tijdens een lange zwerftocht door Latijns-Amerika, twintig jaar geleden. Wie zal zeggen waarom ik ze me eerst niet herinnerde terwijl ik me er juist voor inspande. En Air Lingus natuurlijk: de reis naar Dublin na mijn eindexamen. En Swissair, toen ik naar New York ging vanuit Zürich met een kaakabces. En die maatschappij die failliet is gegaan na de ramp bij Ustica, Itavia, ook daarmee heb ik één keer gevlogen. En ook een keer met Alisarda toen die nog bestond. En die Hongaarse maatschappij, hoe heet die ook alweer, Malev...

Ik voeg deze namen toe aan de lijst die aanzienlijk begint te worden. Ik tel ze: dertig. Ik heb met dertig luchtvaartmaatschappijen gereisd. Tegen de auto geleund, zonder jasje want het is warm, kijk ik om me heen: een verkeersagent, een paar oudjes op een bank in het parkje, een mooi meisje in een hemdje dat een golden retriever uitlaat, drie werkmannen die de gevel van een gebouw herstellen, een oude Pakistaan die bij het kruispunt voorruiten schoonmaakt, een strompelende vrouw die een kinderfietsje meesleept; het staat vrijwel vast dat niemand zoveel heeft gereisd als ik. En voor wie niet reist, of weinig reist, is een leven vol reizen per definitie een mooi leven. Natuurlijk is dat niet altijd zo, ik ken verdoemden die vanwege hun werk zes keer per week een vliegtuig moeten nemen, en tijdens de weekends reizen ze weer, met de auto weliswaar, met hun gezin, om naar zee of naar de bergen te gaan, of weer met het vliegtuig om hun airmiles op te maken, met hun verloofde, of hun minnares, naar Sardinië, Marokko, Londen, om geld stuk te slaan, en iedere keer zeggen ze dat ze het zat zijn maar toch gaan ze ermee door tot ze erbij neervallen. Zo ben ik echter niet. Het leven dat ik tot nu toe heb geleid is echt mooi geweest, en de lange lijst van luchtvaartmaatschappijen waarmee ik heb gevlogen is daar echt een bewijs van.

Ik kijk naar de grote ramen en vraag me weer af welk lokaal dat van Claudia is. Ik zou het fijn vinden als ze even uit het raam keek en me zou zien. Ik bedoel dat ik dat graag zou willen merken. Dat ze even zwaaide met haar hand, dat ik een verbaasde glimlach bespeurde op haar gezicht, net voldoende om mijn verblijf hier wat zinvoller te maken. Niet dat het nu niet zinvol is, integendeel. Ik heb het hier absoluut beter dan op kantoor, en de grote klap komt inderdaad niet, maar het zou mooi zijn als mijn dochter zich op een bepaald moment van deze vreemde dag zou realiseren dat ik echt tegenover haar school sta te wachten, zoals ik heb gezegd, terwijl het leek of ik een grapje maakte. Het zou nog mooier zijn als ik haar zag terwijl ze het merkte...

De grote schooldeur gaat open en juffrouw Gloria komt naar buiten. Ik sta recht tegenover haar, tegen mijn auto geleund, aan de overkant van de straat, maar ze ziet me niet. De zon verblindt haar, ze houdt haar hand boven haar ogen om ze te beschermen, dan rommelt ze in haar tas in die nonchalante houding die vrouwen nooit verliezen, zelfs niet als ze oud zijn, waarbij hun tas rust op een opgetrokken been, zoals toen ze jong waren en hun vriendjes hen 's avonds laat naar huis brachten, en zij bang waren dat ze hun sleutels waren verloren, en in de puinhoop van hun tas ernaar begonnen te zoeken in diezelfde houding, terwijl de jongens in de auto bleven zitten, met draaiende motor, en zich afvroegen hoe ze zich zouden moeten gedragen als de sleutels niet tevoorschijn zouden komen en als ze echt zouden moeten aanbellen op dat uur: ze aan hun lot overlaten of met ze meelopen tot aan het trapportaal, om waarschijnlijk de woede van hun vader over zich heen te krijgen. Die onzekerheid duurde even, en die houding duurde net zo lang: dan werden de sleutels gevonden – altijd, niet één keer waren ze echt weg –, ze schitterden tussen hun vingers in het licht van de straatlantaarns, en iedereen ging opgelucht slapen. Op dezelfde manier haalt juffrouw Gloria, na wat gerommel, een zonnebril uit haar tas en zet hem op, en op dat moment ziet ze me. Ik glimlach naar haar maar loop niet naar haar toe, ik wacht tot zij op mij afkomt als ze dat wil. Om tijd te winnen, om te beslissen wat ik ga zeggen. Maar de tijd is al op, juffrouw Gloria is de straat al overgestoken, en staat al voor me.

'Hoe gaat het met Claudia?' vraag ik haar, alsof het de normaalste zaak van de wereld is.

'Goed,' antwoordt ze. 'Ze was rustig en aandachtig.'

Ik zie haar ogen niet die verborgen gaan achter de donkere glazen, en ik kan niet precies nagaan hoe verbaasd ze is mij hier te zien.

‘Ze heeft werkelijk een heel sterk karakter,’ voegt juffrouw Gloria eraan toe. ‘Er moet wel goed op haar worden gelet want in dit soort gevallen hoeft er maar iets te gebeuren of...’

En deze algemene, te zinnige gelegenheidsfrase, die iedereen moeiteloos kan produceren, wat iedereen dan ook doet, blijft onverbiddelijk in haar keel steken. Natuurlijk: ze heeft zojuist drie uur les gegeven, ze is naar buiten gekomen denkend aan de boodschappen die ze razendsnel moet doen in de minimarkt, of aan het verzoek tot overplaatsing dat ze voor enen naar het bureau van de inspectie moet brengen, en het eerste wat ze ziet ben ik, leunend tegen mijn auto tegenover de school. Wat belette haar om die zin af te maken?

‘Natuurlijk,’ zeg ik, terwijl tegelijk mijn mobiel gaat. Ik maak een gebaar om me te verontschuldigen en neem op: het is Annalisa, vanwege documenten die al meer dan tien dagen op kantoor liggen, en die ik zo snel mogelijk moet tekenen. Ze zegt dat ze heeft geprobeerd ze naar het faxapparaat in de auto te sturen, maar dat werkt niet. Uiteraard hoort juffrouw Gloria dit allemaal niet. Ze hoort alleen wat ík zeg.

‘Dat heeft nooit gewerkt, Annalisa,’ antwoord ik. ‘Er zit, als ik er goed over nadenk, misschien niet eens papier in. Kan het niet wachten tot morgen? Een dag eerder of later, wat maakt het uit?’

Annalisa aarzelt, dan zegt ze dat het inderdaad niets uitmaakt, ze wilde me alleen maar laten weten dat het faxapparaat in de auto niet werkt.

‘Tenzij jij ze hier wil brengen,’ voeg ik eraan toe. ‘Ik verplaats me niet tot halfvijf.’

Wat vreemd dat je precies de uitdrukking kent van iemand die je aan de telefoon hebt en niet ziet, en niet die van iemand die vlak voor je staat, vanwege een zonnebril. Annalisa is verstomd, en valt ongetwijfeld terug in haar uitdrukking van ontreddering: voor haar is het nu een probleem om te begrijpen of het een bevel was of een voorstel waarover te praten valt.

‘Nee, laat maar zitten,’ zeg ik. ‘Ik teken ze morgen wel. En nu we het er toch over hebben, neem zelf ook maar vrijaf vanmiddag.’

Annalisa bedankt me maar zegt dat ze op kantoor blijft. Waarschijnlijk zou ze niet weten wat ze buiten zou moeten doen: dat meisje is eenzaam. Dat zie je aan haar ogen.

Juffrouw Gloria daarentegen is roerloos en ondoordringbaar achter haar zonnebril. Ik steek mijn mobiel in mijn zak en glimlach naar haar.

'Neem me niet kwalijk,' zeg ik.

Er volgt een vreemde stilte. Ik denk dat ik weet wat juffrouw Gloria zou willen zeggen, en ik zou haar kunnen helpen, ik zou de eerste stap kunnen doen, maar ik doe het niet. Ik ben eraan gewend om veel te praten, soms zelf te veel, en nu lijkt het me belangrijk dat het me lukt om dat niet te doen. Zonder mijn hulp slaagt zij er niet in om iets te zeggen, en deze stilte is mij heel dierbaar, ik weet niet goed waarom.

Een getoeter stijgt op van de ventweg en juffrouw Gloria schrikt op, alsof het een oproep was voor haar.

'Goed, tot ziens,' zegt ze.

'Tot morgen,' zeg ik.

Terwijl ze zich omdraait en naar het parkje loopt word ik bedolven onder een grote hoeveelheid details over haar leven, allemaal tegelijk, alsof ze tijdens die beweging uit haar zakken zijn gevallen: de nu bedaarde hartstocht voor de dans, de liefdevolle verzorging van haar planten op het terrasje, de gekreukelde pleisters op haar hielen, de wekelijkse inzet voor een cultureel groepje dat zich bezighoudt met de antieke Vaarwegen rondom Milaan, het parket in de woonkamer dat vernieuwd moet worden, de nachtelijke bestudering van pedagogische bijscholingshandleidingen, de zinloze diëten om niet dikker te worden, de cd's van Caetano Veloso waar haar man niet van houdt, het witte, pretentieloze ondergoed, de risotto's die ze kookt voor etentjes met vrienden, de halfjaarlijkse check-up in het Tumor Preventie Centrum, de slecht uitgevallen foto op de identiteitskaart en de goed uitgevallen foto die ingelijst staat op het salonmeubel waarop ze bijna mooi lijkt, bijna gelukkig, met een kind op de arm en nog een kind dat zich aan haar bovenbeen vastklampt, twaalf jaar geleden, in Sardinië, met op de achtergrond een uiterst kalme en uitzonderlijk groene zee...

'Sorry,' roep ik haar achterna. Zij staat stil en draait zich abrupt om, alsof ze verwachtte geroepen te worden.

'Kunt u me zeggen welk raam van uw lokaal is?' vraag ik, en opnieuw belet de zonnebril, afgezien van de zes-zeven passen die ons nu scheiden, mij om te zien welk effect deze vraag op haar heeft. Juffrouw Gloria heft haar blik op naar de school en blijft een paar seconden naar de gevel staren, alsof ze nadenkt: Het raam van mijn lokaal moet dus... Het is duidelijk dat ze zich deze vraag nog niet had gesteld. Dan heft ze haar hand op en wijst naar een punt.

'Het derde!' antwoordt ze. 'Het derde op de tweede verdieping, van links!'

'Bedankt!'

Juffrouw Gloria kijkt me nog even strak aan, terwijl ze kracht probeert te verzamelen om terug te lopen en me te vragen wat ik hier in godsnaam buiten doe. Maar ondanks dat vindt ze de moed niet, en beperkt ze zich tot een knikje voordat ze zich weer omdraait en haar weg vervolgt. En, terwijl ze wegloopt, rollen de details van haar leven opnieuw achter haar aan, duidelijk zichtbaar en treurig: het verlangen een weekend door te brengen in een te duur thermaal kuuroord, haar hartstocht voor de boeken van Pennac, het probleem van de kleine zonder vergunning verrichte werkzaamheden aan het huis van haar ouders, haar overdadige transpiratie...

Ik kijk naar het raam van het lokaal van mijn dochter en krijg plotseling een gevoel van oneindige tederheid. Achter dat raam, met haar nieuwe spulletjes die nieuw ruiken, te midden van nietsvermoedende klasgenoten, is zij bezig met haar worsteling. Misschien is ze er zich helemaal niet van bewust maar ze worstelt uit alle macht, om zichzelf te blijven, om kind te blijven, om zich te redden. En ze moet het alleen doen. Ah, denk ik, als iets haar nu eens zou verleiden om uit het raam te kijken: een vogeltje dat op de vensterbank neerstrijkt, een plotseling geluid, of alleen mijn zwijgende lokroep als een dier met opgeheven kop, de roep van het bloed dat ik nu hevig voel kloppen, in mijn borst, in mijn keel, in mijn slapen, zoals wanneer je op het punt staat flauw te vallen: 'Kom, engeltje, laat je oplettendheid even varen, ontspan je, sta op, ga naar het raam, kijk naar buiten, kijk naar beneden...'

Mijn mobiel gaat. Ik laat hem gaan.

4

De eerste ouders arriveren om vijf voor vier. Het zijn twee vaders. Ik ken ze niet, ik herinner me niet ze ooit gezien te hebben; ze komen tegelijk aan, allebei gebruind, stropdas, jasje over de schouder, terwijl ze al wie weet hoe lang met elkaar lopen te kletsen, en ze gaan voor de grote schooldeur staan die nog dicht is. Ik krijg de indruk dat het niet toevallig is, dat het gaat om een gewoonte. Het is tamelijk duidelijk wanneer iemand iets doet wat hij altijd doet: hij kijkt niet om zich heen, hij observeert de anderen niet, hij lijkt op zijn gemak, hij voelt zich thuis. Zo zijn die twee. Ze komen te vroeg aan, als eersten, en kletsen, lachen, maken gebaren die van grote intimiteit getuigen, ook al is de grote massa van ouders er nog niet om hen te camoufleren, om hen minder opvallend te maken. Het lijken twee jeugdvrienden en misschien zijn ze dat ook wel: twee jeugdvrienden die samen op de basis- en de middelbare school hebben gezeten, elkaar op het lyceum uit het oog verloren zijn, en elkaar later weer hebben gevonden, wellicht omdat ze met twee vriendinnen getrouwd zijn, en opeens ontdekt hebben dat ze een veel grotere affiniteit en overeenstemming hebben dan ze dachten, en het feit dat ze elkaar al van kindsbeen af kenden gaf hun een gevoel van zekerheid, en ze zijn echte vrienden geworden. Als je ze observeert is het duidelijk dat de een de ander belt wanneer hij een probleem heeft. Dat is overduidelijk. Ze kijken samen naar wedstrijden op de tv, ze verstrekken elkaar een alibi bij het vreemdgaan, ze gaan met elkaar op vakantie, met hun gezinnen, de vrouwen op hun beurt hebben ook een gevoel van zekerheid door het feit dat ze al zo lang met elkaar omgaan, en hun kinderen van dezelfde leeftijd worden gedwongen om mee te doen met deze dubbele intimiteit, ook al kunnen ze elkaar misschien niet uitstaan. Ze zijn samen gekomen om de kinderen af te halen, en ze hebben besloten dat ze dat dit jaar zo vaak zullen doen als ze maar kunnen; ze verlaten hun werk voortijdig met een eros die er niet zou zijn als ze het deden om hun vrouwen te zien, en dit intermezzo zal hen beiden helpen om het leven te laten functioneren, het te accepteren.

De andere ouders komen allemaal tegelijk, en masse, alsof er een hek is opengedaan dat hen tegenhield: sommige op de scooter, sommige met de auto, andere lopend terwijl ze mobiel telefoneren, en met elkaar creëren ze een probleem waar de verkeersagent machteloos tegenover staat. Het is een andere verkeersagent, niet meer dezelfde als vanmorgen. Sommigen willen de auto dubbel parkeren vlak voor de schooldeur, anderen beginnen midden op straat een praatje en hinderen het verkeer, en hij heeft de mooie taak om te proberen een minimale orde te handhaven. Maar hij redt het niet, hij wordt van alle kanten belegerd, en om vijf voor halfvijf heerst er de gewone puinhoop van altijd, die ik me ook herinner van de keren dat ik Claudia kwam ophalen. Chaos. Maar wel een vrolijke chaos, zonder dramatiek, want ook al zijn de kinderen nog niet uit school, ze zijn wel begonnen om hier buiten de substantie te verspreiden die hen in staat stelt te overleven tussen de volwassenen, een soort natuurlijk antihistaminicum dat de ouders een beetje ontspant en hen doet regresseren, en dat hen niet alleen tolerant maar soms ook medeplichtig maakt aan de chaos waarvan zij, de kinderen, het gevoel hebben deel uit te maken: de chaos van hun kamertjes vóór het bevel de boel op te ruimen, de chaos van de rugzakken bij het thuiskomen van school, van etuis, schuifdoosjes, schriften; de simpele, en in wezen kalme chaos waarin ze voortdurend zouden leven als het hun werd toegestaan, zonder het merendeel van de dingen die gebeuren volledig te begrijpen, maar juist daarom met het vermogen die dingen heel intens te beleven. Nu begrijp ik dat dit precies is wat er omstreeks dit uur gebeurt bij basisscholen in de hele westerse wereld: ouders laten voor een korte tijdspanne de beschaving vieren waar ze de hele dag aan gekluisterd zitten en gedragen zich als kinderen, chaotisch, lopen het risico aangereden te worden, hun hond kwijt te raken, krassen te maken op hun auto in een poging te parkeren in een te klein gaatje, en de verkeersagent die hen tot de orde zou moeten roepen staat machteloos. Vervolgens hoeven de kinderen maar naar buiten te komen die zo onnavolgbaar doordrenkt zijn van deze chaos – gescheurde kraagjes, schoenen met losse veters, met plas bevuilde broeken, schaafwonden op de knieën, fluit laten liggen in het muzieklokaal, geduw en geschreeuw – om ze te doen schrikken en terug te drijven naar de orde waar ze vandaan komen, die volledig hersteld zal worden als ze eenmaal thuis zijn, waar de familieagenda de volgorde dicteert van de dingen die gedaan moeten worden tot het avondeten, zonder discussie.

Het is vreemd maar wanneer ik de afgelopen jaren Claudia kwam ophalen was ik me er niet van bewust dat ik onderdeel was van zo'n absurd fenomeen: ook ik had haast, ook ik probeerde een loopje te nemen met de verkeersagent door mijn auto dubbel te parkeren, ook ik bleef midden op straat staan om een praatje te maken. Ook ik kreeg lichamelijk contact met mijn dochter na in tien minuten bijna alle regels te hebben overtreden waar ik me de rest van de dag aan hield, en ook ik voelde me, in die tien minuten, beter. Hoewel ik Claudia niet vaak kwam ophalen, was het voor mij normaal dat er om halfvijf altijd een grote chaos heerste. Echter, nu ik deze chaos heb zien ontstaan vanaf het geklapwiek van twee kletsende jeugdvrienden, komt hij me voor als een veel complexer en gestructureerder fenomeen; een te opvallend verschijnsel, te alledaags en te absurd om niet op een of andere manier noodzakelijk te zijn: ja, noodzakelijk opdat de ouders de verantwoordelijkheid voor hun kinderen weer over kunnen nemen op de minst abrupte manier – door ze halverwege tegemoet te komen, bij wijze van spreken, en zich inderdaad te laten aansteken door de kalme chaos die hen inspireert.

De grote deur wordt geopend en uit het gebouw horen we het antieke gerinkel van de bel komen. Conciërge Maria vraagt de ouders elkaar niet te verdringen bij de deur, om er in een halve cirkel omheen te gaan staan, en haar ingreep produceert een minimaal patroon in de fractale complexiteit van deze samenscholing. Het is duidelijk, hoewel het vandaag een beetje speciale dag is, dat conciërge Maria deze actie dag in dag uit moet herhalen, want anders zouden de geregresseerde ouders elkaar platdrukken bij de deur.

De moeder van Benedetta maakt zich los uit een groepje moeders en loopt naar mij toe, naar de overkant van de straat, waar ik ben blijven staan, geleund tegen mijn auto, mijzelf uitsluitend van de wedstrijd om een plaats vooraan te bemachtigen. Het is een mooie vrouw van omstreeks de veertig, met Egyptische ogen, kortgeknipt blond haar en sterke kaken. Ze draagt een kort hemdje, zoals jonge meisjes, dat een flink stuk van haar platte, strakke buik rondom haar navel onbedekt laat. Ze moet flink veel aan aerobics doen om dat figuur te houden. De huid van haar gezicht is echter beschadigd, bijna verwelkt, misschien omdat ze te veel onder de hoogtezon zit om altijd gebruind te zijn. Ze heeft regelmatige, zeer witte tanden die nu oplichten voor mij.

'Hoe is het gegaan?' zegt ze, alsof het een zinnige vraag is. Als ze wist dat ik de hele dag hier buiten ben gebleven, zou het dat ook zijn, maar dat weet ze niet, en haar vraag is dus zinloos.

'Goed.'

'Zal ik Claudia met Benedetta mee naar huis nemen, en haar dan tegen etenstijd naar jou brengen?'

De eerste kinderen steken hun hoofd uit de deuropening begeleid door hun onderwijzeressen, en kijken om zich heen. Maar het zijn de kleintjes, uit de eerste en de tweede klas. In de halve cirkel van ouders worden handen opgestoken.

'Ik weet het niet,' antwoord ik. 'Laten we het maar aan hen vragen.'

'Ik zeg het voor jou, als je dingen te doen hebt.'

'Nee, bedankt. Ik heb niets te doen.'

Ik weet niet waardoor het komt, misschien door de uitdrukking op mijn gezicht terwijl ik iets heel normaals zei, of door het simpele feit dat het waar is, maar een steek van medelijden trekt pijnlijk over haar gezicht. Ik zal van nu af aan moeten letten op wat ik zeg, en hoe ik het zeg, als ik niet wil dat de mensen medelijden met me hebben.

‘Goed,’ zegt ze – ‘dan is het beter dat ze bij jou is.’ Ze haalt diep adem. ‘Maar ik heb je al gezegd dat als je me nodig hebt, als je haar een keer ’s middags niet kunt ophalen, of als je moet werken, dat je maar hoeft te bellen. Wat er ook is, ik meen het echt. Benedetta kan zo goed met Claudia opschieten...’

Over de hoofden van de ouders heen sla ik het verdelen van de iets oudere kinderen gade, de derde en vierde klas. De onderwijzeressen kijken om zich heen, terwijl ze de kinderen af en toe met kracht tegenhouden – die zouden zich natuurlijk willekeurig in de troep ouders storten en pas daarna zou zich het probleem voordoen om de eigen ouder te vinden – totdat ze de moeder, de vader of de gemachtigde oppas herkennen die ter begroeting de hand opsteekt: op dat moment verslappen zij hun greep op het kind en wijzen het waar het heen moet, maar bijna altijd weet het kind dat al.

‘Bedankt,’ herhaal ik, en opeens, terwijl ik haar naam wil toevoegen aan mijn uiting van dank, besef ik dat ik me die niet herinner (Barbara of Beatrice?). Dus blijft mijn ‘bedankt’ in de lucht hangen en moet ik een andere afsluiting bedenken. ‘Heel aardig van je.’

‘Geneer je niet, oké?’ zegt ze nadrukkelijk.

Meestal hebben de kinderen hun vader of moeder eerder in de gaten dan de onderwijzeres, en wijzen hem of haar aan terwijl zij bezig is die van een ander kind te zoeken. Op die manier verstoren ze de volgorde waarmee de onderwijzeres deze laatste taak van de dag beoogt te volbrengen, de toewijzingen lopen door elkaar heen en de chaos breidt zich van buiten uit naar binnen.

‘Weet je wat,’ zeg ik. ‘Het lijkt wel een verkoping op een veiling.’

‘Wat?’

Met mijn kin wijs ik naar de schooldeur.

‘Die manier om de kinderen weer aan hun ouders toe te wijzen. Het lijkt wel een veiling.’

De moeder van Benedetta draait zich om naar de deur, en kijkt.

‘Het lijkt alsof de kinderen één voor één worden geveild, en alsof de ouders erom vechten door hun hand op te steken en een bod te doen. De onderwijzeres wijst ze toe aan het hoogste bod dat uiteindelijk altijd van de ware ouders komt.’

Andere, nog oudere kinderen komen tevoorschijn. De vijfde klas. De moeder van Benedetta staat roerloos, haar blik gefixeerd op het weinige dat ze hiervandaan kan zien. Ze is niet erg lang, en nog steeds blokkeren heel wat mensen het uitzicht. Plotseling krijg ik een vreemd brok in mijn keel.

'Overigens,' voeg ik eraan toe terwijl ik zou willen zwijgen, 'hoe zou het anders moeten?'

Daar is juffrouw Paolina. Naast haar herken ik Francesco, Nilowfer en Alex, en nog een meisje van wie ik me niet herinner haar ooit gezien te hebben. Daarachter, in de halfschaduw van de gang, hopen alle anderen zich op, waaronder ook onze twee dochters die nog niet te zien zijn.

'Wij zijn aan de beurt,' zegt de moeder van Benedetta, terwijl ze opnieuw haar stralende, melkwitte glimlach produceert. We steken de straat over die versperd wordt door kletsende en plannen makende ouders die hun kinderen al hebben, waaronder ook de twee jeugdvrienden, met twee jongetjes aan de hand, die met een mooie, jonge moeder staan te praten. Het verkeer is lamgelegd en de rij auto's wordt in bedwang gehouden door de verkeersagent, alsof ze in staat zouden zijn om, zonder zijn ingrijpen, zich in de menigte te storten en een slachting aan te richten. En er is niets aan te doen: zodra we bij de groep aankomen wurmen ook wij ons in de niet-bestaande ruimte tussen de mensen om een plaatsje vooraan te bemachtigen, als opgewonden kinderen, iets wat we op het postkantoor of in de supermarkt nooit zouden doen. 'Sorry. Sorry.' Niemand protesteert.

Als we de deur weer zien, staan Claudia en Benedetta daar, naast juffrouw Paolina. Claudia heeft me onmiddellijk in de gaten, ze glimlacht, en het brok in mijn keel wordt groter; dan stoot ze haar vriendin aan met haar elleboog, die de andere kant op tuurde, om haar te wijzen op haar moeder. Op dit punt aangekomen hoeft alleen juffrouw Paolina ons nog maar in de gaten te krijgen, en we zijn er. Ook ik hef mijn hand op, ook ik doe een bod: juffrouw Paolina ziet me, knikt, en beduidt Claudia met een beweging van haar hoofd dat ze mag gaan. Toegewezen.

'Hoe ging het, engeltje,' vraag ik na haar gekust te hebben.

'Goed,' antwoordt ze, en dat lijkt echt waar te zijn. Ze glimlacht, ontspannen, rustig. Het brok in mijn keel begint op te lossen.

'Wat hebben jullie gedaan?'

'Dag, Pietro,' onderbreekt ons de moeder van Benedetta, die er snel vandoor lijkt te willen gaan.

'Tot morgen,' zeg ik. Vervolgens strijk ik over het haar van haar dochter.

'Wat ben je bruin, Benedetta. Je bent echt mooi.'

Het meisje glimlacht, werp een geheimzinnige blik van verstandhouding naar Claudia, en verwijdert zich met haar moeder die echter na één stap weer stilstaat en zich naar mij omdraait.

'Denk erom,' herhaalt ze. 'Geneer je niet.'

'Absoluut,' antwoord ik.

Daarna volgt nog een hele reeks groeten en snel uitgewisselde beleefdheidsfrasen met andere ouders van Claudia's klasgenoten, van wie ik me in een paar minuten weet los te rukken. Claudia blijft heel braaf dicht bij me, en haar kalmte helpt me om niet zenuwachtig te worden, want ik kan aan niets anders denken dan aan met haar alleen te zijn. Ze heeft niet gemerkt dat ik de hele dag hier buiten ben gebleven, daar ben ik bijna zeker van, maar het knipoogje dat ze uitwisselde met Benedetta heeft het brok in mijn keel doen terugkeren, want het zou kunnen betekenen dat ze het wel heeft gemerkt, en dat ze het tegen haar vriendin heeft gezegd, en dat ze samen een strategie hebben uitgedacht om er een beetje speels mee om te gaan...

Dan, wanneer ook juffrouw Paolina ons gedag heeft gezegd, kunnen we eindelijk de auto in glijden.

'En,' zeg ik, nog voor ik wegrijd, 'wat hebben jullie gedaan?'

Mijn mobiel gaat, en ik neem niet op. Ook kijk ik niet op het display om te zien wie er belt. Claudia is een ogenblik stomverbaasd, terwijl ze haar vlecht aanraakt. Dan haalt ze diep adem, alsof ze gaat praten, maar ze zegt niets.

Is dat het? Heeft ze me gezien en weet ze niet hoe ze me dat moet zeggen?

'Wat is er, engeltje,' zeg ik met een glimlach.

'En er is ananas, Irene,' zegt ze, en kijkt me strak aan.

Ik start de motor, om iets te doen. Ze fixeert me met haar blik, terwijl een geamuseerde flits door haar ogen schiet. Mijn mobiel gaat weer, en ik zet hem uit. En er is ananas, Irene.

'Ik snap het niet,' beken ik.

Claudia lijkt tevreden, en ze knikt nauwelijks waarneembaar, terwijl ze haar ogen neerslaat. Als ze op haar twintigste dezelfde beweging maakt, zal ze prachtig zijn.

'We hebben palindromen gemaakt,' zegt ze. 'Je weet wel, dingen die ook van achter naar voren gelezen kunnen worden.'

Ik rijd intussen de parkeerplaats uit en laveer langzaam tussen de restjes van de verzameling ouders die uit elkaar aan het vallen is.

'"En er is ananas, Irene" kun je ook achterstevoren lezen,' voegt ze eraan toe. 'Probeer maar eens...'

Ik probeer het, met een domme glimlach op mijn gezicht herhaal ik deze fantastische zin: eneri sanana si re ne.

'Het klopt...' zeg ik.

Er komt een palindroomraadsel bij me boven dat ik op Harvard heb geleerd, toen ik daar studeerde: able I was ere saw I Elba. Ik was bekwaam totdat ik Elba zag. Napoleon. Die zin trof me destijds omdat hij, behalve dat het een palindroom was, een betekenis had. Maar 'En er is ananas, Irene' is veel beter, juist omdat hij geen betekenis heeft – toch klinkt hij, op een andere manier, volmaakt natuurlijk.

'Mooi,' zeg ik. 'En waarom hebben jullie palindromen gemaakt?'

'Juffrouw Gloria heeft ons uitgelegd wat omkeerbaarheid is.'

'Omkeerbaarheid. Niet slecht. En wat heeft de juffrouw jullie uitgelegd?'

'Ze heeft ons uitgelegd dat in de wiskunde sommige bewerkingen omkeerbaar zijn en andere onomkeerbaar. En daarna heeft ze uitgelegd dat het in het leven ook zo is. En dat het beter is omkeerbare dingen te doen, als je kunt kiezen.'

'Natuurlijk. En heeft ze jullie voorbeelden gegeven van omkeerbare dingen in het leven?'

'Nee.'

'Maar jij hebt er wel over nagedacht, nietwaar?'

'Hmm hmm...'

'Zoals? Noem eens iets omkeerbaars wat je in het leven doet.'

'Trouwen.'

'Wat?'

'Je kunt toch weer scheiden? Juffrouw Gloria heeft gezegd dat alle dingen waarvan je terug kunt komen omkeerbaar zijn.'

En ze glimlacht. Ongelooflijk. Haar moeder en ik zouden tien dagen geleden trouwen; omdat Lara geen ouders meer had, hadden we besloten dat ze het stadhuis in zou komen vergezeld door Claudia; we hadden een prachtige jurk voor haar gekocht, en ze kon niet wachten om hem aan te trekken, maar haar moeder is voor haar ogen gestorven en die jurk zal ze niet meer aantrekken... Dit meisje hangt aan een draadje, en niet alleen lukt het haar om dit soort gesprekken te hanteren, maar het lukt haar zelfs om dat met een glimlach te doen. En wat moet ik nu zeggen?

'Natuurlijk.'

Er is veel verkeer. We komen langzaam vooruit in de stroom auto's, de ramen naar beneden gedraaid wat het werk van de airconditioning teniet doet. De wind beweegt het haar van Claudia, verhoogt de schoonheid en doorschijnendheid ervan. Alleen de vlecht blijf stil aan de kant hangen, langs haar slaap. Wat kan ik zeggen? Hoe kan ik het over een andere boeg gooien, voordat het gesprek uitloopt op de onomkeerbare dingen?

'Weet je wat, engeltje?' zeg ik. 'Ik ben vergeten hoe de mama van Benedetta heet. Barbara of Beatrice?'

'Barbara,' antwoordt ze. Maar dan voegt ze er krijgslustig aan toe: 'Waarom zegt zij dat jij je niet voor Benedetta moet generen?'

'Generen? O... O, nee, nee, engeltje, dat sloeg niet op Benedetta. Het was een manier van spreken, naar aanleiding van iets waar we het eerder over hadden gehad...'

Over dingen die kinderen schokken en dingen die hen niet schokken gesproken.

5

Weer een zomerse dag. Weer komen we te vroeg aan...

Als afleiding hebben Claudia en ik 'Helaas' gespeeld met het navigatiesysteem: als bestemming hebben we het adres van de school opgegeven, en vervolgens hebben we de bevelen van de vrouwenstem – een koude, besliste, en nogal onsympathieke stem – die ons de kortste route wees, systematisch genegeerd: 'Sla NU rechts af!' zei de stem, maar ik antwoordde: 'Helaas heb ik daar geen zin in', en reed rechtdoor; de navigator raakte in de war, begon het traject naar onze bestemming opnieuw te berekenen, en Claudia moest lachen. Toen ik hem weer had ingesteld, begon de vrouwenstem opnieuw: 'Sla na honderd meter links af', en ik reageerde met: 'Helaas zal dat moeilijk gaan'; de stem drong aan: 'Sla NU links af!', en terwijl ik rechts afsloeg, zei Claudia tegen de navigator: 'Helaas zijn we rechts afgeslagen'; de navigator raakte opnieuw in verwarring en begon weer de hele route te berekenen, en wij lachten. Er zit inderdaad iets komisch in het contrast tussen de beslistheid van de bevelen en de schaapachtige onderdanigheid waarmee de computer, nadat de bevelen zijn genegeerd, zonder te protesteren de route opnieuw begint te berekenen: een soort bot digitaal geduld dat de weerbarstige stem die de bevelen produceert, automatisch belachelijk maakt; het wanhopig komische van apparaten, die steeds maar weer blindelings dezelfde dingen herhalen, zonder alternatieven, zonder andere uitweg dan kapotgaan. Een komische kant die kinderen goed kennen, en daarom vinden ze het leuk dingen kapot te maken, want ze hebben een natuurlijk talent om de zwakke punten te vinden van elk mechanisme, en hun herhalingsdrang is net zo verwoed als dat van de apparaten. Claudia zou het nooit zat worden om het navigatiesysteem op tilt te laten springen, en haar zilverachtige schaterlach was een uiterst krachtig tegengif tegen het gevoel van onbehagen waarmee het verstopte verkeer mijn dag probeerde vergallen. Hoewel we dus een omweg hebben gemaakt – en dus langer in de opstopping zaten – om de navigator niet te gehoorzamen, zijn we toch in een goede stemming bij de school aangekomen; en aangezien we, met het excuus dat we in de bar zouden ontbijten (maar in werkelijkheid omdat we allebei al om kwart over zeven klaarzaten om te vertrekken) heel vroeg van huis waren gegaan, zijn we weer te vroeg aangekomen. Opnieuw, net als gisteren, hebben we een mooie parkeerplek voor de auto gevonden, en opnieuw, net als gisteren, hebben we de anderen één voor één zien binnenkomen in de centrale hal van de school. Terwijl Claudia kletste met haar klasgenoten, stond ik bloot aan nieuwe aanvallen van beschikbaarheid van de kant van ouders die zich gisteren afzijdig hadden gehouden omdat ze me minder vertrouwd of bijna onbekend waren – vooral moeders, omdat de vaders al op de tweede schooldag bijna allemaal verdwenen zijn. Allemaal brave mensen, wier deelneming aan mijn rouw zeker oprecht is, en die zijn toegevoegd aan de lange lijst van mensen op wie ik kan rekenen mocht ik ze nodig hebben – ook al kan ik me moeilijk voorstellen dat ik juist hun om hulp zou vragen. Ze weten overigens heel goed dat ik nooit een beroep op hen zal doen, maar ze hebben het gebaar gemaakt, en dat heb ik gewaardeerd. Hiermee is de tijd wel omgevlogen en even geleden is de bel gegaan waardoor ik werd overvallen; Claudia heeft me een kus gegeven, is de gang ingelopen samen met Benedetta, en onmiddellijk begon het brok in mijn keel weer op te komen. En wat ik nu zou moeten doen (glimlachen en haar zien verdwijnen met haar klasgenoten) lijkt me schandelijk ontoereikend.

'Claudia!' schreeuw ik, en zij blijft staan. Ik beduid haar terug te komen, en ze komt. Ook haar vriendin Benedetta is blijven staan, maar volgt haar niet, terwijl haar moeder, Barbara, mij strak aankijkt en ik tegen haar glimlach. En daar is ze dan, Claudia, met de vragende houding van iemand die wie weet wat verwacht. Waarom heb ik haar teruggeroepen? Ik buig me voorover en geef haar een kus op het voorhoofd, maar het is duidelijk dat dat niet voldoende is om mijn impuls te rechtvaardigen. Waarom heb ik haar teruggeroepen?

'Gisteren ben ik echt de hele dag hier buiten gebleven,' hoor ik mezelf tegen haar fluisteren.

Zij spert haar ogen wijd open.

Maar ook dit is nog niet genoeg. Het brok in mijn keel heeft zich nog niet opgelost.

'En weet je wat?' voeg ik eraan toe. 'Ik blijf ook vandaag hier buiten wachten. De hele dag. Totdat je naar buiten komt.'

Nu is het genoeg. Claudia incasseert het bericht gracieus, zonder een spier te vertrekken, maar haar uitdrukking is verbijsterd, aangenaam verbijsterd. Ze draait zich om naar haar vriendin die midden in de gang op haar staat te wachten. Dan kijkt ze weer naar mij.

Verbijsterd.

'Kijk daarom tijdens de pauze even uit het raam,' hervat ik nog steeds op een fluistertoon. 'Ik sta daarbeneden.'

Ik geef haar nog een kus op het voorhoofd en richt me op. Ik heb ergens gelezen dat Europese ouders, in tegenstelling tot Amerikaanse, nooit zo verstandig zijn om zich voorover te buigen als ze met hun kinderen spreken. Ik weet niet of het waar is, maar ik heb het in ieder geval altijd gedaan, ik heb me altijd voorovergebogen om met mijn dochter te praten. Dat kwam altijd spontaan bij me op. Claudia heft haar hoofd op en zegt niets, maar ze streelt mijn hand op zo'n tedere, gevoelige, volmaakte manier dat deze streling meer waard is dan alle woorden die ze niet heeft gezegd. Dan draait ze zich om en loopt weg om zich weer bij Benedetta te voegen, en samen worden ze verslonden door de duistere buik van de nu lege grote gang.

Dat is dat. Daarom ben ik vanochtend zo vroeg wakker geworden; dat zat in mijn hoofd. Ook vandaag nog bij de school blijven. En het brok in mijn keel is weg.

Barbara en de moeder van Nilowfer (een Egyptische, ik kan me haar naam niet herinneren) nodigen me uit voor een kopje koffie in de bar, en ik neem de uitnodiging aan. We praten over onze dochters of er niets aan de hand is, en dat is een verademing na alle blijken van begrip en beschikbaarheid. Nilowfer heeft een nare oorontsteking gehad die haar vakantie heeft bedorven; Benedetta heeft in haar nieuwe agenda geschreven: 'Ik wil hard, sexy en slecht zijn'; dat soort dingen. Ik vertel over het neefje van Claudia, Giovanni, die, terwijl hij bij ons aan zee was met zijn moeder en zijn kleine broertje, het mooiste dreigement met eeuwigheidswaarde uitte dat ik ooit heb gehoord. Ik leg uit dat hij kleiner en tengerder is dan Claudia, hoewel ze leeftijdgenoten zijn, en dat hij altijd ondergeschikt is geweest aan haar, want Claudia is tegenover hem (of misschien moet ik zeggen was: wie weet hoe ze vanaf nu zal zijn) een beetje bazig. Ik vertel dat hij op een ochtend op het strand kwam met een gloednieuwe duikbril, die zijn moeder nog maar net voor hem had gekocht; hij wist heel goed dat Claudia hem onmiddellijk zou opeisen om hem als eerste te gebruiken, zoals gebeurde met bijna al zijn speelgoed, maar deze keer had hij besloten zich hard tegen haar op te stellen, hij had zich voorbereid, en liep dapper voort, helemaal ingevet met crème, mager, tenger, ondergeschikt, terwijl hij de duikbril vast omklemd in zijn handen hield; en toen hij tegenover mijn dochter kwam te staan – zij had al een oogje laten vallen op de bril en stond op het punt hem zonder omhaal af te pakken want zo lag het nu eenmaal tussen hen, zij overheerste en hij onderging, en hij had die toestand zo lang geaccepteerd dat het een volkomen normale zaak was geworden –, op dat moment, waarschijnlijk het laatste moment dat de duikbril zich nog in zijn handen zou bevinden, barstte hij los in het eerste dreigement van zijn leven: 'Pas op voor mij, want ik ben lief!' Dat zei hij. Op Claudia had het geen enkele uitwerking, het zorgde alleen voor een lichte aarzeling voordat het onontkoombare gebaar toch plaatsvond – voorspelbaar, ruw, onschuldig – en de duikbril overging in andere handen; maar voor mij, voor zijn moeder, voor Lara, en nu ook voor de andere twee moeders die diep getroffen blijken te zijn, voor alle volwassenen dus, is dit jochie in één klap een romantische held geworden, en zijn uitspraak een soort manifest van verliezers.

We keren terug naar de school, en terwijl we afscheid nemen zie ik het Down-kind van gisteren weer, aan de hand van zijn moeder die langs mijn auto loopt. Ik druk onmiddellijk op de afstandsbediening – beep – en hij glimlacht voldaan, omdat hij het verwachtte, maar alweer heeft zijn moeder het niet in de gaten en trekt hem achter zich aan zonder naar hem te luisteren. Ook Barbara en de moeder van Nilowfer, die mijn gebaar nemen voor wat het is, hebben niets door: ik sta op het punt naar kantoor te gaan en doe de auto open; en het mooie is dat ook vandaag het kind mij weer niet opmerkt, en dus betreft het in feite een exclusieve, emotionele en geheime band tussen hem en een zwarte auto. Meegesleept door zijn moeder verdwijnt hij met tegenzin in dezelfde entree van gisteren, en het eerste wat ik doe zodra ik alleen ben is me daarheen begeven om te proberen erachter te komen waar hij elke ochtend op deze tijd naartoe gaat. Op het grote bord zitten twaalf bellen, en drie chique koperen naamborden van advocatenkantoren, en een van gewoon plexiglas dat een studio voor fysiokinesetherapie aangeeft, op de begane grond. Daar gaat hij dus naartoe...

Ik loop terug naar de auto en bel Annalisa op kantoor. Annalisa, ook vandaag blijf ik wachten bij de school. Pauze. Zeg mijn afspraken af, schakel telefoongesprekken door naar mijn mobiel, kom hier met de documenten die ik moet tekenen, het is een prachtige dag. Pauze. Ik geef haar het adres. Tot straks. Stop. Laat ze nu maar echt ontredderd zijn en naar Emanuela lopen, de secretaresse van Piquet, die een bureau vlak bij haar heeft, achter een scheidswand, in het *open-space*-gebeuren voor de armen, een idee van de Australiërs toen ze jaren geleden het bedrijf kochten, en dat de Fransen, toen ze vorig jaar de zaak overnamen, besloten weer te ontmantelen maar nog niet hebben gedaan; laat ze maar naar haar toe lopen en zachtjes zeggen: ‘Ook vandaag blijft Paladini wachten bij de school van zijn dochter’; laat haar ongeloof maar losbarsten: ik kan doen wat ik wil. Ik ben directeur, ik hoef niet te klokken. Zolang ze me niet ontslaan, besluit ik waar ik werk, en als ze me ontslaan, zal het zijn vanwege de fusie, zeker niet omdat ik hier twee dagen heb doorgebracht.

Ik kijk weer naar boven, naar het grote raam op de tweede verdieping, het derde van links. Halftien. Ik vraag me af of Claudia al naar buiten heeft gekeken, zonder me te zien want ik was in de bar. Maar als ze mij niet heeft gezien, moet ze in ieder geval de auto hebben gezien, en zodra ze kan zal ze weer kijken. Ik voel me hier gerust over: Claudia vertrouwt me. Dit keer heb ik het serieus gezegd, en ze geloofde me. Ik kijk om me heen, leunend op de auto: de verkeersagent, de Pakistaan die voorruiten schoonmaakt, de vogels die kwetteren, weinig auto's, weinig voorbijgangers, twee jongelui die elkaar kussen op de bank in het parkje. Net als gisteren stelt de verrassende, bucolische stilte van deze plek op aarde mij gerust, ook al blijf ik vanbinnen een gevoel van agitatie houden, of liever gezegd de echo van agitatie: een soort vaag gevoel van onrust maar niet zo heel vaag, zoals het verkeerslawaai daarbeneden – dat me hierboven afgezwakt en zacht bereikt, maar het bereikt me wel – vaag maar ook weer niet zó vaag lijkt. Kalme chaos, denk ik: zoals bij alle ouders gistermiddag bij het uitgaan van de school, zoals ieder ogenblik in het hart van kinderen in de hele wereld. Alleen nu denk ik het over mezelf, vanwege deze impasse die mij nog steeds behoedt voor de pijn waarvan werkelijk iedereen denkt dat hij mij in de greep heeft, maar dat is nog niet het geval. Het is een kalme chaos die in mij heerst. Een kalme chaos.

De twee jongelui op de bank kussen elkaar nog steeds gelukzalig. Hoe laat zal het pauze zijn?

6

Lijst van de meisjes die ik heb gekust:

Lara, Caterina, Patrizia, Silvia, Michela, de Franse kampeerster, de Duitse kampeerster, Giuditta, Laura, Lucia, Gabriella, Cristina, Marina, Luisa, Betty, Antonella, Monica, Nicoletta, Amelia, het meisje uit Cagliari, Paola, Beatrice, Daria, Leopoldina, Sonia, de pranotherapeute vriendin van Sonia, Barbara, Eva, Silvia 2, Antonella 2, Eleonora, Isabelle, de Duitse uit Parijs, Alessandra, Marcella, Daniela, Isabella, Carmen, Laura 2, Annalisa, Marta, Angelica, Betta, Maria Grazia, Mia, Claudia, Phil, Patty, Sandra, Chiara, Patricia, Valentina.

Tweeënvijftig. Ik heb tweeënvijftig meisjes gekust. Meisjes, geen vrouwen, want ze gingen bijna allemaal vooraf aan Lara, toen ik jong was. Nee, ik ben Lara niet volledig trouw geweest; het zou mooi zijn als ik kon zeggen dat ik haar nooit had bedrogen, dat ik nooit een ander had gekust terwijl ik met haar was, maar zo is het niet. Ik heb haar bedrogen. Hoe vaak is niet belangrijk – niet vaak trouwens – en verder is het nu zelfs niet belangrijk meer dat ik haar heb bedrogen. Wat telt is dat opnieuw een lijst die ik heb verkregen door in mijn geheugen te duiken, me niet rot heeft doen voelen. Ik heb me niet rot gevoeld terwijl ik hem samenstelde en ik voel me nu niet rot terwijl ik hem overlees en de namen opnieuw tel. Tweeënvijftig. Hoeveel zou die verkeersagent er gekust hebben? En die ruiten wissende Pakistaan?

Maar toch, ondanks alle moeite die ik heb gedaan om ze op te vissen uit mijn verleden – met het risico dat ik al doende getroffen zou worden door de grote klap –, deze kussen bestaan niet meer, net zomin als Lara. Deze kussen zijn geen kussen meer. Ze zijn niets. Rondom de meeste ervan hangt zelfs geen herinnering aan een kus. Ze zijn er geweest, en hoewel ik nu geen zin heb om me dat te herinneren, was ik toch geëmotioneerd toen ik ieder van die meisjes kuste, en klopte mijn hart en voelde ik me goed. Toch is er niets van overgebleven, niets behalve het gezag van dat getal dat ze bij elkaar voegt, en dat in het korte bestek van vier lettergrepen hen allen tegelijk oproept, allemaal, en de indruk wekt van een leven vol liefde en hartstocht. Daarom houd ik dat getal goed vast, ook al is het uiteindelijk niets. Toch is het een groot getal, een getal voor bevoorrechten. Toch is het iets waarover je kunt opscheppen, gezeten aan een bar in Lorenteggio, om twee uur 's nachts, dronken, terwijl je probeert de laatste klant vast te houden die bezig is af te rekenen. 'Zal ik je eens wat vertellen, vriend? Ik heb tweeënvijftig meisjes gekust.' 'Fantastisch. Mag ik nu weg?'

'Pietro!'

Jean-Claude. Ik herken hem, nog voordat ik me omdraai en hem zie – bovenal voordat ik me erover kan verbazen dat hij hier is gekomen, en nog wel op dit uur van de ochtend, hij die nooit vóór elven op kantoor komt; ik herken hem aan zijn huig-r en aan zijn onmiskenbare, gepolijste stem. Dan, direct daarop, draai ik me om en zie hem. Jean-Claude.

Hij komt glimlachend op me af, in hemdsmouwen. Achter hem staat de grijze presidentiële Alfa geparkeerd, naast het parkje, met Lino, zijn chauffeur, aan het stuur. Het is een heel vreemd beeld dat een van de machtigste mannen die ik ken – en de meest briljante, de meest geniale en de meest onafhankelijke onder hen –, glimlachend op mij afkomt bij de school van mijn dochter. Wat komt hij doen? Hij is tenslotte mijn baas. Hij kan me gelasten terug te keren naar kantoor. Hij kan me ontslaan. Ik sluit het notitieboekje met de lijst van gekuste meisjes en gooi het tersluiks in de auto, met de plotselinge angst berispt te worden.

We drukken elkaar de hand. Hoe gaat het, prachtige dag, de zomer duurt lang dit jaar, we zouden aan zee moeten zitten... Hij heeft me al meermalen gecondoleerd, hij is naar de begrafenis gekomen, hij heeft een prachtige bloemenkrans gestuurd, hij was het die me zei zo veel tijd te nemen als ik wilde en pas op kantoor terug te komen als de noodtoestand achter de rug was.

'Het is hier mooi,' zegt hij, terwijl hij om zich heen kijkt. Dan richt hij zijn blik op het strenge schoolgebouw. 'Is dat het?'

'Ja,' zeg ik. 'Het lokaal van Claudia is daarboven, het derde raam van links', en ik wijs het aan.

Jean-Claude heft zijn blik op en staart naar het grote raam; nee, hij is niet gekomen om me naar kantoor terug te brengen. Ik staar daarentegen naar hem, naar zijn grijze, malle baardje, lang en pluizig als dat van Bin Laden. Het is een opzienbarend detonerend aspect van zijn uiterlijk, een soort uitdaging van de conventies van de wereld waarin hij een uitblinker is. Een opzichtige klap in het gezicht van het hele Westen, zou je kunnen zeggen, die je in eerste instantie desoriënteert en een instinctief wantrouwen oproept, maar die je onmiddellijk daarop dwingt op zoek te gaan naar alle kwaliteiten waarmee hij begiftigd is: de scherpe schoonheid van zijn gelaatstrekken, de blauwe vastberadenheid van zijn heersersblik, de international elegantie van zijn gebaren, de verfijning van zijn maatkleding, het raffinement van de details, zoals de tantristische trouwring – hij is getrouwd met een Indiase – of het antieke horloge dat hij om zijn pols draagt. Het lukt je deze kwaliteiten één voor één uit zijn talibanbaard te trekken, en terwijl je dat doet bedenk je hoe conformistisch je bent en vol vooroordelen, als een ongewone baard al voldoende is om je verdedigend op te stellen, terwijl je te maken hebt met een zeldzaam nobel mens. Als iemand je dwingt om iets dergelijks te doen, heeft hij je al in zijn macht.

'Is dat je dochter?' zegt hij. Ik hef mijn blik op en zie een hoofdje dat boven de vensterbank uitsteekt, tussen de onverwachts geopende vensters. Boem, boem, mijn hart klopt in mijn keel: het is Claudia, ook al is ze nauwelijks te herkennen, zo hoog, in de schaduw, haar hoofd zo klein onder de archaïsche omvang van het grote raam.

'Ja.'

Het is Claudia, en ze zwaait naar me. Boem boem. Ik zwaai ook. Ze glimlacht vast en zeker, ook al kun je dat hiervandaan niet zien, en ik word ontroerd door die glimlach die ik niet eens zie. Ik ben nog zwak, heel zwak, als er zo weinig voor nodig is om ontroerd te raken: nee, Jean-Claude, de noodtoestand is nog niet achter de rug. Ook hij groet haar. Toen hij ons van de zomer aan zee kwam opzoeken met zijn vrouw heeft hij haar een fantastische rubberboot cadeau gedaan.

'Mijn vader was straaljagerpiloot in het leger,' zegt hij, 'en misschien ook geheim agent. Hij was altijd weg. Hij is me nooit van school komen afhalen, zelfs niet één keer.'

Het Franse accent verzacht de hardheid van zijn Marseillaanse stem aanmerkelijk, maakt hem gevoelig. Ook dat is een kwaliteit. Claudia staat nog steeds bij de vensterbank, en nu staat er nog een meisje naast haar dat ik hiervandaan niet herken. Ik kijk op mijn horloge: vijf over halfelf. De pauze begint dus om halfelf. We zwaaien weer naar elkaar.

'Hoe gaat het met haar?' vraagt Jean-Claude.

'Goed,' antwoord ik. 'Ik begrijp niet hoe ze het redt, maar het gaat goed met haar.'

'O ja, Annalisa heeft me documenten meegegeven die je moet tekenen,' zegt hij. 'Ze liggen in de auto.'

Ik moet lachen omdat de wereld werkelijk een mysterie is. Je denkt dat je mensen kent en dan gebeuren er dingen die, zover je weet, onmogelijk zijn. Hoe zal het gegaan zijn? Waar heeft Annalisa de euvele moed vandaan gehaald om de president, die toch naar mij toeging, het handjevol paperassen mee te geven dat ik moest tekenen?

'Ze hebben mij het vliegtuig afgenomen,' zegt Jean-Claude.

Ik kijk hem aan, hij glimlacht maar het is duidelijk dat hij iets vreselijks heeft gezegd. Het absurde windje dat blijft waaien, alsof we niet in Milaan zijn maar in Smyrna, of op Rhodos, of in Tanger, beroert het haar op zijn slapen en de punten van zijn baard.

'Hoezo, afgenomen?'

'Afgenomen. Een besluit uit Parijs. Ik mag het vliegtuig van het bedrijf niet meer gebruiken.'

Daarboven zwaait Claudia voor de laatste keer, dan verdwijnt ze en gaat het raam dicht. In het parkje is niemand meer, de kussende jongelui zijn verdwenen, de banken zijn leeg.

‘Zullen we daar gaan zitten?’ stel ik voor, en Jean-Claude knikt. We passeren zijn auto waarin Lino de *Gazzetta dello Sport* zit te lezen. Hij heft zijn ogen op van de krant, ziet me, groet me, en gaat weer door met lezen. Hij is een geweldige chauffeur. Supporter van Juventus.

Op de bank gezeten steekt Jean-Claude een Gitane op, dan laat hij zijn rug tegen de leuning rusten en inhaleert de rook diep. Ik steek ook een sigaret op. Ik weet niet waarvandaan, maar uit de verte komt muziek die op Cuccuruccucú Paloma lijkt.

‘Waarom hebben ze je het afgenomen?’ vraag ik.

Jean-Claude moet even lachen.

‘Bezuinigingen...’

Ahiahiahiahiahi, *cantava...*

‘Weet je wat dat betekent?’ voegt hij eraan toe.

Ik denk het niet.

‘Het betekent dat het afgelopen is, Pietro.’

De *pasion mortal, moría...*

‘Nou ja, afgelopen, laten we niet overdrijven. Het is tenslotte maar een vliegtuig...’

Ik zeg deze woorden zomaar, louter om iets te zeggen, zonder me bewust te zijn van hun absurditeit. Mensen als Jean-Claude zijn te ver doorgestoten, ze hebben het welgestelde, burgerlijke leven, waarmee ze best tevreden hadden kunnen zijn, te lang geleden achter zich gelaten, om niet in alle oprechtheid gruwelijk te lijden bij het idee om na jaren weer in de rij te moeten staan bij de check-in op een luchthaven. Hoe obsceen dit ook moge lijken, vergeleken bij de redenen waarom andere mensen lijden, Jean-Claude lijdt vreselijk. Hij lijdt omdat de betekenis van dit besluit duidelijk is: morgen zou hij weer een besluit kunnen ontvangen waarin hij wordt gemaand zijn baard af te knippen alvorens deel te nemen aan de volgende vergadering van de Raad van Beheer. Maar hij lijdt vooral omdat hij eraan gewend is geraakt om te reizen met een privévliegtuig, hij was er dol op om mensen mee te nemen, en op bepaalde stukken het vliegtuig ook te mogen besturen, terwijl de naast hem gezeten commandant goed zo zegt – beide keren dat hij mij heeft meegenomen, heeft hij dat gedaan. En nu hij me heeft gezegd dat zijn vader piloot was, krijgt de zaak een veel diepere betekenis, maar ook als dat niet het geval was – maar dat is eigenlijk altijd het geval, er zit altijd een vader achter de voldoening die mensen voelen als ze iets hebben bereikt in het leven –, als het louter ging om een eenvoudig stuk superspeelgoed voor supermanagers, zoals ik dacht, moet het plotseling verliezen van dit voorrecht, *zac*, terwijl hij ervan overtuigd was dat dat vliegtuig van hem was, bij hem dezelfde dolle, onverdraaglijke pijn hebben veroorzaakt die mijn neefje Giovanni voelt als Claudia de gameboy uit zijn handen rukt. Met het verschil dat een winnaar als Jean-Claude zelfs geen fax naar Parijs terug kan sturen met de tekst: 'Prenez garde à moi, car je suis sage!'

Cuccuruccucú, Paloma...

'Dat is waar, het is maar een vliegtuig. En weet je wie het besluit heeft getekend?'

'Thierry?'

'Oui.'

Cuccuruccucú, llores...

'Maar daar kon hij toch niet onderuit?'

'Jawel. Hij had Boesson kunnen laten tekenen. Het had zelfs helemaal buiten hem om kunnen gaan...' – hij neemt een diepe trek aan zijn Gitane, dan blaast hij de rook heel langzaam uit en voegt eraan toe: 'Hij heeft me verraden.'

'Maar lagen jullie al niet in de clinch, jij en Thierry?' vraag ik. 'Verwachtte je het eigenlijk niet?'

In plaats van te antwoorden glimlacht Jean-Claude, hij staart een lang moment naar de peuk van de sigaret, als om te beoordelen of er nog één laatste trek in zit, en gooit hem dan weg.

Stilte...

De pasion mortal, moría...

Tiziana. Ja. Ze was ouder dan ik. Op een avond lagen we elkaar te kussen op het bed, toen ze werd opgebeld, door haar dochter die zich niet goed voelde, en weg moest hollen. Tiziana. Drieënvijftig.

'Hij heeft me verraden...' herhaalt Jean-Claude.

7

We hadden een pact gesloten, Pietro. Een geheim pact. Want, net als ik, was Thierry tegen de fusie, vanaf het eerste moment, vanaf het moment dat Boesson erover was begonnen. Ook Thierry had onmiddellijk begrepen dat ons verleden op het spel stond, onze passie, onze vrijheid, alles. Het is pas een jaar geleden. We zijn samen gaan eten, bij Toni, op de Vignole in Venetië waar ik was vanwege het Filmfestival. We zijn stiekem samen gaan eten, hij en ik, zonder iemand iets te zeggen. Het was mijn trouwdag, en Elegance was bij me, en zij en ik zouden uit eten gaan om het te vieren, maar Thierry belde me op uit Parijs en zei dat hij over twee uur bij Toni zou zijn, kom alleen, zeg het tegen niemand, we moeten praten, het gaat om een heel belangrijke zaak... En ik begreep dat er iets ernstigs was gebeurd want die dag had er een vergadering plaatsgevonden van de Raad van Beheer, ook al was ik er niet heen gegaan. Ik heb tegen Ely gezegd dat ons etentje uitgesteld was tot de volgende dag en ben gegaan, zonder Thierry te noemen. Want zo lag het tussen ons: bij mij ging hij vóór alles, en ik bij hem. En terwijl ik aan tafel op hem zat te wachten, bij Toni, onder de bomen, en die witte mousserende wijn zat te drinken die ze daar hebben, en terwijl ik keek naar het profiel van Venetië dat afstak tegen de roodste hemel die ik ooit van mijn leven heb gezien, dat zweer ik je, zelfs niet in Afrika, was ik geëmotioneerd, Pietro, geëmotioneerd en gelukkig. Ik dacht aan alles wat we samen hadden gedaan, Thierry en ik, aan alle onmogelijke overwinningen die we hadden behaald, tegen alle verwachtingen in, tegen alle logica in, sinds ze ons minachtend les outsiders noemden; en ik bedacht dat mijn leven mooi was, nu mijn beste vriend op het punt stond zich bij me te voegen om met me te praten over een heel belangrijke zaak; begrijp me goed, niet alleen heel belangrijk voor ons tweeën, maar echt heel belangrijk, voor de nationale economie, voor de beurs, voor de politiek; iets wat de voorpagina's van de kranten zou halen. Wat was het bijzondere, vroeg ik mij af, dat mijn leven zo mooi maakte? De wereld zit vol supermanagers die samen gaan eten om heel belangrijke beslissingen te nemen. Wat was er zo uniek in mijn geval? Dat was de vriendschap, Pietro. Geen van die managers is de vriend van degene die tegenover hem zit. Integendeel, vaak haat hij hem. Dus hij drinkt niet tijdens het eten, hij kijkt niet naar het uitzicht, hij eet zelfs niet, hij doet maar alsof. Hij luistert, twijfelt, berekent, praat. Hij is een machine. Hij kan nergens op vertrouwen, hij kan zich niet laten gaan, hij moet niets voelen, hij moet alleen vechten, ook daar, altijd. En dat maakt zijn leven onaangenaam. Ik stond echter op het punt dat te doen met een vriend, ik kon genieten van de avondbries en kijken naar het uitzicht en die lichte wijn drinken terwijl ik op hem en zijn heel belangrijke zaak wachtte: mijn leven was mooi.

Vervolgens arriveerde hij, en hij was geschokt, hij had ook gebruikt, denk ik, want af en toe snuift hij nog, en onmiddellijk, ja onmiddellijk zei hij dat we de fusie moesten verijdelen. Hij zei dat nog voordat hij me had verteld dat Boesson die middag had gesproken over een fusie met de Amerikanen; hij zei: 'Jean-Claude, la fusion jamais', en ik moest hem vragen 'Welke fusie?', want tot op die dag had niemand zelfs maar kunnen bedenken dat Boesson zo megalomaan kon zijn. Hij was oprecht die avond, Thierry; hij was uitgeput, opgewonden, en oprecht.

Het kostte hem echt niet veel moeite mij te overtuigen: ik haat Boesson, ik haat alle ENARQUES, en ik haat zelfs de Amerikanen, dus je begrijpt. En we hebben een pact gesloten. Of we verijdelen de fusie, of we gaan allebei, Pietro, allebei houthakken bij onze huizen in Aspen. Overigens waren wij in staat om de fusie te verijdelen: hij deed Parijs, ik het

Internationale Voorzitterschap en Italië, wij waren nummer één en nummer twee. Van alle maatschappijen van de groep zou Boesson de onze met die fusie naar God helpen. De andere niet, want de andere hadden geen ziel, zoals bijna alle maatschappijen in de wereld: simpele machines om geld te verdienen, spaarders uit te buiten, en beurswaarde te genereren. De onze daarentegen had een ziel, en dat was onze ziel, die absoluut niet kon versmelten met iets anders. Boesson zou ons natuurlijk gecompenseerd hebben, en na de fusie zou hij ons zoiets als het voorzitterschap van een of andere multinational in cosmetica hebben gegeven, of in alcoholische dranken, of hij zou ons naar Hollywood hebben gestuurd om, ha ha, om Amerikanen de filmkunst te leren... Maar onze ziel zou voor altijd naar God zijn. En toen hebben we het pact gesloten. Nee tegen de fusie! zeiden we, en omdat we allebei een beetje overstuur waren, ik van de wijn en hij van de Colombiaanse coke, hebben we het pact bezegeld met ons bloed. Stel je voor, twee Franse babyboomers gezeten aan een tafeltje bij Toni die in hun handpalm snijden met het mes van Toni en dan hun bloed vermengen en toosten met de wijn van Toni. Nee tegen de fusie! Dat is er gebeurd. Dat was ons pact. Nee tegen de fusie! Maar het was niet verstandig om ons allebei tegelijkertijd te verzetten, en we besloten dat we vanaf dat moment het spel zouden spelen van de goede en de slechte politieagent: hij de goede – tegenover Boesson, bedoel ik – en ik de slechte. Dus ik moest vanaf het begin nee zeggen tegen de fusie, en dat heb ik gedaan, ik heb het iedereen in zijn gezicht gezegd, iedere keer als de gelegenheid zich voordeed, tijdens interviews, tijdens vergaderingen van de Raad van Beheer, overal, terwijl hij meer de man van het compromis moest zijn en de taak op zich moest nemen om te bemiddelen. Vanaf die avond zijn we begonnen te discussiëren in het bijzijn van Boesson, en ook in het openbaar. We voerden geen strijd, we spraken elkaar wel tegen, we verschilden van mening, we discussieerden. Om dat stuk stront de indruk te geven dat we verdeeld waren, dat *les temps des outsiders c'étaient finis.* Maar het was nep, begrijp je, Pietro? Het was allemaal geveinsd. In werkelijkheid waren we allebei bezig om Boesson te verneuken. We wisten dat een fusie van een dergelijke omvang een zeer zwakke god voortbrengt, te weten Boesson, en een leger van gefrustreerden en vernederden die uit hun functie waren ontheven, overgeplaatst of ontslagen; we wisten dat zo'n fusie beurswaarde genereert, maar vervolgens wordt aan de kwaliteit van het werk dat door de deelnemende maatschappijen wordt geproduceerd grove afbreuk gedaan, en op lange termijn loopt het voor allen uit op een mislukking. Dat wisten we omdat we het hadden zien gebeuren, en vaak hadden we er ook van geprofiteerd.

We veinsden dus dat we een conflict hadden – een conflict dat overigens altijd de indruk moest wekken oplosbaar te zijn – en intussen bleven we elkaar in het geheim ontmoeten, in Milaan, in Londen, en vooral in Venetië, om te bepalen hoe de zaken ervoor stonden. En de zaken gingen goed, want na de euforie en de grote beurswinsten die, zoals voorzien, volgden op de aankondiging van de fusie, begonnen voor Boesson de problemen toen de Amerikanen hun gewicht in de schaal gooiden bij het onderhandelen over de voorwaarden. Hij had te maken met Steiner, begrijp je? Een echte haai, een eigenaar, in de zin dat Boesson niet bezit waar hij over gaat, hij beheert het, terwijl Steiner dat wel doet. En Boesson mocht dan de indruk hebben dat hij gunstige voorwaarden in de wacht wist te slepen – dat hij de fusie aan het winnen was, zoals hij zei, en een god aan het worden was –, het feit bleef dat hij er op elk moment uit gesmeten kon worden, en de haai niet. Tijdens die heimelijke etentjes, terwijl ze allemaal dachten dat we uit elkaar lagen, en dat we niet meer die kracht vertegenwoordigden die we als koppel twintig jaar waren geweest, hadden ik en Thierry de overwinning binnen handbereik, ze zat als het ware bij ons aan tafel. Die overwinning bestond eruit dat we niet groter wilden worden dan we waren, niet rijker, niet aanzienlijker, dat we wilden blijven zoals we waren: vrienden, rijk, machtig, en nog betrekkelijk klein. We zaten goed, Pietro, als je begrijpt wat ik bedoel. Dat gebeurt bijna nooit in deze wereld: je vecht, en je wint of je verliest, maar je hebt nooit het gevoel dat je goed zit, in de zin dat het nooit goed zit, er bestaat alleen maar overheersen of bezwijken. Ik en Thierry zaten deze keer goed. En we lachten bij het idee dat op een dag Boesson, als de zaken de slechte kant voor hem zouden opgaan en een eenvoudig politiek struikelblok, of een veto van de antitrustcommissie, de fusie zou verijdelen, zich omsingeld zou voelen, omsingeld en verslagen. We lachten, Pietro, denkend aan de dag dat de Raad van Beheer Boesson zijn vliegtuig zou afnemen met een besluit getekend door Thierry, en hij begrijpen zou dat...

Zo is het doorgegaan tot de afgelopen lente. Daarna hebben Thierry en ik elkaar niet meer gezien. De ene keer kon *híj* niet, de andere keer kon *ík* niet, onze heimelijke etentjes hebben niet meer plaatsgevonden. Dat leek niet ernstig, ook al voel ik me nu een idioot dat ik niet onmiddellijk heb begrepen wat er gebeurde. In tegenstelling tot mij, die rustig in Milaan zat en zei wat hij werkelijk dacht, stond Thierry iedere dag in contact met Boesson, en diens megalomanie moet hem besmet hebben. Door zo lang te verkeren met een man die graag geloofde dat hij God was, is hij uiteindelijk gaan geloven dat ook hij God was. Niet echt God, misschien, maar laten we zeggen een god; eentje die aan alles wat hij doet een goede draai weet te geven. Maar hij heeft me verraden. En dat heeft hij me pas laten weten toen hij er zeker van was dat hij niet meer terug kon; hij heeft het me niet in mijn gezicht gezegd, onder vier ogen of tijdens een vergadering van de Raad van Beheer: hij heeft me het vliegtuig afgenomen.

Het is nu zeker dat de fusie doorgaat. Ik die me altijd tegen de fusie heb verzet, sta buiten spel. Voor jullie allemaal breekt nu een paranoïde shakespeariaanse periode aan. Overal zullen koppen rollen, andere zullen vanzelf ontploffen, iedereen krijgt de gelegenheid om te verraden, en degenen die niet verraden zullen verraden worden. Nadat hij hem van mij heeft losgeweekt zal Boesson zich tamelijk makkelijk van Thierry kunnen ontdoen, en als hij als enige over is, zal Steiner hem nog makkelijker verslinden, zoals hij altijd heeft gedaan met iedereen die het waagde bij hem in de buurt te zwemmen. Zo zullen de Amerikanen in Europa neerstrijken dankzij een Fransman die in Amerika wilde neerstrijken, en dankzij de ex-outsider die zijn ziel heeft verkocht. Zo zal het verdergaan, alsof het geschreven staat. Het zal maanden duren, misschien wel jaren, de tijd hangt af van veel niet te voorziene factoren, maar zo het zal gebeuren. Zoals wanneer je een gloeiende kop koffie op de keukentafel laat staan: je kunt niet zeggen hoe lang het duurt, maar je bent er zeker van dat er een moment komt waarop de temperatuur van de koffie dezelfde geworden zal zijn als die van het kopje, van de tafel en van de hele keuken...

Van nu af aan doe ik niets meer, omdat alles wat ik zou doen het hun gemakkelijker zou maken. Ik verroer me niet, ik wacht, ik zal me vertonen als een ster die al gedoofd is maar toch licht blijft uitzenden, omdat hij zo ontzettend ver staat. Vanaf nu zal mijn manier van werken bestaan uit niet-werken, mijn manier van communiceren uit niet-communiceren. Dat moet jij ook doen, Pietro. Blijf hier. Blijf hier zo lang als je kunt.

8

En dat heb ik gedaan. Ik ben hier gebleven. Jean-Claude is tenslotte nog steeds mijn baas; ook al hebben ze hem zijn vliegtuig afgenomen, ook al zal hij er spoedig worden uitgewerkt, hij is nog steeds mijn baas. We kunnen het dus ook zo stellen: tot de dag dat zijn baardige hoofd over de economische pagina's van de kranten zal rollen, doe ik wat Jean-Claude me zegt. Hij heeft gezegd: 'Blijf hier', en dat heb ik gedaan. Ik ben hier bij de school gebleven.

Het is nu al tien dagen dat ik hier vanaf acht uur tot halfvijf verblijf, en het lijkt me niet eens zo iets enorms. Het gaat vanzelf. Ik heb gewoon de indruk dat ik me hier beter voel dan waar dan ook. Claudia is blij, misschien een beetje verbluft, maar blij; ze laat zich niet afleiden van de lessen door uit het raam naar mij te kijken, ze gaat alleen voor het raam staan als het kan, en zwaait naar me. Dan, als de school uitgaat, gaan we naar huis en praten we er niet eens over. Ik heb het één keer tegen haar gezegd, en dat was genoeg. Engeltje, heb ik gezegd, ik heb besloten een poosje bij jouw school te blijven; het is iets wat ik voor mezelf doe, en Jean-Claude gaat ermee akkoord. Zij dacht er even over na, terwijl ze haar hoofd schuin opzij bewoog, en zei toen: 'En als het regent?' Als het regent, antwoordde ik, blijf ik in de auto zitten. Ik heb daar alles wat ik nodig heb om te werken. Zij glimlachte. Punt. Dat is zes dagen geleden gebeurd.

Het regent nu overigens al twee dagen. De zomer was opeens voorbij, de temperatuur is gezakt, het lijkt wel of de charme van deze plek zich heeft opgelost. Maar niet voor mij. Ik heb chemisch geprepareerd papier in het faxapparaat in de auto laten zetten, ik heb dikkere kleren aangetrokken, een mooie nieuwe paraplu gekocht, en ben ondanks de regen bij de school gebleven. Ik heb de veranderingen gadegeslagen die de herfst in deze contreien met zich meebrengt, allemaal verslechteringen, maar ik ben me goed blijven voelen. Ik heb gewerkt, voor zover je kunt werken in een bedrijf dat praktisch verlamd is; ik heb mensen in de auto ontvangen, of in het café aan de overkant, en ik heb de contracten getekend die ik moest tekenen. Nogmaals: het lijkt heel wat als je het zegt, maar niet als je het doet. Het is vooral iets wat zich, behalve tussen mij en mijn dochter, in mijzelf afspeelt; een wens die ik heb en die ik iedere dag vervul. Ik heb me maar zelden in mijn leven zo geconcentreerd op een wens, me zo voldaan gevoeld en – laat ik het maar zeggen – zo opgewonden over het vervullen ervan. Elke morgen het huis verlaten met de nieuwsgierigheid die je altijd zou moeten hebben, maar die je in feite nooit hebt, om te ontdekken welke variaties er zullen zijn op het thema dat je hebt besloten te geven aan je eigen dag; het is een heel aangename gewaarwording die op zich al voldoende is om me hier te doen blijven. Als ik deze gewaarwording vervolgens vergelijk met dat wat ik verwachtte mee te maken, gegeven de situatie, heb ik het gevoel alsof er een wonder is gebeurd. Ik moest lijden: plotseling heeft een grote vinger naar mij gewezen en heeft een stem gebulderd: 'Jij, Pietro Paladini! Lijd!'; maar ik lijd dus niet, en het lukt me om de hele tijd bij mijn dochter te blijven, wat ik wil, en om afstand te nemen van het dagelijkse kabaal dat mijn collega's afmat; en ik slaag er ook in om mijn geheugen te raadplegen, om lijstjes op te stellen, naar de mensen op straat te kijken, naar huis te gaan, tv te kijken, te eten en te slapen zoals voorheen; als dat geen wonder is, dan scheelt het niet veel. Ik voel me er niet schuldig over. Mijn vrouw is dood en ik lijd niet. Ik weet niet hoe lang het zal duren, maar nu is het zo: ik lijd niet en voel me niet schuldig.

De reacties van de anderen. Niet dat ze zo belangrijk zijn, maar ze zijn wel het meest verrassend in deze onderneming. Ze weten het nu allemaal, ook omdat ik het niet verberg – en dat zou ik ook niet kunnen. Hoe kun je verbergen dat je de hele dag bij een school doorbrengt? Hier is het nu zo langzamerhand bekend bij de onderwijzers, de conciërges, de andere ouders, de barkeepers, de kioskhouders, de verkeersagenten – die van de ochtend houdt zelfs een parkeerplaats voor me vrij. Hun reactie is een mengeling van respect en medeleven, maar niemand durft commentaar te geven, vanwege het ontbreken van een vertrouwelijke relatie met mij, of er zelfs maar over te praten. Misschien, zei ik tegen mezelf, komt het omdat ik word beschouwd als een hoge piet. Ik heb me gerealiseerd dat het directeurschap van een pay-tv-bedrijf waarop iedereen geabonneerd is, of zich zou willen abonneren, een prestigieuze baan is; en dat, als je na de dood van je vrouw zo iets ongewoons maar onmiskenbaar onschadelijks doet als al je dagen doorbrengen bij de school van je dochter, dat prestige, in de ogen van anderen, telt. Dat is natuurlijk niet terecht, en er is een tijd geweest dat ook ik, zoals zo velen, streed tegen deze gang van zaken, maar het werkt nog steeds zo. Als een relatief rijk en machtig man als ik zoiets doet wordt het geaccepteerd en gerespecteerd; als bijvoorbeeld een arbeider het doet is het verdacht. Het kan zijn dat ik me vergis – dat zou mooi zijn, het zou betekenen dat we niet tevergeefs hebben gestreden – maar volgens mij is het zo. Ik zie het, ik voel het: hoe eenvoudiger de mensen zijn, hoe meer vereerd ze zich voelen dat ik hier ben. De buitenstaanders zijn geen probleem.

Een beetje anders, maar uiteindelijk des te verrassender, ligt het verhaal van vrienden en familieleden. Ze hebben een vertrouwelijke relatie met mij en gebruiken die ook; ze voelen zich gerechtigd om te vragen, te protesteren, te proberen het mij uit het hoofd te praten. Maar hun pogingen duren maar een paar minuten. Of ze nu hierheen komen of zich beperken tot een telefoongesprek, ook zij accepteren na korte tijd dat ik hier de hele dag bij deze school blijf. Het is vreemd hoe eenvoudig sommige dingen zijn: ze accepteren het gewoonweg. Ik ben me ervan bewust dat ze er allemaal van uitgaan dat ik misschien gek geworden ben, en hun eerste benadering is vooral een test: heb ik mijn verstand misschien verloren? Maar ik heb mijn verstand niet verloren, en mijn antwoorden op hun vragen, en de waarheid die ik hun vertel, tonen dat aan. Door hier te blijven doe ik geen enkel kwaad, ik verwaarloos mezelf en mijn werk niet, ik onttrek me aan geen van mijn verantwoordelijkheden en ik heb zelfs een soort onbeperkte toestemming van mijn baas – wiens harde lot nog niemand kent. Ze moeten het wel accepteren. Achtereenvolgens heb ik de afgelopen dagen dezelfde dingen herhaald tegen een heleboel mensen: mijn secretaresse, mijn broer, mijn schoonzuster Marta, tante Jenny, mijn twee collega's Enoch en Piquet – zelfs mijn vader heeft me gebeld uit Zwitserland om te vragen wat er aan de hand was. Maar ik heb het altijd maar één keer hoeven zeggen, nooit twee keer, dus mijn uitleg moet hen gerustgesteld hebben. Het gaat zelfs verder: ik kreeg de indruk dat ze me allemaal, na gerustgesteld te zijn, enigszins benijdden. Ik kreeg die indruk juist omdat ik ze goed ken, en omdat ik weet dat niemand van hen gelukkig is, ook al ben ik misschien niet helemaal op de hoogte van de laatste wederwaardigheden die hun leven compliceren. Ze gaan uit van de zekerheid dat ik lijd – maar hier ligt het misverstand, want ik lijd niet – en in hun verbeelding zien ze mij als een zwerver, gestrand voor de school van mijn dochter, maar als ze dan onverwachts merken dat ik gemoedsrust en helderheid van geest geniet, moeten ze waarschijnlijk denken aan hun eigen leed, en moet het feit dat ik pas op de plaats maak, op een precieze plek in de wereld, hun vóórkomen als een gelukkige zet die ook hun wat rust zou kunnen schenken als ze maar de moed hadden het te doen; zoiets als: 'Ik blijf hier, gaan jullie maar door zonder mij', iets wat ik niet heb gedaan maar wat zij zouden willen doen – maar ze kunnen het niet. Benijd in die zin, bedoel ik.

Maar misschien overdrijf ik en is het verkeerd om te generaliseren. Mijn broer, bijvoorbeeld, lijkt nog enigszins onthutst. Misschien heeft hij de discussie alleen maar uitgesteld tot hij in Milaan is – hij woont nog in Rome –, zich bewust van het feit – omdat hij het meer dan wie dan ook heeft ervaren – dat het, terwijl het al moeilijk is in een persoonlijk gesprek, onmogelijk is om mij per telefoon van gedachte te doen veranderen.

Als ik overigens overdrijf, dan is het omdat er dingen zijn gebeurd die in overweging genomen dienen te worden. Ik heb twee nogal vreemde, en tevens op hun manier verschrikkelijke bezoeken gehad.

Eentje gisteren en een vanmorgen. Een van mijn collega Piquet en een van mijn schoonzuster Marta. Ook zij waren hier een aantal dagen geleden allebei al geweest, zoals iedereen, om zich te vergewissen van mijn mentale toestand, en Marta is zelfs op een middag met haar kinderen teruggekomen om te wachten tot Claudia uit school zou komen; maar dat waren volkomen normale bezoeken. Met Piquet heb ik gesproken over de toestand van het bedrijf, met Marta over familieaangelegenheden, vakantieplannen en zaken betreffende de erfenis van Lara. Normale bezoeken dus. Maar die van gisteren en vanmorgen waren geen normale bezoeken, en dat was vanwege dat wat Piquet en Marta kwamen doen. Ze waren niet gekomen om te kletsen, om me gezelschap te houden, of om hun laatste twijfel ten aanzien van mijn mentale vermogens te laten wegnemen: ze waren gekomen om te lijden. Allebei, net als Jean-Claude, waren ze gekomen om hun leed blindelings en fanatiek over mij uit te storten, hier bij deze school.

Piquet kwam gistermiddag tegen halfdrie, in een taxi, in de stromende regen. Hij stapte bij mij in de auto, ging naast me zitten en keek even naar me, terwijl hij zich forceerde om te glimlachen maar zonder iets te zeggen. Zijn blik, die doorgaans al paranoïde is, een en al zijwaartse flitsen en wimperslagen, leek op een vlucht vogels na een schot en verspreidde zich naar alle kanten met een koortsachtigheid die iets noodlottigs had: de blik van iemand die in ernstig gevaar verkeert. Zijn lelijkheid die gewoonlijk werd gecompenseerd door een zeer agressieve elegantie en een strenge, indringende gelaatsuitdrukking, manifesteerde zich nu, door die totale machteloosheid, in al haar naaktheid: een door acne geteisterd gelaat, een volslagen liploze mond, een abnormaal vooruitstekend voorhoofd – als een kasuaris had Claudia opgemerkt; en ik en Lara, onbekend met de kasuaris, hadden de bevestiging van haar bewering gevonden in het boek der natuurwetenschappen. Piquet keek dus naar me, maar hij liet zich vooral bekijken in die toestand van overduidelijke ontzetting, en uiteindelijk vroeg hij of hij met me mocht praten over een persoonlijk kwestie. Ik heb ja gezegd, maar in wezen was dat niet zo vanzelfsprekend, omdat Piquet en ik nog nooit over persoonlijke zaken hadden gesproken. Integendeel, het enige persoonlijke dat er ooit tussen ons was geweest was zijn uitgesproken afkeer jegens mij, die berustte op mijn benoeming in de directie, een plaats die door ons beiden werd geambieerd. Vervolgens had hij naargeestige voorspellingen gedaan over mijn toekomst in het bedrijf, volledig ongegrond maar wel zo suggestief dat een paar mensen mij Dead Man Walking begonnen te noemen. In de loop der tijd is onze verhouding genormaliseerd, hij heeft ook zijn excuses aangeboden, en ik moet zeggen dat hij zich een loyale collega heeft betoond, maar tussen ons is nooit de intimiteit ontstaan die het vanzelfsprekend zou maken om het over wederzijdse persoonlijke zaken te hebben. Hoe dan ook, ik heb ja gezegd – wat kon ik anders? Hij stak toen een sigaret op en bleef weer een poosje stil, alsof hij de laatste mogelijkheid om helemaal niet met mij te praten en te vertrekken zoals hij was gekomen, zonder iets te zeggen, overwoog. Vervolgens is hij van start gegaan, en hij deed dat met veel omhaal. Hij gaf me een samenvatting van een reeks zaken die ik al wist, namelijk dat hij zijn vrouw en zoon twee jaar geleden had verlaten om zich te voegen bij een mooie, jonge ontwerpster, Francesca; dat zijn vrouw daar heel slecht op had gereageerd en een vreselijke juridische veldslag tegen hem had ontketend; dat het kind er nog slechter op had gereageerd en vreemde psychische stoornissen was beginnen te vertonen (dat wist ik in feite niet); en dat hij ondanks dat alles gelukkig was met zijn ontwerpster zoals hij nog nooit was geweest. Dat waren bekende dingen, binnen het bedrijf wist men ervan en had men er wisselend commentaar op gegeven, natuurlijk in zijn afwezigheid. Nog wat toespelingen op het onbekommerde leven met deze Francesca, op de elke nacht gepraktiseerde Afrikaanse seks, op de intense innerlijke wedergeboorte die eruit was voortgevloeid. Tot dat moment hoefde je geen genie te zijn om te begrijpen waar hij met zijn persoonlijke verhaal heen wilde. Maar ik had nooit kunnen voorzien wat Piquet van plan was mij te vertellen. Hij bleef nog een beetje uitweiden, gaf een nauwkeurige beschrijving van de overgangsfase tussen blinde hartstocht en een meer redelijke verbintenis, de belangrijke stap om te gaan samenwonen – ook dat waren dingen die ik goed kende omdat ze altijd hetzelfde zijn, altijd hetzelfde wanneer een man een vrouw verlaat voor een jongere vrouw, en ik had het verhaal al heel wat keren gehoord. Hierbij vergat hij niet de lage streken te vermelden die zijn ex-vrouw hem had geleverd, en de kwellende pijn die hij voelde bij het zien van zijn door tics en stotteren geteisterde zoontje, en ten slotte de toenemende frustratie op het werk veroorzaakt door het aanzwellende gerommel van de Grote Fusie in Wording.

Op dat moment was het opgehouden te regenen, en stelde ik hem voor zijn verhaal buiten voort te zetten. Hij had de ene sigaret na de andere gerookt en de lucht vervuild in mijn auto – waarin ík altijd zorgvuldig vermeed te roken vanwege Claudia. We stapten uit, ook al was hij, met zijn korte Replay-jack, te licht gekleed om de kou niet te voelen. We liepen naar het parkje dat echter onbegaanbaar was vanwege de regen, en we stonden stil op een willekeurige plek op het trottoir, als twee dealers. Het was geen goede plek om te praten, maar Piquet bleef roken als een ketter en ik wilde hem niet meer in de auto hebben. Voor hem was het overigens een prima plek, het enige wat hij wilde was doorgaan met vertellen.

'Kortom,' vangt hij aan, 'op een avond afgelopen juni nodig ik Tardioli uit voor het eten. Zomaar, spontaan. We hadden samengewerkt aan de begroting voor het Festival van Venetië, en zoals gebruikelijk was er geen geld, en zoals gebruikelijk had jouw vriend Jean-Claude tegen ons gezegd: "Jullie redden je maar", en het was laat geworden, negen uur of zo. Toen ik aanstalten maakte om op te stappen zag ik Tardioli zitten, eenzaam als een hond; ik weet dat zijn vrouw hem heeft laten zitten, ik weet dat er thuis niemand op hem zit te wachten en ik nodig hem uit voor het eten. Hij pruttelt wat tegen, zegt dat hij niet wil storen, je weet hoe hij is, en ik zeg hem daarmee op te houden, dat we naar een restaurant gaan als er thuis niet genoeg te eten is. En hij gaat mee. Ik overweeg Francesca te bellen maar vervolgens doe ik dat toch maar niet omdat we toch over tien minuten thuis zijn. We komen aan bij mijn huis, we gaan naar binnen, en Francesca staat in de keuken te strijken. Ik heb het haar al duizend keer gezegd, wat sta je nou te strijken, we hebben Lou toch, daar wordt ze juist voor betaald, laat haar toch strijken, ontspan je. Daar wil ze niet van horen, ze zegt dat de Filippijnse niet kan strijken, dat ze de boel vernielt, en dat voor haar strijken eigenlijk ontspannend werk is, ook al lijkt mij dat niet. Hoe dan ook, Francesca staat in de keuken en strijkt. Dag schat, dag liefste, vanuit de gang. Ik zeg dat Tardioli bij ons blijft eten, en dat we naar een restaurant kunnen gaan als ze dat liever heeft. En zij roept, nog steeds vanuit de keuken, dat ze geen zin heeft om uit te gaan, dat ze met alle liefde een paar borden spaghetti klaarmaakt, en ze verontschuldigt zich tegenover Tardioli dat ze hem niet is komen begroeten, maar dat ze bijna klaar is met het strijken van een overhemd. Ik zeg dat ik de spaghetti kan klaarmaken, zij zegt dat het geen enkel probleem is, zij doet het wel. Aardig en rustig: kortom, normaal. Ik deed voorzichtig omdat we al een tijdje, hoe zal ik het zeggen, elkaar soms verkeerd begrijpen: misverstanden, onduidelijkheden, dingen als: "Maar ik zou toch klaarkomen?" "Nee, we waren het erover eens dat ik zou klaarkomen", dat soort dingen. Het leken kleinigheden, maar ik onderschatte ze niet, want twee mensen die samenwonen moeten elkaar toch begrijpen? Het is niet prettig als ze elkaar niet begrijpen. Daarom blijf ik doorgaan over het restaurant, want zij staat daar te strijken na de hele dag te hebben gewerkt, en ik neem onverwachts een gast mee, en bij het idee dat ze nu moet gaan koken krijgt ze misschien de pest in – toch? Maar zij herhaalt dat het prima is om thuis te blijven en dat ze, zodra het strijkwerk af is, met ons een gin-tonic komt drinken. Dat alles via de gang, kun je je mijn huis voorstellen? Ik en Tardioli in de woonkamer, Francesca in de keuken, en dat hele gesprek op luide toon gevoerd via de gang. Ik ga de gin-tonics maken. Tardioli gaat op de bank zitten, en na vijf minuten verschijnt zij, met een grote stapel strijkgoed in haar handen. Glimlachend, mooi, ontspannen. Ze geeft mij de stapel strijkgoed aan en zegt: "Zou jij dit uit het raam willen gooien, asjeblieft?" Ik versteen. "Wat zeg je?" reageer ik, en met precies dezelfde uitdrukking, dezelfde glimlach, Pietro, dezelfde toon en hetzelfde ritme als daarvoor zegt zij: "Zou je dit op de stoel willen leggen, asjeblieft?" Ik nam het strijkgoed aan maar ik was verbijsterd, want de eerste keer had ze gezegd het uit het raam te gooien, daar was ik zeker van. Francesca loopt op Tardioli af, verontschuldigt zich opnieuw, geeft hem een kus, alsof er niets aan de hand is... En dan doe ik iets, instinctmatig, spontaan, ik zeg wacht eens even allebei en vraag Tardioli, die erbij was en het gehoord moet hebben, ik vraag hem te herhalen wat Francesca de eerste keer heeft gezegd. De eerste keer, dring ik aan, niet de tweede. En Tardioli, je weet hoe schuchter die jongen is, wordt helemaal rood, slaat zijn ogen neer, en zegt met een dun stemmetje: "Ze zei: zou jij dit uit het raam willen gooien, asjeblieft?" Jezus. Gelukkig was hij er, want wie weet hoe lang dat elkaar niet begrijpen zou zijn doorgegaan. Francesca barst in lachen uit: "Wat zou ik gezegd hebben?", en begint te denken dat we haar in de maling nemen, dat we afgesproken hebben een grap met haar uit te halen. Ze wil het niet geloven. Ik zeg het nogmaals: echt waar, Francesca, we maken geen grapjes, je vroeg mij die stapel uit het raam te gooien, hij heeft het ook gehoord; zij houdt het zo lang mogelijk op een grap, ze lacht, ze zegt hou daarmee op, maar ik blijf erbij, het is belangrijk geworden, jezus, zo makkelijk kun je dingen toch niet laten zitten; Francesca, zeg ik, jij vroeg mij om dat goed uit het raam te gooien, en dan wordt zij nijdig. Opeens wordt ze nijdig als een spin en zegt dat ze heel goed weet wat ze heeft gezegd, ze zegt dat we allebei doof zijn en dat we onze oren moeten laten nakijken – doof of klootzakken omdat we niet ophouden met die grap, en op dat moment geef ik toe. Ik geef toe, Pietro, omdat ik merk dat ze oprecht is, snap je? Ik ken haar goed, ik weet wanneer ze doet alsof, en wanneer ze oprecht is, en op dat moment is ze oprecht. Ze was er echt zeker van dat ze niet iets anders had gezegd. Ik geef toe, en ook Tardioli geeft toe, kun je nagaan, we zeggen dat we haar allebei misschien verkeerd hebben verstaan, dat ze de stapel kleren voor haar mond hield, dat zoiets natuurlijk kan gebeuren, soms ben je er zeker van dat je iets hebt gehoord terwijl er iets anders is gezegd, en het was ook absurd, de kleren uit het raam, ha ha, einde probleem dus. Francesca bedaart onmiddellijk, maakt een lekker maaltje klaar, we eten op het terras, kletsen, lachen, grappen, de zwaluwen, de jasmijn, en als Tardioli vertrekt vrijen Francesca en ik op de bank, gekleed, en dan nog een keer in bed, naakt, en we vallen moe en gelukkig in slaap. Maar ze zei het wel, Pietro, ze heeft dat wel gezegd. Ze vroeg me de kleren uit het raam te gooien, ik zweer het je...'

Pas op dat moment onderbrak Piquet zichzelf, en alleen omdat het weer was gaan regenen. Hij had toen, denk ik, wel tien minuten aan één stuk door gepraat bijna zonder op te houden om op adem te komen, met zijn angstige ogen die alle kanten op flitsten en zijn verschrikte, verslagen gezicht. Opeens begon het te gieten en zijn we weer snel naar de auto gerend, en juist op dat moment verscheen Claudia voor het raam en groette me. Ik zwaaide naar haar terwijl ik in de auto stapte samen met Piquet, en Claudia verdween onmiddellijk. Ze dacht waarschijnlijk dat ik aan het werk was, en dat de kasuaris was gekomen vanwege iets op kantoor – ik ben hier nu tien dagen en het lijkt haar al normaal dat ik in de auto werk. Maar op dat moment was niets normaal: Piquet was overstuur, en ik wist niet wat ik moest zeggen. Daarom hield ik mijn mond in de auto; ik zette een cd op – altijd dezelfde, ik luister altijd naar dezelfde muziek sinds ik hier ben, een cd van Radiohead, waarvan ik niet eens wist dat ik hem had; hij moet van Lara zijn, zij moet hem hebben laten liggen – en stak zelfs een sigaret op, ik. De regen kletterde op de voorruit, en we waren drijfnat. De haren van Piquet stonden rechtovereind midden op zijn hoofd, hij leek geen kasuaris meer, hij was een kasuaris. Wie zal zeggen waar hij op dat moment aan dacht; misschien schaamde hij zich, misschien was hij zich bewust geworden van de absurditeit van wat hij aan het doen was. Waarom vertelde hij dat verhaal juist aan mij? Hij hield trouwens ook zijn mond, en die stilte was zwaar, het was de stilte van het touw dat op het punt staat te knappen. Ik begreep dat hij, om weer te gaan praten, het nodig had dat ik hem een vraag stelde, dat ik hem de illusie verschafte dat hij mijn nieuwsgierigheid bevredigde.

'En wat is er daarna gebeurd?' vroeg ik hem, maar ik had geen enkele behoefte om het te weten. Wat het ook was, het was vast en zeker iets akeligs.

'Wat er gebeurd is?' zei hij, terwijl hij in lachen uitbarstte – 'de hel is losgebroken, dat is er gebeurd. Ze heeft het van de zomer nog twee keer gedaan. Francesca zei dan iets vreselijks, of absurds, en dan vroeg ik haar: "Wat zei je?", en dan zei ze iets anders, iets heel normaals, op dezelfde toon, en ik liet het maar zo. Tijdens het eten vroeg ik haar een keer om mij het zout aan te geven, heel vriendelijk, ik zei helemaal niet dat haar klotesalade flauw was, ik vroeg haar om asjeblieft het zout aan te geven, en terwijl ze het aangaf, zei ze met een glimlach: "Steek het maar in je reet", ik zweer het bij God. Ik: "Wat zei je, Francesca?" En zij: "Er moet inderdaad wat zout bij." En daarna, in augustus, terwijl we onze boot afmeerden in Porto Vecchio, loopt ze langs me heen met stootkussens in haar hand en zegt, in het bijzijn van een bevriend stel dat met ons mee was gekomen op een boottocht: "Dit is de laatste keer, vuile klootzak." Onze vrienden draaiden zich verbijsterd om, en ik zei: "Wat?", en heel onschuldig, met een glimlach alsof er niets aan de hand is, zegt ze, terwijl ze haar stem verheft om zich beter verstaanbaar te maken: "Ik zei dat ik de stootkussens wel zal bevestigen!" Dat is wat er is gebeurd!'

Hij onderbrak zichzelf, lachend als een wanhopige, vervolgens hield hij op met lachen en vroeg me welke plaat het was die we hoorden. Ik zei Radiohead, en hij bleef een tijdje in stilte luisteren; het was een passage waarin de tekst *we are accidents waiting to happen* voorkwam, en hij gaf commentaar op die regel, hij zei dat hij het mooi vond. Maar het was duidelijk dat hij nog niet klaar was. Inderdaad, na een poosje:

'Maar gisteravond is ze over de schreef gegaan. Gisteravond is ze echt over de schreef gegaan. Zo kan het niet doorgaan, Pietro, en gisteravond heb ik haar dat gezegd. Francesca, heb ik gezegd, er is iets mis met jou. Je zegt verschrikkelijke dingen en je merkt het niet eens; ik kan niet langer doen alsof mijn neus bloedt. Kalm en rustig, maar ik heb het wel tegen haar gezegd. Vanavond, heb ik gezegd, tijdens het eten met Fiorenza en company, ben je echt te ver gegaan, en ze hebben het allemaal gehoord, wat dacht je? Ze hebben het gehoord. En weer vroeg zij me: "Wat zou ik dan gezegd hebben?", en ik heb het herhaald, letterlijk, omdat ik het nooit zal vergeten, en zij werd onmiddellijk nijdig, gelijk, wham, zoals die avond met Tardioli, en sindsdien had ik er niets meer over gezegd, weet je. Ze werd nijdig, ontkende, maar omdat ik doorzette – ik probeerde kalm en aardig te blijven maar ik zette wel door – zei ze tegen me dat ik gek was, begrijp je, ik, ze zei dat ik echt niet normaal was en dat ze bang van me werd, en ze is bij haar zuster gaan slapen. Dat is er gebeurd!'

Ik ergerde me nu steeds meer aan dat verhaal van Piquet, ik was werkelijk gegeneerd. Het akelige was dat het verhaal mij deed denken, door de manier waarop hij het vertelde, met die bezeten ogen, dat hij inderdaad gek was – en ik had jaren bij hem in de buurt gezeten op kantoor, en op dat moment zat hij ook nog in mijn auto. Dat is geen aangename ervaring. Maar tegelijkertijd zat er iets plausibels in zijn verhaal, dat me ertoe bracht hem te geloven, en me zijn Francesca voor te stellen als bezeten door een meedogenloos syndroom dat maakt dat ze van tijd tot tijd, en zonder dat het tot haar doordringt, een ogenblik de dagelijkse inspanning opschort waarmee ze hardnekkig het boze dat in haar schuilt verhult met banaliteiten – ze heeft het helemaal gehad met die kasuarisman met wie ze zich zo onbezonnen heeft verbonden, maar ze is nog niet in staat dat te erkennen. Ten slotte, in plaats van mezelf te dwingen om te kiezen wie van de twee nu gek was, hij of Francesca, concludeerde ik uit het verhaal van Piquet dat ze het allebei waren, op die wanhopige en voor de rest van de wereld ongevaarlijke manier waarop mensen gek worden die denken dat ze van elkaar houden en dan merken dat het niet zo is, en dat het nooit zo is geweest, dat het alleen maar een kwestie was van een flinke dosis serotonine op een kritiek moment van hun leven, en die elkaar vervolgens haten en dodelijk kwetsen tot de dag dat ze elkaar voorgoed verlaten. Daarom beviel dat verhaal me niet, en gaf het me een ongemakkelijk gevoel. Verder was ik nieuwsgierig, bijna ziekelijk nieuwsgierig, tegen mijn wil, om te weten wat Francesca de avond daarvoor had gezegd, maar ik begreep niet of Piquet bewust had nagelaten dat te vermelden of klaarblijkelijk zo overstuur was dat hij niet eens had gemerkt dat hij het me niet had gezegd. Ook dat was onaangenaam. Hij zweeg opnieuw, maar hij was nog niet klaar, dat was duidelijk, en het enige wat ik kon doen was op de klok van het dashboard kijken. Het was 15.15, in het ergste geval zou deze situatie nog een halfuur duren, dan zou Claudia uit school komen en zou alles voorbij zijn.

'Vanmorgen ben ik naar Tardioli gegaan,' zei Piquet na een lange stilte. 'Hij is de enige getuige die ik heb. Hij weet dat ik niet gek ben.'

'En wat heb je tegen hem gezegd?'

'Want het zou wel eens waar kunnen zijn. Mijn hoofd barst, mijn vrouw achtervolgt me, met mijn zoon gaat het slecht, die vervloekte fusie put ons allemaal uit... Het zou wel eens waar kunnen zijn dat Francesca die dingen helemaal niet zegt, dat ik ze hoor omdat ik gek aan het worden ben. Als Tardioli die avond bij mij thuis er niet bij was geweest, zou ik echt erover denken naar een psychiater te gaan. Dat zou eigenlijk eenvoudiger zijn: dokter, ik hoor dingen die iemand nooit heeft gezegd, ik ben ziek, genees me, geef me druppeltjes. Punt uit. Dat zou eenvoudiger zijn. Maar Tardioli was er, en hij heeft het gehoord en gezien. Het eerste wat ik vanochtend heb gedaan is naar hem toegaan. In de hoop, dat zweer ik je, dat hij zich niets zou herinneren. In de hoop dat hij naar me zou kijken zoals je naar een gek kijkt...'

'Maar?'

'Maar hij was er niet. Hij was in Parijs. Mag je raden waarom! Vanwege de fusie.'

Op dat moment lachte Piquet, vervolgens haalde hij zijn mobiel uit zijn zak, schakelde hem in en belde een taxi. Het regende nog steeds, maar zachter. Hij kon zich de naam van de straat niet herinneren, vroeg het aan mij en ik zei het. Hij wachtte tot ze hem het nummer van de taxi doorgaven, hing toen weer op en schakelde zijn mobiel weer uit.

'Goed, Pietro, ik ga,' zei hij. 'Sorry voor de ontboezeming, echt waar. Ik zal wel een egoïst lijken. Jij bent hier, met je ellende, en ik kom je mijn futiliteiten vertellen. Maar het lukte me niet langer om het voor me te houden, niet na gisteravond.'

'Nee, stel je voor,' mompelde ik. 'Je hebt er goed aan gedaan om je hart uit te storten.'

'Op kantoor kun je met niemand praten, weet je. Je hebt daar geen echte vrienden. Jij bent de enige die ik vertrouw. Misschien omdat ik – hier grinnikte hij – jou een tijd geleden onrechtvaardig heb behandeld...'

'Zand erover.'

'Natuurlijk...'

Hij omhelsde me, kuste me en zei: 'Hou je taai', en is uit de auto gestapt – absurd omdat het nog steeds regende, hij geen paraplu had en de taxi nog niet was gearriveerd. Hij liep om de auto heen, kwam bij mijn raampje en beduidde mij het omlaag te draaien. Dat heb ik gedaan.

'Ik hoef je natuurlijk niet te zeggen dat je er met niemand over moet praten, over die zaak. We zijn allemaal nogal kwetsbaar in het bedrijf. Als ze iets dergelijks te weten komen, heb ik het gehad.'

'Maak je geen zorgen,' zei ik.

'En ik schaam me, Pietro. Ik schaam me. Praat vooral met niemand over wat Francesca gisteravond heeft gezegd. Ik smeek je...'

Ik had het dus goed begrepen, hij was zich er niet van bewust dat hij het me niet had gezegd.

'Wees gerust,' heb ik geantwoord. 'Ik zal er met niemand over spreken.'

Voorovergebogen naar het raampje in de regen, drijfnat, smekend, zijn ogen geïnjecteerd met pijn, deed hij me denken aan Harvey Keitel in *Bad Lieutenant*, wanneer hij de twee meisjes lastigvalt.

'Dank je, Pietro.'

Maar wel veel lelijker dan Harvey Keitel. Vooral veel belachelijker, met dat pleistocene voorhoofd en dat jongensjackje dat om zijn borst knelde. Het spijt me dat ik het zeg, en misschien zou ík het niet moeten zeggen, iemand die zich Dead Man Walking heeft horen noemen vanwege zijn afgunst, waardoor het een soort wraakneming zou kunnen lijken: maar hij was belachelijk. Er was niets heroïsch aan hem; dat had er wel kunnen zijn – een man verstrikt in de klauwen van een grote stad, gestrest, bedreigd door vele gevaren en alleen met zijn pijn, die in de regen op een taxi staat te wachten om vier uur 's middags om terug te keren naar een soort hel die zich nu voor hem overal bevindt; misschien had er juist iets heroïsch aan hem moeten zijn; maar het was er niet, hij was alleen maar belachelijk.

9

En vanochtend, Marta.

Marta is mijn schoonzuster, maar het kost me veel moeite om haar schoonzuster te noemen. Ze is altijd heel mooi geweest; op een dag, dertien jaar geleden, toen ze negentien was, spijbelde ze van school om de stad in te gaan met een vriendin om naar de etalages te kijken. Opeens gebeurt er iets, of liever er gebeuren twee dingen, en haar schoonheid wordt openbaar: uit de winkel van Krizia, op de Via della Spiga, komt een junk die zojuist een roofoverval heeft gepleegd, en hij lost een pistoolschot in de lucht; precies op dat moment neemt een Japanse toeriste (die later in werkelijkheid een spion zal blijken te zijn die naar Italië is gestuurd om modellen te kopiëren) een foto van de etalage. Opschudding, geschreeuw, de junk ontsnapt, de winkelmeisjes komen doodsbenauwd naar buiten, de politie arriveert, Marta en haar vriendin gaan ervandoor omdat ze op school zouden moeten zijn en daar niet gezien willen worden. De volgende dag publiceren de kranten de foto gemaakt door de Japanse, die ervoor heeft gezorgd dat de junk al geïdentificeerd en gearresteerd is. De foto toont het volgende: Marta op de voorgrond, rechts, het evenbeeld van Natalie Wood in *Splendor in the Grass*, volkomen scherp, ook al draait ze zich met een ruk om, met een haarlok die opwaait vanwege de beweging, en in haar ogen een uitdrukking van onbedwingbare vreugde (een vreugde die ze uiteraard helemaal niet voelt omdat het meer een kwestie van verbijstering was, of van angst vanwege het net geloste pistoolschot), en de overvaller op de achtergrond, met het wapen in de hand en de zak met de buit in de andere, herkenbaar maar volkomen onbeduidend vergeleken bij haar. Geen vriendin te zien, de opname heeft haar buitengesloten. Een formidabel snapshot, vol schoonheid en beweging. Zoals voor ettelijke miljoenen mensen was het ook voor mij de eerste keer dat ik Marta zag; zoals ieder van hen, dacht ook ik bij het zien van de foto niet aan de roofoverval, aan het toeval dat de foto net werd genomen op dat moment of aan de pech van die arme donder die een te hoge prijs zou moeten betalen voor het kwaad dat hij had gedaan: ik dacht alleen maar aan dat mooie meisje. Ik was juist verhuisd naar Milaan, had een contract als auteur bij een show op Canale 5. Ik had iets in mijn kop gezet en overreedde de andere auteurs haar op te sporen om haar iets in ons programma te laten doen. Het lukte ons haar in twee dagen op te sporen, ze deed auditie en werd aangenomen. Ik ging de avond daarop met haar uit eten en dezelfde nacht belandde ik, tot mijn verbazing, met haar in bed. Na mij gingen er achtereenvolgens nog drie mannen met haar naar bed die bij het programma werkten, met inbegrip van de presentator, een beroemdheid, en dat allemaal nog voordat het programma was begonnen. In september debuteerde Marta in de show, maar toen was ze al heel bekend. De foto van de overval was gekocht door een haarmiddelenfabrikant en was te zien in alle kranten van Italië, op reclameborden langs de wegen, en op bussen. Het programma ging goed en Marta werd een tv-sterretje.

Toen leerde ik Lara kennen, haar oudere zus. Van tijd tot tijd nam ik haar mee naar de opnames; ze was iets minder mooi, iets minder jong en veel minder gevaarlijk dan zij. We werden verliefd, zoals men pleegt te zeggen, en we werden een stel. Het jaar daarna werd Lara zwanger, tot onze niet geringe verrassing; we besloten het kind te houden en gingen samenwonen. In dezelfde periode werd ook Marta, tot onze nog grotere verrassing, zwanger van een choreograaf, maar toen ook zij besloot het kind te houden verliet de choreograaf haar. Ze raakte haar werk kwijt, baarde het kind, wist zich erdoorheen te slaan, begon weer iets bij de televisie te doen, maar intussen was de wind gedraaid, en kreeg ze het moeilijk. Toen het kind vier jaar oud was waaide de wind weer uit een andere hoek, en werd Marta aangenomen om een nogal belangrijk modeprogramma te presenteren. Het programma had succes, maar zij werd weer zwanger, van de producer, en alles begon weer opnieuw. Zij wilde het kind houden, de producer liet haar in de steek, zij kon de tweede serie van het programma niet presenteren omdat ze moest baren, en ze was weer terug bij af. Er volgde een beroerde periode, waarin Marta haar belangstelling voor het werk, voor haar schoonheid, voor de toekomst en zelfs voor haar kinderen verloor, om zich fanatiek te wijden aan zelfvernietiging. Toen ze echter op het punt scheen te staan deze te voltooien, stierven opeens haar ouders vlak na elkaar, in zes maanden tijd, en hield ze daarmee op. Ze was zevenentwintig en nog steeds heel mooi, maar ze had al twee kleine kinderen en alles zat haar tegen. Ze besloot de televisie de rug toe te keren, kocht een huis van de erfenis, wist zich uit de nesten te werken waarin ze was terechtgekomen, en begon mij en Lara regelmatiger te bezoeken. Ze besteedde veel tijd aan de kinderen en begon toneellessen te nemen. Ze had een affaire met een getrouwde architect, die anderhalf jaar duurde, maar toen hij zijn gezin verliet voor haar, verbrak zij de verhouding. Vanaf dat moment is ze verzeild geraakt in de esoterie, macrobiotiek, ayurveda en yoga. Ze is in het theater begonnen, kleine rollen, met veel enthousiasme en weinig voldoening. Afgelopen zomer is ze bij ons aan zee geweest, en toen was ze helemaal blij omdat ze in december bij een heel behoorlijk gezelschap de hoofdrol in *Gelukkige dagen* van Beckett zou gaan spelen. In die dagen gedroeg ze zich zowaar als schoonzuster. Ze hielp Lara bij de voorbereidingen van ons huwelijk, paste op de kinderen als Lara en ik 's avonds uit eten gingen, zorgde voor een explosie van fel gebloemde tafelkleden op de tuintafel en heeft zelfs voor ons gekookt – vooral Mexicaans, en ook een keer sushi. Daarna is ze teruggekeerd naar Milaan, en zijn wíj nog een week aan zee gebleven, en aan het eind van die week is Lara gestorven. Op tweeëndertigjarige leeftijd is Marta nog steeds mooi, lijkt nog steeds op Natalie Wood, en is praktisch alleen op de wereld. Het lukt me echt niet om haar schoonzuster te noemen.

Vanochtend, drie uur geleden, belt ze me op en zegt dat ze met me moet praten. Ik zeg dat ze kan komen wanneer ze wil en zij zegt ik kom gelijk. Ze arriveerde een kwartier later, in haar krakkemikkige Twingo, en reed langs me heen terwijl ze gebaarde dat ze een parkeerplaats ging zoeken. Ik bleef in de auto zitten omdat het regende, en volgde haar door de voorruit met mijn blik. Ik zag dat ze twintig meter verderop stopte, waar een of ander figuur mobiel stond te telefoneren voor het geopende portier van een Smart. Zij vroeg hem, met gebaren, of hij op het punt stond weg te gaan en het figuur knikte van ja, maar ging door met bellen en Marta bleef midden op straat staan wachten. Achter haar vormde zich een kleine file, terwijl die man bleef bellen alsof er niets aan de hand was. Een oude man in een Peugeot, direct achter haar, werd ongeduldig en begon te toeteren; andere auto's, weer achter hem, namen dat over en Marta moest uit het raampje leunen om uit te leggen, nog steeds met gebaren, dat ze stond te wachten om de plaats van die Smart in te nemen. Het figuur was klaar met zijn gesprek, sloot zijn paraplu, stapte zeer kalm in de auto, bleef nog een poosje rommelen met wie weet wat, en reed toen eindelijk weg waardoor de plaats vrijkwam. Marta zette de auto in de versnelling maar schatte de bocht verkeerd in waardoor ze te scherp indraaide en het haar niet lukte om de vrije plaats recht in te rijden. Ze reed weer achteruit maar bij de tweede poging maakte ze precies dezelfde fout en kwam weer vast te zitten. De oude man begon weer te toeteren, en werd onmiddellijk nageaapt door de anderen achter hem. Marta reed achteruit om het nog eens te proberen, maar intussen had ze zich nog verder verwijderd van de juiste bocht en nu moest ze een ingewikkelde manoeuvre maken om recht in te kunnen parkeren. De oude man in de Peugeot ging letterlijk op de claxon liggen, alle anderen met zich mee sleurend – en er was nu een lange file ontstaan. Een hels kabaal. Ik ben uitgestapt om haar te gaan helpen, ik stak mijn hand op om haar te beduiden op mij te wachten, maar zij reed weer naar voren, voortgedreven door het woeste getoeter van de auto's in de file. Weer probeerde ze de vrije plaats in te rijden met dezelfde verkeerde bocht, en uiteindelijk kwam ze met haar zijkant vast te zitten tegen de bumper van de auto ernaast, een gloednieuwe c3. Terwijl ik begon te rennen, leek het of alle claxons van Milaan zich over haar uitstortten, en ik zag dat ze zich omdraaide, overstelpt door dat kabaal, de zijkant van de Twingo bekneld tegen de andere auto, niet meer in staat om voor- of achteruit te rijden. Ik was nog een eind weg, maar in haar blik kon ik al een flits van ware wanhoop onderscheiden, tijdens een lang moment waarin ze moet hebben gepoogd nog één keer de situatie onder ogen te zien, waarna haar hoofd achteroverviel en ze begon te maaien met haar armen. Ik dreef de oude man die bezig was uit zijn Peugeot te komen weer naar binnen, en toen ik bij de Twingo aankwam was Marta bezig haar tas te legen op de andere stoel: schoonheidsmiddelen, sleutels, portemonnees, agenda, pepermunten, tissues, kassabonnen, briefjes, alles lag verspreid op de bank, terwijl de nu helemaal uitzinnige claxons de trompetten van het Armageddon leken. Ik stortte me in de auto, en intussen was Marta ook haar zakken aan het legen: nog meer sleutels, briefjes, snoepjes, kleingeld, enz. 'Marta,' zei ik, 'laat me erbij', maar ze was er niet meer. Met een verslagen blik en een gelukzalige glimlach op de lippen begon ze zich uit te kleden: weg met het jack, weg met de trui, weg met de laarzen. Ze deed het gedreven maar tegelijkertijd met een vreemde, ingehouden kalmte, alsof ze zich van al die spullen ontdeed alvorens de zee in te duiken, wetende dat ze verslonden zou worden door een walvis die haar voor altijd een veilige plek zou bieden in zijn buik. Intussen was de oude man uit zijn Peugeot gestapt en stond te tieren tegen de achterruit. Ik ben op de bestuurdersplaats gegleden, waarbij ik de halfnaakte Marta tegen het portier aan moest pletten om met mijn voeten de pedalen te kunnen bereiken, ik omvatte het stuur en zette de auto in de eerste versnelling. Een paar heel lange seconden overstemde het geluid, geproduceerd door de zijkant van de auto tegen de bumper van de c3, dat van de claxons en het leek werkelijk catastrofaal – het geluid van een onherstelbare gebeurtenis – maar toen was alles afgelopen: de Twingo stond niet meer midden op straat, de file loste zich op en de stilte keerde weer. Ik ontspande me en schoof opzij waarbij ik probeerde de spullen van Marta die overal verspreid op de stoel lagen niet te verpletteren. Nauwelijks was ik opgehouden haar tegen het portier te pletten of ze glimlachte tegen me, deed de laatste knopen van haar bloesje los en zat toen in haar beha. Pas op dat moment realiseerde ik me dat uit haar stereo hetzelfde nummer van Radiohead kwam dat gisteren de belangstelling van Piquet had gewekt – met de tekst *we are accidents waiting to happen*.

Een halfuur later zaten we aan een tafeltje in de bar tegenover de school. Marta huilde maar ze was gekalmeerd omdat ik bleef zeggen dat alles in orde was – en dat was ook zo, alles was in orde. Huilend zei ze dat ze naar buiten wilde, in de openlucht, en we verlieten de bar. Het regende niet meer. We liepen langs de school, we kwamen het Downkind met zijn moeder tegen, ik deed hetzelfde spelletje met het alarmsysteem van de auto en vertelde haar over het geheim tussen mij en dat kind. Zij hield op met huilen en glimlachte. We zijn op een bank in het parkje gaan zitten en glimlachend zei Marta tegen me wat ze me moest vertellen.

'Ik ben zwanger,' zei ze.

'Jezus christus. En van wie?'

'Van de decorontwerper van het gezelschap. Hij is jonger dan ik.'

'Hoeveel jonger?'

'Zes jaar.'

'En weet hij het?'

'Nee. We zien elkaar niet meer.'

'Hoezo zien jullie elkaar niet meer? En de voorstelling dan?'

'We zien elkaar soms bij de repetities. Maar we hebben niets meer met elkaar.'

'En hoeveel maanden ben je op weg?'

'Vier.'

Hier begon ze weer te huilen, misschien omdat ze kon raden wat ik dacht: als ze vier maanden op weg is, betekent dat dat ze het in augustus aan zee al wist maar dat ze het geheim heeft gehouden – dat ze het vooral geheim heeft gehouden voor Lara. En nu is Lara er niet meer.

Het was heel moeilijk om iets te zeggen. Ik ben haar vader niet, ik ben haar broer niet, ik ben ook niet de vader van een van haar kinderen, maar Marta heeft nu alleen nog maar mij op de wereld, en ze was dan ook naar mij gekomen, en het was aan mij om iets tegen haar te zeggen. Maar dat was moeilijk, en ik heb niets gezegd. Ik heb haar omhelsd, dat heb ik gedaan. Ik heb haar stevig omhelsd en zij ging in mijn armen door met huilen, stamelend dat ze een ongelukskind was, dat ze nu haar rol in het stuk zou kwijtraken en opnieuw alles weer op zijn reet zou komen te liggen, zoals altijd, zoals altijd...

Ik weet niet hoe lang die omhelzing heeft geduurd – behoorlijk lang, in ieder geval –, en de situatie bracht me in verlegenheid, onder andere omdat bijna alle ogen die ons konden zien toebehoorden aan personen die net gewend waren geraakt om mij te beschouwen als de weduwnaar geworden vader van een kind op de school – de conciërges, de onderwijzeressen, de kioskhouder – en niemand van hen wist dat Marta mijn schoonzuster was. Maar waarschijnlijk heeft niemand ons gezien, op dat uur was alles daarbuiten verlaten. Wie ons zeker heeft gezien, is het meisje dat altijd haar golden retriever uitlaat in het parkje, ook zij is heel mooi, maar ze weet niets van mij af en hoewel we elkaar elke dag zien, groeten we elkaar niet eens. Maar tegenover háár, tegenover die schaamteloze blik waarmee ze mij doorboorde midden onder de omhelzing voelde ik me zelfs trots dat ik aangezien zou kunnen worden voor de minnaar van iemand als Marta – want dat betekende dat ik dat ook geweest had kunnen zijn. Dat was een lelijke gedachte, dat moet ik toegeven, van een narcisme, een egoïsme en een oppervlakkigheid die mij, gegeven de situatie, verbaasde; maar hij was bij me opgekomen, en het zou er niet toe bijdragen een beter mens van me te maken als ik dat verhulde. Overigens was het ook geen hoogstaand moment voor Marta die kort geleden haar zuster had verloren maar die om heel andere redenen leed, en ik hoop echt dat Lara niet de hele tijd 'op ons neerkijkt vanuit de hemel', zoals heel wat mensen tegen Claudia hebben gezegd om haar te troosten, of dat ze tenminste op dat moment even afgeleid was. Ik en Marta waren de twee mensen die het meest met haar verbonden waren, en in plaats van elkaar te omhelzen en te huilen om de grote leegte die haar dood had achtergelaten deden we het om iets heel anders: Marta dacht aan het in rook opgaan van haar rol in *Gelukkige dagen* en ik aan wat een mooi onbekend meisje van me zou denken als ze mij zag in deze omhelzing. Wat een zootje. En toch, terwijl we elkaar zo omhelsden, had ik helemaal niet het gevoel van morele laagheid dat ik heb nu ik eraan terugdenk, ik was inderdaad gegeneerd en trots om in een omhelzing met haar gezien te worden, net zoals zij – dat merkte ik heel duidelijk – inderdaad wanhopig was over de nieuwe moeilijkheden waarin ze zichzelf had gebracht; en dat alles had gewoon niets met Lara te maken. Voor de duur van die omhelzing leek het alsof onze lichamen, die zich aan elkaar vastklampten op zo'n tedere, samenspannende en sensuele manier, het schuldgevoel vanwege het verbannen van Lara uit onze gedachten naar elkaar terugkaatsten, totdat het uiteindelijk geheel werd opgeheven in die kortsluiting. Ik zeg dit nu, drie uur later, om op een of andere manier helder te krijgen wat er daarna gebeurde toen de omhelzing was afgelopen. Hoewel ik niets had gezegd, geen vragen had gesteld en er me er wel voor had gehoed om haar erop te attenderen dat er ook nog zoiets is als de pil, jezus, als condooms, vooral als je naar bed gaat met knullen die je een maand later niet meer ziet, en zeker als je al twee kinderen hebt van twee verschillende mannen en hebt besloten je leven beter in te richten; hoewel ik dus helemaal niets heb gezegd, hield Marta op met huilen, maakte zich opeens van mij los en keek mij aan met een boosaardige blik. Waarom? En waarom heeft ze vervolgens gezegd wat ze heeft gezegd? Als ik erover nadenk, geloof ik dat het te maken heeft met een schuldgevoel dat haar lichaam in staat was te onderdrukken zolang het tegen het mijne geklemd was, maar niet meer toen het weer los was.

Wat Marta vervolgens tegen me zei...

'Zijn jullie weer begonnen,' zei ze, en ging weer huilen.

'Waarmee?'

'Om niet meer te glimlachen.'

'Over wie heb je het?'

'Over jullie, de mensen. Iedereen.'

Er was boosaardigheid in haar blik. Boosaardigheid.

'Precies zoals de vorige keer,' hield ze aan. 'Wat is er aan de hand? Waarom houden jullie op met glimlachen als een kind vier wordt?'

Ik bleef stil, het was absurd om je te verdedigen tegen een dergelijke beschuldiging die ik niet eens begreep, maar dat maakte voor haar geen verschil, want ze barstte los alsof ik het had gedaan.

'Jullie realiseren je het niet eens, nietwaar,' ging ze door. 'Toch doen jullie het allemaal, allemaal tegelijk, alsof jullie je aan een of andere klotewet houden. Maar zou je me willen zeggen waar geschreven staat dat mensen moeten ophouden naar een kind te glimlachen als het vier wordt? Glimlach dan ook daarvóór maar niet, zou ik zeggen. Ook niet als het in de kinderwagen ligt, jezus. Jij werkt je de pleuris, staat dag en nacht klaar voor je kind, je offert je op, je verzorgt het, en je vraagt er niets voor terug, je doet het en verder niets. Dan ga je naar buiten, je brengt het naar de dokter, je brengt het naar de crèche, je haalt het weer op, je neemt het mee naar de supermarkt, en iedereen die je tegenkomt, iedereen, ook die klotetoeristen, als ze je met het kind zien, glimlachen ze naar je. Ze glimlachen naar hem, vanwege hem, maar ze glimlachen ook naar jou, ze glimlachen naar wat je samen bent. Het is mooi, weet je, en ook terecht om te glimlachen naar een moeder die op stap is met haar kind. Kortom, iedereen doet het juiste, en jij raakt eraan gewend, snap je? Dat glimlachen is energie die jou ter beschikking wordt gesteld, en jij raakt eraan gewend dat je erover kunt beschikken, je begint te denken dat, hoe chaotisch je leven ook is, jou in de buitenwereld, wanneer je met hem bent, de brede glimlach wacht, de energie, dat stelt je gerust. De mensen glimlachen tenminste naar je. Dan, opeens, van de ene dag op de andere, houden jullie ermee op. Dat gebeurde met Giovanni, toen hij vier was, en ik heb daar heel veel last van gehad. Ik ging naar winkels, liep door straten, ik kwam jullie opzoeken, en niemand glimlachte meer naar me. Wat is er, wilde ik jullie vragen, is hij te groot? Met zijn vier jaar? Wat is er, vinden jullie hem niet meer leuk? Wat is er aan de hand? Waarom glimlachen jullie verdomme niet meer? Toen is Giacomo geboren, en jullie zijn weer begonnen te glimlachen, weer allemaal tegelijk. Het is niet één keer voorgekomen dat ik met Giacomo naar buiten ging en dat jullie niet allemaal naar mij glimlachten als jullie me tegenkwamen. Jij ook, wat denk je wel, je hoeft echt niet zo'n gezicht te trekken, het is me opgevallen dat jullie je allemaal op dezelfde manier gedragen. In de kinderwagen, in de draagzak, en toen hij begon te lopen en naast mij waggelde terwijl hij mijn hand vasthield: het was een flits, een godvergeten fractie, maar als onze blikken elkaar kruisten glimlachten jullie weer, allemaal, en ik begon de energie van dat glimlachen weer te voelen en er mijn voordeel mee te doen. Maar nu ook Giacomo vier is zijn jullie weer opgehouden, en ik verdraag het niet. Ik zou het begrijpen als het gebeurde op zijn achtste of negende, het zou nog steeds moeilijk te accepteren zijn maar dan zou ik het begrijpen; maar vier is te vroeg. Dat is veel te vroeg...' Terwijl ze dit allemaal zei keek Marta me boosaardig aan, en je zou zeggen dat ze mij persoonlijk verantwoordelijk hield voor dat verhaal over dat glimlachen, de hoofdman van al degenen die niet meer glimlachten. Ik bleef zwijgen omdat ik dacht dat ze een halfuur daarvoor een zenuwinzinking had gehad, en die uitbarsting was daar waarschijnlijk een uitloper van; iedereen heeft het recht om agressief te zijn, zei ik tegen mezelf, en zij leefde zich uit op mij omdat ze alleen mij had. Maar in haar agressie bespeurde ik iets al te persoonlijks, waar die verklaringen volstrekt geen verklaring voor gaven. Tenslotte had ik haar nog maar net gered uit een soort inferno, haar gekalmeerd, haar getroost, en ik had me zelfs niet het geringste commentaar op het zoveelste bewijs van haar immorele gedrag laten ontvallen. Waarom zag ik hiervan niets terug in haar houding? Het antwoord op deze vraag zou irrelevant zijn, of mij überhaupt niet aangaan, als ik in die omhelzing niet voor de eerste keer een diepe band had gevoeld tussen haar en mij, iets toevalligs maar ook iets radicaals waardoor ons beider lot innig werd verbonden, alsof je je opeens realiseert dat je in hetzelfde schuitje zit. Des te meer omdat Marta, na een pauze waarin ze weer eventjes huilde en snel kleenex tussen haar tas en neus bewoog, weer overging tot een directe aanval, glashelder en ongegeneerd. Ze heeft zich niet verontschuldigd, ze heeft geen begrip gevraagd voor de moeilijke tijd die ze doormaakt, ze is me frontaal aangevallen.

'Ik wil niet dat het met mij zo afloopt als met Lara,' zei ze. 'Ik wil bemind worden.'

Dat had niets te maken met alles wat ze tot dan toe had gezegd, maar maakte wel de indruk de reden te zijn waarom ze was gekomen. Om mij dat te zeggen. Opnieuw zweeg ik en opnieuw was dat zinloos, omdat Marta doorging alsof ik ergens tegen had geprotesteerd.

'Behalve Claudia had ze alleen ons tweeën, Pietro, en wij hielden niet van haar. Het is vreselijk. En misschien dat ook Claudia, die niet toevallig veel meer op ons lijkt dan op haar, misschien dat ook zij niet van haar hield.'

Op dat moment, aangezien zwijgen geen enkele zin bleek te hebben, heb ik geantwoord: 'Maar, Marta, wat zeg je?' zei ik tegen haar, en ik erken dat het niet bepaald een overdonderende reactie was. Maar er kwam niets beters bij me op. Marta glimlachte naar me, de boosaardigheid in haar ogen was verdwenen en had plaatsgemaakt voor een vertrouwde blik van medeplichtigheid: ze had het voor elkaar, ze was erin geslaagd mij uit de tent te lokken.

'Jij hebt me gezegd dat Claudia rustig is,' zei ze, 'dat ze nooit huilt, dat ze 's avonds in slaap valt alsof er niets aan de hand is en dat ze zelfs niet bedroefd lijkt. Goed, Claudia lijkt niet bedroefd, jij lijkt niet bedroefd. Zou dat niet te maken kunnen hebben met het feit dat jullie niet bedroefd zijn? Lara sterft en jullie tweeën zijn niet bedroefd. Een mooie boel. Ik ben wel bedroefd, en ik krijg ook paniekaanvallen, maar om heel andere redenen. Ik lijd ook niet vanwege haar dood. Ik hield ook niet van haar.'

Opnieuw heb ik gereageerd – en steeds onhandiger omdat ik letterlijk die discussie werd in gesleept –, en dat had ik niet moeten doen.

'Maar waar heb je het over, Marta? Wij hielden van Lara.'

Nu leek ze heel voldaan, en glimlachte.

'Gelul, Pietro. Ik weet wat die arme vrouw doormaakte. Ik ging met haar mee naar yoga, naar de Chinese goeroe, naar helderzienden. Zij wist heel goed dat jij niet van haar hield, zij wist af van al jouw, hoe noemde ze dat ook alweer, van al jouw slippertjes, maar dat zei ze niet tegen jou omdat jij je er altijd wist uit te lullen met je geouwehoer over jullie eenheid, over de geest van jullie gezin, en uiteindelijk geloofde ze dat. Zij kon de waarheid niet onder ogen zien, dat is het, maar ze wist alles, en óf ze het wist, en het ging slecht met haar.'

'Het ging niet slecht met Lara. Het ging slecht met jou. Zij ging met jóu mee naar goeroes.'

'Probeer je er nu maar niet uit te redden!' steigerde ze. 'Het ging heel slecht met Lara! En ze had alle reden om er slecht aan toe te zijn, want haar man bedroog haar en niemand hield van haar, zelfs haar dochter niet.'

'Hou op, Marta. Overdrijf niet zo.'

'Tenzij...' – zei ze glimlachend – 'tenzij...' – en heel even kreeg ze dezelfde mythische uitdrukking, vereeuwigd op die foto voor de winkel van Krizia, dertien jaar geleden – 'tenzij je het niet eens hebt gemerkt.

Kijk me aan, Pietro, geef antwoord. Wist je echt niet dat het slecht ging met Lara?'

'Het ging niet slecht met Lara. Het ging slecht met jou, het is altijd slecht gegaan met jou, en het gaat klaarblijkelijk nog steeds slecht met jou. Met Lara ging het niet slecht.'

Ze keek me strak in de ogen, verbaasd, en opeens barstte ze in lachen uit.

'Fantastisch! Hij gelooft het niet! Je meent het echt! Je wist niet dat het slecht ging met je vrouw! Haar hart was letterlijk gebroken, zo slecht ging het met haar en jij wist dat niet eens...'

'Zo is het genoeg, schei daarmee uit. Met Lara ging het goed, en ik hield van haar. En ik maakte helemaal geen slippertjes.'

'O nee?' – ze verhief haar stem – 'En wat zegt de naam Gabriella Parigi jou? Lara heeft me meegenomen toen ze jou een keer volgde, en ik heb je met mijn eigen ogen dat huis op de Corso Lodi zien binnengaan terwijl je in Londen had moeten zijn! Wat moest je daar doen, werkbespreking?'

'Wat doet het ertoe, Marta, het is tien jaar geleden.'

'Ah, en omdat het tien jaar geleden is, doet het er niet toe? Mag ik je erop wijzen dat je dochter drie maanden oud was, drie-maan-den, en dat Lara een postnatale depressie had?'

'Marta, asjeblieft...'

'En die andere, de presentatrice? Wanneer was dat, vijf jaar geleden? Ja, dat was vijf jaar geleden, want ik was zwanger van Giacomo. Is vijf jaar ook te lang geleden? Doet zij er ook niet toe? De nacht van de Oscaruitreiking in Los Angeles, weet je nog? Herinner je de dame nog met wie je de Imperial Bedroom deelde in het Beverly Hills Hotel? Maar hoe weet ik al die dingen? Goed, het geval wil dat –'

'Luister, ik weet niet wat jou ertoe drijft om al die dingen op te rakelen, en ik weet vooral niet wat het met jou te maken heeft, maar het enige wat ik je kan zeggen is dat ik van Lara hield, en dat zij dat wist, en dat is alles. Ik heb haar misschien die twee keer bedrogen, en als je het echt wil weten, ik heb haar nog twee keer bedrogen, ja, vier keer in totaal, en allemaal in het begin, in de eerste jaren, toen ook ik, als ik zo vrij mag zijn, de behoefte had om een stommiteit te begaan; maar ik hield van haar, ik respecteerde haar, en het ging helemaal niet slecht met haar.'

Toen werd ze pas echt woedend, en dat was mijn verdiende loon, bedenk ik nu, omdat het me niet was gelukt mijn mond te houden.

'Luister, kom mij niet aan met die lulkoek!' tierde ze. 'Kom mij daar niet mee aan, begrepen? Ik pik het niet, ik ben haar niet! Ik ben nog slechter dan jij, wat dacht je? Nee, ik ben net zoals jij! Jij hebt altijd gedaan wat je uitkwam en je hebt je nooit iets aangetrokken van het effect dat het op Lara had, daaruit bestond jouw respect voor haar! Je bent zelfs met mij naar bed geweest!'

'Maar waar heb je het over? Toen kende ik haar nog niet.'

'Dat doet er niet toe!'

'Hoezo, dat doet er niet toe? Marta, je bent niet goed bij je hoofd. Misschien zou je hier niet moeten zijn, je zou naar een –'

Eindelijk, halverwege die nutteloze zin, na al die andere nutteloze zinnen die ik helaas al had uitgesproken, kreeg ik een heldere inval en nam de juiste beslissing: ik stond op en ben weggegaan. Ik heb haar daar achtergelaten en ben naar mijn auto teruggegaan, omdat ik kwaad aan het worden was; nee, omdat ik al kwaad geworden was, ik was buiten mezelf, en buiten mezelf werd de situatie steeds verwarder en grotesker terwijl hij binnen in mij helder bleef. Ik heb haar daar op de bank achtergelaten, en zij is daar een heel tijdje, minstens een uur, blijven zitten, uit trots misschien of omdat ze niet wist wat ze moest doen. Het werd pauze. Claudia heeft haar hoofd uit het raam gestoken en we hebben elkaar gegroet; juffrouw Paolina is naar buiten gekomen en ook haar heb ik gegroet; ik heb een paar telefoongesprekken gevoerd voor mijn werk, ik heb gerookt, ik heb een broodje gegeten en langzamerhand heb ik geprobeerd mijn kalmte te herwinnen, want op dat moment had het herwinnen van mijn kalmte de hoogste prioriteit. En dat was me gelukt, ik was weer kalm toen Marta opstond van de bank en op mij afliep. Ik hoopte dat ze me zou negeren, dat ze rechtstreeks naar de half gesloopte Twingo zou lopen die ik had geparkeerd terwijl zij zich uitkleedde – waarna ik mijn visitekaartje onder de ruitenwisser van de c3 had gestopt die zij had geramd, met daarop mijn telefoonnummer zodat ik de schade kon vergoeden die zij had veroorzaakt – maar ze kwam naar het raampje en boog zich voorover om met me te praten, net zoals Piquet gisteren had gedaan. Net als gisteren was het begonnen een beetje te motregenen, en die volmaakte herhaling, maar met volledig tegenovergestelde esthetische variabelen, had iets curieus: de dag ervoor een van de lelijkste mannen die ik ken, de dag erna een van de mooiste meisjes die ik ken, allebei in dezelfde absurde positie in de regen, om iets tegen me te zeggen door het raampje nadat ze eerst lucht hadden gegeven aan benauwenissen die ze al wie weet hoe lang koesterden.

'Weet je wat het laatste is dat Lara en ik samen hebben gedaan?'

'Nee.'

'We zijn naar een waarzegster geweest, in Gavorrano, op de dag dat jij de kinderen mee had genomen naar het Aquapark. Heeft Lara je dat verteld?'

'Nee.'

'En weet je wat ze tegen ons heeft gezegd, die waarzegster? Ze heeft ons de kaart gelegd en dingen tegen ons gezegd. Eerst heeft ze mij de kaart gelegd en gezegd dat ik succes zou hebben, heel veel succes, in het werk en in de liefde, en dat heel veel mannen verliefd op me zouden worden, maar dat ik helaas jong zou sterven. Daarna heeft ze het voor haar gedaan maar nadat ze de kaarten had omgedraaid wilde ze er niet eens over spreken. Lara heeft er echter op aangedrongen dat ze zou spreken en toen heeft ze gezegd dat ze niet alleen jong zou sterven, maar dat ze nooit enig succes zou hebben, op wat voor kutterrein dan ook, en dat ze alleen zou blijven, zonder man, zoals ze altijd was geweest. Toen is Lara in lachen uitgebarsten en heeft tegen de waarzegster gezegd dat ze zich vergiste omdat ze al een man had. De waarzegster keek naar de kaarten en herhaalde zonder een spier te vertrekken dat ze géén man had. Lara hield geamuseerd aan, ze noemde jouw naam, ze zei dat ze al elf jaar met jou was, ze zei dat jullie een dochter hadden en dat jullie begin september gingen trouwen, en dat de kaarten zich dus hadden vergist. De waarzegster luisterde naar haar, keek naar mij, keek naar de kaarten en toen weer naar Lara en zei, met de vriendelijkheid van mensen die slecht nieuws brengen: "Het spijt me, schat, maar wat ik je zeg is dat jij die man niet hebt..."

Toen is ze weggegaan; met haar natte haar, haar natte gezicht, en haar natte kleren is Marta, prachtig bewegend, naar de Twingo gelopen. Ze startte de auto en reed zonder problemen de parkeerplaats uit waar ze twee uur daarvoor niet in had kunnen komen. Ik heb me niet druk gemaakt over hoe ze zich voelde of wat ze kon aanrichten. Ook zij leek weer gekalmeerd te zijn, en ik heb het idee, ik weet niet waarom, dat ze naar de school van haar kinderen is gegaan en daar is blijven wachten in de auto, net als ik, tot ze naar buiten zouden komen.

10

Nu zit ik hier, op de tribune van deze oude sportschool, en het lukt me niet om er niet aan te denken. Claudia springt, buigt en draait vier meter onder mij, en samen met haar trainen andere kleine kinderen, en oudere jongens en meisjes, allemaal samen in een triomf van zuivere hoop – de hoop erin te zullen slagen de oefening ten einde te brengen, fouten weg te werken, opgenomen te worden in het team voor het volgende kampioenschap –, en ik moet me concentreren om niet aan Marta te denken. Het is zorgwekkend. Gewoonlijk zijn deze twee uren mijn yoga, maar vandaag heeft Marta mij verstoord, en ik ben bang dat er iets is veranderd. En niet alleen Marta: zij in de eerste plaats, maar ook Piquet gisteren, en Jean-Claude eergisteren. Ze zijn allemaal bij mij gekomen om te lijden, ze hebben hun pijn over me uitgestort en zijn vertrokken. Dat moet iets te betekenen hebben. Eerlijk gezegd is het nog maar sinds kort dat ik heb geleerd van deze plek te genieten. Vroeger was het de taak van Lara om Claudia naar de sportschool te brengen; ik doe dat pas sinds zij er niet meer is, nu de cursussen weer begonnen zijn, en het is een ware ontdekking. Het is echt mooi hier. Een oude sportschool waar tegelijkertijd vier turncursussen worden gegeven, van beginners- tot wedstrijdniveau, het is een mooi schouwspel dat ik me nooit had kunnen voorstellen: meditatief, zuiver, maar ook energiek, vrolijk en harmonieus. Het is perfect voor iemand zoals ik, die bij zijn dochter wil zijn, maar op een lichte manier, zonder te veel na te denken. Overigens is dit een soort tempel van lichtheid. De zwaartekracht lijkt hier overwonnen, een achterhaalde zaak; als je naar beneden kijkt vanaf de tribune zie je kinderen de handstand doen, de sprong over het paard, de boog, de spagaat, de radslag, de salto mortale, alsof ze echt gewichtsloos zijn – en met de draai die mijn leven heeft genomen is het voor mij een geschenk uit de hemel om er driemaal per week twee uur achtereen te mogen doorbrengen. En dan te bedenken dat ik dat geschenk al vijf jaar binnen handbereik heb, en dat ik me dat nooit heb gerealiseerd; ook Lara heeft zich dat niet gerealiseerd, ze bracht Claudia wel naar de sportschool maar ze bleef niet kijken, ze benutte die twee uur om naar de supermarkt te gaan, of naar de kapper, of andere boodschappen te doen. Maar wat voor leven hebben we geleid? Het ging slecht met haar – het schuldgevoel dat Marta mij heeft proberen aan te praten. Het is niet waar, het ging niet slecht met Lara. Waarom beweert Marta het tegendeel? En waarom zegt ze dat zij en ik en zelfs Claudia niet van Lara hielden? Ik hield van mijn vrouw, en Claudia hield van haar moeder. Tot zover is dat wat Marta zegt onwaar. En zijzelf? Hield ze van haar zuster? Hield ze niet van haar zuster? Haatte ze haar misschien, en is ze altijd op zoek naar iemand met wie ze dat schuldgevoel kan delen? Daarom is natuurlijk tijdens die omhelzing Lara uit mijn gedachten verdwenen, en lukte het mij zo egoïstisch te zijn dat ik me alleen maar bezighield met – Claudia, daar op de vloer; ik moet me op haar concentreren. De vrije oefeningen, Claudia staat op de diagonaal van de turnvloer, tweede in de rij, achter Gemma, en krijgt een standje van Gaia, de instructrice, vanwege de oude fout dat ze haar bekken beweegt. Een nauwelijks waarneembare fout die mij dan ook volledig ontgaat, maar het schijnt toch haar zwakke punt te zijn. Kijk, Gemma begint weer, en Claudia komt onmiddellijk daarna, ze doet een mooie reeks handstanden en sluit af met een overslag, en haar bekken lijkt me oké, volgens mij valt haar dit keer niets te verwijten, maar nee, de instructrice houdt de anderen tegen, loopt naar Claudia en zegt, waar iedereen bij is, werkelijk zonder enige tact, dat ze haar bekken weer heeft bewogen. Ze doet het zelfs voor, en maakt een handstand waarbij ze echter de fout grof overdrijft, zozeer dat ik het nu ook zie, terwijl ik zweer dat er eerder bij Claudia niets te zien was – dat kun je niet maken, mijn beste Gaia, Claudia bewoog haar bekken helemaal niet op die manier; zij is de enige die dat niet kan weten, maar haar vriendinnen weten het wel en zullen het tegen haar zeggen, Gemma zal tegen haar zeggen, hoor eens Claudia, of liever Claudina (want zo noemt ze haar, Claudina, vanuit de hoogte van haar dertienenhalf jaar, wat haar het oudste meisje van de groep maakt en tevens aanvoerster, reeds een halve kampioene, die overal medailles wint, dus voor de anderen een soort idool, vooral voor Claudia, die haar altijd achternaloopt en overdreven probeert haar in alles na te doen, niet alleen in de oefeningen, maar ook in haar gedrag en houding buiten de sportzaal, thuis en op school, natuurlijk met groteske resultaten, omdat Gemma al lichamelijk gevormd is tot een statige, zij het nog nimfachtige schoonheid, en bij haar kunnen bepaalde hoogst vrouwelijke poses wel natuurlijk lijken, maar niet bij Claudia, die in alle opzichten nog een klein meisje is), hoor eens Claudia, zal ze tegen haar zeggen, jij bewoog je bekken nauwelijks, die vrouw overdrijft, trek het je niet aan; en ik voel er bijna voor om de volgende keer een filmcamera mee te nemen om alles op te nemen om Claudia met haar eigen ogen het verschil te laten zien tussen haar werkelijke fout en hoe Gaia die voordoet. Een fout die er uiteindelijk louter uit bestaat dat ze op tienenhalfjarige leeftijd niet volmaakt is. Godbetert. Dat is wat op deze plek nog de meeste indruk op me maakt, de perfectie die wordt geëist. Je leeftijd telt hier niet, noch de moeilijkheidsgraad van wat je wordt geleerd, noch de bijna mathematische zekerheid dat je nooit zover zult komen dat je een olympische medaille zult verspelen door net een paar duizendsten van een punt minder te halen. Hier ga je allemaal voor perfectie, hoe dan ook – wat mij overigens buitensluit, omdat ik dat soort druk nooit in mijn leven heb gekend, ik weet niet wat het betekent, ik heb altijd geprobeerd de dingen zo goed mogelijk te doen, dat wel, en in sommige gevallen was ik gedwongen om ze goed te doen, op straffe van verlies van aanzien, geld, ja zelfs van genegenheid, maar ik heb er nooit van gedroomd om de perfectie daarbij te betrekken –, het absolute goed, de tien. Sinds echter is vastgesteld dat mijn dochter aanleg heeft voor turnen wordt ze achtervolgd met dat verhaal over perfectie, en ik heb geen idee wat het voor haar betekent. Lara had dat misschien wel, ze had jaren aan ballet gedaan, en ook daar is alles moeilijk, ook daar moet alles altijd perfect uitgevoerd worden; misschien had zij kunnen begrijpen wat Claudia voelt, maar ik niet. Overigens was Marta de goede leerling op ballet, de perfecte leerling; ze was de mooiste, ze was de jongste, ze was de beste, ze was de opstandigste, ze was alles in de overtreffende trap, ook de gelukkigste, totdat ze het op zich nam om eigenhandig haar ongeluk te bewerkstelligen – met het gevolg dat ze sinds die tijd de ongelukkigste was. Daarom had het eventueel Lara moeten zijn die niet van Marta hield, die haar haatte, maar zo was het niet, daarvan kan ik getuigen, Lara was heel dol op haar zuster. Kan het tegenovergestelde gebeurd zijn? Op een absurde, dostojevskiaanse wijze? Waarom haat je deze zoon, Fedor Pavlovic? Wat heeft hij jou voor kwaad gedaan? Hij mij niets, maar ik hem heel veel...En ik begrijp ook niet hoe het Claudia is gelukt om die druk te weerstaan, om niet te exploderen. Toch heeft ze het gered, toch redt ze het. Eisen ze perfectie van haar? Zij is gewoon begonnen ernaar te streven, millimeter voor millimeter – en ze heeft het klaarblijkelijk in bepaalde dingen ook bereikt. Ik was verbijsterd toen Gaia, de dag dat ik op de sportschool verscheen om Claudia in te schrijven voor het nieuwe jaar, terwijl ze haar goedkeuring uitsprak over mijn beslissing haar te laten doorgaan met de cursus (iemand moet haar op de hoogte hebben gebracht van wat er was gebeurd, wat haar had doen vrezen dat het meisje niet meer terug zou komen), een opsomming gaf van de punten waarop Claudia zich reeds als perfect kon beschouwen: de spagaat, de stand van de wreef... 'Perfect in welke zin?' vroeg ik haar, ervan overtuigd dat ze zou antwoorden: 'Goed, we hebben het over een meisje van tien, perfect in de zin van bevredigend', maar het antwoord was van een nietzscheaanse zuiverheid: 'Perfect in absolute zin.' Natuurlijk dient die perfectie op zich nergens voor omdat het min of meer gelijkstaat met het perfect in staat zijn je veters dicht te knopen vóór een tenniswedstrijd; maar het staat vast dat zij is bereikt, hetgeen je het recht geeft te geloven dat er nog meer te bereiken valt, en zo heeft dat niet bij mij horende woord zich een plek veroverd in het leven van mijn dochter. Daar komt nog bij dat Claudia de moeilijkste dingen, waarin ze – net als de anderen overigens – nog ver verwijderd is van de perfectie, al wel doet, en mij lijkt dit wonderbaarlijk want we hebben het over handstanden, spagaten, pirouettes, radslagen, voor- en achterwaartse salto mortales, en over een meisje van tien. Maar hierbinnen heerst de opvatting dat het niet van belang is dat ze die dingen doet zolang ze ze niet perfect doet. Ook Gemma maakt uiteindelijk vaker fouten dan dat ze erin slaagt de perfectie te bereiken, en het komt erop neer dat, ondanks de verbazing die je vanaf de tribune voelt bij het zien van dat waartoe deze wezentjes in staat zijn, het in de ogen van de instructrices niets is dan één lange reeks fouten. Een goed voorbeeld van een relatie tussen volwassenen en kinderen waarin kinderen geen enkel voordeel van de twijfel gegund wordt, nog eens wat anders dan ophouden met glimlachen! Het is waar dat ik niet lijd, ja, en dat ook Claudia niet schijnt te lijden, maar – het is belachelijk om daar ook maar de minste twijfel over te hebben – dat betekent niet dat we niet van Lara hielden. Wij – en daarmee bedoel ik ook Marta, want ook zij hield van Lara, tot het tegendeel is bewezen –, wij lijden nog niet; we zijn er tot nog toe zó mee omgegaan, of ik zou beter kunnen zeggen dat we er nog níet mee omgegaan zijn, we draaien eromheen, en we gedragen ons alsof er niets is gebeurd, alsof Lara, zeg maar, op reis is, en we wachten tot de pijn komt en ons leven overspoelt, terwijl we er ons voor het moment toe beperken om het leed van anderen naar ons toe te trekken, zoals mij overkomt, of gek worden midden in het verkeer, zoals Marta is overkomen – en nu zou het interessant zijn om te begrijpen waarom haar manier van gek worden, terwijl ze dat op vele manieren had kunnen doen, bestond uit het zich uitkleden. Kijk, nu gaan ze in een kring zitten, met gespreide benen, en buigen hun borst naar voren totdat ze zich letterlijk op de grond vleien, een onmogelijke houding. En zo beginnen ze te spelen, uitgesmeerd over de vloer. Het is niet te begrijpen wat er gebeurt, maar voor hen is er duidelijk een spel begonnen, georganiseerd door Gemma. Ze moeten om beurten iets zeggen, en nu is het Claudia's beurt, wie weet wat ze nu zegt, en de anderen lachen. Ook Gemma lacht, en daar is Claudia trots op. Knap engeltje, je hebt je idool aan het lachen gemaakt. Het ging niet slecht met Lara. Ze heeft Marta vergezeld naar de waarzegster, zoals altijd. In de loop der jaren is ze meegegaan naar een flink aantal genezers, pranotherapeuten, yogi's, goeroes, sjamanen, kwakzalvers, ayurvedisten, maharishi's, acupuncturisten, acupuncturisten zonder naalden, types-die-stenen-op-je-chakra's-leggen – hoe heten die verdomme ook alweer –, podologen die je voeten lezen, tricomanten die je haar lezen, Tibetaanse monniken die je aura reinigen met een schop, samoerai die het reinigen met de katana, ze zijn zelfs vorig jaar bij een vampier geweest, in de Corso Magenta, een Roemeen uit Transylvanië, die je voor € 150 25 centiliter bloed afneemt met een steriele naald, het opdrinkt, en dan zegt wat er met je aan de hand is en wat je moet doen om je evenwicht te hervinden. Maar het was Marta die Lara meenam, niet andersom, en Lara vergezelde haar om haar niet alleen te laten gaan. Marta heeft gewoon de rollen omgekeerd – alweer à la Dostojevski – nu gaan ze onder de evenwichtsbalk staan, het ene been op de valmat en het andere naar achter, om spagaatoefeningen te doen. Hierin is Claudia perfect, net als Gemma trouwens. Zozeer dat ze vanuit hun superieure hoogte met elkaar beginnen te kletsen waarbij ze de anderen negeren, en Gaia geeft ze een standje. En hoewel ze met haar eigen lichaam iets wonderbaarlijks doet, aangezien het plaatsen van de voet op de mat de hoek van de spagaat nog groter maakt dan 180 graden, en hoewel ze dat 'tot in de perfectie' doet, heeft de uitdrukking van voldoening die af te lezen is op het gezicht van Claudia alleen maar betrekking op deze berisping die haar verbindt met haar idool, met wie ze dan ook weer onmiddellijk begint te kletsen alsof er niets aan de hand is, en wie weet wat ze zeggen, wie weet wat Claudia op dit moment zegt, wie weet wat Gemma haar antwoordt, terwijl de pezen en de spieren van hun dijen zich blijven rekken en hun lichamen – het eenvoudige, minuscule, voorlopige lichaam van Claudia en het meer gewichtige, vrouwelijke en definitieve van Gemma – een paar ångström blijven winnen op hun oneindige reis naar de perfectie. Marta wil dat ik lijd, dat is duidelijk, ze wil dat ik me schuldig voel. Marta wil dat ik nadenk over de woorden die de waarzegster tegen Lara heeft gezegd kort voordat ze stierf: 'Je zult jong sterven', 'Het spijt me maar die man heb je niet'. Maar toen die woorden werden uitgesproken blaakte ze van gezondheid, en als ze niet was gestorven zou ze er zelf om hebben gelachen, ja, ze zou me alles hebben verteld over die waarzegster zoals ze me alles heeft verteld over de samoerai of over de vampier en we zouden er samen om hebben gelachen, want meer verdienden die lui niet. Ze is daarentegen, bij toeval, gestorven, en alleen achteraf gezien kunnen die woorden verontrustend lijken. Overigens balanceert elke uitspraak, ook de belachelijkste, die door iemand vlak voor zijn dood wordt gedaan, op de onduidelijke grens van de profetie, maar je moet nooit vergeten dat de tijd maar in één richting gaat, en dat wat je ziet als je de weg terug aflegt misleidend is. De tijd is geen palindroom, als je aan het eind begint en teruggaat lijkt alles een andere, verontrustende betekenis te krijgen, altijd, en je moet je door die dingen niet van de wijs laten brengen. Ik herinner me een beroemd proces tegen Judas Priest, een heavy-metalgroep die ervan werd beschuldigd twee jongens tot zelfmoord te hebben aangespoord met subliminale boodschappen die hoorbaar werden bij het achterstevoren afspelen van hun songs – zinnen als 'Neem een besluit!' of 'Probeer zelfmoord!' of 'Zelfmoord is mooi!' – waar halverwege de zanger van de groep in de rechtszaal verscheen met een flink aantal bandjes die hij achterstevoren voor het hof liet afspelen. Op een ervan stond een lied van Diana Ross, en, achterstevoren beluisterd, was duidelijk de tekst te horen 'Dood aan iedereen. Hij is de enige. Satan is Liefde'. Op de andere bandjes stonden songs van zijn groep, en waar de officiële tekst bijvoorbeeld luidde 'Strategische kracht / Het zal ze niet lukken' of 'Ze zullen onze liefde niet wegnemen', leverde het beluisteren in omgekeerde richting dingen op als 'Het is zo onwaarschijnlijk / Maar ik verdien het echt' of 'O, mama, kijk, die stoel is gebroken!' Nee, dat die waarzegster haar heeft voorspeld dat ze jong zou sterven heeft niets te betekenen. Dat zij hardnekkig mijn aanwezigheid aan haar zijde heeft ontkend, heeft niets te betekenen. Dat Lara inderdaad een paar dagen na die onzin is gestorven, heeft niets te betekenen. De jongens oefenen aan de andere kant van de zaal de handstand op de brug met gelijke leggers. De instructeur brandt ze af. De grotere zijn maar met zijn vieren; de anderen zitten aandachtig te kijken. Er is hier geen enkel contact tussen jongens en meisjes, geen woorden, geen blikken, niets, zelfs niet tussen de grotere, die buiten de sportzaal al zijn begonnen elkaar op te zoeken en uit te dagen. De meerderheid bestaat hier uit kinderen die iedereen de chaotische kalmte van hun sensualiteit opleggen, waarin geen plaats is voor de heteroseksuele aantrekkingskracht. Het is alsof er tussen de jongens en de meisjes een muur staat – en dankzij die muur zijn ze uiteindelijk in staat om zich veel beter op de oefeningen te concentreren. Het is bijzonder hoe een menigte waar kinderen in de meerderheid zijn altijd meer oplevert dan een waar volwassenen in de meerderheid zijn. Jawel, maar hoeveel dagen daarna is ze gestorven? Marta zei dat ze naar de waarzegster zijn gegaan toen ik de kinderen had meegenomen naar het Aquapark, dat was dus al in de tweede helft van augustus, ik denk omstreeks de twintigste, sterker nog, het was de dag van de Luigi Berlusconi-trofee hier in Milaan, ik herinner het me nog goed omdat Jean-Claude me belde om mij te vragen hem te vergezellen op de eretribune en ik was juist in het Aquapark en zei tegen hem dat ik niet kon, dus het was omstreeks negentien-twintig augustus. Lara is de dertigste gestorven, tien dagen later. En nu wil Marta dat ik me, op dit punt aangekomen, afvraag waarom Lara tien dagen lang niets tegen me heeft gezegd; waarom zij zich tien dagen lang het plezier heeft ontzegd om samen met mij om die onzinnige profetieën te lachen. Marta wil dat ik ga geloven dat Lara geheimen had, dat zij haar beter kende dan ik, sterker nog, dat ik haar helemaal niet kende, ze wil dat ik mezelf hiermee ga kwellen, en dat ik dat ga doen wat ik tot nog toe angstvallig heb vermeden, zoals het snuffelen in haar zaken en het openen van haar computer, maar dat zal ik nooit doen. Marta wil bemind worden, maar door wie? Een nog volmaakt lichaam, prachtige borsten, een kind op komst, Fedor Pavlovic. Naar beneden met haar borst, nog steeds in de spagaat, het voorhoofd rust op de knieën (indrukwekkend dat mijn dochter dat doet), en wie weet waar Jean-Claude nu is, wie weet wat die Gabriella Parigi op dit moment aan het doen is, wie weet wat het meisje met de golden retriever aan het doen is, ik heb zin gekregen om haar te leren kennen, ik heb zin gekregen om de verloofde van Piquet te leren kennen, om haar grof geschut te horen; ik heb zin gekregen om na te gaan of er iemand aan Lara dacht terwijl ze stierf – er moet een manier zijn – gezien het feit dat ik het veel te druk had met het redden van dat mens met die dikke reet. Claudia zit nu al meer dan een kwartier in spagaat, het ging niet slecht met Lara, ze had geen geheimen, ik ga niet in haar e-mail snuffelen en overigens heeft dat lied gelijk, we zijn slechts accidents waiting to happen en vandaag is Marta mij overkomen.

11

>Van: "Josie" <europa@thelightoflife.com>
>Aan: "Lara Siciliano" <larasic@libero.it>
>Onderwerp: Howard Y.Lee Workshop
>Datum: maandag 30 augustus 2004 13.38

Beste vrienden,
Hierbij willen wij degenen die zich hebben ingeschreven voor het seminar Het Overwinnen van Woede en Angst op 15 november a.s. in Bologna, mededelen dat de plaats van de bijeenkomst is gewijzigd, om redenen die buiten de verantwoordelijkheid van de organisatie liggen.
Het nieuwe adres is:
Fortitudo palestra furla
Via Ugo Lenzi 10
Bologna (centrum)
op 200 m afstand van de Paladozza, de oorspronkelijke plaats van het seminar.
Er zal in ieder geval iemand van de organisatie voor het Paladozza staan om alle mensen op te vangen die het niet weten.
verdere informatie op http://www.thelightoflife.com
****

Healing Light & Longevity Center
Bologna, Italy
Tel: (+39) 051 588.3808
Fax: (+39) 051 5883753
Email: europa@thelightoflife.com

12

>Van: "Gianni Orzan" <qwertyuiop@flashnet.it>
>Aan: "Lara" <larasic@libero.it>
>Onderwerp: paranoia
>Datum: maandag 30 augustus 2004 17.28

>Lara, ik schrijf je op een moment van plotseling toeslaande paranoia.
>Ik weet niet goed hoe het is gebeurd maar ik zit nu, om twee uur
>'s middags, in mijn huis, stoned, met een enorrreme zwarte hond die
>me wil verscheuren. Enorm, Lara. Enorm. Hoe is dat gebeurd? Hoe is
>dat in jezusnaam gebeurd? Die hond besnuffelt me, draait om me
>heen. Hoe is dat gebeurd? Welnu, Belinda is hier gekomen. Je kent haar
>niet, Lara, ik ken haar ook nog maar kort. Ze heet Belinda Berardi en is
>actrice. We hadden al een poosje telefonisch contact, en we moesten
>een keer een werkafspraak maken vanwege een reading voor kinderen
>die we samen gaan doen; en vanochtend belde ze me inderdaad, en
>vroeg of ik vrij was, en ik zei ja, kom maar langs, en zij zegt – en nu
>komt het – maar er is een probleem. Ik heb mijn hond bij me, zegt ze;
>en ik zeg wat is het probleem, neem hem maar mee, en zij zegt oké ik
>ben zo bij je, en ze komt. Ze is echt een puinhoop, dat meisje, ze is
>een fantastische, lichtgevende puinhoop, ze vergeet haar huissleutels in

>zaken gooit ze het mineraalwater om ze besmeurt zich met de room
>van moorkoppen er overkomen haar absurde toevalligheden ze is altijd
>half high ze lijkt altijd half verdoofd, maar ze is een wervelwind die
>huizen binnenkomt en alles schoon waait. Bepaalde dingen voel ik
>onmiddellijk, ik voel ze vanbinnen. Zij is het voor mij, of daar lijkt ze
>tenminste erg op. *She looks like the real thing*, Lara. Met alles wat erbij
>hoort. We moesten dus een reading voorbereiden, zij en ik, maar dat
>hebben we niet gedaan. Ik weet nu even niet hoe het gegaan is maar
>zij haalde wiet tevoorschijn en we zijn gaan roken. In plaats van dat
>werk te doen hebben we een grote joint gerookt. En ook die hond
>was er dus bij, minder enorm dan nu, en die wiet begint behoorlijk te
>werken, en opeens ik zit met haar te praten over het getal 4 en de
>Onzijdige Geest, begrijp je, en zij zegt ja ja ik ben altijd heel onzijdig
>geweest – dat geloof ik graag: je bent geboren in '76, zeven en zes der-
>tien drie en één vier, 4, dat wil zeggen de Onzijdige Geest als Godde-
>lijke Gave, je bent zeker neutraal. Ik sta op en geef de hond te drinken,
>dat soort dingen herinner ik me. Dan begint zij te praten, en ze maakt
>me aan het lachen, ze heeft een probleem maar het is onduidelijk wat
>het probleem is. Acteercursus. Praatzieke leraar. Gaat er niet meer
>heen. Het probleem is onduidelijk maar het is wel duidelijk dat ze het
>heeft. Een fantastische vrouw, denk ik. *The Real Thing*. Moet je verdom-
>me zien hoe ze wordt verteerd door dat probleem waarvan niet eens
>duidelijk is wat het is. Maar ze is sympathiek, zij moet ook lachen, en
>ondanks dat probleem van haar zie je dat ze ontspannen is, rustig: een
>meisje dat rookt en de hele middag voor zich heeft. En ik ontspan me
>ook, begrijp je, want ik heb ook de hele middag voor me, en we heb-
>ben het over de Onzijdige Geest, we lachen et cetera, totdat, tring,
>haar telefoon gaat. Ze neemt op – en nu komt het – ze verbleekt.
>Hoezo vandaag? Ik dacht dat het op de eenendertigste was, niet de
>dertigste, vast van overtuigd, ik zweer het je, ik weet niet wat ik moet
>zeggen, sorry, sorry, sorry, en wat nu? Echt? Oké, ik ga rennen, ik ben er
>over een kwartier. Ze had een nasynchronisatiesessie, de stomme trut.
>Volledig vergeten. Iedereen zat te wachten. Ze springt dus op, shit hier
>en shit daar, want zo ben ik nou altijd, altijd, en wat moet ik nu doen,
>en waar laat ik de hond, en ik – en nu komt het – laat hem maar hier,

>Belinda, ik pas wel op hem. Hier? Bij jou? Nee, dat kan niet, dan krijg je
>vast last van hem – maar wat moet ik daar met hem? Wil je echt op
>hem passen? Oké. En ze is vertrokken. Begrijp je? ZE IS VERTROKKEN.
>Stoned als een garnaal, ontdaan en verward, is ze in absurde haast
>weggestoven naar die nasynchronisatiesessie. Belinda, zeg ik nog, wat
>zal je nou rennen? Doe kalm aan. Denk na. Let op jezelf. Je staat op het
>punt om, in verdoofde toestand, een auto te besturen in het Laocoön-
>tische verkeer van Rome, om een of andere nasynchronisatiestudio te
>bereiken waar je een kolossaal modderfiguur zult slaan. Wat zal je nou
>rennen? Wat ga je in godsnaam tegen ze zeggen als je daar aankomt?
>Dat je hier was om joints te roken en te praten over de Onzijdige
>Geest? Jezus Beli, wat ga je zeggen? Bedenk iets. Denk erover na. Denk
>na, bid, doe kalm aan, en hou alles in de gaten, het is daarbuiten een
>jungle. En nu je er toch nog bent, voeg ik eraan toe, zou je me mis-
>schien kunnen zeggen hoe laat die sessie afgelopen is? Vraag ik niet
>zomaar – en nu komt het – maar om te weten wat ik met die hond
>moet doen. Of ik hem uit moet laten om te piesen of zoiets, of niet. Ik
>heb parket, als je begrijpt wat ik bedoel. Om halfzes, zegt ze. Het is om
>halfzes afgelopen. En ze vertrekt. En laat de hond bij mij. Maar aanvan-
>kelijk was hij niet zo enorm. Jezus, hij is enorm. Hij springt tegen me
>aan, besnuffelt me. En wedden dat hij zo meteen gaat stinken omdat
>zijn bazin hem in de steek heeft gelaten? Hij ziet mij, en met zijn kleine
>klotehersentjes verbindt hij de afwezigheid van zijn bazin met mij en
>verwijt het mij. En hij springt naar mijn keel, om me te verscheuren.
>Ik zweer het je. Wat moet ik dan doen? Hoe kan ik me verdedigen?
>Ik kan proberen hem te wurgen. Natuurlijk. Ik heb verhalen gehoord
>over honden die door mensen zijn gewurgd. Het lijkt zelfs de meest
>gebruikelijke manier waarop mensen honden doodmaken. Ze wurgen
>ze. Dat is zeker een mogelijkheid. Maar ik moet me wel goed voor-
>bereiden. Ik moet klaarstaan voor een gevecht op leven en dood. Met
>deze enorme, al te symbolische zwarte hond. En ik begin me mentaal
>voor te bereiden, dat wil zeggen dat ik me erop voorbereid om hem
>bij zijn keel te grijpen als hij op me springt, en om onmiddellijk hard te
>knijpen – dat is essentieel – beslist, dodelijk. Nee, ik lijk wel gek, waar-
>om zou ik hem het voordeel geven om het moment te kiezen? Ik ga

>niet wachten tot hij me aanvalt, ik zal hem voor zijn. Ik ga hem aan-
>vallen. Jazeker, om de eerste klap uit de delen. Ik ga hem bij zijn keel
>grijpen en hem wurgen. Hij zal zich vast in allerlei bochten wringen,
>maar wat kan mij dat verdommen, wring jij maar lekker, want als ik je
>zo bij de keel heb kun je mij niet bijten, zware druk gedurende twintig,
>dertig, veertig seconden, alles geconcentreerd op die handeling, alles,
>zoals de Lorenzaccio van Carmelo Bene, wanneer hij het zwaard diep
>in de borst van de tiran steekt; ik ga deze klotehond aanvallen voordat
>– begrijp je? – VOORDAT hij mij aanvalt. En ik wurg hem. Einde pro-
>bleem. En als zij straks terugkomt om hem op te halen, vindt ze een
>lijk. Helaas. Ze zal diep teleurgesteld zijn, dat is onvermijdelijk, maar ik
>zal tegen haar zeggen dat het nu eenmaal zo gaat, baby, alleen de sterk-
>ste overleeft. Die hond heeft een grote fout gemaakt, kleine. Hij heeft
>mij onderschat, hij heeft mij aangevallen. Begrijp je wat hij heeft ge-
>daan? Hij wilde zijn tanden in mijn keel zetten, hij wilde mij verscheu-
>ren. Daarom is hij dood. Ik heb me verdedigd, kleine, ik had geen
>keuze. Of hij of ik. Nee, het heeft geen zin dat je hem omarmt, dat je
>probeert hem te reanimeren, hij is morsdood. Dat verzeker ik je. Ik
>heb het gecontroleerd. Zij blijft maar huilen en ik spreek haar moed in,
>zo is het leven, kleine, en zij aanvaardt het, want zo zijn ze, Lara, de
>Real Things, ze zijn in staat het kwaad te aanvaarden, en er zelfs van te
>houden... Zo moet het gaan, en alles hangt alleen af van mij. Ik moet
>hem wurgen. Ik moet me concentreren, me voorbereiden. Daar is hij.
>Hij besnuffelt me, de bastaard. Dat is zijn oude tactiek, je prooi besnuf-
>felen totdat deze eraan gewend is om besnuffeld te worden, en het
>contact zonder angst ondergaat, en zich ontspant, om dan bij de zo-
>veelste keer, zac, zijn tanden diep in je keel te zetten. Ik ben toch niet
>gek? Zal ik dat niet weten? Hij besnuffelt me, of liever, doet alsof hij me
>besnuffelt want in werkelijkheid walgt hij van mijn geur, het is de geur
>van Degene Die De Plaats Wil Innemen Van Zijn Koningin, en daarom
>haat Hij mij. Hij wil mij doden. Jezus, een zwarte hond. Kan het symbo-
>lischer. Hij is zelfs niet meer het symbool van de duivel, hij is de duivel.
>Het Beest in eigen persoon. De Hond met een hoofdletter H. Ik heb
>de duivel in huis, jezus christus, en ik moet hem wurgen voordat hij MIJ
>GRIJPT. Maar ik daar ben nog niet sterk genoeg voor, ik voel het, ik ben

>niet klaar. Ik moet sterker worden. Ik moet kunnen beschikken over al
>mijn krachten, om niet te bezwijken. En waar ligt mijn kracht? In het
>schrijven. Jazeker, schrijven, daar ben ik sterk in. Kijk, Lara: nu herinner
>ik het me. Ik heb besloten sterker te worden door te schrijven. Ik ga
>mijn krachten verzamelen, heb ik tegen mezelf gezegd, daar waar ik
>sterk ben, ik ga schrijven. Ik schrijf Lara en dan wurg ik de hond. Dat is
>mijn strategie. En hier ben ik, ik heb verbinding gemaakt en ben begon-
>nen te schrijven. Om te vechten tegen de Duivel, Lara, om te triom-
>feren over het Kwaad. O ja, er is nog een andere paranoia: wat als
>Simona, laten we haar mijn *room-mate* noemen, thuiskomt, die geen
>moer afweet van deze hond en misschien wel bang is voor honden,
>vooral als ze Enorm en Zwart zijn, tenslotte ken ik haar niet zo goed,
>en die misschien een fobie voor honden heeft en misschien een hart-
>aanval krijgt alleen al bij het zien ervan, alleen al bij het horen van het
>woord HOND, weet ik veel? Het zou kunnen. Stel dat ze binnenkomt.
>Dat ze nu binnenkomt. Wat gaat er dan gebeuren? Zij gilt, valt flauw, en
>ik zal me dan veel kwetsbaarder voelen, jazeker, omdat ik haar vanuit
>de nobelheid van mijn hart hulp zal bieden, en me over haar heen zal
>buigen, en op dat moment zou de hond me naar de keel kunnen vlie-
>gen, me van achteren benaderend terwijl ik probeer een mensenleven
>te redden, begrijp je, we hebben het over Hem, beste mensen, niet
>over de eerste de beste boerenlul, over Hemzelf in eigen persoon,
>verreweg de grootste klootzak van allemaal, en óf hij het zou doen, en
>hij zou er zelfs van genieten, en ik zou bezwijken, en hij zou mij doden.
>Hij mij. O, nee. Zo mag het niet gaan. Dat moet ik voorkomen, ik moet
>aan alles denken. Ik moeten een bord buiten aan de deur hangen. Ten-
>slotte is schrijven op een bord ook schrijven. Ik schrijf het en hang het
>buiten aan de deur. SIMONA IK KAN HET JE NIET UITLEGGEN ER IS EEN GROTE
>HOND IN HUIS GA EEN EINDJE WANDELEN IK BEL JE ALS HIJ ER NIET MEER IS.
>Iets van dien aard. Goed geschreven. Helder. Buiten aan de deur. Maar
>ik moet het direct doen. Anders komt ze binnen, ze zou van het ene
>moment op het andere binnen kunnen ko– Help, hij blaft, hard. Help.
>De Hond Blaft. Hij is opgehouden. Is weer begonnen. Weer opgehou-
>den. Ik doe de deur op slot van mijn studeerkamer. Als Simona binnen-
>komt zoekt ze het maar uit. Ik sluit me op in de studeerkamer, zo, de

>deur is op slot, en nu ga ik denk ik Simona bellen. En dan zeg ik het
>haar persoonlijk, want dat idee van dat bord is kut. Ja, ik ga haar bellen.
>Op haar mobiel. Dat is makkelijk, we leven in het Tijdperk van de
>Mobiele Telefonie. Voilà, nu bel ik haar. Hij is vrij. Neem op, Simona,
>neem op. Nee, er wordt niet opgenomen. Jezus, ze hoort hem niet.
>Haar telefoon gaat om haar leven te redden en zij hoort hem niet, de
>gek. Maar natuurlijk zijn er altijd nog tekstberichten. Ik stuur haar een
>sms. Veel beknopter dan het bord. Al klaar: 'Kom niet thuis vdt (wat
>voordat betekent, want de jeugd gebruikt afkortingen in sms-berichten)
>tdt ik je tbl' (maar dat begrijpt ze denk ik niet, dat gedoe met die af-
>kortingen bevalt me niet, en Simona is wel jong maar ook weer niet
>zo jong) – terugbel: totdat ik je terugbel. Over en sluiten. Dat zal ze
>begrijpen. Dat zal de oude Simona wel begrijpen, en ze zal uit de buurt
>van dit huis blijven, waar ik me zal verzetten tegen het Kwaad met alles
>wat in me is. Ik zal me verzetten. Deze deur doe ik verdomme niet
>meer open. Dit is zelfs een beter idee dan hem te wurgen. Ik blijf hier
>binnen. Zo kan hij mij niet grijpen. Maar – o nee, nu opeens bedenk ik
>dat elk ogenblik de telefoon kan gaan voor een interview uit Canada.
>Uit Canada. In het Engels. Wat moet ik zeggen? Pizzano Pizza, of liever
>Pizano Piza, zoals zij het uitspreken, maar welke Pizano Piza? Ik worstel
>hier met het Duister *('I'm Here Struggling Against The Dark')* en jullie
>stellen me vragen over Pizzano Pizza? *('And thou Dare Asking Me About*
>*Pizano Piza.')* Natuurlijk, dat interview. Jezus. Zo meteen gaat de tele-
>foon en is het Canada voor het interview; ik, lul, doe dan het interview,
>en wie weet wat ik eruit kraam, high als ik ben, ik praat over Demonen
>en Zwarte Honden en schitterende Real Things, en dan verspeel ik
>voor altijd de Canadese markt. Canada, een land waar de mensen be-
>hoorlijk veel lezen, met al die kou. Ze lezen hun kinderen boeken voor,
>'s avonds, gezeten op de rand van het bed, geruststellend, geduldig,
>uiterst beschaafd, en onder die boeken zou ook het mijne kunnen zijn.
>Canada. Hopla, in één keer verspeel ik het, ik verspeel een van de acht
>meest geïndustrialiseerde landen van de wereld. Want ik geloof dat
>Canada deel uitmaakt van de G8. Dat weet ik bijna zeker. Het stelt
>niets voor maar het hoort erbij. Net zoals wij, overigens. Nee, nee, dat
>is niet goed. Ik heb er zo veel jaren voor gewerkt om me te laten

>interviewen door de Canadezen. Een leven lang. En nu ze toegehapt
>hebben help ik alles naar de klote vanwege deze ellende. O, Belinda,
>kom snel terug. Ren. Jij die altijd rent, ren naar mij. Red me. Deze hond
>is tenslotte van jou. Deze Zwarte Demon is van jou. Ik smeek je, laat
>die lui van de nasynchronisatie verrekken, allemaal. Dat modderfiguur
>heb je toch al geslagen. Laat zien dat je kloten hebt, laat je niet verne-
>deren, laat ze verrekken en kom onmiddellijk bij mij terug. Bij Hem.
>Niet dat hij me echt bang maakt, weet je, eigenlijk vind ik het wel fijn,
>maar juist het feit dat ik het fijn vind maakt me bang. Daarom vraag ik
>je om terug te komen. Kom. De dood wordt er ook minder absurd
>door, in ieder geval zullen we samen zijn als jouw demon mij aanvalt en
>verscheurt. Want dat zal hij doen, dat zal hij zeker doen. Ik weet toch
>wel dat ik hem nooit zal wurgen. Ik een hond wurgen? Hoe is het bij
>me opgekomen? Hij zal me GRIJPEN, en of hij mij zal GRIJPEN, maar zorg
>in ieder geval dat jij, Belinda, bij me bent als hij me Grijpt. Wat een
>ellende. Wees in ieder geval bij me, in mijn laatste uur. Kom nou. Kom
>terug. Zo snel als je kunt. Ik ben hier, weerloos tegen het Kwaad, tegen
>jouw Kwaad, zo alleen als nu ben ik nog nooit geweest. Deze wiet is
>fantastisch, jezus, moet je voelen hoe lang hij doorwerkt. Kom, Belinda.
>Nu tel ik tot drie en dan gaat de bel, en dat ben jij. Een. Twee. Drie.
>Vooruit. Kom. Ik smeek je, kom. Kom nou. Kom. Een twee drie: kom.
>Nu, precies op dit moment is jouw vinger op het punt op mijn bel te
>drukken. Een twee drie, kom... Nou ja, kom kom kom, maar intussen
>kom je niet, en moet ik het in mijn eentje redden. Nu jankt HIJ achter
>de deur. HIJ krabt. HIJ huilt. HIJ wil me in mijn gevoel treffen, de klootzak.
>Tactiek nummer 2: Het slachtoffer spelen. Wie toehapt is de Lul. Maar
>ik hap niet toe. Jank voor mijn part zolang je wil, Enorme Zwarte Hond,
>ik troost je niet. Ik heb deze situatie niet veroorzaakt. Ik heb geen en-
>kele schuld. Ook als jij, om maar iets absurds te zeggen, niet De Hond
>was, maar een heel normale onschuldige, lieve, zwarte hond die tijdelijk
>door zijn bazin is verlaten, en dus heel bedroefd is en een knuffel
>behoeft, ook in dat geval zou ik het recht hebben om je te laten lijden.
>Om geen risico te lopen, begrijp je. Dus jank gerust, ik zal me vanwege
>jou niet schuldig voelen. En ik zal me niet tot jou aangetrokken voelen.
>En ook al zou ik me aangetrokken voelen, zou ik dat nooit toegeven,

>dus sterf jij maar van hartzeer, ik doe niet open – maar bedenk dat zij
>die jou heeft verlaten ook mij heeft verlaten. Ja, Hond, zij heeft ons
>beiden verlaten, daarom kunnen we vrienden worden en ons samen
>bezatten en elkaar vertellen over al die anderen die hetzelfde hebben
>gedaan. Heel veel, hè? Dan moet er wel een probleempje bij ons lig-
>gen, denk je niet? Als ze ons allemaal verlaten, moet er wel een reden
>zijn. Ze verlaten ons voor een ander, voor een nasynchronisatiesessie,
>ze verlaten ons zelfs nergens om, jezus, wij hebben het voor elkaar ge-
>kregen om nergens om te worden verlaten. Ja toch, broertje? Zelfs
>nergens om lukt het ons niet ze vast te houden. Zoals Rispoli die voor
>de herhaling van Het Vliegend Tapijt om twee uur 's nachts een lager
>kijkcijfer kreeg dan de mist die Rai Due uitzond vanwege een storing.
>We zijn minder dan nul. Laten we vrienden worden, kom op. Nu doe
>ik open. Daar ben je dan. Mooi beest. Mooi beest. Kom. Je wilde je hier
>alleen maar lekker oprollen, hè, mooi beest. Zo ja, zo. Tussen mijn voe-
>ten, net als mijn oude Roy voordat Anna ook hem meenam, alles, tot
>de hond aan toe, maar daar heb ik het wel voor elkaar gekregen en
>na tweeënhalf jaar krijg ik de kleine Francesco en de hond terug,
>verdomme nog aan toe, en hoe het gaat gaat het maar ik zal
>altijd het gevoel hebben dat ik ze beiden heb gered, vraag me niet
>waarvan maar ik weet dat het er was en het was zwaar en had te
>maken met die uiterst diepe, duistere afschrikwekkende put die binnen
>in haar begint en reikt tot aan de ingewanden van de Hel. Over Real
>Things gesproken. Ik was dol op die put. Kortom, Enorme Zwarte
>Hond, waarvan ik niet eens weet hoe je heet, ga lekker liggen zoals
>mijn oude Roy deed, en zoals hij vanaf volgende maand weer zal doen.
>Kom, mooi beest, kom. Ons vrouwtje heeft ons verlaten, ja. Ze heeft
>ons alleen gelaten, ja. Je bent mooi, weet je. Heel zacht. Moet je zien
>hoe lekker hij het vindt. Wat een speels dier, moet je hem zien. Tring.
>DE CANADEZEN! De vaste telefoon! Bijna niemand heeft dat nummer!
>Ik heb het vanmorgen aan de Canadezen gegeven! Help... Hallo? Wie?
>Marcella? Uit Viareggio? Wat wil ze? Al jaren niets van haar gehoord.
>Ik overdrijf niet. Jaren. Hoe is ze aan dit nummer gekomen? Zal het iets
>ernstigs zijn? Nee, ze wil weten hoe je het moet aanpakken om een
>appartement in Rome te verhuren. Na jaren belt deze Marcella mij dus

>op om te vragen hoe je een appartement in Rome verhuurt. Ze legt
>me alles uit over het huis dat leegstaat, over haar oude tante, haar
>stervende oom, haar grootvader in een rolstoel. Wend je tot een
>woningbureau, zeg ik. Ah, zegt zij, een woningbureau? Natuurlijk, zeg ik.
>Een woningbureau. Had je daar niet aan gedacht, Marcella? Ik kan niet
>geloven dat je niet heb gedacht aan zo'n godvergeten woningbureau,
>zeg eens eerlijk. Ja, ik had er wel aan gedacht maar ik meende dat het
>gevaarlijk was. Gevaarlijk? In de zin dat ze je misschien later oplichten,
>nou ja ik wilde jou vragen of – Gevaarlijk, Marcella? Het zou gevaarlijk
>zijn om je te wenden tot een woningbureau? Zal ik jou eens zeggen
>wat gevaarlijk is? Wil je dat weten? Je in een huis bevinden met een
>Enorme Zwarte Hond tussen je benen, na wie weet wat gerookt te
>hebben samen met een fantastisch meisje, van het genre fantastische
>meisjes dat je hart heeft uitgehold, DAT is gevaarlijk. Jezus. Het woning-
>bureau gevaarlijk. Toch bedankt ze me, hoe gaat het met je, alles goed,
>hoe gaat het met het kind, prima, kom je wel eens in Viareggio, jezus
>christus ik kom er al tweeënhalf jaar, het ene weekend wel, het andere
>niet, Marcella, en dat moet jij weten ook al hebben we elkaar jaren niet
>gesproken, ja, ik weet zeker dat je het weet, wat een gelul die vragen
>van jou, en gaat alles goed met me, en ik zeg ja, oké laat wat van je
>horen als je komt, natuurlijk, dag dag. Te gek voor woorden. Het
>woningbureau gevaarlijk. In ieder geval waren het niet die Canadese
>klerelijers, en dat is al iets. De zwarte hond ligt opgerold tussen mijn
>benen, heel braaf, moet je hem nou zien, nog eens wat anders als me
>Grijpen en Verscheuren. Zo gaat het een stuk beter. Het is lekker koel,
>en het gaat uitstekend met me, het effect van de wiet begint een
>beetje af te nemen (wel flink zwaar spul), en ik vind dat het nu beslist
>beter met me gaat, ik heb nergens meer over te klagen, er heerst rust,
>de onvrede is uitgebannen, ik zit hier en ik zit hier goed. De dingen
>gaan toch zoals ze moeten gaan, punt uit. Jezus, wat zit ik me nu pro-
>blemen te maken? Simona is nog niet thuisgekomen om plotseling
>geconfronteerd te worden met een enorme zwarte hond, omdat het
>toevallig zo niet moest gaan. Dan zeggen ze: puur geluk. Geen sprake
>van. Ze is nog niet gekomen omdat ze nog niet moest komen. Punt.
>Het was niet opgenomen in haar karmische levenspad, wat nou geluk.

>Behalve dat ze nog steeds ieder moment zou kunnen komen, daarom
>is het beter om daar straks verder over te praten, over de komst van
>Simona. Maar ik heb haar ook dat bericht gestuurd. Ik heb haar zelfs
>gewaarschuwd. Ik heb mijn kloteplicht gedaan. Bovendien is het niet
>eens gezegd dat ze een fobie voor honden heeft. Misschien is ze er wel
>dol op. Kom daar maar eens achter. Misschien redt zij me wel omdat
>ze beter met honden weet om te gaan dan ik. En bovendien hoeft hier,
>eerlijk gezegd, niemand gered te worden. Waarvan dan wel? Van die
>bastaard die opgerold ligt tussen mijn benen, mak – moet je hem nu
>zien – dankbaar, gedwee? Ik ben helemaal de Symbolische Razernij ver-
>geten waarmee hij op mij was af gestuurd en die hij over mij uit moest
>storten. Liever gezegd, was achtergelaten, en wel door Haar, door dit
>onverwachte *New Real Thing* van het genre Real Things dat mijn hart
>heeft uitgehold – maar dat mij eerlijk gezegd ook weergaloos gelukkig
>heeft gemaakt in geweldige, vluchtige ogenblikken van decadente
>schoonheid die ik nooit zal vergeten: Zwarte Honden die zich tegen je
>aanvleien, heel zacht, het strand, de maan, lichtjes van vissersboten, zelfs
>een of ander stom vuurwerk, en de mooiste seks van de wereld, Lara,
>op het zand. Wil je met me trouwen? Ja. Ha. Hoe laat zei ze dat die
>nasynchronisatiesessie afgelopen was? Halfzes? En hoe laat is het? Zes
>over vijf. Vierentwintig minuten. Wat kan er gebeuren? Ik red het wel.
>Het gaat goed. De hond met een kleine h ligt opgerold aan mijn voe-
>ten. De tijd verstrijkt en werkt in mijn voordeel. Zeven over vijf. De
>wiet is nu bijna uitgewerkt, eindelijk. Een behoorlijk klap, trouwens –
>maar wie heeft jou die wiet gegeven, Beli? Kom nu maar terug wan-
>neer je wilt, doe maar rustig aan, denk niet aan mij. Ik ben hier met je
>hond. Met je enorme zwarte zonde waar ik zo van hou. Zorg dat je
>niets overkomt, rij voorzichtig, en denk na, denk altijd kalm na voordat
>je iets doet. Tring. Mijn mobiel – de Canadezen hebben alleen het vaste
>nummer. Zij. Ik weet het al voordat ik opneem omdat ik haar de gaaf-
>ste ringtoon van de mobiel heb toegekend, dat opwindende tring-
>tringtring. 'Hoi Beli.' Ze wil weten hoe het is gegaan. Goed, zeg ik, alles
>kits. Hoe heeft Cruise zich gedragen? Lief, Cruise is braaf geweest. Hij
>heet dus Cruise. Heeft hij niet aan de deur gekrabd? Niet gejankt?
>Nee, zeg ik, in het geheel niet. Jij hebt ons verlaten, zeg ik, en wij

>hebben ons uitstekend gered. We zijn vrienden geworden, ik en de
>oude Cruise. Moet je hem zien. Hij ligt hier tussen mijn voeten. Cruise!
>Koest! Hij wil dat ik hem aanhaal. Vreemd, zegt ze, gewoonlijk haalt hij
>van alles uit als ik hem achterlaat. Het betekent dat hij in jouw huis
>positieve energie heeft gevonden, zegt ze. Jij straalt positieve energie
>uit, zegt ze. Fantastisch, denk ik. De hond is opzettelijk braaf geweest.
>Ik straal positieve energie uit; het is inderdaad een periode dat ieder-
>een zich aan mij vastklampt, ik zweer het, mannen, vrouwen, honden;
>mijn aura moet deze dagen wel retegoed werken; en mijn lichaam
>moet een reusachtige uitstraling hebben. Charisma. Kracht. Gezag.
>Ik kom er dus aan, zegt ze, moet ik nog iets voor je meenemen? Mis-
>schien een paar biertjes, Beli, ik sta droog. En zij zegt ja, twee biertjes,
>ik kom eraan. Fantastisch. Een fantastische meid. Wie weet wat er nog
>staat te gebeuren. Met haar weet je dat nooit. Ik ken haar bijna niet en
>tegelijk ken ik haar te goed. Lara, ik weet maar al te goed wat haar zo
>fantastisch maakt in de ogen van een arme geesteszieke zoals ik. Als ik
>erover nadenk, als ik de moed heb om erover na te denken, weet ik
>maar al te goed wat er met haar is gebeurd toen ze een klein meisje
>was. Alleen verkrachte meisjes trekken mij aan. Alleen maar. Wil je een
>meisje vinden dat als klein kind is verkracht? Simpel, doe alsof mijn
>piemel een pijl is, volg mijn erecties, en je loopt ertegen aan. Ik weet
>het nu. Het is zo, Lara. Belinda is zo fantastisch omdat er iets wilds in
>haar zit, en er zit iets wilds in haar omdat iemand het daar heeft aan-
>gebracht. Op een wilde manier. Nu weet ik het. Wie zal dus zeggen
>wat er staat te gebeuren als ze terugkomt? Met het bier, en die demo
>– nu herinner ik het me – die ze me wil laten horen, waarop ze zingt
>met haar band van uitzinnigen. Ze zou best eens goed kunnen zijn,
>weet je. Ze hebben heel veel talent, de Real Things. Ze verspillen het
>vervolgens totaal, maar ze zijn behoorlijk talentvol. In ieder geval ben
>ik nu buiten gevaar, en kan ik ophouden met schrijven. Ik weet niet
>helemaal zeker of ik de laatste drie uur echt geworsteld heb, maar als
>ik heb geworsteld, dan heb ik gewonnen. Alles is voorbij, en alles gaat
>goed. Het leven is mooi en ik ben sterk. Ik heb uitstraling. En ik zegen
>je, Lara. Ik zegen je omdat je me hebt bijgestaan in tijd van nood, zoals
>altijd. We bellen elkaar morgen. Ik kan niet naar het huwelijk komen,

>weet je, ik heb de kleine Francesco het hele weekend, en verder vreet
>het aan me dat je gaat trouwen met die kloteyup, maar eigenlijk zijn
>jullie al getrouwd, jullie zijn al zo lang bij elkaar, het is duidelijk dat jij je
>er lekker bij voelt, over smaak valt niet te twisten, jij blij iedereen blij,
>Sean Connery is als oude man mooier dan als jonge man – we spre-
>ken elkaar morgen over de telefoon. Alsof er niets aan de hand is, want
>tenslotte was er ook niets aan de hand. Zoals die astronauten een paar
>weken geleden, ik weet niet of je dat hebt gevolgd, die twee kloothom-
>mels die al maandenlang in het ruimtestation verblijven, een Rus en
>een Amerikaan, die op een bepaald moment 's ochtends een lawaai
>hoorden, begrijp je, alsof er een tram tegen de boeg van het ruimte-
>schip botste, STOE-TOEN, en die niet begrepen wat het had veroorzaakt
>en aan de vluchtleiding vroegen: 'Hallo, Houston, wat was dat voor een
>rotklap?', en de vluchtleiding begon alle mogelijke controles uit te
>voeren, met computers en tests, heel nauwgezet, en aan het eind van
>al dat werk was het antwoord: 'Niets, jongens. Het was niets'... Het was
>niets. Het is nooit iets. Wie zal zeggen of internet zo'n lang bericht als
>dit doorlaat. Ik probeer het. Kus. Gianni.

13

Ja, ik heb het gedaan. Ik ben gaan snuffelen in haar e-mail. Theoretisch had ik dat niet moeten kunnen doen, aangezien Lara niet de automatische verbinding gebruikte en ik haar password niet kende. Maar bij de tweede poging had ik haar password al te pakken: TANHAZ. Ik herinner me heel goed wat er gebeurde toen ik haar de intelligentietest liet doen, die ze, naar men zegt, bij de NASA gebruiken om kandidaat-astronauten te selecteren. Gegeven de volgende reeks letter: E T D V V Z Z A N T E T D V V Z Z A N T E T... Welke letter komt er op dit punt? Veertig seconden om te antwoorden, maar wie het niet in twintig kan doen zal nooit astronaut worden. Start. Het is mij vanzelfsprekend niet gelukt de oplossing te vinden toen ze mij de test voorlegden. Niemand van degenen aan wie ik hem heb voorgelegd heeft hem kunnen oplossen, en dat zijn er heel wat geweest. D, zei ze na twintig seconden. Wat zeg je? Ik zeg D: de volgende is de D. Dat is onmogelijk: je hebt gegokt, zeg eerlijk. Nee, ik heb niet gegokt: D als in drieëntwintig. Het zijn de getallen: Een, Twee, Drie, Vier, Vijf, Zes, etc. En het houdt op bij tweeëntwintig, dus... Je wist het dus al, ze hebben je het al laten doen: dat is toch zo, zeg eens eerlijk. Ik wil je niet tekortdoen, maar ik kan niet geloven dat van alle mensen die ik ken jij de enige bent die astronaut zou kunnen worden. Je wist het al, beken het maar, het geeft niets. Nee, ik wist het niet, ik zweer het. Het komt omdat ik precies hetzelfde systeem gebruik om passwords te bedenken: ik neem belangrijke data, die ik nooit zal kunnen vergeten, en in plaats van ze uit te drukken in getallen, wat makkelijk te raden zou zijn, geef ik ze weer via de beginletters van die getallen. Snap je? Voor mij is het een normale zaak. Wanneer ik de letter E zie denk ik direct aan 1 of 11, dat is het eerste wat bij me opkomt. Ik ben niet intelligenter dan jij, wees maar gerust...

TANHAZ. Twintig April Negentien Honderd Acht en Zestig. Haar eigen geboortedatum. Ik had hem al te pakken bij de tweede poging, omdat ik het de eerste keer had geprobeerd met DANHVN, Dertien April Negentien Honderd Vier en Negentig, de geboortedatum van Claudia. Ik heb het dus gedaan, ik heb haar e-mailbestand geopend. Nee, ik heb haar nooit bespioneerd toen ze nog leefde, ik heb het gedaan nu ze dood is.

Ik voelde me helemaal niet goed toen ik begon. Terwijl ik Outlook opende leek het alsof de computer van Lara mij berispend toesprak, en ik ben een halfuur blijven zitten kijken naar de ingekomen post zonder iets te openen. Doe het niet, zei ik tegen mezelf, ze is er niet meer, wat je zou willen doen heeft geen zin – vernietig liever alles. En het mooie is dat hoe vaker ik dit herhaalde hoe sterker ik me voelde, ver verwijderd van de twijfel die me tot dat moment had voortgedreven, steeds meer vastberaden om de computer de enige zinnige commando's te geven: selecteer alles, verwijder – om vervolgens rustig te gaan slapen. Ik had de lijst van door Lara na haar dood ontvangen berichten voor ogen, maar het lukte me niet om er ook maar een woord van te lezen, alsof hij in het Arabisch was geschreven, en ik vond het prettig om mijn evenwicht te bewaren op de rand van een afgrond die ik zelf onder mijn voeten had opengesperd, het gaf me een bedwelmend gevoel van onaantastbaarheid, hetzelfde gevoel dat je soms krijgt bij het uitoefenen van een sport, op die zeldzame momenten van genade dat je beseft dat alles, maar dan ook alles, van jou afhangt, en je bent er zeker van – bij het surfen, bijvoorbeeld – dat de plank precies daarheen zal gaan waar jij wilt, want er bestaat niet de geringste twijfel over het feit dat jouw voeten de druk zullen uitoefenen om de plank onder zo'n hoek de golf in te sturen dat je ermee verbonden zult blijven zolang jij maar wilt. Of, want dat is hetzelfde, het gevoel van onkwetsbaarheid dat ik binnen een paar minuten tweemaal heb gehad op de dag dat Lara stierf – waarschijnlijk net terwijl ze stierf – eerst samen met Carlo toen we het water in doken om die twee vrouwen in moeilijkheden te helpen, of liever toen we elkaar in de ogen keken voordat we het water in doken en het leek of alles al afgelopen was, en vervolgens alleen, kort daarna, toen ik, zelf in moeilijkheden met de drenkeling die probeerde me naar beneden te trekken, haar van achteren vastgreep en haar naar het strand heb geduwd met stoten van mijn lul en daarbij de meest gedenkwaardige erectie van mijn leven kreeg. Op dezelfde manier zat ik met de lijst van door Lara ontvangen berichten voor me en het was een fantastisch gevoel dat ik zo verstandig was geweest om geen post te openen, en ik was er steeds zekerder van dat ik, zonder enige moeite, nee sterker nog, met het gevoel dat de hele schepping, zoals het vlak van een flipperkast, helde in de richting van mijn dreigend naderende daad, op het punt stond hem te vernietigen.

En het is vanwege dat fantastische gevoel, denk ik, vanwege de naïeve, gulzige wens om het eindeloos te laten voortduren, dat ik de fout heb begaan om de lijst niet op tijd te vernietigen. Helaas hielden mijn ogen heel even op eroverheen te glijden en gaven de kale alfanumerieke informatie door van twee berichten die de fatale datum hadden, maandag 30/08/2004 – één voor en één na het moment van haar dood dat door de arts van de ambulance was vastgesteld op 13.55 uur. Het was een kwestie van enige ogenblikken, daarna gleden mijn ogen weer verder over de lijst zonder ergens te blijven steken, maar het was genoeg om de betovering te verbreken en me te laten meezuigen in een reeks waarlijk stomme handelingen, die ik uitvoerde zonder ooit echt te geloven dat ik ze uitvoerde, bijna zonder het me te realiseren, alsof ik werd bestuurd door een automatische piloot. Ik heb het eerste van de twee berichten geopend, dat heb ik gedaan; en daarna heb ik ook het tweede geopend; en dat heb ik ook in één adem gelezen, lang als het was; en toen ben ik weer gestopt, maar deze keer met enorme moeite, en ik begon weer te overwegen om alles te vernietigen, maar ik besefte direct dat een dergelijke handeling nu volledig onmogelijk was geworden door de voornemens die zeer dringend door mijn hoofd spookten, bijvoorbeeld om alle voorafgaande berichten van die schrijver aan Lara op te roepen en te lezen, of om in Verzonden Items alle berichten op te sporen die zij aan hem heeft geschreven in naam van hun mij onbekende, maar klaarblijkelijk jarenlange nogal intieme vriendschap, en om hetzelfde te doen met die new-ageorganisatie waar Lara het met mij nooit over heeft gehad, of om te gaan zoeken in het archief en alle correspondentie tussen haar en Marta te lezen, of om – nog beter – alles te lezen, te beginnen bij het begin, iedere nacht een gedeelte, systematisch, na het kind in bed te hebben gelegd, om alle elektronische post te lezen die door Lara verzonden en ontvangen is in de laatste... – wanneer had Lara die computer gekocht? In 2000, geloof ik, ja, het was de zomer van 2000, Italië had in de finale van de Europese Voetbalkampioenschappen verloren van Frankrijk, en om zich te troosten had zij besloten een nieuwe computer te kopen – in de laatste vier jaar. Zo zat ik opnieuw doodstil met de elektronische post van Lara voor me, opnieuw herhaalde ik tegen mezelf doe het niet, vernietig alles etc., maar in tegenstelling tot even geleden voelde ik me smerig en onherstelbaar zwak, ervan overtuigd dat ik het nooit zou klaarspelen. Want natuurlijk zijn die momenten van genade mooi, spectaculair, maar de ervaring had me moeten leren dat ze duren zolang als ze duren en dat ze daarna altijd worden gevolgd door hun uiterst krachtige tegendeel: de surfplank die steigert en jou eraf gooit, de uitputting die het overneemt van de onaantastbaarheid, de lijst berichten die jou vernietigt.

Ik weet niet hoe, maar uit de chaos van voornemens die mij verlamde, is een bescheiden, grijze, bureaucratische handeling naar boven gekomen: het afdrukken van de twee zojuist gelezen berichten – en ik zeg: 'Ik weet niet hoe', omdat ik werkelijk niet weet waardoor deze prioriteit werd gedicteerd, en voor welk doel ik het als voorbereiding beschouwde. Maar precies op het moment dat ik het afdrukcommando gaf aan de computer gebeurde het enige wat me daar weg kon rukken: Claudia riep me. Ik ben naar haar kamer gerend, zij zat op het bed en dronk water uit een flesje. Wat is er, engeltje? Heb je een boze droom gehad? Claudia schudde met haar hoofd terwijl ze doorging met drinken, maar haar ogen stonden verschrikt, haar ademhaling was moeizaam, ze had me zojuist midden in de nacht geroepen – ze had een boze droom gehad. Ze hield op met drinken, deed het flesje dicht en ging weer liggen, in stilte, terwijl ze haar ogen weer sloot. Ook ik heb niets meer gezegd, ik ben alleen begonnen haar te strelen wachtend totdat ze weer in slaap zou vallen waarna ik weer terug kon keren naar de inbreuk die ik had onderbroken; en hier zit ik nog, terwijl ik mijn dochter streel in afwachting dat ze weer in slaap valt en ik kan terugkeren om te snuffelen in de elektronische post van haar dode moeder.

Maar het is altijd onzeker hoe lang kinderen nodig hebben om in slaap te vallen, er is altijd het risico dat je te vroeg weggaat. Ik zou niet kunnen zeggen hoe vaak ik dat in de loop der jaren verkeerd heb ingeschat, en, misleid door haar net zwaarder geworden adem, of misschien door mijn haast terug te keren om een bepaalde film te zien of te kletsen of soms zelfs om met Lara te neuken (maar, vóór vandaag, nooit om haar te bespioneren), me met vergeefse behoedzaamheid heb bewogen voordat Claudia echt in slaap was gevallen; ik heb ervaring met het mij uiterst langzaam losmaken onder het knakkende geluid van pezen, en met de daaropvolgende drie of vier stappen naar de deur, alsof je bezig bent een mijn op te ruimen, waarna, precies op het moment dat je op het punt staat je te ontspannen omdat ze je niet heeft geroepen – een teken dat ze dus echt in slaap is gevallen ondanks je vage mediamieke gewaarwording dat dat niet het geval is, en de daaruit voortkomende angst dat je te vroeg bent opgestaan –, ze je roept, en je weer terug moet om van voren af aan te beginnen. Daarom blijf ik haar zo lang strelen. Alleen daarom. Vanavond is het niet uit liefde, niet uit tederheid: het is uit berekening.

Dit is het zwaarste moment sinds Lara is gestorven – en het komt aan het eind van de zwaarste dag. Ik ben bezig mijn meisje mechanisch te strelen, hypocriet, met mijn hoofd elders. Het knagende gevoel dat Marta heeft opgewekt bederft alles, zelfs het strelen van mijn dochter, want in werkelijkheid zit er maar één echt idee vast in mijn hoofd: terug naar de computer. Maar één echt verlangen: doorgaan met het lezen van Lara's post. Maar één echte hoop: daar duistere dingen te vinden, troebele, verdorven dingen, dat wil zeggen objectieve, verborgen redenen waarom het slecht met haar ging. Ik hoop natuurlijk vurig op een relatie, misschien wel met die halvegare die mij als een kloteyup beschouwt, wiens boek ik nog steeds voorlees aan Claudia, elke avond een hoofdstuk voordat ze in slaap valt, een boek dat vóór de zomer dit huis is binnengekomen, op initiatief van Lara; ja, een geheime band, sterk en schandelijk, die ook voor Marta werd verzwegen en de grenzen van de voorzichtigheid overschreed, die praktisch onhoudbaar werd maar tegelijkertijd, vanwege zijn dubbelzinnige aard, ook hechter en onverbrekelijker, zozeer dat hij de oorzaak was van haar lijden waarover haar zuster sprak en van haar toevlucht tot oosterse praktijken in de hoop dat lijden te verlichten, tot sjamanen, tot vampiers, tot seminars over het overwinnen van angst en woede, natuurlijk zonder ooit resultaten te boeken, iets wat haar lijden zo mogelijk vergrootte, het lijden dat nog verder werd verergerd door de noodzaak het voor mij verborgen te moeten houden, gezien de oorzaak, en juist met mij het normale, rustige leven te moeten veinzen waarvan ik inderdaad dacht dat ze het leidde, zoals het in het begin was, en zoals het zeker zou zijn gebleven als zij op dat vervloekte moment het juiste had gedaan in plaats van het verkeerde – die eerste uitnodiging om samen te gaan eten had afgeslagen in plaats van hem te accepteren, haar lippen op elkaar had geklemd en hem de zijkant van haar gezicht had toegedraaid in plaats van die eerste kus te beantwoorden, tegen zichzelf had gezegd: 'Ik ben een getrouwde vrouw, ik heb een dochter, ik kan dat niet doen' in plaats van 'Kan mij het schelen, we zullen wel zien'... Ja, een verstikkend schuldgevoel dat, gecombineerd met het aneurysma van de aorta dat haar in ieder geval veroordeelde tot een vroegtijdige dood, zoals werd ontdekt door de rechterlijke macht van Grosseto (dat is de gewone gang van zaken, werd me uitgelegd, omdat het om een, ehh, verdachte dood ging, natuurlijk zonder met dit bijvoeglijk naamwoord iets verontrustends te willen suggereren wat betreft de omstandigheden van het verscheiden, en zonder het gruwelijke verdriet – waarvan ze zich bewust waren – van de verwanten nog verder te willen verergeren; verdacht in de zin van zonder aanwijsbare oorzaken, optredend bij een schijnbaar gezond en nog jong persoon; het is de term die wordt gebruikt in de literatuur, dat is het: verdacht in de zin van ongewoon – en ik heb tegen hen gezegd maar waarom gebruikt de literatuur dan niet het woord ongewoon?); een verstikkend schuldgevoel dat, zoals ik al zei, in combinatie met de misvorming waaraan Lara leed vanaf haar geboorte zonder het te weten, inderdaad precies op dat moment kan hebben bijgedragen tot het ontstaan van de fatale breuk – ten aanzien waarvan, in tegenstelling tot wat Marta denkt, mijn persoonlijke verantwoordelijkheid, om niet te zeggen mijn schuld, dus gereduceerd kan worden tot...

'Papa...'

...nul.

'Ik ben hier.'

Claudia richt zich weer op. Ze doet de blauwe ster van IKEA van € 9,90 aan, die miljoenen andere kinderen in het Westen aan de muur hebben hangen, vlak bij hun bed, en kijkt naar me. Het was terecht dat ik hier bleef, ze had nog geen seconde geslapen.

'Waar ging je naartoe?'

'Wanneer?'

'Straks.'

'Toen je me riep?'

'Ja. Waar ging je naartoe?'

De schat...

'Nergens naartoe, engeltje.'

Ik streel over haar hoofd, ik glimlach.

'Het was maar een boze droom,' zeg ik. 'Ga maar weer liggen. Ga maar slapen.'

Claudia gaat weer gedwee liggen. Waar ging ik naartoe...

'Maar het leek geen droom,' fluistert ze.

En het was ook geen droom, engeltje. Ik was inderdaad op weg naar een verkeerde plaats. Een plaats vol kwaad, vol schuld, heel ver bij jou vandaan. Maar jij hebt me gered...

'Boze dromen lijken nooit dromen,' zeg ik. 'Maar als je dan wakker wordt, verdwijnen ze voor altijd.'

Ik blijf haar strelen en voel dat alles al heel anders is: ze is moe, en binnen korte tijd zal ze in slaap vallen. Ze heeft haar opdracht volbracht.

'Ik ga nergens heen, hoor...'

Ze heeft me gered, en nu ben ik weer sterk, en de wereld helt weer in de richting van het juiste gat. Ik ga die post vernietigen, ik ga alles vernietigen, en ik zal die eerdere vergissing niet herhalen, ik zal niet meer talmen met de uitvoering van dat simpele voornemen terwijl mijn kracht afneemt, ik ga het onmiddellijk doen...

'Begrijp je? Ik moet nu teruggaan om iets heel belangrijks af te maken, engeltje. Ga jij nu maar rustig slapen, dan kom ik straks terug om het licht uit te doen. Oké?'

'Oké.'

Met vier sprongen ben ik weer hier. Het is eenvoudig: Bewerken. Alles selecteren. 4332 items geselecteerd. Verwijder. Zoef, verwijderd, zelfs zonder ze eerst naar de prullenbak te verwijzen. De elektronische post van Lara bestaat niet meer. Heeft nooit bestaan. Die schrijver wordt weer een volslagen buitenstaander, en voor zover ik weet woont hij bij zijn vrouw, met zijn zoon Francesco en de hond Roy – gegevens die vermeld staan op de flap van zijn boek. Maar dat is nog niet genoeg: schroevendraaier en hamer in de derde la; wie had kunnen voorspellen dat het advies van die paranoïde Piquet nuttig zou blijken: 'Vernietig de harde schijf.' Iedere keer als het bedrijf in andere handen overging – en dat is ons drie keer overkomen – vernietigde Piquet de harde schijf van zijn computer en gaf de schuld aan een virus. De laatste keer heb ik het hem echt zien doen: bam, bam, met een hamer. Maar heb je echt zulke belangrijke zaken te verbergen? vroeg ik hem. Je kunt nooit weten, antwoordde hij. Bam, bam. Net zoals ik nu aan het doen ben: daar gaat ie, bam, bam, de harde schijf gaat verloren, Lara heeft nooit een computer gehad, ze is gestorven zonder er ooit een bezeten te hebben; drieënhalf jaar geleden wilde ze er een kopen, maar tijdens de finale van de Europese Voetbalkampioenschappen deed ze een gelofte. Vijf minuten voor het einde, toen Italië één doelpunt achterstond bij Frankrijk, zei ze: 'Als we winnen koop ik geen computer', en vervolgens is het gegaan zoals het is gegaan, dat weet iedereen, gelijkspel in de laatste minuut door Delvecchio en een golden goal van Del Piero, fantastisch, in een halve omhaal, bam, bam, Italië Europees kampioen en Lara zonder computer. Een serene Lara met wie het goed ging – misschien alleen bezorgd over de slechte buien van haar prachtige, boosaardige zuster. Bam.

Dat is dat. Hoe lang heb ik erover gedaan? Twee minuten. En hoe laat is het? Ik heb geen horloge, en zoek mijn mobiel om te kijken hoe laat het is. Hij ligt in de keuken, om een of andere reden. Twaalf uur veertig. Een sms ontvangen. Een kwartier geleden. Van Marta. ‘Sorry voor vandaag. Ik schaam me over wat ik heb gezegd. Jij bent het beste deel van mijzelf.’

II

14

De eigenaar van de C3 heeft nog niets van zich laten horen. Vreemd. Zijn auto is bijna vierentwintig uur geleden half in elkaar geramd en hij weet het nog niet. Vanochtend, nadat Claudia de school was in gegaan, merkte ik dat de regen het visitekaartje met mijn telefoonnummer had doorweekt, en heb ik het vervangen door een nieuw kaartje, ditmaal beschermd door een cellofaan hoesje van Claudia's magic cards. Ik heb het ook een andere plaats gegeven, niet meer onder de ruitenwisser van de voorruit maar onder die van de achterruit, dan is het makkelijker voor mij om te zien of het gevallen of weer vergaan is. Ik heb mijn mobiele nummer erbij geschreven, nu ik er toch was, en ook – geheel zinloos, dat ik geef ik toe – 'het spijt me'. De auto is namelijk behoorlijk beschadigd, de lampen vernield, het spatbord tegen het wiel geplet, en volgens mij zal er een sleepauto aan te pas moeten komen om hem te verplaatsen. Toen ik hem vandaag zo toegetakeld zag, moest ik denken aan de eigenaar wanneer hij komt om hem op te halen; waarschijnlijk gehaast, op een dag vol met moeizaam ingepaste afspraken, en die auto is het enige middel om ze allemaal na te komen; en een simpel telefoonnummer op het kaartje leek me te kaal voor de ramp die hij aantreft. Pas nadat ik het nieuwe kaartje op de ruit had geplaatst besefte ik hoe dom dat 'het spijt me' was; ook omdat ik, als die persoon zijn auto komt ophalen tijdens de lesuren, hier zelf aanwezig zal zijn, en mij uitgebreid in eigen persoon zal kunnen verontschuldigen. Maar hij is nog niet gekomen, en ik kan er niet omheen om me af te vragen waarom. Is hij ziek? Wat heeft hij te doen dat zoveel belangrijker is dan vaststellen dat ze zijn auto hebben vernield? Afgezien van –

'Pietro.'

'O!'

Enoch. Hij heeft me van achteren benaderd, stil als een roodhuid, en heeft me doen opschrikken.

'Je hebt me aan het schrikken gemaakt...'

'Sorry,' zegt hij glimlachend, 'Annalisa heeft me dit voor je meegegeven. Hier, voordat ik het vergeet.'

Hij overhandigt me een map. Contracten die ik moet tekenen.

'Hoe gaat het?'

En daar begint het weer. Hoe gaat het met je dochtertje, mooi hier, je hebt gelijk, blijf zo dicht mogelijk bij haar in de buurt. Je moet geduld hebben, er is weinig aan te doen. Nu is Enoch aan de beurt. Ik heb hem op de begrafenis gezien, ik heb hem een keer aan de telefoon gehad – ook hij om zich ervan te vergewissen dat ik niet gek was geworden –, maar ik had niet gedacht dat hij hier zou komen. Hij is Hoofd Personeelszaken. Hij is waarschijnlijk de enige die in deze tijden werkt op het bedrijf; hij zal vooral bezig zijn met het geruststellen en kalmeren van het zwaar gestreste personeel – een taak waarvoor hij volgens Jean-Claude, die hem heeft aangesteld, een mysterieus talent bezit...

'Jean-Claude ligt eruit,' zegt hij.

Het is zover. Het is eerder gebeurd dan ik had gedacht.

'Toch,' antwoord ik.

'Wist je ervan?'

En ook eerder dan Jean-Claude had gedacht.

'Ja.'

'Wanneer ben je het te weten gekomen?'

'Zo'n tien dagen geleden.'

Enoch knikt verrast, en eerlijk gezegd ben ik zelf ook verrast. Sinds wanneer ben ik zo oprecht?

'Maar wie heeft het dan tegen je gezegd?'

'Hijzelf.'

Sinds vannacht. Wat vannacht is gebeurd, is ergens goed voor geweest.

'Ah...'

Hij knikt weer, zonder zelfs ook maar een poging te doen om een zekere bitterheid te verbergen. Dat is begrijpelijk: in een situatie waarin informatie goud is, is hij naar mij toe gekomen met een hoogst loyaal voornemen, namelijk om mij ervan op de hoogte te brengen, terwijl ik hier ben gestrand om mijn rouw te verwerken, dat onze baas eruit is gewerkt, en hij ontdekt dat ik het al tien dagen weet. Hij ontdekt dus opeens hoeveel groter deze zaak is dan hijzelf, en moet daar wel uit afleiden dat dat altijd zo is geweest, en dat hij, al heeft de benoeming tot Hoofd Personeelszaken hem een onverwachte macht gegeven – hij die uit de puinhoop van het Call Center kwam, waar het zijn taak was om dag in dag uit kletspraatjes te verzinnen om de abonnees mee af te schepen die het gratis nummer blokkeerden met een stortvloed van klachten –, nog steeds is blijven steken op een zeer laag niveau van de videogame. Het spijt me, het is echt niet zo dat het me niet spijt, maar dit is zijn probleem niet, en evenmin het mijne.

'En wat denk je ervan?'

'Eh, wat ik ervan denk... Ik denk dat wij, dat wil zeggen degenen die worden beschouwd als zijn mensen – jij, ik, Basler, Elisabetta, Di Loreto, Tardioli – nu een probleem hebben.'

Hij knikt, knikt, hij blijft maar knikken.

'Houston, we hebben een probleem,' zegt hij, waarbij hij een zeer slechte imitatie geeft van die zin uit de film, hoe heet hij ook alweer, Apollo 13.

'Precies.'

'Luister,' zegt hij, 'heb je even tijd? Kan ik iets met je bespreken?'

'Vanzelfsprekend.'

Daar gaan we weer. Onderhand is er nu een draaiboek. Als het niet regent – en nu regent het niet – verplaatsen de twee personages, degene die voor de school van zijn dochter staat en de ander die hem is komen opzoeken, zich naar het parkje. In het parkje kan zich het meisje met de golden retriever bevinden of niet – vanochtend is ze er niet. De twee kunnen al of niet gaan zitten op de bank – ditmaal gaan ze zitten. Ze kletsen wat, degene die is gekomen maakt omtrekkende bewegingen, snijdt geleidelijk zijn onderwerp aan, om uiteindelijk over de andere, degene die daar altijd is, zijn zorgen, zijn verdriet en zijn angsten uit te braken. Maar dat wat vannacht is gebeurd, is ergens goed voor geweest; het heeft me doen inzien dat ik mezelf moet beschermen, moet verdedigen, wil ik, terwijl het me nog lukt mijn eigen verdriet op afstand te houden, 's nachts niet worden overmand door dat van anderen. Daarom moet ik mij, terwijl het om een of andere, voor mij onduidelijke reden, een gewoonte schijnt te worden om hier te komen om te lijden en mij geheimen toe te vertrouwen, afstandelijker opstellen jegens degenen die dat doen, en mij niet meer laten meeslepen. Het is belangrijk in gedachte te houden dat ik hen niet ben. Ik moet luisteren en observeren met distantie. Ik moet aan de oppervlakte blijven. Ik moet op details letten, me vastbijten in het onbelangrijke, me verstrooien. Vandaag is het bijvoorbeeld weer mooi weer, in de lucht is een rodeo van witte wolken te zien, en een redelijk krachtige zon die komt en gaat, en probeert ze te berijden. Enoch doet zijn bril af om hem schoon te maken, en wordt in één klap onherkenbaar. Hij is een van die mensen die met een bril geboren lijken te zijn, die groeven in hun slapen hebben van de veren, een zeer plekje op hun neustussenschot, en als ze hem afdoen worden ze heel anders. Enoch lijkt bijvoorbeeld veel jonger, veel ondeugender, en scheel. Hij is echt anders.

'Ik weet niet hoe het met jou zit,' – begint hij – 'maar als kind wilde ik vakbondsbestuurder worden.'

Hij zet hem weer op, en wordt weer zichzelf.

'Vakbondsbestuurder.'

'Ja. Vakbondsbestuurder zoals mijn vader.'

'Was je vader vakbondsbestuurder?'

'Hij was provinciaal secretaris van de Katholieke Vakbond. Van de provincie Como, toen we daar woonden. Hij had regionaal secretaris moeten worden, maar hij is gestorven...'

De vader. Curieus. Ook Jean-Claude was eerst over zijn vader begonnen als ik me niet vergis. De militaire piloot die hem nooit van school kwam afhalen...

'En wat ben ik daarentegen gaan doen?' zegt hij grijnzend. 'Precies het tegenovergestelde van vakbondsbestuurder: Hoofd Personeelszaken. En ik vind het nog leuk ook.'

Dan komt juffrouw Gloria de schooldeur uit. Op dat moment schijnt een kegel van zon precies op die grote deur, als een volgspot, en zij herhaalt dezelfde handelingen van altijd om haar zonnebril op te zetten – ik heb het haar nu heel vaak zien doen: tas op opgetrokken been; lang gewroet in de tas; tevoorschijn halen en opzetten van de bril; weglopen met die gedecideerde tred waardoor het altijd lijkt alsof ze spullen achter zich laat vallen. Wie weet of ze zich ervan bewust is dat ze steeds dezelfde handelingen verricht. Wie weet waarom ze hem niet opzet voordat ze naar buiten gaat, die bril. Ze ziet me uit de verte, en groet. De zon is al verdwenen achter een enorme, konijnvormige wolk...

'Of liever gezegd,' vervolgt Enoch, 'ik vond het leuk. Het was mooi om personeelschef te zijn toen het goed ging met het personeel, toen ze tevreden waren, toen het elke maand werd uitgebreid omdat het bedrijf mensen aannam in plaats van ontsloeg. Het zijn twee mooie jaren geweest, dat wel, maar nu vind ik het niet leuk meer. Nu is het een soort hel, omdat die fusie iedereen de stuipen op het lijf jaagt. Ze komen allemaal bij mij, en ik weet niet wat ik moet zeggen. Tot gisteren vertrouwde ik op Jean-Claude, ik probeerde op iedereen zíjn kalmte, zíjn zekerheid over te brengen, en hoewel ik hem de laatste tijd een beetje afstandelijk vond, en hoewel de situatie steeds ingewikkelder werd, bleef ik in hem geloven. Ik vond het vreemd dat hij juist op dit moment op vakantie ging, maar ik vertrouwde hem, begrijp je? Ik had nooit kunnen bedenken dat hij ons zo zou laten barsten. Vervolgens, gisteravond om negen uur, belt Basler me en zegt...'

Ons laten barsten? Ons laten barsten? Maar het was Thierry die... Ho, ik moet niet toehappen, ik moet me niet laten meeslepen. Het is allemaal Enochs probleem, niet het mijne; híj is hier gekomen, hij heeft de behoefte om met mij te praten. Ons laten barsten, oké: klaarblijkelijk is de versie die daarginds is overgekomen, op het niveau van de videogame waar hij zich bevindt, dat Jean-Claude ons heeft laten barsten.

'...maar vanochtend,' vervolgt hij, 'werd ik om vijf uur wakker, mijn hoofd vol zorgen, en ik heb niet meer kunnen slapen; ik heb liggen denken aan dat wat ons bedrijf te wachten staat, aan de bezuinigingen, aan al het personeel dat in beroep zal gaan bij het arbeidsgerecht, aan de zoveelste invasie van onze kantoren, deze keer van Amerikanen en Canadezen, en toen moest ik aan mijn vader denken, aan hoe hij zich in mijn plaats zou gedragen...'

Mijn mobiel gaat, en Enoch onderbreekt zichzelf om mij te laten opnemen. Ik kijk op het display: Thierry. Thierry. Hij heeft me maar één keer eerder gebeld, twee jaar geleden, de dag dat ik tot directeur werd benoemd, om me te feliciteren. Het moet iets zijn dat net zo belangrijk is, maar wat? Het kan niets goeds zijn, concludeer ik. Ik geloof Jean-Claude, ik geloof het verhaal dat hij me hier heeft verteld, gezeten op deze bank, terwijl ik voor mijn ogen zag hoe hij leed; vandaar dat ik geloof dat Thierry een verrader is, daarom neem ik niet op, zonder probleem, ik laat de telefoon gaan, zoals Lebowski, nee, ik stop hem zelfs weer in mijn zak, en glimlach, ziezo, om Enoch te laten weten dat hij door kan gaan met praten, het is niets belangrijks, niets wat ook maar enigszins zou kunnen concurreren met de herinnering aan zijn vader. Ik heb de indruk dat Enoch toch nog enige bemoedigende woorden behoeft, omdat hij zwijgt, nu zelfs met een bijna argwanende uitdrukking – zal je zien dat hij op het display heeft gelezen dat het telefoontje van Thierry kwam, nee, dat is onmogelijk, hij kan het niet hebben gelezen, en bovendien, ook al was dat wel het geval, pech gehad, ik spreek niet met een verrader, wat is daar verkeerd aan, ben ik soms verplicht op te nemen alleen omdat Thierry een zeer machtig man is, 'één trede onder God', bij wijze van spreken.

'Ga door, ga door,' zeg ik.

Maar Enoch lijkt echt geremd door het geluid van de telefoon dat uit mijn zak blijft komen, en om hem op zijn gemak te stellen schakel ik, hup, mijn mobiel uit – o, de verrassing op jouw gezicht op dit moment, legendarische secretaresse van Thierry met je vossensnuit en je amethistkleurige ogen, Lucille geloof ik dat je heet, zoals de gitaar van B.B. King, jij, die met minstens drie andere dingen bezig was terwijl je met één oor de oproeptoon via de luidspreker in de gaten hield, klaar om de telefoon van de haak te nemen en me te begroeten in je Italiaans met huig-r, jij hoorde opeens de oproeptoon overgaan in de ingesprektoon, een vrijwel onmiskenbaar bewijs dat een zekere Paladini, wiens mobiele nummer vol zevens je zojuist als een arpeggio hebt ingetoetst op je toetsenbord, met je lange vingers en je – ik probeer het te raden – amaranten nagels, die volslagen onbetekenende persoon, vergeleken bij de belangrijke personages wier privénummers je de laatste tijd steeds vaker hebt moeten draaien, die onbeduidende Italiaan heeft het gewaagd, jawel, om het apparaat uit te zetten voor de neus van jouw almachtige baas – op wie jij, zoals alle secretaresses ter wereld – in het geheim verliefd bent...

'Je had het over je vader,' zeg ik, 'over wat hij gedaan zou hebben als...'

O Lucille, je hebt het niet willen geloven en je hebt de toets *redial* ingedrukt met het idee dat tenslotte alleen de verbinding verbroken kon zijn, maar nee, je luistert nu naar de boodschap dat het opgeroepen toestel uitgeschakeld zou kunnen zijn...

'Ja ja,' zegt Enoch met een steeds meer ontdane, bijna achterdochtige uitdrukking. Misschien heeft hij toch op het display gezien dat het telefoontje van Thierry kwam. Hij steekt een hand in de zak van zijn jasje, en haalt er een paar in vieren gevouwen vellen uit, vouwt ze open, en juist op het moment dat hij ze mij aanreikt, maakt het meisje met de golden retriever haar – riante, het is niet anders – entree in het parkje, en maakt de hond los van de lijn.

'Dit heb ik dus opgeschreven,' zegt Enoch. 'Vanochtend om vijf uur.'

Ik pak de vellen aan. Het meisje met de golden retriever haalt haar mobiel tevoorschijn en toetst een nummer in. Er komt een absurde gedachte bij me op: als ze nu naar míj zou bellen, zou ik het nooit weten.

'Dat is alles wat er in mijn hoofd omgaat,' voegt Enoch eraan toe. 'Alles wat ik werkelijk weet.'

Ik vouw de vellen open. Het is een saai uitziend stuk van drie pagina's, in het lettertype Arial – er zijn mensen op de wereld die in Arial schrijven – en bezaaid met vetgedrukte woorden. Het meisje heeft niet naar mij gebeld, er is opgenomen, en zij lijkt blij te zijn.

Wat is een **fusie**? Een fusie is het **conflict** van twee machtssystemen dat erop gericht is een derde te creëren, met het oog op financiële doeleinden. Zij wordt bedacht om **beurswaarde te creëren**, maar het creëren van **beurswaarde** is een goed begrip voor aandeelhouders, of voor handelsbanken, niet voor de **menselijke wezens** die in de bedrijven werken, voor wie een fusie daarentegen het meest gewelddadige, werkgerelateerde trauma is dat hun kan worden aangedaan.

Ik sla mijn ogen op. Enoch kijkt schuin op het papier, vòl aandacht. Waarschijnlijk herleest hij het, terwijl hij probeert mij bij te houden, om zich bij iedere zin mijn reactie voor te stellen.

Als er eenmaal een akkoord is bereikt over de transactie, iets wat geenszins eenvoudig is, heeft men de neiging te denken dat het meeste werk is verricht. Deze overtuiging komt voort uit de historische onderschatting, die wordt aangetroffen in de wereld van de economie, van de **menselijke factor**, en in het algemeen van de psychologie. Maar dat is een vergissing. De grootste problemen van een fusie zijn niet gerelateerd aan het document dat haar bekrachtigt.

Het meisje barst uit in een lach van het zuiverste zilver, waarvan je alleen kunt zeggen dat het de wens bij je doet opkomen om de persoon aan de andere kant van de lijn te zijn. Hoe zou hij dat voor elkaar hebben gekregen? Wat zou hij tegen haar hebben gezegd? Ook zonder lijn verwijdert de hond zich niet van haar, hij lijkt haar te schaduwen.

Meer nog dan uit getallen bestaat een bedrijf uit **mensen** die er werken, dat wil zeggen uit zijn **employés**, en na de aankondiging van een fusie is de reactie van iedere employé, op elk niveau, er een van **onzekerheid**. Wat staat me te wachten? Mag ik blijven of word ik naar huis gestuurd? Zal mijn functie veranderen? Wie moet ik vertrouwen? Hoe zullen mijn problemen worden opgelost? Zal ik erin slagen de privileges te houden die ik heb verworven? Het creeren van beurswaarde kan niemand van het personeel veel schelen zolang het nieuwe bewind geen antwoorden heeft gegeven op deze vragen, wat het een nieuwe **legitimiteit** zou garanderen. Tijdens een fusie moet er met de employés worden gesproken, ze moeten zo vaak mogelijk worden geïnfomeerd en op de hoogte gehouden; de employé heeft behoefte aan **vertrouwen**, aan het gevoel dat hij niet alleen als een **pion** wordt beschouwd. Daarentegen moet hij het doen met een standaardverhaal dat voor eens en altijd wordt opgesteld door een paar consulenten van interne communicatie, en dat als enig effect heeft dat het zijn **ongerustheid** doet toenemen. Die steriele verklaringen over toekomstige synergieën die het personeel niet zullen treffen zijn een fraai staaltje van hypocrisie, aangezien iedereen weet dat de enige concrete garantie om waarde te creëren op de beurs het **verminderen van de bedrijfskosten** is, en kostenbesparingen worden voor **80 procent** gerealiseerd via **personeelsinkrimping**.

Einde van de eerste pagina. Ik maak aanstalten om naar de tweede te gaan, maar Enoch houdt me tegen. 'Sorry,' zegt hij.

Hij pakt het blad en maakt met pen een correctie. Wanneer hij het me teruggeeft staat er een r tussen de o en de m van 'geïnfomeerd', aan het einde van de laatste alinea.

'Over het hoofd gezien,' zegt hij glimlachend. Er passeert een ambulance met draaiende sirene op de laan beneden, en Enoch slaat een iel kruisje.

Zo belanden employés tijdens een fusieperiode in een gebied van permanente **opschudding**. Het betreft een nogal kritische periode, die voor grote fusies heel lang kan duren, en tijdens die periode wordt **angst** het overheersende gevoel. **Angst** die, als hij wordt verwaarloosd, zich van **individueel** tot **collectief** kan ontwikkelen, en zelfs kan omslaan in **paniek**. Rechtstreekse ervaring met personeel tijdens een fusie leert dat de **impact** tweeledig is. Op lichamelijk gebied neigt de menselijke machine tot het in hoge mate ondervinden van stress en vermoeidheid en tot het accentueren van elke natuurlijke neiging tot somatisering, met een aanzienlijke toename van allergieën, ademhalingsproblemen, blaasontstekingen, hoofdpijn, huidontstekingen, en, bij vrouwen, candidiasis, aminorroe en dysminorroe; terwijl op **psychologisch** gebied de geest wordt belaagd door **onveiligheid**, een willekeurige gebeurtenis veroorzaakt emoties zoals **angst**, **vrees**, **ontmoediging** en **frustratie**, die op hun beurt ernstige symptomen van **depressie** teweegbrengen, en deze zijn des te ernstiger naarmate het subject een instinctieve aandrang voelt om ze te negeren, aangezien de cultuur waartoe het behoort er een van **performance** is, waarin het bestaan van dergelijke ongemakken zelfs niet voor mogelijk wordt gehouden.

Ik stop om op hem te wachten, voor het geval hij achterloopt, om hem tijd te geven de vergissing op te merken en te verbeteren. Maar hij loopt niet achter, want ook hij maakt zijn ogen los van het papier en kijkt me vragend aan.

'Wil je het verbeteren?' vraag ik.

'Wat?'

'Ame-norroe, dysme-norroe,' zeg ik.

'O,' zegt hij verrast. Dat is geen vergissing, dat is echt een fout. Hij pakt het vel, brengt de verbetering aan met zijn pen en geeft het weer aan me terug, maar hij is gekwetst. Misschien zou het beter zijn als ik me met mijn eigen zaken bemoeide.

Een dergelijk impact komt het **hevigst** aan bij de leeftijdsgroep tussen **veertig en vijftig**, wanneer het aanpassingsvermogen geringer is en het risico om iets te **verliezen** door de verandering veel groter. Je hebt de indruk dat je **achteruitgaat**, je ervaart een gevoel van **onrecht**. Het te verwerken trauma is enorm: je was gehecht aan een **bedrijfscultuur**, aan een **team**, aan collega's met wie je **plezierig** samenwerkte, aan het **groepsgevoel**. Het is zwaar als je wordt geconfronteerd met **de anderen**. Ook al wordt ervan uitgegaan dat zij de **'slachtoffers'** zijn, het gaat toch altijd om de **vijand** die concreet wordt. Tot gisteren waren we elkaars felle **concurrenten**; opeens staan ze op ons terrein. Je voelt je **overrompeld**, al was het alleen maar fysiek, en je voelt het verlangen om ze te vragen op te donderen, ze te zeggen dat we ons ook zonder hen goed konden redden. Maar je moet samenwerken, en de **shock** is groot. Er zijn managers geweest, afkomstig uit klassieke bedrijven waar titels en hiërarchie heilig zijn, die het niet verdroegen om in werkgroepen te worden gezet samen met personeel afkomstig uit het andere bedrijf, duidelijk lager op de hiërarchische ladder, op grond van een toevallige gemeenschappelijke competentie.

Einde van het tweede vel. Goed, het idee is duidelijk, en het is steeds hetzelfde. Ook Enoch probeert me een slecht gevoel te geven. Hij probeert mij eraan te herinneren dat ik een potentiële toekomstige werkloze ben, des temeer vanwege mijn bekende banden met Jean-Claude, en helemaal omdat ik ben verzwakt door een ernstig verlies – het beruchte aangeschoten wild – en dat ik daarom moet lijden en kwijnen op de door hem beschreven manieren – waarschijnlijk een mengsel van wat hij iedere dag vaststelt bij employés die hun hart bij hem uitstorten, en wat hij zelf voelt. Maar ik hap niet toe. Deze zaak is zo groot dat het niet de moeite waard is om je er druk over te maken. Ik kan niets doen, ik kan alleen afstand bewaren, en als Thierry me even geleden alleen heeft gebeld om me de eer aan te doen mij persoonlijk te ontslaan, dan kan hij beter beginnen een uitstapje hierheen te plannen, vanuit Parijs, met zijn privévliegtuig, want ik ga hier niet vandaan, en beantwoord de telefoon niet.

Het meisje is nog aan het bellen. Ze lacht niet meer, en praat ook niet meer. Ze lijkt nu te luisteren, aandachtig, met gebogen hoofd, terwijl ze met haar voet een halve cirkel op de grond tekent.

Het is een uiterst ontregelende situatie, en er zijn slechts drie categorieën van mensen die erin slagen zich te handhaven: **trouwe volgelingen**, **weerhanen** en **collaborateurs**. Alle anderen lopen het risico te bezwijken. Men moet grote **weerstand** ontwikkelen, zowel fysiek als psychologisch, en slechts weinigen zijn in staat dat te doen zonder adequate hulp. Maar dergelijke hulp bestaat niet. Vandaar dat het meest gebruikelijke gevolg is dat een groot aantal uitstekende krachten tijdens fusies **vrijwillig** zijn functie opgeeft, nog voordat de fusie is voltooid; iets wat kortzichtig wordt beschouwd als een gunstige ontwikkeling, aangezien het de komende **personeelsinkrimping** vergemakkelijkt, terwijl het daarentegen een zwaar **verlies** betekent. Omdat de mannen en vrouwen die vertrekken hun **kennis** en hun technische **capaciteiten** meenemen, en vergeleken bij de virtuele, op de beurs gecreëerde waarde, is het **werkelijke** resultaat een schrikwekkende **verarming**. Daarom is er nog geen enkele grote fusie geweest die niet na een jaar of twee is mislukt, godverdomme.

Hopla. Ik kijk naar Enoch; hij vraagt zich vast en zeker af of ik al zover ben, of ik het al heb gelezen of nog niet. En ik antwoord op de meest ondubbelzinnige manier: ik barst in lachen uit. Ik begrijp heel goed dat het om een serieuze zaak gaat, des te meer omdat ik weet dat gevoel voor humor niet zijn sterkste kant is, en eventjes probeer ik me dan ook in te houden; maar het lukt me niet, er is niets aan te doen, ik barst in lachen uit. Hij lacht niet, maar produceert een glimlach die bedoeld lijkt te zijn om mijn gelach te begeleiden tot het ophoudt.

'Wat ben je van plan hiermee te doen?' vraag ik.

'Dat weet ik niet,' antwoordt hij, 'maar het is niet zo belangrijk. Of liever gezegd, het is wel belangrijk, maar iets anders is nog belangrijker...'

De hond loopt opeens weg bij het meisje en komt naar ons toe. Heel beslist. Vastberaden. Aangezien zijn bazin maar aan de telefoon blijft, komt hij zich laten aaien door deze twee onbekenden. Alsof het de natuurlijkste zaak van de wereld is, begint Enoch hem te aaien terwijl hij doorgaat met praten.

'...Kijk, ik heb deze dingen echt vanuit mijn hart geschreven. Ik heb ze geschreven, denkend aan mijn vader. Het zijn de dingen die ik zou zeggen, het zijn een paar van de dingen die ik zou zeggen, als ik zou worden gehoord ten aanzien van deze fusie, begrijp je? Ze zijn waar...'

Vanuit de verte laat het meisje een verrassend ordinaire fluittoon horen om de hond terug te roepen, die inderdaad zijn oren spitst, maar Enoch blijft hem teder aaien en, met zijn van liefkozingen druipende hand, reageert hij vervolgens met een schitterend klein gebaar waarmee een enorme hoeveelheid dingen worden gezegd, duidelijke, geruststellende dingen – een soort waanzinnige zegening van haar jeugd, haar apathie, haar verstrooidheid. Een gebaar van een dusdanige beschermende hoffelijkheid, dat ik, als ik dat meisje was, onmiddellijk het telefoongesprek zou onderbreken en toe zou snellen om de mens te leren kennen die dat gebaar had gemaakt, om van hem mijn herder te maken. Maar dat doet zij niet, en dit is waarschijnlijk een geschikt punt om iets te zeggen over het uiterlijk van Enoch: lang en pafferig, een onnatuurlijke gelatinekleurige huid, een grote metalen bril die zijn gezicht tiranniseert, grijs stekelhaar zoals je dat al tientallen jaren niet meer ziet, en een zo slonzig gedragen zwart pak dat het bijna subversief is. Hij zou een presbyteriaanse priester kunnen zijn die politiek geëngageerd is, of een eigenaardige leraar aan een middelbare school, veelbesproken vanwege zijn methodes. Niet dat hij lelijk is, dat niet – geen vergelijk met Piquet bijvoorbeeld – maar zijn uiterlijk heeft iets onherstelbaar geslachtloos, als een laag lustdodende beits zorgvuldig uitgesmeerd over zijn hele lichaam, waar een mooie jonge vrouw zich niet overheen kan zetten. Daarom heeft het meisje niet gereageerd, heeft ze zelfs de schoonheid van zijn gebaar niet opgemerkt; daarom is Enoch getrouwd met een oudere, dikke, mysterieuze vrouw, aan wie waarschijnlijk nooit een andere man aandacht heeft geschonken.

'Misschien weet je dat ik katholiek ben, gelovig en praktiserend.'

'Ja, dat weet ik.'

'Zoals mijn ouders, mijn grootouders, en, voor zover ik weet, zoals al mijn voorvaderen. We zijn als het ware aan de bijbel geketend via onze achternaam. Je weet toch wel wie Henoch is?'

'Eerlijk gezegd niet.'

'Een van de patriarchen uit Genesis, vader van Methusalem en overgrootvader van Noach. Dankzij Paulus heeft de christelijke traditie de Hebreeuwse ingelijfd, volgens welke Henoch en de profeet Elia de enige bijbelse personages zijn die nooit zijn gestorven.'

Hij praat met mij terwijl hij de hond van het meisje aait, maar hij kijkt niet naar mij, noch naar de hond, noch naar het meisje. Nu zijn zijn ogen gericht op de weg, waar mijn vriend de verkeersagent zich bevindt die 's morgens een plaats voor me openhoudt, en het is duidelijk dat hij ook niet naar hem kijkt.

'Tjonge...'

'Een broer van me is missionaris in Zimbabwe, wist je dat?'

'Nee...'

'Hij heet Pietro, net als jij, hij woont er al dertig jaar. En een oom van me is theoloog en geeft les aan de Katholieke Universiteit, en flink wat tantes en oudtantes waren of zijn kloosterzuster...'

Hij blijft de hond mechanisch strelen, zonder dat hij er zich van bewust is, zoals ik vannacht deed met Claudia voordat ze weer in slaap viel.

'Kortom, om een lang verhaal kort te maken, het is juist om te stellen dat in de laatste, laten we zeggen, vier eeuwen' – hier krijgt zijn stem plotseling iets woedends, en Enoch pauzeert even om hem in bedwang te houden – 'geen lid van mijn familie er ooit in de verste verte maar aan heeft gedacht om te vloeken.'

'Oké, ik geloof niet dat...'

'Zou jij nu,' snoert hij mij de mond, 'hardop de laatste zin willen voorlezen van de tekst die ik vanmorgen heb geschreven, alsjeblieft?'

Daar gaan we weer, de kraan is weer opengedraaid, en nu is Enoch aan de beurt om vreselijk te lijden. Ook op deze plek, naast mij.

'Kom, Paolo, hou daarmee op...'

'Ik bid je,' hij duldt geen tegenspraak, 'alleen de laatste zin. Alsjeblieft. Hardop.'

Ik vouw het vel weer open. En nu weet ik wat het probleem is. Het probleem is dat ik, als ik het weer lees, weer zal moeten lachen.

'"Daarom is er nog geen enkele grote fusie geweest die niet na een jaar of twee is mislukt, godverdomme."'

Ik durf mijn ogen niet op te slaan, ik zou niet opgewassen zijn tegen zijn blik. Ik kan geen woord uitbrengen, ik kan vrijwel niets doen. Het enige wat hier te aaien valt is die hond: jezus, ik ruk hem bij hem weg, ik trek hem tussen mijn benen, voor hem maakt het toch niets uit, voor de hond maakt het niets uit, voor zijn bazin maakt het niets uit, en intussen heb ik iets waarop ik mijn ogen kan laten rusten en me kan concentreren, om niet in lachen uit te barsten. Die hond aaien, ja...

'Nu is mijn vraag,' de stem van Enoch is ernstig, plechtig, 'waar bevond zich die vloek hiervoor? Hij is diep vanuit mijn binnenste gekomen, maar waar had ik hem opgeslagen?'

De hond, zoals alle honden, heeft zich onmiddellijk aangepast aan het ritme van het strelen, en elke aai laat hij vergezeld gaan van een lange wimperslag.

'Hij was goed verstopt, weet je, want tot vanochtend leefde ik in de zekerheid, ik herhaal, in de zekerheid, dat hij niet bestond. Waar komt hij vandaan? Antwoord me, alsjeblieft. Zeg niet dat het niet ernstig is, zeg niets van wat je zou willen zeggen, doe me alsjeblieft alleen het genoegen om me te zeggen waar die vloek, die ik heb afgedrukt, volgens jou vandaan komt.'

Het gaat een beetje beter. Ik ben begonnen de hals te krabben van de hond die een beetje van zijn olympische onverschilligheid overdraagt op mij.

'Alsjeblieft, Pietro. Ik maak geen grapje. Zeg me waar hij vandaan komt...'

Ik durf het nu wel te riskeren hem te antwoorden, want die man dringt echt aan. Echter nog steeds zonder hem aan te kijken.

'Ik weet het niet, misschien heeft iemand hem juist gisteren bij jou binnengebracht. Een van de velen die jou komen vragen om de geruststelling die je niet kunt geven...'

'Iemand heeft hem bij mij binnengebracht... Ingenieus.'

Ik blijf de hals van de hond krabben, me concentreren op zijn genot, en mijn oogt valt op de penning. Er staat op: NEVEL 335 8448533. Ik kijk naar het meisje, nog steeds aan de telefoon, nog steeds ver weg: dit moet dan haar nummer zijn. Wie weet hoeveel jongens dat graag zouden willen hebben. Ik kijk weer op de penning. 335...

'Nevel!' roept het meisje plotseling naar de hond, en om kracht bij te zetten fluit ze nog een keer. 'Nevel, kom hier!'

...en opeens realiseer ik me dat dit nummer onvergetelijk is, verrek, omdat het een palindroom is. Ja, 335 8448533, 3358448 533. En er is ananas, Irene. Ik zie het in een flits, want onmiddellijk daarop trekt Nevel zijn hals weg, met een beweging meer van een paard dan van een hond, en hij begeeft zich naar zijn bazin in een langzame, afgemeten galop.

'Sorry!' schreeuwt het meisje terwijl ze de lijn vastmaakt aan de halsband en gelijktijdig naar de straat loopt.

En tijdens de vloeiende beweging van deze afgang, zonder zelfs maar op ons antwoord te wachten, werpt ze ons een nonchalante groet toe als ze al met haar rug naar ons toegekeerd is, ervan overtuigd dat we haar nakijken.

'Ken je haar?' vraagt Enoch.

'Nee,' antwoord ik.

Maar ik ken haar telefoonnummer uit mijn hoofd, zou ik er nog bij kunnen zeggen: 3358448 533; en die zo natuurlijke groet waar ze ons zojuist op heeft getrakteerd betekent dat we, vanaf morgen, als ze de hond in het parkje uitlaat en mij aantreft op de bank, elkaar met dezelfde natuurlijkheid zullen groeten; en dat alles wijst erop dat ik haar waarschijnlijk zal leren kennen.

'Mooi meisje,' zegt Enoch koel.

Nu voel ik dat ik me kan omdraaien, ik voel dat ik hem weer kan aankijken. De hond en het meisje hebben de lach verdrongen die ik kort geleden over hem zou hebben uitgestort. Ik kijk hem inderdaad aan, ook al kijkt hij nog steeds niet naar mij. Terwijl zijn ogen in de verte staren, vertoont hij een ondoordringbaarheid die eerder schrik aanjaagt dan geruststelt. Het lijkt onmogelijk dat iemand op het punt staat in te storten vanwege een vloek maar ik heb de indruk dat dat hetgeen is wat ik op dit moment zie gebeuren.

'Luister,' zeg ik, 'ik heb honger. Heb je zin om een broodje te gaan eten?'

'*Ubi major minor cessat.*'

'Wat?'

Zijn ogen lichten op in een boosaardige flits, en met zijn hoofd knikt hij voor zich uit, om mij te beduiden in die richting te kijken.

Thierry komt het park in gelopen. Hij maakt grote passen, een brede glimlach op zijn gezicht. Hij draagt een winterjas, een teken dat hij ergens vandaan komt waar het veel kouder is dan hier.

15

Het is zover.

Enoch heeft zojuist vrijwillig het veld geruimd en loopt nu weg. Hij passeert op dit moment de dubbel geparkeerde presidentiële Alfa van Jean-Claude/niet meer van Jean-Claude. Hij groet ook Lino, de chauffeur van Jean-Claude/niet meer van Jean-Claude, die, zoals altijd, wel de *Gazzetta* zal zijn gaan lezen. Hij gaat onder als een grijze maan achter de bult die de weg maakt om tot hier te kunnen stijgen. En wat is de vloek die hem kwelt nu goed zichtbaar, het is een vlaggetje dat het Kwaad in hem heeft weten te planten, en het lijkt of je het echt ziet wapperen. Nu is Enoch verdwenen...

'Wel, wel,' zegt Thierry. 'Lang niet slecht hier.'

Het is zover.

Thierry kijkt nieuwsgierig om zich heen. Hij heeft de joviale uitdrukking van altijd, hetzelfde gezicht vol vrolijke plooitjes – let wel, geen rimpels, maar heuse barstjes in het leem van de huid, het heeft iets van een tribaal masker. Ik heb hem al een aardig tijdje niet gezien, inderdaad voor het laatst op het Festival van Cannes waar hij plotseling opdook bij recepties, mensen bij de arm nam en ze aanstak met de verfijnde bonhomie waarvan hij als een soort goeroe wordt beschouwd. Op dat moment dacht ik nog dat hij en Jean-Claude een twee-eenheid waren, ik geloofde nog in het sprookje van de outsiders terwijl hij al bezig was met intrigeren en verraden. Dat moet ik in gedachte houden, want wat hij ook komt doen, hij is in staat het goed te doen. Ik moet in gedachte houden dat ik in Jean-Claude geloof, en Thierry is slechts weer zo'n geëxalteerde supermanager zonder scrupules die ambieert een tycoon te worden met het geld van anderen, beslist briljanter en origineler dan al zijn soortgenoten, zijn heer en meester Boesson incluis, maar juist daarom ook gevaarlijker. Ik moet oppassen met deze man, wat hij ook komt doen. Maar wat komt hij eigenlijk doen?

'Heb je gehoord over Jean-Claude?' vraagt hij.

'Nee.'

Jezus, wat heb ik eigenlijk te verliezen?

'Ik bedoel ja,' corrigeer ik mezelf. 'Ik wist dat het vliegtuig hem was afgenomen, en even geleden vertelde Enoch me dat, letterlijke tekst, "hij ons heeft laten barsten". Meer weet ik niet.'

Thierry glimlacht, een grimas die tegelijkertijd spontaan en volstrekt níet spontaan lijkt. Zo werkt dat bij hem: alles wat jou de gelegenheid schijnt te geven om zijn gemoedstoestand te peilen blijft aannemelijk, ook als je er een duidelijk 'niet' voor zet.

'Goed,' zegt hij, 'dan weet je al veel meer dan bijna alle anderen. Weet je ook waarom het vliegtuig hem is afgenomen?'

Opgepast, dit is een valstrik. Ik moet geen antwoord geven, hij moet zelf het antwoord geven.

'Bezuiniging.' Dat stond er voor zover ik me herinner in het besluit.

Thierry glimlacht weer, en ditmaal betreft de dubbelzinnigheid van zijn grimas het feit dat hij wel of geen bewondering zou kunnen uitdrukken voor de manier waarop ik de valstrik heb ontweken. Dan haalt hij diep adem, tilt zijn hakken enigszins op en laat ze weer zwaar op de grond terugvallen, alsof hij zich schrap zet.

'Gisteravond heeft Jean-Claude alle functies die hij bekleedde neergelegd,' zegt hij. 'Wat het Internationale Presidentschap betreft, na de fusie wordt deze functie afgeschaft, dat is dus geen probleem. Wat betreft het presidentschap hier in Italië daarentegen, moet er naar vervanging worden gezocht. Ik ben dus gekomen om je te vragen of je ervoor voelt zijn plaats in te nemen.'

Boem. Hij ondersteunt zijn bom met een directe, vaste blik, ditmaal zonder expressie. Overigens is zijn Italiaans bijna perfect, het bestaat uit korte zinnen en is doorspekt met het woord 'dus', en heeft een vreemde soldateske cadans. Nu ben ik het die glimlacht – maar in plaats van glimlachen zou ik moeten zeggen dat ik een glimlach voel verschijnen op mijn gezicht. En nu?

'Wat een idee...' hakkel ik.

'Het is niet alleen een idee, het is een beslissing. Ik heb er met Boesson over gepraat, en hij gaat akkoord.'

Als jongen wilde ik filmproducer worden. Ik ben er ook op mijn dertigste mee begonnen, met een project waar ik warm voor liep: het verfilmen van *Spelen in de morgenschemer* van Schnitzler. Ik was ervan overtuigd dat het een meesterwerk zou kunnen opleveren, en ik kocht een – voor mij – zeer dure optie op de rechten zonder vooralsnog enige mogelijkheid te hebben om die te exploiteren. Ik was er inwendig van overtuigd dat de eenvoudige schoonheid van dat idee vanzelf alle gebeurtenissen zou voortbrengen die nodig waren om van mij een producent te maken – en zo ging het, hoe vreemd het ook moge lijken. Ik was nog maar net naar Milaan verhuisd, en op een dag gebeurde het dat ik bij de bank achteraan ging staan in een zeer lange rij en dat onmiddellijk na mij Vittorio Mezzogiorno arriveerde, die voor mij altijd de grootste Italiaanse acteur was en zal zijn. In die periode was zijn populariteit opeens omhooggeschoten omdat hij net de rol van commissaris Licata in de tweede serie van *La Piovra* had gespeeld, daarom herkende iedereen hem en vroeg hem om een handtekening. Ik was zeer getroffen door het feit dat hij zijn roem niet uitbuitte om die ellendige rij te vermijden, en dat hij zich volledig beschikbaar stelde om te voldoen aan de verzoeken van zijn bewonderaars, waaronder veel bejaarden die hun pensioen kwamen ophalen. Hij drukte handen, krabbelde zijn handtekening op papiertjes en maakte een beweging alsof hij de kogels ontweek die iemand zogenaamd op hem afvuurde met zijn hand, terwijl hij minzaam naar iedereen glimlachte, zonder de geringste indruk te wekken dat hij aan iets anders dacht. Misschien was het daarom dat ik de moed vond op hem af te stappen, me uit te geven voor producent en hem voor te stellen – daar, onder die omstandigheden, in die rij, te midden van zijn bewonderaars die hem lastig bleven vallen – om *Spelen in de morgenschemer* met mij te doen. Goed, het bleek dat *Spelen in de morgenschemer* zijn favoriete boek was, en dat hij verscheidene malen het idee had gekoesterd om het in het theater op te voeren, wat hij voortdurend had uitgesteld vanwege de zich opstapelende verplichtingen, maar nooit had opgegeven; en dat hij het nondeju nog zou doen ook als ik het geld zou vinden, als acteur en als regisseur. Het volgende halfuur – want zo lang duurde die rij – was voor mij letterlijk een wonderbaarlijke ervaring, een soort thuiskomen, alsof ik een bij was die, na voortdurend doelloos te hebben rondgevlogen door de schepping, eindelijk heeft ontdekt waar zich de nectar bevond waar zijn instinct hem naartoe dreef, en hoe bevredigend het was om die op te zuigen. Constant onderbroken door zijn fans, spraken we al die tijd over ons plan en we raakten bevlogen toen we ontdekten dat we door dezelfde pagina's in het boek waren gegrepen en dat we min of meer dezelfde ideeën hadden over hoe het verhaal moest worden overgezet naar onze tijd. Gedurende die ogenblikken was er in mij geen spoor van de twijfel die altijd bij me opkwam als ik in iets geloofde. Hoe gek het ook mocht zijn, ik stond te praten met Vittorio Mezzogiorno over de film die we samen zouden maken, het gebeurde echt, en daar lag een kracht in die alle twijfel wegnam. Ik had er gewoon goed aan gedaan te geloven in de karmische kracht van mijn idee, en daar kreeg ik gewoonweg het bewijs van. Dit alles komt nu bij me boven – vis-à-vis Thierry die nog nageniet van het effect van de bom die hij zojuist heeft afgeworpen – omdat de pagina's van *Spelen in de morgenschemer* die mij en Vittorio Mezzogiorno het meest hadden begeesterd die waren waarin Willi, de hoofdfiguur, die naar Baden Baden is gegaan om baccarat te spelen, krankzinnig begint te winnen, en naarmate de stapels fiches voor hem aangroeien, zijn greep op de situatie verliest. Zijn gedachten werpen hem uit het zadel en beginnen op eigen houtje te galopperen in de richting van alle goederen die plotseling binnen zijn bereik komen door die aanzienlijke winst: een nieuw uniform, een nieuwe mantel, een nieuwe sabelkwast, diners in modieuze restaurants, en vervolgens, terwijl hij steeds meer blijft winnen, nieuw ondergoed, lakschoenen, uitstapjes in het Wienerwald, ja zelfs een koets... Ik bevind me nu in dezelfde situatie, en dat is de reden waarom ik zwijg, mijn ogen neergeslagen, gericht op het scherm van mijn schoenen waarop een film wordt geprojecteerd vol weelde en luister waarvan ik tot even geleden zou hebben gezegd dat ik er nooit naar had verlangd: een fantastisch salaris, macht, een voor vijf jaar dichtgetimmerd contract, *stock options*, privévliegtuig, kunstwerken, oldtimers, luxueuze huizen, chauffeur, emolumenten van allerlei aard... Het voorstel dat mij zojuist is gedaan mag dan walgelijk, berekenend en achterbaks zijn, en met bloed doordrenkt, toch moet in overweging worden genomen dat het betekent dat al die dingen binnen mijn bereik komen, en ik neem dat in overweging. Het gaat om de sappigste vruchten die de beschaving waartoe ik behoor te bieden heeft, allemaal tegelijk, een soort demonstratieve rijkdom *hors catégorie*, waarover slechts een beperkte kring van uitverkorenen kan beschikken – onvergelijkbaar met de gewone en zelfs banale rijkdom waarmee ik tot dan toe genoegen had genomen; natuurlijk zal ik het voorstel afslaan, stel je voor, terwijl het ook nog eens om een nogal verdacht voorstel gaat, misschien zelfs om een valstrik; maar je moet wel erkennen dat er geen minder smerige en minder riskante manier bestaat om deel uit te gaan maken van die kring, en ik erken dat. Natuurlijk zal ik het afslaan, dat is niet de vraag, zoals bij Willi de vraag niet opkwam of hij moest ophouden met spelen voordat hij alles had verloren, maar intussen zie ik een zeilboot van twintig meter die langzaam aan mijn ogen voorbijtrekt, met mij aan het roer en Claudia die in de zon ligt op het teakhouten dek... Net zoals vannacht met de lijst van Lara's berichten, kan ik vanwege een geweldige tekortkoming in mijzelf pas de juiste beslissing nemen nadat ik eerst gevaarlijk spel heb gespeeld met de verkeerde.

'Je hoeft nu niet te reageren,' zegt Thierry. 'Ik wilde je alleen onze beslissing meedelen, dan kun je erover nadenken.'

Natuurlijk ga ik het voorstel afslaan, maar intussen, door te zwijgen, geef ik Thierry het gevoel dat ik erover na moet denken, net zoals Willi door te blijven doorgaan met spelen zijn metgezellen de gelegenheid geeft het geld terug te winnen dat ze hebben verloren. Maar waarom ben ik toch zo? Ik wil niet hebzuchtig zijn, waarom ben ik het dan? Omdat ik rijker en machtiger wil zijn dan ik nu ben? Ik had toch besloten om Claudia bij te staan en me niet langer te interesseren voor de narigheid op het werk? Waarom zit ik er dan aan te denken hoe mijn leven zou zijn als ik de plaats van Jean-Claude innam?

'Nee, Thierry,' hoor ik mezelf zeggen – 'Ik ben bang dat het geen goede beslissing zou zijn.'

Oké, ik heb het gezegd, maar waarom kostte het me zo veel moeite? Waarom heb ik Schnitzler, Vittorio Mezzogiorno, Enoch, Claudia moeten oproepen, en zelfs Lara die een vriendin was geworden van Jean-Claude, en die nooit zou hebben geaccepteerd om mij op de plek van Jean-Claude te zien? Waarom had ik de hulp van al die geesten nodig om een beslissing te nemen waarvan ik ook zonder hen wist dat het de juiste was? Kijk, ze kijken me aan, teleurgesteld door mijn aarzeling, opgelucht door mijn antwoord dat uiteindelijk toch is gekomen – want ik heb het gezegd, ik heb toch 'Nee, Thierry' gezegd? Ik heb me dat toch niet verbeeld zoals Geppetto, ik heb het toch echt gezegd?

'Pietro, geef nu nog geen antwoord. Je bevindt je in een moeilijke situatie, dus het lukt je niet om aan de toekomst te denken. Maar over een maand of twee zullen de dingen veranderd zijn en zul je weer zin krijgen. Dat geldt voor iedereen, en dat zal ook voor jou gelden. Vertrouw op mij, jij bent de juiste man, en wij kunnen wachten.'

Ook Thierry moest me nog een handje helpen met zijn holle, verraderlijke vleierij – ik 'de juiste man': maar wat lult hij nou? Nu voel ik me weer meester van de situatie – ik heb toch al geweigerd? – maar het zal goed zijn om nooit te vergeten dat ik in staat was om, bij het vunzigste voorstel dat me ooit is gedaan, zeilboten en golfbanen voor me te zien. Er schuilt ambitie in mij, arrivisme.

'Zolang de fusie zijn beslag niet heeft gekregen zal toch alles lamgeslagen zijn.'

Willi houdt niet tijdig met spelen op, hij begint te verliezen, en uiteindelijk zit hij opgescheept met een krankzinnige schuld, drie keer zoveel als de winst die hem deed dromen.

'Nee, Thierry. Dat ik hier ben in plaats van op kantoor betekent dat ik al een beslissing heb genomen. Ik ben niet geïnteresseerd in de fusie. Ik ben geïnteresseerd in mijn dochter.'

Maar Thierry blijft me aankijken zoals je een arme weduwnaar aankijkt – en dat is ook terecht, vind ik, omdat ik hem antwoord als een arme weduwnaar.

'En verder' – voeg ik eraan toe – 'kan ik de plaats van Jean-Claude niet innemen. Nog geen twee weken geleden was hij hier, waar jij nu bent op dit moment, en hij had ontzettend veel last van die affaire met dat vliegtuig. Hij heeft ons niet "laten barsten", zoals Enoch zegt, ik weet heel goed dat hij eruit is gewerkt, en aangezien ik zijn vriend ben kan ik niet degene zijn die op zijn stoel gaat zitten.'

Ditmaal heb ik het duidelijk gezegd, ik heb geen uitvluchten gezocht, ik heb mijn dochter niet ingebracht, mijn woorden hebben hem duidelijk laten weten aan wiens kant ik sta; toch incasseert Thierry ze uiterst hoffelijk, alsof ik hem voor een toneelstuk had uitgenodigd. Anderzijds moet ik in gedachten houden dat deze man, om hier te komen en mij uit te nodigen tot verraad, een paar niveaus is afgedaald in de videogame, en wat op mij dwingend en zwaar overkomt zou voor hem vrijblijvend en licht kunnen zijn.

'Maar weet je wat Jean-Claude heeft gedaan?' zegt hij. 'Weet je dat of niet?'

'Nee.'

'Hij heeft gestolen, Pietro. Hij heeft gelogen, bedrogen en gestolen. En dat heeft hij mij aangedaan. Jij zegt dat je zijn vriend bent, maar ook ik was zijn vriend, weet je, al dertig jaar lang. Hij heeft geprofiteerd van het vertrouwen dat ik in hem had, en geld gestolen van de maatschappij, veel geld, Pietro. Hij heeft begrotingen vervalst om...'

Nee, nee. Ik wil deze dingen niet horen. Ze zijn ongetwijfeld gelogen, ik heb geen enkele mogelijkheid om ze te controleren, Jean-Claude is eruit gewerkt en zij kunnen zeggen wat ze willen. Ik wil deze dingen niet horen...

'...en toen ik erachter kwam heeft hij me gechanteerd. Jij weet dit niet, jij kunt dit niet weten, omdat je een eerlijk man bent en Jean-Claude heeft jou er niet bij betrokken, maar...'

En ik moet ze niet horen, zwak, hebzuchtig en gevoelig voor vleierij als ik blijkbaar ben.

'– erop gespeeld dat op dit moment een dergelijk schandaal de fusie zou doen mislukken, we waren dus genoodzaakt om...'

Nadat ik bij de rechtbank mijn productiemaatschappij had laten registreren en mijn weinige centen had geïnvesteerd in het scenario, is Vittorio Mezzogiorno gestorven. Een razendsnelle tragedie, opeens kon ik hem niet meer vinden, de intimiteit tussen ons was van de ene op de andere dag verdwenen, niemand die me iets zei; en tegen de tijd dat ik ontdekte dat hij ziek was, was hij al dood. Ik ging naar de begrafenis. Er waren acteurs, regisseurs, producenten, maar ook heel veel gewone mensen, waartoe ik opeens ook weer behoorde – mensen die Vittorio Mezzogiorno konden tegenkomen bij de bank, hem om een handtekening vragen, hem complimenteren en massaal naar zijn begrafenis komen, maar die er in de verste verte niet van droomden om met hem te werken. Dat was dus ook de begrafenis van mijn carrière als producent; ik heb er nooit over gedacht om het project voort te zetten met iemand anders. Ik interpreteerde zijn dood als een nogal overduidelijk teken, en bleef tekstschrijver bij de televisie – waaruit alles is voortgevloeid: mijn ontmoeting met Marta, vervolgens met Lara, het hebben van een kind, alles waaruit mijn leven de laatste twaalf jaar heeft bestaan.

'– het siert je, maar geloof me, hij verdient het niet. Ik vraag je dus om niet de fout te maken hiervan af te zien op grond van de genegenheid die je voor hem voelt. Ook ik voelde die, en ik was verbijsterd toen ik ontdekte dat hij zo oneerlijk was...'

Nog niemand heeft *Spelen in de morgenschemer* verfilmd, maar een paar jaar geleden hebben ze er in Oostenrijk een minitelevisieserie op gebaseerd; en het is komisch dat de beslissing om deze serie al of niet aan te kopen voor Italië de eerste was die ik nam nadat ik – door Jean-Claude – was benoemd tot programmadirecteur.

'– de prachtige, samen doorgebrachte jaren, onze successen, de gouden jaren van de outsiders, en ik heb geen spoor van die oneerlijkheid kunnen vinden. Toch moest dat er zijn...'

Ik heb hem niet aangekocht, het was een lelijke serie.

'– of in ieder geval in aanleg, zeg je dat zo? De aanleg moest er absoluut zijn, gezien de dingen die hij later heeft gedaan. Maar waar was die dan? Ik heb me dat maandenlang afgevraagd, ik heb er niet van kunnen slapen, totdat ik het antwoord had. Wil je het horen, dat antwoord? Wil je weten waar de oneerlijkheid van Jean-Claude was toen hij nog eerlijk was?'

Dat is drie. Dit is interessant. Waar was de vloek van Enoch? Waar was de hebzucht die mij even geleden deed wankelen? En nu – ook al geloof ik nog steeds niet in deze affaire – waar was de oneerlijkheid van Jean-Claude? Voor de derde keer in een uur word ik geconfronteerd met dezelfde vraag – een vraag die tot vandaag nog nooit bij me was opgekomen. Het kan geen toeval zijn. En als Thierry nu het antwoord heeft, wil ik dat graag horen.

'Waar dan?'

'Nergens, Pietro. Dat is het antwoord. Nergens.'

Er is nu een vreemd licht in zijn blik.

'Kijk, ik heb natuurkunde gestudeerd aan de universiteit. En ik herinner me dat ik heb geleerd dat een atoom, wanneer het van de ene toestand in de andere overgaat, een lichtdeeltje uitzendt, foton geheten. En vooral herinner ik me de vraag die ze me stelden over dit onderwerp bij mijn examen: waar komt dat foton vandaan? vroegen ze. Hoe komt het tevoorschijn? Waar was het eerst? Dat stond niet in het boek, het was een manier om te zien of ik erover had nagedacht. En omdat ik er niet over had nagedacht gaf ik een dom antwoord. Ik zei dat het foton al in het atoom aanwezig was. Ze hebben me toen uitgelegd dat het foton helemaal niet in het atoom aanwezig is. Het foton verschijnt precies op het moment waarop de elektronensprong plaatsvindt, en het verschijnt juist vanwege die sprong. Begrijp je? Het is een zeer eenvoudig concept: de klanken die mijn stem op dit moment voortbrengt waren niet in mij aanwezig. Zo ben ik erin geslaagd om me neer te leggen bij de oneerlijkheid van Jean-Claude zonder dertig jaar van mijn leven uit te hoeven wissen: de dingen die hij in de laatste twee jaar heeft misdaan waren daarvoor niet in hem aanwezig. Net als de fotons zijn ze op een heel precies moment verschenen, om heel precieze redenen. Voor de duidelijkheid, net zoals elk van de atomen waaruit hij bestaat, heeft Jean-Claude die oneerlijkheid voortgebracht op het moment van de overgang van de ene toestand naar de andere. Want weet je wanneer Jean-Claude is begonnen te stelen? Twee jaar geleden, Pietro, dat wil zeggen toen hij is hertrouwd met een soort *vaishya*-prinses. Zij heeft haar kaste moeten opgeven om met hem te kunnen trouwen, begrijp je, en hij moet zich plotseling niet goed genoeg, inferieur, gevoeld hebben, iets wat hem nog nooit was overkomen...'

Zo is het genoeg. Ik was geïnteresseerd in het antwoord, niet in de rest van de modder die Thierry over Jean-Claude wilde uitstorten. En het antwoord is gekomen, een belangrijk antwoord. Totdat hij wordt geraakt door de racket, bevat een tennisbal geen enkele snelheid. Het oordeel dat over onze daden wordt geveld is slechts een kwalificatie van wat we nu zijn, niet van wat we eerder waren. Ik was alleen even geleden hebzuchtig, alleen toen. Het 'godverdomme' van Enoch bestaat pas sinds vanochtend. Ja, ik vind dat verhaal over fotons overtuigend. En nu ik een overtuigend antwoord heb, kan ik het ook toepassen op het onderwerp dat ik tot nog toe angstvallig heb vermeden onder ogen te zien: ik heb Marta pas gisteren fysiek begeerd, pas gedurende de lange omhelzing op die bank. Dat ontkennen is zinloos: gisteren, terwijl ik haar omhelsde, heb ik haar begeerd, en zij moet dat hebben gemerkt; maar die begeerte was daarvoor niet in mij aanwezig, was daar niet achtergebleven sinds die keer dat we samen in bed belandden, twaalf jaar geleden, wat zij waarschijnlijk dacht; en omdat die begeerte niet bestond is Lara er volstrekt niet door gekwetst tijdens het leven dat we samen hebben geleid, is zij niet weggekwijnd van jaloezie, en is het des te duidelijker dat het haar dood niet heeft veroorzaakt. Ik heb Marta twaalf jaar geleden begeerd, nog voordat ik Lara kende; vervolgens heb ik me verbonden met Lara omdat ik Lara begeerde, en terwijl ik verbonden was met Lara ben ik Lara blijven begeren; en vervolgens heb ik gisteren Marta weer begeerd, in een heel nieuwe fase van mijn leven, nadat de overgang van niet één maar miljarden elektronen mijn leven, mijn toestand – mijn staat om precies te zijn – radicaal had veranderd. Natuurlijk was ik verblind en grof als je ook nog in aanmerking neemt dat Marta zwanger is, maar dat wat ik gisteren voelde was louter een impuls, een foton van pure begeerte opgeroepen door het onverhoedse, onverwachte en bijna intimiderende gezwaai met haar tieten vlak voor mijn ogen tijdens haar paniekaanval – afgelopen uit, discussie gesloten.

Intussen is Thierry stilgevallen. Ook hij heeft zijn hart blijkbaar gelucht, en zwijgt nu, of misschien betreurt hij het dat hij zich iets oprechts heeft laten ontvallen, terwijl hij alleen uit Parijs hierheen was gekomen om stap 109 van zijn uitgebreide verradersstrategie in werking te zetten. En nu doet zich voor mij een gelegenheid voor: een halfgod is naar mij afgedaald, hij heeft zich klein gemaakt om een missie te volbrengen, en degenen die ons op dit moment zien – de Pakistaan, de vrouw met de kinderwagen, de kioskhouder – kunnen onmogelijk raden hoeveel machtiger de man die met mij staat te praten, is dan ik; ze kunnen hoogstens denken dat hij net iets belangrijker is dan ik, louter op grond van leeftijd. Dat heeft hij zo gewild, om redenen die ik nooit zal kennen; daarom, als ik me tegen hem wil verzetten – en dat wil ik, ook al heb ik zojuist ontdekt dat ik zwakker ben dan ik dacht – doe ik er goed aan hem weer terug te plaatsen op het voetstuk waar hij van af is gekomen. Het is toch maar een toneelstuk, het gaat er slechts om de rollen niet om te draaien en de clausen niet te verwisselen. Die beroemde zeilboot kan ik altijd nog wel twee weken huren, het belangrijkste is dat hij weer de toekomstige vicepresident wordt van de grootste mondiale telecommunicatiegroep, en ik een arme marginale directeur die onlangs weduwnaar is geworden.

'En,' zegt Thierry. 'Ga je erover nadenken?'

Zet nummer een: alle krediet binnenhalen dat je bij hem hebt.

'Nu moet je me toch eens zeggen' – begin ik – 'vinden jullie me echt zo goed?'

'Ja,' antwoordt hij beslist. 'Er zijn meer mensen in de wereld die jou waarderen dan alleen Jean-Claude.'

Uitstekend.

'Kan ik je zeggen wat ik echt zou willen?'

'Vanzelfsprekend. Wat wil je?'

Zet nummer twee: alles inzetten op iets wat voor hem onbegrijpelijk is.

'Ik zou hier willen blijven.'

Zet nummer drie: een pauze laten vallen. Het is belangrijk hem de tijd te geven om te geloven dat ik dat bedoel als een voorwaarde om het presidentschap te accepteren, en om zich te gaan realiseren hoe gênant het zou zijn om naar Parijs terug te keren met een nieuwe president die de hele dag bij de school van zijn dochter wil blijven. Maar voordat hij dat idee uitwerkt moet ik hem onderbreken – zet nummer vier – en hem eraan herinneren wie hij is.

'Mocht dat niet mogelijk zijn, dan zou ik ontslagen willen worden, door jou, en de hele zaak willen vergeten, zonder dat hij zich eindeloos voortsleept. Tenslotte verschijn ik niet op het werk, jullie hebben alle reden...'

Dat is dat. Einde van mijn strategie, maar vooral ook einde van de zijne. Hij is verward, dat zie ik, hij bevindt zich in een gênante situatie. Zijn doel was de promotie van de ondergeschikte tot president, en hij had een ongebreidelde vuurkracht om dat te bereiken. Hoe is het gekomen, zal hij zich nu wel afvragen, hoe is het in godsnaam gekomen dat we nu één stap verwijderd zijn van zijn ontslag? En waarom praten we over wat hij wil en niet over wat ik wil? Sinds wanneer wordt mij de controle over de situatie afgenomen door een ondergeschikte? Ha, de oude discussies met mijn broer over hoe het systeem te verslaan: hij was ervoor om het vanbuiten aan te vallen, dus via opstand, ik om het van binnenuit te ontwrichten, dus via ondermijning; hij had honderd prachtige voorbeelden van hoe je in opstand kon komen tegen het systeem, ik kon er zelfs niet een bedenken om aan te geven wat ondermijning inhield. Kijk, Carlo, dit bedoelde ik.

'Maar waarom hier,' zegt hij.

Heel goed, Thierry: hoe is het gekomen dat deze plek opeens doorslaggevend is geworden?

'Omdat ik me er goed voel.'

'Dat heb ik begrepen, maar afgezien daarvan? Ik kan niet begrijpen wat je van plan bent, Pietro.'

Heel goed: doorslaggevend, maar waarvoor?

'Er is niets, afgezien hiervan. Ik ben niets van plan.'

'Dat geloof ik niet. Op dit moment kun jij mij geld vragen, kun je me tijd vragen, kun je heel voordelige voorwaarden stellen voor je toekomst, en je vraagt me alleen om de hele dag bij een school te kunnen blijven, iets wat je heel makkelijk zou kunnen doen door een maand vakantie te nemen.'

'Ik heb mijn vakantie al opgebruikt.'

'Maakt niet uit, het was maar bij wijze van spreken. Het gaat er bij mij niet in dat je alleen maar bezig bent je dochter tevreden te stellen. Wat houd je achter?'

'Mijn dochter heeft me niet gevraagd om hier te blijven. Het is mijn idee. En ik houd helemaal niets achter.'

Op dit moment kan het geen kwaad een woord te gebruiken waarvan de oerkracht Thierry Léon Larivière in deze tijden zou moeten bijten als vitriool.

'Het is de waarheid,' voeg ik eraan toe.

Maar het heeft weinig effect. Alleen een kleine pauze.

'Wil je het presidentschap echt niet?'

'Nee, Thierry, echt niet. Het is niets voor mij.'

'Excuseer mijn openhartigheid,' zegt hij, 'maar ben je er zeker van dat het goed met je gaat?'

Een eerste huwelijk met een Amerikaanse, een drugsverslaafde dochter van achttien – naar het schijnt –, een nieuwe, jongere Franse echtgenote, twee kinderen die hij nooit ziet, een nog jongere Canadese minnares die iedereen kent – ik incluis – want af en toe verschijnt hij met haar in het openbaar, en een werkweek die bestaat uit op en neer vliegen van de ene kant van de Atlantische Oceaan naar de andere: nogal wiedes dat het er bij hem niet ingaat dat ik hier wil blijven en verder niets.

'Ja, het gaat goed met me.'

'Ik bedoel te zeggen dat, na wat er is gebeurd, het begrijpelijk zou zijn als...'

Ik geef hem alle tijd om de zin af te maken, voor het geval hij zichzelf heeft onderbroken uit gêne, maar hij is helemaal niet gegeneerd, en heeft er niets aan toe te voegen. Des te beter.

'Het gaat goed met me, Thierry,' herhaal ik. 'Ik heb alleen mijn prioriteiten herzien.'

Hij fronst zijn wenkbrauwen en knikt. Hij moet beslissen of hij me zal ontslaan of het recht zal geven hier te blijven; maar hij was hier helemaal niet op voorbereid – hoe kan ik hem nu afmaken, vraagt hij zich waarschijnlijk af, terwijl ik Boesson ervan heb overtuigd dat hij ons levend in handen moet vallen, en wel als president? –, en in ieder geval gaat hij niet naar Parijs terug met wat hij van plan was te bereiken. Niet slecht. Misschien heeft hij gelijk, misschien zou ik een uitstekende haai zijn. Of misschien niet; nee, zeker niet: ik ben nooit zo goed geweest, en dit meesterwerk is slechts weer een foton waarvan tot een halfuur geleden nog geen spoor in mij aanwezig was.

Het wordt overigens tijd om te incasseren, voordat hij zich herneemt.

'Kan ik dus hier blijven?'

Hij glimlacht, kijkt opzij, maakt een onmiskenbaar Franse grimas. Hoe is het de ondergeschikte gelukt – vraagt hij zich af – om mij te strikken?

'Maar niet voor altijd,' mompelt hij.

'Afgesproken.' Ik steek mijn hand uit. 'Niet voor altijd.'

Hij drukt mijn hand, dan trekt hij mij naar zich toe en omhelst me zowaar. Het is ook mogelijk dat zijn omhelzing oprecht is, misschien is hij zelfs op me gesteld, op zijn manier. Hij maakt zich los, steekt een hand in zijn zak en haalt er een rood pakje met een zilveren lint uit. Hij overhandigt het me.

'Geef dit aan Lara van mij,' zegt hij.

Ja, ik ga naar de begraafplaats, schend het graf, open de kist met een koevoet, en leg het erin. Het meisje heet Claudia, lul: Claudia.

'Dank je.'

En hij vertrekt, zich volstrekt niet bewust van deze flater op het eind. Ik heb van hem gewonnen, maar hij ziet er geenszins verslagen uit. Hij is een professional, zeker weten, hij weet dat je af en toe een tegenvaller kan verwachten. Hij zal tegen Boesson zeggen dat ik niet in de omstandigheden verkeer om president te worden, en hij zal bij de eerste de beste gelegenheid wraak nemen.

16

Lijst van de kometen die ik heb gezien:

Dit is makkelijk.

Halley (1985)

Hale-Bopp (1997)

Misschien heb ik nog een andere komeet gezien. Als klein jongetje, in Rome. Ik heb de volgende herinnering: ik en mijn broer zijn nog heel klein, en onze vader brengt ons 's nachts naar buiten om de komeet te zien.

'Kom jongens, laten we naar de komeet gaan kijken...'

Het is zomer. De lucht is vol geuren, langs de Ardeatijnse muren lijkt het of je op het land bent. Caracalla. Het Circo Massimo. Mijn vader draagt witte schoenen die glanzen in het donker. Welke komeet was het? Of was het een maansverduistering?

'Kom op, jongens, laten we naar de maansverduistering gaan kijken.'

'Pietro!'

'Wie roept mij?' Rechts, links: niemand

'Hier!'

O, een blauwe Yaris knippert naar me met zijn lichten, hij staat dubbel geparkeerd nog voor het parkje, hij praat tegen me – en in de taal van Yarissen die knipperen met hun lichten lijkt het of hij mij wil uitnodigen naar hem toe te komen. Een hoofd wordt uit het raam gestoken: de moeder van Benedetta. Wat wil ze? Er zit niets anders op, ik moet erheen... Het probleem is dat het weer warm is geworden, en hier in de schaduw zat ik echt lekker. Er is inderdaad iets vreemds aan het gebeuren, twee weken geleden is opeens de herfst begonnen – regen, kou, wind – vervolgens heeft het weer zich echter hersteld, en het lijkt wel of vanaf dat moment de zomer opnieuw is begonnen. De temperatuur is gaan stijgen alsof het begin mei was, terwijl de hemel, die door de regen grondig was gereinigd, weer omfloerst raakt, een gazen sluier per dag. En de zon brandt...

De moeder van Benedetta glimlacht naar me, met die kleine, hagelwitte tanden van haar, die de indruk wekken onverwoestbaar te zijn. Ze zit achter het stuur, terwijl de motor draait, met een papier in de hand.

'Sorry hoor,' zegt ze, 'maar als ik me daar verderop in wurm, kom ik er niet meer uit. Ik was straks vergeten je dit te geven.'

Een pamflet. De bijeenkomsten van OuderSamen. 5 ontmoetingen op dinsdag om 21.00 uur...

'Het is een vereniging van ouders, heel capabele mensen. Ik ben er een paar keer geweest. Ze organiseren ontmoetingen, seminars, vormingscursussen. Ik dacht dat de bijeenkomst van vanavond je zou kunnen interesseren.'

Dan richt ze zich tot mijn hond, die om mijn benen huppelt, en ze steekt haar blote, nog gebruinde arm, uit het raampje.

'Dylan! Mooi!'

Dylan gaat op zijn achterpoten staan om haar uitbundig te verwelkomen, maar zij stelt hem onmiddellijk teleur in zijn verwachtingen, want ze aait hem haastig waarbij ze hem maar één tussenstop gunt van haar hand die in werkelijkheid op weg is naar het pamflet, waar hij landt met de wijsvinger bij een van de bijeenkomsten.

'Die daar.'

Haar mobiel gaat en ze neemt op, terwijl ze zich met een grimas verontschuldigt, en terwijl ze aan de telefoon is, lees ik wat ze me heeft aangewezen: 'Grootouders: hulp of probleem? Gloria Avuelo, Nicoletta Skov, psychopedagogen'. Het is waarschijnlijk het onderwerp dat me het minst van alles interesseert, in aanmerking genomen dat drie grootouders van Claudia dood zijn, en de vierde, mijn vader, in zijn geheel eigen wereld leeft, bijna twee eeuwen verwijderd van de onze; dan zie ik dat de vinger zich heeft vergist: hij is geland op de bijeenkomst die volgende maand plaatsvindt. Die van vanavond is de regel erboven: 'Laten we aan het eind beginnen: hoe praten we met onze kinderen over de dood. Manuela Solvay Grassetti, psychotherapeut en Gordon-cursusleidster'. Ik sla mijn ogen op, en kijk naar de moeder van Benedetta.

'...hoor eens, ik zit in de auto,' zegt ze – 'ik bel je zodra ik er ben.'

Ze werpt zijdelings een schalkse blik naar mij, waarmee ze me medeplichtig maakt aan haar leugen; ze blijft even stil, neemt afscheid en beëindigt het gesprek.

'Sorry,' zegt ze. Dan laat ze een pauze vallen, schudt heel even haar hoofd, alsof ze dode haren wil verwijderen, en ten slotte glimlacht ze. 'Het zou je kunnen interesseren, toch?'

'Ja, inderdaad.'

'Luister, ik moet er nu snel vandoor, maar ik wilde je zeggen dat je, als je er naartoe wilt, Claudia vanavond bij mij kunt laten, ook om te slapen. Het is nogal een eindje weg, in Gorgonzola, en de kans is groot dat het laat wordt als je erheen gaat.'

'Bedankt...' – en hier volgt een onnatuurlijke onderbreking omdat de toonzetting van het dankwoord vereist dat ik onmiddellijk erna haar naam uitspreek, maar zoals gebruikelijk herinner ik me die niet met zekerheid: Barbara of Beatrice? Claudia heeft het me vast wel vier of vijf keer gezegd, maar er is iets in mijn brein dat weigert deze vrouw op te roepen zonder de twijfel of ze nu Barbara of Beatrice heet, en uiteindelijk zal haar naam voor mij juist bestaan uit die twijfel. Bovendien ben ik een beetje in verlegenheid gebracht, het is duidelijk dat ze speciaal is teruggekomen om me deze tip te geven, het is duidelijk dat ik er volgens haar heen moet gaan.

'Ik moet even zien of het uitkomt,' mompel ik.

'Regel alles maar rustig,' zegt Barbara-of-Beatrice.

'Vanmiddag kan ik Benedetta niet ophalen, maar we zien elkaar later in de sporthal. Daar ga je toch heen?'

Ach ja. Ook Benedetta wilde turnen net zoals Claudia, maar ze heeft er geen talent voor, loopt erg achter, zit in het B-team met een andere leraar en volgens mij lijdt ze daar behoorlijk onder, vooral als ze de verering ziet die Claudia voor kampioene Gemma uitstraalt.

'Ja, daar ga ik heen.'

'Dan hoor ik het daar wel. Geneer je niet.'

'Akkoord. Bedankt.'

Gek genoeg wil ik haar het pamflet teruggeven.

'Houd het maar,' zegt ze. 'Je zal zien, het zijn capabele mensen, ze doen interessante dingen.'

Ze glimlacht weer, Barbara-of-Beatrice; ze groet, zet de auto in zijn achteruit en zakt tegen het verkeer in tot aan de brede laan waar ze onmiddellijk wordt tegengehouden door het verkeer. Zelfs van deze afstand zie ik dat ze haar mobiel weer uit haar tas haalt en hem naar haar oor brengt.

Kalm loop ik terug naar mijn bank. Hoe praat je met kinderen over de dood. Waarom niet? Misschien zijn er wel technieken, wie weet, metaforen. Het feit dat er met Claudia tot op heden nooit over is gepraat betekent niet dat er nooit over gepraat zal worden. Des temeer omdat Claudia hoogstwaarschijnlijk vanavond gaat eten met haar oom. Maar ik heb geen zin er nu over na te denken. Vanavond misschien, maar nu niet. Nu wil ik in de schaduw zitten en mijn hond aaien, en verder niets. Ik stop het pamflet in mijn zak – zo.

Het is een feit dat ze me, vreemd genoeg, de laatste week met rust hebben gelaten, allemaal. Er is niemand gekomen om mij zijn problemen te vertellen, Marta heeft maar één keer iets van zich laten horen, van het kantoor alleen maar dossiers en een enkel werkbezoek. Deze plek is niet langer het punt op de wereldbol waar men zijn leed komt uitstallen, en ik heb me kunnen ontspannen, me verstrooien, de dingen aandachtig kunnen observeren en me zelfs kunnen vervelen – verbanning, dat is bekend, heeft zijn lege uren. Ik heb naar Claudia gezwaaid als ze voor het raam stond, over exanthemateuze ziektes gesproken met de moeders van haar vriendinnen, gymnastieklessen van olympisch niveau bijgewoond; ik heb me potentieel gevaarlijke dingen uit het verre verleden herinnerd door het opstellen van flink wat lijstjes, zonder ooit te lijden. En ook 's avonds thuis verloopt alles gladjes. Ik ben begonnen om voor Claudia na het eten de avonturen van de Fusie te verzinnen, een woest tweekoppig monster met veel misvormingen (twee gespleten tongen, vier ogen waar je gek van wordt als je ernaar kijkt, een lange geschubde staart waarmee hij een slachting aanricht onder het volk der Imburgers), die door de fantasie van mijn dochter meer worden gewaardeerd dan ik had verwacht. Ik ben vroeg naar bed gegaan. Onlangs vond ik in de printer van de nu ex-computer van Lara de vellen met de twee berichten uit haar post die ik had afgedrukt in de nacht van mijn crisis wat ik daarna prompt was vergeten; ik heb ze weggegooid zonder ze zelfs te herlezen. Geen greintje pijn, ik blijf me voelen als iemand die van het dak is gestort en die, na weer opgestaan te zijn, zijn lichaam blijft betasten, niet in staat te geloven dat hij ongedeerd is gebleven. Ook de eigenaar van de c3, die al die tijd heeft stilgestaan, heeft nog niets van zich laten horen – daar staat hij trouwens, gewond en verlaten, met mijn kaartje onder de wisser van de achterruit...

Ik heb kennisgemaakt met het meisje van de golden retriever, dat wel. Ze heeft een verrassende naam – Jolanda – en komt nog steeds elke dag; nog even en ze komt. Maar ik ben ook begonnen mijn hond mee te nemen, omdat er eigenlijk geen enkele reden was om het niet te doen, en door die handigheid blijven onze gesprekken, nu we dan contact hebben gekregen, op een geruststellend oppervlakkig niveau, gezien het feit dat ze louter en alleen over honden gaan (de onze, maar ook in het algemeen), zonder meer particuliere en persoonlijke zaken aan te roeren. Zij weet bijvoorbeeld niet dat ik hier de hele dag ben, en al helemaal niet waarom; dat heeft ze me niet gevraagd, en ik heb het haar niet gezegd; op dezelfde manier heb ik haar niet gevraagd wat ze doet in het leven, heeft zij het mij niet gezegd, en weet ik het niet.

Ik heb ook het Down-kind dat communiceert met de alarminstallatie van mijn auto leren kennen. Hij heet Matteo, is acht jaar oud, en wil koksjongen worden als hij groot is – en deze zo bescheiden ambitie heeft me ontroerd. Het contact tussen ons is op gang gebracht door zijn moeder, toen ze het spelletje opmerkte dat ik speel met de alarminstallatie, iedere keer als zij tweeën hier voorbijkomen. Ze is trouwens met een kwade kop op me afgekomen omdat ze dacht dat ik me ten koste van hen vermaakte, maar het is een aardige vrouw, en zodra ik haar had uitgelegd dat ik alleen maar probeerde iets toe te voegen aan het leven van haar zoon, geloofde ze me en heeft ze zich verontschuldigd. Matteo was aan het spelen met Dylan en heeft niets gehoord, dus is zijn vriendschap met het alarmsysteem even zuiver en mysterieus gebleven als daarvoor. Aangezien zijn chromosoom 21 hem heeft beschermd, door hem in staat te stellen mij niet te associëren met mijn auto, iets wat ieder normaal kind zou hebben gedaan, heeft hij nu zelfs een nieuwe vriend met wie hij kan praten: 'Ik weet niet waarom,' vertrouwde hij me toe met zachte stem, 'maar als ik hier voorbijkom, groet die zwarte auto mij.' Sinds die ochtend blijft zijn moeder altijd bij me staan om een sigaret te roken, voordat ze hem meetrekt naar de studio voor fysiokinesetherapie, maar ze blijft nooit lang genoeg om mij te vertellen over de vele ellende die in haar gezicht staat gegrift, en als ze weer naar buiten komt heeft ze altijd grote haast.

Kortom, ik moet een gênante waarheid bekennen: de rust die ik heb genoten, samen met de onverwachte terugkeer van de zomer en – natuurlijk – de vóórtdurende afwezigheid van pijn, hebben van de laatste zeven dagen een van de meest serene periodes uit mijn hele leven gemaakt. Zelfs het einde van de zomertijd – een gebeurtenis die ik altijd als zeer treurig heb ervaren – heeft dat niet kunnen bederven, maar straks komt wel mijn broer me opzoeken, en ik ben bang dat zijn komst weer heel wat van dat kabaal met zich mee zal brengen waarvan ik me gedurende deze dagen heb gedistantieerd. Hij is gisteravond in Milaan aangekomen – totaal onverwacht, aangezien de week van de modeshows pas over een maand begint; hij belde terwijl hij uit eten ging ergens in Brianza en bestelde Claudia voor vanavond, en daarom zou ik naar die bijeenkomst kunnen gaan; vervolgens vroeg hij mij of ik nog steeds bij de school stond en toen ik dat beaamde kondigde hij mij zijn bezoek van vanmorgen aan. Op grond van de houding die hij tot nu toe heeft ingenomen tijdens zijn telefoongesprekken uit Rome, Parijs en Los Angeles lijkt het alsof het voortduren van deze situatie hem hindert, vooral om redenen die hemzelf betreffen, hij die zo bezeten is dat hij zich zelfs niet kan voorstellen dat hij zich langer dan vijf dagen achtereen in een land ophoudt, laat staan bij een school. Kortom, nog even en hij is hier, en waarschijnlijk zullen we discussiëren, zoals we altijd hebben gedaan in de familiearena, ook vaak fel, min of meer over alles, hoewel we in principe altijd aan dezelfde kant stonden. Tussen ons tweeën heeft zich nooit een echt probleem voorgedaan, dat is het punt, en misschien is dat juist het probleem: we leken te veel op elkaar om ons niet verplicht te voelen elk voorwendsel aan te grijpen om aan te tonen dat we verschillend waren; waarna we, door het na te streven als levensdoel, verschillend zijn geworden, en zo is er steeds meer verwarring ontstaan, zozeer dat, als ik iets dergelijks zou beweren tegenover hem, hij waarschijnlijk het tegendeel zou staande houden, namelijk dat we heel verschillend zijn maar ons best doen om dingen te vinden die we gemeen hebben, en uiteindelijk is dat misschien ook wel zo – ik heb het idee dat ik dat ook zelf een paar keer heb beweerd. Vandaar dat ik, wat mijn broer betreft, genoegen neem met een rudimentaire overtuiging, namelijk dat de natuur ons net zo sterk bindt als de cultuur ons scheidt, en vice versa; er zijn waarschijnlijk betere woorden om onze band te definiëren, maar aangezien het geen verplichting is om hem beter te definiëren, neem ik genoegen met deze woorden en met de gedachte aan wat wij tweeën werkelijk zijn, buiten elke definitie om: twee delen van een geheel. Het is precies dit gevoel tot iets gemeenschappelijks te behoren, zonder zelfs te hoeven specificeren waartoe, dat van tijd tot tijd door de barsten van de aarde dringt en ons eraan herinnert dat we broers zijn, en dat het broederschap een uiterst krachtige mentale toestand is; neem het geweldige moment waarop we elkaar aankeken voordat we in zee doken om die vrouwen te redden, de dag dat Lara stierf, toen ik werkelijk dacht dat ik hém was, en blauwe ogen had.

In het algemeen gesproken kun je echter zeggen dat we elkaar weinig opzoeken. Hij is een beroemd modeontwerper, een vrijgezel die ieder jaar een andere verloofde heeft, en altijd door de wereld reist; ik ben wat ik ben; onze levens hebben niet veel raakpunten, en op de lange lijst van verschillen tussen ons staan er een paar die werkelijk vreemd klinken. Bijvoorbeeld, waarom woont hij in Rome en ik in Milaan? Zou het omgekeerde niet logischer zijn, aangezien ik Rome enorm mis en hij in de mode werkt? Ik zou het echt niet weten. Ik weet alleen dat ik, sinds ik ben verhuisd naar Milaan, erover denk om weer in Rome te gaan wonen, maar dat heb ik nooit gedaan, en hoe langer ik het uitstel, hoe vager en onrealistischer dat plan wordt. Sinds moeder is gestorven en vader vervolgens het huis in de Via Giotto heeft verkocht om zich in Zwitserland te vestigen, is er geen kamer meer waar ik kan slapen, en het valt me ook zwaar om er een weekend door te brengen. Vroeger gingen we erheen voor de kerst, Lara, Claudia en ik, of in juni, soms zelfs in augustus, als Rome wonderbaarlijk leeg was, en het feit dat we er een familiehuis hadden – dat we er familie hadden – maakte alles natuurlijker, met inbegrip van het plan om er ooit weer te gaan wonen; en ook als ik er alleen heen moest voor mijn werk, al was het maar voor één dag, voelde ik me vertegenwoordigd – ik weet niet hoe ik dat uit moet leggen – door dat huis en door die slaapkamer; maar nu in dat huis in de Via Giotto het gezin van een zekere notaris Mandorlini woont, verzet ik me sterk tegen het idee om een hotel te nemen in mijn eigen stad, en het resultaat is dat ik er niet meer heen ga. Natuurlijk is Carlo het daar niet mee eens, hij begrijpt het niet, en na wat er met Lara is gebeurd, blijft hij me maar uitnodigen in zijn huis: 'Komen jullie toch een weekje bij mij, jij en Claudia, het zal jullie goeddoen.' Maar het zijn loze woorden, in de eerste plaats omdat hij er nooit is, en in de tweede plaats is zijn huis een eenkamerappartement, er is niet genoeg ruimte. Hij is schatrijk maar woont nog steeds in dat hok in de Garbatella waar hij al woonde voordat Winona Ryder zich overal liet zien in door hem ontworpen jeans; waar hij zich had verschanst na de legendarische ruzie met papa, officieel vanwege de marihuana die hij vlak voor diens neus rookte, in werkelijkheid omdat het papa niet beviel dat hij de universiteit verliet om naar Londen te gaan. Leuk, cool, trendy, wat je maar wil, maar ik word er zeer treurig van om in dat huis te slapen; ik word treurig van die kast zonder deurtjes vol frutsels op hangers, de rij laarzen op de vloer, het ongebruikte keukentje, de overal verspreide cd's, de poster van Buster Keaton in de badkamer die vol ligt met gefossiliseerde vrouwelijke voorwerpen: lipsticks, haarspelden, kammetjes, elastiekjes voor het haar – die daar lang geleden zijn achtergelaten door een of andere ex-verloofde, in een poging om haar territorium af te bakenen. Maar waar ik het ongemakkelijkst van word, en wat mij beweegt om Claudia daar nooit mee naartoe te nemen, is de foto van J.M. Barrie die Carlo heeft laten vergroten en die de hele muur beslaat tegenover het bed. Ik krijg koude rillingen van die foto. Ik begrijp dat Peter Pan zijn mythe is, en ik ben er getuige van dat dat altijd zo is geweest, vanaf zijn kinderjaren, nog voordat hij de film had gezien, toen het geïllustreerde boek dat tante Jenny ons gaf voor kerst, toen Peter Pan nog bij de elfjes woonde, een verpletterende indruk op hem maakte (eigenlijk gaf tante Jenny het aan mij, en ook ik vond het heel mooi, maar het is wel waar dat hij er helemaal gefixeerd op raakte), en ik begrijp dat het feit dat hij zijn bedrijf Barrie heeft genoemd, waarmee hij de cult van die kleine vliegende nicht overhevelde naar diens schepper, een geslaagde zet is geweest, omdat het een onverwachte diepte gaf aan het hele gebeuren, vooral in een zo oppervlakkige wereld als die van de mode; ik begrijp de samenhang, de erkentelijkheid, de trouw aan de mythes uit je kindertijd, ik begrijp alles: maar die foto vind ik onverteerbaar, en kan daartegenaan kijkend niet slapen. J.M. Barrie is erop te zien, nog geen vijftig maar toch obsceen oud, die kapitein Haak speelt in een weide met een van de weesjes die hij had geadopteerd – maar in werkelijkheid omklemt hij hem, haakt hij hem vast met een vreselijke knokige hand die om het armpje knelt, een fanatieke, zieke grijns onder zijn malle zonnehoed. Het kind lijkt niet bijzonder geamuseerd, hij kijkt naar hem met die halve wankelmoedige glimlach die aan angst voorafgaat, omdat hij kennelijk de dreiging die boven hem hangt heeft waargenomen, ook al zal hij daarna wel moeten kalmeren en zich er zelfs schuldig over moeten voelen dat hij die dreiging heeft waargenomen, aangezien Barrie hem geen enkel kwaad zal doen, denk ik; maar ook al zal hem geen kwaad worden gedaan, het is duidelijk dat het kwaad hen verbindt, en de uitdrukking op hun gezicht, vastgelegd door die momentopname, is daar voor altijd het bewijs van. Het is een vreselijke foto, werkelijk waar; alleen al van de herinnering eraan heb ik last, en ik begrijp echt niet hoe Carlo hem tegenover zijn bed kan verdragen.

Maar ik kan het hem nu rechtstreeks vragen, want hij is gearriveerd. Kijk, hij stapt voor de school uit de taxi – Carlo heeft nooit een auto gehad – en hij kijkt om zich heen, op zoek naar mij. Hij ziet me niet, hij kijkt niet deze kant op. Maar nu heeft hij wel mijn auto gezien.

Dylan krijgt hem in het zicht en stikt bijna in zijn halsband; ik maak hem los, en hij schiet op hem af. Wat een verwelkoming. Eindelijk kijkt Carlo deze kant op en ziet me. Ik hoef hem niet hierheen te wenken, de schaduw van deze bomen zou iedereen aantrekken. Nu loopt hij glimlachend op me af, een groot wit overhemd valt over zijn jeans, door zijn platvoeten loopt hij als een eend, de voeten naar buiten. Eigenlijk heb ik een beetje ontzag voor hem. Altijd gehad. Ik weet niet waarom. Daar is hij. We omhelzen elkaar. Hij gebruikt een goed parfum, de geur van de zee, van schelpen. Hij zal willen discussiëren, protesteren. Beter om de hersens uit te schakelen.

17

‘Hé, ik zat net te denken... waarom laat je die foto tegenover je bed hangen?’

‘Die van Barrie?’

‘Ja.’

‘Wat is daar mis mee?’

‘Kom zeg, hij is gruwelijk. Waarom haal je hem niet weg?’

‘Ik heb hem al weggehaald.’

‘O. Wanneer dan?’

‘Zo’n jaar geleden. Nee, korter, in februari. Toen Nina tegen me zei: “Die foto of ik.”’

‘Met haar moet je trouwen. Het zinnigste meisje dat je ooit hebt gehad. Hoe gaat het met haar?’

‘We zijn uit elkaar.’

‘Nee!’

‘Ja.’

‘Sinds wanneer?’

‘Een maand geleden.’

‘En ga je die foto nu weer ophangen tegenover je bed?’

‘Nee.’

‘Des te beter.’

'Luister, ik heb groot nieuws, echt groot. Raad eens wie er aan het diner zat waar ik gisteravond heen ben geweest.'

'Wie?'

'Raad eens.'

'Man of vrouw?'

'Vrouw. Doe eens een gok.'

'Ken ik haar?'

'Laten we zeggen, je hebt haar gezien.'

'...'

'Het was een unieke gelegenheid.'

'...'

'Een onvergetelijke ervaring.'

'...'

'Hoor eens, ik heb geen idee. Wie is het?'

'Een van de twee vrouwen die we bij Roccamare hebben gered.'

'Ga weg! De mijne of de jouwe?'

'De mijne.'

'En wie is het?'

'Het is een galeriehoudster uit Milaan. Ze heer Francia. Ludovica, of misschien Federica, ja, Federica Francia.'

'En herkende je haar? Ik weet niet of ik de mijne zou herkennen.'

'Nee, ik herkende haar niet.'

'Herkende zij jou?'

'Ook niet.'

'Hoe is het dan gegaan?'

'Het is fantastisch hoe het gegaan is. Ze hadden het over jou en –'

'Hoezo over mij?'

'Je schijnt heel populair te zijn sinds je hier bent neergestreken. Als ik afga op hoe ze me hebben overstelpt met vragen, krijg ik de indruk dat de gegoede burgerij van deze stad je hartstochtelijk volgt.'

'Waar heb je het in godsnaam over?'

'Ik zeg dat ze het over je hebben. Het was uitgerekend die galeriehoudster die onze achternamen met elkaar verbond, natuurlijk voordat het verhaal over die redding naar boven kwam, en mij vroeg of ik familie was van "die Paladini, directeur van Net 4, die sinds de dood van zijn vrouw de hele dag bij de school van zijn zoon bleef". Ik heb gezegd dat we broers zijn en ervoor gezorgd dat de onjuiste informatie wat betreft het televisiestation en Claudia werd rechtgezet, en ik dacht dat het daarmee afgelopen was, maar onder het mom van bewondering voor jou begonnen ze me te overstelpen met vragen, over Lara, en over Claudia, met een ziekelijke nieuwsgierigheid die me erg irriteerde. Waarop ik, in plaats van te zeggen dat ik geen zin had om over bepaalde dingen te praten (waarvan ik er bovendien een heleboel niet eens wist, zoals hoe die school heet of de nationaliteit van de oppas van Claudia) dacht, ik weet niet waarom: "Sodemieter toch op, nu zullen jullie het krijgen ook", en ik heb toen het ware, ongekuiste verhaal verteld van wat zich die ochtend heeft afgespeeld want daar wisten zij natuurlijk niets van af. Ik heb ze alles verteld, begrijp je? Dat we ons leven hebben geriskeerd om die twee vrouwen te redden terwijl hun vrienden vanaf het strand stonden toe te kijken, dat uiteindelijk niemand ons heeft bedankt, en dat toen we thuiskwamen Lara dood was. Ik heb het gedaan om ze te choqueren, want het irriteerde me verdomme dat jij het onderwerp van een salongesprek was geworden. Maar op een bepaald moment, net terwijl ik vertel over die klootzak met dat rode haar, weet je nog, die man met dat stukje touw in zijn handen die zei dat we ze moesten laten verdrinken, zie ik die vrouw verbleken, maar echt verbleken, haar gezicht wordt een mozzarella, haar ogen draaien terug in hun kassen, en ze valt languit op de tafel, compleet buiten westen. Toen pas herkende ik haar, want ik had haar tenslotte alleen maar in die houding gezien, zou je kunnen zeggen, terwijl ze werd weggedragen, meer dood dan levend. Zij was het.'

'Jezus, Carlo. Waarom hou je je kop niet dicht?'

'Hoe kon ik dat nu weten? Bovendien is het haar verdiende loon, het zal haar leren zich van de domme te houden, want ik was al een tijdje aan het woord, snap je, en zij moet allang hebben doorgehad dat ik over haar sprak zonder dat ik haar had herkend, maar ze hield mooi haar bek. Ook haar man was er, een soort luiaard die overigens die ochtend in Punta Ala was, stel je voor, om te golfen, en je had moeten zien hoe koest ook hij zich hield, terwijl ik het verhaal vertelde. En ik zeg je dat ook hij, al was hij er niet bij, allang had begrepen dat ik het over zijn vrouw had. Hoe vaak zal het hem zijn overkomen dat zijn vrouw dreigde te verdrinken in Roccamare anderhalve maand geleden en werd gered door een onbekende? Wie is dat?'

'Iemand die haar hond uitlaat.'

'Ken je haar?'

'Ja. Nee.'

'Ja of nee?'

'We groeten elkaar, verder niet.'

'Een opvallende verschijning.'

'Zeker.'

'Hoe oud zal ze zijn? Zesentwintig, zevenentwintig?'

'Weet ik niet.'

'Dylan stikt bijna in zijn halsband. Zal ik hem losmaken?'

'Nee. Het gaat al over.'

'Is hij vriendjes met die hond van haar?'

'Ze ruiken aan elkaars kont. Dus die galeriehoudster is flauwgevallen...'

'Die galeriehoudster is dus flauwgevallen, en toen ze bijkwam begon ze, lijkbleek en trillend, te huilen en zich te verontschuldigen, en ze maakte zelfs ruzie met die sukkel van een echtgenoot die de beledigde partij uithing, snap je, naar mij toe, vanwege de, laten we zeggen, kleurrijke taal waarmee ik verslag had gedaan van die gebeurtenis.'

'Ik zie het voor me.'

'Maar zij snoerde hem de mond, je had moeten zien met wat voor minachting. Trouwens ze is minder lelijk dan ik dacht toen ze op sterven na dood was.'

'En jij?'

'Ik? Ik genoot. Want die twee vrouwen schijnen zich te hebben gerealiseerd, hoewel ze half verzopen waren, dat ze niet waren gered door hun vrienden; ze schijnen te hebben gevraagd, toen ze weer bij waren gekomen, waar de twee helden waren die hen hadden gered, maar die klerelijers hebben hen ervan overtuigd dat zíj ze hadden gered, samen met die twee surfjongens. O, het was fantastisch...'

'Wat was er zo fantastisch aan?'

'Te zien hoe haar wereld instortte. Ik bedoel, het gebeurt niet elke dag dat je zulke taferelen meemaakt: een kutwijf uit de betere kringen die opeens ontdekt dat haar dierbare vrienden schandelijke, laffe leugenaars zijn, en dat niet zij het zijn geweest die haar van de verdrinkingsdood hebben gered, zoals ze haar hadden doen geloven, maar een onbekende die haar, als hij in het openbaar over haar spreekt, beschrijft als "die trut".'

'Heb je haar zo genoemd?'

'Ach, één keertje maar. Toen ik vertelde hoe ze probeerde mij naar beneden te trekken in plaats van zich te laten redden. Ik heb me laten meeslepen in het vuur van het verhaal.'

'Dat begrijp ik. En hoe is het afgelopen?'

'Het liep erop uit dat ze niet meer op kon houden met huilen en me te zeggen dat het niet haar schuld was en me te bedanken en zich te verontschuldigen en me te vragen hoe het me jou ging, en met je dochter, wat ze kon doen om het goed te maken, ook uit naam van de jouwe.'

'Hoezo de mijne?'

'Van de vrouw die jij hebt gered.'

'Ah. Maar die was niet bij dat diner.'

'Nee, die was er niet. Maar je kunt er zeker van zijn dat ze het vanochtend heeft gehoord. Ze zijn dikke vriendinnen volgens haar. En weet je trouwens wie de jouwe is? Het is een Zwitserse, ze heet Eleonora Simoncini en ze is eigenares van Brick chocolade, weet je wat ik bedoel? Ken je die reclame met het konijntje dat chocoladewortels eet? Haar vader is vier jaar geleden gestorven: universeel erfgenaam, echt schatrijk.'

'Zei je Brick?'

'Ja. Chocola, ijs, snoepgoed. Een omzet om je vingers bij af te likken.'

'Vreemd...'

'Wat is vreemd?'

'De toevalligheid. De firma Brick uit Lugano is onderdeel van de Canadese groep met wie we bezig zijn te fuseren.'

'Jullie? En wat heeft chocola te maken met pay-tv?'

'Niets, maar het is een enorme fusie, een globale fusie, die min of meer alles omvat.'

'Ja, dat is zeker een bijzondere toevalligheid. Bijt die hond?'

'Fsfssssss!'

'Nee, hij is braaf.'

'Fsfsssss! Nevel!'

'Wat is het? Een labrador?'

'Nevel! Fsfssssss! Kom onmiddellijk hier!'

'Nee, een golden retriever.'

'Nevel, hou daarmee op! Hallo. Sorry, ik zal hem vastbinden.'

'Maakt u zich geen zorgen, jongedame. Hij wil alleen maar spelen met zijn vriendje hier.'

'Hallo. Dit is mijn broer. Jolanda: Carlo. Carlo: Jolanda.'

'Aangenaam. Nevel. Zit!'

'Jolanda? Wat een mooie naam.'

'Nou ja, mooi: ik heb er een behoorlijke hekel aan.'

'Nee, waarom? Het is een antieke naam uit de barok... Ook Nevel is een prachtige naam. Mag ik hem een compliment maken?'

'Natuurlijk...'

'Nevel, wat heb je een mooie bazin...'

'...'

'...'

'...'

'Nou, dag. En nogmaals excuses. Nevel kom hier! Wat is er vandaag met je?'

'Dag.'

'Dag.'

'...'

'...'

'Zag je dat?'

'Wat?'

'Haar jeans.'

'Wat is ermee?'

'Barrie.'

'O...'

'...'

'...'

'Pietro?'

'Ja?'

'Wat heb je?'

'Niets.'

'Zit het je dwars dat ik over Lara heb verteld?'

'Wat moet ik zeggen, het is gebeurd.'

'Maar het zit je dwars.'

'Wat me vooral dwarszit is dat mensen die ik niet ken over me praten.'

'Sorry hoor, maar wil je dat ze er niet over praten? Je bent een bekend persoon, Pietro, wat had je dan verwacht? Jij strijkt neer bij een school als een zwerver en dan eis je...'

'Ho, ho...'

'Sorry, dat wilde ik niet zeggen. Ik wilde alleen maar zeggen dat die mensen nooit weten waarover ze het moeten hebben, ze nodigen elkaar om de avond uit voor het eten en na het eerste hapje staren ze al in de afgrond van wat ze de hele avond tegen elkaar moeten zeggen. Jij bent een marsmannetje voor hen. Je doet iets spectaculairs, en zeg nu niet dat je je daar niet van bewust bent. Alleen al het feit dat je van slag bent gaat hun verstand te boven, want als de vrouw van een van hen zou sterven sluit ik niet uit dat de man naar een beautyfarm zou gaan om zijn rimpels eens lekker te laten wegwerken. En je begrijp toch dat het feit dat jij hen op deze openlijke manier met jouw leed confronteert maakt dat ze –'

'Maar wie confronteer ik er dan mee? Wie kent die mensen eigenlijk, wie kruipt in hun reet? Jij gaat met ze eten, ik toch niet. En verder heb ik je al gezegd dat ik helemaal niet van slag ben, en dat ik niet lijd.'

'Zeg, word nou niet kwaad. Het is helemaal niet erg als het slecht met je gaat, na wat er is gebeurd.'

'Nogmaals: het gaat niet slecht met me! Ik ben de eerste om me daarover te verbazen, maar het gaat niet slecht met me. Het gaat namelijk goed met me, vooral als ik met rust word gelaten.'

'Waarom wil je doorgaan met deze...'

'Carlo?'

'Eh?'

'Kijk me aan.'

'...'

'Ik-lijd-niet. Duidelijk?'

'O ja? En wat doe je hier dan?'

'Ik zit hier goed.'

'De hele dag op een bank bij een school en jij zit goed?'

'Ja.'

'Al een maand?'

'Ja.'

'Kijk me aan, nu.'

'Ik kijk je al aan.'

'Ik bedoelde dat ook niet letterlijk. Meen je dit serieus wat je zegt?'

'Nog nooit zo serieus geweest.'

'Goed, dan kan ik je ook niet meer volgen.'

'Wie vraagt jou mij te volgen?'

'Ik geef me over, Pietro.'

'Goed zo. Geef je maar over.'

'...'

'...'

'Ik zeg alleen dat, als je zou accepteren wat er is gebeurd zonder dit gedrag te vertonen, de mensen niet over je zouden spreken.'

'Gedrag? Sinds wanneer praat jij als een conrector?'

'Nog afgezien van het feit dat het misschien voor Claudia niet zo geweldig is om te zien dat haar vader zich gedraagt als een kind.'

'Natuurlijk! Claudia! Daar had ik niet eens aan gedacht! Gelukkig heb jij eraan gedacht! Zou je het nog eens langzaam willen herhalen, zodat ik aantekeningen kan maken?'

'Oké, mij goed. Doe wat je wilt.'

'Daar kun je van op aan. Laten we het zo doen: ik doe wat ik wil en jij laat me met rust, en als er kritiek op mijn gedrag onweerstaanbaar opwelt uit het diepste van je gemoed, ventileer dat dan tijdens de diners met die door jou zo verachte burgers aan wie je mijn zaken vertelt met het doel ze te choqueren. Zo goed? Kan je daarmee uit de voeten?'

'...'

'...'

'Ik maak me ongerust over jou, Pietro.'

'Je bent echt de enige.'

'Ik ben de enige die het zegt.'

'Oké, dat is misschien zo, laten we eens kijken of ik het goed heb begrepen. Jij zou de woordvoerder zijn van een wijdverbreid gevoel van bezorgdheid ten aanzien van mij dat als volgt kan worden samengevat: als ik zou lijden maar toch naar kantoor ging en me flink hield en zou zeggen het leven gaat door en slaappillen zou innemen, en als Claudia intussen lusteloos en ongemotiveerd was en niet meer wilde eten, dan zouden jullie allemaal gerust zijn en mij een psycholoog aanraden waar ik met haar naartoe moest; als ik hier was "neergestreken als een zwerver", zoals jij zegt, omdat ik van slag ben door mijn verdriet, dan zouden jullie gematigd bezorgd zijn en mij een psycholoog aanraden waar ik naartoe moet; maar het feit dat ik hier ben en dat het niet slecht met me gaat, en dat het ook met Claudia niet slecht gaat, en dat er geen behoefte is aan psychologen, dat baart jullie de meeste zorgen. Zit het zo? Moet ik coûte que coûte lijden om jullie gerust te stellen?'

'Dat is het niet, Pietro.'

'O nee? Wat is het dan wel?'

'Dit kan zo niet doorgaan. Zeg nu niet dat je dat niet begrijpt.'

'Wat ik begrijp is dat jullie allemaal te veel gewicht hechten aan het feit dat ik hier blijf in plaats van naar kantoor te gaan. Het lukt jullie echt niet om dat te accepteren, hè? Waarom?'

'Bijvoorbeeld omdat je het risico loopt je baan te verliezen.'

'Het spijt me voor je, maar dat is geen goed voorbeeld. Het geval wil dat vanwege de fusie die nu wordt uitgevoerd min of meer de helft van mijn collega's die elke dag regelmatig naar kantoor gaan hun baan in ieder geval zullen verliezen, of omdat ze zonder omhaal worden vervangen door Canadese en Amerikaanse tegenhangers, of omdat ze worden overgeplaatst, met vervroegd pensioen gestuurd of eenvoudigweg aangespoord om te profiteren van de gouden handdruk die, zoals gebruikelijk, ter beschikking gesteld zal worden aan degenen die het bedrijf vrijwillig verlaten. Bovendien –'

'Maar er is een heel versch –'

'Bovendien, laat me verdomme uitspreken, en probeer eens één enkele keer te luisteren naar wat ik zeg in plaats van me onmiddellijk tegen te spreken: bovendien heb ik officieel toestemming gekregen van mijn superieuren om hier te blijven, en van hieruit doe ik gewoon mijn werk, voor zover je kunt werken in een periode als deze, zonder echter te worden blootgesteld aan de paranoia die dagelijks in onze kantoren woedt, en die zal blijven woeden totdat de fusie is afgerond en de concrete gevolgen ervan volledig duidelijk zullen zijn geworden. Daarom is er geen reden, geen enkele reden om bezorgd te zijn, als ik graag hier wil blijven. Probeer nu eens tien seconden na te denken over wat ik je zojuist heb gezegd, voordat je antwoordt; probeer te geloven dat ik weet wat ik doe. Probeer nu eens één keer van gedachten te veranderen.'

'...'

'...'

'Wat betekent het dat ze je toestemming hebben gegeven om hier te blijven?'

'Dat betekent dat ik officieel verlof heb gekregen van mijn baas. En nadat ze hem er op een schandelijke manier hebben uitgewerkt, iets wat een week geleden bekend is gemaakt, is dat verlof vernieuwd door zijn scherprechter in eigen persoon. Op dit moment is dit mijn kantoor. Dag, Jolanda.'

'Tot morgen.'

'Tot ziens.'

'...'

'...'

'Wat moet ik zeggen, Pietro. Ik was hier niet van op de hoogte. Misschien maakte ik me nodeloos ongerust.'

'Niet misschien, zeker.'

'Laten we maar ophouden en er niet meer over praten. Als ik je heb beledigd moet je me maar vergeven.'

'Het is wel goed.'

'Ik wilde je echt niet beledigen.'

'Dat weet ik, Carlo. We houden erover op. Heb je zin om iets te gaan eten? Ze maken hier heerlijke broodjes in de bar.'

'Luister, ik heb nu een afspraak, en vanmiddag heb ik tot acht uur dingen te doen. Maar daarna zou ik met Claudia in een restaurant willen gaan eten, zoals beloofd. Heb je daar iets op tegen?'

'Natuurlijk niet. Ze is dolenthousiast.'

'Wat doe jij, kom jij ook?'

'Nee. Ze gaat liever met jou alleen. Ze houdt van je. Weet je wat ze in een opstel heeft geschreven? Ze heeft letterlijk geschreven: "Mijn oom is een schimmige mythe."'

'Bovendien kun je van de gelegenheid gebruikmaken om een avond vrijaf te nemen.'

'Een avond vrijaf, ja.'

'Ja. Afgezien van alles moet jij toch ook een beetje afleiding hebben?'

'Die behoefte is niet zo groot, om je de waarheid te zeggen.'

'In principe, bedoel ik. Je kunt toch niet altijd hetzelfde blijven doen, zonder je ooit te ontspannen...'

'Ja, in principe zou ik wat afleiding moeten zoeken.'

'Laten we het dan zo doen: ik kom Claudia tegen achten halen, ik neem haar mee naar het restaurant en daarna breng ik haar weer naar huis, ik leg haar in bed en ga slapen in de logeerkamer. En jij kunt zo laat als je wilt thuiskomen.'

'Als ik uitga.'

'Als je uitgaat, oké.'

'Ik zou ook in huis afleiding kunnen zoeken.'

'Natuurlijk, dat lijkt me een fantastisch idee: jij blijft op de bank naar de tv kijken en je valt in slaap tijdens de *Costanzo Show*.'

'In principe, bedoel ik. Je hoeft toch niet per se je huis uit om afleiding te zoeken.'

'Natuurlijk niet. In principe niet. Houdt Claudia van Japans eten?'

'Ze houdt van alles als jij haar meeneemt. Overigens...'

'...'

'...'

'Overigens?'

'Maar je moet je niet beledigd voelen.'

'Geen probleem. Wat is er?'

'Nou ja, ik bedoel, doe kalm aan met haar. Ik geloof niet dat ze al zover is dat ze over bepaalde dingen kan praten.'

'Ik ben niet achterlijk, Pietro.'

'Ja, dat weet ik, maar wat ik wou zeggen is dat ze altijd zo volkomen normaal overkomt, ze heeft nooit een terugval, een moment van droefheid, van angst, alsof er niets is gebeurd. Haar reactie is een mysterie, en ik heb nog niet de moed gehad dat onder ogen te zien.'

'Mysterie? Misschien doet ze alleen jou na. Ze ziet dat jij niet lijdt, en zij lijdt dus ook niet.'

'Ik weet niet hoe het zit, maar het is alsof ze een absurd, onvoorspelbaar evenwicht heeft gevonden, en alsof ze in dat evenwicht leeft, dag in dag uit, terwijl ze het probleem vermijdt. Maar in tegenstelling tot hoe het eruitziet, moet het een uiterst wankel evenwicht zijn. Uiterst wankel. Daarom vraag ik je kalm aan te doen, met alles: voor zover wij weten, zou het door iets willekeurigs verstoord kunnen worden.'

'Wees maar gerust, broer. Ik zal voorzichtig zijn. Alsof ik op verse sneeuw loop.'

'Ja, precies. Zo moet je met haar omgaan. Alsof je op verse sneeuw loopt.'

'...'

'Tenminste, dat denk ik.'

18

Gorgonzola. Een adres dat ik zonder satellietnavigator nooit zou hebben gevonden. Geur van ontsmettingsmiddel. Een vierkante zaal met neonverlichting, plastic tafels en stoelen als in een bar. Eigenaardige blauwe slingers hangen aan het plafond, eigenaardige rode ballen, en op een kastje ligt een half opgevouwen spandoek waarvan de tekst nog net te lezen is: THOMAS GEFELICITEERD MET JE VERJAARDAG. Zo'n vijftig mensen, waarvan een overweldigende meerderheid vrouwen: op het oog zou ik zeggen 4 of zelfs 5 op 1. Heel andere vrouwen dan Barbara-of-Beatrice – zo aristocratisch, elegant, gebruind, verzorgd tot in de puntjes – die me hier naartoe heeft gestuurd; deze vrouwen zijn eenvoudiger, nederiger, werkende moeders – nogal wat onderwijzeressen – of huisvrouwen die gewone kleren dragen en zich niet druk maken om hun lijn, die alle kleur van de afgelopen zomer alweer kwijt zijn en 's winters niet op vakantie gaan naar exotische bestemmingen, en die in hun ogen het stempel dragen van het kleurloze bestaan in de buitenwijken. Ze zijn allen van dezelfde leeftijd – een leeftijd waarop je je het niet meer kunt veroorloven slordig om te gaan met de dood.

Twee van hen zijn zojuist aan mijn tafel komen zitten en beginnen te kletsen over schoolproblemen, overplaatsingen, en onderwijsinspecties; van tijd tot tijd barst een van de twee uit in zeer vulgair gelach, maar vreemd genoeg is het juist dit gelach dat haar aantrekkelijk maakt, en het aantrekkelijke is dat ze zo ontspannen omgaat met het feit dat ze op deze manier lacht, en het accepteert zonder er een probleem van te maken. Net zoals de talibanbaard van Jean-Claude, dwingt dit soort dierlijke aantrekkingskracht je juist om te letten op de kwaliteiten die ermee gepaard gaan. Zo valt me het geweldige, bovennatuurlijke licht op dat afstraalt van haar groene ogen, licht dat te maken schijnt te hebben met een enorme, mysterieuze energie, misschien dezelfde energie waardoor dat lachen wordt gevoed en die aan haar hele wezen de primitieve sensualiteit verleent van iemand met een heersersmentaliteit. Het is geen schoonheid, eerder een gigantische evolutie daarvan: het is de manier waarop je je onderscheidt in een superieure beschaving die de cultus van de schoonheid achter zich heeft gelaten. Het komt erop neer dat ik mijn ogen niet van haar kan afhouden, en de twee of drie keer dat zij naar mij kijkt brengt de inspanning om niet te bezwijken voor haar blik een vreemd, acuut gevoel van uiteenvloeien bij me teweeg, alsof al mijn afweer wegsmelt, alsof de drang tot zelfbehoud zich oplost in dodelijke passiviteit, en alsof plotseling de kans om, laten we zeggen, op een bank te worden neergelegd en levend te worden verslonden, zonder enig verzet te plegen, niet zo gering meer is. En er is geen manier om afstand te nemen, je te ontspannen, haar te vergeten, omdat het regelmatig opklinken van haar lach je weer te pakken krijgt waar je je ook hebt verschanst, en dan begint de gewaarwording van haar buitengewone kracht van voren af aan. Ik begrijp dat het belachelijk is, en misschien heeft het te maken met het verteren van de cheeseburger vol sausen die ik staande naar binnen heb gewerkt bij McDonald's op weg hiernaartoe, maar ik heb echt de indruk dat ze niet menselijk is, en ik ervaar haar nabijheid als verontrustend – dat betrek ik op mijzelf en ook op haar gesprekspartner, op wie haar blik zo gefocust is, en die zo is blootgesteld aan het kryptoniet dat erin flikkert dat ik, op het moment dat deze opstaat en naar de sprekerstafel loopt, plaatsvervangende opluchting voel. Zij blijkt de voorzitster te zijn, ze schakelt de microfoon in (werkt hij, werkt hij niet, fluit hij, fluit hij niet, ruist hij), ze heet ons welkom, ze verontschuldigt zich voor het oponthoud van de spreekster, die in de file staat, en ze begint een overzicht te geven van de komende initiatieven van de vereniging OuderSamen. Een maaltijd in het Cultuurcentrum van Melzo zaterdag aanstaande, de tweede etappe van de route 'Smaken van het oude Lombardije': € 13 voor volwassenen en € 9 voor kinderen onder de vijftien. Het feest van Halloween op de avond van de 31ste, ook in het Cultuurcentrum van Melzo, met een maaltijd voor de vaste prijs van € 12,50, en animatie voor de kleintjes verzorgd door de Theatergroep Hinterland, bestaande uit sprookjes, marionettenspel en halloweenmaskers. De lezing over 'Grootouders: hulp of probleem?' de volgende maand, die bij uitzondering zal worden gegeven om 17.00 uur in de vestiging van Wijk 11 in Vimercate...

Vulgaire Lach zit nu met haar rug naar mij toe omdat ze zich heeft omgedraaid naar de sprekerstafel, en mijn blik kan vrij door de zaal dwalen waarvan ik echter een ongemakkelijk gevoel krijg. Niet zozeer vanwege het feit dat ik een onmiskenbare buitenstaander ben in deze kring – waar iedereen elkaar blijkbaar kent – als wel vanwege de totale afwezigheid van andere alleenstaande bezoekers zoals ik. Ze zijn allemaal in gezelschap gekomen, en ook degenen die nog steeds arriveren zijn altijd met zijn tweeën of zijn drieën. Daarom heb ik niet eens het idee dat ik naar een lezing ben gekomen, maar lijkt het me alsof ik bij een feest naar binnen ben geglipt. Vulgaire Lach is wel alleen gebleven, hier aan mijn tafel, maar ze is samen met de voorzitster gekomen, maakt deel uit van de organisatie, en de voorzitster zelf kondigt nu trouwens aan dat Letitia, zij dus, langs de tafels zal komen om onze e-mailadressen te verzamelen. Vanzelfsprekend begint ze bij mij, en ik wil het haar eigenlijk niet geven maar ik doe het toch, vanwege het bovengenoemde uiteenvloeien van elk verweer waarmee je van plan bent je tegen haar te wapenen. Ze hoeft maar naar me te kijken met die groene, zware, minerale blik, of ik heb haar al haar zin gegeven. Lul die ik ben. Als er heksen bestaan, dan is zij er zeker een.

Eindelijk arriveert de spreekster, en ook zij is niet alleen, ze wordt vergezeld door vier personen, een man en drie vrouwen die haar tot aan de tafel begeleiden als een erewacht, en zich vervolgens verspreiden in de zaal. De voorzitster geeft haar onmiddellijk de microfoon, zonder haar voor te stellen, een rijpe dame met een fiere uitstraling, een beetje oma Duck en een beetje Jessica Fletcher, ze stelt zichzelf voor – 'ik ben Manuela Solvay Grassetti, ik ben psychotherapeute' – en zij begint vragen te stellen, aan ons. Hoe praten we met onze kinderen over de dood, ze wil weten hoe dit onderwerp is opgekomen, of het vanuit ons is ontstaan of dat het deel uitmaakt van een programma om onze kennis te verbreden. De voorzitster antwoordt dat het vanuit ons is ontstaan, vanuit de behoefte van ouders die te maken krijgen met de noodzaak om met hun kinderen te praten over de dood, waarop de spreekster haar een vreemde vraag stelt: 'Over welke dood?' vraagt ze. Als om vast te stellen dat dit het echte begin is van de lezing zet een vrouw op de eerste rij een kleine recorder voor haar op de tafel. 'Hoezo, welke dood?' zegt de voorzitster. 'De dood, het begrip dood, het mysterie van de dood.' Dan glimlacht de spreekster breed naar haar, en legt uit dat ze met haar vraag de aandacht wilde vestigen op het eerste en meest relevante aspect van het in de titel verwoorde onderwerp. Als we over de dood spreken, zegt ze, doelen we, tenzij we filosofen zijn, gewoonlijk op de dood van iemand, op onze eigen dood of die van een van onze dierbaren, van bekenden of alleen maar op die van soldaten die sterven in de oorlogen waarover de tv spreekt; bijna nooit over de dood op zich. Slechts zeer weinig volwassenen zijn geïnteresseerd in het mysterie van de dood op zich, een mysterie waarnaar kinderen daarentegen zeer nieuwsgierig zijn. Daarom heeft ze gevraagd, zegt ze nog eens, waar die titel vandaan komt. Het feit dat hij bij ons vandaan komt, vanuit een behoefte die verbonden is met de dagelijkse omgang met onze kinderen en niet vanuit een theoretisch programma dat wij volgen, betekent dat zij vanavond vooral onze vragen zal moeten beantwoorden, omdat het duidelijk is dat wij, als wij dit onderwerp hebben voorgesteld, worstelen met specifieke, concrete problemen en dat wij hopen dat deze avond ons kan helpen bij de oplossing. (Haar woorden die ze verstandig laat volgen door een pauze, veroorzaken een lang instemmend geroezemoes.) Daarom, hervat ze, zal ze zich beperken tot een korte inleiding, waarna ze tot onze beschikking zal staan – en op dit moment, als een voorbeeldige, pavloviaanse bijdrage aan de avond, begeeft de microfoon het. Dat gebeurt op de resolute manier waarmee voorwerpen het opeens onder je handen kunnen begeven, waarbij ze onmiddellijk duidelijk maken dat het ditmaal geen gril betreft, geen defect dat te herstellen is met een klap of een storing die gerepareerd kan worden, maar zo'n beruchte Onvermijdelijke Gebeurtenis die vroeg of laat alle dingen overkomt die in ons universum een functie hebben. Een dood, welteverstaan, een heengaan. De zaak is dermate duidelijk dat niemand ook maar de geringste poging doet om de microfoon te reanimeren, zelfs niet de man die, met de bewegingen van een vosaap, in de zaal rondloopt alsof hij de directeur is, en die het vragende gebaar van de voorzitster beantwoordt met het schudden van zijn grote kalende hoofd. Dan staat de spreekster op, en met een stem die verrassend anders is dan toen hij werd versterkt (hij lijkt jonger, zuiverder, helderder) zegt ze dat ze verder zal gaan zonder microfoon. Ze vraagt of we haar allemaal goed kunnen horen wat een koor van 'ja' losmaakt, waarna ze een glas water drinkt en begint te spreken. Ze verzekert ons dat haar inleiding zich zal beperken tot de uiteenzetting van slechts één idee, een heel eenvoudig maar volgens haar fundamenteel idee: wij dragen onze emoties over op onze kinderen. Tot een bepaalde leeftijd, zegt ze, is dat wat zij voelen ten aanzien van wat dan ook slechts de nabootsing of een eigen uitwerking van wat wij ouders voelen. Let op, niet van wat wij proberen te tonen: van wat wij werkelijk voelen. Daarom moeten wij, voordat we ons gaan bezighouden met hoe onze kinderen met de dood omgaan, ons bezighouden met hoe wijzelf met de dood omgaan. Het probleem is dus niet welke woorden, kunstgrepen of beelden we zullen gebruiken om er met hen over te praten, maar vooral hoe wíj tegenover de dood staan – hoe wij bijvoorbeeld hebben gereageerd op de dood van een dierbare –, en dit omvat het geheel van zogenaamde non-verbale uitingen dat via ons gedrag rechtstreeks het onbewuste van het kind binnendringt, te weten de toon van onze stem, onze zuchten, onze gelaatsuitdrukking, onze tranen et cetera; of, om het nog plastischer te zeggen, voegt ze eraan toe, de energie die wij uitstralen met ons leed. Werken aan hoe we willen dat onze kinderen zich de dood voorstellen is dus hetzelfde als werken aan hoe wij ons zelf de dood voorstellen: dat is alles. Einde van de inleiding. De spreekster gaat weer zitten en nu zijn wij aan de beurt om vragen te stellen.

We worden erdoor overvallen, niemand had zo'n korte inleiding verwacht, en in de zaal valt een stilte. Het lijkt bijna een gekunstelde techniek om ons tot nadenken te dwingen. Onze hersenen waren erop voorbereid om een bepaalde hoeveelheid informatie op te slaan alvorens ons weer te richten op onze eigen, individuele zorgen, en nu zijn ze verenigd in een zwijgzame poging zich opnieuw te configureren waarbij het enige idee dat ons is aangereikt zozeer uitdijt dat het alle beschikbare ruimte in beslag neemt. Het is interessant. Al met al net zo interessant als dat verhaal over de energie van het leed. Het zou dus kloppen wat Carlo vanochtend heeft gezegd, en ook ik voel de verleiding dat uiteindelijk te geloven, hoewel het me nog steeds te simpel lijkt: als Claudia niet lijdt komt het omdat ze mij nabootst; aangezien ik geen leed uitstraal heeft zij geen toegang tot de energie nodig om te lijden. Zij is dus niet het mysterie, maar ik.

Een vrouw staat op en vraagt of ze een persoonlijke ervaring mag vertellen; dan, zonder te wachten op toestemming, begint ze te praten over een belangrijk sterfgeval waardoor haar familie is getroffen, en over haar zoon van twaalf die daaronder totaal onverschillig is gebleven. De vrouw heeft een spraakgebrek wat haar iets zachts geeft, ook al is haar lichaam een en al hoekigheid. Het kind, zegt ze, heeft het dode lichaam niet geshien, het ish sho veel mogelijk beshchermd, maar hij wash shheer gehecht aan de dode. Toch heeft hij shich, vanaf het eershte moment, totaal onvershchillig getoond. Bij de begrafenish shtond hij te puffen. Op het kerkhof gooide hij shteentjesh naar de graven, hij gedroeg shich onbeshchoft. De spreekster vraagt haar wie de dode was, de vrouw antwoordt dat het een iets ouder neefje betrof, en de spreekster knikt, bijna voldaan. Ze zegt dat de dood van een leeftijdgenoot kinderen dwingt aan hun eigen dood te denken, en aangezien ze daar niet op voorbereid zijn komt het vaak voor dat ze, om zich te beschermen, de strategie van de ontkenning toepassen. Maar ish dat gedrag raar? vraagt de vrouw. Ja, op dat moment wel: hoe lang is het neefje al dood? Shesh maanden. Tjonge! Dan heeft hij zich waarschijnlijk vastgebeten in het overdreven manifesteren van zijn ontkenning. Gewoonlijk veroorzaakt de dood van een kind vreselijk veel leed bij volwassenen, en het is mogelijk dat hij heeft besloten om het stereotype gedrag waardoor hij wordt omringd, en dat op hem kan overkomen als het overdreven vertoon van verdriet, af te wijzen. Mogelijkerwijs vreest hij te worden verzwolgen door zo veel leed, en ook zelf te sterven, dus doet hij de deur dicht. Wat moet ik dush doen? Mevrouw, u moet absoluut niet aandringen om erover te willen praten. U moet hem niets vragen, u moet niet graven, u moet hem niet doen geloven dat hij verplicht is te lijden. Hij zou zich overvallen voelen, en zich nog meer afsluiten. Uw taak is om er te zijn, en om hem dat duidelijk te maken. Bovendien heeft hij er misschien met een vriendje of vriendinnetje over gepraat, want op die leeftijd begint de groep belangrijker te worden dan de ouders. Het is de tijd van de hormonen. En als u besluit toch te proberen met hem erover te praten, hanteer dan de 'ik vraag me af'-formule: 'Zeg, ik vraag me af waarom je het eigenlijk nooit meer over Francesco hebt gehad. Als je erover zou willen praten, sta ik voor je klaar, dat weet je toch?' Iets van dien aard. Dat ik vraag me af is een hypnotische boodschap, die rechtstreeks naar het onderbewuste gaat. Ik vraag me af. We moeten hem al onze onzekerheid laten zien, al onze onvolkomenheid, om te voorkomen dat hij zich tekort voelt schieten. Het onbewuste van een kind, dat schitterende verschijnsel dat hij in zich draagt, staat nog wagenwijd open, en gevoelens doen pijn. Het is logisch dat het kind zich beschermt.

Op dit moment draait Vulgaire Lach, die weer aan mijn tafel is komen zitten na de adressen te hebben verzameld, zich om en begint in een schrift te schrijven, alsof ze opeens is gegrepen door iets urgents. Maar tijdens die draaiende beweging, voordat ze haar hoofd naar het schrift toe beweegt, denk ik op haar gezicht iets te zien wat niet klopt. Bloed. Het was in een flits, want ze heeft zich onmiddellijk over het schrift gebogen en nu kan ik haar gezicht niet meer zien, maar ik dacht werkelijk dat er bloed uit haar neus stroomde. Ik probeer me heel kalm te laten zakken om onder de golvende massa van het zwarte haar te kunnen kijken en opnieuw haar gezicht te zien terwijl zij doorgaat met schrijven – op dit moment schrijft ze een hypnotische boodschap op; maar mijn beweging is nogal opvallend, en ik ben bang dat iemand het merkt. Maar de aandacht van de zaal is geheel gericht op de woorden van de spreekster – 'je moet heel voorzichtig zijn met wat je tegen kinderen zegt, want kinderen geloven ons' –, het is dus mogelijk dat niemand het merkt, en ik blijf langzaam zakken. Maar even plotseling als ze was begonnen, houdt Vulgaire Lach op met schrijven en keert haar rug weer naar mij toe om de lezing te volgen – en opnieuw meen ik, tijdens die draaiende beweging, bloed op haar gezicht te zien. Dus ik verplaats mijn stoel een beetje, langzaam, ik schuif langs de omtrek van de tafel om haar profiel in mijn gezichtsveld te krijgen, maar als ik op het punt sta het te ontwaren, draait ze zich om en kijkt me glimlachend aan.

Zie je wel.

Er zit echt bloed onder haar rechterneusgat, dik donker bloed, dat al enigszins is gestold, maar ze heeft het niet gemerkt. Niemand heeft het gemerkt, jezus, niemand merkt het, zelfs niet als ze haar hoofd weer naar de zaal draait om de lezing te volgen. Een vrouw op de eerste rij heeft nu het woord, en ze zegt dat ze het tegenovergestelde probleem heeft. Vorig jaar in de bergen heeft haar dochter van zeven van dichtbij de dood meegemaakt van een jongetje dat ook in hun hotel zat, een ware tragedie, en sindsdien is ze niet meer opgehouden met vragen stellen. Waar is het dode jongetje naartoe gegaan? Kan hij ons zien? Ga ik ook dood? Waarom gaan we niet allemaal tegelijk dood? Een andere vrouw, aan de overkant van de zaal, mengt zich erin, en zegt dat ook haar dochter van vijf, sinds haar grootvader is overleden, voortdurend vragen stelt over de dood: waarom is opa gestorven? Heeft hij dat zelf besloten? Komt hij weer terug? Naast haar zit een oudere vrouw, in het zwart gekleed, die ontzaglijk op haar lijkt, en die bij elk woord bevestigend knikt. Vulgaire Lach blijft het gesprek aandachtig volgen, zonder op mij te letten. Ik kan nu drie kwart van haar gezicht zien en natuurlijk zit het bloed er nog steeds, onder haar rechterneusgat. Ik heb de indruk dat het meer is geworden, dat het ieder moment op haar knieën zou kunnen gaan druppelen...

Je moet het kind zonder omhaal zeggen dat je van de dood niet terugkeert, zegt de spreekster. Je moet haar bangheid en haar bezorgdheid accepteren, je moet haar om uitleg vragen, naar haar luisteren, haar de kans geven haar zorgen te verwoorden en zelf orde te scheppen in haar innerlijke chaos...

'Mevrouw,' fluister ik.

De uitdrukking bang zijn moet worden vervangen door beangstigen.

Vulgaire Lach draait zich om, en zoomt op me in met die kwaadaardige buitenaardse ogen, die je zo weinig tijd laten om te doen wat je wilt doen.

Je moet haar vragen waarom de dood haar zo beangstigt.

'Uw neus,' zeg ik met ingehouden stem.

'Maak je je zorgen dat oma dood kan gaan? Beangstigt je dat? Waarom?'

De vrouw fronst haar wenkbrauwen, ze begrijpt het niet.

Als het kind huilt, laat het dan huilen. Het huilen van kinderen doet ons meer pijn dan hun.

'U verliest bloed,' mompel ik; en op dat moment gebeurt er iets afschuwelijks, ten gevolge van mijn gemompel: zij kijkt onwillekeurig naar haar kruis – o nee, nee – en dan wordt alles nog veel erger dan ik had gevreesd, omdat dit misverstand, hoe kort het ook moge duren, in de tussentijd geen misverstand zal zijn, en dat is het ook niet terwijl zij tussen haar benen kijkt, en dat is het nog steeds niet wanneer ze haar vuurschietende blik weer op mij focust, waarmee ze de verontwaardiging uitdrukt, en tegelijk de voldoening, van de getarte demon, en die van mij een ziekelijk, pervers, verloren, bloedzuigend wezen maakt dat de intimiteit van de uitscheiding van haar levenssappen heeft durven schenden, en zijn handen heeft durven besmeuren met haar menstruatiebloed. Het duurt maar heel even, echt niet langer dan een oogwenk, maar in die fractie van een seconde, vernietigd door haar blik, ontaard door haar bloed, word ik doorboord door een felle scheut van pijn, lichamelijke pijn, in mijn buik, in mijn hoofd, overal, en tegelijkertijd zie ik op haar bebloede gelaat de triomf van het absolute kwaad neerdalen – en ik realiseer me dat het slechts weer een van mijn lijstjes is, de dreigende angstaanjagende opsomming van alles wat mijn ogen en mijn geest in mijn hele leven hebben gezien waaraan overduidelijk de ziel ontbrak: de grijnslach van schedels, de glazige ogen van haaien, de grijze huid van zombies, de stapels lijken in concentratiekampen, het groene braaksel van *The Exorcist*, de piramide van stoelen in *Poltergeist*, de debilisering van Frankenstein, de pagina in *It* waar wordt uitgelegd wat It is, de fysieke beschrijving van Mr. Hyde, Opale die de kreupele een schop geeft, de stier die de stierenvechter doodt, Pinokkio die aan de grote eik wordt opgehangen, Belfagor, Dracula, Moby Dick, weerwolven, Morganti die mijn gezicht streelt met een korenaar, de eigenaresse van Brick in Lugano die als een baksteen in het water wegzinkt, mijn moeder die in de kist ligt in haar grijze vestje dat leeg lijkt, het ontwrichte lichaam van Lara omringd door stukken meloen...

Opeens, wat een geluk: in de zaal valt het licht uit, en nu ik niets meer kan zien gaat het onmiddellijk beter met me. De spreekster blijft doorpraten in het stikdonker – laat het kind tekenen, zegt ze, laat het een voorstelling maken van zijn angst – en ook hierdoor gaat het beter met me. En vraag hem na een paar dagen om voor u een tekening te maken van zijn angst wanneer het beter gaat. Ja, het gaat beter. De pijn is verdwenen. Het gaat veel beter. Stoe-toen.

19

Wat een modderfiguur. Wat een kolossaal, gigantisch modderfiguur. Wat is er in godsnaam met me aan de hand? De cheeseburger: ui, komkommer, mayonaise, ketchup, en patates frites – het is behoorlijk lang geleden dat ik 's avonds zo zwaar heb gegeten. Het moet de cheeseburger zijn geweest. Hoewel, hoewel, hoewel... ik voel me niet naar, ik heb niet hoeven overgeven, en ook nu heb ik geen zwaar gevoel op mijn maag of iets dergelijks. Mijn jukbeen. Ja, mijn jukbeen doet wel pijn, maar mijn maag niet. Als het niet door de cheeseburger komt, waar komt het dan wel door? Wat een modderfiguur. Ik ben vertrokken uit mijn mooie huis in de Via Durini, in mijn mooie grote zwarte auto, geleid door een satellietnavigator van € 2000, en naar Gorgonzola gereden om vervolgens flauw te vallen midden onder een bijeenkomst waarop een heleboel brave mensen goede raad verwachtten te krijgen over hoe ze met hun kinderen over de dood moesten praten. Ik heb die bijeenkomst onderbroken, nee, ik hem in het honderd laten lopen – 'Oké, vrienden, ik denk dat het beter is om hier af te sluiten.' Daar kom ik niet onderuit. Het is het beste om alles zo snel mogelijk te vergeten en door te gaan alsof er niets is gebeurd. Tenslotte kende niemand me daar, en ga ik er nooit meer naar terug. Lijst van plekken waar ik nooit meer naar terugga: De vergaderruimtes van OuderSamen. Of beter nog: ik ben nooit op die plek geweest. De harde schijf te lijf gaan met een hamer, delete all. Morgen zeg ik tegen Barbara-of-Beatrice dat ik helaas niet heb kunnen gaan omdat ik een ongelukje in de keuken heb gehad – ik ben met mijn jukbeen tegen de deur van de ijskast gevallen, hier, kun je het zien? –; en als ze naar een van de komende bijeenkomsten gaat, misschien die van de volgende maand over grootouders – ze heeft haar beide ouders nog, en haar man ook, geloof ik, omdat ze het altijd heeft over 'mijn schoonouders', 'het huis van mijn schoonouders', de twijfel kan haar dus inderdaad bekruipen of grootouders hulp of probleem betekenen – als ze daarheen gaat en mensen hoort praten over de mysterieuze boerenlul die de vorige keer halverwege de lezing geheel bewusteloos ter aarde is gestort, en vervolgens, toen hij eenmaal was bijgekomen, is weggevlucht, koppig elk voorstel afwijzend: om een kop koffie te drinken, om een dokter te roepen of zelfs een ambulansshe, waar de ongelukbrengster met spraakgebrek op bleef aandringen, zal ze zeker niet aan mij denken. Waarom zou ze? Niets verbindt mij met dat individu, aangezien ik er niet was. Nee, ze zal niet aan mij denken. Mensen denken oneindig veel minder aan ons dan wij denken. Ze denken bijna nooit aan ons, dat is de waarheid.

Hoewel, hoewel, hoewel... Het is wel gebeurd. Waarom? Waarom ben ik flauwgevallen? Waarom ben ik flauwgevallen? Waarom ben ik flauwgevallen? Terwijl ik rijd is dit de enige gedachte die door mijn hoofd gaat, en het is vreemd maar, terwijl er nu meer dan een miljoen mensen zitten tussen mij en die zaal, en ik tot mijn geruststelling weer in een vertrouwd gedeelte van de stad ben, heb ik het gevoel dat ik heel goed weet waarom; het is echter alsof het antwoord slechts heel even door mijn hoofd flitst, één helder ogenblik, om vervolgens weer te verdwijnen. Te kort om het te vatten. Het is een uiterst vreemde ervaring, zoals wanneer je je iets bijna herinnert en de activiteit van het herinneren zelf het weer verder wegduwt. Misschien concentreer ik me niet voldoende, denk ik, en ik ga naar de kant en sta stil. Waar zijn we? Piazzale Loreto. Goed. Ik steek een sigaret op. Ik wil alleen maar begrijpen waarom ik flauwgevallen ben. Shit. Mijn geest is dus opeens gedoofd, hij heeft mijn lichaam verlaten alsof hij er zich van wilde ontdoen, en dat is mij vanavond overkomen, op een precies moment van mijn leven (overigens zijn alle momenten van het leven precieze momenten), waarop ik nog geheel bewust was, net zo bewust als ik nu ben. Toch moet er een reden voor zijn geweest. Ik hoef me alleen maar te concentreren, te redeneren. Het zou de cheeseburger geweest kunnen zijn, zoals gezegd. Of een wat cru gevolg van oververmoeidheid. Carlo heeft het vanochtend gehad over iemand die flauwviel, en heeft me dat beschreven. Het is misschien suggestie geweest, sympathie. Of de invloed van die duivelin, het zien van haar bloed, het vreselijke misverstand dat is ontstaan... Ik heb het antwoord, ik voel het in mij, maar het blijft te snel door mijn hoofd schieten, ik kan het niet vasthouden, ik kan het zelfs niet vertragen – verdomme, dit is onverdraaglijk. Wat kan ik doen? Ik moet absoluut iets bedenken, want het gaat helemaal niet goed met me, ik voel een afschuwelijke spanning opkomen en in deze toestand kan ik zeker niet naar huis. Daar bevindt Claudia zich, en wij dragen onze emoties over op onze kinderen – dat hebben ze me zojuist geleerd, nietwaar? Oké, misschien is er een manier, waar is mijn notitieboekje? Waar is het gebleven? Het lag altijd in het vakje van het dashboard, waarom ligt het er niet meer? Ik begin te zoeken, maar terwijl ik ernaar zoek valt de sigaret uit mijn mond; ik deins achteruit uit angst dat ik een brandvlek op mijn pak zal krijgen, en zo komt de sigaret rechtstreeks op de leren zitting terecht; door de val wordt het brandende stukje gescheiden van de rest van de sigaret, en terwijl deze op de vloermat rolt blijft het brandende stukje op de stoel achter; ik probeer het weg te slaan met mijn hand, maar het kloteding is al bezig zich in het leer te branden, wat een stank, het heeft er zich al helemaal in vastgezet; dan neem ik het beschermhoesje van een cd en druk dat erop om het vuur te doven, en dat lukt; maar er komt natuurlijk wel een gat in de zitting, en bovendien is de brandgeur helemaal nog niet verdwenen, nee, hij lijkt zelfs sterker te worden; er komt inderdaad rook uit de vloermat, bij mijn voeten, hij komt niet van de vloermat, shit, hij komt rechtstreeks uit mijn voeten, nee, uit mijn broek, ja, uit de omslag van mijn broek, daarin ligt ook een stukje te branden, shit, het stukje dat zich aan de zitting heeft gehecht was niet het enige dat was blijven branden, er zat ook nog een brandend stukje aan de rest van de sigaret die precies in de omslag van mijn broek is gevallen, het is ongelooflijk, precies erin; ik hef mijn been om het eruit te laten vallen, maar het komt niet, ik schud met mijn been, sla ermee tegen het stuur, er is hier echt te weinig ruimte om dit te doen, ik doe dus het portier open, steek mijn benen naar buiten, ik schud met mijn hand de omslag van mijn broek uit en eindelijk valt de sigaret op de grond in een geflikker van vonken, en eindelijk kan ik hem met mijn schoen uitdrukken, ja, ik verpletter hem vermorzel hem verpulver hem; nu is het afgelopen, nu is alles gedoofd; nee, er brandt nu niets meer; en ik begin de schade op te nemen, logisch, een katoenen broek, een gat zo groot als een vinger; en dan het gat in de zitting, met allemaal – wat is er nu aan de hand, wat is dat voor getoeter? Waarom word ik verblind door die grote lichten? O, ik sta geparkeerd op een taxistandplaats, nee maar, bedankt voor je felle protest, jonge taxichauffeur die waarschijnlijk een revolver onder zijn stoel meevoert, een reden waarom ik je er niet op zal wijzen dat er veel minder schofterige manieren zijn om – ik heb het begrepen, ik ga al, stik de moord. Een geronk, piepende banden, de rug die tegen de leuning wordt geplet, een schofterige start midden de weg op, opeens ben ik zo neurotisch als een aap en ik heb zin om plankgas te geven, te racen, te slippen, te krijsen, en ik trek op in de eerste versnelling alsof ik de motor wil opblazen en ik voel de angst toeslaan en ik zet hem in zijn twee, en als ik hier nu niet onmiddellijk mee kap, wil dat zeggen dat ik gek ben geworden en dan heb ik een probleem: kalm aan, lul! Wat is dit voor woede? Kalm! Ik minder vaart. Langzaam rijden, verdomme. Dat is ook de tekst van het lied dat nu uit de stereo-installatie komt: 'Hey, man, slow down, slow down.' Ik haal adem. Ik denk na. Wat is er met me aan de hand? Wat overkomt me vanavond? 'Idiot, slow down, slow down...' Idioot ja. Idioot. Wat zou er zijn gebeurd als een kind de weg was overgestoken terwijl ik wegschoot als een autocoureur? Of een hond, of een kat of een stomme duif? 'Where the hell I'm going, at a thousand feet per second?' Precies. Waar ga ik in godsnaam naartoe? Ik moet heel voorzichtig zijn, geen onzin meer: ik heb er vanavond al een behoorlijke puinhoop van gemaakt, een ongeluk kan er niet meer bij. Ik doe de veiligheidsgordel om. Welbeschouwd is er eigenlijk niets gebeurd; een lichte flauwte, een gaatje in de zitting, en een broek die ik weg kan gooien: wat dan nog. Kalm. Het stelt niets voor. Kalm. En die taxichauffeur had gelijk, ik mocht daar niet staan, ik had ongelijk. Het was de verkeerde plek, ook voor mij, ook voor wat ik er wilde doen, afgezien van het verbod: hij was te willekeurig. Die taxichauffeur wilde me alleen maar helpen, zo moet ik het zien. Zijn manier van doen is niet van belang, hij wilde me alleen laten weten dat ik me op de verkeerde plek bevond en hij wilde me alleen maar naar de juiste plek dirigeren – de plek waar ik moet gaan staan om mijn gedachten helder te krijgen en mijn gemoedsrust te herwinnen alvorens naar huis terug te keren. En dat is hem gelukt, dat is het mooie ervan, hij heeft me geholpen, want opeens weet ik precies waar ik heen moet, en ik rijd erheen, heel langzaam, 30 kilometer per uur, en ik voel me veel beter. Natuurlijk. Het is vlakbij, en bovendien is de weg bekend: zonder verkeer ben ik er in minder dan vijf minuten. Het is heel dichtbij, waarom heb ik er niet eerder aan gedacht? Daar ga ik heen, ik kom volledig tot bedaren, ik ontspan me, en dan ga ik terug naar huis...

Ziezo. Ik ben er.

Dit is de plek.

Ik doe het raampje open maar stap niet uit. De duistere school is een indrukwekkende, romantische klomp. Ik heb hem nog nooit zo gezien, hij ziet er zinloos en troosteloos uit, hij lijkt een kapot stuk speelgoed, zoals alles wat aan kinderen toebehoort en wat kinderen achter zich laten. Hij staat daar gewoonweg, louter het product van vectoriële krachten, alsof hij de tijd verslindt die hem scheidt van zijn glorie overdag. Alles schijnt zijn zwijgende inspanning om de morgen te halen te ondersteunen: de absurde zomerse rust van deze oktobernacht, de bomen, het parkje, de weg, de huizen aan de overkant, de geparkeerde auto's – waar de gekwetste c3, die door niemand wordt opgeëist, de boventoon voert. Ik adem diep, meerdere malen, en ondanks het feit dat ik me in het centrum van Milaan bevind, heb ik toch het gevoel dat ik mijn longen vul met zuivere lucht, zuiver en geurig. Ik adem, laat mijn blik gaan langs de profielen der dingen, die worden verzacht door de duisternis, ik luister naar de geluiden die van de brede laan beneden komen: alles is zo absoluut vertrouwd, troostgevend, geruststellend... Dit is echt een geweldige plek, een punt op de wereld dat overvloeit van bezwerende krachten: hier moeten de Longobarden zijn geweest om hun onbehouwen goden te vereren, een christenmeisje moet hier de marteling hebben ondergaan waardoor ze heilig is geworden, een jonge Merovinger moet hier uit liefde in een hert zijn veranderd...

Dit is de plek.

Goed. De reden waarom ik flauw ben gevallen, en hoe ik deze kan vastgrijpen, identificeren en benoemen...

En opnieuw vaagt het lied dat door de stereo-installatie klinkt de afstand weg waardoor het op de achtergrond werd gehouden en dringt zich op de voorgrond met een zin die me doorboort, omdat hij rechtstreeks tot mij gericht lijkt: 'And now that you find it, it's gone. And now that you feel it, you don't. I'm not afraid.' Want het is precies wat ik op dit moment ervaar, het is precies dezelfde gewaarwording van daarnet, dezelfde subcorticale waarneming van licht dat tegelijkertijd aan- en uitgaat, behalve dat ik er nu geen last van heb, en niet bang ben. Want daarnet was het angst. Ook toen ik flauwviel was het angst. En nu is die angst weg. Ik merk zelfs dat het me niet meer interesseert. Waarom ben ik flauwgevallen? Angst waarvoor? En hoe belangrijk is het? Het is slechts een vraag, een van de vele waarop ik het antwoord niet weet. Waarom is de zee zout, terwijl gletsjers, rivieren en de regen dat niet zijn? Waarom zijn bij tennis de punten 15, 30, 40 en niet 45? Waarom moet je tegenwoordig ook voor lokale gesprekken eerst het netnummer draaien? Wat gebeurt er als ik bij een geldautomaat € 250 intik en er maar 150 uitkomt? Wat betekent in godsnaam CommonRail motor? Het refrein begint weer: 'And now that you find it, it's gone. And now that you feel it, you don't. I'm not afraid.' De rest kan ik niet verstaan, en het lied is afgelopen.

Het begint me te interesseren, dat vreemde verschijnsel dat zich voordoet met de plaat van Radiohead van Lara die ik in de auto heb gevonden en waar ik steeds maar weer naar luister – het is eigenlijk het enige waar ik naar luister. Meestal let ik er niet op, en al helemaal niet op de woorden; maar er zijn momenten, zoals even geleden, of toen ik straks reed, en ook in de afgelopen dagen, heel wat momenten, nu ik erover nadenk, waarop een enkel couplet of een geheel refrein zich letterlijk op me stort en met een grote vanzelfsprekendheid zijn betekenis prijsgeeft alsof Engels mijn moedertaal was; en wanneer het gebeurt lijkt het steeds of die bepaalde woorden rechtstreeks tot mij zijn gericht, en ze zijn altijd wijs, toepasselijk en volmaakt. Alsof die plaat mij ziet, tegen me probeert te praten, en me raad probeert te geven.

Ik begin het hoesje te zoeken. Niet voor niets. Misschien is het moment gekomen om deze erfenis van Lara iets serieuzer te nemen, en als zich in het hoesje de teksten van alle liederen bevinden, staat daar misschien al alles in wat – ik heb het gevonden, maar het is helaas een zelfgebrande compilatie, en op de voorkant staat alleen 'Radiohead'. Om de hemel te naad'ren vanwaar ik kom – jezus, wat mooi, van wie is het, Petrarca? – in het ronde, sensuele handschrift van Lara. Of dat van Marta? Zij hebben altijd hetzelfde handschrift gehad. Ja, Marta. Nu herinner ik het me, het is ook een keer in haar auto gebeurd. Hier aan de overkant, onmiddellijk nadat ik de c3 zwaar had beschadigd om de weg vrij te maken, terwijl zij haar striptease afmaakte. Ik herinner me ook hoe de tekst van de plaat luidde: 'We are only accidents waiting to happen.' Ik wed dat het precies dezelfde plaat was; heeft Marta die cd gekopieerd om een exemplaar aan Lara te geven, of andersom?

Nu is het lied afgelopen, en er wordt geapplaudisseerd en geschreeuwd. De zanger zegt iets, maar ik versta niet wat – ik versta alleen 'old selection'. Hij kondigt waarschijnlijk de titel van het volgende lied aan, want hij zegt 'It's called' iets, wat gejuich teweegbrengt, waarna een zeer droeve aanhef van de gitaar volgt die een paar maten lang sec wordt herhaald. Dan begint de stem te zingen, langzaam, sensueel.

'This is the place,' zingt hij. Ik zweer het.

'Remember me?'

Ja, natuurlijk herinner ik me je...

'We've been trying to reach you...'

Dat kon nauwelijks onopgemerkt blijven, lied. Zeg het maar...

'This is the place. It won't hurt, it will not hurt.'

Dat is zo, lied, het doet geen pijn, ik voel geen pijn; vooral niet op deze plek. En ik wil je iets zeggen: het is fantastisch om met jou een gesprek te hebben. Zeg eens: wat vind jij van dit vreemde leven van mij? Wat vind je dat ik zou moeten doen, zomaar, in het algemeen? Maar nu versta ik niets meer, de zanger begint woorden te mummelen, en de muziek krijgt de overhand. Mooie, sensuele muziek en zo, maar mij interesseert de tekst. 'Recognition', 'face', 'empty', het lukt me slechts om losse woorden en brokstukken op te vangen: 'to go home', 'at the bottom of the ocean', en dan weer 'face'... Wie weet wat voor belangrijks je tegen me zegt, lied, zonder dat ik het begrijp. Overigens realiseer ik me dat de tekst, als ik alles al zou kunnen verstaan, nog steeds te moeilijk zou zijn. De antwoorden van het orakel van Delphi waren ook ondoorgrondelijk, en moesten geïnterpreteerd worden. En daarbij komt nog dat er aan dit soort zaken gewoonlijk een duistere kant zit, rampzalige, onontwarbare dingen die je maar beter niet kunt weten. Het zou ook simpelweg zo kunnen zijn dat ik alleen de zinnen versta die tot mij zijn gericht, zo zou het kunnen werken. Waarom niet? Ik ben toch niet de enige die naar deze liederen luistert.

''Cause it's time to go home.'

Deze zin bijvoorbeeld versta ik perfect, en het is ook zo: het is tijd om naar huis te gaan. De laatste coupletten daarentegen versta ik niet, het lied is afgelopen, en ja, ja, ik ga naar huis. Ook het mooie, bevredigende geluid van het dichtvallende verzwaarde portier zegt het – sklomp: het is tijd om naar huis te gaan. Dankjewel, lied; ook bedankt voor het applaus dat je me nu geeft, een lang, oprecht, hartstochtelijk applaus. Ik heb nooit applaus gekregen, weet je, mijn hele leven niet. Zelfs niet één keer, terwijl af en toe een fijn applaus precies is wat je nodig hebt, om vredig naar huis te kunnen gaan, je hart gevuld met chaos, en met rust...

20

Ik ben nog geen stap binnen of ik ruik het al. Ze hebben denk ik spiraaltjes aangestoken tegen de muggen, omdat die er met deze warmte nog steeds zijn. Of misschien een wierookstokje, Lara had er een hele voorraad van, of die grote geparfumeerde kaarsen die tegenwoordig zo in de mode zijn. Ik loop de gang door, het huis is stil en duister, afgezien van het blauwe schijnsel van de televisie in de woonkamer, en daar is de geur heel sterk. Ik laat mijn blik dwalen door het halfduistere vertrek, en heel even, ik weet niet waarom, heb ik de indruk dat ik me bevind op de plek van een zelfmoord – dat ik een van diegenen ben die op een dag thuiskomen en hun eigen vader aan de haak van de plafondlamp zien hangen, of hun eigen zoon, of hun eigen broer. Het is geen onvoorziene dood, dat gevoel is mij bekend; beslist een zelfmoord, alsof een ijzige hand me aanraakt, afschuwelijk, en mij doet huiveren, totdat ik Carlo ontwaar op de divan, levend natuurlijk; een zilverkleurig buisje steekt uit zijn mond en hij is druk in de weer met een aansteker en een vel aluminiumfolie. Nu verwarmt hij het folie met de vlam en met het buisje zuigt hij de rook naar binnen die deze handeling oplevert. Hij slikt de rook door alsof het een hapje eten is, laat zich zakken tegen de rugleuning van de bank en kijkt naar me met de uitdrukking van een sfinx. Ik snuif deze vreemde, zoete, prikkelende geur op, die niet de geur van hasjiesj is en ook niet van marihuana...

'Opium,' zegt Carlo. Ik inspecteer het hele vertrek met mijn blik, overvallen door een ontzaglijke angst: de televisie staat aan op MTV, zonder geluid; het nep-aquarium met zijn geschilderde visjes staat te glinsteren op de boekenkast; op de tafel de resten van een spelletje yahtzee; Claudia is er niet, maar toch voel ik een enorme woede in mij opkomen jegens mijn broer, die ik nauwelijks kan beheersen – en ik beheers me alleen maar omdat ik denk dat niet-ontploffen, gezien alle energie die het me kost, iets positiefs oplevert. Toch ontkom ik niet aan de gedachte dat mijn broer een ware klootzak is. Moet je hem zien, de eerste keer in zijn leven dat hij een avond doorbrengt met een klein meisje, onderuitgezakt op de bank, opium snuivend in naam van zijn godvergeten mythe van de...

'Rustig maar, ze ligt in bed,' zegt hij.

Ik blijf me beheersen maar ik ben razend, en zonder iets te zeggen draai ik me om en loop weg naar de kamer van Claudia. De stem van Carlo treft me in mijn rug.

'Ze slaapt als een marmot...'

Claudia ligt inderdaad diep te slapen. Ik heb me altijd afgevraagd hoe kinderen zo goed kunnen slapen terwijl in huis volwassenen de meest wilde dingen doen: ouders gaan uit elkaar, babysitters neuken met hun verloofdes, ooms gebruiken verdovende middelen, en zij merken niets, ze slapen, net zoals Claudia nu slaapt, bezweet en rustig. Ik blijf staan om haar met toewijding te aanschouwen, terwijl ze ligt in het albasten schijnsel van de rij lichtgevende dinosaurussen op haar bureau; ik streel haar glanzende huid, en het vaderlijke gebaar dat ik maak doet me denken aan mijn eigen vader, tijdens de gedenkwaardige ruzie die de aanleiding was voor Carlo's vertrek uit het huis in de Via Giotto. Papa en mama kwamen onverwachts terug op een zaterdagavond terwijl ze aan zee hadden zullen blijven slapen, en troffen Carlo aan die, samen met zijn vrienden, wiet rookte uit een bong. Papa werd woedend, maakte een enorme scène, joeg Carlo's vrienden het huis uit met de vurige, waarlijk schrikwekkende drift die af en toe losbarstte uit zijn milde bestaan, en Carlo, die zo stoned was als een konijn, bleef hem heftig in zijn gezicht uitlachen en herhaalde steeds: 'Je stelt helemaal niets voor, je stelt helemaal niets voor.' Het had een ruzie kunnen zijn zoals alle andere (en er waren er destijds heel veel tussen die twee), maar het werd de definitieve ruzie, en dat kwam niet door de marihuana, maar door het epische onvermogen van onze vader om de werkelijkheid te aanvaarden zoals zij is – en zoals zij op hem die avond moet zijn overgekomen in al haar onaanvaardbaarheid: Carlo zou altijd leven zoals het hem uitkwam; Carlo zou geen enkele rekening houden met zijn verwachtingen; Carlo had geen enkele behoefte aan zijn hulp; Carlo zou de universiteit inderdaad verlaten om zich in Londen te vestigen. Nu ik zelf ook vader ben, twijfel ik er niet aan dat papa er spijt van heeft gehad dat hij die avond, bij die rokende bong, zijn woede de vrije loop heeft gelaten waardoor hij zijn zoon ertoe dreef om voor altijd ver van hem weg te vluchten; Carlo was pas tweeëntwintig, en ondanks al zijn arrogantie was hij nog zo teer als een bamboescheut. Maar nu ik dus ook vader ben, bespeur ik dezelfde woede in mijzelf, jegens dezelfde persoon, en merkwaardig genoeg naar aanleiding van hetzelfde vergrijp – drugs in mijn huis –, alsof ik die rol als erfenis heb meegekregen. En dat is niet goed, het is theater, een reprise van het oude familierepertoire – bovendien van een familie die niet meer bestaat. Toch blijf ik me woedend voelen op Carlo, woedend en verontwaardigd, zoals papa. Gelukkig blijf ik ook het vochtige voorhoofd van Claudia strelen, en het is alsof mijn hand rust op een geneeskrachtige steen, want ik voel een stroom van rust uit haar overgaan in mij, warm, verzachtend, verhelderend; om te beginnen is dit geen theater, zeg ik tegen mezelf, mijn broer is wat hij is, en bovenal ben ik niet mijn vader, en ik heb ook marihuana gerookt in ons huis aan de Via Giotto, ook met de bong, ook nadat hij was vertrokken, en verder is Carlo slechts een vermogende drugsverslaafde, hij doet het nu niet meer om zich een houding te geven, te provoceren of te rebelleren, hij doet het uit behoefte, en aangezien hij verslaafd is moet hij absoluut elke dag drugs gebruiken, hij kan geen dag overslaan, en aangezien hij zich vanavond in mijn huis bevindt moet hij in mijn huis drugs gebruiken, maar hij is pas begonnen met opium roken nadat Claudia in slaap was gevallen, daarvóór was hij er wel helemaal voor haar, hij heeft haar wel meegenomen naar het Japanse restaurant, haar wel weer naar huis gebracht, zelfs yahtzee met haar gespeeld, haar wel in bed gelegd en haar misschien een of ander bizar verhaal verteld terwijl ze in slaap viel, en Claudia is dol op hem en zou niet willen dat hij en ik ruziemaakten, om wat voor reden dan ook, afgezien nog van het feit dat zij op een dag waarschijnlijk ook joints gaat roken, misschien wel in dit huis, en misschien merk ik het, en dan zal ik niet zo moeten doen als mijn vader, ik zal me moeten beheersen, moeten begrijpen, me moeten herinneren, ik moet erop voorbereid zijn om het juiste te doen, en nu lijkt me mijn woede van daarnet volkomen vals, belachelijk, niet langer mijn woede, en het kost me steeds minder moeite hem de baas te blijven, steeds minder, steeds minder – totdat ik me realiseer dat de woede er niet meer is...

Als ik mijn hand terugtrek van het gezicht van mijn dochter, en snel de deur uit glip om te voorkomen dat de opiumrook binnenkomt, voel ik me als iemand die zojuist is ontkomen aan een dodelijke valstrik. Wat er ook gebeurt, geen ruzie maken met mijn broer.

'Wil je ook?' vraagt Carlo me plompverloren zodra ik de woonkamer in kom.

Hij doelt op de opium, of ik opium wil.

Jezus, dat verwachtte ik niet. En nu? Moet ik nu 'nee' zeggen? Nee, ik heb het; ken ik een uitdrukking voor 'nee, dank je' die net zo ontspannen en normaal klinkt als die waarmee hij zijn vraag heeft gesteld? En wat gebeurt er dan? Ga ik naar bed en blijft hij hier in zijn eentje roken? Opium. Ik heb het heel veel jaren geleden gerookt, toen ik op de universiteit zat en studeerde met een zekere Beppe Caramella, die op een of andere manier altijd opium had. Ik vond het prettig: opium was een literaire drug, episch, luisterrijk, je kreeg een heel goed gevoel van afstand, van koelheid – het gevoel dat de dingen die mij aangingen mij niet meer aangingen – en ik werd er ook niet beroerd van. Zo herinner ik het me tenminste. Sinds die tijd heb ik het nooit meer gerookt.

Carlo neemt weer een grote trek en kijkt naar mij. Ach wat dondert het ook. Ik doe het gewoon. Een beetje opium zal echt geen kwaad kunnen, een beetje.

'Geef eens hier.'

'Ga zitten,' zegt mijn ervaren broer.

Ik ga op de bank zitten en hij geeft me het vel aluminiumfolie aan.

Ook al ben ik kortgeleden flauwgevallen, jezus, wat zal het nu voor kwaad kunnen.

'Let op,' zegt hij. Hij laat me zien hoe ik het aluminiumfolie, waarop een bruin bolletje ligt ter grootte van een nagel, schuin moet houden.

'Ik weet het, ik weet het,' zeg ik, ook al weet ik het helemaal niet. Met Beppe Caramella rookten we opium uit een soort pijp, hij deed alles, en ik hoefde alleen maar trekjes te nemen. Carlo houdt de vlam van de aansteker onder het aluminiumfolie, en onmiddellijk begint het bolletje opium op te lossen en de rook zich te verspreiden. Het rolt soepel langs de plooien van het folie, als een bolletje kwik, en laat een dun bruinachtig spoor achter, en ermee manoeuvreren en ernaar kijken is al iets –

'Nu inhaleren,' zegt Carlo.

Ik steek het buisje in mijn mond, en inhaleer.

'Alles,' zegt Carlo. 'Alle rook inhaleren.'

Ik kijk naar Carlo en knik: hij wil echt dat ik high word, dat is belangrijk voor hem. Mijn eerste trek was inderdaad nogal schuchter, er blijft meer rook in de lucht drijven dan ik naar binnen heb gewerkt. Carlo doet de aansteker weer aan, ik inhaleer opnieuw zodra de rook opstijgt, en ditmaal gaat er geen kringeltje verloren; alles verdwijnt in mijn mond, met de verrassende smaak van mest, hars, brood, fruit, graan, melk, papier en wierook – lekker, op de rand van walgelijk; en vanaf mijn mond naar beneden, warm in de longen, maar vooral koud in de hersens. Carlo overhandigt me ook de aansteker als uitnodiging om het zelf te doen. Met het folie in de rechterhand, de aansteker in de linker en het buisje in de mond maak ik weer vuur en manoeuvreer met het balletje dat over het folie rolt en inhaleer de rook voor de derde maal, diep – sodemieter toch op – tot op de bodem; ik herhaal deze handeling nog een keer en dan haak ik af, ik geef het hele instrumentarium aan hem terug en laat me zakken tegen de rugleuning van de bank. Dan begint hij weer te roken, en terwijl hij rookt kijk ik naar hem in het halfduister dat glazig begint te worden – of liever korrelig – of liever gipsachtig. Hij is er heel handig in om het balletje te laten rollen in de plooien van het folie en om het te volgen met het buisje in zijn mond, het verraadt een handigheid waarom ik hem bijna benijd, ondanks de betekenis ervan. Hij neemt een paar diepe trekken, dan laat hij zich ook achteroverzakken, glimlacht – guitige kuiltjes – en nu is het weer mijn beurt, dus ik inhaleer, een, twee keer, en er zit iets verbetens in mijn trekken, ik zeg het liever niet maar er is sprake van halsstarrigheid, van rivaliteit, en dan hij weer, en dan ik, en dan hij, de vloek van het broederschap, ieder de helft, allebei een keer, eerst de een dan de ander, net zoals toen we klein waren, op de pony in het park, of op de vliegende schotels in het lunapark van de EUR, naast papa, en we wonnen nooit, nooit, soms gebeurde het dat we erop bleven zitten tot aan het eind maar in het beslissende duel werden we altijd verslagen, en jarenlang heb ik dat trauma van man-tegen-man met me meegedragen, niet alleen in het lunapark, maar in het leven zelf, altijd duels vermeden, tweegevechten, zoveel mogelijk, tot drie jaar geleden, tot die schitterende openbaring tijdens de kermis van Castiglion della Pescaia, toen Claudia erop aandrong dat ik met haar naar de vliegende schotels zou gaan, ik vermande me en daar gingen we, maar ik leed al bij voorbaat onder de vernedering die ik binnen korte tijd zou ondergaan wanneer een of andere lul van een vader met zijn spekkige zoontje ons zonder mededogen zou neerhalen, en bovendien zonder enige verdienste, want ga me nu niet vertellen dat die vliegende schotels echt schieten – wat dan wel? –, de vrouw die kaartjes verkoopt in het hokje beneden heeft alles in de hand, zij beslist wie wint en wie verliest, ook al weet ik niet precies hoe ze het doet, of er een knopje is of zo, ik heb het nooit begrepen, kortom we stappen op de vliegende schotel en ik zit al te bedenken hoe ik me moet verontschuldigen als we een, twee, drie keer hebben verloren, en Claudia teleurgesteld zal zijn dat we steeds verliezen, maar we winnen, ja, de anderen vallen achter elkaar, we blijven alleen over met een andere schotel die ons een moment intens beschiet en uiteindelijk winnen wij, ongelooflijk, we winnen ook het beslissende duel, zij zakken en wij blijven hoog, en we winnen niet alleen dat duel maar vanaf dat moment blijven we winnen en dat houdt niet meer op, wij blijven steeds hoog, wij winnen steeds, van iedere willekeurige tegenstander, niemand krijgt een kans, het is echt fantastisch om zo te winnen, er is echt niets mooiers, winnen zonder te strijden, zonder verdienste, en eindeloos, want je wint een gratis rit, de vrouw van de kassa heeft vanavond ons uitgekozen, ze heeft besloten ons toe te laten tot de magische cirkel van winnen-gratis rit-weer winnen-weer gratis rit, en misschien waren dat wel de mooiste momenten van mijn leven, ja, de momenten waarop ik het gelukkigst ben geweest, die avond, op de kermis van Castiglion della Pescaia, toen de laatste tegenstander die het had gewaagd het tegen ons op te nemen in de afgrond stortte en wij alleen overbleven, Claudia en ik, daarboven, omgeven door de lichtjes van de kust die stipjes vormen in het zwart van de zee en gestreeld door het nachtelijke briesje dat ons haar in de war maakt, beiden ervan overtuigd – en dat is het unieke ervan – dat het binnenkort weer zal gebeuren, en weer en weer en weer, zij omdat ze stellig gelooft dat haar vader onoverwinnelijk is, ik omdat ik weet dat het om een soort wonder gaat, dat we zijn uitverkoren. Uiteindelijk werd Claudia het zat; ik zweer het, na tien of misschien wel vijftien overwinningen werd ze het zat en wilde ze naar de botsautootjes, we gaven het gratis kaartje aan een ander vader-kindkoppel, en we zijn onverslagen vertrokken, zoals Rocky Marciano...

Carlo kijkt me aan, hij glimlacht, en geeft de opium weer aan mij. Een verslaafde. Ik wist het, niet dat ik het niet wist, maar nu ik het met mijn eigen ogen zie, maakt het grote indruk op me. Carlo is een verslaafde. In mijn hoofd is nu alles koud, bevroren. Het woord verslaafde is bevroren, en ik ben weer mijn vader, ik ben mijn vader in de arctische koude van het woord vader, mijn vader die gelijk had, destijds – een ijskoud gelijk –, want het was waar, het is altijd waar geweest, het gebruik van softdrugs leidt tot harddrugs, zo eenvoudig is het, hoe haalden mijn zoons het in hun hersens – moet je ze nu zien, de rebel en die wolf in schaapskleren – hoe haalden die twee klootzakken het in die klotehersens van ze om het tegendeel te beweren? Weet je trouwens wat de mooiste momenten van mijn leven zijn geweest? Wat zeg je? Ik zeg: weet je trouwens wat de mooiste momenten zijn geweest, van mijn leven? Stop, ho even: dit is telepathie, hoe weet Carlo in godsnaam wat – Herinner je je die keer dat moeder ons meenam naar het park van Villa Celimontana? Herinner je je dat ik op de schommel ging zitten en dat jij de touwen in elkaar draaide? Mama wilde dat niet en wij wachtten tot ze zich door iets liet afleiden, en toen ze afgeleid was draaide jij ze in elkaar, en je draaide ze zo strak in elkaar dat er voor mij niet genoeg ruimte meer was op de schommel, ik moest mijn hoofd laten zakken en helemaal gebogen zitten en wachten totdat jij klaar was met draaien en de touwen los zou laten. De touwen begonnen zich af te wikkelen en ik begon te draaien op de schommel, en ik draaide, ik draaide, steeds harder, steeds sneller, weet je nog? En toen moeder het merkte was het te laat, ze kon niets meer doen om die maalstroom te stuiten, en op een bepaald moment waren de touwen afgewikkeld, maar ik draaide nu zo snel dat ze, na een soort ruk, weer doorgingen naar de andere kant, en vervolgens wéér naar de andere kant, enzovoort, totdat de schommel tot stilstand kwam, en moeder boos werd en ons meenam. Kijk, het was toen het eerste supersnelle afwikkelen ophield, bij die ruk, voordat de touwen weer doorgingen naar de andere kant: dat was echt het geweldigste moment. Dat soort momenten heb ik nooit meer beleefd, er zat alles in wat ik van het leven verlang, er was een enorme, onstuitbare kracht, er was snelheid, er was angst, en daarom was er ook moed, en adrenaline, en dan was er natuurlijk de verdoving, want door al dat draaien snapte ik nergens een reet meer van; en op het moment van de ruk was dat alles ondraaglijk intens, snap je? Zo intens dat ik me geweldig voelde, supergeweldig omdat het me was gelukt die ervaring te ondergaan en er greep op te houden. Ik heb honderden keren geprobeerd dat moment te herhalen: met surfen, parachutespringen, bungeejumpen, drugs, en ondanks het feit dat ik er dichtbij kwam – want de kracht was er, de adrenaline was er, de verdoving en de schijterij waren er – miste ik altijd iets. Jij zal misschien zeggen dat het komt omdat ik geen kind meer ben, maar ik verzeker je dat het dat niet is, ik verzeker je dat, wanneer je vanuit een vliegtuig de leegte in springt, of wanneer je jezelf voor het eerst een krachtig, onbekend verdovend middel toedient, je een kind bent. Nee, dat is het niet. Wat ik mis is eenvoudigweg dat wat er niet meer is. Ik mis jou; ik mis moeder.

Stilte.

Wacht eens even, wacht eens even. Waarom vertelt Carlo me dit? En hoe heeft hij mijn gedachten kunnen lezen? Stilte. Een – ik zou geen andere omschrijving weten – belangrijke stilte. Vreemd, opeens slaag ik er niet meer in om onderscheid te maken tussen hem en mij. Jezus, Carlo, wat een gewaarwording, wat een moment: het lijkt bijna of ik jou ben. De díngen zijn allemaal verschillend, de televisie, de bank, de boekenkast, maar ik kan geen onderscheid maken tussen jou en mij. Het is de opium. Nee, wees nu niet oppervlakkig, wees nu niet dor: het is een van die momenten, de opium heeft er niets mee te maken. Het is de opium, echt. Maar wat nou opium, opium. Hou jij het voor mogelijk dat een vies bruin goedje de dingen zo kan veranderen, zo'n chaos kan veroorzaken? Wáren de dingen al niet anders, en was die chaos er misschien al? Maar over welke chaos heb je het. Hoezo, welke chaos. Over deze chaos: één hoofd waar er twee in zitten. Alle gelaatsspieren die slap worden en naar beneden zakken. Onderwaterblik, zweet, woorden zonder verband, grijze overgave. Het eindexamen, Dylan Thomas, de hevige ellende van de jeugd. Hoezo, welke chaos. En dat niet alleen, ik heb nu het duidelijke gevoel dat ik noch jou noch mijzelf ben; dat ik, laten we zeggen, deze vlieg ben. De opium dus. En daarnet? Daarnet heb jij mijn gedachten gelezen, voor het geval je dat niet is opgevallen. Sinds wanneer stelt opium je in staat gedachten te lezen? En die vochtplek op het plafond in de vorm van Corsica? Waarom heb ik die nooit eerder opgemerkt? In de vorm van Corsica met vinger en al, en de vinger is gericht naar de boekenkast, hij wijst iets aan. Het speelgoedaquarium op de plank, om me eraan te herinneren het uit te schakelen, omdat anders de batterijen leeglopen? De televisie die aanstaat zonder geluid? Deze vlieg die pendelt tussen mij en het scherm – ervan uitgaand dat ik ik ben en niet hem? Kijk, ik jaag hem weg, en hij gaat op het scherm zitten; blijft een paar seconden op het scherm zitten en daar is hij weer; ik jaag hem weer weg en hij keert weer terug naar het scherm, steeds naar hetzelfde punt. Hij probeert me iets duidelijk te maken. Welke tekst verschijnt er op de tv? Radiohead. Radiohead! Hé, waar is de afstandsbediening? Snel, het geluid moet weer aan, waar is de afstandsbediening? Je zit erop? Waar? Daar. Je bent behoorlijk onder de – Stil, luister: wat zegt hij? Die man daar, die schele, die de microfoon in zijn handen klemt alsof het een dood kuikentje is, wat zegt hij? 'I am up in the clouds / and I can't and I can't come down.' Dat heeft hij gezegd, ik heb het heel goed verstaan. Ik zit tussen de wolken en ik kan niet, ik kan niet naar beneden. Dat heeft hij toch gezegd? Oké, Carlo, ik moet je iets heel belangrijks onthullen waar ik me vanavond bewust van ben geworden: Lara communiceert met mij via de liederen van die man daar. Zij was het. Lach niet, verdomme, het is een serieuze zaak. Hoor je ze? 'I can watch but not take part / where I end and where you start.' Was dat wat hij zei of niet? Ik kan kijken maar niet meedoen, waar ik ophoud en jij begint. Zij is het. Vraag me niet hoe het mogelijk is, ik heb geen idee, maar die man met dat verziekte oog moet een soort medium zijn. Moet je zien hoe hij kronkelt, hoe hij lijdt. Luister naar hem. Lara spreekt tot mij via hem. Nu versta je niets omdat hij af en toe zijn woorden inslikt – maar hij slikt alleen die woorden in die niet tot mij zijn gericht, begrijp je? Wanneer ze tot mij zijn gericht slikt hij ze opeens niet meer in, en is hij uitstekend te verstaan. Wanneer ik te hard rijd in mijn auto en hij zegt dat ik vaart moet minderen, dan versta ik hem uitstekend, dat verzeker ik je. En als ik hem kan verstaan, zegt hij altijd iets wat te maken heeft met wat ik aan het doen ben. Hoe is dat te verklaren? Je hebt een gat in je broek. Dat weet ik; Lara heeft de cd in mijn auto achtergelaten, misschien omdat een waarzegster haar had voorspeld dat ze spoedig zou sterven, en ze heeft op het hoesje nog iets heel poëtisch geschreven, zoiets als ik ga naar de hemel, ik nader de hemel. Het is haar manier om met mij te blijven praten, eindelijk heb ik het begrepen. Zeg, hou eens op met lachen! Wil je nog een bewijs? Laten we heel aandachtig naar het volgende stuk luisteren. Nu begint het: luister en je zult het zien. Er komt een moment dat we iets verstaan, en dat zal tot mij gericht zijn. Het zal Lara zijn die tot mij spreekt. Nu slikt die schele zijn woorden in, maar – Ssst! Nee, ik zei alleen dat – Ssst! Dit is niet tot jou gericht, broer, het is tot mij gericht. Hoezo tot jou gericht. Ssst! Ik wil het helemaal horen. Oké, laten we het helemaal horen. Van dit stuk is toevallig echt niets te verstaan; maar als jij het helemaal wil horen, dan doen we dat toch. Niets, hij slikt alle woorden in. Nu is het afgelopen. Mogen we nu praten? Dat was 'Pyramid Song', broertje. Ken je het? Ik ken het praktisch uit mijn hoofd. O ja? Waar gaat het over? Over een meisje dat zich in de rivier stort, en terwijl ze verdrinkt ziet ze de maan en de sterrenhemel, en zwarte engelen die bij haar neerdalen, en zij beleeft opnieuw alles wat ze heeft gedaan en ze hervindt al haar verloren liefdes. En waarom was het tot jou gericht? Omdat een meisje met wie ik was in de Theems is gesprongen, twintig jaar geleden. Nou, dat is fantastisch. In die zin dat nu niet alleen Lara, maar alle doden tot de levenden spreken via die groep. Ze heeft zich laten vallen, plons, en is heengegaan. En zeg eens: dacht je toevallig aan haar toen ik binnenkwam? Ja. Aha! Zie je dat ik gelijk heb? Luister goed: punt een, vanavond heb je teruggedacht aan dat meisje na al die jaren en zij heeft onmiddellijk van zich laten horen, via hen. Ik dacht aan haar zoals ik al twintig jaar lang elke avond doe. Ah. Elke avond en ook elke ochtend. Nu gaat de vlieg naar hém toe, en hij laat hem zijn gang gaan, hij laat hem over zijn gezicht lopen, zoals Afrikaanse kinderen doen die sterven van de honger. Dus je bent niet onder de indruk van het toeval. Nee. Alleen omdat jij elk godgeslagen moment van je leven aan haar denkt, al twintig jaar lang, ben jij niet onder de indruk? Is het daarom? Ja. Laten we dan eens zien of je van het volgende onder de indruk bent: punt twee, ten eerste, toen ik het huis binnenkwam en jij aan dat meisje dacht, had ik even het gevoel dat iemand zelfmoord had gepleegd. Ik zweer het je. Ik voelde de ijzige kou van een zelfmoord, hoe verklaar je dat? Volgens mij is het de opium. Maar dat is dan een fixatie van je. Bedenk: toen ik binnenkwam had ik het nog niet gerookt. Dat doet er niet toe, opium heeft terugwerkende kracht, het verleden verandert erdoor, daarom rook ik opium. Wat nou terugwerkende kracht, volgens mij heeft de opium er niets mee te maken – ook al omdat het tussen twee haakjes echt geen enkel effect op mij heeft, als je het wil weten. Wat lach je nou, lul, als ik zeg dat het geen effect op me heeft, dan heeft het geen effect op me. Oké, mijn spieren hebben het begeven, en ik zweet, en het lijkt alsof de lucht gestold is, en opeens herinner ik me mijn eindexamen tot in de kleinste details, en ik heb het gevoel dat ik praat zonder mijn mond te openen, en andersom; maar afgezien van dit alles verzeker ik je dat jouw opium geen enkel effect op me heeft. Niets. Ja, lach jij maar, intussen hebben ze jou nep-opium aangesmeerd. Ze hebben je belazerd. En als ik jou was – die waanzinnige mogelijkheid, die onder andere de anders onverklaarbare telepathie zou verklaren, bestaat nog steeds – dan zouden ze *míj* hebben belazerd, en ik zou dat niets om te lachen vinden. Die oude Rudy belazert niemand, beste broer. Onverklaarbaar, dat staat vast, zolang je blijft proberen in het diepste duister van de menselijke ervaring door te dringen, gewapend met het zwakke lichtje van de menselijke rede, en beweert dat alles wat er buiten deze flakkerende lichtkegel gebeurt slechts toeval is of het effect van een substantie, of zelfs helemaal niet gebeurt. De waarheid is dat de wereld een toverbal is, mijn vriend, en dat is de enige reden waarom het water niet uit de oceanen vloeit terwijl de wereld draait. O ja? Dat wist ik niet. Maar ík weet het wel, omdat Dylan Thomas dat heeft gezegd, en mijn werkstuk voor het eindexamen ging over Dylan Thomas, en om een of andere reden is mijn eindexamen dat wat ik me op dit moment het best herinner uit mijn hele leven. Heel veel gedichten uit mijn hoofd geleerd, bedoel ik. Ze zeiden, denken doe je met je hart, maar hart en hoofd zijn slechte gidsen. Ze zeiden, denken doe je met je pols; enzovoort, vanaf hier herinner ik me het niet meer maar dat deed ik overigens op het examen ook niet – maar ik herinner me wel het einde: de bal die ik al spelend wegwierp in het park is nog niet geland. De bal. De toverbal. Nog eens wat anders dan opium. Allemachtig, wat goed van je. Ik ken alleen maar een zootje zinnen uit *Star Wars II – Attack of the Clones*. Zeg vriend, wil je wat hersenkrakers. Wil jij me de hersenkraker niet verkopen. Nee, ik wil jou de hersenkraker niet verkopen. Jij moet naar huis om over je leven na te denken. Ja, ik wil naar huis om over mijn leven na te denken. Goed nu is alles tenminste duidelijk: ik vond *Attack of the Clones* niet leuk, ik heb me dood zitten vervelen en het is nooit bij me opgekomen om zinnen uit mijn hoofd te leren. Het leven lijkt makkelijker als je iets recht kunt zetten. Nu weten we tenminste dat degene die uit *Attack of the Clones* citeert Carlo is, dus ik moet ik zijn. U vraagt me rationeel te zijn, maar dat kan ik niet. Hij is degene die lijdt, en ik ben degene die niet lijdt. Dus hij is Carlo, en ik ben ik. Er is nu een vreemde lente tussen ons, een soort dooi. Misschien is er iets uniek gebeurd, hoewel, niet misschien, er is iets unieks gebeurd: Carlo heeft met me gepraat. Ook al ben ik hardnekkig blijven discussiëren – discussiëren is trouwens het enige wat ik met hem kan doen –, mijn broer heeft vanavond met me gepraat. Hij heeft me verteld waarom hij lijdt. Het verschil tussen kennis en wijsheid, Obi-Wan:

het verschil tussen kennis en wijsheid. Ik kijk naar hem, gretig, woest; ik heb nooit krachtiger naar iemand gekeken dan nu. Hij is mooi, rijk, beroemd en cool, maar hij behoort ook tot de mensen die zo wanhopig niet-simpel in elkaar zitten dat het leven hen met ontzettend veel goede gaven moet verwennen, alleen al om het te kunnen verdragen. En hij lijdt. De vlieg zoemt nog steeds om hem heen, en gaat af en toe op zijn bezwete gezicht zitten, en hij verdraagt dat nog steeds met Afrikaanse gelatenheid; maar opeens – ik kan het niet geloven – geeft hij hem een mep en velt hem. Zomaar, midden in de lucht. Als je het hem zo ziet doen lijkt het doodeenvoudig, maar het is bijna onmenselijk, net als vissen vangen met je handen. De vlieg is niet dood, hij ligt nog te spartelen op het kleed, versuft, verdoofd. Carlo raapt hem op, kijkt ernaar. Meester Windu, zegt hij, u heeft dapper gestreden. U verdient een blijk van erkenning in de archieven van de Orde der Jedi's. Maar nu is het afgelopen. En hij knijpt hem fijn – wat smerig – tussen zijn vingers.

Ja, Carlo lijdt, en hij heeft met me gesproken – maar geldt het als je zo praat. Dat heb ik me niet eens gerealiseerd, ik realiseer het me nu. We zijn onder invloed van drugs: geldt het dan? Geldt het ook als ik morgen alles ben vergeten? Ik begin het al te vergeten, ik voel het. O, waarom heb ik me het niet eerder gerealiseerd? Help, Carlo, zeg het allemaal nog een keer. Ik val in slaap, ik val weer flauw, alles glijdt weg: zeg het nog een keer, snel. Vertel me weer over het meisje dat in de Theems is verdronken en jouw hart heeft gebroken. Ben je er echt zeker van dat ze zelfmoord heeft gepleegd, dat het geen ongeluk was? Denk je echt al twintig jaar iedere dag aan haar? Mis je haar zo erg? Hoe heette ze? En mis je mij ook echt, wanneer je drugs gebruikt? Ja. Ja. Tracy. Ja...

21

Nu gaat het beslist beter, maar vanochtend...

Toen ik vanochtend voor dag en dauw wakker werd op de divan, was Carlo er niet meer, en met hem waren de opium en het hele rookinstrumentarium verdwenen. Ik stond op om naar mijn slaapkamer te gaan maar ik merkte meteen dat ik me belabberd voelde, en moest naar de badkamer rennen om te kotsen. En terwijl ik daar lag te kotsen, met mijn armen om de wc-pot geslagen, zag ik Dylan naar me kijken door de op een kier staande deur – onthutst, zou je kunnen zeggen. Het duurde slechts een ogenblik, Dylan verdween onmiddellijk weer, maar in die seconde heb ik me dieper geschaamd dan ooit in mijn leven, en het leek me letterlijk onmogelijk dat ik zo veel schaamte zou kunnen verdragen. Ik voelde me op dat moment zo smerig, zo stom en zelfs het medelijden van een hond onwaardig, dat ik liever in de plee wilde wegzakken in mijn eigen kots, zoals in die scène in *Trainspotting*, dan de badkamer verlaten en wellicht geconfronteerd worden met de blik van Mac, het kindermeisje van Claudia, dat altijd voor dag en dauw opstaat en een zuivere inborst heeft. Claudia wekken, samen met haar ontbijten, haar naar school brengen en daar op haar blijven wachten zoals iedere dag, leek me opeens het verloren paradijs. Op dat moment was alles glashelder: ik was het niet waard om voor mijn dochter te zorgen;

vroeg of laat zou die waarheid naar boven komen drijven; vroeg of laat zou ik iets vreselijks begaan.

Zoals dat gaat begon vervolgens dit gevoel zwakker te worden, veel minder duidelijk, ik hoefde niet meer te kotsen en toen ik opstond merkte ik dat mijn benen het hielden en dat er nog toekomst voor mij was. Een ruk aan de trekker en de kots verdween in een groenige draaikolk; mijns ondanks begon ik te geloven dat ik er zonder kleurscheuren af zou kunnen komen. Ik deed de deur op slot, vulde de badkuip met warm water, kleedde me uit, liet me zakken in de badkuip en heb me verwoed gewassen, met gebruikmaking van alle middelen die binnen handbereik waren. Ik heb me vervolgens gehuld in een zachte badjas, me zorgvuldig geschoren, schoon ondergoed en een schoon overhemd aangetrokken, een perfect geperst grijs pak, glimmende schoenen, en de mooiste stropdas die ik heb, en zo, door gebruik te maken van het beste waarover ik kon beschikken, begon ik weer moed te vatten om door te gaan. Het was een soort bedrog, dat wel, maar het werkte: kleren maken de man. In de tussentijd was de zon opgekomen – een felle zon, absurd voor eind oktober. Ik keek naar de straat door het raam van de woonkamer, naar de mensen die zich naar hun werk haastten, en ik voelde me slechter dan zij allemaal, ja, maar niet in die mate dat ik me niet meer onder hen kon begeven. Ik heb de hond uitgelaten, ik heb gekeken hoe hij poepte in die trillende, belachelijke houding die honden aannemen wanneer ze poepen, en terwijl ik zijn poep opraapte van de stoep bedacht ik dat hij de laatste was die mij de les zou kunnen lezen over mijn ongepaste houding. Thuisgekomen stuitte ik in de keuken op Mac, en haar legendarische zwijgzaamheid hielp me te geloven dat ze niets had gemerkt: geen woord, slechts één enkel beschermend gebaar, vol vrouwelijk mededogen, toen ze met haar hand een vouw in de kraag van mijn jasje, bij mijn nek, rechttrok. Op dat moment voelde ik me in staat om Claudia te gaan wekken, en vanaf toen verliep alles weer gladjes zoals gewoonlijk. We hebben ontbeten, zij heeft me verteld over het eten met haar oom – in een Chinees restaurant want het Japanse was gesloten –, we zijn vroeg vertrokken om Helaas te kunnen spelen met de satellietnavigator, en bij de school hebben we alle anderen zien aankomen, zoals altijd, totdat de bel haar en de andere kinderen naar binnen zoog, en ons ouders buiten achterliet om over de warmte te kletsen. Op dat moment was het ondenkbaar dat ik er de avond daarvoor zo'n puinhoop van had gemaakt, en dat impliceerde natuurlijk niet dat het niet was gebeurd, maar ik voelde me er wel beter door. Het was een beetje alsof je het wisselgeld van vijftig euro houdt terwijl je er maar vijf hebt gegeven, dat realiseer ik me, maar vergeleken bij wat ik voelde toen ik, nog maar drie uur geleden, de wc-pot omarmde, was dit een zeer goed te verdragen schaamtegevoel. Ik kom hier wel uit, dacht ik.

Vervolgens arriveerde Carlo. Op weg naar het vliegveld kwam hij tegen halftwaalf langs in een taxi om afscheid van mij te nemen en een pakje voor Claudia af te geven. Hij was bedaard, rustig. Ik ga ervan uit dat hij niet uit zo'n diep dal heeft moeten komen als ik om weer toonbaar te zijn, hij is er waarschijnlijk aan gewend om zo wakker te worden. We hebben bijna geen woord gewisseld maar elkaar lang en stevig omhelsd. Het feit dat ik er zo mijn best voor had gedaan om afstand te nemen, betekende niet dat ik me niet herinnerde wat er in die nacht was gebeurd: wij hadden samen drugs gebruikt, en hij had me verteld hoezeer hij het meisje miste dat in de Theems was verdronken, hoezeer hij moeder miste, hoezeer hij mij miste. Nee, we hebben niets tegen elkaar gezegd, maar het was tussen ons het tederste moment... nou ja, het komt bij me op om 'ooit' te zeggen: het tederste moment ooit. Ook Jolanda was er, ze kwam aan met Nevel en groette me juist op het moment dat ik Carlo aan mijn borst drukte, en toen Carlo was vertrokken hebben we nog een beetje over het weer staan praten. Het was waarschijnlijk al warmer dan 30 graden, en zij zei dat ze op de radio had gehoord dat de laagste temperatuur die nacht 24 graden was geweest – een absoluut record voor de tijd van het jaar. Ze droeg de Barrie-jeans van gisteren, en een geel singlet met het opschrift GRAVITY ALWAYS WINS praktisch op haar tieten. Ik vond het echt een geestige tekst, brutaal maar eigenlijk ook wanhopig, want het meisje is jong, dat wel, maar welbeschouwd liggen er niet zo veel jaren tussen nu en de waarheid die haar tieten op dit moment zo uitdagend ontkennen, en ik voelde me gerechtigd om er commentaar op te geven: 'Wijze woorden,' zei ik. 'Ze komen uit een lied,' zei zij. 'O ja? Van wie?' 'Radiohead.' En ze vertrok weer om een of ander document aan te vragen bij het bevolkingsregister.

Dus bleef ik alleen in de schaduw zitten denken, en hier zit ik nog steeds. Ik zit te denken, dat wel, maar niet meer aan wat ik vannacht heb gedaan, en hoe ik daar weer uit moet komen – en daarom zeg ik dat het beslist beter gaat; maar dit is de zoveelste samenloop van omstandigheden. Misschien valt er helemaal niets te begrijpen, misschien is het alleen maar het lot dat bot toeslaat, maar het is zeker vreemd. Het lijkt wel of die groep Radiohead mij achtervolgt. Daarom stap ik in de auto, pak de cover van de cd van Lara en ga alle titels af om te zien of er een bij is die te maken heeft met de zwaartekracht, maar die is er niet. In de auto is het bloedheet, daarom stap ik uit en, tot mijn eigen verbazing, bel ik Marta. Als ik haar nummer in mijn agenda had moeten opzoeken en naar een telefooncel lopen om haar te bellen, dan zou ik het vast en zeker niet hebben gedaan, maar nu is het een kwestie van twee toetsen indrukken, en voordat ik me realiseer wat ik doe heeft Marta al opgenomen.

'Hallo?'

'Hoi, Marta. Hoe gaat het?'

'Goed. Met jou?'

'Ook goed. Waar ben je?'

'Bij de gynaecoloog.'

'Bij de gynaecoloog? Ja, natuurlijk... Alles gaat toch wel goed?'

'Ja, alles gaat goed.'

'Luister, ik wilde je iets vragen, maar als ik je stoor bel ik later wel terug.'

'Nee, zeg het maar, ik zit op mijn beurt te wachten. Wat wil je weten?'

'Nou ja, ik heb hier in mijn auto een cd van Radiohead gevonden, maar het is geen origineel, het is een zelfgebrande compilatie. Op de voorkant zijn de titels van de liederen geschreven, in Lara's handschrift, lijkt het, maar omdat jullie hetzelfde handschrift hebben vroeg ik me af wie van jullie tweeën deze cd heeft gebrand: jij of zij?'

'Ik.'

'O, weet je dat zeker?'

‘Heel zeker.’

‘Maar had zij het misschien aan jou gevraagd. Of was het helemaal jouw idee?’

‘Het was mijn idee. Waarom vraag je dat?’

‘Nergens om. Die zin die op de hoes staat, Om de hemel te naad’ren vanwaar ik kom, heb jij die geschreven of zij?’

‘Ik, ik.’

‘Natuurlijk. Het is dezelfde viltstift. Hoe kwam je daarop?’

‘Het is een regel van Michelangelo. Toen ik de cd maakte had ik net een reading van zijn sonnetten achter de rug, in Vigevano, en die regel had veel indruk op me gemaakt.’

‘Ah, nu begrijp ik het.’

‘Maar waarom vraag je dit allemaal?’

‘O, nergens om. Om het te weten.’

‘Om wat te weten?’

‘Niks, nieuwsgierigheid. Omdat ik die plaat mooi vind vroeg ik me af waar hij vandaan kwam. Dat is alles.’

‘Is dat alles?’

‘Dat is alles. Trouwens, wanneer kom je met je kinderen bij ons eten?’

‘Dat weet ik niet...’

‘Kunnen jullie morgenavond?’

‘Ja...’

‘Kom dan morgenavond.’

‘...’

‘Afgesproken?’

‘Oké. Bedankt...’

‘Waarvoor? Tot morgen dan.’

‘Pietro?’

‘Ja?’

‘Dit is een vreemd telefoongesprek.’

‘Vreemd? Hoezo?’

‘Dat weet ik niet maar het is vreemd.’

‘Wat nou vreemd. Het is een normaal gesprek.’

‘O, ik ben aan de beurt. Ik moet weg.’

‘Goed, ga maar gauw, we zien elkaar morgen. Dag.’

'Tot morgen. Dag.'

Ik hang op. Eigenlijk heeft Marta gelijk, het was een vreemd gesprek, maar het was ook doorslaggevend, want als Lara de cd niet heeft gemaakt, als zíj hem heeft gemaakt, dan heeft die overdaad aan toevalligheden niets te betekenen. Wat zou het voor zin hebben? Het kan geen kwaad om de logica los te laten, maar als de zaken er zo voorstaan, dan heeft Lara met die liederen niets van doen. Ze heeft ze me alleen maar bezorgd in de auto, ze heeft alleen maar bemiddeld tussen mij en Marta. En het is onbegrijpelijk waarom een dode zou moeten bemiddelen opdat de liederen van een popgroep zouden bemiddelen tussen twee levenden die makkelijk met elkaar zouden kunnen communi –

'Mijnheer de directeur! Hier, hierboven!'

Ik sla mijn ogen op en zie een mannetje met zijn armen zwaaien, in het raam van een huizenblok aan de overkant. Het lijkt me een oude man. Hij zwaait met zijn armen, knikt met zijn hoofd, en glimlacht; hij richt zich echt tot mij; en nu hij er zeker van is dat hij mijn aandacht heeft getrokken maakt hij een gebaar met zijn hand; een gebaar dat ik nauwelijks kan onderscheiden, maar dat in Italië, ook als je er maar een glimp van opvangt, een duidelijke, onmiskenbare betekenis heeft...

'Oké?' zegt het mannetje.

Een bordje spaghetti, betekent het. Het mannetje draait zijn hand naar beneden, zijn wijs- en middelvinger gestrekt in een v; hij nodigt me uit een bordje spaghetti te komen eten.

'Tomaat en basilicum!' schreeuwt hij. 'De pasta gaat net in het water. Kom boven!'

Is het niet verrassend wat je allemaal kan overkomen als je bij een school bivakkeert? Een onbekende die je vanuit een raam voor het eten uitnodigt. En ik neem het aan, natuurlijk. Want ook al mag dit een absurde uitnodiging lijken, ze is zeker niet absurder dan de theorie over zielsverhuizing die mijn schoonzuster zojuist in rook heeft doen opgaan, en ook niet absurder dan de hardnekkige toevalligheden waaraan ik alleen maar betekenis kon geven door de formulering van die theorie, en ook niet absurder dan de omstandigheden waaronder ik die theorie vannacht heb geformuleerd terwijl ik samen met mijn broer opium rookte op de bank in mijn huis; integendeel, vergeleken bij dat alles kun je stellen dat die uitnodiging nog het minst absurd is. Vandaar dat ik hem bedank en erop inga; het mannetje beduidt me naar de tweede verdieping te komen (de wijs- en middelvinger die even geleden de tanden van een vork waren, zijn nu het getal twee geworden) en ik steek de straat over, loop door een grote deur van geëloxeerd aluminium en ga de kale trap op die doordrongen is van de geur van alle sauzen van Milaan. Eerste verdieping: een hond blaft hysterisch in een appartement. Tweede verdieping: het mannetje staat in de deuropening, met uitgestrekte hand en een brede glimlach op zijn gezicht. Het is overigens geen mannetje, hij is groter dan ik.

'Komt u binnen, directeur,' hij drukt me de hand, 'ik heet Cesare Taramanni, ik kom uit Rome net als u.'

Hij sluit de deur en gaat mij voor door een lugubere blauwachtige gang vol dozen, tot we komen bij een ruim, licht vertrek, met twee grote ramen aan de straatkant. Maar ook dat vertrek staat weer stampvol met dozen, gedemonteerde meubelen, ingepakte fauteuils, en in cellofaan gehulde voorwerpen...

'Kijkt u maar niet naar de rommel, ik ga morgen verhuizen. Ik ga terug naar Rome, na zesendertig jaar...'

Hij begeeft zich naar een voor twee gedekte tafel, vlak voor een van de ramen waar aan de overkant het kolossale blok van de school oplicht.

'Komt u maar, directeur, gaat u hier maar zitten. Hiervandaan kun je de school heel goed zien.'

Door het raam zie ik het stukje van de wereld waar ik mijn dagen doorbreng, voor de eerste keer zonder er deel van uit te maken. Mijn auto, de deur van de school, het parkje. Vanaf hier gezien lijkt het een plek als iedere andere.

'Neemt u mij niet kwalijk, directeur,' zegt de man, 'ik ga even naar de saus kijken.'

Hij verdwijnt door een deur aan de andere kant van het vertrek. Vanzelfsprekend dringen zich heel wat vragen aan mij op (Wie is deze man? Waarom heeft hij mij voor het eten uitgenodigd? Hoe weet hij al die dingen over mij? et cetera.), maar dit ontmantelde leven oefent zo'n sterke invloed op mij uit dat het elke vraag in de kiem smoort. Ik ben heel wat keren verhuisd, maar dat waren mijn verhuizingen; het was me nog nooit overkomen dat ik me midden in de verhuizing van een onbekende bevond. Het heeft iets ijzingwekkends. Ondanks de zorg waarmee ze zijn ingepakt, kun je sommige voorwerpen door het cellofaan en het krantenpapier heen toch herkennen – kannetjes, stelen, voeten van schemerlampen –, en dat ze uit de dozen steken heeft iets smekends, alsof ze hulp vragen om te ontsnappen. De troosteloze omtrekken van schilderijen op het behang, de krassen van onbekende scherpe punten op de muur, de hardhandige opheffing van de huiselijke geborgenheid die deze eetkamer gedurende vele jaren tot een behaaglijke plek moeten hebben gemaakt, alles draagt ertoe bij dat je de indruk krijgt je opeens ergens anders te bevinden, in een denkbeeldige ruimte bezaaid met te interpreteren symbolen, zoals in dromen gebeurt; een indruk die nog wordt versterkt door de zorgvuldig gedekte tafel midden tussen die dozen – wit tafelkleed, glimmend bestek, water- en wijnglazen –, een van die symbolische beelden die je gewoonlijk droomt, en vervolgens loop je maandenlang bij de psychoanalyticus om te proberen erachter te komen wat het betekent: *ik was daar, heel chic gekleed, omringd door die verhuisdozen, en een onbekende man was bezig spaghetti voor me klaar te maken, en door het raam kon ik het raam zien van de klas van mijn dochter, en het was oktober en het was net zo warm als in augustus, maar het meest absurde was de feestelijk gedekte tafel die in het midden van het tafereel prijkte. Waar is dit een symbool van, dokter? De normaliteit die blijft doorgaan in mijn overhoop gehaalde leven? De huiselijk warmte die de kilte van de verandering overleeft? De kalme chaos binnen in mij?*

Daar is hij weer, met een mandfles wijn in de hand. Het is jaren geleden dat ik een mandfles heb gezien.

'Vergeeft u mij de brutaliteit, maar ik wilde u al heel lang uitnodigen, en ik heb tot de laatste dag gewacht. Het is niet goed om alleen maar broodjes te eten, weet u? Een goed bord pasta al dente, met verse tomaat en een klein beetje olie, is veel beter voor de gezondheid.'

Hij vult twee kleine glaasjes met wijn, tot aan de rand, op zijn boers.

'Probeert u hier een beetje van, alstublieft. Het is geen eersteklas wijn, maar wel zuiver.'

Hij reikt mij het glas aan, neemt het zijne, en heft het.

'Gezondheid,' zegt hij.

Hij neemt een snelle, besliste slok, en maakt de helft van de wijn soldaat. Ik drink minder. Het is zo'n krachtige, wrange wijn waarvan je niet weet of hij opzettelijk of toevallig zo is geworden.

'Vindt u hem lekker?'

'Ja, hij is prima.'

'Frascati. Mijn zuster stuurt hem naar me op uit Velletri. Stuurde: vanaf nu ga ik hem zelf halen. Gaat u toch zitten. Als uw dochter voor het raam verschijnt, kunt u dat hiervandaan goed zien.'

Ik doe mijn best om niet al te veel nieuwsgierigheid op mijn gezicht te vertonen, of liever verbijstering, ontsteltenis. Wie weet of ik daarin slaag.

'Ik wilde u eigenlijk alleen maar leren kennen, directeur, voordat ik wegga. Ik wilde u leren kennen om u mijn oprechte deelneming te betuigen, wat erg van uw vrouw.'

'Dank u.'

'Ik weet wat het wil zeggen, geloof me, want ik heb ook mijn vrouw verloren, twee jaar geleden. Ook ik stond er alleen voor van de ene dag op de andere. Ik weet wat het betekent...'

Hij schudt zijn hoofd, glimlacht. Hij zal zo'n zestig zijn. Nog een dikke, grijze haardos, mooie volkse, pasoliniaanse trekken die een tegenstelling vormen met zijn accentloze spraak. Doffe rokerstanden, ook al zie ik geen enkele asbak – hij zal gestopt zijn.

'Weduwnaar, dat is makkelijk gezegd, maar wat daarna komt is ingewikkeld.' Hij neemt een tweede slok uit zijn glas, en drinkt het leeg. 'Rouw is een ingewikkelde zaak. Je hebt er tijd voor nodig. En je hebt iets nodig waar je je op kunt concentreren. U heeft gelukkig dat prachtige meisje dat uw leven vult, maar wij bijvoorbeeld, Rina en ik, we hadden geen kinderen. En ik was al met pensioen, ik had geen bezigheden. Ik was alleen met de tijd die ik door moest komen. Een jaar lang heb ik niets gedaan dan vegen, weet u. Ik veegde het huis, als een gek, zelfs vijftien of twintig keer per dag. Ik was erop gefixeerd dat er zich geen stofje in huis mocht bevinden, en zo redde ik me, begrijpt u? Ik veegde...'

...En zijn vermoeide, verdorde ogen staarden naar een precies punt in het vertrek, ter hoogte van een grote stapel dozen, waar ze iets leken te zien dat ik niet zag – misschien had daar de bank gestaan waarop hij samen met zijn

vrouw naar de televisie keek –, maar voordat ze zich totaal overgaven aan de opium van de herinnering keerden ze weer terug naar mij...

'Wees maar niet bang, directeur. Ik ben niet van plan u mijn levensverhaal te vertellen. Het was alleen om u te zeggen dat ik denk te weten hoe u zich voelt. En dat ik heel goed begrijp waarom u hier de hele dag blijft. Maar nu ga ik kijken hoe het met de spaghetti staat, met uw welnemen, ik zou niet willen dat hij te gaar werd.'

En hij loopt terug naar de keuken met een lenige, lichte tred.

'Aha! Het is zover!' roept hij door de deur. 'Nóg dertig seconden en we hadden de spaghetti al dente kunnen vergeten!'

Door de deur komen de geluiden van de handelingen die hij verricht, zo scherp en helder dat het lijkt alsof je ze ziet: de spaghetti die in het vergiet valt, de pan die in de gootsteen wordt gezet, de goed uitgelekte spaghetti die wordt overgegooid in de koekenpan en even snel opgebakken op de gaspit die nog aan is. Nu komt er een geur van tomatensaus uit de keuken, strijkt langs mijn neus en verdwijnt door het raam, een dusdanig sterke geur dat ik die ook meen te kunnen zien – dik en golvend zoals in tekenfilms.

'Houdt u van parmezaanse kaas en Spaanse peper?' – nog steeds door de deur. Ik aarzel, ik weet niet wat ik moet zeggen, maar gelijk komt hij uit de keuken met de koekenpan vol dampende spaghetti in de hand, en hij zet hem midden op tafel.

'Ik gebruik geen van tweeën, maar veel mensen vinden het lekker. Hier staan ze als u wilt.'

Met een soort tovertruc produceert hij twee glazen bakjes en zet die ook op tafel; in het ene zit Spaanse peper, in het andere geraspte kaas.

'Nee,' zeg ik, 'ik gebruik ze ook niet.'

'Goed zo. Tomaten hebben een subtiele smaak, en als je er Spaanse peper op doet, verdwijnt hij, en proef je alleen nog maar peper...'

Hij begint de borden te vullen, eerst het mijne, een enorme portie, dan het zijne, een enorme portie. Ik weet waar dat vandaan komt, het is de Romeinse cultus van de overvloed, kwantiteit wordt kwaliteit. In Milaan bestaat dat niet, ze vinden het hier vulgair.

'...Parmezaanse kaas, daarentegen, bederft de smaak van tomaten niet, maar verandert hem. Als tomaten vers en rauw zijn, en slechts licht gesauteerd, en ontveld, natuurlijk, licht gesauteerd en ontveld, en als ze van goede kwaliteit zijn, uit de groentetuin zoals deze, dan kunnen ze volgens mij nooit een betere smaak krijgen dan ze al hebben, en is alles wat je toevoegt een stap terug...'

En terwijl de man die mij mijnheer de directeur noemde de borden vulde, begon de saus van de spaghettitang te druipen, en maakte rode vlekken op het witte tafelkleed. Dat is toch een symbool voor bloed, dokter? Maar het bloed van wie?

'Ik doe er een klein beetje olie op. U ook?'

'Ja, dank u.'

Ik reik hem het diepe bord aan dat hij me zojuist heeft gegeven, en hij tekent er een 'c' op met de olie. Dan doet hij hetzelfde met zijn eigen bord, gaat zitten, en duwt het servet in de boord van zijn overhemd.

'Eet smakelijk dan maar,' zegt hij.

'Dank u, insgelijks.'

Hij valt met kracht op de spaghetti aan, alsof hij het binnen een bepaalde tijd op moet hebben. Hij draait ze niet om zijn vork, hij propt ze in zijn mond alsof het hooi is, en zijn vork gebruikt hij alleen om ze te ondersteunen terwijl ze geleidelijk zijn mond in worden gezogen. Ook dit is een eerlijke gewoonte van het Romeinse lagere volk – Albert Sordi die macaroni eet –, die hier in Milaan doorgaat voor ongemanierd.

'U gaat dus morgen terug naar Rome?' zeg ik, om maar iets te zeggen; maar ik doe het precies op het moment dat hij mij vraagt of ik zijn spaghetti lekker vind, zodat onze vragen elkaar kruisen. Er volgt een ongemakkelijk moment waarin het onduidelijk is wie er aan de beurt is om te spreken. En aangezien de spaghetti verrukkelijk is, begin ík, al was het alleen maar om uit de impasse te geraken.

'Het is werkelijk verrukkelijk.'

'Dank u,' zegt hij. 'Een jaar geleden had ik spaghetti niet zo kunnen klaarmaken. Ik heb me toen aangemeld voor een kookcursus.'

Dat was het, hier eindigde zijn zin. Ik zeg niets omdat het strikt genomen nu aan hem is om mijn vraag van zo-even te beantwoorden, maar hij blijft vorkladingen spaghetti vermalen, en dus beperk ik mij ook maar tot eten, ik ook op zijn Romeins zoals hij, in stilte zoals hij –

die stilte aan tafel die gewoonlijk wordt doorbroken door iemand die zegt: 'Moet je horen wat een stilte, het eten moet wel lekker zijn.' En deze spaghetti is inderdaad overweldigend, het lijkt of er een vleugje sinaasappel door de smaak van tomaat en basilicum heen komt, dat vrijwel zeker verantwoordelijk is voor het geheim dat ze hem op die cursus hebben geleerd. Ook al is het heel veel, ik denk er toch over om alles op te eten. Ja, en dan vraag ik hem mij te leren hoe je dit gerecht maakt, en hij zal het me zeggen, hij zal mij zijn geheim onthullen, op grond van de enorme achting die hij mij toedraagt, het zal zijn afscheidscadeau zijn voordat hij terugkeert naar Rome, en ik zal het aan Mac vertellen, en zij zal het maken, iedere keer wanneer wij willen, en het zal zó zijn, precies zó...

Begrijpt u? Ik at die berg spaghetti en dacht aan niets anders meer. Ik dacht alleen hoe lekker het was en wat ik moest doen om hetzelfde gerecht nog eens te kunnen eten, en nog eens en nog eens. Wat betekent dat?

Maar opeens verandert alles weer. Mijn blik dwaalt door het raam naar buiten, naar de straat, net terwijl Matteo en zijn moeder langs mijn auto lopen – totaal onverwacht, want dit is niet hun vaste tijd. Het kind kijkt naar de auto zonder ook maar enigszins te kunnen vermoeden dat deze hem vandaag niet kan groeten, en ook wanneer hij er al voorbij is, en de auto hem niet heeft gegroet, blijft hij lopen met zijn hoofd omgedraaid, voortgetrokken door zijn moeder, in afwachting van de beep van het alarmsysteem. Ja, opeens verandert alles weer omdat ik me, vanwege dat jongetje, en het onwankelbare vertrouwen dat hij koestert in die groet (dat wil zeggen in mij, in mijn vermogen om die te activeren), rampzalig misplaatst voel. Ik zou daarbeneden moeten zijn, verdomme, en niet hier, ik zou al voldaan moeten hebben aan de dagelijkse verplichting die ik jegens hem ben aangegaan, en het doet er geen reet toe dat dit niet zijn vaste tijd is: ben ik nu de man die zijn hele dag bij de school doorbrengt of niet? En dus? Wat doet het er toe of iemand om negen uur of om één uur voorbijkomt? Ik zou daar moeten zijn... Ik haal de sleutelhanger uit mijn zak en druk op de knop van het alarm; misschien werkt het ook op deze afstand, denk ik. Niets. Ik druk weer op de knop, een, twee keer, terwijl de man mij aankijkt met een vragende blik en verbaasd ophoudt met kauwen. Kom op, alarm, het is belangrijk: doe het! Je bent nog op tijd, het kind gelooft er nog in; hij begint wat gedesoriënteerd te raken, dat wel, hij staat stil, wat de moeder een schok bezorgt, hij draait zich om naar haar, maar zij kan hem niet helpen omdat ze geen greintje van zijn geloof heeft, ze heeft alleen maar hoofdbrekens, zorgen, afspraken. Dan draait hij zich echter weer om naar de auto – zie je wel? – met het langzame tempo dat voor hem snel is, en loopt dan weer achteromkijkend door, omdat hij er nog steeds in gelooft... Ik ga uit het raam hangen, verdomme nog aan toe, ik richt, druk op de knop en houdt hem krachtig ingedrukt, zover mogelijk – en eindelijk: beep, het alarm werkt. Het kind lijkt niet te reageren maar dat is slechts zijn traagheid, hij reageert wel degelijk, en nu steekt hij inderdaad zijn hand op naar de bevriende auto, en dan draait hij zich om naar zijn moeder die stil is blijven staan. Nu lijkt het of zíj gedesoriënteerd is, aangezien ze mij niet ziet in de omgeving; ze draait zich om, ze draait zich nog eens om, kijkt naar het parkje, naar de school, en begrijpt er niets van. Ik ken haar nauwelijks, maar ik heb het gevoel dat ik weet wat ze nu denkt; ze vraagt zich vast af waar ik de zin vandaan haal om verstoppertje te spelen, op dit uur, en nog wel met haar die alleen maar niet op ieder moment van de dag in snikken uitbarst omdat ze er met inspanning van al haar krachten in slaagt om dat steeds weer even uit te stellen...

De man die mij mijnheer de directeur noemde kijkt steeds verbaasder naar me, bijna wantrouwig.

'Niets aan de hand, neem me niet kwalijk, ik had mijn auto opengelaten,' stamel ik.

Maar nu is onze maaltijd echt afgelopen want, terwijl moeder en kind verdwijnen in de richting van de brede laan, zie ik een half gesloopte blauwe Twingo die naast mijn auto parkeert. Is dat de auto van Marta? Ja, het is de auto van Marta, en Marta komt er ook uit, gekleed als een jong meisje – minirok, singlet, laarzen – zeker niet als een zwangere moeder. Zij kijkt eerst naar de ene kant, dan naar de andere, dan naar het parkje, dan in mijn auto, dan naar de tafeltjes van de bar waar we een paar dagen geleden cappuccino hebben gedronken na haar paniekaanval, dan opnieuw naar het parkje; wanneer ze me nergens ziet, is zij net zo gedesoriënteerd als kortgeleden de moeder van Matteo – nee, nog meer, net zo gedesoriënteerd als Matteo toen mijn auto hem niet groette...

'Marta!' ik hang uit het raam, ik fluit – 'Ik ben hier!'

Marta heft haar ogen op, beschermt ze door haar hand als een klep op haar voorhoofd te zetten. Ik geloof niet dat ze me kan zien, zo tegen de zon in. Maar ze kan me horen.

'Ik ben hier!' schreeuw ik. 'Ik kom eraan!'

En toen arriveerde mijn schoonzus, dokter, en ik liet alles achter; ik liet de man die me mijnheer de directeur noemde achter, de verrukkelijke spaghetti, het met dozen volgepropte huis, ik bedacht een excuus, bedankte hem en rende naar beneden, en terwijl ik de trap afsnelde begreep ik iets wat ik eigenlijk al wist, en wel dat de enige reden waarom niemand me voor een gek hield, ook al verbleef ik de hele dag bij een school, was dat ze dachten dat ik er altijd was, door verdriet vastgenageld op dat punt van de aarde, en dat gegeven was een van de weinige zekerheden van hun leven geworden, misschien wel de enige, en op een vreemde manier stelde het hen gerust, zodat ze, als ze me kwamen opzoeken, de moed vonden om ook hun eigen leed onder ogen te zien, bovenal om het te erkennen, het aan te raken en erover te vertellen en zich er even van te bevrijden waarbij ze het over mij uitstortten en mij bedolven onder de geheime, verrotte substantie waaruit het bestond omdat we, op de plek die ik volgens hen had uitgekozen om te lijden, allemaal op een geheimzinnige manier sterker waren, maar als ik nu begon met er soms wel en soms niet te zijn, als ik liet blijken ook de behoefte te hebben om mij te verplaatsen, afwezig te zijn, drugs te gebruiken, spaghetti te eten, als ik me begon te gedragen zoals zij, en als het kon gebeuren dat ze me kwamen opzoeken en me niet aantroffen, dan waren we allemaal zwakker, raakten ze gedesoriënteerd en was ik slechts een labiel persoon die de werkelijkheid niet kon accepteren, en ik denk dat ik zelf weet wat dat betekent, dokter, want als iemand besluit ergens te blijven dan moet hij er ook echt blijven, altijd, zonder halve maatregelen, kortom ik hield op met dromen toen ik buiten kwam en de zon mij verblindde en de drukkende oktoberhitte mij ontspande en ik een immense liefde voelde voor alles wat in mijn gezichtsveld lag, en ik besloot dat ik me nooit meer zou verwijderen, nooit meer, nooit meer.

22

'Waar was je?'

'Bij iemand die hiertegenover woont.'

'Ben je bevriend met iemand die uitgerekend hier woont? Wat een mazzel.'

'Nee, ik heb hem pas vandaag leren kennen. Maar jij, wat doe jij hier?'

'Niets, ik kwam toevallig langs...'

'...'

'Oké, ik ben hier vanwege dat telefoongesprek van straks. Ik zou willen weten waarom je al die dingen vroeg.'

'Over die plaat?'

'Ja, over die plaat.'

'Dat heb ik je al gezegd, een niemendalletje, pure nieuwsgierigheid. Het was niet de moeite waard om –'

'Het was geen niemendalletje, je moet me geen lulpraatjes verkopen, ik ben namelijk een heks.'

'Maar wat nou heks, Marta...'

'Jij belde me om een duidelijke reden die met die plaat te maken heeft, en vervolgens, om mij op een dwaalspoor te brengen, heb je mij en de kinderen uitgenodigd om te komen eten. Als je het me niet wil zeggen, prima, maar je moet niet ontkennen dat je me om een duidelijke reden hebt gebeld.'

'Oké, dat ontken ik niet.'

'En wat is die reden?'

'En als het nu eens niets met jou te maken had?'

'Als het niets met mij te maken had, zou je me niet hebben gebeld.'

'Zeg, laten we in ieder geval de schaduw opzoeken. Hier barst je van de hitte.'

'Over barsten gesproken, zeg me nou niet dat die auto al die tijd hier is blijven staan.'

'Ja. En er heeft zich niemand gemeld. Kijk, mijn visitekaartje zit nog steeds op de achterruit.'

'Maar hij is praktisch nieuw... Kijk eens naar de kentekenplaat, 2004: hij is nieuw.'

'Ja. Nu kun je het niet zien vanwege de reflectie, maar hij heeft slechts 1400 km gereden.'

'Misschien is hij gestolen.'

'Daar heb ik ook aan gedacht, maar ik denk van niet.'

'Geloof mij nu maar: hij is gestolen.'

'Ik denk van niet. Omdat hij afgesloten is. Begrijp je?'

'Nu je het zegt.'

'Een dief sluit een auto die hij heeft gestolen niet af als hij hem achterlaat. Zelfs het alarmsysteem werkt. Zie je het lichtje?'

'Ja. Wat vreemd.'

'Heel vreemd, ja. Goedemiddag!'

'Goedemiddag.'

'Wie was dat?'

'De lerares Engels van Claudia. Kom op, we gaan naar de schaduw. Ik zweet als een otter.'

'Dat kan ik me voorstellen, zoals jij gekleed bent.'

'Ik kleed me altijd zo. Het is mijn uniform.'

'Nee, vandaag ben je chiquer gekleed dan normaal. Weer iets waarvoor een duidelijke reden moet zijn; maar daar heb ik dus niets mee te maken.'

'Goed gezien. Zo, hier is het beter uit te houden.'

'Sta eens even stil, laat eens zien...'
'Wat?'
'Je hebt een bloedvlek op je overhemd. Twee, drie.'
'...'
'Vier. Wat heb je gedaan?'
'Eh... dat is geen bloed. Het is tomatensaus.'
'Tomatensaus? En waar heb je die vlekken gemaakt?'
'Daarboven, bij die man.'
'Waren jullie... aan het eten?'
'Nee, we waren net klaar.'
'Wacht. Kom eens hier. Ik eet je heus niet op.'
'Wat doe je?'
'Ik haal de vlekken weg. Niet bewegen. En wie is die man die je uitgerekend hier te eten uitnodigt?'
'Zomaar iemand, een aardige vent. Hij heeft verrukkelijke spaghetti voor me gemaakt. Maar morgen gaat hij verhuizen. Weet je zeker dat je het zo niet erger maakt?'
'Heel zeker. Ik heb het al erger gemaakt.'
'Zie je nu wel...'
'Sorry. Ik heb een huishoudelijk talent van nul komma nul.'
'Precies, ik had je ook niet gevraagd om –'
'Moet je zien wat een zootje ik ervan heb gemaakt. En nu? Wacht, ik heb een fles mineraalwater in mijn tas...'
'Oké, doe niet zo fanatiek. Het is wel goed zo.'
'Erger had ik het niet kunnen maken. Is dat jouw mobiel?'
'Ja.'
'...'
'Het is Carlo. Sorry, ik moet opnemen.'
'Neem maar op, ik probeer intussen nog iets aan die vlekken te doen.'
'Het is echt geen probleem. Ik moet gewoon mijn colbert dichthouden.'
'Laat me nu maar even. Vooruit, neem op.'
'Hallo?'
'Hallo, broer.'

'Hallo. Ben je al aangekomen?'

'Ja. Weet je hoeveel graden het is in Rome?'

'Nee, hoeveel?'

'Vierendertig. Niet om uit houden.'

'Nou, hier kunnen ze er ook wat van.'

'Luister, ik ben vergeten je iets prachtigs te zeggen dat Claudia me gisteravond vertelde.'

'Ze zijn bijna weg.'

'O ja? Goed zo.'

'Goed zo wat?'

'Nee, sorry, ik zei iets tegen Marta.'

'Er was heel veel water voor nodig.'

'Is Marta daar ook? Doe haar de groeten.'

'De groeten van Carlo.'

'Dag Carlo!'

'Ze doet jou ook de groeten.'

'Ja, ik hoorde het. Hoe gaat het met haar?'

'Goed. Een ogenblikje: zeg, ik denk dat het zo wel genoeg is. Je geeft me een heel stortbad...'

'Ach, met deze warmte droogt het onmiddellijk weer op.'

'Ja, maar zo is het genoeg; later zien we wel verder. Sorry, Carlo, wat zei je?'

'Ik zei dat Claudia me gisteravond iets prachtigs heeft verteld.'

'O ja? En wat vertelde ze dan?'

'We zaten in het Chinese restaurant, omdat het Japanse gesloten was, en ik stelde voor dat we die krokante pekingeend zouden nemen die ze alleen voor minimaal twee personen maken. En weet je wat ze tegen me zei?'

'Nee, wat zei ze?'

'Ze zei dat ze geen vlees at van de *Looney Tunes*.'

'Ze eet geen vlees van wat?'

'Van de *Looney Tunes*. De tekenfilms: *Daffy Duck*, *Bugs Bunny*, *Wile E. Coyote...*'

''t Is niet waar?'

'Dat wist je niet, hè. Ze zei dat het een geheim was.'

‘Ik wist dat ze geen konijn at, maar ik heb haar eigenlijk nooit gevraagd waarom.’

‘Goed, weet dan dat je dochter konijn noch eend noch coyote noch kanarie eet omdat ze voorkomen in de *Looney Tunes*, om hun vlees niet te eten. Is het niet prachtig?’

‘Ja, dat is mooi.’

‘Ik wilde het je toch vertellen, ook al heeft ze mij gevraagd het geheim te houden.’

‘Daar heb je goed aan gedaan. Dat zijn mooie dingen.’

‘Dat meisje is echt geweldig. Je hoeft maar een halfuur in haar gezelschap te verkeren of de wens bekruipt je om haar te zijn.’

‘Toe maar.’

‘En jij bent een prachtvader, Pietro.’

‘Welja.’

‘Gisteren zag ik het fout, wat je doet is goed. Hou je haaks, en bel als je me nodig hebt. Het doet er niet toe waar ik ben, ik pak het vliegtuig en ik kom.’

‘Dank je, Carlo, maar je hebt het gezien, we redden ons goed.’

‘Natuurlijk, jullie staan je mannetje. Ik bedoelde alleen voor noodgevallen.’

‘Laten we hopen dat die zich niet voordoen.’

‘Zeker. Hoe dan ook, ik kom weer gauw terug. Ik wil een poosje bij jullie zijn.’

‘Wanneer je maar wil, wij zijn hier.’

‘En misschien kunnen we met kerst samen naar de bergen. Lijkt je dat wat?’

‘Dat zou leuk zijn.’

‘Ik nodig jullie uit. Naar Cortina, kan ons het schelen, nee, beter nog, naar Sankt Moritz.’

‘Ja, Sankt Moritz is beter.’

‘Oké, dag Pietro. We bellen snel.’

‘Tot gauw.’

‘...’

‘...’

‘Er zijn nog wat kringen achtergebleven, maar goed, vergeleken bij hoe het was...’

'Je heb prachtig werk verricht, Marta. Dankjewel.'

'...'

'...'

'Wat is er?'

'Niets. Ook dit telefoongesprek was vreemd.'

'Waarom?'

'Ook hij had een duidelijke reden, maar hij praatte over iets anders.'

'En heb jij begrepen wat die reden was?'

'Misschien.'

'En wil jij me nu zeggen wat jouw reden was? Waarom heb je mij die vragen gesteld?'

'Jij hebt je er nu in vastgebeten, maar ik verzeker je dat het niets... Oké dan. Het kan me ook geen donder schelen, ik schaam me er echt niet voor.'

'Het heeft zeker te maken met Lara?'

'Natuurlijk. Met Lara en die plaat. Sinds ik hier bij de school ben, luister ik er steeds naar, weet je, en op een bepaald moment leek het alsof...'

'...'

'...'

'Leek het alsof wat?'

'Je moet bedenken dat ik Radiohead nog nooit had gehoord, en ik vond het vreemd die plaat in mijn stereo aan te treffen. Mijn eerste gedachte was dat Lara hem erin gedaan moest hebben, aan zee, toen ze míjn auto gebruikte omdat ze de kentekenplaat van de hare had verloren, of omdat hij was gestolen, weet je nog? Jij was er toch nog? Of was je al vertrokken?'

'Dat weet ik nog.'

'Trouwens, nu ik eraan denk, dat moet ik een keer regelen, want de auto staat daar nog steeds, zonder kentekenplaat, ik moet het aangeven bij de Rijksdienst voor het Wegverkeer in Grosseto, en dat zal een heel gedoe worden omdat de auto op haar naam staat... Kortom, ik trof die cd aan in mijn stereo en dacht dat Lara hem daar had achtergelaten. En ik heb hem er niet uit gehaald, snap je? Ik heb hem erin laten zitten, en iedere keer als ik de motor startte begon die plaat, en ik hoorde de muziek, een beetje afwezig misschien, maar ik hoorde hem. Dat wil zeggen, toen ik al hier was, want eerlijk gezegd had ik er daarvoor niet op gelet, ook niet toen we naar Milaan terug zijn gereden achter de lijkwagen aan, en ook niet tijdens die eerste hectische dagen, ook al moet die plaat er al in hebben gezeten. Nee, het was hier, als ik hier 's morgens vroeg kwam, en vervolgens hier mijn dagen begon door te brengen, het was hier dat ik die plaat heb opgemerkt, en dat ik ernaar ben gaan luisteren.'

'Vind je hem mooi?'

'Ja, heel mooi. Maar het feit is dat ik vanaf een bepaald moment ook de woorden ben gaan verstaan; maar, begrijp me goed, nooit van een heel lied: afzonderlijke woorden, hier en daar een zin, maar zonder me te hoeven inspannen. Mijn Engels is behoorlijk goed, maar als je me zou vragen of ik versta wat er in een lied wordt gezegd, alleen op het gehoor, zonder zelfs hun lippen te zien bewegen, moet ik bekennen dat ik er meestal niets van begrijp. Bovendien mummelt die zanger, en ook al span je je in, je verstaat echt niet wat hij zegt. Toch begreep ik af en toe bepaalde regels zonder enige moeite. Nogmaals, op die momenten heb ik er niet op gelet, ik begreep ze, meer niet, misschien werd ik erdoor getroffen omdat ze mooi waren, en dat was het. Maar na een tijdje kwam ik er niet onderuit om te constateren dat iedere keer als ik iets verstond, het te maken scheen te hebben met wat ik op dat moment aan het doen was. Dingen als vaart minderen, idioot als ik te snel reed, of –'

'"The Tourist"...'

'Wat zeg je?'

'Ik zeg dat "idiot, slow down" een regel is uit "The Tourist". Het lied. De titel van het lied.'

'Ah. In elk geval is het verschillende keren gebeurd, en het gaat trouwens nog steeds door: ik doe iets, en juist op dat moment heeft het lied het daarover. Soms zijn die fragmenten zo toepasselijk dat het wel commentaar lijkt, begrijp je? Commentaar en advies met betrekking tot wat ik aan het doen ben. En dan is er nog die regel op de cover, die van Michelangelo. Hoe gaat hij ook alweer?'

'Om de hemel te naad'ren vanwaar ik kom.'

'Precies, dat is hem.'
'En toen?'
'Toen is op een bepaald moment de gedachte bij me opgekomen, zomaar, dat maakte ik mezelf wijs, dat... dat het niet alleen toeval kon zijn.'
'En dus?'
'Gezien het feit dat Lara dood is, bedoel ik. Alsof...'
'Alsof wat?'
'Het is toch wel duidelijk wat ik bedoel, niet? Alsof Lara...'
'Alsof Lara tot je spreekt via die liederen? Is dat wat je dacht?'
'Dat heb ik niet letterlijk gedacht. Maar ik begon me iets af te vragen.'
'En wat dan wel?'
'Ik vroeg me af of in de oneindige categorie van verschijnselen die we op rationele gronden voor onmogelijk neigen te houden er toch niet een paar konden zijn die dat niet waren, waaronder misschien ook een zekere ondoorgrondelijke vorm van, laten we zeggen, buitenlichamelijke communicatie, tussen de levenden en de doden.'
'Via Radiohead?'
'De rede is tenslotte niet alles.'
'Vraag jij je af of het mogelijk is dat Lara tegen je blijft praten vanuit het hiernamaals via de liederen van Radiohead?'
'Hoor eens, je wilde weten waarom ik jou die vragen had gesteld en dat heb ik je nu gezegd. Ga nu niet de cynicus uithangen, uitgerekend jij die in alles gelooft. Wat doet het er toe via wat het gebeurt? Ik vraag me het trouwens al niet meer af, daarom...'
'Waarom vraag je je het niet meer af?'
'Omdat zij die cd niet heeft gemaakt, daarom.'
'Sorry, wat heeft dat ermee te maken?'
'Natuurlijk heeft dat ermee te maken. Als Lara die cd had gemaakt en hem voor mij had achtergelaten in de stereo toen ze stierf, en er ook nog eens die regel over het naderen van de hemel op had geschreven, dan zou ik hebben kunnen bedenken, zo maar, uit het ongerijmde, dat er een verband bestond tussen die liederen en wat mij overkomt terwijl ik ernaar luister. Maar jij hebt de cd gemaakt, dus...'

'Dus wat?'

'Dus het verband bestaat niet, en het hele geval slaat nergens op.'

'Maar zij heeft jou de plaat nagelaten, Pietro. In jouw auto.'

'Ze heeft hem mij niet nagelaten. Toen ze mijn auto nam omdat ze de hare niet kon gebruiken heeft ze de cd daarin gedaan.'

'Nou en? Wat had ze moeten doen, hem in haar testament aan jou vermaken?'

'Zíj luisterde ernaar. Het was hoogstens een zaak tussen jou en haar, jij die hem had gemaakt en zij die ernaar luisterde. Ik heb er niets mee te maken.'

'Heb jij er niets mee te maken? Jij heb er zoveel mee te maken dat je er al anderhalve maand naar luistert.'

'Luister, discussie gesloten. Laten we erover ophouden.'

'Nee, ik wil helderheid: krijg jij intuïtief het gevoel dat jouw dode vrouw wel eens met jou zou kunnen communiceren via de liederen van Radiohead (een intuïtief gevoel dat overigens een definitief licht werp op hun muziek, en dit zegt een vrouw die alles uit haar hoofd kent en die nooit heeft kunnen begrijpen waar hun mysterieuze energie vandaan kwam) en neem je dan op het hoogtepunt, op het moment dat jouw intuïtie op het punt staat van jou een uitverkorene te maken, een bevoorrechte, alles weer terug? Alleen omdat het apparaat dat die cd heeft gebrand niet aan Lara toebehoorde maar aan mij? Maar besef je wel wat er gebeurt? Je staat op het punt om iets heel belangrijks te ontdekken, je hoeft er alleen nog maar in te geloven, je hoeft alleen maar te geloven in wat je zelf hebt bedacht, en wat doe jij? Zoek je een excuus en trek je je terug?'

'Jezus, had ik je het maar nooit verteld.'

'Je hebt zojuist gezegd dat de rede niet alles is. Dus wat doet het ertoe hoeveel schakels er zijn die niet met de rede te verklaren zijn? Bekruipt jou nooit het vermoeden dat je voor bepaalde dingen geen verklaring zoekt simpelweg omdat je er geen weet van hebt?'

'Maar wat voor dingen? Wat valt er te weten?'

'Oké, goed, laten we beginnen met die kentekenplaat, omdat jij erover begon.'

'Wat heeft die kentekenplaat hier nu mee te maken?'

'In zoverre dat Lara hem niet heeft verloren, en dat hij ook niet is gestolen. Ik heb hem er voor haar af gehaald.'

'Wat heb jij gedaan?'

'Ik heb hem eraf gehaald voor haar. Ik moest dat wel doen omdat zij niet kon beslissen. De nacht vóór mijn vertrek heb ik hem eraf gehaald en in het water gegooid dat vlak langs jullie huis stroomt.'

'Heb je voor haar de kentekenplaat in de Tonfone gegooid?'

'Ja.'

'Ben je niet goed bij je hoofd? Waarom?'

'Om haar te helpen zich van haar obsessie te bevrijden.'

'Welke obsessie?'

'Lara heeft je zeker nooit gezegd dat ze geobsedeerd was door dat kenteken?'

'Waar heb je het over?'

'Lara werd geobsedeerd, beangstigd en geterroriseerd door de kentekenplaat van haar auto, daar heb ik het over. Zozeer dat ze er de laatste tijd zelfs niet van kon slapen. En toch heeft ze nooit de moed kunnen vinden om zich ervan te ontdoen. Ze was als het ware verstrikt door dat kenteken.'

'Dat geloof ik niet. Jij hebt voor haar de kentekenplaat in de Tonfone gegooid...'

'Herinner je je dat kenteken tenminste?'

'Nee, dat herinner ik me niet. Waarom zou ik?'

'Het was wel het kenteken van de auto van je vrouw.'

'Oké. Maar ik weet mijn eigen kenteken niet eens, laat staan het hare.'

'WV666AL. Dat was het kenteken van haar auto.'

'Nou en?'

'Je weet toch waar de drie zessen voor staan?'

'Ja, dat weet ik. Maar je wilt toch niet zeggen dat –'

'En je weet toch ook dat satanische boodschappen altijd achterstevoren worden geschreven?'

'Satanische boodschappen? Maar waar heb je het over?'

'Ik heb het over het achterstevoren lezen van dat kenteken. Probeer het maar eens...'

'Ik heb je al gezegd dat ik me het niet herinner.'

'wv666AL. Lees het eens achterstevoren.'

'LA666vw. En nu?'

'Interpreteer het.'

'Maar wat moet ik interpreteren, Marta?'

'Stel je nu voor dat je Lara bent. Stel je voor dat je Lara heet en span je in om dat kenteken te interpreteren als je het achterstevoren leest: LA666VJ.'

'Hoor eens, Lara was niet geobsed –'

'LARA DE ANTICHRIST VERWACHT JE.'

'...'

'...'

'Dat meen je toch niet?'

'Geloof je het niet?'

'Kom op, zeg dat je het niet meent.'

'Maar het feit dat jij het niet gelooft wil niet zeggen dat die dingen niet bestaan, weet je.'

'Kom, zeg dat jij die kentekenplaat niet hebt verwijderd, en dat je hem niet in de Tonfone hebt gegooid.'

'Het spijt me maar ik heb dat wel gedaan.'

'Oké, je hebt het wel gedaan, maar voor de grap. Dat is helemaal niet zo erg, je kon toch niet weten dat Lara dood zou gaan, je wilde mij alleen maar een leuke middag bezorgen met het uitkammen van die modderpoel op zoek naar die plaat. Ja toch.'

'Je bent een beetje in de war, Pietro. Besef je dat?'

'O ja, ben ik in de war?'

'Ja, jij. Twee uur geleden geloofde je bijna dat Lara tot je sprak via de liederen van Radiohead. Als zíj nu maar die cd had gemaakt, nee, als ik nu maar tegen jou had gezegd dat zij die cd had gemaakt, zou je het hebben geloofd, en nu steek je de draak met zo'n duidelijk teken. Hoe werkt dat bij jou, leg me dat eens uit: Radiohead wel en Satan niet?'

'Satan niet en Radiohead ook niet, zo werkt het bij mij. Ik lijk wel niet goed wijs dat ik met jou heb gepraat over –'

'Een duidelijk en gevaarlijk teken. Maar het gevaar, heb je geen oog voor het gevaar dat ze liep, afgezien van wat het betekent, want ik geef toe dat iemand die er niet in gelooft, zoals jij, haha, ook kan doen alsof zijn neus bloedt. Er zijn mensen die heel wat akelige dingen uithalen in naam van die drie zessen, je hoeft de kranten er maar op na te slaan. Je moet toch toegeven dat het niet het summum is om rond te rijden met zo'n merkteken op je kont gedrukt, een oproep die iedere willekeurige lul van een satanist onmiddellijk begrijpt, en misschien volgt hij je wel, en spreekt hij je aan, en neemt hij je mee naar een van hun bijeenkomsten...'

'Bijeenkomsten? Maar waar heb je het over?'

'Zwarte missen. Astrale proefkonijnen. Mensenoffers. Daar heb ik het over. Met die kentekenplaat had het ieder moment kunnen gebeuren, besef je dat wel? "Neem me niet kwalijk, maar ik zag je kenteken en onvermijdelijk viel het me op dat...", enzovoort. Heb je je ooit afgevraagd hoe die dingen beginnen?'

'Nee, jij hoort echt in een gesticht thuis. Zo meteen begin je je weer uit te kleden en moet ik je weer bedekken met mijn jasje.'

'...'

'...'

'Het spijt me, Marta...'

'Je bent een klootzak.'

'Het spijt me, echt. Ik wilde je niet beledigen.'

'Laat me met rust.'

'Kom, vergeef me nu maar. Het was maar een grapje, het was niet mijn bedoeling...'

'Ik wil je alleen dit zeggen, Pietro: als jij ook maar enig idee had van wat het betekent om iedere dag tegen bepaalde krachten te moeten vechten, als jij je ook maar enige voorstelling zou kunnen maken van een nacht bevolkt door demonen, geesten, en benarde zielen die je achtervolgen, zou je het wel uit je hoofd laten de grapjas uit te hangen.'

'Luister, het spijt me heel erg, oké? Ik bied mijn excuses aan.'

'Dat is nu juist het probleem, je beseft het niet. Ook met Lara besefte je het niet...'

'Marta, luister naar me. Ik hou van je, heel veel. Je staat op het punt – laat me alsjeblieft uitpraten – je staat op het punt weer een kind te krijgen van een man die zich weer geen moment om jullie zal bekommeren, net als die andere twee. En nu Lara dood is voel je je alleen. Onthoud dus goed wat ik je zeg: zolang ik er ben, ben jij niet alleen. Je kunt op mij rekenen, altijd. Ik meen het echt, luister: je kunt me ook in het holst van de nacht bellen als je 's nachts overvallen wordt door angst voor satanisten, vampiers, zombies. Ik zal je beschermen. Ik zal er nooit grapjes meer over maken. En als je je verloren, zwak, lelijk, eenzaam en wanhopig voelt, hoef je me maar te bellen; dan kom ik naar je toe en vertel je hoe, in de tijd dat ik je leerde kennen, alle mannen je maar hoefden te zien of ze werden onmiddellijk verliefd op je, zac, als door de bliksem getroffen. Dan laat ik je de beroemde foto voor de winkel van Krizia zien en neem je vervolgens mee naar de spiegel en dwing je om vast te stellen dat je nog even mooi bent als toen, wonderbaarlijk mooi, durf ik te zeggen, want het lijkt of de tijd voor jou niet verstrijkt. En als je wasmachine, je auto, je computer of je mobiel kapotgaat, en als je alleen al sterft bij de gedachte dat je er energie in zal moeten steken om hem te laten repareren, maak je geen zorgen: bel mij, en ik regel het. Ik sta voor je klaar op ieder moment dat je me nodig hebt, alle dagen van het jaar, alle jaren die zullen komen totdat jij een fantastische man ontmoet die de rest van je leven innig van je zal houden, en vanaf dan zal hij het nog beter doen dan ik. Dat zal ik allemaal doen, Marta, ik zweer het, ik zal er trots op zijn om het te doen; maar, asjeblieft, roer het onderwerp Lara nooit meer aan. Heb je dat begrepen? Nooit meer.'

'...'

'...'

'...'

'Kom, hou nu op met huilen...'

'Hoe komt het dat je je niet schuldig voelt?'

'Schuldig waarover?'

'Tegen Lara heb je zulke dingen nooit gezegd.'

'Ik heb ze misschien niet gezegd, maar ik heb ze wel gedaan. Ik deed ze iedere dag.'

'Nee, Pietro, dat deed je niet.'

'Ik zorgde voor Lara.'

'Niet genoeg.'

‘Asjeblieft, Marta, laten we niet weer beginnen.’
‘Haar leven zat vol kwaad...’
‘Laten we erover ophouden...’
‘Vol kwaad...’
‘Laten we erover ophouden...’
‘Net zoals het mijne...’

23

Lijst van mijn verhuizingen:
Van de Via Bruno Buozzi naar de Via Giotto (Rome)
Van de Via Giotto naar de Via di Monserrato (Rome)
Van de Via di Monserrato (Rome) naar de Piazza G. Miani (Milaan)
Van de Piazza G. Miani naar de Via R. Bonghi (Milaan)
Van de Via R. Bonghi naar de Via A. Catalani (Milaan)
Van de Via A. Catalani naar de Piazza G. Amendola
Van de Piazza G. Amendola naar de Via Buonarrotti (Milaan)
Van de Via Buonarrotti naar de Via Durini (Milaan)

'Wat ben je aan het schrijven?'

Enoch is een van die mensen die nooit zouden moeten joggen. Jasje en stropdas zouden voor hem verplicht moeten zijn, hoe slordig hij die ook kan dragen; hij ziet er bijna monsterlijk uit, met zijn verwrongen, rood aangelopen gezicht, zijn sweatshirt drijfnat van het zweet, zijn gehijg en zijn beslagen bril.

'Heb je vandaag vrij?'

'Ik heb een dag vrijaf genomen.'

'Goed idee. Maar zo ga je helemaal kapot.'

Hij grinnikt.

'Veertig minuten in de zon zonder te stoppen.'

'Dat bedoel ik. Ga zitten.'

Enoch gaat zitten. Hij hapt naar lucht. Hij doet zijn bril af, en gedurende de tijd die hij nodig heeft om hem te ontwasemen wordt hij die ander – die schele, die ondeugende; dan zet hij hem weer op en wordt weer zichzelf, maar de bril begint onmiddellijk weer te beslaan.

'Dit weer is echt ongelooflijk,' zegt hij. 'Wat zou het betekenen?'

'In termen van broeikaseffect of iets dergelijks?'

'Ja. Of van de gesel Gods.'

'Overigens wel mijn favoriete gesel.'

'Wacht maar. Misschien is dit pas het begin. Hij zou ons wel eens op een laag vuur kunnen roosteren.'

Weer moet hij zijn bril afnemen, hem ontwasemen, en weer opzetten.

'God heeft geduld,' voegt hij eraan toe.

Trouwens, over God gesproken, hoe zou het met die vloek zijn afgelopen, zou hij hem hebben verwerkt? – blijkbaar niet, aangezien hij het heeft over de gesel Gods.

'Ik ben gekomen om je drie dingen te zeggen,' zegt hij terwijl hij opeens van toon verandert. 'Ten eerste, Piquet spreekt kwaad over je.'

'Piquet?'

'Of liever gezegd, hij praat onophoudelijk over je, al wekenlang, bij elke gelegenheid, ook op vergaderingen, als het er niets mee te maken heeft, praat hij over jou, over jou, over jou. Hij lijkt wel geobsedeerd door jou, en nu heeft hij ook anderen aangestoken zoals Tardioli en Basler. Echt waar, je bent daar verreweg het meest besproken onderwerp, vanwege het feit dat Piquet niet ophoudt met over jou te praten... Maar sinds een paar dagen is hij begonnen kwaad over je te spreken.'

'O ja? Wat zegt hij dan?'

Ik vroeg het omdat ik veronderstelde dat ik het behoorde te vragen, maar het is opmerkelijk hoe weinig het me kan schelen. Had ik niet verwacht.

'Hij zegt dat je een sluwe vos bent. Nee, hoe zegt hij het ook alweer? Een gladjakker, dat is het, hij zegt dat je een grote gladjakker bent. Hij zegt dat jij met dat verhaal dat je bij die school wil blijven iedereen, stuk voor stuk, te slim af bent. Hij zegt dat het een strategie van je is.'

'Ach, kom, nou. Om wat te bereiken?'

'Om de plaats van Jean-Claude in te nemen, zegt hij. Het is pure paranoia, ik weet het, en ik zou er ook niet met jou over hebben gesproken als hij je hier niet steeds kwam opzoeken, want dan kan het gebeuren dat je hem iets in vertrouwen vertelt, ik zeg maar wat, dat je hem iets toevertrouwt dat hij tegen je kan gebruiken. En ik voel me hier ook een beetje verantwoordelijk voor, weet je, want hij heeft zich vastgebeten in dat idee van een strategie nadat ik hem had verteld dat Thierry hier was geweest, de dag dat ik er ook was. Het leek me geen geheim, en ik dacht dat het geen kwaad kon. We hadden het gewoon over jou, omdat, zoals ik al zei, ze het daar over niets anders meer hebben, en Piquet vroeg zich af hoe Thierry het zou opnemen als hij het te weten kwam, dat verhaal over jou bij die school, en toen zei ik dat Thierry daarvan al op de hoogte was, omdat ik hem met mijn eigen ogen bij jou had zien aankomen. Gewoon zo, dat verzeker ik je, als iets heel normaals, want het leek me ook iets heel normaals. Jullie zijn vrienden. Goed, sinds die tijd is Piquet begonnen te zeggen dat je een gladjakker bent, dat je de plaats van Jean-Claude wilt innemen, dat je doet alsof je een Dead Man Walking bent terwijl je stiekem Thierry aan het bewerken bent om jou tot president te benoemen. Daarom heb ik het je verteld, om je te waarschuwen dat je hem niet moet vertrouwen, voilà.'

Enoch kijkt dodelijk vermoeid uit zijn ogen, en niet alleen door het joggen. Hij is nog steeds blijven steken op een zeer laag niveau van de videogame, waar informatie vertekend, onbetrouwbaar en onvolledig overkomt, maar hij maakt nu wel de indruk dat hij dat heeft begrepen, en dat hij het beu is. Als het erop aankomt is het eerste onderwerp, met inbegrip van de angel van het schuldgevoel waarvan hij zich wilde bevrijden, voor ons beiden van geen belang. Daarom ben ik niet van plan om commentaar te geven, om hem bijvoorbeeld uit te leggen dat Piquet hier niet steeds komt, dat hij hier maar één keer is geweest, of om hem eraan te herinneren dat hij dit soort vijandigheid al aan de dag heeft gelegd toen hij jaloers was op mijn benoeming tot directeur, en het gerucht verspreidde dat ik op het punt stond een kopje kleiner gemaakt te worden – Dead Man Walking gaat terug op die tijd – en ik ga hem al helemaal niet vertellen dat Piquet, gestuurd door zijn bezeten paranoia, er uiteindelijk niet zo ver naast zat – aangezien de positie van Jean-Claude me inderdaad is aangeboden. Het zijn allemaal dingen die, op dit moment, zelfs voor mij niet van belang zijn, laat staan voor Enoch.

'Oké, dankjewel,' zeg ik slechts.

'Het leek me beter dat je dit wist. Dan kun je je erop instellen.'

'Dat zal ik zeker doen.'

Ik sla bliksemsnel mijn ogen neer om op mijn horloge te kijken – vijf voor halfvier –, en Enoch registreert dat. Eigenlijk moet je nooit op je horloge kijken als je met iemand aan het praten bent.

'Heb je iets te doen?' vraagt hij.

'Nee, nee. Claudia komt over een uur uit school. Zeg het maar.'

Dan heft Enoch zijn hoofd op en kijkt naar boven, naar het gebladerte van de bomen dat nog dicht en weelderig lijkt hoewel er zo langzamerhand op de grond een compact tapijt van dode bladeren ligt, want we zitten in de herfst, in de herfst. Hij blijft even zo staan, alsof hij daarboven een notitie zocht of misschien wel inspiratie.

'Het tweede wat ik je wilde zeggen is dat deze fusie een absolute zelfmoord is. Een enorme vergissing. Maar niet alleen om de redenen die ik heb geprobeerd uiteen te zetten in dat, hoe zal ik het noemen, in dat document dat ik je de vorige keer heb laten lezen. Afgezien van die redenen, die betrekking hebben op iedere fusie, durf ik te zeggen dat deze fusie, zoals die is uitgedacht, een onvoorstelbare vergissing is. Wil je weten waarom?'

'Ja.'

'Luister dan naar mijn redenering. Er zijn twee grote industriële groepen, ja? Een Europese en een Amerikaanse, en die hebben besloten te fuseren. De Europese groep is in handen van een aantal banken, maatschappijen en particulieren, en wordt beheerd door Boesson; de Amerikaanse is in handen van, en wordt beheerd door één enkele familie, aan het hoofd waarvan Isaac Steiner staat. Uiteraard gaat dit fusieplan uit van het bestaan van een gemeenschappelijk voordeel, op grond waarvan men veronderstelt dat beide groepen – die van Boesson zal ik vanaf nu Wij noemen, en die van Steiner Zij – na afronding van het proces, er baat bij zullen hebben. De dingen die ik een aantal dagen geleden heb geschreven en die door jou zijn gelezen weerspreken deze aanname, dat wil zeggen dat het vermogen dat wordt geproduceerd door het gefuseerde bedrijf, alles in aanmerking genomen, geringer zal zijn dan dat wat werd geproduceerd door de twee oorspronkelijke groepen; maar de fusie gaat door, dus dat is het punt niet. Het punt is dat als twee giganten, zoals Wij en Zij, met elkaar worden geconfronteerd, al is het alleen maar om te fuseren, in de illusie daar allebei beter van te worden, uiteindelijk een van de twee de overhand krijgt. Ook al worden er moeizaam afspraken gemaakt om dat te vermijden, het idee van Wij en Zij blijft bestaan, het zal nooit volledig uitgebannen worden. Het kan verdwijnen op ons niveau, maar nooit op dat van Steiner en Boesson: die twee zullen nooit kunnen fuseren, zij zullen altijd Ik en Hij blijven. Volg je me nog?'

'Ja.'

'Daar komt in de praktijk de, technisch gesproken, betekenisloze uitdrukking, een fusie winnen vandaan. Hoewel technisch gesproken betekenisloos, is deze uitdrukking in feite gerechtvaardigd, aangezien we te maken hebben met twee menselijke wezens die worden gedreven door ongebreidelde ambitie, en ten slotte zal een van de twee de overhand krijgen. Zij het in geringe mate, zij het op astronomische hoogte, maar er zal er één onder liggen en één boven. Goed. Nu is het bekend dat in dit geval Wij de fusie zullen winnen, om die, technisch gesproken, zinloze uitdrukking maar weer te gebruiken. Waar of niet? Volgens jou toch ook?'

'Ja.'

'Goed. Dat betekent dat, onafhankelijk van wat er zal gebeuren met alle andere ruim tweehonderdduizend werknemers van de nieuwgevormde groep, Boesson uiteindelijk boven Steiner zal moeten staan. Daadwerkelijk boven hem, bedoel ik. Nou, vergeet het maar. Ik ben in de gelegenheid geweest om de details van de fusie te bestuderen, de documenten waarover al maandenlang wordt onderhandeld; ze worden besproken, bijgeschaafd, goedgekeurd, weer besproken, er wordt weer onderhandeld, ze worden weer goedgekeurd et cetera, om de uiteindelijke structuur te bepalen, en ik zeg je dat het zo niet zal gaan. Wij zullen niet winnen, Zij zullen winnen. Ook al zullen uiteindelijk de belangrijkste functies worden bekleed door Boesson, Steiner zal winnen, en weet je waarom? Vanwege de canon waarvoor gekozen is, Pietro: het structurele model.'

Enoch moet zich er bewust van zijn dat het verhaal nu ingewikkeld wordt want hij pauzeert even. Als hij vervolgens constateert dat ik hem geen vragen stel, gaat hij verder.

'Kijk, het geval wil dat zowel Boesson als Steiner bekendstaat als religieus persoon. Boesson katholiek, Steiner joods; Boesson vanwege zijn superingetogen leven, zijn uiterst nauwgezette dagelijkse naleving van de regels, iedere ochtend naar de mis, vasten op vrijdag, et cetera – kortom, dat wat iedereen weet; en Steiner, ook al is hij een losbol, vanwege de bekende, historische taak die hij op zich heeft genomen om de teruggave te bewerkstelligen van de bezittingen die de joden tijdens het nazisme afhandig zijn gemaakt. Beide grote bazen zijn dus op hun eigen manier voorvechters van hun respectieve religies. Twee verschillende religies, duidelijk? Beide met hun eigen canon: de joodse hiërarchisch en onveranderlijk, de katholieke plooibaar en complex. Goed, welk van beide modellen ligt volgens jou ten grondslag aan de fusie?'

Hij stopt, kijkt me aan, maar het is duidelijk dat hij geen antwoord wil. Hij is alleen maar een beetje aan het knabbelen voordat hij er zijn tanden echt inzet.

'Het joodse, Pietro, niet het katholieke. Wanneer Boesson God op aarde zal zijn, *pédégé* van de grootste telecommunicatiegroep ter wereld, zal hij de God zijn van zijn vijand. En dan heeft hij verloren. Om die fusie echt te winnen had hij het anders moeten opzetten, had hij de katholieke canon moeten volgen.'

'En waaruit bestaat die dan wel?'

Enochs blik klaart op, hij is zichtbaar voldaan over het antwoord dat hij gaat geven. Dan legt hij zijn wijsvingers tegen elkaar, brengt ze langzaam naar boven en tekent een driehoek.

'De drie-eenheid, Pietro: Vader, Zoon en Heilige Geest.'

Hij wijst met zijn rechterwijsvinger de hoeken van de driehoek aan, en nu lijkt het of die driehoek zich echt voor ons bevindt, in de lucht bevestigd met zijn vinger.

'Hij had voor zichzelf niet de allerhoogste troon moeten bedenken, die van de oude, eenzame God van de joden. Hij had drie tronen moeten bedenken, op gelijke hoogte: een voor de Heilige Geest, een neutrale godheid zonder macht, die niet telt; verder een voor de Vader en een voor de Zoon. En omdat we allemaal weten hoe de Zoon aan zijn einde komt – hier spreidt Enoch langzaam zijn armen en laat zijn hoofd opzij zakken, een langzame kruisdood uitbeeldend – had Boesson, in plaats van zijn eigen almacht, de strijd met Steiner om de rol van de Vader moeten aangaan. Een uitputtingsslag die hij dag in dag uit had moeten voeren, met geduld, nederigheid en discipline waarbij hij Steiner in de waan had moeten laten dat hij de overhand zou kunnen krijgen, echter zonder hem daarvoor de tijd te laten, want Steiner is zeventig, heeft drie bypasses, drinkt, is een rokkenjager, en rookt sigaren terwijl Boesson vijfenveertig is, geheelonthouder en een zeer goede gezondheid geniet. Hij had gewoon naast hem moeten gaan zitten, Pietro. Niet boven hem, naast hem. Een poosje wachten, en op een dag zou de zoon van Steiner de plaats van zijn vader hebben ingenomen. De Zoon, precies...'

Opnieuw spreidt hij zij armen en beeldt een kruisdood uit, maar nu veel sneller dan daarvoor. Dan laat hij zijn armen vallen en glimlacht.

'Dan, ja dan zou hij hebben gewonnen.'

Enoch is voldaan, voldaan en versuft, alsof hij zich enorm heeft moeten inspannen om deze redenering tot een goed einde te brengen. Ik was oprecht getroffen door zijn woorden, en ik voel op mijn gezicht een soortgelijke versufte uitdrukking, eigenlijk meer een soort gefixeerde verbazing. Ik dacht namelijk dat deze fusie me niets kon schelen, maar ik ontdek dat ze me, op deze manier gepresenteerd, uiteindelijk wel kan schelen.

'Dat is heel interessant, Paolo,' zeg ik. 'Het is verreweg de meest zinnige redenering die ik over deze zaak heb gehoord. Waarom leg je hem niet voor aan een van de bazen?'

'Ik heb hem aan jou voorgelegd opdat jij hem aan een van de bazen zou voorleggen. Aan Thierry bijvoorbeeld, omdat jullie met elkaar bevriend zijn.'

'Wat heb ik ermee te maken? Dat soort dingen zouden bij mij nooit zijn opgekomen. Nee, jij moet het tegen Thierry zeggen. Het gaat er niet om of je wel of niet bevriend bent. Ik denk niet dat Boesson er ooit aan heeft gedacht om de zaak in die termen te zien, en als iemand hem zou wijzen op wat jij zojuist –'

'En dan is er nog er nog het derde onderwerp,' onderbreekt hij mij, terwijl hij uit de achterzak van zijn trainingspak een in vieren gevouwen vel tevoorschijn haalt, verfrommeld en drijfnat van het zweet. Hij reikt het mij aan, en ik moet het wel aannemen, ook al zou ik dat veel liever niet doen: het is het zweet van het heiligbeen, het smerigste. Ik moet het wel aannemen, het openen, en het lezen, want het is duidelijk dat het derde onderwerp hierop staat. En terwijl ik het vel openvouw moet ik een lach onderdrukken bij de gedachte dat ik weer een grove vloek te zien zal krijgen in het lettertype Arial. Bij dezen wil ik u hierbij laten weten dat ik mijn ontslag indien als Hoofd Personeelszaken van deze Maatschappij. Dit ontslag is onherroepelijk en wordt geacht per direct in te gaan. Aldus naar waarheid, Paolo Enoch. Ik sla mijn ogen op van het papier, en kijk hem aan. Enoch weet me altijd te verrassen met wat hij schrijft.

'Heb je het al verstuurd?'

'Nee, dat doe ik vanavond.'

'Het heeft zeker geen enkele zin om te proberen je ervan te weerhouden?'

'Nee. Mijn beslissing staat vast.'

'Oké. Maar doe het dan niet zo.'

'Hoe bedoel je?'

'Niet zo, niet met deze brief. Praat er eerst over.'

'Met wie dan? Degene met wie de mensen gaan praten over hun ontslag ben ik zelf. Er komen er drie of vier per dag. Jean-Claude is er niet meer, en er is nog geen nieuwe president benoemd.'

'Met Thierry. Ga naar Parijs en praat er met hem over. Leg hem in ieder geval uit wat je redenen zijn, en vertel hem jouw ideeën over de fusie. Het is een kritiek moment, en als je zo op staande voet vertrekt loop je het gevaar...'

Maar wat zeg ik? Wat probeer ik te verdedigen? Thierry is een verrader, het gaat zoals hij en Boesson het hebben gewild, en Enoch is niet in staat om wie dan ook te benadelen. Hij stelt niets voor. Net als ik, net als iedereen. We zijn slecht automatisch aangemaakte maandelijkse overboekingen. Hoe meer mensen ontslag nemen, des te beter voor hen.

Enoch glimlacht, hij geniet ten volle van de stilte waarin ik ben verzand. Dan kijkt hij weer naar boven, naar de toppen van de bomen, naar de hemel terwijl hij bijna onmerkbaar knikt.

'Vrijdagochtend vertrek ik in alle vroegte naar Zimbabwe,' zegt hij. 'Als alles goed gaat, ben ik maandag op de missiepost van mijn broer, in een naamloos dorp aan de Zambezi, langs de grens met Zambia. Zes van de twaalf maanden staan ze onder water maar ze hebben geen drinkwater, want dat wat er is, is vergeven van de ziektes. Ze moeten het met een vrachtwagen bij de Victoria Watervallen halen die 200 kilometer verderop liggen. Maar de vrachtauto die ze hadden in het dorp heeft het begeven, en hij valt absoluut niet meer te repareren. Ik heb aandelen verkocht en een nieuwe tankwagen aangeschaft voor de brandweer van Como, waar ik als jongen mijn dienstplicht heb vervuld. In ruil daarvoor heb ik de oude tankwagen gekregen en die heb ik naar Harare gestuurd, de hoofdstad van Zimbabwe. Hij moet vandaag of morgen aankomen. Vrijdagavond kom ik er zelf ook aan, en zaterdagochtend stap ik op de tankwagen en vertrek, in gezelschap van een jonge Portugese priester, José genaamd, een vriend van mijn broer. Het is ongeveer 1000 kilometer naar het dorp, grotendeels over een onverharde weg, maar als we geen aardverschuivingen of omleidingen tegenkomen, zouden we het moeten kunnen halen in drie dagen en twee nachten.'

Het beeld van Enoch in een kaki hemd, sandalen en bermuda's, aan het stuur van een tankwagen in het stoffige hart van zwart Afrika vaagt opeens alles weg. Dat zijn de kleren waarin hij zou stralen, denk ik – waarin hij zal stralen. Nog eens wat anders dan jas en stropdas.

'Ik weet niet wat ik moet zeggen, Paolo,' stamel ik. 'Ik ga ervan uit dat je er goed over nagedacht hebt.'

'Ja, Pietro. Ik wilde het al zo lang doen. Ik ben niet geschikt voor dit leven, ik moest iedere dag liegen, ik deed alleen maar dingen waar ik niet in geloofde, ik verdiende te veel. Die vloek heeft mij de ogen geopend. Het zal zijn alsof ik opnieuw geboren word.'

'En je vrouw?'

'Die denkt er net zo over. Ze komt over een paar weken bij me, zodra ze alles heeft geregeld voor de verkoop van het huis dat op haar naam staat. We komen niet meer terug. Heb je misschien een mobiele telefoon nodig, of nee, een mobiele beeldtelefoon?'

Grinnikend haalt hij een zilverkleurige mobiele telefoon uit zijn zak, en laat me hem zien.

'Nee zeker? Goed, let op wat we ermee doen. Ik zou hem stuk kunnen slaan, daar heb ik eigenlijk heel veel zin in, om hem op de grond te smijten en hem in duizend stukjes uiteen te zien spatten, maar ik heb een beter idee.'

Hij staat op, loopt door het parkje naar de vuilcontainer aan de overkant. Maar in plaats van hem erin te gooien, zet hij hem voorzichtig op het deksel, en laat hem daar staan schitteren in de zon. Dan komt hij weer naast mij zitten.

'Wij laten hem daar staan. Ik wed dat, vóór je dochter uit school komt, iemand hem zal zien, stil zal blijven staan, om zich heen zal kijken alsof er niets aan de hand is en hem in zijn zak zal laten glijden, heel stiekem, ervan overtuigd dat hij geluk heeft gehad. Ik zou graag hier blijven om samen met jou te genieten van het schouwspel, maar helaas moet ik nu snel weg want ik heb over twintig minuten een afspraak. Ik heb mijn auto weggegeven aan de conciërge van mijn flatgebouw, en moet de eigendomsoverdracht gaan regelen.'

Hij spreekt deze laatste zin uit met nonchalant enthousiasme, hetzelfde als waarmee mannen van zijn leeftijd je toevertrouwen dat ze een studio hebben gehuurd voor hun minnares. Huis, aandelen, auto, mobiel: het strippen van de westerse mens. Dat was het dus: Enoch leek moe, bekaf, ja zelfs afgemat, terwijl hij eenvoudigweg vrij was... Ik kijk weer naar het vel papier, naar de drie snel opgekalkte regels – die al geschreven lijken te zijn in Zimbabwe, in een mengelmoes van primitieve en slecht gesproken talen.

'Niet dat het belangrijk is,' zeg ik, 'maar er zit een herhaling in, heb je dat gezien?'

Enoch strekt zijn nek als een dromedaris, om op het papier te kijken.

'Bij dezen wil ik u hierbij laten weten...'

'Natuurlijk. Heb je een pen?'

Ik geef hem mijn pen, en hij verwijdert 'hierbij' door er een streep door te halen. Dan geeft hij me de pen terug en vouwt het vel weer in vieren.

'Dank je,' zegt hij, en hij duwt het vel in zijn zak. Dan staat hij op, dus word ik verwacht dat ook te doen.

'Goed, ik ga. Anders kom ik te laat.'

Ik kijk hem aan, het is misschien de laatste keer dat ik hem zie, daarom zou ik hem moeten omhelzen, maar ik gruw zo van al dat zweet en dat slappe vlees dat ik me beperk tot het uitsteken van mijn hand. Hij drukt hem nauwelijks.

'Je bent altijd een loyale collega geweest, Pietro.'

'Jij ook,' zeg ik. 'Laat iets van je horen.'

'Per brief. Dat is de enige manier om te communiceren. Wat is je adres?'

'Via Durini 3. Zal ik het opschrijven?'

'Nee, ik onthoud het wel,' hij tikt tegen een van zijn slapen. 'Ik heb heel wat ruimte vrijgemaakt op de harde schijf.'

Een vrouw loopt langs de mobiel die op de container staat. Ze ziet hem, aarzelt even maar loopt dan door, en we zullen nooit weten hoe graag ze hem had willen pakken.

'Gered,' zeg ik.

'Maar het lijkt alsof Enoch het niet vertrouwt, hij volgt haar met zijn blik totdat ze in de diepte verdwijnt, langs de ventweg. Dan kijkt hij naar me en glimlacht.

'Luister,' zegt hij, 'nu ik deze beslissing heb genomen, voel ik me opeens een wijs man, en daarom zou ik je een goede raad willen geven, als je me toestaat.'

Ik weet niet hoe het is gekomen, maar opeens staan we te dicht bij elkaar – ik ruik zijn geur, die van zijn adem, dit gaat niet goed – en moet ik een stap achteruit doen.

'Ga je gang.'

'Zomaar, ook al heb je er waarschijnlijk geen behoefte aan.'

'Er is altijd behoefte aan goede raad.'

'Oké, dit is mijn goede raad.' Hij doet weer een stap naar voren, en we staan opnieuw te dicht bij elkaar. 'Zodra je het gevoel hebt dat je het niet redt, loslaten. Loslaten, altijd loslaten, in elke situatie. Verzet je nooit, nooit.'

Enoch, de man die naar Afrika werd gelanceerd door een vloek. Hij blijft me nog even aanstaren, nog steeds te dichtbij, met zijn stinkende adem, alsof hij zijn woorden er bij mij wil in rammen door deze lichamelijke annexatie – en misschien wel om te genieten van mijn gêne; dan doet hij een stap terug, haalt zijn schouders op en vertrekt. Hij loopt snel, dat wel, maar hij maakt geen enkele aanstalten om te gaan rennen. Hij loopt langs zijn mobiele telefoon zonder ernaar te kijken, hij wordt een grijs hoofdje dat achter de muur van geparkeerde auto's glijdt, en ten slotte verdwijnt hij langs de ventweg, zoals kortgeleden de vrouw die zijn mobiel niet heeft gepakt.

Voor altijd, denk ik.

24

Het gaat niet goed: ik ben in de sporthal, in mijn zentempel waar alles inspanning is, en jeugd en lichtheid en harmonie en beweging en ruimte en tijd, alles in volmaakte balans, en de meisjes zijn bovendien bezig met oefeningen op de balk, zowel fysiek als symbolisch dé plek van het evenwicht, en toch ben ik volledig uit het lood als een – Oops! Claudia is van de balk gesprongen met een salto mortale maar bleef er te dichtbij, ze ging er rakelings langs met haar hoofd. Gaia, de instructrice, wijst haar erop, heel rustig, terwijl ze haar hoofd schudt zonder enige bezorgdheid te tonen – 'Meer afstand!' – alsof het een willekeurige fout betrof en Claudia niet het risico had gelopen haar nek te breken. Maar misschien doet Gaia zo omdat ze in werkelijkheid helemaal geen risico heeft gelopen haar nek te breken; misschien heeft ze de balk met meer dan een halve meter gemist; misschien ligt het aan mij omdat ik er, zoals gezegd, vandaag niet in slaag mijn hoofd vrij te maken, en mijn zorgelijke gedachten te verdrijven, zoals gewoonlijk. Vooral de gedachte dat ik niet genoeg doe voor Claudia. Ik doe niets, zeg ik tegen mezelf. Carlo heeft in één avond meer gedaan dan ik in al die weken. Hij heeft haar laten dromen, en ik laat haar niet dromen. Ik ben jaloers, dat is de waarheid. De gedachte aan hen tweeën, omgeven door een gouden wolk, gisteravond in het Chinese restaurant, deprimeert me: zij die hem vragen stelt over modeshows, collecties, Hollywood, beroemde actrices, en hij die ze beantwoordt op zijn geruststellende kalme manier, en haar al behandelt als het meisje dat ze over een paar jaar zal zijn, en haar te verstaan geeft dat die wereld, die haar zo opwindt, zich voor haar zal openen wanneer ze maar wil, bij de eenvoudige klank van dat magische eenlettergrepige woord oom; die gedachte deprimeert me. Ik voel me gekrenkt door de verstandhouding die er tussen hen tweeën bestaat, terwijl ze elkaar nooit zien, juist omdat ze elkaar nooit zien, waardoor Carlo in haar ogen een bezit van onschatbare waarde wordt, terwijl de waarheid, banaal zoals alle waarheden, is dat Carlo alleen maar aan haar denkt de enkele keren dat hij haar ziet, wanneer hij zijn uiterste best doet om de geweldige oom uit te hangen, de mythische oom, de oom/verloofde, de oom-met-wie-je-over-alles-kunt-praten, de volwassen alfa-aap, groot vanbuiten en kind vanbinnen. De rest van de tijd denk hij volstrekt niet aan haar; hij houdt op met aan haar te denken op het moment dat zij in slaap valt, en wijdt zich vervolgens weer geheel aan zichzelf, de enige grote liefde van zijn leven, aan zijn eigen leed, aan zijn drugs. Ik ben jaloers op hem, godnogaantoe. Ik krijg zwaar de pest in bij het idee dat ik, jarenlang, dag in dag uit al het werk zal doen: met haar meegaan naar school, naar de sporthal, haar overal naartoe begeleiden om haar gerust te stellen en haar zo min mogelijk het gemis van een moeder te laten voelen, en dat ze zich vervolgens op hem verlaat voor haar toekomst. De vreugde en de emotie die horen bij het zich groot voelen, het hebben van een geheim met iemand, de hoop datgene te kunnen doen wat haar het meest boeit in het leven, dat alles zal ze met hem delen. Niet met haar vader, maar met haar oom.

Hij heeft haar een mobiele telefoon gegeven, de schurk. Dat was wat er in het pakje zat dat hij vanochtend voor haar heeft afgegeven, toen hij afscheid kwam nemen voordat hij vertrok: een mobiele telefoon. Hij heeft me niet gevraagd of ik het daarmee eens was, daar is hij gewoon van uitgegaan – en het geval wil dat ik het er helemaal niet mee eens ben, je zou geen mobiele telefoon moeten geven aan een meisje van tien zonder eerst toestemming van de ouders te hebben gekregen. Een rijkeluismobiel, met een videocamera: net zo een als die van hem, zei

Claudia toen ze het pakje opende (opgewonden, dat wel, maar niet verrast, omdat ze het er klaarblijkelijk gisteravond bij het eten over hadden gehad, het hadden afgesproken), dus nu kunnen ze elkaar ook zien wanneer ze ver van elkaar zijn. Net zo een als die van Enoch, zeg ik; en het heeft wel degelijk een betekenis dat ik eerst Enoch zich van zo'n apparaat heb zien ontdoen op die exemplarische wijze en dat ik die vuilcontainer in de gaten heb gehouden waarop hij het had gezet, totdat, zoals hij had voorspeld, nog geen kwartier later weer een vrouw voorbijkwam die hem zag staan, hem deze keer wel pakte en in haar tas liet glijden, ervan overtuigd dat het haar geluksdag was – een vrouw, dat heeft me getroffen, geen meisje: een gewone vrouw van middelbare leeftijd, mooi noch lelijk, een volmaakte vertegenwoordigster van alle mannen en vrouwen van deze stad die oog in oog komen te staan met een voorwerp dat is achtergelaten om het kwaad van de hele wereld te vertegenwoordigen; het heeft wel degelijk een betekenis, zoals ik al zei, dat ik eerst getuige ben geweest van deze verdwijning om onmiddellijk daarna een vrijwel identiek apparaat te zien verschijnen in de handen van mijn dochter. Tegenover één persoon die er zich voor mijn ogen van heeft bevrijd, staan er twee die er zich voor mijn ogen aan hebben onderworpen, van wie mijn dochter er een is, en ik heb niets kunnen doen om dat te verhinderen. Dat is dus het probleem: ik kan mijn dochter niet zo bezielen als Carlo door met haar te praten over mode en de jetset, en ik vrij haar niet op door haar een mobiel van de laatste generatie te schenken, maar ik ben evenmin in staat om haar te beschermen tegen de aantrekkingskracht die dergelijke dingen op haar uitoefenen. Juist daarom zeg ik dat ik niets voor haar doe. Ik ben vlees noch vis. Wat ik voor Claudia doe, zou ook een uiterst nauwgezette kinderjuffrouw of grootouder kunnen doen; maar dat wat Carlo doet, de drie of vier keer per jaar dat hij zich herinnert dat hij een nichtje heeft, kan alleen hij doen, de oom. En ik ben jaloers want als ik haar niet kan redden van mode, glamour en mobiele telefoons, dan zou het beter zijn als ík haar zou laten dromen, en niet haar oom. Maar bij mij was het niet opgekomen om voor haar een mobiele beeldtelefoon te kopen, terwijl Carlo, na te zijn ontwaakt in de naweeën van een opiumtrip en alvorens het vliegtuig te nemen dat hem als een legendarische held een paar maanden zal doen verdwijnen – Londen, Berlijn, New York –, er met de grootste vanzelfsprekendheid aan heeft gedacht en het heeft gedaan. Ja, ik ben jaloers op hem, en daar schaam ik me voor, en ik weet niet wat ik eraan moet doen want als je jaloers bent op je broer heeft dat uiteraard steeds dezelfde oorzaak, en ik ben te laat om dat aan te pakken, aangezien onze moeder dood is...

'Claudia is echt veel beter geworden.'

De moeder van Benedetta. Barbara-of-Beatrice. Op school had ik haar niet gezien, noch vanochtend noch bij het uitgaan, en aan het begin van de turnles was ze alleen maar binnengewipt om het kind af te geven aan de instructrice, en er vervolgens onmiddellijk vandoor gegaan. Ik had gehoopt haar mis te lopen, maar nu zit ze naast me...

'Ja. Die indruk heb ik ook.'

'Benedetta moet zich wel heel erg inspannen. Volgens mij heeft ze er geen aanleg voor.'

Daar is Benedetta, in de groep van de zwaksten, ze staat in de rij voor de sprong over het paard. Ze is net aan de beurt: ze neemt een aanloop, komt met haar voeten bij elkaar neer op de springplank, en brengt de sprong, hoe dan ook, tot een einde behalve dat ze met haar gat op de valmat terecht komt. De instructrice – ik geloof dat ze Giusy heet, nog zuurder dan die van Claudia – schudt onmiddellijk haar hoofd.

'Kun je dat achterwerk nu recht houden of niet,' zegt ze met een krassende stem.

Met haar bekken maakt ze een spottende, vulgaire beweging waarmee ze de fout zichtbaar uitvergroot. Benedetta knikt en blijft luisteren, voor het geval Giusy van plan is haar nog verder te vernederen; maar Giusy stuurt haar slechts met een knikje terug naar haar plaats.

'Ben je nog naar die bijeenkomst in Gorgonzola gegaan, gisteravond?' vraagt Barbara-of-Beatrice me.

'Nee, ik kon niet.'

'Jammer. Als het vanwege Claudia was, die had je bij mij kunnen laten, dat had ik je gezegd.'

'Nee, het was omdat mijn broer me kwam opzoeken en daarom...'

'Die broer van het merk Barrie?'

'Zeg hem de volgende keer dat je hem ziet dat hij mijn idool is.' Ze staat op en met een soort cancanbeweging gaat ze met haar kont vlak voor mijn ogen staan – een stevige, nerveuze kont, zoals ze helemaal stevig en nerveus is – om mij het magische logo te laten lezen dat op de achterzak van haar jeans is gedrukt: BARRIE.

'Zie je het?'

En als ik die kont nu eens zou betasten? Met beide handen? Wie zou me ongelijk geven?

'Ja, ik zie het.'

Ze gaat weer op de stenen bank zitten, voldaan haalt ze haar schouders op.

'Lorenzo neemt me in de maling maar ik geef geen krimp.'

Lorenzo is haar man, een kleine tiran met een vreselijk betweterige, ijdele, verwijfde uitstraling, die barst van verwaandheid en van het geld, iets doceert aan de LUISS-universiteit en adviseur is van een of andere cosmeticamultinational. Vorig jaar werd hij genoemd in *Class* in een artikel over de belangrijkste bedrijfsadviseurs van Italië, en om dat te vieren organiseerde hij een maaltijd waarvoor ook Lara en ik werden uitgenodigd. Onder de gasten was zelfs de journalist die het artikel had geschreven.

'MTV-imitatie, volgens hem, maar hij vergist zich deerlijk, want ik kijk nooit televisie. Ik hou echt van de kleren van je broer, ze bezielen me, en als Jennifer Lopez ze ook draagt, waarom zou ik me dan iets van hem aantrekken. Zeg hem maar dat ik bereid ben voor hem te scheiden.'

Ze maakt een grapje, natuurlijk; ze lacht, uiteraard, waarbij haar scherpe, hagelwitte tanden bloot komen waardoor je nooit gebeten zou willen worden; maar intussen heeft ze dat werkwoord wel uitgesproken, het werkwoord dat onmiddellijk bij je opkomt als je haar man kent. Nu ik haar beter bekijk, gekleed – of liever gezegd ontkleed – als een vijftienjarige: de laag getailleerde jeans van mijn broer, alla; de zoom van haar onderbroek die boven haar riem uitkomt, alla; alles strak, verschoten en gescheurd, met het opschrift *Llevanta* op haar dij, alla; maar dat krappe hemdje dat tot halverwege haar buik komt – ook van Barrie? nee, dat zou ze me hebben gezegd, dan zou ze ook met haar tieten onder mijn neus hebben gewapperd –, die twintig zwarte rubberen ringen om haar pols die lijken op de pakkingring van de douchekop, of dat misschien wel zijn, en die paarse Converse-sportschoenen aan haar voeten... nou, als ik haar man was, zou zelfs ik enige sarcastische opmerkingen niet hebben kunnen onderdrukken.

'De volgende keer dat hij ons komt opzoeken, nodig ik je uit om te komen eten, dan kun je het hem rechtstreeks zeggen.'

Maar ik ben haar man niet, en het kan me geen moer schelen hoe ze zich kleedt.

'Echt waar! Meen je dat serieus?'

Overigens is ze niet de enige die zich, op haar leeftijd, zo kleedt, vooral 's zomers – of tijdens de onverklaarbare zomerse vlagen midden in de herfst, zoals we de laatste tijd beleven. Als namelijk niet al haar leeftijdgenoten min of meer hetzelfde deden, en ook dertigers zoals Marta, en vijfentwintigjarigen zoals Jolanda, als Barbara-of-Beatrice een geïsoleerd geval was en als de doelgroep van het merk Barrie louter bestond uit kleine meisjes die naar MTV kijken, dan kon Carlo het wel op zijn buik schrijven om € 120 of € 180 te vragen voor die jeans en er toch zoveel te verkopen.

'Natuurlijk meen ik dat serieus.'

Haar mobiel gaat, en de rumba begint: ze zoekt hem in de puinhoop van haar Freitag-tas, gemaakt van het gerecyclede dekzeil van vrachtwagens (dat weet ik omdat Annalisa, mijn secretaresse, er net zo een heeft), vindt hem, kijkt op het display wie er belt, maakt een verontschuldigende grimas, neemt op, staat op, gaat wat verderop staan om te praten, zoekt een hoek waar ze goed bereik heeft. Lara was niet zo. Lara was niet verslaafd aan haar mobiel, en ze zou die van Enoch nooit hebben meegenomen als ze hem op een vuilcontainer had gevonden. Lara ging sober gekleed, en liet zich niet inpalmen door Carlo – integendeel, tussen hen boterde het niet zo, ze waren bang van elkaar, ze boezemden elkaar ontzag in, er bestond tussen hen geen enkele intimiteit. Het was makkelijk voor mij om tussen hen in te staan omdat ik nooit werd gepasseerd, onder geen omstandigheid. Maar Claudia is helemaal gek van hem, van haar oom, ze verafgoodt hem onafhankelijk van mij, en dat is moeilijker te accepteren. Mijn broer, haar oom. De ontboezeming die ze deed een paar dagen na de dood van haar moeder:

'Weet je wat me het meest had geschokt in mijn hele leven? Dat was toen ik ontdekte dat mijn oma ook jouw moeder was'...

Maar ik moet niet denken, dat is het punt. Ik moet kijken en verder niets. Ik moet ademen, me ontspannen, mezelf leegmaken en aandachtig kijken naar mijn dochter die traint op de evenwichtsbalk. Stop. Kijk, nu bereidt ze een nieuwe poging voor om van de balk te springen. Ze staat onbeweeglijk, gespannen als een katapult. Haar voeten, enigszins overdwars, buiten alle ruimte uit die de smalle balk biedt. Haar armen omhoog, haar handen die aan haar polsen lijken te hangen, de gekromde elastische rug, geladen met kinetische energie, klaar om vrij te komen. Ze zoekt naar haar concentratie. Ze moet iets moeilijks doen, iets wat weinig meisjes in de wereld kunnen, en ze moet het volmaakt uitvoeren, anders krijgt ze een berisping. Ze wacht op het juiste moment om te springen, de fractie van een seconde waarin ze al haar kracht en al haar vermogen onder controle heeft. Ze concentreert zich en wacht. Maar ze weet dat ze maar enkele seconden kan wachten, vier, vijf, niet meer, waarna ze hoe dan ook zal moeten springen. Ik zit hierboven en kan haar niet helpen. Of wel? Ik kan je wel helpen, engeltje. Ik kan je helpen als je me hoort. Hoor je me? Herinner je je die plaat die in het lokaal hing van de eerste klas? Hij ging over een jongetje dat probeert een rotsblok op te tillen in het bijzijn van zijn moeder; hij probeert het keer op keer, verbeten, met inspanning van alle krachten, maar het lukt hem niet; dan zegt hij tegen zijn moeder: 'Ik red het niet, mama', en de moeder zegt tegen hem: 'Gebruik alle krachten waarover je kunt beschikken, en je zal zien dat het lukt.' De jongen zegt dat hij dat al heeft gedaan, hij heeft al zijn krachten al ingezet, en zijn moeder zegt: 'Nee, schat, je hebt ze nog niet allemaal gebruikt. Je hebt mij nog niet gevraagd om je te helpen.' Denk aan die plaat, engeltje, en kijk naar boven, kijk naar mij voordat je wegschiet. Eén ogenblik maar, zonder afgeleid te raken: kijk naar mij alsof het een onderdeel van je oefening is, en maak ook gebruik van mijn krachten. Als ik in jou blijf bestaan op het moment dat er voor jou niets anders is dan je lichaam en de bewegingen die je moet uitvoeren, dan kan ik je helpen, nou en of. En ook je moeder zal samen met mij blijven bestaan, en ook zij zal je kunnen helpen. Kom op, engeltje, kijk naar boven. Laten we het romantische spelletje doen dat je nooit zou moeten doen in je leven (herinner je je overigens dat jij, toen ze je op de kleuterschool vroegen om je vader met één bijvoeglijk naamwoord te omschrijven, en al je vriendinnetjes 'groot', 'goed', 'mooi', en 'belangrijk' zeiden, de onderwijzeressen verbaasd deed staan door 'romantisch' te zeggen? Je wist niet eens wat het betekende, je dacht dat het iets met Rome te maken had, de stad waar ik steeds over sprak, waar ik was geboren en waar ik je ieder jaar met kerst mee naartoe nam, maar dat is wat je over me zei, en vanaf die dag begonnen de onderwijzeressen mij met andere ogen te bekijken...), het spelletje dat Newland met Ellen doet in *The Age of Innocence*, wanneer hij haar van achteren ziet, geleund tegen de balustrade, onder het paviljoen aan het eind van de houten aanlegsteiger, terwijl ze aandachtig kijkt naar de baai van Newport bij zonsondergang, en een zeilboot vaart langzaam voorbij, en Newland bidt dat Ellen zijn aanwezigheid zal voelen en zich zal omdraaien, maar Ellen draait zich niet om, en dan zegt hij tegen zichzelf: 'Als ze zich niet naar mij omdraait voordat die boot de vuurtoren rondt, ga ik weg', en de boot rondt de vuurtoren, en Ellen draait zich niet om, en Newland gaat weg... Laten wij dat ook doen, engeltje, laten we nu alles riskeren. Als jij voordat je springt niet naar boven kijkt, dan red je het niet. Als jij voordat je springt niet naar boven kijkt zal ik altijd jaloers blijven op je oom. Als jij voordat je springt niet naar boven kijkt is het waar dat ik niets voor je doe. Kom, kijk naar boven. Kijk naar boven. Kijk naar boven...

Ja, je hebt naar me gekeken, een perfecte blik, dat kan ik je verzekeren: alleen met je oogbollen, zonder de geringste hoofdbeweging, bliksemsnel, intens, én romantisch, een blik die niemand anders heeft kunnen onderscheppen; een volstrekt zuivere blik van kind naar vader, waarin nog geen barsten zitten, veroorzaakt door gevoelens van schuld en onbegrip waardoor hij toch echt aangetast zal worden wanneer ik jou voor het eerst zal kwetsen, vanwege een of andere stommiteit, of jij mij; maar ook de onvergetelijke blik van een vrouw naar een man, vol erotische spanning, die je precies zo zult herhalen op de dag dat je je maagdelijkheid zult verliezen, onder die plaid, in de vrieskou van een leeg, onbekend huis op het land, wanneer je, helemaal opgaande in je lichaam zoals nu, je ogen op dezelfde manier zult opslaan naar die van een bevende jongen die bezig is bij jou naar binnen te gaan, en als je zijn ogen gesloten vindt, weet je dat je je niet hebt vergist, en zul jij de jouwe ook sluiten; maar het is bovenal een heel moedige blik omdat, als je op dat moment de mijne niet had gevonden, als hij nergens terecht was gekomen omdat ik bijvoorbeeld daarachter aan het telefoneren was op mijn mobiel zoals de moeder van je beste vriendin, of wél hier op de bank zat maar druk met haar in gesprek in plaats van naar jou te kijken, jij je kracht niet zou hebben gevonden maar juist verloren. Maar je hebt hem gevonden, je had vertrouwen in mij, en nu barst je los met een energie die je niet lijkt te bezitten, rank en tenger als je bent, en duik je naar boven en naar voren als een sprinkhaan – veel verder van het uiteinde van de balk dan daarvoor; je neemt de salto mortale ruim, royaal, en de ronde vorm ervan wordt geschilderd door je paardenstaart die fungeert als kwast, en de landing is volmaakt, loodrecht op de valmat, zonder onvolkomenheden, zonder achteruit te stappen, zonder aarzeling. Ziezo. Je staat rechtop, verbaasd, en je kijkt opnieuw naar mij: goed zo, engeltje, de sprong is geslaagd, het ging perfect, en ook ons spelletje is geslaagd, en zo zal ons leven eruitzien: het zal een geslaagd leven zijn. Gemma, je oudere vriendin, je ideaal als meisje en als gymnaste, omhelst je, ook zij is gelukkig, ook al moet ze voor het eerst iets in zich voelen knappen, de opkomende twijfel die haar van nu af aan zal vergezellen, de twijfel dat in de toekomst haar superioriteit niet altijd onbetwist zal blijven, dat jij haar op een dag voorbij zou kunnen streven...

Ook Gaia, de instructrice, lijkt ditmaal tevreden te zijn. Je kijkt naar haar als een hondje, in afwachting van het compliment dat je verdient.

'Heel goed,' zegt ze. 'Maar je moet vóór de sprong niet naar je vader kijken. Doe dat maar daarna.'

25

Kijk, ze zijn klaar, ze zijn de goederenlift aan het demonteren. Toen we daarstraks aankwamen waren ze nog bezig spullen naar beneden te halen, en Claudia en ik hebben gebiologeerd gekeken naar de kooi die vol grote dozen naar beneden kwam en weer leeg omhoogging. Er zit een interessante kant aan de werking van dat apparaat: hoewel het iets eenvoudigs is – niet meer dan een goederenlift die langs een ladder loopt – straalt het een geruststellend idee van definitief verworven vooruitgang en welvaart uit, vanwege het zware werk dat het overneemt, en dat niemand ooit meer zal hoeven doen. De verhuizers, twee Slavische jongens en een oudere Italiaan, waarschijnlijk de eigenaar, voerden op elkaar afgestemde bewegingen uit alsof het lopendebandwerk was – inladen, vol naar beneden, uitladen, in de vrachtwagen, leeg weer naar boven –, ze leken radertjes in een veel grotere machine die je deed denken aan iets machtigs en onstuitbaars boven hen. Dat wilde ik in ieder geval graag denken terwijl ik ernaar keek; wie zal zeggen waaraan Claudia dacht.

Vervolgens ben ik met haar meegelopen naar de grote hal, en bij haar gebleven tot de bel ging; toen ben ik nog blijven staan praten met de vader van een vriendin van haar, en nu ik terug ben is het werk klaar. De deuren van de vrachtwagen staan nog open, de jongens demonteren de goederenlift en schuiven hem naar binnen, de eigenaar en de man die mij directeur noemt komen al kletsend de deur van het flatgebouw uit – waarschijnlijk spreken ze af elkaar te treffen bij de tolpoort van Noord-Rome, over zo'n zeven à acht uur; dan loopt de eigenaar naar de jongens toe, en de man die mij directeur noemt komt op mij af.

'Het is zover, directeur,' zegt hij.

Ik glimlach, knik en weet niet wat ik moet zeggen. Maar hij is overduidelijk veel minder droevig dan gisteren, veel luchtiger, meer op zijn gemak, en opeens denk ik het waarom te begrijpen van deze ontwikkeling: gisteren werd deze man nog gebonden en gekneveld door zijn verleden, dat hem kwelde met zijn vreselijke gekreun; nu wacht hem de toekomst, en van díe grote machine, van de toekomst, van zíjn toekomst, waren de verhuizers natuurlijk de radertjes. Een toekomst die ieder spoor van vermoeidheid uit zijn donkere ogen drijft, omdat die toekomst een terugkeer naar huis betekent na zesendertig jaar, zijn oude dag in de buurt van zijn zuster die hem de dozen Frascati stuurde, de geweldige tomatensaus, bereid volgens het geheime recept geleerd op de kookcursus, het zuur van het weduwnaarschap verzoet door de stad van zijn jeugd, en de serene aanvaarding van alles wat komt, en zoals het komt, waardoor de man die mij directeur noemt zich eindelijk gereed voelt, dankzij deze unieke en waarschijnlijk laatste voorwaarde die hij aan zijn leven heeft gesteld: niet-langer-hier. Ik aanvaard alles, ook eenzaamheid, ook ziekte, ook de dood, maar in Rome, niet in Milaan, waar ik alleen heb gewoond omdat zij daar was, en toen zij is heengegaan ben ik als een krankzinnige het huis gaan vegen in een geweldige inspanning om de tijd te verdrijven. Er zijn mensen die voor altijd emigreren, en mensen die weggaan en terugkomen, en daar hoor ik bij, ik ben iemand die weggaat en weer terugkomt.

Is dit projectie? Projecteer ik mezelf op hem, schrijf ik misschien aan hem toe wat ik zelf voel? Ik denk het haast niet: ik loop niet het risico gek te worden omdat mijn vrouw dood is – ik lijd niet eens; en ik heb geen behoefte aan een toekomst elders, want die heb ik al, niet op een andere plek, maar in een andere persoon: in Claudia, zij draagt mijn toekomst in zich.

'Ik groet u,' zegt hij terwijl hij mij de hand drukt. 'Ik vind het jammer dat ik u niet eerder heb uitgenodigd, maar ik ben verlegen.'

‘Succes ermee,’ antwoord ik, wie zal zeggen waarom. ‘En doe Rome de groeten.’

‘Ik zal u af en toe een kaartje sturen, als u mij uw adres geeft. Zo’n traditionele kaart: het Colosseum, de Sint-Pieter, de Fori Imperiali...’

‘Via Durini 3. Zal ik het opschrijven?’

‘Nee, dat hoeft niet...’

En dan doet hij iets verrassends. Hij haalt een viltstift uit zijn zak, waarmee hij waarschijnlijk aanwijzingen heeft geschreven op de laatste dozen die hij vanochtend heeft dichtgemaakt, en schrijft mijn adres op de rug van zijn hand, als een klein meisje. Dan kijkt hij me glimlachend aan.

‘En onthoud,’ zegt hij, ‘het duister duurt een jaar. Onze ouwelui hadden gelijk: twaalf maanden rouw. Als die eenmaal voorbij zijn, zult u zien dat alles zal opklaren.’

Nee, ik ben niet degene die projecteert, dat is hij. Hij is doodongelukkig geweest, en hij denkt dat ik doodongelukkig ben. Wie weet met hoeveel mededogen hij elke dag vanuit zijn raam naar mij heeft gekeken, sinds de geruchtenmachine van de buurt hem heeft ingelicht over wat er met mijn vrouw was gebeurd; wie weet hoeveel pijn hij mij heeft toegedicht bij elke beweging die ik maakte, tijdens de uren die ik hierbuiten doorbracht zonder enige pijn te voelen. Wie weet hoeveel hij over mij heeft gepraat met zijn enige vriend, misschien de kioskhouder, of de eigenaar van de bar, waarbij hij hem tot in alle details heeft verteld wat ik doormaakte en hoe lang het zou duren...

‘Dank u,’ zeg ik. ‘Tot ziens.’

‘Tot ziens, directeur. Kop op.’

Hij draait zich om en loopt weer naar de oudere verhuizer die op hem staat te wachten bij het geopende portier van de vrachtwagen. Ik blijf nog even naar hem kijken, terwijl ik denk hoezeer je je kunt vergissen in dingen waar je je absoluut zeker over voelt. Welke dingen? Dan hoor ik pssst, ik draai me bruusk om en sta tegenover Piquet.

‘Goedemorgen. Was je in gedachten verzonken?’

‘Hé! Hoe lang sta je hier al?’

‘Vijf minuten, maar je was aan het praten met die man... Wie is dat?’

‘Iemand die hier woont. Hij gaat terug naar Rome.’

Het portier van de vrachtauto valt dicht, de motor start, en de man die mij directeur noemt loopt terug naar zijn kale, wanhopige huis. Nog een halfuur in dat hol, misschien slechts twintig minuten, en dan is alles voorbij. Hij knikt nog een keer naar me en ik groet hem terug.

'Zullen we koffie gaan drinken?' zegt Piquet, terwijl hij met zijn kin naar het barretje wijst waar ik inderdaad op deze tijd gewoonlijk koffiedrink.

'Oké.'

'Wat een weer, hè. Op de radio zeiden ze dat het vandaag nog –'

Maar hij krijgt niet de tijd om zijn zin af te maken, want achter ons klinkt een keiharde klap, gevolgd door onheilspellend geknars. We draaien ons allebei tegelijk om. De vrachtwagen. In zijn achteruit. Heeft de draai verkeerd ingeschat en heeft precies een geparkeerde auto geraakt.

Ik kan het niet geloven.

Hij heeft uitgerekend die auto geraakt.

Ik snel naar de plaats van het ongeval en laat Piquet staan – zonder enige wroeging aangezien hij toch kwaad over me spreekt. De vrachtwagen heeft zich met een scherpe hoek in de achterkant van de c3 geboord, en die naar binnen gedrukt waardoor de achterruit is gesprongen. Er is grote opschudding ontstaan. De oudere verhuizer is uitgestapt om te zien wat er aan de hand is en kan het niet geloven – hij zat blijkbaar aan het stuur –, en onmiddellijk zijn er andere mensen bij gekomen, onder wie de man die mij directeur noemt en de verkeersagent die iedere ochtend een plaats voor me vrijhoudt. Ze staan allemaal bij elkaar te kijken naar de gevolgen van de enorme klap, en hun idee van de toedracht kan niet anders zijn dan volstrekt ongenuanceerd en simpel. Uit de spaarzaamheid van hun bewegingen blijkt de zekerheid dat ze hier te maken hebben met een heel eenvoudig voorval waaraan weinig te begrijpen valt; niemand schijnt te vermoeden dat er bij zo veel eenvoud wel eens iets niet zou kunnen kloppen. Niemand hecht bijvoorbeeld het nodige belang aan het kaartje dat oplicht tussen de scherven van de verbrijzelde achterruit in de bagageruimte; niemand lijkt ook maar enigszins het werkelijk uitzonderlijke van de gebeurtenis te beseffen waarvan hij zojuist getuige is geweest, de verbijsterende statistische ongerijmdheid ervan; ze zijn er allemaal van overtuigd dat ze een verhuiswagen grote schade hebben zien toebrengen aan een bijna nieuwe c3. Zolang de vrachtauto tenminste zo blijft staan, met zijn achterkant in de auto geboord, zou het niet moeilijk moeten zijn om grillige patronen te interpreteren die door het lot zijn aangebracht op het arme wrak, want de schade die ik meer dan twee weken geleden heb veroorzaakt valt duidelijk niet te rijmen met de nieuwe schade, en de ongelukkige manoeuvre die er de oorzaak van is. Hoe is het in godsnaam mogelijk dat niemand dat ziet? Door de auto te raken zoals hij hem heeft geraakt kan de vrachtwagen niet de hele zijkant hebben vernield – die namelijk al door mij was vernield. Het is overduidelijk, ze staan erbovenop, ze hoeven het alleen maar op te merken. Het wordt een ander verhaal wanneer de vrachtwagen wordt verplaatst om de rijbaan vrij te maken – wat ophanden lijkt te zijn gezien de file die zich aan het vormen is; vooruit, iemand zou het toch moeten opmerken. Maar klaarblijkelijk merkt niemand het op; wat hun betreft is alles een paar minuten geleden gebeurd. Ik kijk naar de man die me directeur noemt, en die met de oudere verhuizer staat te praten. Misschien weet hij het; misschien zat hij uit zijn raam naar mij te kijken toen ik de c3 sloopte om de weg vrij te maken – aangenomen dat hij al iets over me wist, wat niet vaststaat; bovendien regende het toen, het was koud, het was geen zomer zoals vandaag, er was geen enkele reden om bij het raam te gaan zitten; maar er was wel een vreselijk kabaal ontstaan, en misschien is hij juist daarom naar het raam gerend, en was hij net op tijd om te zien dat ik de oorzaak was...

Nu is het te laat, de geblokkeerde auto's beginnen te toeteren, en de agent kan ze niet meer in bedwang houden. De verhuizer heeft ervaring met dit soort zaken – hij is iemand die beroepsmatig mensen in de weg staat –, en hij begrijpt dat het moment is gekomen om de vrachtwagen te verplaatsen. Hij excuseert zich, stapt weer in, start de motor, terwijl het groepje nieuwsgierigen zich oplost en de straat vrijmaakt, en de agent begint het verkeer te laten doorstromen. De toedracht van het ongeval is nu toch wel duidelijk...

Ik sta nog naast de c3, overvallen door een vrolijk, kinderlijk gevoel van opluchting. Niemand kijkt naar me, niemand let op me – net als toen ik uit het water kwam de dag dat Lara stierf, en zojuist die vrouw had gered, ook daar had niemand iets in de gaten. Ik zou mijn arm in de kofferbak kunnen steken, mijn visitekaartje weggrissen, en wegwezen.

Wie zou het merken?

Misschien zou Piquet het zien. Hij is verderop blijven staan, en kijkt naar me. Hij zou het kunnen zien. Maar dat zou geen probleem moeten zijn, want hoewel hij paranoïde is, zou hij toch nooit kunnen bedenken wat hij heeft gezien. Waarom stak je je hand door het gat van de achterruit? Ik heb een stuk glas verwijderd dat rechtop was blijven staan. Ah... Nee, het probleem is de man die mij directeur noemt. Hij zou het kunnen weten. Daar komt hij weer aan, recht op mij af, hij spreidt zijn armen, en zegt: 'Het begint al goed, hè?' – met mijn adres op zijn hand geschreven. Maar als hij het weet, dan zou hij het moeten zeggen, en mij de kans moeten geven mijn gezicht te redden. 'Eerlijk gezegd,' zou hij bijvoorbeeld tegen de agent, die de overheid vertegenwoordigt, moeten zeggen, 'is alleen deze schade veroorzaakt door mijn verhuizer, hier in het midden, terwijl de schade aan de achterlicht-unit, en daaromheen, aan de bumpers, tot aan het afgerukte spatbord dat als een prop verkreukeld blik tegen het wiel aandrukt, is veroorzaakt door deze mijnheer hier, een aantal dagen geleden, ja toch, directeur?' En dan zou ik zeggen, ja, dat is zo, het is een vreemde samenloop van omstandigheden, dit heb ik gedaan met de auto van mijn schoonzuster, en ik heb mijn gegevens achtergelaten om de schade te regelen, daar, ziet u, tussen de scherven van de verbrijzelde achterruit? Dat is mijn visitekaartje, ik heb het onder de ruitenwisser gestopt, met al mijn telefoonnummers, maar de eigenaar is nooit komen opdagen, en die auto is hier al die tijd blijven staan... Maar hij zegt niets, en hij knipoogt ook niet schalks naar me om me te verstaan te geven dat hij het weet maar dat hij zich er wel voor wacht om voor verklikker te spelen. Niets van dat alles, hij loopt weer weg, wat hem betreft is het goed zo. En ook de verkeersagent moet op een of andere manier meer dan twee weken lang de vernielde achterkant van deze auto iedere ochtend onder ogen hebben gehad; toch merkt hij niets, of herinnert hij zich niets of doet hij alsof zijn neus bloedt. En bovenal de verhuizer, die zijn wagen heeft geparkeerd voor een uitrit en die onmiddellijk terug is gekomen om de auto te bekijken, te betasten, en uit te leggen dat zijn koppeling is geslipt, lijkt zich volstrekt niet te realiseren dat zijn botsing niet al die schade kan hebben veroorzaakt, dat een gedeelte ervan er al moet zijn geweest – iets wat overigens minder duidelijk is nu de vrachtwagen er niet meer staat. Nee, het enige element dat deze auto nog verbindt met wat er werkelijk is gebeurd – de beroemde waarheid – is mijn visitekaartje; als je dat wegneemt, dan is hij gewoon geramd door een manoeuvrerende verhuiswagen – wat iedereen hier bereid is te verklaren.

Wat te doen?

Ik tel tot tien. Als bij tien nog niemand iets heeft gezegd, pak ik het kaartje weer en dan zien we wel.

Een. Twee. Drie.

Tenslotte maakt het voor de verhuizer toch niets uit. Hij heeft toch al schade veroorzaakt, hij zakt in ieder geval op de bonus-malusladder van zijn verzekering, en vanwege een van de vele eigenaardigheden van verzekeringscontracten is er geen enkel verband tussen het aantal treden en de omvang van de schade, daarom...

Vier. Vijf. Zes.

Het maakt voor niemand iets uit, dat is de waarheid. De waarheid is dat niemand zich druk maakt over deze auto omdat hij van niemand is.

Zeven. Acht.

En niemand kijkt naar me.

Negen.

En stelen van verzekeringsmaatschappijen is geen stelen.

Tien.

Zo, dat is dat.

Dat het vandaag nog warmer wordt dan gisteren, dat zeiden ze op de radio. Heb ik ook gehoord.

26

‘Een zwembad met een verhoogde rand is echt iets voor heikneuters.’

De kasuarisman heeft zijn koffie in één teug opgedronken, hij heeft uit zijn zak een geheel verfomfaaid zwart schriftje gehaald en daaruit deze vreemde zin voorgelezen. Ik stond op het punt hem te vragen waarom hij weer was begonnen kwaad over mij te spreken, maar hij bracht me van mijn stuk.

‘Wat zeg je?’

‘Heel goed,’ antwoordt hij voldaan. ‘Nicky zei precies hetzelfde: “Wat zeg je?” Nicky is een vriend van ons die het zwembad liet zien dat hij in zijn tuin had laten aanleggen, vanzelfsprekend met een verhoogde rand. “Wat zeg je?” En haar antwoord was...’ hij leest uit het schriftje: ‘“Ik zei dat ik maar een zwembad hoef te zien of ik voel me al goed.”’

Hij neemt een sigaret uit het pakje op de tafel, doet hem in zijn mond, maar steekt hem niet aan. Hij kijkt strak naar me.

‘Francesca?’ vraag ik.

‘Wie anders?’ zegt hij met een te harde stem. ‘Ze bevindt zich in een soort acute fase, hoor maar – hij leest uit het schriftje –: “Een vrouw die rondloopt met een paardenstaart wil zeggen dat ze vies haar heeft.” We waren zaterdagmiddag nog maar net binnen bij Hi-Tech, en de verkoopster had gevraagd wat ze voor ons kon doen. Natuurlijk had ze een paardenstaart.'

'En wat zei ze?'

'Wie, de verkoopster?'

Hij betast al zijn zakken, klaarblijkelijk op zoek naar een aansteker die er niet is. Ik geef hem de mijne, en hij steekt de sigaret aan. Hij inhaleert diep, en blaast de rook met kracht uit terwijl hij spreekt.

'Wat kon ze zeggen? Wat jij en ik ook zouden hebben gezegd: "Pardon?"'

'En Francesca?'

'Francesca zei – hij leest weer uit het schrift –: "Nee, dank u. We kijken even rond."'

Hij neemt weer een lange trek van zijn sigaret, en zijn gezicht krijgt een waakzame, afwachtende, moeilijk te doorgronden uitdrukking.

'Nou ja, jullie zijn in ieder geval weer bij elkaar,' zeg ik. 'Het laatste wat ik weet is dat ze het huis had verlaten.'

Dan gebeurt het: als opgeroepen door mijn woorden verschijnt er opeens een woeste paranoïde blik in zijn ogen. We zijn opnieuw in de savanne, omringd door allerlei gevaren.

'Ze is teruggekomen omdat ik haar op mijn knieën heb gesmeekt om terug te komen, Pietro,' mompelt hij. 'Ik heb mijn excuses aangeboden, begrijp je, ik aan haar, en ik heb haar beloofd dat ik nooit meer over dat onderwerp zou beginnen. Daarom is ze teruggekomen.'

'Heb je je aan die belofte gehouden?'

'Zeker. Als ik het zou wagen er weer over te beginnen, zou ze opstappen en niet meer terugkomen. Maar ik schrijf alles op, alles.'

Hij klemt het zwarte schriftje in zijn handen – iets wat hem een beetje schijnt te kalmeren. Misschien zou ik dit onderwerp nog net op tijd kunnen afkappen en hem kunnen vragen hoe hij het in zijn hoofd haalt om mij hier in vertrouwen te nemen terwijl hij me vervolgens op kantoor voor gladjakker uitmaakt. Maar de waarheid is dat de wapenfeiten van zijn Francesca me veel meer interesseren, en zijn grauwe gezicht dat wordt ontsierd door vlijmende ongerustheid zegt me dat hij op het punt staat geweldige dingen te vertellen.

'Ik bestudeer het mechanisme, Pietro; in zijn eenvoud is het volmaakt. Ze kan nu zeggen wat ze wil, en uiteindelijk denkt iedereen dat hij haar verkeerd heeft verstaan...'

Hij doet het schrift weer dicht, en gooit zijn sigaret weg.

'Het geheim is dat ze er zich niet van bewust is. Dát en haar schoonheid zorgen ervoor dat alles goed loopt, want Francesca is mooi, en schoonheid boezemt ontzag in. Je herinnert je Francesca toch wel?'

'Ja.'

'Je herinnert je toch wat een heerlijk stuk het is.'

Boem. Ze is mooi, dat wel, maar niet zo mooi als hij denkt. Ze heeft heus wel een paar onvolkomenheden. Haar voortanden zijn bijvoorbeeld te lang, wat orthodontisten 'een overbeet' noemen. Dat is me opgevallen omdat Claudia dat ook heeft, en die moet over een paar jaar dan ook een beugel gaan dragen.

'Ja.'

'En kun je je haar voorstellen? Ik bedoel dat je haar gezicht voor je ziet, haar uitdrukking terwijl ze bepaalde dingen zegt?'

'Ja.'

'Haar gezicht, bedoel ik. De manier waarop ze haar lippen krult wanneer ze glimlacht, het licht dat straalt in haar ogen...'

Ik heb het begrepen, hij wil dat ik nee zeg.

'Nee, dat niet. Ik heb haar maar twee of drie keer gezien.'

Hij schudt diep teleurgesteld zijn hoofd, terwijl hij naar de grond kijkt.

'Uh... dan kan je het ook niet begrijpen. Dan kun je niet beseffen wat het is.'

Dan richt hij zijn blik weer strak op mij, maar door zijn veranderde uitdrukking zie je duidelijk dat er een idee bij hem opkomt.

'Maar je kunt je wel een andere vrouw voorstellen,' zegt hij met onverwacht enthousiasme. 'We kunnen het volgende doen: probeer te denken aan een heel mooi meisje dat je kent.'

'Waarom?'

'Om het tot je door te laten dringen.'

'Maar het dringt wel tot me door.'

'Pietro, voor jou is Francesca slechts een verhaal, ze bestaat alleen uit woorden. Ik zou daarentegen willen dat je haar zag, als dat mogelijk is.

Anders kun je nooit begrijpen wat ik doormaak. Vooruit, denk aan een mooi stuk dat je kent...'

Hij blijft me opnemen met zijn oververhitte blik, met de verwijde pupillen die bijna de hele iris beslaan. Misschien snuift hij cocaïne. Misschien heeft hij ook vanochtend al gesnoven, een halfuur geleden, voordat hij hier kwam.

'Kom op,' dringt hij aan, 'dat is toch een kleine moeite?'

Ach wat, hij heeft nog gelijk ook, wat is het nu voor moeite? En over de reden waarom hij weer is begonnen kwaad over me te spreken hebben we het toch niet meer.

'Moet ik denken aan een mooi meisje dat ik ken?'

'Ja, maar wel heel mooi.'

'Oké.'

'Hoe heet ze?'

Maar dat doet er toch niet toe. Wat voor apennieuwsgierigheid drijft hem ertoe om me deze vraag te stellen?

'Alleen om haar een naam te kunnen geven terwijl ik de situatie beschrijf,' voegt hij eraan toe omdat mijn gezicht waarschijnlijke verstrakte. 'Je hoeft me niet te zeggen wie het is. Alleen haar naam.'

'Marta.'

'Oké. Marta. Nu moet je je het tafereel voorstellen. De situatie is als volgt: deze Marta bevindt zich samen met vrienden in een restaurant. Het restaurant is nog maar pas open en de eigenaar is een vriend van haar vrienden, een homoseksueel, voor de goede orde, een belangrijk detail. De eigenaar komt bij hun tafel staan en vraagt hoe de varkensworst met parmezaansorbet smaakt die zojuist is opgediend. Hij vraagt het aan iedereen maar kijkt hierbij toevallig vooral naar haar, waardoor zij zich verplicht voelt te antwoorden. En zij antwoordt – hij kijkt in het schriftje –: "Het is verrukkelijk, mijn complimenten." Maar de eigenaar verstaat haar niet: "Pardon?" zegt hij. "Het is verrukkelijk," herhaalt Marta, "mijn complimenten." Oké? Zie je het voor je?'

'Ja.'

'Lukt het je om de gelaatsuitdrukking van Marta op te roepen terwijl ze dat zegt? De toon van haar stem, haar ogen, alles?'

'Ja.'

'Concentreer je maximaal, alsjeblieft. Onderschat niet de macht die een geconcentreerde geest heeft om een werkelijk compleet beeld op te bouwen. Marta, hadden we dus gezegd: span je in om haar te zien. Haar gezicht, de manier waarop ze glimlacht, waarop ze haar handen beweegt. Ze is heel mooi, elegant gekleed. Haar oorbellen, haar make-up...'

Dit is volkomen belachelijk: opeens kijkt Piquet me strak in de ogen en begint langzaam tegen me te spreken, waarbij hij de woorden scandeert, alsof hij me wil hypnotiseren.

'Doe je ogen dicht, dan zul je eens zien wat er allemaal verschijnt...'

Dat bedoel ik. Het is nóg belachelijker dat ik mijn ogen echt dichtdoe, hier in het barretje bij de school, onder leiding van een paranoïde, manisch-depressieve man die op een kasuaris lijkt; maar het is bovenal belachelijk dat deze klucht in staat blijkt te zijn om mijn verbeelding in gang te zetten. Daar zit ze, Marta, in het restaurant: ze heeft zich opgedoft, het golvende haar dat over haar voorhoofd valt, de zachte rode mond met een summiere floers van lipgloss, het ondeugende decolleté, haar troebele, licht opgemaakte hazelnootbruine ogen; ze barst in lachen uit, drinkt rode wijn met kleine slokjes, leunt enigszins voorover om zachtjes iets te zeggen...

'De eigenaar arriveert, vraagt hoe de varkensworst met sorbet smaakt, en zij zegt: "Het is verrukkelijk, mijn complimenten..."'

Nu merk ik dat ik helemaal niet bezig ben me haar voor te stellen, maar dat ik me haar herinner. Ja, wat ik me herinner is dat ik haar mee uit eten heb genomen naar dat restaurant vlak bij de Torre Velasca, dertien jaar geleden, direct na de auditie die ik haar had laten doen voor Canale 5, toen zij nog niet wist dat ze al grandioos was geslaagd, en daarom deed ze zo koket tegen mij, zo opgewonden en toeschietelijk omdat ik haar geheimste en vurigste ambitie had geprikkeld die verscholen lag in de nevel van haar negentien jaar – bij de televisie werken, beroemd worden, begeerd en bewonderd – en ze voelde zich slechts een stap verwijderd van de verwezenlijking ervan...

'Ben je er nog?'

...En kijk, twee uur later danst ze naakt op Dance Hall Days van de groep Wang Chung in mijn hol op de Via Bonghi, lichtelijk aangeschoten maar zichzelf volledig meester, in een dodelijke mengeling van sluwheid en naïviteit, vastbesloten om al haar verpletterende schoonheid uit te storten over mij, televisieschrijver, om het doelwit maar niet te missen waarvan ze niet weet dat ze het al heeft geraakt. Ze komt nu dichterbij, draait om me heen, en beroert mijn oor met haar lippen, en opeens zet ze haar tanden diep in mijn hals alsof ze echt mijn bloed wil zuigen – die geile beet die ik daarna zo vaak heb herhaald in de hals van alle vrouwen die in mijn armen belandden, maar die ik helaas nooit meer heb ondergaan...

'Pietro, ben je er nog?'

'Ja, ik ben er.'

'Nu hoef je alleen maar de eerste zin van jouw Marta te veranderen. Alles wat je je zojuist hebt voorgesteld blijft hetzelfde, behalve dat de eerste zin niet meer luidt: "Het is verrukkelijk, mijn complimenten." De eerste zin die zij uitspreekt onmiddellijk nadat de eigenaar haar heeft aangekeken en gevraagd: "Hoe smaakt het?" wordt nu...'

Maar het is zinloos me deze dingen te herinneren. De gekte van Marta is een volledig fysieke en seksuele gekte – veel gevaarlijker. Marta zegt geen dingen zonder dat ze zich ervan bewust is; ze kleedt zich uit zonder dat ze zich ervan bewust is; ze gaat naar bed met mannen en wordt zwanger zonder dat ze zich ervan bewust is. Ik moet ophouden met aan haar te denken. Ik moet daar onmiddellijk mee ophouden.

'"Je krijgt hier wel kleine nichtenporties."'

Ik doe mijn ogen weer open.

'Begrijp je het nu?'

Piquet is nu zo bleek als een berk; het lijkt alsof hij is blijven hangen aan de vraag die hij zojuist heeft gesteld, en ik moet nu gewoon iets terug zeggen. Iets willekeurigs over Francesca door wie hij in deze toestand is gekomen. Niet over Marta, Marta staat er helemaal buiten. We hebben het over Francesca.

'Kijk,' zeg ik, 'ze heeft niet helemaal ongelijk. Geheel verzonken zwembaden zijn veel mooier dan die met een verhoogde rand; wanneer vrouwen een paardenstaart dragen hebben ze bijna altijd vies haar; en in restaurants zijn de porties altijd kleiner. Ze lijkt mij vooral verstandig, misschien een beetje grof, maar ik zou me er niet zo druk over maken.'

Ik weet precies wat voor glimlach ik forceer – geruststellend, ironisch, van iemand die weet hoe de wereld in elkaar zit – en intuïtief heb ik de indruk dat het me best goed afgaat; maar het heeft geen zin want opeens zijn we niet meer in de werkkamer van de hypnotiseur, we zijn weer terug in de savanne, waar geen plaats is voor ironie, en er moet ook een cheetah verschenen zijn, want de kasuaris kromt zijn rug en begint me weer aan te kijken met bezeten ogen.

'O nee?' steigert hij. 'Dan moet je dit eens horen. Dinsdagavond, vernissage van de fototentoonstelling over apartheid in Studio Elle' – hij gaat zachter praten – '"Negers schijnen helemaal geen langere lul te hebben dan blanken"' – hij praat weer op gewone sterkte – 'Wil je weten wat de kleur was van de hand die ze drukte? Wil je weten van wie die hand was?'

Dat syndroom is inderdaad verbluffend. Als het waar is, dan is het echt verbluffend.

'Van wie dan?'

'Van de Zuid-Afrikaanse consul, die speciaal naar Rome was gekomen om de tentoonstelling te openen.'

'Wat heb jij gedaan?'

'Ik ben gevlucht. Ik heb zomaar in het wilde weg gezwaaid alsof ik iemand zag die ik kende, en heb haar daar laten staan. Ik heb aan de andere kant van de zaal vijf minuten naar een muur van witgeschilderde bakstenen staan te kijken, en toen ik de moed had gevat om in haar richting te kijken, zag ik dat ze heel opgewekt stond te kletsen met een vriendin, en dat de consul er niet meer was.'

'En zij was zich van niets bewust.'

'Natuurlijk niet.'

'Dus zullen we nooit weten wat zij dacht dat ze had gezegd.'

Hij pakt me bij de arm.

'Pietro, het probleem is niet wat ze denkt dat ze zegt, het probleem is wat ze zegt. En in feite is het mijn probleem, niet het hare. Want ik heb het eindelijk begrepen, weet je? Eindelijk heb ik alles begrepen.'

Daar zijn we dan. Vroeg of laat begrijpt een paranoïcus alles. Anders zou hij niet paranoïde zijn.

'Wat heb je begrepen?'

'Precies wat ik zei: dat het mijn probleem is, niet het hare.'

Hij laat gelukkig mijn arm los, en gaat weer zachter praten – terecht: de bomen zouden wel eens vol microfoons kunnen hangen.

'Volg je mijn redenering? Op wie zijn haar projectielen in feite gericht? Met wie praat ze als ze dit soort dingen zegt? Niet met zichzelf want ze is er zich niet eens van bewust dat ze het doet. De mensen die ze voor zich heeft zijn iedere keer weer anderen: vrienden, winkelpersoneel, obers, consuls... Let wel, ook nu ze het veel vaker doet, doet ze het nooit twee keer bij dezelfde persoon. Nooit. Nee, er is slechts één persoon die altijd aanwezig is, die niet kan denken dat hij het verkeerd heeft verstaan, die het weet: en die persoon ben ik. Het is voor mij bedoeld.'

Natuurlijk. Hij is het absolute middelpunt van de dingen die om hem heen gebeuren, daarom overkomt hem altijd alles, ook wanneer het anderen overkomt; en hij is de enige die alles kan begrijpen.

'Nu kan haar niets gebeuren,' vervolgt hij, 'want om haar terug te krijgen heb ik beloofd dat ik er niet meer over zou praten. Ze weet nu dat ze zich kan laten gaan, en dat heeft ze dan ook gedaan. Moet je eens horen' – hij begint weer voor te lezen uit het schriftje –: '"Ik barst als ik nu niet ga piesen." "Ik ben ontmaagd door een vriend van mijn vader." "Deze sorbet lijkt wel een kwakkie..."'

Fantastisch...

'...Allemaal van de afgelopen week, Pietro, en allemaal tegen verschillende mensen; de enige constante is dat ik erbij was.'

'Oké, maar hoe weet je dat ze het ook niet bij anderen doet als jij er niet bij bent?'

'Ik verzeker je dat ze met mij spreekt: al die dingen zegt ze tegen mij. De psychologe van mijn zoon denkt dat ook.'

'Welke psychologe?'

'De psychologe die mijn zoon behandelt. Dat heb ik je toch gezegd? Dat Saverio een hele reeks problemen heeft sinds zijn moeder en ik uit elkaar zijn: tics, stotteren, allergieën. Nu is hij begonnen te tellen in plaats van te praten, en daarom zijn we met hem naar een psychologe gegaan.'

'Hoe bedoel je, tellen?'

'In plaats van te praten, telt hij. Daarom zijn we met hem naar die psychologe gegaan, maar natuurlijk wil die psychologe vooral met ons beiden praten, juist omdat Saverio niet meer praat. En een paar dagen geleden heb ik die psychologe dus verteld over Francesca en zij heeft me –'

'Nee, wacht even,' – ook ik verhef mijn stem een beetje, en ik hoop dat hij begrijpt waarom – 'hoe moet ik me dat voorstellen dat je zoon telt in plaats van te praten?'

'Het is hartverscheurend, ik moet al huilen als ik eraan denk. In plaats van te praten, telt hij. "Saverio, hoe ging het op school?" "Zevenduizendzeshonderdzestien, zevenduizendzeshonderdzeventien, zevenduizendzeshonderdachttien..." Dramatisering van de afwijzing, noemt de psychologe het.'

Dramatisering: je zal zien dat het dezelfde psychologe is die me een paar avonden geleden heeft zien flauwvallen...

'Hij zegt geen enkel woord?'

'Saverio? Nee.'

'Doet hij zo bij iedereen?'

'Ja, bij iedereen.'

'Ook op school?'

'Ja.'

'Maar sinds wanneer?'

'Sinds een paar weken.'

'Hij gaat dus al twee weken door met die ene telling?'

'Ik geloof van wel. Gisteravond aan de telefoon heeft hij heel hoge getallen op me afgevuurd, in de honderdduizend.'

Ik ben verbijsterd. Hij zei dat het hartverscheurend was, dat hij al moest huilen als hij eraan dacht, maar hij praat erover met een bijna achteloze afstandelijkheid, alsof het om mondspruw ging of een aanval van acetonemie.

'En wat zegt de psychologe?'

'Wat wil je dat ze zegt? Ze zegt dat we hem zijn gang moeten laten gaan, hem niet moeten opzadelen met een schuldgevoel, en de conflictsituatie tussen ons beiden moeten temperen, want volgens haar is dat het wat hij afwijst. Daarom wil ze met ons tweeën praten, samen en ook apart. Ik zei je dus al dat ik haar een paar dagen geleden, toen ik alleen met haar was, heb verteld over Francesca, opdat ze ook beseft in welke omstandigheden ik verkeer, en om haar te vragen wat de betekenis is van die...'

Er is geen doorkomen aan: Piquet wil over Francesca praten. Hoezeer ik ook mijn best doe om het gesprek over het kind vast te houden, hij vindt steeds een aanknopingspunt om het weer terug te brengen op Francesca. Die arme Saverio kan tot een miljoen tellen, maar de aandacht van die man krijgt hij daar niet mee...

'...al die dingen zegt ze tegen mij. Zij heeft deze manier bedacht om mij haar verborgen agressiviteit, die haar bang maakt, die ze niet accepteert, en die ze onderdrukt, kenbaar te maken, om te zien of ik die tenminste wel accepteer.'

'Francesca bedoel je?'

'Ja.'

'Waarom zou ze dat doen?'

'Om mij op de proef te stellen. Om te zien of ik echt van haar houd.'

Opeens, zonder zelfs op zijn horloge te hebben gekeken, besluit hij klaarblijkelijk dat het al laat is, want hij pakt het bonnetje, werpt er een vluchtige blik op en legt twee munten van twee euro op de tafel.

'Het is onzekerheid,' voegt hij eraan toe. 'De angst om mij te verliezen.'

'Heeft de psychologe dat gezegd?'

'Ja, of eigenlijk nee, zij stelde alleen maar vragen en luisterde. Maar juist terwijl ik haar vragen beantwoordde, heb ik het begrepen: ze stelt me op de proef, snap je? Ze wil weten of ik die kant van haar accepteer die ze zelf afwijst. Ik heb het begrepen en het uitgesproken, en de psychologe heeft het niet weerlegd, vandaar...'

Hij fatsoeneert omstandig zijn haar en staat op, met veel gekraak van gewrichten. Ik sta ook op, terwijl hij al in de richting van de school loopt.

'Hé, het schrift...' zeg ik.

Hij staat abrupt stil, kijkt eerst naar mij, en dan naar het zwarte schriftje dat op de tafel is blijven liggen.

'O ja,' zegt hij, en met twee sprongen is hij bij de tafel en pakt het op. De serveerster arriveert, neemt het geld en begint de tafel op te ruimen. Hij negeert haar, terwijl ik haar groet omdat we elkaar zo langzamerhand kennen. Ze heet ook Claudia. Ze heeft me een keer gevraagd of ik een goede toneelschool wist.

'Het ontbreekt er nog maar net aan dat ik het zou verliezen,' zegt Piquet, terwijl hij het schriftje in de achterzak van zijn spijkerbroek steekt.

'Heeft de psychologe je aangeraden alles op te schrijven wat ze zegt?' vraag ik.

'Nee, het is mijn eigen idee.'

'Waarom doe je het?'

Hij gaat weer voor, en ik loop achter hem aan.

'Pietro, Francesca is ziek,' zegt hij op ernstige toon. 'Op dit moment wil ze er niets over horen, maar vroeg of laat zal ze zich moeten laten behandelen, en wanneer ze bereid is zich te laten behandelen, zal het van pas komen dat ik alles heb opgeschreven.'

Bij de school is niemand meer. De verhuizers zijn vertrokken, en ook de verkeersagent. Ik kijk naar het raam van de man die mij directeur noemt, het is gesloten. Alleen de c3 staat nog te glimmen in de zon – nu tweemaal geramd, met slechts één verantwoordelijke voor de aangerichte schade.

'Want ik leg me er niet bij neer, begrijp je?' begint Piquet weer. 'Ze stelt me op de proef, en ik wil haar niet verliezen alleen maar omdat ik niet sterk genoeg ben om deze proef te doorstaan. Ik ben sterk genoeg. Ik doe net alsof er niets aan de hand is, zij gaat door met het afvuren van haar projectielen, en ik vertrek geen spier: "Je bent een stuk stront", "Wat zeg je?", "Je bent een bofkont". Zo eenvoudig is het toch? Ik weet nu hoe het werkt. Het is een ziekte, het is alsof ze incontinent is. Maar ik houd van haar, ik kan niet zonder haar, en als ze incontinent was en weigerde dat toe te geven zou ik leren om haar een schone onderbroek aan te trekken zonder dat ze het merkte.'

Hij staat stil, en met de afstandsbediening activeert hij het alarm van zijn auto. Een enorme Mercedes-terreinwagen die voor het parkje staat geparkeerd reageert met een beep – heel anders dan de mijne, scheller en vluchtiger. Ik vraag me af wat Matteo ervan zou denken.

‘En intussen,’ rondt Piquet af, ‘terwijl ik wacht totdat ze bereid is zich te laten behandelen, sta ik tot haar beschikking en blijf ik haar beschermen, ja, en ik zal haar dekken wanneer ze haar projectielen afvuurt op anderen: ik zal doen alsof er niets aan de hand is, ik zal glimlachen zoals zij, en de mensen zullen praktisch gedwongen zijn te denken dat ze haar verkeerd hebben verstaan. Zo eenvoudig is het toch?’

Hij kijkt me aan en glimlacht. Ik zie letterlijk op zijn gezicht een warm, onmiskenbaar, troostrijk gevoel van opluchting verschijnen, alsof met de formulering van dit laatste plan zijn probleem opeens is verdwenen. Vooruit maar. Een halfuur lang leek hij voor mijn ogen te bezwijken onder het gewicht van een ondraaglijke druk, en nu heeft hij alles opgelost door gewoon te besluiten het te verdragen.

‘Zo eenvoudig is het toch?’ herhaalt hij.

‘Natuurlijk,’ zeg ik. Afgezien van het feit dat volgens mij Francesca niet speciaal enthousiast zal zijn over deze ommezwaai.

‘Goed, ik moet nu weg. Ik heb een geweldige laptop gekocht, rechtstreeks van de firma in Taiwan, maar ik moet het pakket gaan afhalen bij DHL omdat die stommelingen het naar mijn huis hebben gestuurd. Ik had ze geschreven dat het naar kantoor gestuurd moest worden, ik had dat uitdrukkelijk aangegeven op het bestelformulier, omdat ik nooit thuis ben, maar nee hoor, ze hebben het naar mijn huisadres gestuurd. Dus werd het geretourneerd en nu moet ik het gaan afhalen.’

Ik vraag me af wat ik voor hem kan doen. Als ik die psychologe was zou ik hem kunnen overreden om in therapie te gaan. Als ik zijn vrouw was zou ik een deskundigenonderzoek kunnen aanvragen bij de rechtbank, of een Verplichte Geneeskundige Behandeling. Als ik Enoch was zou ik hem met me mee kunnen nemen naar Afrika...

‘Overigens ga ik vandaag toch niet naar kantoor. Hoe minder tijd ik doorbreng in die kooi vol gekken, hoe beter ik me voel. Het gaat steeds slechter daar. Steeds slechter...’

En als ik nu eens zijn superieur was, als ik het vunzige aanbod van Thierry had aangenomen, en al in functie was, ondanks het feit dat ik hier verblijf, dan zou ik hem kunnen ontslaan, ja, ik zou hem kunnen verzekeren van een fraaie gouden handdruk die, opgeteld bij het geld waar hij bij ontslag recht op heeft, een bedrag zou opleveren dat naar mijn mening voldoende zou zijn om hem de tijd te geven plat op zijn bek te gaan en zich heel langzaam weer op te richten, zonder het risico te lopen weggestuurd te worden vanwege plichtsverzuim en tot armoede te vervallen.

'Dag, Pietro,' hij drukt mij de hand. 'Bedankt voor het advies.'

Welk advies?

'Dag.'

Maar ík ben het: Dead Man Walking, de gladjakker die iedereen te slim af is; en welke poging ik ook zou ondernemen om hem tegen te houden, hij zou onmiddellijk denken dat ik het deed om hem te verneuken. Nu start hij de motor – vroemm, een enorme dot gas –, hij draait het raampje naar beneden, steekt zijn hand op en rijdt de parkeerplaats uit waarbij hij de vuilniscontainer maar net mist. Nee, ik kan niets doen. Nu doet hij zijn richtingaanwijzer aan en rijdt de ventweg in. Wie zal zeggen bij welk getal zijn zoon is aangekomen.

27

En deze vrouw huilt, ze snikt, tegen mij aan...

Jolanda, nieuwsgierig geworden, kijkt naar ons vanaf het bankje hiernaast. Iets geeft haar het recht om dat te doen. Waarschijnlijk omdat ze me al in een omarming heeft gezien met een statistisch onwaarschijnlijk aantal mensen – Jean-Claude, Marta, Carlo, Enoch, Thierry. Wie is dat in godsnaam, zal ze zich wel afvragen. De grote omarmer? Maar misschien geef ik haar zelf het recht, door mijn houding. Stel je voor: een vrouw hangt huilend tegen me aan en ik blijf onbeweeglijk staan, als een standbeeld. Het moet een gek gezicht zijn, maar ik weet echt niet wat ik moet doen. Er komt geen natuurlijke reactie bij me op...

De vrouw blijft snikken.

In eerste instantie had ik haar niet eens herkend. Dat lijkt kwalijk maar toen ik mijn ogen opsloeg van mijn opschrijfboekje, onmiddellijk nadat ik mijn voor- en achternaam had horen roepen, en zij daar recht voor me stond, terwijl ik op het bankje zat, zag ik alleen haar tieten. Ze deden haar jasje opbollen met een dusdanige brutaliteit dat het leek of zíj me hadden geroepen. Pas toen ik ook opstond, en mijn gezichtsveld bevrijdde van de dictatuur van haar borst, werd ik me bewust van de hevige emotie die uit haar ogen gutste – en toen herkende ik haar: ogen van een blauw dat ik niet had verwacht ooit weer te zien, omdat ik dacht dat die kleur alleen maar zo smachtend en vochtig kon worden op het moment dat je verdrinkt voor de ogen van je kinderen, maar klaarblijkelijk is het hun natuurlijke kleur. Onmiddellijk daarna, terwijl ik nog geen woord had gezegd, heeft de vrouw zich op me gestort en is begonnen te snikken, en dat doet ze nog steeds. Zo is het gegaan. Vandaar dat er geen natuurlijke reactie bij me opkomt. Maar niets doen is evenmin natuurlijk, integendeel, het is misschien het meest onnatuurlijke van alles, en als die vrouw zich niet heel snel van mij losmaakt, zal ik noodgedwongen iets moeten doen.

De vrouw maakt zich niet los. Jolanda blijft naar ons kijken, en de vrouw maakt zich niet los...

Dus begin ik haar te strelen, maar heel licht, en ik zorg ervoor dat het contact zo ver mogelijk afstaat van echte lichamelijkheid, want ik herinner me heel goed wat me de enige keer dat ik haar aanraakte overkwam. Ik vermijd haar nek, dus ook haar haren, en haar heupen of andere zachte, misschien wel naakte delen waar de moederlijke, toegeeflijke overvloed van haar vlees dat verschijnsel weer zou kunnen oproepen. Wel haar schouders. Die zijn niet naakt, die zijn hard, en ik raak ze heel licht aan, net genoeg om te laten merken dat ik er ben. Lichter dan zo kun je een vrouw echt niet aanraken. Ik adem langzaam, om het effect van haar geur – van zee, jeneverbes, bijna van curry – zoveel mogelijk te beperken want zelfs de minimale dosis die mij bereikt doet me beseffen dat ook die geur gevaarlijk is. En toch, terwijl zij met kracht blijft huilen, alsof ze uit het huilen zelf de energie put om ermee door te gaan, en terwijl bij mij de gedachte opkomt dat al deze tranen een beetje overdreven zijn – oké, ik heb haar leven gered, en op het moment dat ik dat deed verloor ik mijn eigen vrouw, hetgeen volgens de romantische versie, die door de verhalen van Carlo bij chique diners wordt gevoed, ertoe heeft geleid dat ik vervolgens niet in staat ben om deze plek te verlaten, en ik begrijp dat dit alles aangrijpend kan zijn, maar toch niet zo aangrijpend –, en terwijl opeens een snijdende openbaring juist ten aanzien van Carlo mij doorboort, als was hij afgeschoten door een blaasroer, een openbaring die de door hem voorkomen verdrinkingsdood van een onbekende verbindt met de verdrinkingsdood die hij níet heeft kunnen voorkomen, twintig jaar geleden in de

Theems, van het meisje genaamd Tracy, aan wie hij sindsdien altijd heeft moeten denken, een openbaring die een geheel nieuw licht werpt op de onstuimigheid waarmee hij zich in mijn herinnering in het water stortte om die vrouwen te redden – waarbij hij ook mij meesleepte, laten we het maar eerlijk zeggen, het is niet anders, de motor achter deze reddingsactie was hij, ik ben hem gewoon achternagegaan –, en terwijl ik nu begrijp waarom hij het heeft gedaan, waarom hij halsoverkop het water in is gerend – ik heb het gedaan omdat hij het deed, maar nu is het duidelijk dat hij het heeft gedaan omdat er nooit meer iemand in de hele wereld de verdrinkingsdood mocht sterven, nooit meer, nergens meer, arme broer van me – en toch, terwijl ik al deze dingen bedenk waarvan je zou verwachten dat ze een behoorlijke afstand zouden scheppen tussen mij en de toch al minimale zinnelijkheid van die omarming, toch gebeurt het weer. Weer een erectie. Weer een krachtige, woeste erectie. Weer veroorzaakt door het contact met deze vrouw, alsof mijn testosteron altijd van haar heeft afgehangen.

Ik draai mijn ogen op zoek naar Jolanda, voor het geval ze nog steeds naar me kijkt, maar gelukkig kijkt ze niet meer. Ze loopt wat rond en gaat geheel op in haar mobieltje, de rug gebogen, het hoofd naar beneden, het haar dat als een toneelgordijn voor haar gezicht valt, en ze praat als iemand die een geheim vertelt. Nu kijkt Nevel echter naar me, vast en zeker door zijn zesde zintuig attent gemaakt op de uiting van dierlijkheid die ons op dit moment verbroedert. Ik moet absoluut ingrijpen.

Ik maak me uit de omarming los met de grootst mogelijke tederheid. De vrouw laat zich wegduwen, ze haalt haar handen van mij af en laat onmiddellijk haar hoofd zakken, terwijl ze door blijft snikken met gebogen hoofd. Ze heeft mooi, natuurlijk lichtkastanjebruin haar, fijn en glanzend. Ze is goed gekleed, in het zwart, zonder hemdje of strakke jeans of blote navel: een broek en een licht jasje, waarschijnlijk van Armani, zoals elke rijke veertigjarige vrouw zich zou moeten kleden als het zo warm is; ze is tamelijk klein, en onder haar taille beslist vormloos; we raken elkaar dus niet meer aan, en toch ziet het er niet naar uit dat mijn erectie afneemt. Het zijn de tieten, verdomme. Ze zijn zo overweldigend dat het me niet lukt mijn ogen ervan af te houden. Ze moeten wel opgelapt zijn, zo veel stevigheid is onmogelijk op een leeftijd waarop de natuur, hoe royaal ze in het verleden ook mag zijn geweest, de stevigheid weer terugvordert...

Nu heft ze haar gezicht weer op, langzaam, schuchter, nog schokkend van het snikken: het is helder, breed, bezaaid met sproeten, en heeft de schoonheid van de familie De Medici die bepaalde vrouwen alleen krijgen als ze echt rijk zijn.

'Ik...' stamelt ze.

Een beetje platte neus, dat herinner ik me goed; de ogen rood en vochtig, dik van de tranen; een parelketting om haar hals, twee oorhangers vol briljanten die het licht opvangen en schitteren.

'Ik...'

En dan maak ik een absurd gebaar dat ik helemaal niet van plan was te maken – niet bedacht door mijn hersens, zou je kunnen zeggen, maar door mijn op hol geslagen piemel, met alle onvermijdelijke banaliteit die dat met zich meebrengt: ik druk mijn wijsvinger op haar lippen (mijn wijsvinger, haar lippen) met een tedere, brutale sensualiteit, een volmaakt voorspel van wat ik, naar ik vrees, van plan ben onmiddellijk erna te doen, iets wat nu mogelijk is geworden, binnen handbereik, ja zelfs natuurlijk (ik wilde een natuurlijke reactie, en word op mijn wenken bediend), namelijk haar bij haar grote billen pakken, haar zo hard tegen me aandrukken dat ze mijn erectie tegen haar buik voelt, en haar kussen tot ze geen adem meer kan krijgen. Dat is vast wat broeder Nevel hoopt te zien, maar misschien verwacht zij zelf nu ook iets dergelijks, verstikt als ze is door emoties en stemmingen, de adem stokt al in haar keel, ze zit duidelijk gevangen in de erogene bubbel die is ontstaan.

Maar ik ben geen dier, dat moet gezegd. Ik schaam me.

Weg met die vinger.

'Ssst...' zeg ik. 'Zegt u maar niets.'

Fout. Haar met u aanspreken klonk nog erogener. Godnogaantoe. Overigens, als je een stijve lul hebt en je schaamhaar zo trekt dat het pijn doet, wordt alles erogeen.

'Gaat u zitten,' zeg ik.

Misschien als we van houding veranderen...

De vrouw gaat zitten, volgzaam, en ik ga bij haar zitten.

'U moet niet huilen,' zeg ik.

De vrouw knikt. Haar handen rommelen in haar tas, en halen er een smetteloze zakdoek uit, waarmee ze haar ogen begint te drogen. Ze is opgehouden met huilen, maar de hevige schokken die haar tieten doen dansen blijven komen.

'Ik ben blij u weer te zien,' zeg ik. 'Hoe gaat het met u?'

Ze komt op adem, maar in plaats van te antwoorden begint ze weer te huilen, nu veel luidruchtiger, alsof het feit dat ze zich niet langer aan mij vastklampt het volume van haar emotie vergroot. Jolanda draait zich weer om om te kijken, maar ditmaal wendt ze haar ogen af zodra haar blik de mijne kruist. Nevel daarentegen blijft naar ons staren, teleurgesteld.

Vanaf de straat is een kakofonie van claxons te horen die ons allemaal afleidt. Er heeft zich een lange file gevormd vanwege iets wat verderop gebeurt. Er is een verkeersagent bij – een andere, niet die van altijd – maar de mensen aan het eind van de file zien hem niet en toeteren als gekken. Midden op straat staat een takelwagen die de auto's de weg verspert. De agent beduidt de chauffeurs om geduld te hebben. De takelwagen is bezig de geramde c3 in te laden – jezus, juist nu. De agent loopt langs de file, in een poging de grootste heethoofden te kalmeren, maar het lawaai lijkt niet minder te worden, en het ontkracht de emotie van de vrouw die opeens tot bedaren komt.

Ondanks de inspanningen van de agent blijft het kabaal met de file meegroeien die zich nu uitstrekt tot aan de ventweg. Ik zou willen opstaan om te zien of de eigenaar van de auto is komen opdagen, om eindelijk te ontdekken wie het is; maar dat kan niet, nee, want hoewel ik een stijve blijf houden, gaat het wat beter sinds we zijn gaan zitten, en als ik weer op zou staan, zou zij dat ook kunnen doen, met het gevolg dat we ons weer in dezelfde situatie zouden kunnen bevinden als even geleden...

Eindelijk is de takelwagen klaar met het inladen van de c3 en vertrekt in een wolk van kooldioxide, en neemt de hele file mee. Verdwenen. Ik zal nooit weten van wie die auto was.

De stilte keert terug. De vrouw heeft van het intermezzo gebruikgemaakt om haar gezicht te drogen met haar zakdoek en zich te hernemen. Nu zijn haar gelaatstrekken simpelweg gezwollen en sensueel – daar gaan we weer – wat alle vrouwen hebben na een huilbui, maar ze schijnt zichzelf weer onder controle te hebben, ze ademt regelmatig en kijkt naar me met een zekere trots. Misschien is ze zelfs in staat om te praten.

'Gaat het wat beter?' vraag ik.

Ze fronst haar voorhoofd, ik ken die rimpels, ze zijn een teken van mededogen. Ik heb die rimpels op heel wat voorhoofden zien verschijnen de laatste tijd, want in bepaalde opzichten zijn menselijke wezens echt allemaal gelijk.

'Luister,' zegt ze. 'Ik heb het pas gisteren gehoord en ik kan u niet zeggen hoe het mij...' – gaat ze weer huilen? Nee, ze houdt het tegen. Maar om het tegen te houden moet ze zwijgen. Ze slikt.

'...heeft geschokt,' maakt ze haar zin af.

'Laat u maar. Zegt u maar niets.'

Ze knijpt met haar ogen, klemt haar kaken op elkaar, alsof ze al haar krachten verzamelt.

'Ik weet dat het nu geen zin meer heeft u te bedanken' – zette ze door – 'maar ik wil alleen dat u weet dat de enige reden waarom ik het niet eerder heb gedaan is dat...' Haar stem breekt weer, en weer houdt ze op om niet te huilen. Het moet heel moeilijk zijn.

'Dat geeft niet. Echt niet.'

De inspanning trekt over haar hele gezicht, dat een van die elektronische bewerkingen lijkt te ondergaan zoals bij digitale foto's, alsof iemand de knop 'verharden' heeft ingedrukt.

'Ik wist niet dat u me uit het water had gehaald,' zegt ze. 'Gelooft u me?'

'Natuurlijk geloof ik u.'

'Ik herinner me niets van die ochtend, en mijn vriendin ook niet. We hebben geloofd wat ze ons vertelden toen we weer bij waren gekomen. En niemand heeft ons gezegd dat jullie ons aan land hadden gebracht.'

'Nou ja, er heerste grote verwarring,' zeg ik. 'En niemand wist hoe we heetten.'

Het verhardingsproces gaat nog even verder, en nu verliezen haar gelaatstrekken alle sporen van de menselijke zwakte die ze tot kort tevoren heeft getoond. Ongelooflijk, wat was daar maar weinig voor nodig. Niemand zou ooit zeggen dat ze vijf minuten geleden nog huilde als een fontein.

'Nee,' zegt ze kortaf. 'De verwarring heeft daar niets mee te maken. Ze hebben gewoon niets over jullie gezegd. Anders zouden we jullie zijn gaan zoeken, ook zonder jullie namen te kennen, en we zouden jullie hebben gevonden.'

Het is werkelijk buitengewoon zoals ze veranderd is: ze is gewoonweg de vrouw niet meer die even geleden tegen mij aan stond te snikken.

'U heeft daar ook een huis, nietwaar?'

'Ja.'

'Juist ja.'

Op grond van wat Carlo heeft gezegd heb ik te maken met Eleonora Simoncini, de chocoladefabrikante, die er meer aan gewend is om orders te geven en vergaderingen van de Raad van Beheer voor te zitten dan 'Laat me niet alleen!' te roepen of in onstuitbaar snikken uit te barsten; en de zwarte Mercedes s 500 die ik nu pas zie staan aan de overkant van de weg, dubbel geparkeerd met zijn knipperlichten aan, is ongetwijfeld van haar, en erin bevindt zich ongetwijfeld haar superbetrouwbare chauffeur die ongetwijfeld de dringende oproepen noteert die binnenkomen op haar mobiel...

'Luister,' zegt ze beslist. 'Ik moet u nu een heel belangrijke vraag stellen. Bent u bereid te antwoorden?'

Zo kennen de mensen haar vast en zeker: koel, autoritair, beheerst. Het komt zeker niet als een verrassing dat ze begiftigd is met een duidelijke persoonlijkheid, maar toch blijft het wonderbaarlijk hoe snel ze die weer weet op te roepen; net als Superman in de telefooncel.

'Zeker.'

Ze stopt de zakdoek weer in haar tas en kijkt me strak aan, de rimpel van mededogen nog steeds op haar voorhoofd.

'Wat is er precies gebeurd, toen u en uw broer het water zijn ingegaan om ons eruit te halen?'

Ik heb nog steeds een stijve, voor alle duidelijkheid; maar het betreft nu een verschijnsel dat is achterhaald door de gebeurtenissen.

'Hoe bedoelt u?'

'Hebben de mensen die er waren iets tegen jullie gezegd?'

'Nee.'

'Hebben jullie met niemand gesproken? Zijn jullie gewoon in het water gesprongen?'

'Ja, we zijn gewoon in het water gesprongen.'

Haar uitdrukking verhardt zich nog meer, ook de rimpel verdwijnt.

'Heeft niemand geprobeerd jullie tegen te houden?'

'Ons tegenhouden? O, u bedoelt misschien die idioot die ons –'

O, nee. Opeens begrijp ik alles. Het bloed stijgt naar mijn slapen, terwijl mijn hart letterlijk in mijn keel bonst. Daarom huilde ze zo. Ik begrijp alles, vlak voordat ze uit haar tasje de foto haalt die het bevestigt.

'Deze idioot?'

O, nee. Het was haar man. Dit is werkelijk gigantisch. Moet je mijn hart voelen kloppen. De bonenstaak met het rode haar die tegen ons zei dat we ze niet moesten redden was haar man. Moet je hem zien – hun trouwfoto nog wel – in jacquet, lang en dun, die man-van-de-wereldblik onder de hand waarmee hij zijn ogen probeert te beschermen tegen de rijstsalvo's, zijn lange aristocratische arm rond haar middel in een vagelijk beschermende pose – huh! –, en zij die hem straal negeert, als je goed kijkt, haar stralende glimlach is op iets anders gericht, een intense maar tevens afstandelijke blik, bijna nostalgisch, haar lichaam minstens twee maten kleiner dan nu en daarom echt uitzonderlijk in het roomkleurige, fel geborduurde jurkje, schitterend maar – en dat valt heel erg op – zonder enig verband met zijn pompeuze uitmonstering, alsof het was gemaakt voor een ander huwelijk.

Ik sla mijn ogen op van de foto. Dezelfde persoon die toen nog in de toekomst geloofde staart me aan met een huiveringwekkende hardheid, en gelooft er niet meer in.

De erectie, dat hoeft nauwelijks gezegd, heeft zich opgelost.

'Ik vraag u om alleen maar ja of nee te zeggen' – dit is duidelijk een bevel. 'Toen u en uw broer in het water zijn gesprongen om ons eruit te halen, heeft deze man toen geprobeerd u te weerhouden?'

Daar gaan we. Ik kan nu op verschillende manieren antwoorden, beslist te veel om de juiste te kiezen. Ik zou bijvoorbeeld kunnen beginnen met te zeggen dat ik niet meer zo zeker ben van wat die *galant* tegen ons heeft gezegd, of ik zou de mogelijkheid kunnen overwegen dat het touw dat hij naar de twee vrouwen toe gooide niet zo kort was als ik me herinner, dat het me alleen kort had geleken, alleen omdat hij had besloten tot een andere aanpak dan de onze, minder heldhaftig, dat wel, minder spectaculair, maar als het touw lang genoeg was geweest, absoluut veiliger en verstandiger, als je het risico in aanmerking neemt dat Carlo en ik hebben gelopen om de pijp uit te gaan, want in tegenstelling tot ons die alleen maar wilden redden, gedachteloos en freudiaans, Carlo vanwege de gerechtvaardigde noodzaak om de keten van verdrinkingen te doorbreken die hem leek te achtervolgen en ik, zoals gezegd, om niet zijn mindere te zijn – in tegenstelling tot ons zou deze man gehandeld kunnen hebben met een bredere kijk op de dingen, waardoor hij zich bekommerde om zijn vrouw maar tegelijkertijd om zijn kinderen, bijvoorbeeld, om ze te beschermen tegen het gevaar beide ouders in één klap te verliezen... Maar als ik me werkelijk zou wagen aan dergelijke hachelijke redeneringen, waartoe ik mijn vertrouwde, rampzalige neiging al voel opkomen, weet ik zeker dat ik er niet meer uit zou komen, en in ieder geval niet met het duidelijke, rechtstreekse antwoord – ja of nee – dat deze vrouw eist. En dat wil ik niet, want ik ben het zat om zo te zijn, ik kan er niet meer tegen, mijn hele leven zet ik in op de verliezende kaart van de redelijkheid, van de diepere reflectie, van het vervloekte bemiddelen, zonder me zelfs te herinneren wanneer ik heb besloten dat te doen, en ook niet waarom, en ook al kan ik nu niet meer terug, en doen wat mijn broer heeft gedaan – tegen iedereen die je in de weg staat gewoon zeggen dat hij op moet flikkeren – kan ik nog steeds veranderen, er zijn ook mensen die op hun veertigste veranderen, waarom niet, en ook al zou het geen echte, diepe, definitieve verandering zijn, ook al zou het slechts om een tijdelijke verandering gaan, hier en nu, die eruit zou bestaan dat ik die vrouw zou antwoorden zoals Carlo zou doen, met zijn onbezonnenheid, helderheid, brutaliteit, moed, zekerheid, oprechtheid, oppervlakkigheid, en zijn aanvaarding van het risico dat hij ongelijk zou kunnen hebben, iets waarom ik hem altijd heb benijd – wat dan nog, wie kan dat nou iets schelen: het zou toch een beter beeld van me geven dan weer aan te komen kakken met mijn eeuwige, vervloekte twijfel.

'Ja.'

Nee, Carlo, laten we het volgende doen: laten we doen alsof ik jou ben, zoals die nacht gebeurde gedurende een lang, geweldig moment terwijl we ons drogeerden, en laten we alles uit deze geschiedenis halen wat erin zit. De lettergreep die ik zojuist heb uitgesproken is al een flinke klap, maar het levert mij eigenlijk geen voordeel op, toch? En dit is wel een ideale gelegenheid om een voordeel te behalen. Dat is toch zo? En nu blijf ik haar observeren met zo'n blik van jou, zo'n harde, wellustige blik, zonder enige terughoudendheid; zij weerstaat hem, zie je wel? Ze heeft nog maar net het bewijs gekregen dat haar man heeft geprobeerd haar om zeep te helpen, je kunt je dus voorstellen hoe des duivels ze waarschijnlijk is; toch ontgaat die brutale blik van jou haar niet, want uiteindelijk is het een geweldige streling van haar ego, een kostbaar compliment voor haar tanende schoonheid. Zie je wel, Carlo? Het werkt. Het werkt ook als ik het doe. Het is tenslotte een vrouw. En – zie je wel? – mijn erectie komt terug, en deze keer is dat helemaal niet verrassend, onlogisch of buitengewoon; integendeel, het is het natuurlijke gevolg van het genot dat wij diep in haar ogen lezen – en het kan ons geen moer schelen of het er echt is of niet, toch? Het komt ons goed uit om dat in haar ogen te lezen, en we lezen het dan ook, het genot, terwijl onze blik tegen haar zegt: 'Jezus, wat word ik bloedgeil van jou'; wij hebben vastgesteld dat dat het enige is wat haar echt kan troosten in de kutsituatie waarin ze zich bevindt, en wij kunnen ons dat permitteren, let wel, wij zijn onberispelijk, onkreukbaar, onschuldig, de enigen in de hele wereld, omdat wij degenen zijn die-terwijl-haar-man-haar-liet-verdrinken-als-een-muis-haar-leven-hebben-gered-met-gevaar-voor-eigen-leven-en-onmiddellijk-erna-hun-vrouw-hebben-verloren-en-die-zich-nu-met-hart-en-ziel-wijden-aan-hun-dochter-wat-zo-ver-gaat-dat-ze-de-hele-dag-bij-haar-school-blijven, en als wij dat dus doen – zo werkt het toch, nietwaar? – als wij dat doen, dan wil dat zeggen dat het terecht is.

Zo, dat is dat: Eleonora Simoncini slaat haar ogen neer, en in dat gebaar ligt het bewijs dat het inderdaad zo werkt. Natuurlijk. En wat een opluchting om nu eens één keer niet alleen te zíen dat het gebeurt. Wat heerlijk om nu eens één keer de dominante agressieveling te zijn, verdomme, die de grootste portie voor zichzelf opeist. Wat een bevrijding dat ik nu eens de klootzak ben.

Wat nu gebeurt is een geheim, Carlo, een plechtig geheim. Jolanda ziet alles, ja, maar wat ziet ze op die afstand? Ze ziet dat na al dat gegrien de vrouw met de dikke reet zich een paar passen verwijdert, opeens stilstaat, zich bukt, naar beneden kijkt en dan haar hoofd opheft om te controleren of de grote omarmer naar haar kijkt, en ja hoor, de grote omarmer kijkt naar haar, en dan laat ze haar hoofd weer zakken en raakt de aarde aan met haar hand, een teder, doelloos gebaar. Vervolgens richt ze zich weer op en loopt terug naar hem.

Dat ziet ze – dat wil zeggen niets.

Nu ga ik je zeggen wat er in werkelijkheid gebeurt, Carlo, iets wat niemand anders ooit zal weten, omdat het speciaal voor ons wordt gedaan, en alleen wij zien het, het is een geheim tussen haar en ons. Wat er gebeurt is dat Eleonora Simoncini haar handen die een vermogen vertegenwoordigen opheft tot vlak voor onze ogen, en met haar rechterhand verwijdert ze langzaam haar trouwring van haar linker, en in haar ogen woeden zowel het goed als het kwaad – niet alleen het kwaad, Carlo; en voor het goede hebben wij zojuist gezorgd. En dan draait ze zich om en het lijkt of ze weggaat, maar na een paar stappen blijft ze staan, bij een afwateringsputje op de grond, een beetje weggezakt, je weet wel, waarvan het mooie verroeste rooster bedekt is met droge bladeren; daar blijft ze staan en bukt zich, en ze kijkt naar dat onbeschrijfelijke zwart dat ze ziet tussen de spijlen, en dan kijkt ze naar ons, en ze glimlacht, en glimlachend laat ze haar hand zakken tot aan het rooster, en het lijkt alsof ze het aanraakt maar ze raakt het niet aan, nee, want dat is niet nodig, en met een glimlach gooit ze de ring weg, in het riool.

28

Uiteindelijk hebben ze het dan toch tegen me gezegd. 'Laat je eens onderzoeken door een arts,' hebben ze gezegd.

Jawel hoor; het was een obstakel bij alle ontmoetingen, contacten, gesprekken of zelfs simpele begroetingen van de afgelopen twee maanden: de uitzonderlijkheid van mijn gedrag, de fundamentele onaanvaardbaarheid ervan, en de noodzaak me te laten behandelen. Uiteindelijk hebben ze het dan toch tegen me gezegd, en het werd aan Marta overgelaten om het te zeggen; dus aan het zwakste, onstabielste individu van de hele bende, dat zelf het meest behoefte heeft aan therapie.

Ze is met haar kinderen komen eten, zoals afgesproken; Mac had een fantastische risotto gemaakt en een al even heerlijk gehaktbrood; we hebben waargenomen hoe, na het trauma, een nieuwe groepsdynamiek de overhand kreeg in de verhouding tussen onze kinderen, veel genuanceerder en rijper vergeleken bij vroeger: Claudia die geen tirannieke macht meer uitoefende op haar neefjes, terwijl die twee zich toch aan haar onderwierpen, zonder enige weerstand, zodat de enig mogelijke hiërarchie overeind bleef – Claudia bovenaan, Giovanni onder haar en Giacomo onder Giovanni – maar zonder enig spoor van conflict. Kleinigheden, details natuurlijk – Claudia die haar neefjes voor laat gaan bij het spelen met het PlayStation, de neefjes die het hoffelijk aan elkaar aanbieden – maar wel veelbetekenend, zoals alleen die van kinderen dat kunnen zijn. Lara's naam is niet gevallen, maar gedrieën hebben ze haar wel een duidelijk eerbetoon gebracht door zich zo te gedragen zoals zij hen, tevergeefs, vroeg zich te gedragen wanneer ze bij elkaar waren. Wij tweeën, Marta en ik, hebben dit alles waargenomen en tegen elkaar gezegd hoe mooi en ook ontroerend het was om te zien dat de reactie van de kinderen op de dood van Lara was om haar te gehoorzamen. Vervolgens heeft Marta ook Mac ingelicht over het feit dat ze weer zwanger was, en heeft haar blote, gladde, nog nauwelijks bollende buik laten zien, die Mac heeft bestudeerd met de aandacht van een sjamaan, gevolgd door de voorspelling dat het weer een jongen zou worden; kortom, alles leek sereen, en voor zover de situatie het toeliet, leek alles goed te gaan; we besloten zelfs om het volgende weekend samen naar zee te gaan, om uit te zoeken of wat in dat huis was gebeurd ook het einde ervan betekende, wat zeker mogelijk is, maar niet noodzakelijk – het ligt voor de hand dat vooral de reactie van Claudia van belang zal zijn, en deels ook de mijne, want het is ons huis, waar onze moeder en vrouw is gestorven, en we zouden wel eens kunnen ontdekken dat we niet meer in staat zijn daar nog één gelukkig uur door te brengen; en het feit dat Marta zichzelf en haar kinderen in de strijd heeft gegooid, om als een soort buffer voor ons te dienen bij de confrontatie met die plek, vond ik heel nobel van haar, heel beschermend – en ik had nooit gedacht dat ik me door haar beschermd zou voelen, ík door háár. En verder was Marta mooi: gewoon, normaal, vertrouwd mooi, zoals af en toe ook haar overkomt, een mooi meisje in een mooi huis, op haar gemak te midden van de kinderen, de wijn en de resten van de maaltijd, zonder enig gevoel dat ze door iets werd opgejaagd. Het leek zowaar een van die zeldzame momenten van orde en rust die af en toe ook neerdalen op de meest chaotische levens, en het gevoel dat we eraan overhielden was dat het ons allebei zou lukken om onze kinderen groot te brengen zonder dat het ongeluk zich diep in hun ogen nestelde, door elkaar te helpen bij hen het idee van een warme familie levend te houden, waaraan het ons in ons eigen leven, om verschillende redenen, had ontbroken. Als Marta echt de energie van de glimlach zo hard nodig heeft om door te kunnen, oké, dan was dit een goede gelegenheid om een voorraad aan te leggen.

Maar opeens, midden onder het mooie, troostrijke tafereeltje, begon Marta over een zekere dokter Ficola. Nog wel een psychoanalyticus: een hele goede, zei ze, een freudiaan, serieus, traditioneel – met ironische nadruk op deze laatste twee adjectieven om me te verzekeren dat het, ondanks het feit dat zij het was die hem aanraadde, niet ging om een vampier of een samoerai, en dat ik dus niet hoefde te vrezen dat ik uit het stilstaande water van het aristotelisme gehaald zou worden waarin ik blijkbaar volgens haar lig te spartelen. Ze maakte me duidelijk dat zij hem niet kende, en dat dus ook de regel werd gerespecteerd die verbiedt dat je bij iemand in therapie gaat die vrienden of familieleden van je behandelt, of heeft behandeld of zelfs alleen maar kent. Ze zei alleen dat zij op hem was gewezen door een bevriende psychotherapeute, en overhandigde me een papiertje met zijn naam en telefoonnummer. Stop. De reden waarom ik naar die dokter Ficola zou moeten gaan werd op grandioze wijze als vanzelfsprekend aangenomen. Vervolgens is het opeens al laat, en zijn de kinderen moe, en ze hebben al een paar dagen weinig geslapen, en met deze warmte heeft Marta zelf ook moeite met slapen, en morgenochtend heeft ze een auditie en ze zou moeten proberen te rusten om er niet als een spook uit te zien, kortom binnen de vijf minuten heeft ze haar boeltje gepakt en is ze naar huis vertrokken, mij achterlatend met dat briefje van haar in de hand. Taak volbracht. 'Laat je eens onderzoeken door een arts': uiteindelijk hebben ze het dan toch gezegd, zelfs zonder het uit te spreken...

Het volgende halfuur kostte het me heel wat moeite om geconcentreerd te blijven op de avonturen van Pizzano Pizza – waaruit ik in mijn groothartigheid Claudia iedere avond een hoofdstuk blijf voorlezen ondanks het feit dat de halvegare paranoïde gedrogeerde voze auteur, de geheime vriend van Lara, mij beschouwt als een kloteyup zonder mij ooit gezien of gekend te hebben; ik deed mijn best om me snel door dat smakeloze hoofdstukje heen te werken maar ik was des duivels, en ik kon niet wachten dat Claudia in slaap zou vallen om me geheel aan mijn woede te kunnen wijden. Resultaat: Claudia valt niet in slaap. Gewoonlijk valt ze precies aan het einde van het hoofdstuk in slaap – één ding moet je die mafkees toegeven: hij weet hoe lang hoofdstukken van kinderboeken moeten zijn – maar deze keer niet: zo wakker als een krekel. Ondanks de schranspartij van risotto en gehaktbrood, zei ze dat ze honger had; ik heb haar toen naar de keuken gedragen om melk te drinken en koekjes te eten, en vervolgens op de bank in de woonkamer gelegd om naar een paar tekenfilms te kijken. De weinige keren dat ze moeite had om in slaap te raken had dat altijd gewerkt, maar ook dit werkte deze keer niet. Samurai Jack. Spiderman. Scooby-Doo. Dat duurt nu al een aardig tijdje, maar Claudia krijgt nog steeds geen slaap, en mijn woede blijft sudderen. Ik begrijp heus wel dat de oorzaak van haar opwinding mijn opwinding is. Ik begrijp het, maar ik ben echt verontwaardigd over de overval van Marta, zo laag, en dat vluchtgedrag onmiddellijk daarna, en het lukt me werkelijk niet om tot bedaren te komen terwijl ik kijk naar een schijterige Duitse dog die in de armen van zijn baas springt. Ik denk aan de gotspe van Marta, het lef om hier te komen en mij een zielenknijper aan te bevelen, alsof ik degene ben die halverwege een parkeermanoeuvre uit zijn bol gaat; ik denk overigens ook dat zij vast niet de enige is die gelooft dat ik me moet laten behandelen, maar dat het een soort onuitgesproken communis opinio is van al degenen die mij omringen, en dat door de druk van de omgeving, bij wijze van spreken, die is ontstaan door deze collectieve mening, de zwakste oever het eenvoudigweg heeft begeven, wat ertoe heeft geleid dat zij tot actie is overgegaan uit naam van een talrijke bende opdrachtgevers die niet in staat zijn de manier waarop ik mijn dagen doorbreng te accepteren – of, nog een stapje terug, om zich met hun eigen zaken te bemoeien. De Bende van de Rimpel in het Voorhoofd: mijn broer, Thierry, Barbara-of-Beatrice, mijn secretaresse Annalisa, juffrouw Gloria en juffrouw Paolina, de conciërge Maria, Enoch, de man die me directeur noemt, zelfs mijn vader in zijn nevelige aderverkalking, zelfs de aan haar moorddadige echtgenoot ontsnapte Eleonora Simoncini, en wie weet zelfs Jolanda, over wie ik misschien op een dag te weten kom dat ze de opdracht heeft gekregen om me in de gaten te houden om te zien hoe mijn ziekte zich ontwikkelt. Vervolgens bedenk ik echter dat ik altijd meen Marta te moeten rechtvaardigen, en te vergeven, altijd, ook al word ik er volslagen paranoïde van, en het maakt me nog pissiger te ontdekken dat mijn toegeeflijkheid veel meer voortvloeit uit mijn schuldgevoel jegens haar dan uit haar agressie jegens mij; het is namelijk wel een feit dat ik, nadat ik die eerste nacht met haar naar bed was geweest, niets meer van me heb laten horen en haar praktisch heb laten zitten – dat was toen nog makkelijk, er was nog geen mobiele telefoon – en haar als een biefstukje heb achtergelaten tussen de piranha's, en het is ook een feit dat ik, in tegenstelling tot alle anderen, die na mij hetzelfde hebben gedaan, inclusief de vaders van haar binnenkort drie kinderen, in plaats van gewoon op te sodemieteren in een wereld die heus groot genoeg was om me niet meer te hoeven laten zien, iets met haar zuster ben begonnen, jawel, en die heb ik níet laten zitten maar ben er praktisch mee getrouwd, en ik heb er een kind bij gemaakt, en ik heb er voor haar ogen een gezin mee gesticht, en als een vrouw dat bij mij had gedaan, als ze mij door de plee had gespoeld en onmiddellijk erna met Carlo was getrouwd, en altijd bij hem was gebleven, nou, ik denk dat ik die vrouw eeuwig verantwoordelijk zou hebben gehouden voor alle ellende van mijzelf en die van de wereld, en natuurlijk ook voor het fatale aneurysma dat op een dag haar arme, onvoorbereide echtgenoot zou vellen; en dat niet alleen – want de dingen moeten een verklaring hebben, godnogaantoe, mensen doen ze toch niet zonder reden – ik zou ook zijn blijven geloven dat die vrouw altijd verliefd op me is gebleven maar dat ze vanwege haar zieke, enorm gestoorde geest heeft verkozen me te vernederen in plaats van te proberen me gelukkig te maken, een goede reden om haar bij de eerste de beste gelegenheid een psychoanalyticus aan te raden, en wel een hele goede, al was het alleen maar om haar te beledigen, en haar ten minste één godvergeten nacht uit de slaap te houden...

Jezus. Het is indrukwekkend van hoeveel dingen ik beschuldigd kan worden.

En Claudia slaapt niet. Ze wil de tekenfilm van Samurai Jack die ze al eerder heeft gezien, nog een keer zien, en ze vraagt of ze mag overschakelen op het +1 kanaal dat dezelfde programma's een uur later opnieuw uitzendt; natuurlijk mag dat, engeltje, ook al zul je nooit begrijpen hoe bijzonder het is voor iemand zoals ik dat jij dat mag en kunt doen. In de eerste plaats omdat het mij als kind niet was toegestaan om op dit uur nog op te zijn, en als het me niet lukte in slaap te vallen, dan was dat mijn zaak, ik moest gewoon stil en braaf in bed blijven en schaapjes tellen; vervolgens omdat er simpelweg geen tekenfilms op de televisie waren, en al helemaal niet op dit uur, ze werden alleen zaterdags omstreeks het middageten uitgezonden ('Vandaag tekenfilms') en soms op zondagmiddag, en het waren sowieso altijd van die klotetekenfilms uit het Oostblok van het type Gustaaf en Balthasar; maar bovenal vanwege het volkomen nieuwe gegeven dat er nu niet alleen kanalen zijn die 24 uur per dag tekenfilms uitzenden, maar dat het nu allemaal dubbelkanalen zijn wat het mogelijk maakt om films een uur later weer te zien, wij hebben dat pas twee jaar geleden in ons bouquet opgenomen, dat wil zeggen toen de Fransen zijn gekomen, en eerlijk gezegd was ik ertegen, moet je nagaan, het leek me te veel, het leek me pervers, ik kon niet geloven dat een kind, in de chaos van zijn leven in het hier en nu, zou kunnen plannen naar de herhaling te kijken, als hij om een of andere reden een aflevering van zijn favoriete tekenfilm had gemist, en ook niet dat hij zin zou kunnen hebben na een uur weer dezelfde tekenfilm te zien, en ook niet dat zijn ouders hem daarvoor toestemming zouden geven – en om het verhaal af te maken, ik kon ook niet begrijpen, hoewel het mijn werk was, hoe Disney, Fox of Cartoon Networks konden verdienen aan het betalen van miljarden voor een tweede kanaal op de satelliet terwijl het uitzendschema en de abonnementskosten onveranderd bleven. En dat is het meest uitzonderlijke van alles, engeltje, het meest abnormale, want uiteindelijk verdienen ze wel aan dat grapje en hoe; ze verliezen erop maar ze verdienen eraan, en dat is niet normaal, zoals het niet normaal is dat je naar McDonald's gaat en ontdekt dat je als je het menu hamburger-patat-frisdrank neemt, minder uitgeeft dan als je alleen de hamburger en de frisdrank neemt, zonder patat – je neemt dus de patat, gooit ze meteen in de afvalbak en je geeft anderhalve euro minder uit dan als je ze niet neemt. Ik kan je niet uitleggen wat hier abnormaal aan is, of aan de +1 kanalen, ik kan alleen maar doen alsof het normaal is, zoals het dat voor jou is, en je strelen en hopen dat je snel in slaap valt; maar het is niet normaal, jezus christus, net zomin als het niet normaal is dat je moeder nu niet hier bij je is, behalve dat het eerste een abnormaliteit is die je verbindt met alle kinderen in het Westen, het tweede niet...

Samurai Jack doet dezelfde dingen als straks, zwijgzaam en onoverwinnelijk, in dezelfde duistere toekomst waarnaar de krachten van het kwaad hem hebben verbannen, hij ontmoet dezelfde praatzieke Schotse cyborg halverwege dezelfde eindeloze hangbrug, en net als de eerste keer weigert hij hem te laten passeren. Jij kijkt met dezelfde aandacht naar het verbeten gevecht dat daaruit voortvloeit, je hele lichaam gespannen en opgewonden, alsof het de eerste keer is, alsof je niet weet dat uiteindelijk beide tegenstanders, uitgeput en niet in staat van elkaar te winnen, ontdekken dat ze allebei zijn vervloekt door dezelfde duistere heer – en dat ze dus eigenlijk vrienden zijn.

Het is de wereld, engeltje, die niet normaal is. Polymeren, hormonen, mobiele telefoon, benzodiazepine, schulden, winkelwagentjes in de supermarkt, bestellingen in een restaurant, brillenwinkels, A is verliefd op B maar B is niet verliefd op A, geld wordt altijd gestolen, iedere dood heeft een schuldige. Dat is de wereld. Het is niet meer normaal. En dan willen ze *míj* naar dokter Ficola sturen...

29

O, het onheilspellende van de telefoon die rinkelt in het holst van de nacht...

O, de warmte van die kus...

Ik was in slaap gevallen.

De telefoon die rinkelt. De tekenfilms. Claudia slaapt op de bank. Ze leeft, ze haalt adem. O, die kus. De telefoon blijft rinkelen. Vijf over twee. Vast iets rampzaligs. Mijn vader. Carlo. Marta. Welke kus?

'Hallo?'

Een geruis, een getik. Muziek in de hoorn. De kinderen van Marta. De kus in mijn droom, ik droomde. Ik heb een stijve...

'Pietro?'

De stem van Jean-Claude.

Stilte.

De elkaar snel opvolgende tikken van een intercontinentaal gesprek.

De muziek in de hoorn is een lied van Elton John.

'Ja?'

Stilte. Tikken.

Die geweldige kus.

Het lied is 'Sacrifice'.

'Hoe gaat het?'

'Goed. En met jou?'
Stilte.
Vijf over twee 's nachts. Nu gaat Jean-Claude zich ervoor verontschuldigen dat hij me wakker heeft gemaakt – hoe laat is het daar? Acht uur vroeger: zes uur 's avonds –, en dan komt hij met het slechte nieuws.
Ik zet het geluid van de televisie uit.
Ik ben er klaar voor.
Stilte.
Tikken.
Sacrifice.
'Hallo? Jean-Claude?'
Stilte. Tikken. Sacrifice.
Die kus in het duister, tussen het vuile wasgoed van het hotel.
'Ja?'
'Is alles goed? Ben je in Aspen?'
Stilte.
Hij weet niet hoe hij het moet zeggen. Het is vast en zeker iets rampzaligs.
De hellende leegte...
'Ja.'
Stilte. Sacrifice.
Ja, ik ben in Aspen of: ja alles gaat goed?
Tikken.
Of allebei?
In mijn droom bevond ik me in een eindeloos groot gebouw.
'Jean-Claude, hoor je mij?'
Tikken. Stilte. Sacrifice.
Ja, een eindeloos groot gebouw. Een soort overdekte stad.
'Ja.'
Stilte.
Claudia beweegt, ze draait zich op haar zij. Kan ze van de bank vallen? In mijn droom zocht ik haar in dit eindeloos grote gebouw en ik stond duizend angsten uit. Nee, ze kan niet vallen. Maar waarom zegt Jean-Claude niets? Alsof ik hém heb gebeld in plaats van hij mij?

'Hallo, Jean-Claude. Wat is er aan de hand?'

'Mijn vader was vliegtuigpiloot' – een hoestaanval. Of is het een snik? – 'Wist je dat?'

Hij is dronken, dat is wat er aan de hand is.

'Ja.'

Stilte. Tikken. Gemiauw.

'En misschien werkte hij voor de geheime dienst.'

Stomdronken. Jezus christus.

'Misschien.'

Jean-Claude heeft een alcoholprobleem gehad, jaren geleden. Maar dat had hij overwonnen. Dat zei hij tenminste.

'Wist je dat ook?'

'Ja. Dat heb jij tegen me gezegd.'

In mijn droom stond ik duizend angsten uit omdat ik bang was dat Lara Claudia had gekidnapt.

'Daarom kwam hij me nooit afhalen van school.'

Stilte. Tikken. Gemiauw.

'Dat kon hij niet, snap je.'

Stilte.

'Toch hield hij van me.'

Klik.

Stilte. Geen tikken meer, geen gemiauw.

'Hallo?'

Hij heeft opgehangen.

Wat nu? Wat gaat hij doen? Belt hij terug? Gaat hij iemand anders bellen? Moet ik hem terugbellen?

Ik heb een brok in mijn keel; nee, ik heb vele brokken in mijn keel: het brok van het wakker worden, het brok van de droom die weer bovenkomt, het brok van die kus, het brok van de erectie, het brok van het rampzalige dat nog over dit telefoongesprek hangt. Wat zal er gebeurd zijn? Claudia draait zich weer om op de bank, mompelt een paar onbegrijpelijke woorden – 'zaragijn', 'parestem'... Maar dan zegt ze: 'Drie!', en dat zegt ze hard, helder en beslist alsof het een bevel was. Dan niets meer. Drie wat? Wat droomt ze?

In mijn droom was ze in gevaar, en het gevaar was Lara.

Ik neem haar op mijn arm. Ze is heel licht, zoals altijd. Zoals altijd geeft ze zich niet losjes over aan mijn armen, maar blijft ze stijf en strak, haar benen recht als soepstengels. Zoals assistentes van illusionisten tijdens levitatietrucs. Alsof haar instructrice ook aanwezig is terwijl ze slaapt, om haar te kwellen met perfectie.

In mijn droom was Lara niet dood. We waren gescheiden, en Claudia was aan mij toegewezen. Ik bevond me in dat enorme gebouw/stad en ik stond duizend angsten uit omdat ik bang was dat Lara haar had meegenomen. Iedereen was er, in dat gebouw, het was zelfs geen stad meer, het was de hele wereld, een overdekte wereld. Ik doorkruiste dit hele gebouw/wereld van de ene kant naar de andere, en iedereen die ik tegenkwam vroeg ik naar Claudia, maar niemand kon me iets zeggen. Ze keken naar me met een bekommerde rimpel in het voorhoofd, hun ogen overlopend van mededogen. Niemand bevestigde mijn vermoeden dat Lara haar had meegenomen, toch was ik er steeds zekerder van, en mijn angst nam toe... Dat was mijn droom; waar blijft dan die kus? Waar is de hellende leegte? Waarom heb ik een stijve?

Ik leg Claudia op haar bed, zachtjes, om haar niet wakker te maken, en ik trek het laken over haar heen, hoewel het echt warm is. Ik blijf eventjes naar haar kijken terwijl ze slaapt, zoals altijd, maar ik houd mijn oren gespitst om de telefoon te horen in de huiskamer, voor het geval Jean-Claude terugbelt. Wat moet ik zeggen als hij terugbelt? En wat moet ik doen als hij niet terugbelt? Moet ik me zorgen maken? Moet ik de 112 van Colorado bellen? Hiervandaan, op een afstand van achtduizend kilometer? Kan dat?

Die leegte, die kus. Wat is ermee gebeurd?

Ik doe de IKEA-ster uit en ga weer naar de woonkamer om te wachten tot Jean-Claude me terugbelt. Misschien heeft hij zich alleen maar een stuk in de kraag gedronken om een moeilijk moment door te komen. Misschien wilde hij zijn hart uitstorten, maar schaamde hij zich vervolgens. Het is een sterke man. Hij is schatrijk. Hij heeft een dochtertje van drie, een schitterende vrouw van Indiase adel. Hij kan zich op honderden manieren herstellen. Als ik hem zou terugbellen zou hij zich vernederd kunnen voelen. Het enige wat ik kan doen is wachten totdat hij terugbelt. De tekenfilms blijven maar doorgaan, zonder geluid. De hond Mendoza. Ze verdienen er meer aan als ze ze 24 uur per dag uitzenden dan wanneer ze de uitzendingen onderbreken en later weer beginnen. Hoeveel kinderen zullen er op dit moment naar de hond Mendoza kijken? Hoeveel volwassenen, afgezien van mij? En hoeveel volwassen mannen met een erectie?

Op het tafeltje ligt het briefje met het telefoonnummer van dokter Ficola. Dat is waar ook. 'Laat je eens onderzoeken door een arts...'

Op een bepaald moment bevond ik me in de hal van een groot hotel, vol zeer elegant geklede mensen die op weg waren naar een feest. Er stond een houten kiosk midden in die hal, een soort informatiehokje waaruit een vrouw kwam die ik echter niet zag omdat ik naar de grond keek; ik zag alleen haar laarzen, en die waren van het model dat in de mode was toen ik een jongen was: bruin leer, strak om de kuiten, met een ritssluiting, zonder de kabouterpunten die ze tegenwoordig hebben. Ik was te laat om de vrouw te zien, want haar hand pakte mij bij de arm met een enorme kracht, bovenmenselijk maar ook natuurlijk – een kracht die beantwoordde aan een wet –, ze trok me mee door een grote vluchtdeur nadat ze de paniеksluiting had laten openspringen met een kungfu-trap. Opnieuw zag ik alleen haar jaren-zeventiglaarzen, die ze in de lucht liet klakken als een zweep; opnieuw was ik te laat om haar te zien, omdat we nu de deur al waren gepasseerd, en achter de deur was het duister – en, wat erger is, de leegte...

Precies, die leegte.

Jean-Claude belt niet terug. Bij hem is het nu kwart over zes 's avonds. Aspen buiten het seizoen moet verschrikkelijk zijn, net zoals iedere modieuze plek buiten het seizoen. Als nu zijn vader vandaag was gestorven in een ziekenhuis in Marseille, en hij dat net had gehoord, en drie of vier whisky's achter elkaar had gedronken bij de open haard, zich schuldig voelend dat hij hem alleen had laten sterven, en de behoefte had gevoeld zijn hart bij mij uit te storten, dan zou zijn telefoontje niet zo vreemd zijn geweest, aangezien hij zich op een punt in zijn leven bevindt waar hij nog maar weinig vrienden overheeft...

Die leegte. Die leegte is niet de absolute luchtledigheid van Torricelli: het is een substantiële leegte, bij wijze van spreken, met lucht gevuld, elastisch, en bovenal – daar heb je het – hij is hellend; dus terwijl de grond opeens onder onze voeten verdwijnt, storten de vrouw en ik niet neer, maar beginnen we door de lucht te glijden, diagonaalsgewijs, razendsnel en barstensvol adrenaline zoals in het Aquapark. Een fantastische sensatie, adembenemend: we razen naar beneden, geslingerd door een tunnel van zwarte lucht – lucht die ons draagt en tegelijkertijd omlaag trekt, die afremt maar ook versnelt, die geen dichtheid heeft en toch weer wel – en de vrouw houdt me nog steeds vast bij mijn arm, en haar greep spreekt tot mij, heb vertrouwen, zegt hij, wees niet bang, verzet je niet tegen mij, verzet je nooit tegen iets, nooit...

Maar de vader van Jean-Claude is gestorven toen hij twintig was, en ook zijn moeder is al een tijd terug overleden. Waarom heeft hij me dan gebeld? Waarom belt hij niet terug? Wat is het rampzalige?

Onze duikvlucht eindigt op het moment dat hij moet eindigen, een ogenblik voordat mijn hart ontploft in mijn borst, met een zachte landing in een zee van textiel, en de hand die mij vasthoudt zegt me dat het een berg vuil wasgoed is van het hotel boven ons – hotel/stad, hotel/wereld. Het is nog steeds stikdonker, en nu helpt de gelaarsde vrouw mij op te staan, ook al bestaat er nu geen onder en boven meer, en in plaats van op te staan zwemmen we eigenlijk in deze placenta van vuil wasgoed, die ons verslindt en ondersteunt, en we staan rechtop maar we liggen, we zijn astronauten die in de kosmos drijven, en we ruiken de intieme geur van de wereld, de scherpe, doordringende en toch geruststellende geur van alle vuile onderbroeken, kussenslopen, sokken, onderhemden, tafelkleden, onderjurken en lakens van de wereld. En nu omhelst de vrouw me, ze is vloeibaar en warm als kwik, en ook ik voel me zo, ik voel me zoals zij, ik voel me haar, en de kus die we elkaar geven – daar is hij dan – is het natuurlijk gevolg van deze wezenseenheid. Terminaal, hydroxisch, definitief, het is de absolute kus, de oerkus, die ons oplost en in elkaar doet overvloeien, en ons verstrooit in de chaotische schoonheid van het heelal...

Wow, wat een droom. Wie zal zeggen of ik hem morgenochtend nog geweten zou hebben, zonder het telefoontje van Jean-Claude. De bijna volle maan schittert met zijn grote, domme gezicht, ingelijst door het kozijn van het raam. Nee, ik herinner me mijn dromen nooit. Jean-Claude heeft vannacht iets voor me gedaan, hij heeft me gewekt, hij heeft ervoor gezorgd dat ik me voor altijd die hellende leegte kan herinneren, die krankzinnige kus. Ik heb daarentegen niets voor hem gedaan. Hij zit daar, verweesd, dronken, verslagen, naar Elton John te luisteren, en ook als dit het plechtige moment is, het moment waarop hij op de badkamerkruk gaat staan en zijn hoofd door de van elektriciteitsdraad gemaakte strop steekt, zit ik hier, op de bank, met een stijve lul, naar de hond Mendoza te kijken, en ik kan niets doen om het te verhinderen. Dat is de waarheid. O, dokter Ficola, waarom kan ik altijd maar zo weinig voor anderen doen? Wie was die vrouw? Waarom blijf ik mezelf opgeilen in plaats van te lijden?

30

'Hallo?'

'Hallo, Broer.'

'Hé hallo, Carlo.'

'Hoe gaat het?'

'Goed. En met jou?'

'Een beetje slap, maar wel goed.'

'Waar ben je?'

'In Rome, onze tropische hoofdstad.'

'Dat is waar ook, vanavond ben je betrokken bij de uitreiking van de MTV Awards. Ik heb het interview gelezen in *Repubblica*.'

'Welk interview?'

'Hoe bedoel je, welk interview. Het interview in de *Repubblica* van vandaag. Waarin ze je beschrijven als de outsider of the inside.'

'Ik heb geen enkel interview gegeven.'

'Fraai is dat. Dan hebben ze het verzonnen.'

'Tenzij... In *Repubblica* zei je?'

'Ja.'

'Niet in *Corriere della Sera*?'

'In *Repubblica*.'

'Weet je het zeker?'

'Als ik dat zeg...'

'Nee, maar heel veel mensen verwarren de *Repubblica* met *Corriere*.'

'Waar heb je het over? Ik verwar ze niet.'

'Ik wel. Ik dacht dat ik aan de telefoon had gesproken met iemand van *Corriere*, niet van *Repubblica*. En ik heb niet begrepen dat het een interview was...'

'Je hebt het dus niet gezien.'

'Nee, ik heb geen kranten gelezen.'

'Maar, neem me niet kwalijk, heb je dan geen persdienst die iedere dag alles voor je verzamelt?'

'Die heb ik wel, maat het is vandaag zaterdag en er is niemand op kantoor.'

'Dat is ook weer waar.'

'Hoe dan ook, het is helemaal niet belangrijk. Vertel liever hoe het met Claudia gaat. Ik heb haar op haar mobiel gebeld maar hij stond uit.'

'Het gaat goed met haar. Ze is hier bij me aan het strand.'

'Aan het strand?'

'Ja, we zijn in Roccamare.'

'Het is niet waar. Sinds wanneer?'

'We zijn vannacht aangekomen.'

'Alleen jullie tweeën?'

'Marta zou ook komen met de kinderen, maar op het laatste moment kon ze niet.'

'En daarom zijn jullie maar met zijn tweeën...'

'En Dylan.'

'O, en hoe is dat?'

'Schitterend. Het lijkt wel juli. We zijn aan het strand, en er zijn heel veel mensen. Er wordt gezwommen, het water is warm en –'

'Nee, ik bedoelde hoe is het voor jullie om daar weer te zijn. Het is toch de eerste keer dat jullie weer terug zijn, nadat...'

'Het gaat prima.'

'Ook met Claudia?'

'Ja. Ze is met een vriendinnetje bij het water aan het spelen.'

'Maar in het huis? Hoe reageerde ze daar?'

‘Ontspannen. Alsof er nooit iets was gebeurd.’

‘Maar hoe is het mogelijk? Het is tenslotte het huis waar haar moeder...’

‘Ik weet niet hoe dat mogelijk is, Carlo. Feit is dat het zo is.’

‘Maar weet je het zeker? Is het niet een beetje ondoordacht om daar alleen met zijn tweeën heen te gaan?’

‘Ik zei het je toch al: Marta zou ook komen, maar op het laatste moment kon ze niet.’

‘Dat snap ik, maar jullie waren toch niet verplicht om –’

‘Ja, engeltje! Ik heb het gezien! Heel goed van jullie!’

‘...’

‘Sorry, ik had het tegen Claudia. Ze laten Dylan door een hoepel springen, hij is opgewonden, ’s zomers nemen we hem namelijk nooit mee naar het strand omdat het verboden is. Eigenlijk is het nu ook verboden, maar omdat het al oktober is worden de regels als het ware even opgeschort, iedereen heeft zijn hond meegenomen.’

‘...’

‘Het moest er toch een keer van komen.’

‘Wat?’

‘Hier weer heen gaan. Om te zien wat voor effect het op ons heeft, op ons allebei. En dan kun je dat maar het beste doen als het dertig graden is, en je naar het strand kunt gaan en zwemmen alsof het zomer is.’

‘Ja, maar niet alleen.’

‘Maak je maar niet ongerust, als ik voel dat er iets niet goed zit, pak ik de auto en gaan we naar huis.’

‘Maar misschien dat jij het niet voelt en zij wel.’

‘Wat is er nou, ben ik opeens achterlijk geworden?’

‘Wat zal ik zeggen, Pietro. De gedachte dat jullie daar alleen met zijn tweeën zijn bevalt me niet, dat is het. Ik voel er bijna voor om naar jullie toe komen.’

‘Heel goed. En de MTV Awards?’

‘Die MTV Awards kunnen me geen moer schelen.’

‘Je moet de beste alternatieve kunstenaar bekronen.’

‘Maar ík kom naar jullie toe, ze zoeken het maar uit.’

'Een prijs die jij, afgaande op het interview, graag aan Björk zou willen geven, maar die volgens jou vast en zeker naar Franz Ferdinand zal gaan. Trouwens, wie is in godsnaam die Franz Ferdinand?'

'Dat is een groep. Franz Ferdinand.'

'O, en waarom ben je er zo zeker van dat zij zullen winnen? Is het afgesproken werk bij die MTV Awards?'

'Pietro, ik meen het echt. Het bevalt me niet dat jullie daar alleen zijn, in dat huis.'

'Dat zal best, maar toch kun je niet komen. Je zit nu eenmaal in het systeem.'

'Om drie uur heb ik een afspraak, maar zodra ik daarmee klaar ben, pak ik de auto en kom ik naar jullie toe.'

'Dan komen ze je hier ophalen. Je zit nu eenmaal in de Matrix.'

'Ik ben er om zeven uur.'

'Om zeven uur moet je de outsider van de inside spelen.'

'Zeg, houd op! We gaan vis eten bij Anna.'

'Dan komen ze je ophalen bij Anna. Ze hebben de Mobiele Eenheid, helikopters, spionagesatellieten. En bovendien is Anna gesloten.'

'Of... dat is het, waarom komen jullie niet hier? Het is twee uur rijden. Jullie zouden het concert in het Colosseum nog halen.'

'Carlo, je hebt geen idee hoe heerlijk het hier is.'

'Vooruit, kom nou hiernaartoe. Ik kan zo veel kaartjes krijgen als ik maar wil. Ook voor de prijsuitreiking, en voor het feest erna. Je zou er Claudia heel blij mee maken. Britney Spears is er ook.'

'Dat bedoel ik. Hoe minder ze die ziet, hoe beter het is.'

'Schei nou toch eens uit! Weet je nog wie jij goed vond, op haar leeftijd?'

'Ik? Ik vond Pino Daniele goed.'

'Dat was later. Ik bedoel op haar leeftijd. Dat weet je niet meer, hè?'

'ABBA?'

'Nee! Erger! Je vond ABBA mooi toen we al in de Via Giotto woonden, dus toen was je minstens twaalf. Ik bedoel op je negende.'

'Claudia is wel tienenhalf.'

'Oké, toen je tienenhalf was. Weet je niet meer wie je toen goed vond?'

'Ik vond niemand goed toen ik tienenhalf was. Ik speelde met lego, en verder niets.'

'Herinner je je het feest voor de Rotary Club niet, toen Pippo Baudo je op het toneel riep en je liet meedoen aan die quiz?'

'Geen idee waar je het over hebt.'

'En jij won natuurlijk. Je won een boek, *De avonturen van de Rode Piraat*. Weet je niet meer wat je antwoordde toen Pippo Baudo je vroeg wie je lievelingszanger was?'

'Ik ontken ooit te zijn geïnterviewd door Pippo Baudo.'

'Er is nog een foto van, een hele mooie, hij zit bij mij in het familiealbum. Jij met het boek in de hand, en de microfoon voor je mond die professioneel wordt vastgehouden door Pippo Baudo. Weet je niet meer wat je hem hebt geantwoord?'

'Dat heb ik verdrongen.'

'De Schatrijke Schooiers, heb je geantwoord.'

'Kun je nagaan. Dat heb ik waarschijnlijk zomaar gezegd, om hem op het verkeerde been te zetten.'

'Toen jij de leeftijd had van Claudia waren De Schatrijke Schooiers jouw lievelingszangers. Besef dat wel.'

'En jij dan? Jij had een poster van Gabriella Ferri in je kamer.'

'Gabriella Ferri was voor het afrukken, dat is iets heel anders.'

'Afrukken?'

'Ja, afrukken, afrukken. Ik kan je niet zeggen hoe geil ik van haar werd, met die hese stem van haar. Ik zette Rosamunda aan op de platenspeler, keek naar de poster en rukte me af. Het was fantastisch.'

'Jij bent de enige op de wereld die zich afrukte op Gabriella Ferri, weet je dat?'

'Dat zeg jij. Cucca bijvoorbeeld deed het ook.'

'Een mooi span, jij en Cucca.'

'Zij was onze ideale vrouw. Energiek.'

'Ze is niet zo lang geleden gestorven of vergis ik me?'

'Ja, ze heeft er een eind aan gemaakt. En dat heb ik heel ellendig gevonden. Ik had haar pas weer op de televisie gezien, na al die jaren – uitgerekend bij Pippo Baudo, trouwens: enorm uitgedijd, verdoofd door de psychofarmaca, voorbij goed en kwaad. Schitterend. Ik wilde haar graag leren kennen, ik zweer het je. Haar opbellen en zeggen: "Mevrouw Ferri, als kleine jongens rukten Cucca en ik ons af terwijl we aan u dachten."'

'Wat een troost.'

'Altijd beter dan niets. Ik zeg niet dat het iets veranderd zou hebben, maar –'

'Ja, oké! Ik kom eraan! Dylan... hier! Sorry, Carlo, Claudia wil nog een keer het water in en ik moet Dylan aan de lijn doen, anders gaat hij haar achterna. Kom hier, braaf, hier. Nee, nee, niet naar het water. Hier. Hier blijven, brave hond. Goed zo.'

'...'

'...'

'Pietro? Ben je er nog?'

'Ja.'

'Ik meen het echt, waarom komen jullie niet hierheen?'

'We zijn nu hier, Carlo.'

'Dat bedoel ik. Jullie zitten vlakbij. Kom nou maar. Dat is beter.'

'Dat kan echt niet. We hebben Dylan bij ons. Waar moeten we hem laten? Bovendien heeft Claudia voor vanavond al een afspraak gemaakt met vriendinnen die ze hier is tegengekomen. Het is Halloween, ze gaan de huizen langs, om snoep op te halen.'

'Laat haar maar beslissen. Geef haar maar even.'

'Ze is in het water.'

'Ik bel straks wel terug.'

'Dring niet zo aan, Carlo. Alles gaat goed, geloof me nu maar.'

'Nee, Pietro. Dat huis is geen goed idee...'

'Luister, vroeg of laat moest het er toch een keer van komen. Niet dat –'

'En Halloween is ook geen goed idee, als je het mij vraagt. Ga je uitgerekend het feest van de doden daar doorbrengen?'

'Halloween is niet het feest van de doden.'

'Het is het feest van doden, heksen en spoken.'

'Het is Samain, het oude Keltische Nieuwjaar. Het is een feest waarbij de duivel wordt uitgebannen om de winter en het voedselgebrek het hoofd te kunnen bieden, en vervolgens hebben de naar Amerika geëmigreerde Ieren het verbonden met de traditie van de pompoenlantaarn, de maskers en de grapjes.'

'Moet je die wijsneus horen. Je moet tegenwoordig afgestudeerd zijn in de antropologie om over Halloween te kunnen praten.'

'Ik weet het omdat het in de krant van vandaag stond, vlak naast jouw interview. Hoe dan ook, het is helemaal niet belangrijk, zo moet je het niet bekijken.'

'Wat niet?'

'Het feit dat ik en Claudia vanavond hier Halloween gaan vieren.'

'Hoe moet ik het dan bekijken?'

'Het is gelopen zoals het is gelopen en daarmee uit. Het is een kritieke stap, dat is waar, en het was niet de bedoeling dat we alleen zouden zijn, maar zo is het gelopen. Je moet ook vertrouwen hebben in hoe de dingen rollen, af en toe. Of niet soms? Ja, engeltje, ik kom eraan! Luister, Claudia wacht op me in het water, ze wil dat ik haar laat duiken. Iedereen staat verbaasd over de salto's die ze heeft geleerd...'

'Ik heb het haar zien doen, afgelopen zomer. Pas vooral op dat ze niet met haar hoofd tegen de bodem slaat. Ik ken mensen die door een duik hun hele leven –'

'Zeg, wat is er met jou aan de hand? Je hebt het familiealbum, je bent bang voor spoken, je voorspelt rampen: je lijkt tante Jenny wel.'

'Ik weet het niet, Pietro. Ik vind het geen prettige gedachte dat jullie daar alleen zijn, zoals ik al zei. Ik wilde je juist voorstellen het huis te verkopen, moet je nagaan...'

'We zien wel. We zien wel hoe Claudia reageert.'

'We kunnen een ander huis kopen, op een andere plek. Sardinië. Ligurië. Griekenland. Zelfs een mooier huis.'

'Natuurlijk, maar laten we niet overhaast te werk gaan. We zijn allemaal aan dit huis gehecht. Als we het kunnen behouden, des te beter. Verkopen kan altijd nog.'

'Hoe dan ook, maak je geen zorgen. Wat mij betreft mag het morgen verkocht worden.'

'Dank je. We zullen wel zien wat de beste oplossing is. Oké, ik moet weg, Claudia staat op me te wachten.'

'Geef haar een kus van mij.'

‘Doe ik.’
‘En zeg dat ze haar mobiel moet aanzetten. Ik heb haar iets gestuurd.’
‘Goed, ik zal het zeggen. Wat is het?’
‘Dat is een geheim tussen haar en mij.’
‘Ah. Oké. We spreken elkaar morgen.’
‘Morgen, ja.’
‘Maak je maar niet ongerust, hier is alles onder controle.’
‘Afgesproken. Veel plezier.’
‘Jij ook. En de groeten aan Björk.’
‘Dag, Pietro.’
‘Dag. Ik kom er aan, engeltje!’

31

Ik heb mijn broer niet het hele verhaal verteld. Nee...

Ja, het is waar, Marta heeft zich gisterochtend op het laatste moment teruggetrokken met een kort en bondig telefoontje waarna ik de keus had om alleen naar zee te gaan of helemaal niet; en het is waar dat de beslissing om te gaan een beetje riskant was – wij hier, ik en Claudia, alleen met zijn tweeën, in het huis waar Lara voor haar ogen in elkaar is gestort (ik heb vaak geprobeerd me die scène voor te stellen, maar het is me nooit gelukt verder te komen dan het moment waarop Lara opeens neervalt, en het blad met ham en meloen op de grond klettert en in stukken valt; de reactie van Claudia, haar vermoedelijke kreet van schrik, hoe ze ongetwijfeld komt aanrennen, neerknielt en 'mama, mama' blijft zeggen tegen de levenloze etalagepop waarin Lara was veranderd, en vooral het verlatingsgevoel dat ze gehad moet hebben toen ze besefte dat ik er niet was, dat ik nog aan het strand was en zelfs mijn mobiel niet opnam... dat alles zal ik me nooit kunnen voorstellen). Het is waar dat het wel juli lijkt, het is waar dat het heel goed met ons gaat, het is waar dat Claudia ook hier, raadselachtig genoeg, echt ontspannen is, en dat ze na het eten met een oogmasker op is gaan wandelen in het pijnboombos, samen met een handjevol andere kinderen, om snoep op te halen; het is waar dat Maria Rosa, die uit het achterland komt en voor het huis zorgt, heel fijngevoelig heeft geprobeerd alle sporen van Lara te verwijderen, door haar kleren in koffers te stoppen, alle beddengoed te wassen, de laden te luchten, en alle producten en voorwerpen weg te stoppen die herleidbaar waren tot Lara, van de dieetcrackers, die alleen zij at, tot hydraterende crèmes en ontharingspleisters. Dat is allemaal waar; en eigenlijk is het ook waar dat ik me bij de beslissing om hierheen te gaan, zoals ik al tegen Carlo zei, heb laten leiden door hoe de dingen rollen in de wereld, ik heb de omstandigheden voor me laten beslissen; maar ik heb niet apart vermeld wat de doorslaggevende omstandigheid was, de laatste band die mij heeft teruggekaatst naar waar ik me nu bevind. Dat heb ik Carlo niet verteld, nee...

Ik heb maar een paar minuten getwijfeld of ik wel of niet zou gaan, en de reden dat ik er zo snel uit kwam heeft niets te maken met Claudia, en het is dezelfde reden waarom ik Carlo nooit zou hebben toegestaan om zich bij ons te voegen, en ik heb ook geen moment het op zichzelf geenszins uitzonderlijke idee overwogen om weer in de auto te stappen en Claudia naar Rome te brengen om te genieten van de roes van MTV. Het feit is dat ik, terwijl ik daar op de bank in het parkje bij de school zat, onmiddellijk na het telefoontje van Marta waarin ze me meedeelde dat ze niet mee kon gaan naar zee, bezoek kreeg. Jawel. Van Eleonora Simoncini. Ditmaal gekleed in lichte kleuren van een veel agressievere, bijna roofzuchtige elegantie, een spannend decolleté, een uitdagend strakke rok om haar royale billen, en een paar crèmekleurige laarzen, heel anders dan de laarzen van de vrouw uit mijn droom, maar voor mij even onweerstaanbaar, en ook verrassend vulgair. Haar haar had ze in een soort kastanjebruine tulband gedraaid, waaruit weerbarstige lokken voor haar gezicht vielen die ze met zorg scheen te hebben aangebracht om de indruk van enorme innerlijke spanning te versterken. Het was fataal dat ze terugkwam: haar verschijning heeft me zeker niet zo verrast als twee dagen geleden, maar mij wel meer in verwarring gebracht, omdat ze echt iets obsceens uitdrukte, een soort vrijgevochten, woest gebrul, in weerwil van alle redenen die haar hadden moeten inpassen in het kader van de keurige, enigszins bedrukte verschijningen waarmee mijn dagen bij de school al twee maanden rijkelijk worden gevuld.

Eleonora Simoncini is gekomen, en heeft gênant intieme dingen tegen me gezegd. Ze heeft me meegedeeld dat ze de schoft het huis heeft uitgegooid (zo noemde ze hem letterlijk: de schoft), en terwijl ze het zei, was ze lichtjaren verwijderd van de plechtigheid waarmee ik haar twee dagen eerder haar trouwring in het riool had zien gooien. Ze was nu frivool, en er straalde energie uit al haar poriën, alsof ze zich in die achtenveertig uur had gerealiseerd dat ze nooit iets anders had gewild dan ontsnappen aan een moordpoging van haar echtgenoot om zich vervolgens met alle gelijk van de wereld van hem te kunnen bevrijden; het was een volslagen fysieke energie, alsof de weerslag van die ontdekking zich had ontladen over haar lichaam en het had bevrijd van een diepgewortelde gekrenktheid. Ze vertelde me dat ze de schoft had geconfronteerd met een concept voor een scheiding met wederzijds goedvinden, dat was opgesteld door haar Zwitserse advocaten, op grond waarvan zij het huis en de kinderen zou houden en, in de hoedanigheid van de meest bemiddelde, hem het schertsbedrag van € 1031,91 per maand zou toekennen, wat gelijkstaat aan het nettosalaris van Oreste, de zeeman die zorgt voor het jacht dat ze hem heeft geschonken toen ze vijftien jaar getrouwd waren, en dat zijn meest belangrijke persoonlijk eigendom vertegenwoordigt; ze heeft me een vrolijke opsomming gegeven van alle kostbare hobby's die de schoft zich van nu af aan niet meer zal kunnen veroorloven (van het verzamelen van moderne kunst tot de sponsoring van een stal van raceboten), en ook van de etappes waarmee zich zijn totale ondergang – economisch en vooral juridisch – zou voltrekken als hij het waagde het voorstel af te wijzen. Vervolgens, alsof het verband hield met haar wraakoefening, en zonder dat ik ook maar iets in die richting had gezegd, zei ze dat ze het weekend zou doorbrengen in haar huis in Roccamare, en dat we elkaar daar zouden kunnen treffen, mocht ik er toevallig ook heen gaan. Al haar energie, die ze tot dat moment had aangewend tegen haar echtgenoot, werd toen op mij geconcentreerd waarbij met een paar primitieve elementen – haar parfum, haar geraffineerd neergeslagen blik, de verlokkelijke kleding, en zeker die simpele voorwaardelijke bijzin – een seksueel krachtveld werd gegenereerd, en waarbij het leek of zij een soort blanco cheque was die in het borstzakje van mijn jasje werd gestopt. Hier, vul in en verzilver hem maar. Zo rollen de dingen dus...

Hier zit ik nu, in T-shirt, te roken op de veranda van het huis waarin nog geen twee maanden geleden mijn vrouw is gestorven, terwijl de volle maan schittert in de tropische warmte en de lauwe wind de kruinen van de pijnbomen doet bewegen, klaar om een sms te versturen als de eerste de beste puber. Moet je eens zien hoe het bericht schittert op het display van mijn mobiel in al zijn hongerige, hormonale absurditeit: Verzenden. Maar ik verstuur het nog niet. Ik houd het voorlopig nog even vast, ik verstuur het niet. Ik ben echt niet besluiteloos, helemaal niet, ik weet heel goed dat ik uiteindelijk op de toets zal drukken om het berichtje te verzenden, maar tegelijkertijd doe ik mijn best om het even uit mijn hoofd te zetten, en mezelf voor te stellen zoals Carlo me voorstelt, verloren als een trompetsolo in deze schitterende nacht, melancholiek, braaf, geconcentreerd op mijn verdriet en op mijn taak om dat zo ver mogelijk te houden van het bed waarin mijn dochter slaapt – hoogstens in de verleiding om twee of drie glazen rum achterover te slaan om het zware gewicht dat op mijn schouders rust te verlichten. Amerikaanse films zitten vol met dat soort helden: Gregory Peck, James Stewart, Henry Fonda, Kevin Costner. Tot op dit moment zou ik al met al nog steeds zo'n held kunnen zijn. Ik heb nog niets gedaan dat zij niet zouden doen, en als het verdriet me zou bespringen, hier en nu, als het zou ophouden om mij heen te draaien, weggedoken in het leven van anderen, en eindelijk zijn gekromde slagtand in mijn maag zou zetten, zou ik het ook echt kunnen worden. Ik ben er klaar voor, het is al twee maanden dat ik er klaar voor ben, dat ik verwacht te lijden...

Verzenden.

Ik zet de plaat van Radiohead weer aan op de stereoset die ik mee naar buiten heb genomen. Nu word ik niet meer verrast door de dingen die tegen mij worden gezegd, ik ken alle liederen uit mijn hoofd, en nu ben ik het die de vragen stelt, doelbewust. Track 2. 'Pyramid Song'. De klacht van de piano, de gekwelde stem die kreunt voordat hij begint te zingen: *I jumped in the river and what did I see / Black-eyed angels swam with me...* Hoeveel avonden zal Carlo met pijn in zijn hart hebben geluisterd naar dit lied? Terwijl hij dacht aan alles wat hij met dat meisje had kunnen doen als ze niet in de rivier was gesprongen? Totdat hij er niet meer tegen kon, totdat hij zich voor altijd uitleverde aan weegschaaltjes, naalden, opgerolde bankbiljetten en vellen aluminiumfolie?

Verzenden.

Nu track 17. 'Big Ideas'. Het lied dat ik die ochtend, toen Eleonora Simoncini net weg was, onmiddellijk heb geraadpleegd, omdat ik me herinnerde dat het een aantal, heldere, wijze woorden bevatte die heel toepasselijk waren voor mij, en waarnaar ik gisternacht keer op keer heb geluisterd tijdens de reis van Milaan hiernaartoe, terwijl Claudia sliep op de achterbank, en ook vanavond weer, terwijl zij Halloween vierde in de maneschijn, totdat ze terugkwam met een zak vol Marsen, KitKat, chocolade-eitjes en andere troep, moe, smerig, en klaar om naar bed te gaan. Ik heb het nu wel honderd keer gehoord en iedere keer besef ik de absolute waarheid van de tekst, maar zonder ooit op te houden aan mijn blanco cheque te denken. Het gaat zo: *She kisses you with tongue / and pulls you to the bed / Don't go you'll only want to come back again.* Dat is waar, lied. Je hebt gelijk. Zo zou het gaan. *So don't get any big ideas / They're not gonna happen / You'll go to hell for what your dirty mind is thinking.* Het is waar. Zo gaat het...

Ik sta op en loop het huis in. Claudia ligt diep te slapen in haar kamer. Carlo heeft haar op haar mobiel een plaatje gestuurd van een pompoen die met zijn tanden klappert van angst. Zij vond het heel mooi, en ze heeft het me ook onmiddellijk laten zien – het was dus helemaal geen geheim. Ik loop terug naar de veranda. De Golf van Lara in het straatje glanst in de manestralen. Zo zonder kentekenplaat krijgt hij iets onheilspellends, iets spookachtigs. Eigenlijk had Carlo gelijk, Halloween is het feest van de doden. Volgens het artikel in de krant vreesden de Kelten dat de geesten van de doden zich op 1 november zouden kunnen aansluiten bij de wereld van de levenden, waarmee ze de tijdelijke opheffing van de wetten van tijd en ruimte zouden veroorzaken; en dan kon alles gebeuren, de doden zouden zelfs kunnen terugkeren uit het hiernamaals om zich aan te sluiten bij de levenden en samen feest te vieren.

Verzenden.

Zo, ik heb het verstuurd. Hoe de dingen rollen heeft er niets mee te maken, ik heb bewust gehandeld.

Ik zal nooit zo'n filmheld zijn.

32

Jukbeen, mondhoek, lippen, oorlel, oorbel...

Ik ben bezig details te kussen.

Ik houd mijn ogen open, ik wil zien wat ik kus: het zijn opwindend heldere details, geïsoleerde lichaamsdelen, niet in verhouding, want in haar geheel is deze vrouw te groot voor mijn ogen, alsof ze oneindig is geworden, denkbeeldig...

Ik adem zwaar door mijn neus, ik snuif het parfum in dat ze heeft opgedaan, maar ook de mensengeur die eronder zit, en die langzamerhand sterker zal worden door inductie, secretie en frictie, totdat hij het zal winnen van het parfum, wanneer ik eenmaal in haar zit. Want dat gaat gebeuren, dat staat vast; op dit moment kun je aan alles twijfelen maar niet aan het feit dat ik over korte tijd in haar zal zitten, en haar natuurlijke zoogdierengeur zal het winnen van de subtiele zee-essence waarmee ze zich heeft besprenkeld om die te verhullen. Het is deze zekerheid die me in vervoering brengt, ook al heb ik nog niets gedaan, al ben ik nog helemaal niet begonnen – o, het is werkelijk een opwindend moment, het was de moeite waard om te liegen, te veinzen, berichtjes te sturen, deze huid is opwindend, deze mond is opwindend, het haar, de hals, de hals is opwindend – of liever gezegd de afzonderlijke delen van deze hals, de pees, de ader, het tere zadel bij de aanhechting met de schouder is opwindend, net zo opwindend als de belofte die voelbaar is in het hele lichaam dat ik omknel, in de heupen daarbeneden, die ik slechts zachtjes streel, in de tieten die ik zelfs nog niet heb aangeraakt maar die hard tegen mijn borst drukken; en ook buiten haar is dezelfde belofte aanwezig, in de geur van het gras, van de aarde, van de warme nacht, in het stralende duister van de maan, in het ruisen van de wind, in het kwinkeleren van die klotenachtegalen, in de volledig gek geworden natuur die ons omringt, want laten we niet vergeten dat het 31 oktober is, en dat het allemaal niet zo zou moeten zijn...

Ik druk mijn kin op haar huid, mijn baard van een dag werkt als elektriciteit op haar gevoelige delen, en zij klampt zich dan ook vast aan mijn schouders, hijgt, geeft zich over, en kijk, nu valt haar hoofd opzij, de haren vallen naar achteren, ik ben de baas over haar hals – dit is het moment. Ik open mijn mond en vul hem met haar vlees, ik breng al mijn tanden in contact met haar huid, ik zuig een beetje om de volmaakte aansluiting te vinden; zij weet nog niet waarom, heeft geen idee, steunt en zucht alsof het alleen hierom gaat, maar hier gaat het niet alleen om – ze heeft geen idee van de beet die ze op het punt staat te ondergaan. Ik heb dat wel, omdat ik het één keer heb meegemaakt, en sindsdien heb ik nooit meer een vrouw kunnen aanraken zonder aan Marta te denken. Liefde heeft er niets mee te maken, het heeft iets van een vampier; op een dag heeft ze het bij mij gedaan, en sindsdien doe ik het telkens als het kan. Zoals nu bijvoorbeeld: ik doe het. Ik bijt dieper, ja, en ik begin de druk op te voeren, en onmiddellijk voel ik de rilling die door haar vlees gaat, de overgave van de spieren, de zenuwen die bloot komen te liggen, en uit de adem van haar zuchten stijgt een langgerekt, onderdrukt 'aaahhh' op van verbijstering. Ja, verbijstering. Want de beet wordt niet uitgevoerd door de snijtanden maar door de hoektanden, die krachtdadig haar vlees binnendringen, net alsof ze de keelader moeten doorprikken om er het bloed uit te kunnen zuigen – en het is vreemd maar daar ben je nooit op voorbereid; ondanks alle Dracula-films die we hebben gezien, kunnen we ons absoluut niet voorstellen dat iemand ons zo kan bijten, en hoe heerlijk het is...

De beet gaat steeds dieper – 'aaahhh' –, maar doet geen pijn, dat weet ik, want het genot dat hij verschaft werkt als een soort verdoving. Dat ze verstijft komt door de angst, niet door de pijn: de angst dat mijn kaken niet meer zullen ophouden – ik ken het, ik heb het meegemaakt –, dat ze zich steeds vaster op elkaar zullen klemmen totdat ze een stuk vlees hebben losgescheurd. Dan bijt ik niet verder door. Ik blijf vasthouden maar verhoog de druk niet, omdat ik haar geen pijn wil doen, ik wil haar alleen tussen mijn tanden houden en haar horen kreunen, willoos, kreunen, kreunen, en voelen dat ze zich laat gaan in een mythische, dramatische, lichtende, waanzinnige overgave, de overgave van uitgehongerden die bewusteloos raken, van de verbijsterde prooi die bungelt uit de bek van een luipaard – de overgave van het meisje dat bezig was te verdrinken, en dat heeft geworsteld met Nosferatu die haar te hulp is gekomen, en dat liever had willen sterven dan door hem gered te worden, en dat heeft geprobeerd hem met zich mee te sleuren onder water maar daar niet in is geslaagd, en dat zich nu heeft overgegeven, ze heeft zich laten grijpen, redden, kussen en al haar bloed laten wegzuigen...

'*Aaaahhhh...*'

Dat was dat: ik begin langzaam los te laten. Eleonora Simoncini heeft een genotsgevoel ervaren dat ze niet meer zal vergeten, en dat voldoende zou moeten zijn om haar bevredigd naar huis te laten gaan zonder enige behoefte aan meer. Maar nee, zodra ik mijn mond losmaak van haar hals neemt ze het initiatief, alsof ze zich moet bevrijden van de lome, bedwelmende passiviteit waarin mijn beet haar heeft gestort, en ze begint me hevig te kussen, te omhelzen en te likken, en opeens gaat haar hand naar beneden, een even precieze beweging als bij karate, en grijpt mijn lul vast door mijn broek heen – een gebaar dat ik altijd heb weten te waarderen omdat het ondanks de brutaliteit ervan iets zedigs heeft, iets van een jong meisje, en het doet me denken aan de jaren zeventig, aan Patrizia Pescosolido, mijn eerste meisje, aan de uitputtende aflebbersessies op de zolderverdieping van Gianni Albonetti, bijgenaamd 'Futuro', in het stupide licht van roodblauwe lampjes, de muren beplakt met kartonnen eierdozen en de plaat van Brian Eno die zo vaak werd gedraaid op de pick-up dat je er uitgeput van raakte... Op dezelfde manier, terwijl zij mijn lul tegen de stof van mijn broek perst, en hem steeds harder omknelt alsof ze hem wil afrukken en meenemen, kan ik me eindelijk aan haar tieten wijden, en ik begin ze te betasten met beide handen zoals ik al heb willen doen vanaf het eerste ogenblik dat ik haar zag, een paar dagen geleden bij de school; maar, vanwege een soort romantische, verplichte symmetrie, doe ook ik het alleen van buiten, zonder de laag stof waardoor ze worden omhuld geweld aan te doen. En eigenlijk is ook dit een opwindend moment omdat Eleonora Simoncini geen beha draagt, nee, net als Patricia Pescosolido op zestienjarige leeftijd, het definitieve bewijs dat haar tieten zijn opgelapt, en ze reageren dan ook met een werkelijk onmenselijke elasticiteit – boing: alsof er een veer in zit –, een soort cyborg die blindelings het bevel opvolgt om altijd hoog, groot en stevig te blijven wat er ook gebeurt, en de talrijke gevoelens van genot die worden opgeroepen door het contact met dit wonder, laten ook ruimte voor het warme, perverse genoegen van een heroverweging, aangezien ik me altijd zeer kritisch heb opgesteld tegenover het idee om een paar zakjes met siliconen in de borst van een vrouw te stoppen met de bedoeling haar te verbeteren, maar als dit het resultaat is moet ik echt mijn mening herzien...

Natuurlijk blijven we elkaar kussen, maar het zijn nu kussen zonder smaak, ze houden de schijn op, terwijl onze gedachten elders zijn. We gaan niet meer in elkaar op, zoals daarstraks tijdens de beet; die primitieve overgave is er niet meer, we zijn weer twee verschillende individuen geworden die adrenaline oppompen uit de duistere holen van hun ik, en die zich op elkaar uitleven in een poging de gulzigheid die daaruit voortvloeit te stillen – bijna elkaars concurrenten, ja, elkaars tegenstanders. En zij intensiveert deze wedijver door de stap te nemen waar Patrizia Pescosolido een winter lang over deed, dat wil zeggen het overgaan van de buitenkant van de gulp naar de binnenkant. Ik voel dat haar hand de knopen forceert, er bijna afrukt, en snel in mijn onderbroek glijdt om ten slotte mijn lul te omklemmen als een hamer. En ik, nog steeds vanwege de symmetrie, trek haar hemd op tot haar hals, waarbij de volmaakt blanke borsten zichtbaar worden, en ik omklem ze, ja, ik vul er mijn handen mee, ik pers ze uit, ik voel ze overvloeien tussen mijn vingers – ik gebruik ze, zou je kunnen zeggen, voor het uiteindelijke doel waarvoor ze zijn gemaakt. Het is bevredigend, dat kan ik niet ontkennen, maar er is nu iets mechanisch ontstaan in de parallellie tussen haar hand en mijn handen, en als zij mijn schaamstreek krabt met haar nagels, knijp ik onmiddellijk harder in haar tepel, alsof de dialoog die er tussen ons nooit is geweest zich opeens manifesteert in deze eigenzinnige, primitieve vorm, zonder enige tederheid, zonder enige vrijheid. En aangezien deze vrouw niet Patricia Pescosolido is, en we geen zestien zijn, en ons niet bevinden op de zolderverdieping van Gianni Albonetti bijgenaamd 'Futuro', en we niet de hele nacht zo kunnen blijven staan, terwijl het toen wel heerlijk was om hele middagen door te brengen met kussen en het wederzijds vastgrijpen van elkaars edele delen, is de bevrediging algauw niet meer toereikend, hetgeen resulteert in een armzalige ingeving – geniaal als het om een krachtmeting ging, maar ontegenzeggelijk onbezield en vernederend bij de gedachte dat het om een versmelting zou moeten gaan – die ertoe leidt dat ik deze keer de volgende stap doe door me met mijn mond op haar tepels te storten en eraan te zuigen, eerst aan de een, dan aan de ander, dan aan allebei tegelijk (want je kunt dit gewapende vlees echt op elkaar persen en er een kritische massa van indrukwekkende hoogte van maken), echter wel met een schaamteloos tactische gulzigheid, niet omdat het zo beter gaat – het gaat eerder slechter, de afstand is opnieuw tot nul gereduceerd en de mythische aanblik van de tieten die opbloeien onder het opgerolde hemdje is verdwenen – maar omdat ze nu, als het mechanisme dat ons beheerst werkt zoals het moet, slechts op één manier kan reageren op deze zet van mij. Ja, ik weet het, Eleonora Simoncini, ik ken de regel die geldt voor dit soort zaken tussen bourgeois types zoals wij, ik weet dat je hem de eerste keer nooit in je mond neemt; ik zeg niet dat ik het ermee eens ben, want persoonlijk vind ik die regel zinloos, onzinnig en hypocriet, maar ik weet dat hij wordt aangehouden en ik verzeker je dat ik hem in het verleden altijd heb gerespecteerd, voor wat dat waard is, of misschien heb ik me er slechts in geschikt, maar ik heb hem in ieder geval geaccepteerd; maar vanavond ligt het anders, vanavond wil ik hem overtreden, vanavond is een uitzondering op elke regel en ik wil dat je nu mijn lul afzuigt, en de dierlijke gedrevenheid waarmee ik aan je tepels zuig is niets anders dan een bevel daartoe. Je hebt geen keus, besef dat wel: ik zuig aan dat wat ik kort tevoren in mijn handen had, jij houdt mijn lul omkneld in je hand, en nu is het jouw beurt om te zuigen, wat zou je anders kunnen doen?

En ze doet het. Niet onderdanig en ook niet onzeker, zonder me ook maar het geringste gevoel te geven dat ze onder dwang staat; integendeel, ze heeft haar handelingen geheel onder controle en voert ze met plezier uit, te oordelen naar de feestelijke blik die zij mij toewerpt voordat ze zich naar mijn buik toebuigt; nu trekt ze mijn hemd omhoog, en begint aan een kronkelige strategische benadering, bestaande uit kussen en zuigzoentjes, vanaf de borst tot aan de flank, vervolgens tussen de haren rondom de navel, dan rechtstreeks op de navel – maar ze moet niet te lang aanhouden, want het is een soort marteling, en er zijn vrouwen die zich niet realiseren hoe onverdraaglijk het kan worden... Maar nee, ze houdt niet te lang aan, ze gaat nog wat verder naar beneden, en als ze de punt van mijn lul tegen haar keel voelt interpreteert ze dat correct als eindpunt en kwelt me niet langer. Het is zover, ze gaat rechtop op haar knieën zitten, knoopt mijn broek helemaal los, trekt hem zo ver mogelijk naar beneden, en doet hetzelfde met mijn onderbroek, alles met de nodige plechtigheid want ze is zich klaarblijkelijk bewust van de stoot serotonine die dit ceremonieel op gang brengt in de hersens van een man. Dan doet ze echter iets vreemds wat ik niet verwachtte: ze pakt mijn lul helemaal onderaan vast en richt hem op, in de lucht, alsof ze weet hoe prettig het is om er het windje van deze Tangerse nacht overheen te voelen strijken, en ze blijft er enige seconden roerloos naar kijken – om hem te beluchten, zou je bijna zeggen, zoals je doet met goede wijn voordat je hem drinkt; dan blaast ze een plukje haar weg dat voor haar ogen bungelt en steekt hem in haar mond.

Ah, het gevoel als ze me begint te pijpen – Ah. Het verbaast me iedere keer weer dat zo iets simpels zo onfeilbaar werkt. Een mond die opengaat en klaar: wat wil je nog meer? Iedereen kan het doen. En waarom gebeurt het dan niet constant? Waarom gaan we er dan zo zuinig mee om? We zijn gek, allemaal.

Ik sluit mijn ogen: alles is volmaakt, licht, vreemd, en ik ben slechts een bezoeker in mijn eigen leven, een buitenaards wezen dat vanuit een superieure beschaving is binnengevallen in de warme mond van deze vrouw. Ah, het is fantastisch in deze toestand te blijven, zonder ergens aan te denken, om te drijven in een dusdanig zuiver, absoluut heden dat ik er zelfs niet in slaag om er deel van uit te maken...

...Maar helaas, alsof ze zijn opgeroepen door de afwezigheid van ontevredenheid, verschijnen nu de bewoners van mijn hersens, verrast, geïrriteerd, jaloers, ieder met zijn eigen klotecommentaar. Lara: 'Hoe kun je dit nu doen?'; Marta: 'Zie je nu wel? Je bent een zwijn'; Carlo: 'Zie je nu wel? Je hebt gelogen'; Piquet: 'Zie je nu wel? Je bent een gladjakker'; de verloofde van Piquet: 'Dat doe ik beter'; de zoon van Piquet: 'Zevenmiljoenachthonderdrieënzestigduizendzeshonderdveertien...'

Ik doe mijn ogen weer open, en de menigte verspreidt zich. Kortom, ik doe niets, deze op het gras geknielde vrouw doet alles. Ik ben slechts een aandachtig verorberde maaltijd, ik bevind me in een staat van vloeibaarheid, van vereerde afgod – zuivere zintuiglijke inertie, onschuld, gedachteloosheid, afhankelijkheid... Maar omdat ik mijn ogen openhoud, zie ik, en wat ik zie is pure pornografie – het hoofd dat stampt tussen mijn benen, de tieten die zich tegen mijn dijen persen, de wangen die zich hol zuigen –, en dan word ik weer opgehitst door de demon van de wedijver, van de onvoldaanheid waardoor ik enorme zin krijg om te... om te... Maar hoe is het mogelijk dat deze dingen zo gauw een warboel worden? Als ik mijn ogen sluit wordt alles teruggebracht tot een overdadige seksuele fantasie, als ik ze openhoud bekruipt me opnieuw de wens om te graaien, te bezitten, genot te geven in plaats van te ontvangen. Genot geven: wat een waanzin. Ik heb al veel meer gedaan – ik moet mijn verstand gebruiken, godnogaantoe – ik heb haar leven gered, zonder mij zou ze as zijn in een urn, nog eens wat anders dan genot – beweend, gecremeerd, en bijgezet naast haar aanbeden papá in het familietempeltje op een of ander blinkende Zwitserse begraafplaats, en het fabelachtige vermogen dat hij haar heeft nagelaten, evenals alle functies waarin zij hem is opgevolgd bij de maatschappijen van de groep (Brick chocolade in de eerste plaats, poedermelk en puddingproducten, de afdeling zoetigheid, het oorspronkelijke bedrijf, natuurlijk in combinatie met alle financiële holding- en trustmaatschappijen die het geld laten verdwijnen, maar ook de recente aanwinsten die het iedereen-tegen-iedereen-gevecht van de globalisering heeft opgeleverd, zoals fitnessapparaten, geloof ik, en zelfs opblaasconstructies voor pretparken), dat alles zou al in handen zijn gevallen van die schoft van een echtgenoot; een goede reden waarom ik verdien te worden gepijpt, en zij is de eerste die dat erkent, anders zou ze het niet met zo veel toewijding doen, met zo veel –

Wat nu, houdt ze op?

Nee, ze houdt niet op, ze kust mijn ballen. En daar voel ik het windje weer, wow, dat echter, nu mijn huid helemaal nat is van het speeksel, veel frisser aanvoelt, en mij doet rillen...

'Ik zou hem de hele nacht in mijn mond willen houden,' verklaart Eleonora Simoncini met luide stem, terwijl ze mijn lul omkneld houdt op een centimeter afstand van haar mond alsof het een microfoon was. Zoiets is verrukkelijk om te horen, echt waar: verrukkelijk en verhelderend want het is alsof ze me heeft uitgenodigd om me achterover uit te strekken in het gras, in de sawasanahouding, en om, als ik dan toch mijn ogen niet kan sluiten, te kijken naar de kruinen van de pijnbomen, naar de wazige sterren, en de vurige maan, terwijl zij het nastreven van haar ideaal om deugd te belonen afrondt. Maar hoe geruststellend de betekenis van haar woorden ook mag zijn, er was iets in de klank dat mij in verwarring heeft gebracht, iets schurends, ja, iets scherps, een soort sacrale, vlijmende zweepslag die door mijn hele lichaam trok, van boven tot onder – de meest indringende fysieke gewaarwording die ik ooit in mijn leven heb ervaren. Het is nu voorbij, het duurde slechts een ogenblik, en zij is weer begonnen te zuigen, concreet, productief, met de nu wel overduidelijke bedoeling mij in haar mond te laten klaarkomen; maar de ontdekking dat je ook dat kunt aanvoelen, brengt alles weer opnieuw uit zijn evenwicht.

'Zeg dat nog eens,' hoor ik mezelf bevelen.

Eleonora Simoncini houdt weer op, laat mijn lul uit haar mond glippen, werpt haar haar achterover met een schitterende beweging van haar hoofd, en kijkt me geamuseerd aan. Dan doet ze het spelletje met de microfoon weer, nu veel overdrevener, ze neemt mijn lul in beide handen en praat erin met gesloten ogen, zoals de familiaire zangers doen van wie zij waarschijnlijk houdt.

'Ik zou er de hele nacht aan willen zuigen,' herhaalt ze.

Deze keer is het gevoel nog sterker, bijna onverdraaglijk. De trilling, ja de trilling die haar stem uitzendt op een millimeter afstand van mijn eikel, vooral de 'a' en de 'ui', de trilling van 'a' en de 'ui': als een sabelhouw die het symbool van de penetratie zelf penetreert, de geluidstrilling van nagels die over het bord krassen, en dan de holle echo van een afschuwelijke klacht die weerklinkt in de diepste diepte van mijn lendenen, de weerklank van een ver, wanhopig verdriet – maar wat voor kwaadaardig mantra is dat in godsnaam, dat een effect sorteert dat tegenovergesteld is aan zijn betekenis? Want ik heb geen macht meer over mezelf, dat is duidelijk; helemaal geen sawasana, de situatie is uit de hand gelopen en ik ben een blinde kracht geworden, die in hevigheid toeneemt, en ik worstel zelfs om het dappere verzet te breken waarmee deze mond zich weigert van mij los te maken, en natuurlijk win ik, en ik trek me omhoog, zo, op mijn knieën, en ik trek haar ook met kracht omhoog waarbij ik definitief het pijpen verijdel, in ruil waarvoor? In ruil voor deze wirwar van imperatieven, voor deze chaos? Omhels haar opnieuw, druk haar tegen je aan, betast haar, je tong in haar hals, je tong op de polen van de magneet, van de batterij, van het stopcontact, tegengestelde ladingen trekken elkaar aan, gelijke stoten elkaar af, als je tegenstander je aanvalt met een slice reageer je altijd met een topspin want de rotatie van de bal blijft hetzelfde, grijp haar vast, ja, het verschil tussen revolutie en rebellie, de golfslag tegen de rotsen, het gekraak van het ei dat opengaat, en draai haar dan om, en zo wordt het wel erger, maar het punt is dat ik wil dat het erger is, ik wil het ergste, ja, het satanisme, aj, etsgre teh liw ki, draai haar om, de grote moeite die mensen hebben om toe te geven dat ze masturberen, en het zielige figuur van degenen die het zonder enige moeite toegeven, ze wil zich dus niet omdraaien, maar seks is manipulatie, vooral gedurende uitzonderlijke hittegolven, dus moet je haar klem zetten, Keanu Reeves houdt kogels in de lucht tegen, ik heb dat tenslotte al een keer eerder moeten doen om haar te redden, eigenlijk is het Om-mantra niets anders dan een uiterst krachtige trilling, maar wat nou vorig leven, je ziet elke dag zo veel gezichten dat je, wanneer je iemand ontmoet en de indruk hebt dat je hem al eerder hebt ontmoet, hem zeer waarschijnlijk al eerder hebt gezien, oké, zo dus, zorgen dat ze niet kan bewegen en haar dan omdraaien, ik weet het, lied, je had het tegen me gezegd, het enige wat je wil is naar huis gaan, de drie stadia van de vervreemding, ik ben op het werk en droom ervan aan zee te zijn, ik ben aan zee en droom ervan op het werk te zijn, ik ben aan zee en droom ervan aan zee te zijn, ja, de zee, de ruwe zee, hou haar stevig vast met één arm, maak nu de andere arm vrij, omhoog met die jurk, omlaag met dat slipje.

'Nee, nee. Het kan niet...'

Wat?

'Het kan niet...'

O nee, o nee. Ik zei omlaag met dat sl –

'Het kan niet...'

Ik moet een of andere machtige maangod wel zwaar beledigd hebben, want het is toch onvoorstelbaar dat het iedere keer, iedere godvergeten keer hetzelfde verhaal is: ik kan me praktisch niet anders herinneren, al vanaf de tijd van Patricia Pescosolido, en van het gelijktijdige verlies van onze onschuld, in het appartement in de Via Severano dat leeg was blijven staan na de dood van haar tante, altijd dezelfde onuitputtelijke stroom van troebel bloed die mij terugdrijft als ik probeer de kut te bereiken *(lijst van meisjes bij wie het de eerste keer niet kon: Patricia, de Duitse kampeerster in Palinuro; hoe heet ze, derde plaats bij de Miss Punta Ala-verkiezingen, Barbara Bottai; die van Rete 4 met die absurde achternaam, Luisa Pesce-Delfino; Lara, natuurlijk, stel je voor, en zelfs twee van de vier vrouwen met wie ik haar heb bedrogen, Gabriella Parigi en de Franse pr-officer met de piercing door haar tong die leek op Isabelle Adjani en zonder twijfel het mooiste meisje dat ik ooit heb betast)*. En nu? Die woorden hebben me verlamd, mijn hand is van marmer geworden bij het omklemmen van haar dij, zoals die van Pluto in de roof van Persephone, mijn kussen zijn in stenen veranderd – daarom heeft ze hem zo schaamteloos in haar mond genomen – daarom wilde ze er de hele nacht aan zuigen – ze kon niet anders – vanaf het moment dat ze arriveerde was ze vast van plan mij te pijpen – maar ik heb het verijdeld – en hoe gaan we nu verder? We kunnen onmogelijk terug, dat pijpen is niet meer terug te halen, dat is verkeken, het is de tolkaart van de snelweg die uit het raam vliegt, het pingpongballetje dat van het terras valt – hoe gaan we verder? Haar toch neuken, geen denken aan, dat is een smeerboel waar je alleen maar aan begint met een vrouw van wie je echt houdt *(lijst van vrouwen van wie ik echt heb gehouden: Patrizia Pescosolido, Lara)*, en oké, ook met Franse PR-officers die op Isabelle Adjani lijken, maar bij hoge uitzondering en vooral als het overduidelijk is dat zich nooit meer een tweede gelegenheid zal voordoen; me dus maar overgeven, mijn handen in de lucht steken en ermee kappen? Het zou verstandig zijn, dat wel, maar ik zit met die erectie, nog steeds dezelfde permanente erectie die me elke minuut vergezelt die ik doorbreng in de nabijheid van Eleonora Simoncini, en die van graniet is geworden door de gebeurtenissen van de laatste minuten en geenszins verzwakt door die van de laatste seconden – ik zou hem moeten laten wegzakken, maar hoe? Door me te concentreren op walgelijke dingen: prei, wratten, pus, blaren op je voeten, Berlusconi die het afluistermicrofoontje laat zien om ons te doen geloven dat hij wordt bespioneerd, het gezicht van Previti die trouw zweert aan de grondwet, het kasuarisgezicht van Piquet, het zweet van Enoch, het Oil for Food-schandaal, de benzineprijs die hoger wordt ook als de olieprijs daalt, financiële organisaties die Argentijnse obligaties aan gepensioneerden verkopen, Enron, Parmalat, Alitalia, Fiat, Telecom, de starttik, Tim Vodafone Wind Tre de gedwongen uitzetting van clandestiene immigranten de brug over de Straat van Messina de fusies van groepen die elkaar zouden moeten beconcurreren de antitrust-autoriteit die ze goedkeurt de manier waarop Jean-Claude eruit is gewerkt het voorstel dat Thierry me heeft gedaan om zijn plaats in te nemen het krankzinnige salaris dat ik blijf opstrijken zonder er ene moer voor te doen – het werkt niet, integendeel, het heeft juist het tegengestelde effect, het maakt me steeds harder en steeds kwader, het versterkt mijn kracht, en hoewel er logischerwijs flink wat tijd verstreken zou moeten zijn, al was het alleen maar door de hoeveelheid dingen die door mijn hoofd zijn gegaan sinds zij heeft gezegd het kan niet, is er in werkelijkheid maar heel weinig tijd verstreken, bijna geen, ik weet niet hoe maar het is zo, ze heeft het nog maar net gezegd, en ik ben nog niet eens begonnen te aarzelen, het is een soort wonder, het is als bij het videospel van Samurai Jack op het PlayStation wanneer je je vol hebt laten lopen met zen-energie en de toets R2 ingedrukt houdt, de zogenaamde Sakai-aanvalsprocedure. Dat vertraagt de actietijd van je tegenstanders met een factor vijf terwijl de jouwe slechts wordt gehalveerd, wat jou een verpletterend, einsteiniaans overwicht geeft, en nu krijg ik weer hetzelfde gevoel van onaantastbaarheid dat ik had toen ik haar redde, dezelfde verbijstering, ademnood, woede en angst – waarvoor? –, nu komt dat opwindende besef weer terug dat ik het voor elkaar zal krijgen – om wat te doen? – want er is alle tijd en alle ruimte om het voor elkaar te krijgen en ik ben onfeilbaar, het onbewuste is echt een precisie-instrument, godverdomme, moet je zien hoe die reddingsscène wordt herhaald, dat geloof je niet, ook de houding is precies dezelfde, vóór mij bevindt zich haar uiteenvallend lichaam, vlees dat alle kanten op gaat, en daarachter het mijne, beheerst, compact, gezaghebbend en bevelvoerend, dat het hare bedwingt en bestuurt via een erectie die tegen haar melkwitte billen stoot...

Het is zover, Eleonora Simoncini, ik weet nu hoe het verder moet. Toets R2, de tijd staat bijna stil. Ik trek je slip die halverwege is blijven hangen helemaal naar beneden, en begin mijn middelvinger in je kont te steken. Natuurlijk verstijf je – een vinger die op dit moment in je kont wordt gestoken is een ondubbelzinnig gebaar –, en je kreunt, maar je zegt niet weer nee, je zegt niet het kan niet, ik wed dat je hart in je keel bonst, boemboemboem, want opeens bedenk je dat het pijn gaat doen en op pijn was je niet voorbereid, maar wat wil je, we zijn de eersten die het doen, we zijn in de prehistorie – in de openlucht, zoals je ziet, niet eens een grot om ons te beschutten –, twee ruwe boswezens waar de god van de Maan een afkeer van heeft, twee Cro-Magnonmensen die nog maar net de biologische sprong hebben gemaakt die ons in staat zal stellen de wereld te veroveren maar nog duizenden jaren verwijderd van het raffinement om olie en crèmes te gebruiken om deze daad minder bloederig te maken – ja, het is dus waar, het zal een beetje pijn doen. Nu zit de vinger er helemaal in. Weet je, verscheidene jaren geleden zijn Lara en Marta naar een advocaat in Bellagio gegaan, Alessio Romano geheten, vanwege een proces dat ze hadden overgenomen van hun overleden ouders, iets met betrekking tot het huis aan het meer dat ze in die streek hadden. De advocaat luisterde naar het verhaal van hun problemen met de vereniging van eigenaren, en zei dat hij ze graag van dienst wilde zijn maar beweerde dat hij ze, om dat te kunnen doen, eerst in hun kont moest neuken, eerst de een en dan de ander, het liefst meteen, daar op de bank in zijn kantoor. Aangezien Lara en Marta nog geschokt waren door de dood van hun vader en moeder, zo vlak na elkaar, overreedde ik ze om die man te vergeten en alles aan mij over te laten; vervolgens besloot ik om, voordat ik hem aangaf, een persoonlijke confrontatie aan te gaan, ik maakte een afspraak en toen ik tegenover hem zat, geenszins geïntimideerd door de aanzienlijke omvang van deze bruine beer, vroeg ik hem nogal agressief om rekenschap af te leggen van zijn gedrag tegenover mijn vrouw en mijn schoonzuster, waarop hij mij uit het veld sloeg door te zeggen dat hij ook mij in mijn kont wilde neuken. Het punt was, zei hij, dat, om redenen die te ver zouden voeren, maar die historisch juist en onbetwistbaar waren, sodomie het enige middel was dat in staat was een verhouding stevig en duurzaam te maken, omdat daaruit het onwankelbare, unieke fenomeen ontstond dat hij een 'symbiotische verbintenis' noemde waartegen iedere tegenstander gedoemd was het af te leggen; en omdat hij graag processen won, ook een eenvoudige zaak zoals wij hem hadden voorgelegd, was die daad een absolute voorwaarde – anders zou hij, volgens zijn gewoonte, de opdracht niet kunnen aanvaarden. Ik begin mijn vinger eruit te trekken. Echt overtuigen deed de oude Alessio Romano me niet, maar toen ik eenmaal buiten stond in de verblindende rust van de weg langs het meer, was ik zo getroffen door zijn gekte dat ik besloot de ongevoelige taak om hem aan te geven over te laten aan de volgende cliënt. Ik beperkte me ertoe om hem in de gaten te houden, via de discrete bemoeienis van mijn vriend Enrico Valiani, advocaat te Milaan, die overigens eigenaar is van het huis hiernaast, net achter die heg, aan wie ik vroeg zo goed te willen zijn om inlichtingen over hem in te winnen en van tijd tot tijd te controleren of hij niet uit de orde der advocaten was gezet; en – let wel, nu komt het – niemand heeft hem ooit aangegeven. Van hem heb ik gehoord dat het een heel vreemde man is, zoon van een door partizanen gefusilleerde fascist, ex-lid van de Monarchistische Partij, die in de jaren negentig is terechtgekomen bij een Luddistische gemeenschap, ergens afgelegen in de Valbrona, waar men leeft zoals in het begin van de negentiende eeuw, en waarvan hij een van de hoogste autoriteiten is geworden zodat hij zelfs werd gevraagd de gemeenschap te vertegenwoordigen tijdens een zomeruitzending van Uno Mattina, maar er is geen enkele aangifte tegen hem te vinden, geen petitie en ook geen disciplinaire maatregel van welke aard dan ook bij enig parket of advocatenorde in Lombardije. Trouwens, vanaf de dag dat hij mij uitlegde waarom het noodzakelijk was mij en mijn familie in de kont te neuken is hij zijn beroep blijven uitoefenen aan het hof van Como en Lecco, vooral als de verdediger van kleine landeigenaren in de Triangolo Lariano, in geschillen met het staatsdomein en het openbaar bestuur – waarbij hij een benijdenswaardig aantal successen behaalde. Begrijp je wat dat betekent? Een van tweeën: of hij heeft het alleen bij ons gedaan, om een reden die alleen maar met ons te maken heeft, en dan zou ik graag willen weten welke, of er bestaat een niet nader aangegeven hoeveelheid bewoners van de Triangolo Lariano die het volstrekt zinnig heeft gevonden zich in hun kont te laten neuken door hun eigen advocaat met het doel een proces te winnen; hetgeen, dat zal je moeten toegeven, een behoorlijk interessant fenomeen zou zijn, zeker als je in aanmerking neemt dat dit stuk van Italië socio-geografisch grenst aan het Canton Ticino, jouw geboortegrond. Nu is mijn vinger er bijna uit, maar – hier kom ik je tegemoet – ik steek hem er nog een keer in, om je de gelegenheid te geven je een beetje beter voor te bereiden, want je bent er nog niet klaar voor, moet je zien hoe verstijfd je nog bent, hoe angstig, maar je kreunt en zegt nog steeds geen nee, daarom zet ik door, nog steeds volgens de Sakai-procedure, om te komen tot de symbiotische verbintenis die het lot vanaf het begin met ons voor had, vanaf het moment dat ik je leven redde door met mijn lul tegen jouw kont te stoten, en des temeer als je bedenkt dat wij in deze periode ook in het openbaar versmelten, jawel, ik in de buik van de Franse Walvis met mijn hitechkantoortje, mijn yuppie-inkomen en mijn kleurloze secretaresse, jij in die van de Joodse Haai met je hele imperium van luxeproducten, heel klein vergeleken bij het zijne maar het is wel een onafhankelijk geheel gebleven omdat Steiner, in tegenstelling tot wat hij heeft gedaan met zijn andere partners, je heeft ingeslikt zonder op je te kauwen, en dat vanwege een geruchtmakende vriendschap tussen jullie beiden, heel geruchtmakend, geruchten waaraan ik uit principe geen waarde heb gehecht, maar die nu, na een voorproefje te hebben gehad van jouw idee van dankbaarheid, verleidelijk geloofwaardig beginnen te worden; kortom we waren hoe dan ook al aan het versmelten, begrijp je, en afgaand op het nieuws dat uitlekt over de resultaten van de fusieonderhandelingen ziet het ernaar uit dat ik je toch zou verneuken, dus laat ik mijn vinger voor de derde maal zakken, nu dieper, agressiever, en ik beweeg hem, draai hem heen en weer, het is onmogelijk dat je je nu niet herinnert dat ik je heb gered, en vooral hoe ik je heb gered, misschien ben je je er niet bewust van maar ongetwijfeld bewaar je ergens een onuitwisbare herinnering aan ieder moment van die ochtend, anders zou je op dit moment niet o Pietro o Pietro zeggen, dan zou je me niet aanroepen bij mijn naam, en zou je nooit accepteren door mij in je kont geneukt te worden zoals ik nu overduidelijk op het punt sta te doen, op het gras, als een geit, iets zou je tegenhouden – misschien de angst voor de pijn, of de schaamte vanwege de onvermijdelijke strontlucht waartegen jouw verflauwde parfum het allang heeft afgelegd, of alleen de gedachte dat Claudia wakker zou kunnen worden en me zou kunnen gaan zoeken, want ik heb je gezegd dat ze in haar kamer ligt te slapen; en ook al heeft ze het ongeluk dat ik haar vader ben, een absoluut satanische vader zoals je kunt vaststellen – ik zou bijna de kentekenplaat van Lara gaan opvissen uit de Tonfone en op mijn voorhoofd spijkeren – jij bent een moeder, christus, ik heb gezien hoe je kinderen bij je neerhurkten nadat ik tot in de Hades was afgedaald om je voor hen terug te halen, en het is een schande, laat je dat gezegd worden door de duivel in eigen persoon, het is echt een schande dat jij, moeder van twee kinderen, geen spoor van instinctieve bescherming vertoont jegens een arm onschuldig meisje dat haar moeder heeft verloren en dat ieder ogenblik de tuin in zou kunnen komen, verward, angstig, en ons zou kunnen zien, kijk, nu gaat mijn vinger er voor de derde keer in, en de volgende keer is het niet meer mijn vinger, dat weet je, en het zal veel meer pijn doen, dat weet je, en toch loop je niet weg, en bied je zelfs geen weerstand, je blijft alleen o Pietro zeggen bij het licht van de maan, als het gejank van een wolf, en dat betekent dus dat je nog slechter bent dan ik, of liever, zoals Marta zegt, dat je bent zoals ik, het betekent dat wat jou twee maanden geleden is overkomen bij jou iets schandelijks heeft wakker gemaakt dat je had verdrongen, net zoals bij mij gebeurde, en het heeft je gechoqueerd en opgewonden, en het heeft jou, net zoals mij, ongevoelig gemaakt voor de rest van de wereld, en het zal altijd een van de vreselijkste en tegelijkertijd indrukwekkendste ervaringen van je hele leven blijven, want dit soort dingen kun je niet uitkiezen, en ook kun je niet uitkiezen met wie je ze deelt, dat zou mooi zijn maar zo is het niet, die dingen kiezen ons uit, en vanaf dat moment willen ze alleen maar herhaald worden, nagebootst, opnieuw beleefd, en op die manier worden wij vastgeketend aan het slechtste waartoe we in staat zijn, wat ons gevaarlijk maakt, ja, en wat ons reduceert tot accidents waiting to happen...

Het is zover, Eleonora Simoncini. Het is duidelijk dat het nu geen vinger meer is die tegen je kont aan drukt. En het is duidelijk dat ik geen geweld gebruik, ook al ga ik je in alle waarschijnlijkheid openscheuren. Het is duidelijk dat we dit allebei willen, en het is ook duidelijk waarom. Het is allemaal duidelijk. Dat is trouwens het mooie van de Sakai-aanvalsprocedure: alles wordt duidelijk. Maar nu wordt de R2-toets losgelaten, het moment is gekomen om de tijd weer normaal te laten verlopen, om dit absurde, van het noodlot vervulde ritueel ten uitvoer te brengen – onze fusie, in de nacht van de geestverschijningen, onze symbiotische verbintenis: plug-in...

III

33

Geen herfst dit jaar. Na een gedenkwaardige storm die alle souterrains van Europa heeft doen onderlopen, en een nasleep van kou, mist en vochtigheid die wekenlang heeft geduurd, is de winterse afsterving direct begonnen en werd zelfs de herinnering aan de fantastische oktoberperiode waaruit we kwamen weggevaagd. Een overduidelijke boodschap: 'Het is uit met de pret, jongens'; misschien een beetje botte overgang, maar zonder de catastrofale verschijnselen die men had voorspeld tijdens het voortduren van die uitzonderlijke warmte. Het was een geschenk geweest, dat weer, meer niet, dat heeft iedereen nu wel begrepen.

Met het wisselen van het seizoen zijn de gewoontes van de mensen veranderd. Het was me nooit opgevallen hoezeer we onze gewoontes afstemmen op de meteorologische tijd: tijdsindeling, trajecten, pauzes. Deze contreien waarmee ik zo vertrouwd was geraakt dat ik de dingen ook met gesloten ogen kon zien, zijn nieuw en bijna vreemd geworden. Sommige mensen zijn gewoon verdwenen – de Pakistaan die voorruiten schoonmaakte bijvoorbeeld –, anderen hebben hun tijdsindeling en hun gedrag gewijzigd, echter zonder de indruk te wekken dat ze improviseerden, alsof ze tegelijk met hun dikke kleren ook hun wintergewoontes uit de kast hadden gehaald. Ook de tijd, Chronos, heeft hiermee te maken gekregen, hij is opnieuw ingedeeld en geordend. Omdat ik hier de hele dag blijf merk ik dat heel goed. Terwijl vóór de weersovergang de opeenvolging van alles wat ogenschijnlijk toevallig voorbijkwam in werkelijkheid zo streng gestructureerd was dat het in wiskundige termen uitgedrukt kon worden (bijvoorbeeld: Matteo en moeder die naar sessie van fysiokinesetherapie gaan + oude man die deur uitkomt, sigaret opsteekt en wegloopt + dwergvrouwtje dat voorbijkomt met tasjes vol boodschappen – vertrek van verkeersagent + aankomst van vuilniswagentje – Matteo en moeder die sessie van fysiokinesetherapie verlaten + eerste twee medewerksters van reisbureau die koffiepauze nemen – vertrek van vuilniswagentje om prullenbakken te legen + andere twee medewerksters van reisbureau die koffiepauze nemen = aankomst van Jolanda en Nevel), heeft ook daarna hetzelfde verschijnsel zich doorgezet, zij het in een combinatie van nieuwe en gewijzigde elementen. Het afnemen van de rol van Jolanda, die niet meer in het parkje blijft zitten, maar slechts verkleumd voorbijloopt met Nevel aan de lijn (het zijn allebei uitgesproken zomerschepsels), het verdwijnen van het dwergvrouwtje, en de verandering van de koffiepauze van de medewerksters die nu slechts vluchtig om beurten verschijnen om vier koffie te halen in de bar die ze vervolgens meenemen naar het bureau, dat alles lijkt op een bepaalde manier het toenemende belang van de oude roker te accentueren: hij verdwijnt niet onmiddellijk meer na het opsteken van de sigaret, en blijft langer onder het dakje van de kiosk staan, blootgesteld aan de vochtigheid die zijn gezondheid geen goed kan doen, in een poging de krantenman te betrekken in gesprekken die echter nogal mat blijven. Matteo en zijn moeder komen nog maar om de dag voorbij en hun tijdschema is veranderd: hun opkomst vindt nu plaats tussen het vertrek van de verkeersagent en de aankomst van het vuilniswagentje. Bijna alle figuranten op de fiets zijn verdwenen, en er zijn veel meer mensen die buiten de winkels blijven staan om een sigaret te roken. Ik weet het zijn kleine dingen, maar ze zijn niet zo onbelangrijk als ik dacht, omdat het leven van al die mensen, met inbegrip van mijzelf, schijnt af te hangen van de ordening die we eraan weten te geven. En meestal is de enige ordening die we weten te bedenken de hardnekkige herhaling van dezelfde handelingen, uitgevoerd op dezelfde manier op dezelfde plaats en op dezelfde tijd; alleen krachten van buiten dwingen ons te veranderen, maar wij passen ons aan de verandering aan en beginnen weer met de herhaling van onze nieuwe handelingen. Neem nu mezelf: ik zit nu in de auto, met de verwarming aan terwijl de ruiten beslaan, maar als ik het bestelwagentje zie aankomen dat het eten voor de kinderen brengt stap ik uit, om een ontmoeting met de onderwijzeres van Claudia, die kort daarna de school verlaat, te vermijden (Gloria op maandag, woensdag en vrijdag, Paolina op dinsdag en donderdag); en als ik terugkom, na een sandwich te hebben gegeten (kipsalade), een glas water te hebben gedronken, koffie te hebben genomen, en *Gazzetta dello Sport* te hebben gespeld op de vrieskist met ijsjes, hoop ik bijna altijd stiekem dat Claudia voor het grote raam zal gaan staan wanneer ze terugkomt van de mensa, me zal zien en zal groeten. En als ze dat een dag niet doet, of voor het raam gaat staan als ik alweer in de auto zit, heb ik het gevoel dat er iets verkeerd is gegaan, en daar lijdt mijn humeur onder.

De winter heeft veel andere dingen met zich meegebracht. In de eerste plaats kreeg ik een telefoontje van Jean-Claude dat mij heeft gerustgesteld omtrent zijn toestand; hij stelde een heleboel vragen, over mij en Claudia maar ook over de situatie in het bedrijf, wat mij de indruk gaf dat ik nog zijn enige informatiebron ben. Ik heb hem verteld dat Thierry mij zijn positie heeft aangeboden, en hij zei: 'Typisch'; maar ik heb het niet gehad over de beschuldigingen die over hem worden uitgestort, ook omdat hij die vast en zeker al kent. Over zichzelf zei hij alleen maar dat hij geniet van Aspen buiten het seizoen, dat hij rustig is en Coriolanus leest. Geen woord over het nachtelijke telefoongesprek waar ik me zo druk over heb gemaakt: alsof het nooit had plaatsgevonden.

Vervolgens kwamen de kaarten, een van Enoch uit Zimbabwe, en een van de man die me directeur noemt, uit Rome – en, curieus genoeg, kwamen ze op dezelfde dag aan. Die van Enoch was een fotocompositie (de Victoria Watervallen, een statige Afrikaanse olifant, een kudde gazellen) en een kaart van Victoria Falls National Park waarop, ter hoogte van het meest oostelijke punt, met viltstift een pijl was getekend met de woorden 'Nous sommes par là', terwijl de tekst simpelweg luidde 'Een omhelzing'. Die van de man die me directeur noemt was daarentegen het klassieke gezicht op de Sint-Pieter vanuit de Via della Conciliazione, en de tekst was al even klassiek: 'Hartelijke groeten'.

En natuurlijk kwamen de mensen, maar ook daarbij hebben zich veranderingen voorgedaan, net zoals in de wijze waarop ik ze ontvang. Eerst Piquet, Enoch, Marta, Carlo; nu mijn secretaresse, Basler, Tardioli. Eerst zaten we op de bank in het parkje te kletsen, of aan een buitentafeltje van de bar, of staande in de schaduw van een plataan; nu moeten we in een dichte auto zitten, waardoor alles veel geforceerder lijkt, met inbegrip van het feit dat ik hier verblijf. De nieuwe mensen hebben ook nieuwe problemen meegenomen, nieuwe verhalen, en nieuwe pijn waarop ik echter veel afstandelijker reageer dan eerst, wat weer voedsel geeft aan het misverstand over mijn vermeend lijden – of, afhankelijk van het standpunt, over mijn vermeend gladjakkerschap. Annalisa, mijn secretaresse, die nooit kwam toen het mooi weer was, en gebruikmaakte van illustere postdiensten om de door mij te tekenen documenten bij mij af te leveren, komt nu met een zekere regelmaat langs, ook voor de gewoonste zaken, wat volgens mij blijk geeft van de winterse broosheid waaraan sommige vrouwen lijden, en die hen ertoe drijft naar buiten te gaan en de regen te trotseren, liever dan alleen te blijven in een halfduister vertrek waar niemand oog voor hen heeft. Overigens heeft ze nog steeds geen verkering, en het is onduidelijk waarom. Uit een gesprek met haar heb ik begrepen dat mijn weigering om president te worden is uitgelekt, tenminste als gerucht – en nu zijn er twee mogelijkheden: of het is Thierry geweest of het is Jean-Claude geweest –, maar ik heb me er wel voor gewacht om het gerucht te bevestigen of te ontkennen, iets wat haar heeft teleurgesteld, geloof ik. Basler daarentegen, hoofd van de persdienst, is op een dag gekomen om me mee te delen dat de eindafrekening was begonnen en dat de zaken voor de mensen uit het kamp van Jean-Claude een ongunstige wending namen. Hij zei dat de Fransen waren begonnen om op een strategische, systematische manier te treiteren; en hij vertelde me over Elisabetta Oberti, ook een lieveling van Jean-Claude, die letterlijk was gekweld met irrelevant commentaar op het wekelijkse filmprogramma waarvan zij eindredactrice is – allemaal opmerkingen over dingen die destijds door Jean-Claude persoonlijk waren beslist, zoals het lettertype en de korpsgrootte van de ondertitels of het gebruik van de *jump-cut* om interviews te snijden – totdat zij, aan het eind van haar incasseringsvermogen, volgens hem in opstand is gekomen tegen de huurmoordenaars die door Parijs waren gestuurd om het eindproduct te controleren, en ze heeft uitgekafferd met de woorden: "Maar wat kunnen wij nu leren van jullie klote-Galliërs, die nog in paalwoningen zaten, toen wij al flikkers waren!" Maar ondanks al zijn inspanningen om sympathiek over te komen en te laten zien dat hij aan mijn kant staat, zat er een behoorlijk luchtje aan hem: wat een toeval, hij die zich bevindt op het kruispunt van alle informatiestromen, zowel binnen als buiten het bedrijf, heeft geen enkele toespeling gemaakt op mijn weigering om de positie van Jean-Claude in te nemen, alsof hij er niet van op de hoogte was – wat onmogelijk is aangezien zelfs Annalisa het wist. Ik kreeg de indruk dat hij een soort opdracht aan het uitvoeren was, ook al heb ik geen idee namens wie en met welk doel; daarom heb ik mijn mond gehouden, zonder ook maar iets van een mening te uiten, en de rol van murw geslagen weduwnaar gespeeld. Eén ding is echter waar: met de winter is ook het shakespeariaanse tijdperk aangebroken waarover Jean-Claude sprak, vol verraad en paranoia, dat het bedrijf zal ontdoen van zijn laatste restje menselijkheid en uiteindelijk de vloek van Enoch zal rechtvaardigen.

En net toen ik me, over paranoia gesproken, begon af te vragen waarom Piquet zich niet meer liet zien, arriveerde Tardioli met het verhaal over diens spectaculaire afgang – het verhaal van de kasuarisman en zijn uittrekbare bekerhouder. Piquet had online een laptop gekocht, rechtstreeks van een Taiwanese firma – dat wist ik want hij moest hem gaan afhalen juist op een ochtend dat hij bij mij langskwam; het was een echte geweldenaar, die laptop, met een geheugen van 160 gigabyte, ultraplat scherm, wireless, Centrino, alles: een apparaat van iets meer dan 3000 dollar. Piquet was er apetrots op dat die laptop, afgezien van al het andere, ook nog een uittrekbare bekerhouder had, iets waar hij enthousiaster over was dan over de rest, te oordelen naar hoe hij er voortdurend over praatte. Volgens hem verheerlijkte dat ding de luister van ons decadente tijdperk, waarin men zo'n geraffineerd accessoire ontwierp louter en alleen om kringen op het bureaublad te voorkomen.

Een accessoire dat echter niemand had kunnen zien, – ze hoorden erover en verder niets – omdat Piquet de laptop niet meenam naar kantoor, maar thuis hield. Alleen had die uittrekbare bekerhouder bijna vanaf het begin voor problemen gezorgd: hij had niet de juiste afmetingen, en ging onverwachts dicht zodat de beker omviel, totdat Piquet op een dag hoogst opgewonden op kantoor verschijnt en zo'n beetje iedereen om hulp vraagt want hij moet een e-mail in het Engels schrijven naar de helpdesk in Taipei – zijn Engels is heel slecht – om het defect van de uittrekbare bekerhouder te melden. Er ging anderhalf uur in zitten om uit te vinden hoe je in het Engels 'uittrekbare bekerhouder' zegt, de hele tweede verdieping was ermee bezig, het werk lag plat. In de eerste plaats hoe zeg je bekerhouder: *cup-holder*, *can-holder*, *bottle-holder*? Heidi, de secretaresse van Tardioli, is Duitse maar spreekt perfect Engels omdat haar moeder Australische is, en zij neigde beslist naar cup-holder, maar Piquet had zich vastgebeten in can-holder, totdat Gianni, die de sportrechten doet, naar de garage is afgedaald om het op te zoeken in het instructieboekje van zijn Pontiac, die inderdaad vol bekerhouders zit, en een einde heeft gemaakt aan de discussie: cup-holder. Vervolgens was er het probleem van het bijvoeglijk naamwoord 'uittrekbaar', ook omdat niemand had begrepen hoe dat ding eigenlijk werkte, maar uiteindelijk heeft Piquet een tekeningetje gemaakt op het bord van de vergaderzaal en toen werd het duidelijk dat het ging om een soort dienblaadje met een uitsparing dat uit de zijkant van de computer kwam en er weer in terug gleed, en toen heeft Heidi vastgesteld dat het in het Engels omschreven moest worden als *sliding* – sliding cup-holder. Piquet heeft dus die e-mail over de defecte sliding cup-holder verzonden naar de onlinehelpdesk in Taiwan die in real time zou moeten reageren, maar omdat het daar intussen nacht was, kwam het antwoord pas de volgende morgen – en het antwoord was: 'Welke sliding cup-holder?' Toen is Piquet pisnijdig geworden, en heeft een trap tegen het drinkfonteintje gegeven, tierend tegen die lui van de Taiwanese onlineservice die niet eens wisten welke accessoires er in de computers zaten waarvoor ze assistentie zouden moeten verlenen; en toen hadden ze moeten begrijpen dat Piquet volledig in de war was, want zijn reactie was echt overdreven, echt die van een zenuwlijder; maar ze waren nu allemaal te zeer in beslag genomen door de zaak van de uittrekbare bekerhouder, en ze hebben hem gekalmeerd, en Heidi is naar hem toegegaan en is naast hem gaan zitten om e-mails uit te wisselen met de Chinezen om de hele zaak nog eens goed uit te leggen. Zij schrijven: 'De sliding cup-holder die onderdeel is van die-en-die draagbare computer'; en de Chinezen antwoorden: 'Er is ons niet bekend dat in dat model een dergelijk accessoire aanwezig is.' En zij schrijven: 'En toch wil het geval dat u me er kortgeleden een heeft verkocht, maar de sliding cup-holder ging onmiddellijk kapot, nog afgezien van het feit dat de diameter van de bekers waarvoor hij is ontworpen niet overeenkomt met de westerse standaard'; en de Chinezen, nieuwsgierig geworden: 'Maar waar bevindt die cup-holder zich precies?'; en zij (ze stonden nu allemaal bij elkaar rondom Heidi en Piquet, de hele tweede verdieping): 'Hij bevindt zich in de linker zijkant van het apparaat'; en de Chinezen uit Taipei, nog steeds in real time: 'Waar precies ten opzichte van de cd-/dvd-lade, die zich namelijk in dat model in de linkerzijkant bevindt?' Op dat moment trok Piquet wit weg. Letterlijk een spook. 'Welke cd-/dvd-lade,' zei hij. Iedereen begon zich hoogst ongemakkelijk te voelen toen het langzamerhand tot hen doordrong; maar voordat iemand iets kon zeggen is Piquet gevlucht, en sinds die tijd heeft niemand hem meer kunnen vinden: mobiel uit, antwoordapparaat thuis uitgeschakeld, niets.

Tardioli is nog een aantal keren teruggekomen – een groot aantal keren. Hij is een schuchtere, onzekere jongen, met een duidelijke neiging tot depressie, maar ook helder en creatief, die door Jean-Claude op mijn advies is weggehaald bij de autopromotiespots, waar hij op dood spoor zat, om hem de verantwoordelijkheid voor Grote Evenementen toe te vertrouwen, waar hij nauw moest samenwerken met Piquet, en, hoe gek het ook mag klinken, voor hem was Piquet nog het enige oriëntatiepunt in het door de fusie verscheurde bedrijf, waardoor hij zich nu alleen en verloren voelt. Ik heb geprobeerd me in hem te verplaatsen, hij zal het niet makkelijk hebben: de directeur die je op waarde heeft weten te schatten, niet weg te branden bij een basisschool; de president die vertrouwen in je heeft gesteld, weggestuurd op beschuldiging van verduistering; het Hoofd Personeelszaken met wie je je problemen besprak, naar Afrika gevlucht om daar als lekenpriester te werken; de meer ervaren collega met wie je samenwerkte, verdwenen na een cd-lezer te hebben aangezien voor een bekerhouder. Voldoende om de moed te verliezen. En aangezien ik hem vertrouw, omdat hij hier niet komt met een opdracht, maar alleen omdat hij behoefte heeft aan normaliteit, heb ik met hem gepraat. Niet dat ik gewichtige gesprekken heb gevoerd, maar zijn vraag of het waar was dat mij de positie van Jean-Claude was aangeboden en dat ik het aanbod had afgeslagen heb ik beantwoord, en ik heb hem de raad gegeven waaraan hij blijkbaar behoefte had: om de handdruk te accepteren die iedereen zal worden aangeboden na de fusie en ergens anders een nieuwe baan te zoeken. Ook dit zorgde echter voor een misverstand; ik had die raad uitsluitend gegeven denkend aan zijn belang, terwijl hij gedacht moet hebben dat ik op de hoogte was van wie weet wat voor vertrouwelijke informatie betreffende de toekomstplannen van de groep, en hij is geschrokken. Hoeveel vertrouwen hij ook in mij heeft, hij heeft me waarschijnlijk niet geloofd toen ik zei dat de fusie me volstrekt niet interesseerde en dat ik het presidentschap had afgeslagen louter uit respect voor Jean-Claude; integendeel, het feit alleen dat mij die positie is aangeboden, moet in zijn brein hebben gefunctioneerd als een waarschuwingslampje dat aangeeft hoe nauw ik betrokken ben bij de fusiemanoeuvres – een signaal dat ook nog wordt bevestigd door het absurde voorrecht dat ik geniet: hier te kunnen blijven om mijn eigen zaakjes te regelen in plaats van me af te sloven op kantoor zoals alle anderen. Daarom denk ik dat hij mijn advies uiteindelijk vooral heeft opgevat als een vooraankondiging van zijn ontslag, en dat vind ik jammer; maar dat een jongen als Tardioli er goed aan zou doen om van omgeving te veranderen, daar twijfel ik niet aan, het doet er dus weinig toe dat hij mijn advies heeft opgevat als een bedreiging; het belangrijkste is dat hij aan de slag gaat om ander werk te vinden en deze hele geschiedenis zo snel mogelijk achter zich laat. Anderzijds ben ik er ook zeker van dat ik, hoezeer ik ook zou proberen hem uit te leggen hoe de zaken er werkelijk voorstaan, door in alle oprechtheid met hem te spreken over de verwarring die in mij is ontstaan door het uitblijven van de pijn, het misverstand alleen maar zou versterken, zoals in de film *Being There*, wanneer

Chance herhaalt dat hij tuinman is en iedereen dat opvat als een bevestiging dat hij inderdaad een geduchte, machtige éminence grise is. De zaken hebben nu eenmaal deze wending genomen, er is niets aan te doen: door Tardioli zelf wordt bevestigd dat ze daar meer over míj praten dan over de fusie, en dat de twee onderwerpen, hoe dan ook, nauw met elkaar verbonden zijn, en dat de kwestie van het afgewezen presidentschap de spil van iedere discussie is geworden, de sleutel van iedere speculatie, de aanleiding tot dagelijkse, vergezochte interpretaties.

Voor zover mogelijk probeer ik met hem te praten over Piquet; ik vraag hem steeds of deze nog contact heeft opgenomen met iemand en, zo niet, of iemand nog iets over hem heeft gehoord, alsof ik over hem inzit, terwijl ik in werkelijkheid wil weten hoe het met zijn vriendin Francesca gaat, en met zijn zoon Saverio. Dat Piquet zou flippen wist ik wel, en eerlijk gezegd kan me dat niet veel schelen, maar ik kan me er niet bij neerleggen om samen met hem ook die twee giganten te zien verdwijnen, over wie ik nog meer zou willen horen; ik zou vooral willen weten of ze zijn zoals ik iedere dag aan hen denk, zwevend in het vruchtvlies van hun psychotische zeepbel, zij die bezig is iets krankzinnigs uit te kramen tegen de conciërge van het pand, en hij die onafgebroken de eindeloze kudde van natuurlijke getallen hoedt, of dat Piquet – jammer genoeg, zou ik bijna zeggen – alles heeft verzonnen, en de schittering die hen doet afsteken tegen de zwarte achtergrond van hun lijden slechts een liefdebetoon is dat voortkomt uit zijn maffe brein. Maar Tardioli is een schuchtere jongen, hij lucht zijn hart niet, en ik moest steeds explicieter worden, en uiteindelijk heb ik hem gevraagd of hij tenminste had overwogen om de verloofde van Piquet te bellen, of zijn vrouw, al was het alleen maar om hem uit zijn gedachten te kunnen zetten, en hij antwoordde dat hij het wel had overwogen maar niet had kunnen doen omdat hij de achternaam van de verloofde niet wist, en nooit kennis had gemaakt met de echtgenote, en haar zelfs nooit had gezien. De achternaam van Francesca ken ik ook niet, maar ik heb hem de naam gegeven van de designstudio waar ze werkt, want die ken ik wel – het is Studio Elle op de Corso Lodi –, en Tardioli heeft me verzekerd dat hij haar daar zou bellen. Ik heb ook geprobeerd om hem over haar uit te horen, ik heb hem gevraagd hoe lang hij haar kende, wat voor type het was, en hij zei dat hij haar maar één keer had gezien, toen hij bij hen had gegeten, afgelopen zomer: 'Een mooie meid,' zei hij, 'heel sympathiek en zo.' Stop. Hij gaf geen enkel aanknopingspunt om te kunnen vaststellen of dat 'en zo' sloeg op zijn herinnering dat ze aan Piquet had gevraagd om het wasgoed uit het raam te gooien.

En vervolgens is Eleonora Simoncini gekomen. Ook met haar is alles veranderd, maar dat kwam niet door de seizoenwisseling. Haar winterkleding maakt haar natuurlijk veel minder aantrekkelijk, maar dat is niet de reden waarom ze niet meer dezelfde indruk op me maakt als daarvoor. Het feit is dat de theorie van advocaat Romano niet heeft gewerkt: er heeft zich tussen ons geen symbiotische verbintenis gevormd, integendeel, er is een gênant gevoel van medeplichtigheid ontstaan over wat ongetwijfeld de meest primitieve en lichtzinnige daad van ons leven was. Dat werd onmiddellijk overduidelijk toen ze hier verscheen, een paar dagen daarna, begeleid door het losbarsten van een daverend onweer, en we allebei niet wisten wat we moesten zeggen. Opgesloten in de auto, de wereld verdwenen achter een dik regengordijn, de donderslagen die het alarmsysteem van de auto's in werking zetten, ik weet zeker dat die scène als we hem hadden moeten schrijven voor een film, intens, sensueel en zelfs romantisch zou zijn geworden; maar wij beleefden hem in werkelijkheid, en dat is iets volstrekt anders. We konden zien hoe onze gedachten zich letterlijk verdichtten rondom dat ene cruciale punt: we hadden echt iets smerigs gedaan, het was belachelijk om te proberen het onder het tapijt te vegen om er een relatie van te maken omdat we daarvoor vijfentwintig jaar te laat waren; het bedrijven van anale seks in de achtertuin, met het risico door je ouders betrapt te worden, mag dan op twintigjarige leeftijd overmoedig en zelfs nuttig zijn, het wordt idioot en bijna misdadig op drieënveertigjarige leeftijd met het risico betrapt te worden door je kinderen; en hoewel de grootste verantwoordelijkheid bij mij lag – mijn huis, mijn initiatief, mijn dochter –, had zij het net zo goed gedaan als ik, net als ik had ze zich bereid getoond om te gokken op de slaap van een kind, en net als ik had ze nog korsten op haar knieën om het te bewijzen. Daar zaten we dan, ons verdiende loon, in de grijze autocabine waarop de regen neerkletterde, zonder beloftes uit te kunnen wisselen, zonder woorden uit te kunnen spreken, zonder toekomst, en alleen elkaar aankijken bleek al pijnlijk te zijn. Verstijfd, gezeten op het puntje van haar stoel, haar aristocratische ogen verduisterd door het waas van de vernedering, begreep ook zij dat er niets aan te doen was, want tussen een man en een vrouw kon het niet definitiever afgelopen zijn dan zo. 'En nu?' zei ze. 'Wat is je plan?' Het was duidelijk dat geen enkele ironie de dingen recht kon zetten, maar ik denk wel dat er op dat moment niets beters gezegd kon worden, en stilte was moeilijk te verdragen. Ik geloof dat ik glimlachte, terwijl ik met mijn kin in de richting van de duistere kolos van de school wees, achter die natuurlijke wastunnel waardoor we werden verslonden. 'Daar staat mijn plan,' zei ik; en ik moest denken aan een verhaal dat ik haar zou kunnen vertellen, iets wat me heel veel jaren geleden was overkomen, en dat uiterst geschikt leek om haar te doen begrijpen hoe ik me voelde. Maar het verhaal was te lang, en onze tijd was op. 'Nou, dag dan,' zei ze terwijl ze uitstapte, en op weg naar haar Mercedes raakte ze hopeloos doorweekt door de plensbuien die de razende hemel over haar uitstortte.

34

Toen ik, bijna twintig jaar geleden, naar Italië terugkeerde van mijn eerste reis naar de Verenigde Staten, is me in het vliegtuig iets vreemds overkomen. Ik had een plaats bij het raam op de laatste rij waar slechts twee stoelen aan elke kant staan, en toen iedereen aan boord was, was de plaats naast mij nog leeg; ik had me er al helemaal op ingesteld om comfortabel te reizen, toen ik een steward aan zag komen die een wagentje met een verlamde vrouw voortduwde. De plaats waarvan ik dacht dat hij vrij was, was juist voor haar gereserveerd, en de steward vroeg me mijn plaats bij het raam aan haar af te staan, omdat zij vanzelfsprekend niet zou kunnen opstaan om me te laten passeren als ik bijvoorbeeld naar het toilet moest. Dat kon ik natuurlijk niet weigeren, en dus werd de verlamde vrouw op mijn plaats bij het raam neergelaten, en verplaatste ik me naar de andere stoel. Het was een Amerikaanse, ze was ongeveer van dezelfde leeftijd als ik nu – waardoor zij destijds als oud op mij overkwam –, en haar benen bungelden luguber tijdens het overzetten van het wagentje naar de stoel. Dat is alles wat ik van haar weet, want tijdens de hele reis vermeed ik zelfs dat onze blikken elkaar ontmoetten, en als dat echt onmogelijk was zorgde ik ervoor dat het visuele contact niet langer duurde dan strikt noodzakelijk. Waar het eigenlijk op neerkwam was dat ik haar negeerde. Kortom, we stegen op, we aten, ik stond op om naar het toilet te gaan. We keken naar de film. Van tijd tot tijd kwam een stewardess vragen of de vrouw iets nodig had, maar de vrouw had nooit iets nodig, totdat alle passagiers gingen slapen, en de stewardess niet meer langskwam. Ik bleef proberen om een houding te vinden waarin ik in slaap zou kunnen vallen, maar dat was moeilijk omdat de vrouw de gemeenschappelijke armleuning monopoliseerde; totdat ik mijn rug naar haar toekeerde, en erin slaagde om, steunend op de andere armleuning, in slaap te vallen. Ik sliep een uurtje, en ik had nog door kunnen slapen, maar op een bepaald moment maakte de vrouw mij wakker. Dat deed ze heel voorzichtig door mij zachtjes op de schouder te tikken, net zoals mijn moeder dat destijds iedere morgen deed. En, net als mijn moeder, stond die vrouw rechtop. Ze moest naar de plee. Ik stond op om haar te laten passeren – 'Thank you,' zei ze – en ik keek hoe ze de tien stappen deed om het toilet te bereiken: ze liep perfect, net als iedereen. Ik keek om mij heen in die halfduistere walvissenbuik, maar niemand had het gezien, ze lagen allemaal ineengedoken te slapen, en in geen velden of wegen was er een stewardess te zien. De vrouw bleef een aardig tijdje op de plee, kwam er vervolgens uit en deed weer tien stappen om haar stoel te bereiken, ik stond weer op om haar te laten passeren, en zij ging weer zitten. 'Thank you,' herhaalde ze. Toen liet ze haar hoofd tegen het kussentje rusten en sloot onmiddellijk haar ogen. Vanaf dat moment lukte het me niet meer om de houding terug te vinden waarin ik in slaap was gevallen, en ik heb dus niet meer geslapen; zij daarentegen sliep als een blok totdat het licht werd aangedaan voor het ontbijt en het heen-en-weergeloop van de stewardessen weer begon die kwamen vragen of ze iets nodig had. De vrouw at het hele ontbijt op, nam twee keer koffie, en ging vervolgens een boek lezen gedurende de rest van de vlucht, en tijdens de landing klemden haar handen zich met kracht vast aan de armleuningen omdat ze het waarschijnlijk benauwd kreeg. Ik kon zo lang naar haar kijken als ik maar wilde, want nu was zij het die mijn blik vermeed; en dat deed ik ook, ik bleef maar naar haar kijken, maar ik keek niet naar iets in het bijzonder, zozeer dat ik, zoals ik al zei, niet zou kunnen zeggen of ze blond of donker, mooi of lelijk was; ik probeerde simpelweg het hele gewicht van mijn blik op haar te laten drukken, ik wilde haar in verlegenheid brengen – als ik daar al in slaagde, liet zij daar niets van merken. Toen het vliegtuig daarna tot stilstand kwam bij de terminal, werden we via de luidspreker verzocht te blijven zitten. Onmiddellijk daarna arriveerde een steward (een andere, niet dezelfde) met een rolstoel, en het overzetten van de vrouw werd herhaald in omgekeerde richting. Toen de steward haar optilde, keek ik aandachtig naar haar benen: ze leken inderdaad zacht en levenloos, zonder spieren – de benen van een marionet; en toen hij haar achteruit lopend weg begon te loodsen, kon zij mijn blik niet langer vermijden, en was ze gedwongen naar mij te glimlachen, en me te groeten met haar hand.

Kijk, Eleonora Simoncini: ik had je willen zeggen dat ik me tegenover jou net zo voelde als die vrouw zich tegenover mij moest voelen.

35

'Hallo?'

'...'

'Hallo?'

'Goedemorgen. Zou ik met Pietro Paladini kunnen spreken, alstublieft?'

'Hé, papa. Hoe gaat het met je?'

'Pietro? Ben jij dat?'

'En of ik het ben.'

'Je stem klinkt anders.'

'Ik kan je verzekeren dat ik het ben.'

'Echt heel anders. Je hebt een andere stem.'

'Toch ben ik het. Hoe gaat het met je?'

'Nee, dit is onmogelijk. U bent mijn zoon niet.'

'Kom nou, papa. Je hebt me op mijn mobiel gebeld. Dan krijg je echt alleen mij.'

'Dat heeft er niets mee te maken. Ik ken de stem van mijn zoon. U bent iemand anders.'

'Ik heb jou toch direct herkend? Hoe had dat volgens jou gekund als ik iemand anders ben?'

'U hebt de naam "papa" op het display zien verschijnen, daarom wist u het. Zou u me nu mijn zoon willen geven, alstublieft.'

'Er is helemaal geen naam op het display verschenen. De tekst "onbekend" verscheen omdat je in Zwitserland bent en een geheim nummer hebt.'

'Moet u luisteren, ik weet niet wie u bent, en ik begrijp niet waarom u zich wilt uitgeven voor mijn zoon, maar ik verzoek u hem onmiddellijk aan mij te geven, anders bel ik de politie.'

'Oké, hier komt hij.'

'...'

'Hallo?'

'Pietro. Wie was die vent die opnam?'

'Een collega.'

'Had jij hem toestemming gegeven om jou telefoon op te nemen?'

'Jazeker. Hij had mijn toestemming. Hoe gaat het?'

'Wees op je hoede, die vent probeerde zich voor jou uit te geven.'

'Echt waar? Goed dat je het zegt. Hoe gaat het met je?'

'Goed, en met Claudia?'

'Met haar gaat het ook goed.'

'En met jou?'

'Uitstekend.'

'Sta je nog steeds bij die school?'

'Ja.'

'Pak je goed in, het is koud.'

'Ik zit in de auto, papa.'

'Goed zo. Luister, wat wilde ik je ook alweer zeggen? O ja, ik wilde je uitnodigen voor het eten. Je moeder wil jullie heel graag weer eens zien.'

'Wie?'

'Je moeder.'

'...'

'Ik natuurlijk ook. Maar je weet hoe ze is, ze wordt er treurig van dat ze jullie zo weinig ziet. Kan ik haar zeggen dat jullie komen?'

'Ja...'

'Ze heeft gezegd dat ze een ovenschotel van pasta met aubergines zal maken. En gehaktbrood.'

'Fantastisch. Mag ik Chantal even, alsjeblieft?'

'Wie? O, Chantal. Natuurlijk. Chantal! Carlo wil met je spreken! Waarom wil je met haar spreken?'

'Ik moet haar iets vragen over een bepaald soort pijn in mijn rug.'

'O, heb je spit?'

'Nee, nee, alleen een beetje pijn.'

'Gelukkig maar. Spit is heel naar, neem dat maar van mij aan. En wat kan ik tegen je moeder zeggen? Dat jullie komen?'

'Absoluut.'

'Goed, tot gauw dan maar.'

'Tot gauw, papa.'

'Hier is Chantal. Ik geef je haar. Het is Carlo. Dag.'

'Hallo?'

'Chantal?'

'Carlo?'

'Nee, Pietro.'

'O, dat dacht ik al.'

'Kunt u vrij spreken?'

'Ja. Hij is weer naar de andere kamer. Hoe gaat het met jullie?'

'Met ons goed, maar ik krijg de indruk dat hij...'

'Wat is er dan?'

'Nou, hij zei zojuist tegen me dat moeder gehaktbrood voor ons wil maken.'

'O ja, dat heeft hij af en toe. Dan ziet hij je moeder, bedoel ik, en dan praat hij met haar. Maar de dokter zegt dat ik me geen zorgen hoef te maken.'

'En hij verwarde mij met Carlo. En daarvoor belde hij me op mijn mobiele telefoon en herkende me niet. Hij dwong me toe te geven dat ik iemand anders was.'

'Dwong: wat een groot woord.'

'Nou ja, hoe het ook zij, hij bleef volhouden dat ik het niet was. Om kort te gaan, ik moest wel zeggen –'

'Daar heeft u goed aan gedaan. Waarom zou u hem in vredesnaam tegenspreken.'

'U heeft gelijk. Maar ik vroeg me af of deze, eh, deze voortschrijdende degeneratie niet zou kunnen leiden tot...'

'Tot wat?'

'Nou ja, ik weet niet, tot een of andere vreemde daad. Wie zal zeggen wat er in zijn hoofd omgaat?'

'Dat kan ik u zeggen. Uw vader heeft er soms behoefte aan dat de werkelijkheid anders is dan zij is. Mij en u overkomt precies hetzelfde, behalve dat hij, vergeleken bij ons, veel meer mogelijkheden heeft om haar te veranderen.'

'Dat is één manier om het te zeggen. Je zou ook kunnen zeggen dat hij zijn verstand kwijt is. Vergeef me de botheid.'

'Uw vader is zijn verstand niet kwijt, Pietro. Hij is ziek, maar hij is niet gek. Ik verzeker u dat hij zich meestal volstrekt normaal gedraagt. Hij worstelt alleen om te overleven, en als je maar niet blijft herhalen dat zijn vrouw dood is, of dat een van zijn zoons hem niet meer wil zien, dan lukt hem dat heel aardig.'

'Goed, laten we het zo stellen: als hij mij voor het eten uitnodigt namens moeder, maak ik me zorgen, en als u me zegt dat ik me geen zorgen hoef te maken, ben ik weer gerustgesteld.'

'U stelt het maar zoals u wilt, als het resultaat maar is dat u gerust bent. Het gaat goed met uw vader.'

'Heeft hij er zich nog bij neergelegd om de afwasmachine te laten installeren?'

'Nee, hij heeft hem aan het Rode Kruis geschonken.'

'De afwasmachine? En wat moet het Rode Kruis daarmee?'

'O, die nemen alles aan.'

'Ik vroeg het alleen omdat ik dacht begrepen te hebben dat hij het leuk zou vinden als Claudia en ik op een zondag kwamen eten, maar ik vind het geen prettig idee dat u vervolgens alles met de hand zou moeten afwassen. Dat lijkt me zo raar.'

'Neemt u mij niet kwalijk dat ik het zeg, maar wat kan het u schelen hoe ik de afwas doe? Komt u maar gewoon eten, en maakt u zich daar maar niet druk over.'

'Oké, u heeft gelijk. We zouden eventueel de volgende zondag kunnen komen. Niet deze, maar die daarop. Komt u dat uit?'

'Jazeker.'

'Denkt hij nog steeds dat Lara bij een verkeersongeluk is omgekomen?'

'Hij heeft het er niet meer over gehad, maar ik denk van wel.'

'Dan zou ik u willen vragen zo goed te willen zijn om mij te helpen een ander onderwerp aan te snijden, mocht hij erover beginnen in aanwezigheid van Claudia.'

'Maakt u zich maar niet ongerust. Ik heb heel veel ervaring met het aansnijden van nieuwe onderwerpen.'

'Ik zou niet willen dat zij in verwarring raakte, begrijpt u?'

'Natuurlijk. Hoe gaat het met Claudia? Heeft ze veel verdriet?'

'Nee, juist niet. Ze is rustig. Ik weet niet hoe maar ze is rustig.'

'U moet haar haar controleren.'

'Wat?'

'U moet haar haar controleren. U moet kijken of ze ook witte haren krijgt.'

'Op haar leeftijd? Ze is tienenhalf.'

'Ja.'

'Waarom?'

'Vertrouwt u maar op mij. Controleer het, en als u één witte haar vindt, zegt u het me dan.'

'Witte haren. Afgesproken.'

'Dan zien we elkaar zondag.'

'Ja, tot zondag.'

'...'

'...'

'Chantal?'

'Ja?'

'Mag ik u iets vragen?'

'Ja.'

'Het is wel een beetje indiscrete vraag.'

'Oké. Zegt u het maar.'

'Waarom doet u dit?'

'Wat?'

'Waarom wijdt u uw leven aan mijn vader?'

'Wat voor rare vraag...'

'Ik had u toch gezegd dat het een indiscrete vraag was. Het maakt niets uit als u niet wilt antwoorden.'

‘Omdat ik van hem houd, Pietro. Daar hoef ik niets aan toe te voegen.’

‘...’

‘Wat is er, gelooft u het niet?’

‘Nee, ik geloof het. Het is alleen, wat zal ik zeggen, het lijkt me helemaal niet makkelijk om van hem te houden, op dit moment.’

‘Integendeel, je vader is een schitterend mens, ziek als hij is. Het is een voorrecht om van hem te mogen houden.’

‘Ik doelde op zijn karakter. En op zijn constante behoefte aan medische zorg, en op zijn bezuinigingswoede...’

‘Ik vind het prettig om bij hem te zijn, en als ik er toch ben, kan ik ook voor hem zorgen. Ik ben tweeëndertig jaar verpleegster geweest, voor mij is het normaal. En overigens gaat het veel beter met uw vader dan u zou denken.’

‘Dankzij u.’

‘Nee, Pietro. Niemand kan zorgen dat het goed met je gaat als het goede al niet in je zit. Dat heb ik wel geleerd.’

‘Goed. We zien elkaar dus volgende zondag.’

‘Tot ziens, Pietro.’

‘Tot ziens.’

***

‘Hallo?’

‘Hoi. Hoe gaat het met je?’

‘Hoi, Marta. Goed. En met jullie?’

‘De kleine Giacomo heeft koorts, maar niet zo hoog.’

‘Ja, het heerst nogal op het moment. En je buik?’

‘Eh, die wordt dikker.’

‘Weet je al of het een jongen of een meisje wordt?’

‘Het wordt weer een jongen.’

‘Goed zo! Gefeliciteerd.’

‘Dankjewel, hoewel ik liever een meisje had gehad.’

‘Ga weg! Hoe dat zo?’

‘Raad eens.’

‘Omdat je al twee jongens hebt? Wat doet dat er nu toe?’

‘Als hij net zo wordt als de andere twee kunnen ze me opnemen.’
‘Kom zeg, het zijn brave jongens.’
‘Jazeker, het zijn engeltjes.’
‘Weet je dat het goed is dat het weer een jongen is? Heb je al besloten hoe je hem gaat noemen?’
‘Ik dacht aan Aldo.’
‘Wat? Je maakt zeker een grapje?’
‘Waarom? Het mag dan misschien geen schitterende naam zijn, maar het is de naam van mijn vader, en het lijkt mij –’
‘Marta, je kunt hem geen Aldo noemen.’
‘Hoezo niet?’
‘Je kunt je drie zoons niet Aldo, Giovanni en Giacomo noemen. Wat gaan jullie vervolgens doen? Lachfilms maken?’
‘O, daar had ik niet aan gedacht. Aldo Giovanni Giacomo, natuurlijk... Maar bij ons zouden het wel Giovanni, Giacomo en Aldo zijn...’
‘Luister goed naar me: dat kun je niet maken.’
‘...’
‘...’
‘Ik begon er verdomme net aan te wennen. Jij verpest altijd alles.’
‘Natuurlijk, nu heb ik het gedaan.’
‘Maar waarom? Waarom is alles altijd zo ingewikkeld, verdomme? Waarom kun je je kind niet eens de naam van je vader meer geven? Waarom gaat het altijd zo?’
‘Het gaat niet altijd zo, Marta. Alleen deze keer.’
‘In mijn leven gaat het altijd zo. Wat anderen van de vroege ochtend tot de late avond doen, kan ik om een of andere klotereden nooit doen.’
‘Begin nu niet het slachtoffer uit te hangen.’
‘Ik wilde hem alleen maar Aldo noemen. Dat was belangrijk voor me. En nu kan dat niet. Kun jij me zeggen waarom?’
‘Misschien is dat gewoon geen naam voor hem.’
‘Het was de naam van mijn vader, verdomme. Ik hield van die naam. Ik heb toch het recht om mijn kind die naam te geven, of niet soms?’
‘Dan had je ook een van de andere twee Aldo kunnen noemen. Waarom heb je dat niet gedaan?’
‘Waar heb je het over, toen zij werden geboren leefde papa nog.’

'Dat bedoel ik. Was je soms bang dat je hem daarmee een plezier zou doen?'

'...'

'Hallo?'

'Je bent echt een klootzak, weet je?'

'Het spijt me. Dat had ik niet willen zeggen.'

'En als jij spijt hebt, ben je een nog grotere klootzak.'

'Ik meende het echt.'

'Dat bedoel ik. Mensen die al na één seconde beseffen dat ze zich als klootzakken hebben gedragen, zijn de grootste klootzakken.'

'Oké. De volgende keer zal ik er een paar dagen overheen laten gaan.'

'Nee, de allergrootste klootzakken zijn degenen die na hun spijtbetuiging lollig gaan worden.'

'Marta, ik wil niet ruziemaken. Ik kan er alleen niet tegen als je het slachtoffer uithangt.'

'O, dus eigenlijk moet ik spijt betuigen. Heb ik je veel pijn gedaan?'

'Luister, ik trek terug wat ik heb gezegd: noem hem Aldo en heb schijt aan iedereen.'

'...'

'Wat kan er nu helemaal gebeuren? "Mooie kinderen, zijn die allemaal van u?" "Ja." "En hoe heten ze?" "Aldo, Giovanni en Giacomo." "Het is niet waar? Net als de komieken?" "Ja, net als de komieken." Einde.'

'...'

'Noem hem Aldo.'

'Dat is ook precies wat ik denk te gaan doen.'

'Jezus, er zijn wel andere problemen. Heb ik gelijk of niet?'

'Ja, je hebt gelijk. Trouwens, over problemen gesproken, ik wilde je iets vragen.'

'Zeg het maar.'

'Heb je die psychoanalyticus nog gebeld?'

'Nee, die heb ik niet gebeld.'

'Maar ben je nog van plan het te doen?'

'Nee, dat ben ik niet van plan.'

'Je bent dus niet van plan bij hem in analyse te gaan.'

'Marta, ik geloof niet dat ik –'

'Kan ik dan naar hem toegaan?'

'Hoe bedoel je?'

'Ik bedoel dat als jij niet van plan bent erheen te gaan, dat ik naar hem toe zou kunnen gaan. Ik heb zin om weer in analyse te gaan.'

'Maar je had zijn nummer toch gekregen van een vriendin?'

'Ja.'

'En die psychoanalyticus is toch streng in de leer?'

'Ja. Nou en?'

'En het was toch verboden om in analyse te gaan bij de vriend van een vriendin?'

'Mijn vriendin is geen vriendin van hem, maar een collega. Ze heeft me hem alleen maar aangeraden. Het is verboden in analyse te gaan bij een vriendin, en daarom ga ik niet bij haar; en het is ook verboden om bij dezelfde persoon in analyse te gaan als je schoonzuster, daarom vraag ik je er goed over na te denken, want als ik erheen ga, kun jij er niet meer heen.'

'Marta, daar hoef ik niet over na te denken. Laat je gerust door hem behandelen, het kan mij niets schelen.'

'Analyse. Geen behandeling, analyse.'

'Ook goed, analyse.'

'Dus ik bel hem?'

'Ja.'

'Oké, dankjewel.'

'Geen dank.'

'We spreken elkaar nog wel.'

'Marta?'

'Ja?'

'...'

'...'

'Nee, niets. We bellen nog.'

'Dag.'

'Dag.'

***

‘Hallo?’

‘Het sneeuwt!’

‘Waar zit je?’

‘In Rome! En het sneeuwt.’

‘Hier regent het.’

‘Hier vallen prachtige vlokken. Hah. Op ditzelfde moment daalt er sneeuw op me neer, zal ik je rechtstreeks verslag doen?’

‘Nee, dank je. Blijft het liggen?’

‘Nou en of. De stad is lamgelegd. Vliegvelden zijn gesloten, bussen staan dwars over de weg, iedereen gooit sneeuwballen, zoals in zesentachtig.’

‘Wat weet jij van zesentachtig? Toen zat je in Londen.’

‘Iedereen zegt het hier: “Net als in zesentachtig, net als in zesentachtig”... Viel er zo veel sneeuw in zesentachtig?’

‘Nogal, ja.’

‘Het is fantastisch. Niemand werkt meer.’

‘Dat kan ik me voorstellen. Bofkont.’

‘Ach, je zal zien dat het morgen bij jullie ook sneeuwt.’

‘Maar hier is het anders. Dat wil zeggen dat hier ook alles vastloopt, maar de mensen worden er hier pissig van.’

‘Wat jij in Milaan te zoeken hebt, weet jij alleen.’

‘Mijn werk.’

‘Oké, maar ga me nu niet vertellen dat je in Rome geen werk zou kunnen vinden. Luister, ik heb een plan: verkoop je poppenhuis daar, en koop hier een mooi appartement in de Garbatella, waar helaas de prijzen ook flink gestegen zijn vergeleken bij tien jaar geleden, maar het is nog steeds een van de redelijk geprijsde wijken van Rome, en ook nog eens een van de gaafste. En dan worden we buren.’

‘Einde plan?’

‘Ja.’

‘En het werk?’

‘We gaan samenwerken. Ik heb een ideetje om een radiostation te beginnen. Jij zou het kunnen leiden.’

‘Zeg maar eerlijk, dat ideetje is nu ter plekke bij je opgekomen.’

'Dat geef ik toe, maar het is desondanks een heel goed idee. Radio Barrie: klinkt goed, hè?'

'Kom op, wat moet jij nu met een radiostation?'

'Muziek. Community. Imago. Ik meen het serieus, Pietro.'

'Heb je enig idee hoeveel radiofrequenties kosten?'

'Luister, ik ben schatrijk. Ik weet niet meer wat ik met al dat geld moet doen. Hoe meer ik probeer ervan af te komen, hoe meer mijn kapitaal aangroeit. Voordat je het weet verdien ik zelfs geld met een radiostation.'

'Als je er zeker van wilt zijn dat je er niet aan verdient hoef je je alleen maar verre te houden van reclame.'

'Perfect. Radio Barrie: het enige station ter wereld zonder reclame. Doe je mee?'

'Ja.'

'Wanneer beginnen we?'

'Zaterdag, als je hier komt.'

'O, daar zeg je wat: ik kan niet. Dit weekend moet ik naar Londen, het spijt me.'

'Jammer.'

'Maar volgende week zondag moet ik overstappen op Malpensa, en dan zou ik met een later vliegtuig door kunnen reizen en dan kunnen we samen eten.'

'De zondag na aanstaande zondag?'

'Ja, met Claudia natuurlijk. Hoe gaat het met haar?'

'Goed. Maar die zondag kunnen we niet. We gaan eten bij papa.'

'Bij papa. Hoe dat zo?'

'Hij heeft ons uitgenodigd.'

'O. Hoe gaat het met hem? Goed?'

'Hij raaskalt aan één stuk door. Chantal zegt dat het goed met hem gaat, maar ik weet het nog zo net niet, soms lijkt zij me ook niet goed bij haar hoofd.'

'Ik heb het altijd al gezegd: zij is gek, niet hij.'

'Waarom kom jij ook niet?'

'Waar?'

'Bij papa. Als je toch in de buurt bent.'

'Zeg, hou daarmee op.'

'Moet je goed horen, het gaat slecht met hem. Eergisteren aan de telefoon verwarde hij mij met jou.'

'Laten we daar nu niet weer over beginnen, asjeblieft.'

'Toe nou, wat heeft hij jou nou aangedaan?'

'Pietro, asjeblieft.'

'Hij is oud en ziek. Hij zegt dat hij met moeder spreekt, dat hij haar ziet... tegen mij zei hij dat moeder een ovenschotel van pasta en aubergine zou maken, moet je je voorstellen. Hoe kun je zo hard zijn?'

'Ik, hard? Hij heeft twintig jaar nooit ene hol om me gegeven en als ik niet naar hem was toegekomen toen moeder ziek was, zou hij nog steeds geen hol om me geven.'

'Maar toen hebben jullie vrede gesloten.'

'Vrede, mijn reet. Weet je wat hij tegen me zei op de dag dat moeder stierf? Ze hadden haar nog niet eens in de kist gelegd, en weet je wat hij zei?'

'Wat zei hij dan?'

'Hij zei: "Goed, nu zijn wij de twee verstokte vrijgezellen van de familie." Dat was zijn manier om vrede te sluiten.'

'Hij heeft nooit tact gehad, dat weet je. Het was een blunder.'

'Blunder? En een verhouding beginnen met de verpleegster die moeder verzorgde, was dat ook een blunder? Bovendien hadden ze al iets met elkaar voordat moeder stierf, voor het geval je dat niet wist.'

'Wat wil je daarmee zeggen? Dat hij de enige man is die zijn vrouw heeft bedrogen?'

'Op zeventigjarige leeftijd? Voor haar ogen terwijl zij aan kanker sterft? Met haar verpleegster? Je hebt gelijk, de wereld zit vol met mannen die het doen...'

'Niet voor haar ogen. Moeder merkte het niet.'

'Merkte het niet... Hoe haal je het in je hoofd om zo te praten? Hoe haal je het in je hoofd om bij die twee te gaan eten?'

'Nee, hoe haal jij het in je hoofd om hem zo te haten. Jezus, het is wel je vader.'

'Juist omdat hij mijn vader was – Luister, laten we erover ophouden, oké? Kut, hoe komt het nou dat we het over hem hebben? Wij waren het toch eens geworden: over hem hebben we het niet, dat hadden we duidelijk afgesproken. En jij doet maar wat jou uitkomt en ik doe wat mij uitkomt: maar laten we het niet over hem hebben, asjeblieft.'

'Oké, oké. We hebben het niet over hem.'

'...'

'...'

'Trouwens, heeft die vrouw die jij hebt gered nog iets van zich laten horen? Een gebaar, een telefoontje, een bedankje...'

'...'

'Hallo?'

'Ja. Wat zei je?'

'Ik vroeg je of die vrouw die jij hebt gered nog iets van zich had laten horen. Aangezien ze dik bevriend was met de mijne, dacht ik dat ze wel iets van zich zou laten horen.'

'Nee, niets.'

'In wat voor wereld leven we eigenlijk. Oké, we bellen elkaar nog. Ik ga sneeuwballen.'

'Veel plezier.'

'Dag, Pietro.'

'Dag.'

***

'Ja?'

'Hallo, Pietro.'

'Hallo. Hoe gaat het met je?'

'Goed, en met jou?'

'Goed. Is er nog nieuws?'

'Ja. Ze zijn gearriveerd.'

'Wie?'

'De goden.'

'Welke goden?'

'Boesson en Steiner.'

'Waar zijn ze gearriveerd?'

'In Milaan.'

‘O ja? En waarom?’

‘Hoezo waarom? Om te tekenen.’

‘Om wat te tekenen?’

‘De fusieovereenkomst. Zeg nu niet dat je dat niet wist.’

‘Wat niet wist?’

‘Pietro, hou je me voor de gek?’

‘Nee. Ik weet niet waar je het over hebt.’

‘Wist je niet dat ze naar Milaan zouden komen om de fusiedocumenten te tekenen?’

‘Nee.’

‘Maar hier wist iedereen het.’

‘Ik ben hier, niet daar. De enige die mij iets vertelt ben jij, en dat heb jij me niet verteld.’

‘Ik dacht dat je het al wist.’

‘Ik wist het dus niet.’

‘Ze hebben besloten om hier te tekenen.’

‘Hier? Waarom?’

‘Om iets meer in de luwte te blijven. Om minder op te vallen.’

‘Wat? Ze creëren de grootste groep van de wereld en willen niet opvallen?’

‘Wat moet ik zeggen, Pietro. Ze zijn al aangekomen, en ze tekenen hier.’

‘Boesson en Steiner...’

‘Ja. Met hun vrouwen en kinderen. Boesson logeert in de Principe di Savoia, en Steiner schijnt in de Villa d’Este aan het meer te zitten. In het weekend gaan ze wat shoppen, dinsdag gaan ze met zijn allen naar de opening van de Scala, maar op maandag, als de kantoren gesloten zijn vanwege het feest van Sint-Ambrosius, komen ze hier om te tekenen. Sorry, maar ik was er zeker van dat je het wist.’

‘Maakt niet uit, het is niet erg.’

‘Misschien zou je even op kantoor kunnen komen.’

‘Ik? Waarom?’

‘Zomaar. Om je gezicht te laten zien. Het barst hier al van de Franse en Amerikaanse hielenlikkers die we nog nooit eerder hebben gezien. We worden letterlijk overspoeld.’

'Precies, en daar pas ik voor.'

'Ze hebben de vergaderzaal bezet. Om het halfuur bestellen ze een pizza en ze vertellen elkaar moppen. Je kunt hun gelach hiervandaan horen. En ze steken overal hun neus in.'

'Dat gaat wel over.'

'En Basler is een enorme stroopsmeerder.'

'Het is zijn vak om mensen stroop om de mond te smeren.'

'En hier is iedereen gek geworden.'

'Maar dat heeft meer met henzelf te maken, dit is alleen maar een excuus om zich te laten gaan. Laat je niet meeslepen. Trouwens, over gekken gesproken, heb je nog contact opgenomen met de verloofde van Piquet?'

'Ja, ik heb haar aan de telefoon gehad.'

'En?'

'Ze zijn uit elkaar.'

'Het is niet waar! En heeft ze niet gezegd waar hij is, wat hij doet?'

'Nee. Ze zei dat ze hem al meer dan een maand niet had gezien.'

'Sinds de tijd van die bekerhouder...'

'Precies.'

'En wat voor indruk maakte ze op je?'

'Zij? Normaal. Wat voor indruk zou ze moeten maken?'

'Weet ik veel, je kunt dingen op zo veel manieren zeggen. Wat heeft ze precies gezegd?'

'Ze zei dat ze een maand geleden uit elkaar zijn gegaan en dat ze sinds die tijd niets meer van hem heeft gehoord.'

'Dat snap ik, maar klonk ze agressief terwijl ze het zei? Klonk ze treurig?'

'Pietro, hoe kan ik dat nu weten. Ik sprak haar aan de telefoon.'

'Heeft ze jou nog vragen gesteld?'

'Vragen? Aan mij? Nee...'

'Herinnerde ze zich jou?'

'Waarom zou ze?'

'Nou, je hebt bij ze gegeten.'

'Maar dat heb ik natuurlijk niet tegen haar gezegd. Het was al gênant genoeg om naar Piquet te vragen. Weet je dat ik me zijn voornaam niet eens kon herinneren?'

'Piquet? Federico.'

'Ja, maar ik kon me dat niet herinneren. Hier noemde iedereen hem altijd bij zijn achternaam. Daarom moest ik haar vragen of zij de verloofde van de heer Piquet was...'

'Die verdwenen is, dat heb je er toch wel bij gezegd?'

'Nee, ik voelde er niet voor om...'

'Oké, het is duidelijk waarom ze niets tegen je heeft losgelaten. Je bent te onpersoonlijk geweest.'

'Ze heeft me gezegd dat ze uit elkaar waren, wat had ze me verder nog moeten zeggen? Wat bedoel je met te onpersoonlijk?'

'Te onpersoonlijk. Misschien weet ze bepaalde dingen die ze niet tegen jou heeft gezegd omdat je te onpersoonlijk bent geweest. Misschien weet ze waar hij is. Waarom bel je niet nog een keer en zeg je dat je Marco Tardioli bent, dat jullie elkaar kennen omdat je bij hen hebt gegeten en –'

'Luister, ik bel haar niet meer. Ik schaamde me de eerste keer al dood.'

'Ik snap het. Laat maar zitten.'

'Sorry, maar waarom bel je haar zelf niet? Bovendien zou ik haar niet nog eens kunnen bellen ook al zou ik het willen. Ze zou doorhebben dat ik dezelfde persoon ben van het vorige telefoontje en ze zou argwaan krijgen. Ik begrijp overigens niet waarom ze voor ons iets achter zou houden.'

'Je hebt gelijk. Ik bel zelf wel. Heb je haar gevonden in de Studio Elle?'

'Ja. Ik heb het nummer nu niet bij me, maar het staat in de gids. Laat me weten...'

'Natuurlijk.'

'Dus je komt niet naar kantoor.'

'Ik moet er niet aan denken.'

'Zelfs morgen niet, als Boesson komt?'

'Vooral morgen niet.'

'Maar ben je niet bang dat ze je zullen laten vallen?'

'Als ze me laten vallen, laten ze me vallen. Dan maakt het niet uit of ik kom of niet.'

'Dat is ook weer waar. Ik begrijp alleen niet hoe je zo rustig kunt blijven.'

'Dat zeg jij, dat ik rustig ben.'

'Het lijkt alsof het je allemaal geen barst kan schelen.'

'Weet je wat de Amerikanen zeggen? *Keep cool.*'

'Allemaal woorden.'

'Precies. Die kosten niets.'

'Maar jij lijkt zo – oké, sorry, het zijn mijn zaken niet.'

'Al goed. Dus maandag tekenen ze?'

'Ja, maandag.'

'Je zult zien dat het daarna beter gaat.'

'Laten we het hopen. Ik hou je op de hoogte.'

'Bedankt. En doe morgen God de groeten van me.'

'Amen.'

36

Ik doe spinning.

De ringtoon van Jolanda's mobiel komt als geroepen, het dwingt haar om een paar stappen verderop te gaan staan om op te nemen, en ik kan recapituleren, en proberen beter te begrijpen wat ze zojuist heeft gezegd – want ook het niets kan duizelingwekkend zijn. Ik doe spinning. Dat zei ze dus. Toen ze even geleden voorbijkwam met Nevel op haar vluchtige, winterse doortocht, ben ik een gesprek begonnen. Ik weet niet waarom ik het deed, en ik weet vooral niet waarom uitgerekend op deze morgen, maar ik had zin om het patroon te doorbreken; ik heb haar staande gehouden en bijna gedwongen om even een praatje te maken. Een paar opmerkingen over de kou, een paar over de lucht waaruit het dreigt te gaan sneeuwen, toen over onze honden – tot zover niets nieuws, het zijn de onderwerpen waarover we altijd hebben gepraat; vervolgens heb ik me er echter voor de eerste keer toe gezet om verder te gaan, en haar opmerkzaam gemaakt op de verandering in haar gewoontes: eerst een paar keer per dag een halfuur in het parkje, en nu één enkele haastige wandeling om de hond te laten piesen. Ik heb haar niet gevraagd waarom (dat ligt voor de hand: omdat het koud is), maar het was voldoende om haar daarop te wijzen om aan haar de opmerking te ontlokken dat mijn ritme niet veranderd is, ik ben hier altijd, ook zonder hond; op dat moment werd de afstand tussen ons en onze onbevredigde nieuwsgierigheid, die in de afgelopen maanden constant was gebleven, als het ware opgeheven, eindelijk waren we gerechtigd om elkaar te vragen wat we wilden weten. Zij begon: waarom ben ik altijd hier, iedere dag, ook zonder Dylan, ook bij slecht weer? Ik had geen zin om uit te vinden of ze het antwoord al kende, wellicht in de versie die de ronde deed in de buurt; het was tenslotte niet van belang. Ik heb haar de waarheid gezegd, maar wel in twee fases. Eerst heb ik haar verteld dat het in het bedrijf waar ik werk een grote rotzooi is vanwege een fusie en dat ik daarom liever hier blijf wachten, bij de school van mijn dochter, totdat de spanning vermindert; omdat ik me vervolgens realiseerde dat dat wel erg weinig was en dat het bovendien geen enkele verklaring gaf voor al die omhelzingen, heb ik eraan toegevoegd dat de gewoonte om hier te blijven, in plaats van, laten we zeggen, terug te keren naar huis, of te gaan tennissen, of wat dan ook te doen, bij mij is ontstaan door het feit dat het meisje – en hierbij wees ik naar de hele school, in een geenszins betekenisloze synecdoche – kortgeleden haar moeder heeft verloren. Direct daarop heb ik aandachtig naar haar gekeken, en ik zag hoe haar brutale schoonheid de milde vorm aannam van een droeve glimlach vol begrip, maar toch nog steeds raadselachtig, misschien juist vanwege haar schoonheid. Het is altijd zo moeilijk je voor te stellen wat mooie vrouwen denken. Begreep ze het? En zo ja, wat begreep ze? Op dat moment werd het interessant te horen wat ze zou gaan zeggen; en wat ze, na een korte pauze zei, was: 'Wow. Wat een vader.' Behalve een warme, hevige golf van voldoening, die op zich al behoorlijk hypocriet was (zou ze het op dezelfde toon hebben gezegd als ze me een maand geleden, samen met Eleonora Simoncini op het gras van de tuin in Roccamare, had zien waken over de slaap van mijn kleine meid?), bracht haar commentaar een plotselinge versnelling van mijn nieuwsgierigheid teweeg. Ik herinnerde me dat zij, toen Carlo haar complimenteerde met haar naam, antwoordde dat ze het een waardeloze naam vond. Beledig je naam en je beledigt je vader, dacht ik. Had Jolanda misschien problemen met de hare? Dus toen ik haar vroeg: 'En wat doe jij?', merkte ik dat ik hoopte op een antwoord waarbij haar vader in het geding kwam, als dat tenminste mogelijk was. En ik zei tegen mijzelf dat zo'n antwoord natuurlijk mogelijk was; ze had me bijvoorbeeld kunnen antwoorden: 'Ik werk bij mijn vader' – een notaris bijvoorbeeld die zijn mooie, ongemotiveerde dochter bij zich op kantoor neemt en met haar pronkt te midden van grote, gebonden boekdelen, natuurlijk parttime en voor een symbolische vergoeding die echter wel haar enige bron van inkomsten vormt, zodat hij haar nog veel strakker kan houden dan zij doet met Nevel; maar ik had nooit het antwoord verwacht dat Jolanda me daadwerkelijk, met verbluffende onschuld, gaf: 'Ik doe spinning.' Ik heb haar verbaasd aangekeken: ze is waarschijnlijk zo'n zevenentwintig, mooi, onmiskenbaar rijk – ze heeft een hond die miljoenen lires kost –, en ze vult haar leven met spinning. Op dat moment ging haar mobiel en liep ze een eindje weg om op te nemen, en daar staat ze nog steeds, twintig stappen bij mij vandaan, druk in haar mobiel pratend met gebogen hoofd, terwijl ik me afvraag: bedoelde ze misschien te zeggen dat ze spinninginstructrice was? Oud-volleybalspeelster? Sportacademie, misschien zonder het diploma te hebben gehaald? Geeft ze les op een of andere sportschool van een vriend? Zou kunnen, met haar fysiek. Anderzijds, als ik zat te wachten op een beschuldiging aan het adres van haar vader, had ik me geen beter antwoord kunnen wensen. Het was alsof ze had gezegd: kijk naar mij, kijk hoeveel mogelijkheden er in mij schuilen, gebaseerd op mijn schoonheid, natuurlijk, maar ook mogelijkheden tot voldoening, tot verwezenlijking van wensen, tot maatschappelijk succes, werk, geld, liefde; maar, afgezien van het uitlaten van de hond en het telefoneren met mijn mobiel, vul ik mijn leven met spinning. Ik heb een klotenaam, en natuurlijk ben ik dom, en binnenkort maakt iemand me zwanger, en ook als we gaan trouwen, gaan we onmiddellijk weer uit elkaar, en het moederschap zal me vreselijk zwaar vallen, en ik zal door mijn familie geholpen moeten worden, en iedereen zal het bewijs krijgen dat ik nergens voor deug, en jij mag raden wie de schuld van dat alles is...

Kijk, ze heeft de telefoon weer in haar zak gestopt en loopt nu terug naar mij. Over vijf seconden is ze weer hier. Wat moet ik nu tegen haar zeggen? Ik doe spinning: als ze me had gezegd dat ze leukemie had, zou ik misschien op een antwoord zijn gekomen, maar nu weet ik echt niet wat ik moet zeggen. Het is dus beter om niets zeggen, om die deur weer onmiddellijk te sluiten; overigens was haar antwoord een punt, en de onderbreking door de telefoon was het begin van een nieuwe regel. Dag, tot ziens, en wegwezen. Maar nu is het haar beurt om verbaasd te zijn, ze legt de laatste stappen naar mij af terwijl ze met open mond naar me kijkt, jawel, alsof ik het meest verrassende fenomeen ben waar ze ooit haar blik op heeft laten rusten; en dat is onmogelijk aangezien ik zo langzamerhand een van de meest voorspelbare verschijningen van dit stukje stad ben. Nu ze me heeft bereikt, gaat haar blik dan ook door mij heen, want hij is niet op mij gericht, maar op iets achter mij. Met een beweging van haar kin beduidt ze mij om me om te draaien, en ik draai me om, en ook mijn mond valt open bij wat ik zie: twee enorme zwarte auto's met een diplomatiek nummerbord staan dubbel geparkeerd, achter elkaar, bij het parkje. Het is een Mercedes 400 CDI en een echte Maybach – tot nu toe heb ik die alleen maar op internet gezien, nooit in werkelijkheid – zo mooi, zo enorm en zo schitterend dat alle auto's eromheen plotseling schijnen te verbleken. Twee reusachtige jongemannen die uit de Mercedes zijn gestapt openen het portier van de Maybach, waaruit een bejaarde, ook weer reusachtige, man komt die op ons toeloopt.

'Wie is dat, Marlon Brando?' fluistert Jolanda, want dat is de eerste impressie. Maar het is Isaac Steiner. Ik herken hem onmiddellijk, omdat hij een van die mannen is van wie je maar één keer een foto hoeft te hebben gezien om ze nooit meer te vergeten. Nee, er is geen twijfel aan: hij is het echt, de kreupele god van onze vervloekte fusie. Hij heeft zelfs een stok. En hij is overduidelijk, te gek voor woorden, – daar is hij – voor mij gekomen.

'Mijnheer Paladini?' zegt hij in het Engels.

'Ja.'

'Steiner. Aangenaam.' Hij strekt een verrassend magere, spitse hand naar mij uit, die totaal niet past bij zijn omvang van een worstelaar. Ik druk die hand, en hij is ook nog zacht en glad, iets wat mijn verbazing nog verhoogt.

'Gecondoleerd.'

'Dank u.'

Nevel begint aan zijn benen te snuffelen – heel aristocratisch moet ik zeggen, alsof hij weet dat het de rijkste en machtigste man betreft aan wie hij ooit heeft gesnuffeld. Steiner doet alsof hij het niet merkt.

'Stoor ik?' zegt hij, en werpt een zeer discrete blik op Jolanda, die haar echter wel op de vlucht weet te jagen.

'O nee,' mompelt zij, en ontsnapt letterlijk terwijl ze Nevel achter zich aan trekt. Wie weet heeft ze even gevreesd dat ze betrokken zou raken bij het voorstellen en dat ze gedwongen zou zijn om ook tegenover Steiner te herhalen, en nog wel in het Engels, wat haar beroep was: I do spinning...

'Ik hoop dat ik niets belangrijks heb onderbroken.'

'Nee, nee. Niets belangrijks.'

'Verstaat u mij als ik Engels spreek?'

'Ja.'

Hij wijst naar mijn auto met een nauwelijks waarneembare beweging van zijn stok.

'Is dat uw auto?'

'Ja.'

'Kunnen we daarin gaan zitten?' zegt hij. Het begint inderdaad te sneeuwen: grote vlokken, los en zwaar als katoen. 'Ik wil graag met u spreken.'

'Uitstekend.'

We stappen in de auto. Steiner laat zich op de stoel vallen en de vering piept onder zijn gewicht. Opeens is de cabine nauw geworden, en mijn Audi lijkt wel een Panda. Steiner installeert zich, plaatst de stok tussen zijn benen en slaakt een luidruchtige zucht, terwijl ik het vreemde verlangen voel om hem aan te raken, omdat zijn aanwezigheid hier absoluut onwezenlijk is, buiten alle proporties. Misschien droom ik echt. Ik start de motor om de verwarming aan te zetten, en ook Radiohead heeft hetzelfde idee, want net voordat ik de stereo uitzet weet het lied nog te zeggen: 'alleen dat je het voelt, wil nog niet zeggen dat het er is'. Precies. De dingen moeten er niet alleen zijn, ze moeten ook een betekenis hebben: wat is zijn betekenis, hier?

'Goed...' zegt hij.

Opeens begrijp ik het: Eleonora Simoncini. Natuurlijk. Ze hebben elkaar ontmoet, zij heeft hem weet ik wat verteld, hij is pisnijdig geworden en is hier gekomen om mij de huid vol te schelden. Eerst zegt hij een paar woorden tegen mij en dan laat hij het verder aan zijn bodyguards over om me eens flink in elkaar te slaan.

'Veel mensen zeggen dat deze fusie de eerste mislukking van mijn leven is,' zegt hij, nog steeds in het Engels. 'Maar dat is niet waar.'

Hij kijkt me niet eens aan, hij kijkt omlaag, naar het smerige matje. Ik ben niet goed bij mijn hoofd. Ik wist dat zij zijn minnares was, iedereen weet het...

'In de eerste plaats,' vervolgt hij, 'is het geen mislukking. Niet noodzakelijkerwijs. De Fransman heeft alleen de eerste *round* gewonnen.' Round... Er valt nu een dichte sneeuw die de voorruit heeft bedekt. Het enige wat ik kan bedenken om me te verweren, om weer zichtbaar te worden, is de wissers een paar keer heen en weer te laten gaan; maar dat maakt het nog erger omdat de twee schone bogen in de ruit de paladijnen onthullen die zich voor de neus van de auto hebben geposteerd. In hun handen lijken de paraplu's van Barbie-formaat.

'Nee, hij heeft alleen de loting gewonnen om het veld te mogen kiezen... Hoe dan ook, ook als het uiteindelijk een mislukking zou blijken te zijn, zou het niet mijn eerste zijn, en ook niet de ernstigste.'

Hij heft zijn ogen op, en kijkt me strak aan. Het is zover. Misschien geeft hij mij er zelf van langs, breekt hij mijn neus met een stokslag, hier in de auto. Hij is een selfmade man, als jongeman moet hij van alles hebben uitgespookt...

'Ik ben hier gekomen om u te vertellen over een echte mislukking.'

Toch klinkt hij niet dreigend. In zijn grijze ogen zit geen spoor van woede, en zijn imposante gezicht drukt geen enkele agressiviteit uit. Zijn stem is krachtig, warm, en het lijkt zelfs of hij rustiger spreekt dan normaal, en dat hij de woorden apart en helder uitspreekt, op een schoolse manier, om mij in staat te stellen alles te begrijpen. Ik heb dan ook nog geen woord gemist.

'Bent u op de hoogte van de gebeurtenissen omtrent de schadeloosstelling van de slachtoffers van de Shoah?' vraagt hij. 'Weet u hoe dat verhaal is afgelopen?'

Trouwens, hoe weet ik hoe hij normaal spreekt?

'Ik geloof dat Zwitserland een flinke som heeft moeten betalen,' zeg ik.

Steiner kijkt weer naar het matje.

'Twaalfhonderdvijftig miljoen dollar. Niet Zwitserland, de Zwitserse banken, dat is iets anders. Aangezien ik mijn hele leven achter deze zaak heb aan gezeten, zoals iedereen weet, werd ik, toen de banken hadden geaccepteerd om zo'n hoog bedrag te betalen, beschouwd als een van de kopstukken van die overwinning. Maar het tegendeel is waar. Ik was de verliezer.'

Hij schudt zachtjes met zijn hoofd, terwijl hij omlaag blijft kijken. Nee, hij lijkt het niet op mij te hebben begrepen, hij negeert me bijna, wat wel geruststellend is, maar wat zijn verschijning hier nog geheimzinniger maakt.

'Weet u,' vervolgt hij, 'ik ben een Canadees, geen Amerikaan. Mijn ouders zijn naar Toronto geëmigreerd, en ik ben daar geboren. Ik ben een Canadese jood. In zaken heb ik geleerd niet al te veel gewicht te hechten aan dit onderscheid, maar wat betreft gewetenskwesties is het absoluut essentieel, want Canadezen hebben een geweten, en Amerikanen niet. En het is nu juist mijn geweten dat mijn mislukking heeft veroorzaakt.'

Terwijl hij deze laatste zin uitspreekt, slaat hij zijn ogen weer naar mij op, en van zijn gelaat straalt een lichtende trots die door blijft gloeien tijdens de stilte die volgt. Hij maakt de indruk van een enorme, ouder geworden jongen, en Jolanda heeft het goed gezien, hij lijkt inderdaad op Marlon Brando: dezelfde witte ongekamde ragebol, dezelfde onmenselijke combinatie van dierlijke aantrekkingskracht en lichaamsmassa. De sneeuw heeft de voorruit weer bedekt, maar ik voel geen enkele behoefte meer om de wissers aan te zetten. Misschien vergis ik me, maar ik ben niet bang meer om hier samen met hem opgesloten te zitten.

'Acht jaar geleden,' gaat hij weer verder, 'toen de Amerikaanse staatssecretaris Stuart Eizenstat het rapport publiceerde dat zijn naam draagt, deed hij niets anders dan een officiële versie geven van reeds lang bekende feiten: Zwitserse banken hielden nog steeds goud en geld vast dat afkomstig was uit de plundering van de bezittingen van Duitse joden door de nazi's, en dat rapport zette hen definitief klem. Maar op het moment dat hij het bedrag dat zou moeten worden uitgekeerd als schadeloosstelling aan de erfgenamen van de slachtoffers vaststelde op twaalfhonderdvijftig miljoen dollar, rook ik rottigheid: het ging om een buitensporig hoog bedrag, meer dan het dubbele van de hoogste schattingen tot dan toe, en ik voelde aan dat een fors deel van dat geld terecht zou komen in de zakken van mensen die niets te maken hadden met de Shoah.'

Nu komt er een lichte trilling van woede in zijn stem, maar dat heeft geen betrekking op mij, dat lijkt me duidelijk.

'Overigens, totdat de oorlogsverklaring van Duitsland het onmogelijk maakte, behoorde de handel in goud van dubieuze herkomst tot het officiële beleid van de Verenigde Staten, zoals wordt bewezen door talrijke andere rapporten, vóór en na dat van Eizenstat. Het had er dus alle schijn van dat de aanzienlijke hoogte van die vordering de verantwoordelijkheid van de Amerikanen moest afwentelen op de schouders van de Zwitserse banken. Deze hadden, wat hun aandeel betrof, historisch onderzoek verricht waaruit bleek dat de waarde van de slapende Zwitserse rekeningen die terug te voeren waren op slachtoffers van de Holocaust neerkwam op een totaal van tien miljoen dollar; en dat was dus het bedrag dat ze ter beschikking stelden. Begrijpt u? Tien tegenover twaalfhonderdvijftig. Enerzijds ontkende het aanbod van de banken het feit dat tienduizenden Duitse joden, behalve uitgeroeid, ook beroofd waren, terwijl anderzijds de vordering van de Amerikanen, behalve een eindoplossing van hun relatie met het verdwenen goud van de joden, een tribale oproep voor speculanten was. Waar hadden we veertig jaar lang voor gewerkt? Voor de schadeloosstelling van de slachtoffers? Nee. Om een nieuwe oorlog te voeren, om weer eens het recht van de sterkste te bevestigen; en hoe hard de Zwitsers zich ook mochten opstellen – en ze stelden zich hard op –, deze keer waren wij het sterkst, aan onze kant stonden de regering van de Verenigde Staten, de Israëlische regering, joodse genootschappen, multinationals, magnaten, diplomaten, historici, filmsterren, nog afgezien van de pers in de hele vrije wereld. Indien de conclusies van het Eizenstat-rapport niet zouden worden aanvaard, lag er al een plan klaar voor een totale boycot: niet alleen van hun banken, maar van alle Zwitserse producten, chocola, melk, horloges, alles wat ze in Zwitserland maken.'

Hij peutert in zijn neus. Bliksemsnel, en met een zekere elegantie, die vooral te danken is aan het sierlijke gebaar van zijn diamantslijpershand, maar hij peutert. Vervolgens camoufleert hij het gebaar door met de rug van zijn hand langs zijn kin te strijken, alsof er niets aan de hand is, maar hij houdt iets vast tussen zijn duim en zijn wijsvinger. Ik ben benieuwd waar hij het gaat vastplakken.

'Maar niet iedereen was het daarmee eens. Ik was niet de enige die vond dat het rechtstreekse chantage was, die de raison d'être van al onze inspanningen tenietdeed – dat wil zeggen: het schadeloosstellen van de slachtoffers van de Shoah. Ik zou namen kunnen noemen van joden die er net zo over dachten als ik, maar die zouden u waarschijnlijk niets zeggen, ook al betreft het zeer invloedrijke mensen – Israëliërs, Canadezen, Europeanen. We waren een minderheid, dat wel, maar een minderheid waar je niet omheen kon.'

Klaar is Kees: aan de zijkant van de stoel. Klassiek.

'Daarom besloot ik om me er persoonlijk in te mengen. Ik zag het als mijn taak. Het lukte mij de Israëlische regering ervan te overtuigen dat het Eizenstat-rapport het risico met zich meebracht dat er een eindeloze juridische touwtrekkerij zou ontstaan, en ik verkreeg een mandaat. Om te onderhandelen.'

Hij peutert weer. Nee, ditmaal krabt hij alleen maar.

'Er werd besloten dat als ik erin slaagde om vierhonderd miljoen los te krijgen, de zaak als afgehandeld beschouwd zou worden: veertigmaal zoveel als was aangeboden, en slechts een derde van wat we vroegen. Het was moeilijk, maar te doen. Ik had een zekere invloed in Zwitserland, de activiteiten van mijn groep liepen via veel van die banken. Bovendien was ik zeer bevriend met een heer die er helaas niet meer is, Enrico Simoncini, wiens dochter u schijnt te kennen...'

Daar zijn we dan. Hij heft zijn ogen op en doorboort me met een schuine, vreselijke blik. Ik had me zo langzamerhand ontspannen, en ik had mezelf vooral wijsgemaakt dat hij hier zonder enige reden was verschenen, als door een wonder, zoals de Madonna; maar dat is echter de reden, overigens kon er ook geen enkele andere reden zijn. Zijn oogjes pinnen me vast, en opeens kan ik niets meer doen, ik ben zwak, langzaam, zwaar: het lijkt wel of hij nu degene is die de Sakai-procedure toepast. Wat weet hij? Wat wil hij met me doen?

'Behalve dat hij een machtige fabrikant van zoetigheid was', hij begint weer omlaag te kijken, 'had Enrico een bepaalde invloed op een aantal leden van de Zwitserse Federale regering, die op hun beurt druk konden uitoefenen op de bankiers... Kortom, het was een zware wedstrijd maar niet wanhopig. Zeker niet zo wanhopig als de positie van de Zwitsers als ze mijn bemiddeling niet zouden aanvaarden.'

Ik laat de ruitenwissers nog een keer heen en weer gaan, de gorilla's staan er nog steeds, zwart, roerloos, in de sneeuw; maar nu die ogen niet op me gericht zijn voel ik me vrij om me te verdedigen en ook om uitleg te geven, indien nodig.

'Ik besteedde vele maanden aan het voorbereiden van het terrein. Het moeilijkste was om bij de Zwitsers over te komen – ik, Isaac Steiner, de Joodse Muil – als degene die ik in die omstandigheid werkelijk was: de juiste man. En de moeilijkheden werden groter toen mijn vriend op die idiote manier aan zijn einde kwam. Weet u hoe Enrico gestorven is?'

Geen blik deze keer. Geen Sakai-procedure. Alleen maar een vraag.

'Nee.'

'Onthoofd door een pingpongtafel die van een vrachtwagen af waaide die voor hem reed op de snelweg.'

Hij zwijgt, en wacht totdat deze zoveelste absurditeit zich in mij heeft genesteld. Ik ga daarvan dromen, van die pingpongtafel, ik ga daar vast en zeker van dromen.

'Het was dus heel moeilijk,' hervat hij, 'maar, ik herhaal, het was mogelijk. Op een ochtend, zeven jaar geleden, landde ik in Zürich om acht uur 's ochtends. Tijdens de reis had ik geen oog dicht gedaan. Ik keek naar de duistere oceaan, en naar de sterren. Ik voelde me onaantastbaar omdat ik bezig was met een rechtvaardige zaak. Ik was aan het werk voor anderen. Voor de doden. En toen ik tegenover de Zwitsers stond heb ik het meest belangrijke betoog van mijn leven gehouden. Ik heb zelfs het risico niet aangeroerd dat ze liepen als de onderhandelingen zouden mislukken, gevolgd door een financieel embargo dat hun zou komen te staan op een bedrag drieënhalf keer hun staatsbegroting. Het was waarschijnlijk het meest overtuigende argument dat ik tot mijn beschikking had, maar ik heb het niet gebruikt: ik was daar niet heen gegaan om ze te chanteren. Ik heb duidelijk gesteld dat ik de ultra-agressieve aanpak van de Amerikanen niet deelde, en dat daarom mijn bemiddelingspoging als oprecht beschouwd moest worden; en dat ze met iedereen met wie ze na mij geconfronteerd zouden worden veel slechter af zouden zijn. Ik heb de getallen genoemd en me geconcentreerd op de doorslaggevende redenering, namelijk dat rijke joden tweemaal zijn getroffen door de Holocaust, omdat zowel de mensen als hun vermogen zijn vernietigd. Het zou op iedere andere plek een moeilijk betoog zijn geweest, omdat het cynisch zou kunnen lijken, maar tegenover de meest begerige financiële managers van de wereld kon ik het gerust houden: tijdens de Shoah hebben arme joden hun leven en hun dierbaren verloren, maar rijke joden hebben hun leven, hun dierbaren én hun rijkdom verloren. Zij hebben een bijkomende schending ondergaan, en wij hadden de opdracht om ten minste daarvoor een schadeloosstelling te regelen. Het was nog de enige mogelijkheid om iets recht te zetten in de wereld...'

Pauze. Hoewel ik hem alleen maar en profil zie, omdat hij gelukkig hardnekkig naar het matje blijft kijken, is het alsof zijn gezicht meer de uitdrukking krijgt van iemand die in herinnering verzonken is.

'Het was het belangrijkste betoog van mijn leven, het mooiste, het meest geïnspireerde, en toen ik klaar was had ik ook de indruk dat ik hen had overtuigd. Ik weet niet waarom. Ik verwachtte heus niet dat ze een cheque zouden uitschrijven en die aan mij zouden overhandigen, maar ik geloofde wel dat ik de duw had gegeven die nodig was om hen te overreden ten minste een nul toe te voegen aan hun aanbod. Ik zei overreden, niet dwingen. Overigens was het hun enig mogelijke redding: om toe te geven, dat wel, maar niet aan de chantage die na mij zou komen, maar aan overwegingen van rechtvaardigheid, waarbij ze ook nog eens achthonderdvijftig miljoen dollar bespaarden. Het was niet moeilijk te begrijpen, en ik dacht dat ze het hadden begrepen.'

Ik zet de ruitenwissers weer aan – het is de enige handeling die ik nog kan verrichten – en dit keer slaat hij zijn ogen op, en kijkt naar de sneeuwbui waar Claudia en alle andere kinderen in de school vast en zeker opgewonden van raken; hij lijkt verbaasd, alsof hij nu pas ziet dat het sneeuwt.

'Als ze me nu zouden aanbieden om mijn leven nog eens over te doen,' zegt hij, 'zou ik weigeren, ik zou nee zeggen, louter en alleen om de vijf minuten die volgden op mijn betoog niet nog een keer te hoeven beleven...'

Nee, het was geen verbazing, het was pijn. En hij keek niet naar de sneeuwbui; in die, door de ruitenwissers van een ritme voorziene, witte werveling ziet hij wat hij op het punt staat mij te vertellen, zo intens dat het lijkt of hij het erop projecteert, en ook ik zie het: geheel opengetrokken gordijnen, een enorme, palissanderhouten tafel, stoelen met leren bekleding, planten, een nooit gebruikte televisie met plasmascherm, vier of vijf donker geklede waakhonden van omstreeks de vijftig, en hij tegenover hen, in een linnen pak en op zijn gezicht dezelfde jeugdige trots die ik even geleden heb gezien – gigantisch, puissant rijk en machtig, maar nog nooit eerder zo overgeleverd, kwetsbaar, weerloos...

'Een van hen, ik geloof niet eens dat het de voorzitter was, nam het woord en complimenteerde me met mijn betoog, hij zei tegen me hoe groot de persoonlijk achting was die ik genoot onder al zijn collega's, waarbij hij vooral stilstond bij mijn morele kwaliteiten, waarop hij vervolgens zei dat hun aanbod van tien miljoen als definitief en niet-onderhandelbaar beschouwd moest worden, omdat het was gebaseerd op dat verrekte historische onderzoek van hen.'

Hij draait zich naar mij toe, kijkt naar mij.

'Begrijpt u? Ze gaven me niets. De belangrijkste zaak waaraan ik me in mijn leven heb gewijd heeft geen cent opgeleverd. Het was tien miljoen en het bleef tien miljoen. Het vliegtuig dat op de landingsbaan op me stond te wachten had me zeven miljoen gekost. De stommelingen.'

Nu lijdt hij echt; ook hij, net als alle anderen die hier zijn gekomen, stort uiteindelijk een geweldig stroom verdriet bij mij uit. Deze plek is werkelijk wonderbaarlijk: een klaagmuur zonder muur. Milaan is een heilige stad en niemand weet het...

'Terug in New York bood ik onmiddellijk mijn ontslag aan bij het Jewish World Congress, maar dezelfde niet-Amerikaanse vrienden die me hadden geholpen bij mijn bemiddelingspoging verzochten mij het aanbod in te trekken, en dat deed ik. Ik was nu als was in hun handen.

Ze verzochten me ook om me niet meer met die zaak bezig te houden, om geen initiatieven in die richting te ontplooien en er met niemand over te spreken. Als tegenprestatie zouden ze maximale discretie betrachten ten aanzien van mijn mislukking, en wel in die mate dat mijn bemiddelingspoging vanaf dat moment gezien moest worden als nooit hebbende plaatsgevonden.'

Hij kijkt me weer strak aan.

'Dus als u bijvoorbeeld morgen zou besluiten om dit verhaal aan een krant te verkopen, zou ik tegen u en de krant een proces kunnen aanspannen, en dat zou ik winnen, en ik zou mij meester maken van de krant, en ook van u.'

Dat is een overduidelijk en tamelijk bot dreigement, maar deze keer boezemt me het niet de geringste angst in. Ten eerste omdat ik niet iemand ben die verhalen aan de krant verkoopt; ten tweede omdat het voor hem, na zo veel mildheid, een verplichte zet is – een soort decompressie om weer de Muil te kunnen worden; als hij weer buiten was gekomen zonder dat te hebben gedaan, zou hij een embolie hebben geriskeerd.

'Een jaar na de poging die nooit heeft plaatsgevonden zwichtten de banken voor de bemiddeling van Eizenstat en gingen akkoord met de betaling van twaalfhonderdvijftig miljoen. Een groot advocatenkantoor in New York werd belast met de verdeling ervan, en in de afgelopen zes jaar hebben ze hondervijfentwintig miljoen dollar verdeeld onder de rekeninghouders. Ongeveer tweehonderd miljoen zijn naar andere joodse overlevenden gegaan. Honderdvijfenveertig miljoen zijn gegaan naar joodse organisaties en naar de advocaten. Alles bij elkaar, tot nu toe, vierhonderddrieënzeventig miljoen – dat wil zeggen, na aftrek van de declaraties van de advocaten, het bedrag waar ik me sterk voor had gemaakt. Maar het is minder dan de helft van wat is binnengehaald, de rest van dat geld is nog niet verdeeld, en het is onbekend hoe het zal aflopen.'

Hij slaakt een diepe zucht.

'Dat is alles,' zegt hij.

Zo blijft hij zitten en kijkt roerloos hoe de aftiteling van zijn verhaal over de voorruit van mijn auto loopt. Daarna draait hij zich naar mij om, zegt: 'So long', drukt mij de hand, opent het portier en begint aan de moeizame manoeuvre die nodig is om zich uit mijn auto te hijsen; pas nu, nu ik zijn grote inspanning zie, besef ik wat een enorm respect hij mij heeft bewezen door zich te laten zakken in deze rammelkast in plaats van mij te bevelen me bij hem te voegen in de Maybach. Kijk, hij heeft het gered, hij staat buiten. Een gorilla beschut hem onmiddellijk met een paraplu, maar zo'n lichaam kun je onmogelijk met één enkele paraplu beschutten; ook de andere gorilla moet ingrijpen – en zo, begeleid door twee gorilla's en beschut door twee paraplu's, strompelt Steiner naar zijn auto, terwijl hij veel zwaarder op zijn stok leunt dan eerst. De Maybach verzwelgt hem alsof hij een kind was – de wereld is weer in zijn juiste proporties – en wanneer het portier van dat wonder sluit produceert het een van de mooiste geluiden die ik ooit heb gehoord.

Waarom is hij hier gekomen? Waarom heeft hij mij dat verhaal verteld? Is hij echt de minnaar van Eleonora Simoncini geweest? Is hij het nog? Wat weet hij van mij en haar?

De auto's vertrekken en laten op de grond twee zulke duidelijke, precieze rechthoeken achter dat het wel votiefsymbolen lijken. Die van de Maybach is enorm, en juist zijn enorme afmetingen zijn het bewijs dat hier zojuist een god is geweest; maar de sneeuw wist hem al uit, en, verrukt door de volmaaktheid van het tafereel, kan ik niet anders doen dan kijken hoe hij verdwijnt, verdwijnt, verdwijnt...

Mijn mobiel gaat. Het is Annalisa.

'Hallo?'

'Mijnheer', haar stem is gespannen, opgewonden, 'u raadt nooit wie er naar u op weg is!'

Maar dat is nu niet moeilijk meer, fluitje van een cent.

'Boesson,' zeg ik. Het ene mysterie brengt het andere voort.

37

In de woeste gebieden van Illinois, te midden van het dichte, hoge gras en de oude hertenpaden, weerklinkt het gehuil van wolven. Oeroude roofdieren drukken zich tegen de grond in de duistere nacht om hun prooi te bespringen of om te ontsnappen aan degene die jacht op hen maakt. Het zijn niet de schitterende lichtjes van Chicago, het is eerder iets primitiefs, iets wat duizenden jaren iedere verandering heeft weerstaan. Een jacht die nooit ophoudt. Een jacht waarbij de jager van het ene op het andere moment kan veranderen in prooi. Verscholen in het hart van deze kalme chaos ligt het dorpje Tuscola, waar duistere wezens wonen die vechten om te overleven in de oerstrijd.

Bent u bekend met het verschijnsel dat je aan iets begint terwijl je weet dat je gauw onderbroken zult worden? En dat je vervolgens niet wordt onderbroken? En dat je dan doorgaat, en dat het dan interessant begint te worden? Dat is nu precies wat mij is overkomen.

Ik heb zojuist achterhaald dat er op internet 2180 sites zijn waarin 'quiet chaos' voorkomt. Ik heb geprobeerd er een paar te openen, maar ze waren allemaal te omvangrijk, en het lukte niet met mijn mobiel. Dit is de enige die ik heb kunnen openen, en nu heb ik een definitie van kalme chaos: een jacht die nooit ophoudt, een jacht waarbij de jager van het ene op het andere moment kan veranderen in prooi. Wat heeft dit met mijn leven te maken? Het kan interessant zijn om daarover na te denken. Maar het kan ook interessant zijn om er eerst eens over na te denken hoe ik hierop gekomen ben.

Boesson is in aantocht, nietwaar? Om de tijd te doden, in afwachting van zijn komst, kreeg ik zin om iets te doen: ik heb met mijn mobiel verbinding gemaakt met internet, ben naar Google gegaan en heb 'Isaac Steiner' ingetoetst: dat leverde 54.800 hits op. Vervolgens heb ik 'Patrick Boesson' ingetoetst, en daar kreeg ik 53.600 hits. Terecht, dacht ik: voor wat het ook waard is, deze twee godheden die over drie dagen hun imperiums zullen fuseren leggen op het web bijna hetzelfde gewicht in de schaal. Let wel, bijna: en het verschil ten gunste van degene die de tweede plaats zal innemen moet niet worden onderschat. Als Boesson op dit moment gearriveerd zou zijn, zou het simpelweg een goed idee zijn om in gedachte te houden terwijl ik hem de hand druk. Maar hij is niet gearriveerd, dus ben ik doorgegaan met vragen te stellen aan Google. Ik heb 'Jean-Claude Sanchez' ingetoetst en het aantal hits viel terug naar 317 wat ook terecht is; Jean-Claude heeft altijd in de schaduw willen blijven. Bij 'Thierry Larivière' zijn we weer omhooggegaan naar 19.600. 'Pietro Paladini': 111. Perfect. Het idee dat ik in gedachte wilde houden terwijl ik de hand van Boesson druk, is nog verder aangescherpt. Maar Boesson kwam niet, en ik ben doorgegaan. Het is een soort spel geworden, en ik ben dan ook begonnen de resultaten te noteren in mijn opschrijfboekje. Carlo Paladini: 185.000. Barrie: 4.470.000. Giorgio Armani: 1.050.000. Federico Piquet: 113 (twee meer dan ik, dat was even slikken). Paolo Enoch: 9. Eleonora Simoncini: 207. Enrico Simoncini: 493. Marta Siciliano (mijn schoonzuster): 101. Lara Siciliano (mijn vrouw): 0. Radiohead: 571.000. Elton John: 2.160.000. Silvio Berlusconi: 571.000 (net zoveel als Radiohead). Coca-Cola: 9.240.000. Pepsi-Cola: 1.110.000. Maffia: 4.280.000. Bill Gates: 7.100.000. William Gates: 51.100. Bil Gates: 5770. Bill Gathes: 92. Brill Gates: 142. Bill Grates: 242. Bill Gaites: 159. Bill Gatse: 450. Bill Ggates: 24. Bill Gsate: 'Zocht u misschien Bill Gates?' George Bush: 7.510.000. George W. Bush: 15.900.000. Bin Laden: 5.290.000. Saddam Hussein: 17.000.000. Devil: 30.400.000. God: 63.900.000. Death: 115.000.000. Sex: 183.000.000...

Op dit moment kwam de gedachte bij me op om 'quiet chaos' in te toetsen, en het spel ging een volledig nieuwe fase in. 2180 hits had ik echt niet verwacht. Ik dacht dat ik het had verzonnen, die kalme chaos, begrijpt u? Ik dacht dat de uitdrukking niet bestond. Ik verwachtte wel iets te vinden, want ik weet dat je in de wereld nooit echt iets kunt verzinnen, maar dat 2180 sites diezelfde uitdrukking bevatten, heeft me werkelijk verbaasd. Ik heb het geprobeerd in het Italiaans en het Spaans: 8. In het Frans: 9. In het Engels: 2180. Het is dus iets Angelsaksisch, hoogstwaarschijnlijk iets Amerikaans. Ik kreeg zin om die sites te openen, om te lezen wat ze met kalme chaos te maken hebben – en vooral, wat het is. Maar mijn mobiel kan bijna geen enkele site openen, omdat ze altijd te omvangrijk blijken te zijn. De enige die hij heeft kunnen openen is deze, getiteld Tuscola: Buried Destinies. Er moet een illustratie zijn, iets grafisch wat echter niet wordt weergegeven op het display, en dan deze korte tekst: duistere krachten; primitieve schepsels; oerstrijd; jagers die in prooi veranderen; en, 'nestled in the center of this quiet chaos' – dat wil zeggen dat de kalme chaos bestaat uit het geheel van al deze dingen – een dorpje in Illinois. Dan is er een icoon waar je op moet klikken om de site in te gaan, maar daar is geen sprake van, dat lukt mijn mobiel niet; als ze je hem verkopen, zeggen ze dat je er internet mee op kunt maar dan ontdek je dat alles altijd te –

Daar is hij. Boesson. Hij is gearriveerd. Te voet. Alleen. Hij komt omhoog van de ventweg, hij komt op – in de zin dat iedere stap een nieuw stuk van zijn lichaam onthult. Hij lijkt een jongen. Hij komt omhoog met fikse pas, niet bang om uit te glijden op het met sneeuw bedekte trottoir. Het sneeuwt niet meer, maar de storm heeft alles wit gemaakt, en de auto's zwoegen het hellinkje op dat naar de school leidt. Boesson niet, hij wandelt vlot, alsof de sneeuw gras was. Hij is in het zwart gekleed, met een strak zittende overjas die tot aan zijn knieën reikt. Hij ziet me, en hij groet me zelfs, vanuit de verte. We hebben elkaar maar één keer ontmoet, afgelopen mei op het Festival van Cannes, tijdens een diner voor vierhonderd genodigden: een van de duizenden handen die hij met tegenzin heeft geschud bij een van die tientallen mondaine gelegenheden waar hij met tegenzin aan deelnam want hij schijnt een fobicus te zijn. Hoe heeft hij mij herkend? Ik groet hem ook, ik loop naar hem toe, en we ontmoeten elkaar voor het parkje.

'Hallo,' zegt hij glimlachend, en strekt zijn hand naar me uit. Hij is schrikbarend jong, voor een god.

'Hallo.'

De handdruk is losjes, vriendschappelijk. Hij glimlacht ontspannen. Zijn huid glad, bleek, zonder enige rimpel. Zijn haren pikzwart.

'Hoe gaat het met je?'

Hij tutoyeert me. Moet ik hem nu ook tutoyeren. Wie zal zeggen hoe het klinkt.

'Goed. En met jou?'

Ongedwongen. Natuurlijk.

'Ik heb een mooie wandeling gemaakt,' zegt hij, 'als het sneeuwt kan ik de verleiding niet weerstaan, dan moet ik naar buiten om te wandelen. Al vanaf mijn kinderjaren.'

Ik word getroffen door zijn volmaakte Italiaans, zonder het geringste spoor van een accent. Hij heeft niet eens een huig-r. Gewoonlijk leren alleen spionnen een taal tot in dergelijke perfectie.

'Hier verblijf je dus.'

Zijn schoenen zijn drijfnat. Van één schoen zitten de veters los.

'Ja.'

Hij heft zijn ogen op naar de met sneeuw bedekte bomen, en omhelst ze met een blik die goedkeuring uitstraalt.

'Heel goed. In jouw plaats zou ik het ook doen. Misschien ook in mijn plaats, maar dan zou er het probleem zijn dat ik vier kinderen heb die naar drie verschillende scholen gaan. Dus het zou niet kunnen. Ik zou beurtelings bij alle drie kunnen verblijven, maar dat zou niet hetzelfde zijn.'

Hij glimlacht, omgeven door de wasem van zijn adem. Wat een situatie: er was slechts één man op de wereld die gewichtiger was dan de man die hier twee uur geleden is gekomen, en nu is die er ook, en hij praat met me over zijn kinderen als een oude studiegenoot, en ik ben niet eens verrast. Hoe zou ik dit alles hebben kunnen laten gebeuren, als ik het had gewild?

'Ken jij Steiner goed?' vraagt hij me plompverloren. 'Is hij een vriend van je?'

O nee. Dáárom is hij gekomen. Natuurlijk: hij weet het. Wat een ontgoocheling. Het is niet waar dat het ene mysterie het andere voortbrengt, dat is maar romantische kletskoek. Een mysterie brengt logische consequenties voort, zoals alles.

'Nooit eerder gezien.'

'Serieus? Wat kwam hij dan doen?' nog steeds met een glimlach. Geenszins dreigend, geenszins autoritair. Hij lijkt alleen maar nieuwsgierig: jong, ontspannen, en nieuwsgierig.

'Hij kwam me een verhaal vertellen.'

Nu wil hij natuurlijk dat ik het hem vertel, godbetert. En ik zal moeten beslissen of ik hem zijn zin zal geven of niet, want zijn zachtaardigheid zegt me dat ik het niet per se hoef te doen, dat ik kan kiezen; en dat is beslist een belangrijke keuze, want er is een groot verschil tussen het hem vertellen en het hem niet vertellen – maar ik heb geen idee wat er in het geding is, geen enkel criterium op grond waarvan ik kan beslissen.

'Een verhaal? Wat voor verhaal?'

'Een heel persoonlijk verhaal,' antwoord ik. 'En ik zeg je gelijk dat het niets heeft uit te staan met de fusie.'

'Uhmmmm,' kreunt hij, nieuwsgierig geworden. Hij zwijgt. Hij lijkt na te denken. Ik kijk verloren om me heen, alsof ik van deze plek wil horen wat ik moet doen. Help me, plek. Maar hij is verlaten, al die sneeuw heeft iedere aanwezigheid geannuleerd. Nee, wacht even, uit de bar komt een medewerkster van het reisbureau, met vier koffie in kartonnen bekertjes. Het is dus de tijd waarop Matteo en zijn moeder uit therapie komen – aangenomen dat ze zijn gegaan. Welke dag is het vandaag? Vrijdag. Dus ze zouden moeten komen. Ik heb ze niet zien aankomen, maar twee uur geleden zat ik met Steiner opgesloten in de auto, en viel er een dichte sneeuw – laten we het zo doen: als ze al komen, dat wil zeggen als ze ook vandaag naar de sessie zijn gegaan, ondanks de sneeuw, dan moeten ze binnen korte tijd door de grote deur naar buiten komen, en dan zeg ik niets tegen Boesson. Als ze daarentegen niet naar buiten komen, omdat de moeder naar het weer heeft gekeken en heeft besloten om thuis te blijven, hoewel haar was aangeraden geen sessies over te slaan, vooral omdat ze het aantal sessies al hebben gehalveerd, kortom, als die vrouw is gezwicht, dan zwicht ik ook, en vertel ik Boesson wat Steiner heeft gezegd. Het is tenminste een criterium.

'En je had hem nog nooit gezien,' zegt Boesson, en glimlacht opnieuw.

'Nee.'

Zijn onbeweeglijkheid is indrukwekkend, hij staat stevig als een cipres. Niet alleen zijn lichaam, ook zijn hoofd, benen, armen, handen, alles is onbeweeglijk. Nu heeft hij bijvoorbeeld zijn ogen bewogen, hij heeft ze even neergeslagen en toen weer opgeslagen, maar verder niets. Ik geloof niet dat je spontaan zo stil kan blijven staan, niet met deze kou. Het is beheersing.

De grote deur van het gebouw waarin de studio voor fysiokinesetherapie zich bevindt is gesloten.

'Kijk,' zegt hij, 'in *The Wealth of Nations* beweert Adam Smith dat kapitalisten elkaar zelden ontmoeten, ook niet om feest te vieren en zich te vermaken, maar dat hun gesprekken hoe dan ook altijd op een complot uitlopen.'

'Maar ik ben geen kapitalist,' zeg ik.

'Natuurlijk,' Boesson knikt, hij lijkt geamuseerd. 'En toch...'

Hij haalt een papiertje uit zijn zak, en leest voor.

'Van 10.22 tot 10.46 heeft een van de grootste kapitalisten van de wereld met jou samen in jouw auto gezeten. En hij heeft je een verhaal verteld. Zonder je ooit eerder te hebben gezien,' zegt hij knikkend. 'Dat is vreemd, vind je niet?'

'Ja, dat is vreemd.'

Maar het is niet vreemd. Steiner is hier gekomen om te lijden, zoals alle anderen, want deze plek trekt pijn aan. Punt uit. De deur is nog steeds dicht.

'Jíj was natuurlijk niet degene die in de gaten werd gehouden,' zegt Boesson, en stopt het papiertje in zijn zak.

God heeft geduld, zei Enoch. Hoeveel geduld zal híj hebben? Hoe lang zal ik het nog kunnen rekken? Over hoeveel tijd kunnen we vaststellen dat Matteo en zijn moeder niet zijn gekomen?

'Betekent dat dat hij jou op dit moment in de gaten laat houden,' vraag ik.

Boesson lacht, maar al lachend kijkt hij om zich heen, eerst naar rechts, dan naar links.

'Misschien,' zegt hij. 'Wie weet.'

Hij buigt zijn hoofd en blijft zo staan, met neergeslagen ogen, een zeer sensuele houding als hij een vrouw was. Wat een verschil tussen hem en Steiner: de een spreidt zijn grandeur in even hoge mate tentoon als de ander hem verbergt. Voor mij met gebogen hoofd...

'Weet je, Pietro,' zegt hij, en kijkt me aan. 'Ik ben net als inspecteur Columbo: als mensen iets raars doen, komen er vragen in mijn brein op en die gaan er niet meer uit totdat ik een antwoord vind. En de vraag die nu in mijn brein zit is: waarom is Steiner hier gekomen om jou een verhaal te vertellen?'

Daar zijn ze. De moeder komt eerst naar buiten; ze kijkt naar de lucht, ze stelt vast dat het niet meer sneeuwt, dan laat ze Matteo naar buiten komen, helemaal ingepakt. En nu zullen we zien of je kloten hebt, Pietro Paladini...

'Ik heb geen idee,' zeg ik.

Matteo draagt twee fantastische rode moonboots, die tegen de witte sneeuw afsteken als bloed. De moeder houdt een grote zwarte paraplu in haar hand. Ze lopen op ons af en steken de straat over.

'Misschien dat we het zouden kunnen begrijpen als je me zou zeggen wat voor verhaal hij je heeft verteld.'

Als ze bij het trottoir is gekomen, pakt de moeder de paraplu vast bij de punt en klemt Matteo zich vast aan het handvat en laat zich voorttrekken, alsof het de haak van een skilift is, en hij glijdt met zijn moonboots over het besneeuwde trottoir. Uit de vanzelfsprekendheid waarmee alles wordt gedaan, zonder enige inleiding, enige discussie, kun je opmaken dat het gaat om de uitvoering van een heldere overeenkomst: 'Hé, Matteo, kom op dan gaan we skilift spelen...'

'Nee, geloof me, dan zouden we het nog steeds niet begrijpen.'

De moeder loopt nu achteruit, en trekt Matteo voort die aan de paraplu hangt. Matteo kan goed glijden zonder zijn evenwicht te verliezen, in een onhandige maar stabiele positie, zijn zitvlak naar achteren en zijn schouders, als tegenwicht, naar voren. Dan ziet hij mijn auto, die op de gewone plaats geparkeerd staat, nu halverwege tussen hen en ons. Ik steek mijn hand in mijn zak en druk op het knopje van de afstandsbediening.

Beep.

'Misschien heb je wel gelijk,' zegt Boesson. 'Maar je zou het me evengoed kunnen vertellen.'

Matteo incasseert de groet, maar waagt het niet om erop te reageren met zijn hand, zoals gewoonlijk, omdat hetgeen waar hij mee bezig is al zijn aandacht vergt. Boesson kijkt nu ook naar hem: in plaats van pissig te worden kijkt hij naar het jongentje met oprechte belangstelling, en hij blijft even naar hem kijken voordat hij, met een glimlach, zijn blik weer strak op mij richt. Maar nu weet ik wat me te doen staat, en met die monnikachtige nederigheid maakt hij de dingen ook nog makkelijk voor me.

'Dat doe ik liever niet,' zeg ik.

Boesson vertrekt geen spier, alsof het iets normaals voor hem is dat een ondergeschikte van een ondergeschikte van een ondergeschikte hem iets weigert – en ook houdt hij niet op met glimlachen.

'Waarom?' zegt hij slechts, op uiterst kalme toon.

Ja, waarom. Omdat de vrouw die nu mijn groet beantwoordt een heldin is, daarom. Ze is ook vanmorgen, in de sneeuw, haar huis uitgegaan om haar zoon naar een sessie van de fysiokinesetherapie te brengen, waardoor hij weliswaar nooit zo zal worden als andere kinderen, maar wat hem toch goed doet, en nu trekt ze hem met zich mee, langzaam, letterlijk, niet als een last maar als een menselijk wezen dat met een beetje moeite, geduld en aandacht in staat gesteld kan worden om zich te vermaken, zelfs meer dan alle anderen. Daarom zeg ik het je niet. Bovendien, dat wat jij wilt, een logische verklaring, bestaat niet.

'Dag, Matteo,' zeg ik, terwijl het kind ons voorbijglijdt.

'Dag,' antwoordt hij met zijn nasale stem. Hij is in de wolken. Boesson ziet waarschijnlijk nu pas dat het een Down-kind is, want zijn glimlach wordt levendiger, en verbaasd.

'Wat kunnen jullie dat allebei goed,' zeg ik, en Matteo sluit zijn ogen zoals Dylan doet als ik hem onder zijn keel aai. De vrouw werpt mij een blik vol dankbaarheid toe omdat ik ook haar heb betrokken bij het compliment, en zo, terwijl ze nog steeds achteruitloopt, en haar zoon over de sneeuw blijft glijden, zich vastklemmend aan het handvat van de paraplu, loopt ze in de richting van de ventweg begeleid door onze glimlach: volgens de theorie van Marta heeft ze nu energie opgeslagen. Nu wordt echter de helling van de straat steiler, en het is duidelijk dat ze het niet aandurft, ze staat stil, en dat betekent het einde van het skiliftspel. Matteo schijnt niet te protesteren; hij laat het handvat van de paraplu los, en zo, aan de hand van zijn moeder, zoals altijd, gaat hij stap voor stap achter de bult die de straat vormt, afdalend naar de ventweg, net zoals kortgeleden Boesson is opgekomen. Nu begint Boesson me weer aan te kijken, zachtaardig, meegaand, onbeweeglijk, normaal.

'Eh, Pietro?' zegt hij. 'Waarom wil je het me niet vertellen?'

En hij blijft glimlachen. Hij lijkt echt een voortreffelijk mens, uiterst voorkomend en nederig. Als Claudia nu voor het raam zou gaan staan, zou ze me zien in gezelschap van een vriend. Maar Jean-Claude zegt dat hij megalomaan is en paranoïde, en ik geloof hem. Ik moet me niet laten inpakken door wat ik zie: de man is niet wat hij lijkt. Hij is niet nederig, hij is arrogant. Hij is een van die individuen die de pretentie hebben dat alles wat er gebeurt betrekking heeft op hen – net als Piquet, behalve dat Piquet een halve kluns is die een cd-lezer aanziet voor een bekerhouder, terwijl Boesson een gigant is in de haute finance, die de wereld wil veroveren.

'Omdat het niets te maken heeft met de fusie, dat heb ik je al gezegd. Het heeft nergens mee te maken. Het was slechts een betekenisloze ontboezeming.'

Hij denkt dat hij almachtig is, en toch zal hij dat wat hij wil weten, namelijk waarom Steiner hier is geweest, nooit te weten komen. En aangezien ik de kloten blijk te hebben om nee tegen hem te zeggen, zal hij ook nooit de reden kennen waarom ik weiger het hem te zeggen. Hah. Ik heb het gevoel dat hij zich te klein heeft gemaakt. De gewichtigdoenerij van de macht heeft een functie, reken maar: de grote auto's, de luxe, de chauffeurs, de bodyguards, het lelijke karakter – ze hebben allemaal een functie. Het is niet toevallig dat er bij mij, terwijl hij zwijgt en waarschijnlijk overweegt dat het nu te laat is om mij te bevelen te doen wat hij tot nu toe slechts vriendelijk heeft gevraagd, een idee opkomt dat in gelijke mate opgaat voor Steiner, maar dat ik bij Steiner niet heb bedacht. Ik bedenk dat hij, met al zijn macht, niet eens de reden kent waarom hijzelf hier is. Als Lara niet was gestorven, zou hij hier niet zijn. Als zij niet was gestorven terwijl ik Eleonora Simoncini aan het redden was, zou hij hier niet zijn. Als ik de eerste ochtend niet voor de grap tegen Claudia had gezegd dat ik buiten op haar zou wachten totdat de school uitging, en als ik vervolgens niet had besloten om het echt te doen, en als ik de dag erna niet had besloten om het weer te zeggen en het weer te doen, en als ik me daarbij niet zo goed had gevoeld, zou hij hier nu niet zijn. En hij zou hier ook niet zijn als we Claudia zes jaar geleden hadden laten inschrijven bij de particuliere school waar ze ook de kleuterschool had gedaan, en waar ze inderdaad ingeschreven zou zijn als niet binnen zes maanden beide ouders van Lara waren geveld door dezelfde zeldzame vorm van klierkanker – aangezien zij, verwoede voorstanders van particulier onderwijs, het schoolgeld betaalden, als cadeau voor hun geliefde kleindochtertje, en het zou onmogelijk zijn geweest om haar te laten inschrijven bij een openbare school, zonder wrijving te veroorzaken. En als we haar, ook toen de ouders van Lara eenmaal dood waren, hadden laten inschrijven bij de andere openbare school die ons beviel, de Rossari-Castiglioni, handiger omdat hij dicht bij ons huis lag en omdat Marta de kleine Giovanni daar al had laten inschrijven, maar die, volgens de meningen die we her en der hadden verzameld maar nooit geverifieerd, veel rommeliger zou zijn dan die ander, om welke reden we tot op de laatste dag besluiteloos bleven; en als tenslotte Lara niet tegen me had gezegd besluit jij maar, en als ik om tot een besluit te komen niet iets had gedaan wat ik nooit heb gezegd, dat ik namelijk naar Annalisa, mijn secretaresse, ben gegaan en haar zonder enige toelichting heb gevraagd: 'Welke van deze twee namen vind jij het mooist, Cernuschi of Rossari-Catiglioni?', en als Annalisa die ochtend, zonder enig idee te hebben waarover het ging, niet had geantwoord: 'Cernuschi', met haar gebruikelijke ontredderde uitdrukking, zou hij hier niet zijn...

'Luister, Pietro,' begint hij weer, zonder iets van zijn geduld te hebben verloren. 'Ik begrijp je discretie, en heb daar ook waardering voor. Maar sta me toe dat ik je mijn gezichtspunt uiteenzet. Maandag moeten Steiner en ik de grootste fusie ter wereld formeel bevestigen. De onderhandelingen hebben negen maanden geduurd, en uiteindelijk is in de overeenkomst opgenomen dat ik President word en hij Vicepresident. Kijk naar mij, alsjeblieft. Kijk naar mij.' Hij heft zijn handen op en draait een keer om zijn as, zeer ingenomen met de nederigheid die hij hardnekkig tentoon blijft spreiden, en die hem verraadt.

'Zie je dat ik niet zo ben als hij? Zie je dat ik net zo ben als jij? *In feit* zou ik jou kunnen zijn.' Kijk, een gallicisme, de onvolmaaktheid die een spion de kop zou kunnen kosten.

'Wat voor werk deed je vader?' vraagt hij.

'Advocaat.'

'Echt waar? Zie je wel? Ook de mijne was advocaat. We zijn elkaars gelijken. En vanaf maandag zal ik, dat wil zeggen jij, een trede hoger staan dan Steiner. Hij is de Joodse Haai, Pietro, en dat was hij al toen wij nog klein waren. Hij is gewend te commanderen. Hij is nooit Vice geweest van wat dan ook, zijn hele leven niet. Maar deze keer had hij niet de kracht om er als sterkste uit te komen, en heeft hij genoegen moeten nemen met de tweede plaats.'

Hij pauzeert even wat mij gelegenheid geeft iets tot me te laten doordringen: de bijnaam van Steiner is hetzelfde overkomen als de film van Spielberg, die *Jaws* heette, wat in vertaling *De haai* is geworden. Op dezelfde manier heeft Steiner twee uur geleden gezegd dat hij the *Jewish Jaws* was – wat min of meer klonk als Joodse Muil; maar nu noemt Boesson hem zoals ik hem ook kende, Joodse Haai. Volgens mij is dat niet toevallig. Volgens mij heeft dat te maken met het feit dat Steiner die film niet gewoon heeft gezien, zoals wij allemaal: hij heeft die film geproduceerd.

'Kijk,' zegt hij, 'ik weet niet hoe het met jou zit, maar ik ben geboren in een gemeenschap van dertienduizend inwoners. Een heel klein stadje waar iedereen iedereen kende. En als mijn vader me meenam naar het feest van de 14de juli keek ik naar de burgemeester op het podium, en dan dacht ik dat hij de meest bezorgde persoon ter wereld was. Ik dacht dat hij minstens dertienduizend zorgen moest hebben, een voor ieder van ons. Welnu, onze fusie betreft ongeveer tweehonderdtienduizend werknemers, en ik zal voor hen zijn zoals die burgemeester. Vanaf maandag zullen ze allemaal, te beginnen bij de meest eenvoudige loopjongen in onze vestiging in Bangalore, het recht hebben om een beroep te doen op mijn zorgzaamheid. Ik moet erop toezien dat iedereen zich aangestoken voelt door de energie die is opgewekt door de fusie, dat hij optimistisch is, en hoopt zijn eigen positie te verbeteren. Ik moet erop toezien dat hij werkt en produceert, maar ook dat hij een duidelijk omschreven, persoonlijk doel nastreeft.'

Hij zwijgt, en glimlacht. Wat probeert hij mij te zeggen? Ik weet dat allemaal al, jezus, ik heb het allemaal al gehoord: ik ben een goede baas, heb vertrouwen, de energie, het begrip, als mijn hond wordt aangereden door een auto is het mijn schuld... Heeft hij zo een oude rot als Thierry in zijn ban gekregen? Heeft hij hem zó overreed om zijn ziel te verkopen, met deze retoriek over een burgemeester uit de provincie?

'Zo zullen alle werknemers druk gaan uitoefenen op hun onmiddellijke superieuren, begrijp je? Ze zullen hen benaderen met een kracht die deze zullen vergaren en op hun beurt zullen uitstorten over hun respectieve superieuren, enzovoort, steeds hoger, van het ene niveau naar het andere, van de ene maatschappij van de groep naar de andere, tot aan de top. Allemaal zullen ze worden geraakt door deze stroom van positieve energie, ook jij: iemand die onder jou staat hoopt jouw plaats in te nemen, terwijl jij hoopt de plaats in te nemen van degene die boven jou staat. Ik heb het over heel simpele, heel menselijke dingen: kijken wat je waard bent door zeer gewichtige taken op je te nemen, een mooiere auto kopen, verhuizen naar een groter huis, of naar een chiquere wijk... Probeer je nu de druk voor te stellen die zal ontstaan, probeer je deze opeenstapeling van tweehonderdtienduizend individuele aspiraties voor te stellen als één collectieve spanning, van onderen naar boven. Het zal deze spanning zijn die ons werkelijk groot zal maken; en ik weet hoe ik die moet oproepen.'

Ja, zó heeft hij hem overreed. Het gaat niet om wat er wordt gezegd, het gaat om wie het zegt. En zó zal hij ons, het gewone managersvolk, ook overreden, tijdens de *convention* die over een paar maanden zal worden georganiseerd in Biarritz, of in Palma de Mallorca. Somber en pessimistisch zullen we aankomen, aangetast door de twijfel over onze toekomst die plotseling onzeker is geworden, en in die vanzelfsprekende luxe van vijfsterrenhotels zal hij ons allemaal als lijsters aan het spies rijgen met zijn luidruchtige demagogie over het gezonde kapitalisme van ooit dat door zijn betoog aangenaam en uitnodigend gemaakt zal worden als een boomgaard. En wij zullen er wel in moeten geloven, omdat we met onze eigen ogen zullen zien dat hij er zelf in gelooft, dat Steiner en Thierry erin geloven, terwijl de enige die er niet in geloofde een dief en een malversant bleek te zijn. Maar er is één ding dat ik niet begrijp: hoe denkt hij mij te overreden, hier en nu? En vooral, tot wat?

'Ik zal echter de enige in dat geheel zijn die niets zal kunnen uitstorten over degene die boven mij staat, omdat er boven mij niemand zal zijn. Terwijl Steiner, die nooit onder iemand heeft gestaan, zich vlak onder mij zal bevinden; en ook Steiner zal, net als alle anderen, de grote collectieve druk die hem zal bereiken, kunnen uitbuiten om zijn positie te verbeteren, dat wil zeggen: mijn plaats innemen.'

Kijk aan, we zijn er. Hij is bang. Natuurlijk, hij zal ook wel gezien hebben dat op het net de naam van Steiner vaker voorkomt dan de zijne; hij zal ook wel ervaring hebben met het geweldige ontzag dat Steiner weet in te boezemen door alleen maar te verschijnen – een ontzag dat alleen stomme Zwitserse bankiers hebben weten te weerstaan, die vervolgens zijn gestraft met hagel en schimmel. Uiteindelijk is ook hij hier gekomen om te lijden; welkom, Boesson, in het land van het lijden.

'Begrijp je nu waarom alles wat Steiner doet of zegt belangrijk is? Vooral als het iets vreemds is?'

Natuurlijk, het stond ook op de site die ik zo-even heb geopend: de jacht gaat door, de jager die prooi wordt; en te midden van deze kalme chaos bevindt zich een in het zwart gekleed mannetje dat niet in staat is om iets los te krijgen wat niets te betekenen heeft.

Hij heeft zich te klein gemaakt, dat is het punt.

'Dat begrijp ik,' zeg ik. 'Maar wat Steiner me heeft gezegd heeft geen enkel verband met deze zaak. Stel je maar voor dat hij een jaloerse scène heeft gemaakt.'

'Geen grapjes, alsjeblieft,' sist hij, terwijl hij zich opeens van mij afwendt. Het is de eerste uiting van irritatie die hem ontglipt in een situatie waarin iemand als Steiner me al lang zou hebben verpletterd met zijn Maybach. En dan te bedenken dat die jaloerse scène niet eens zo absurd is als hij denkt.

'Ik zei dat bij wijze van voorbeeld,' houd ik vol. 'Ik begrijp je twijfel, maar ik verzeker je dat het feit dat Steiner hier is gekomen een mysterie is. Een mysterie, geloof me. Er zijn ook mysteries in de wereld, en die moet je accepteren.'

De glimlach van Boesson krult tot sarcasme.

'Natuurlijk, mysteries: de Onbevlekte Ontvangenis; de heilige drieeenheid; Steiner die jou hier een verhaal komt vertellen...'

Enoch! Een maand geleden heeft hij me hier gezegd dat ik die prachtige redenering van hem aan de bazen moest doorvertellen! Boesson is de baas der bazen...

'À propos,' zeg ik. 'Mag ik een ander onderwerp aansnijden en iets zeggen over de fusie?'

'Zeker.'

'In alle oprechtheid? Alsof ik een vriend van je ben?'

'Je bent een vriend van me, Pietro. De vrienden van mijn vrienden zijn mijn vrienden.'

Doorzichtig. Heel doorzichtig.

'Je hebt dat goed verwoord,' zeg ik. 'Het is waar: vanaf maandag zal alles over jou worden uitgestort, en jij kunt nergens iets kwijt. En Steiner zal geen genoegen nemen met het Vicepresidentschap, dat is logisch, hij zal proberen je uit te schakelen. Maar dat alles ligt al opgesloten in de structuur die jullie voor de fusie hebben gekozen; die was al fout – sorry dat ik het zeg.'

O god, hoe zei Enoch het ook alweer? Hij zei niet structuur, hij gebruikte een andere term...

'Hoezo, fout?'

Model. Hij zei model.

'Het is een kwestie van het model. Van het model dat jullie hebben toegepast.'

'Er valt niet uit zo veel modellen te kiezen als je een fusie als deze aangaat.'

'Niet uit zo veel, maar wel uit twee. Ik heb het over machtsmodellen. Over de hiërarchie van de macht.'

'Dat is het meest gunstige model, Pietro.'

'Theoretisch kan het het meest gunstige model zijn, dat trek ik niet in twijfel; maar wanneer we het hebben over jou en Steiner, over twee reële personen, dan is dat niet langer het geval. Dat heb je zelf zojuist aangetoond.'

Ik heb hem verrast. Je verrast mensen altijd wanneer je hun eigen argumenten gebruikt.

'Jij bent gelovig en praktiserend naar men zegt, nietwaar?'

'Ik weet niet wat men zegt, maar ik ben inderdaad gelovig en praktiserend.'

'Je gaat elke ochtend naar de mis, zegt men. Je bidt. Je vakanties breng je door met mediteren in kloosters.'

'Ja, dat is waar.'

'Dan weet ik zeker dat je zult begrijpen wat ik je ga zeggen. Want, weet je, ook Steiner is verbonden met zijn religie, tot in zijn bijnaam toe. Natuurlijk, hij is niet praktiserend, integendeel. Maar hij wordt wel gezien als jood net zoals jij wordt gezien als katholiek. Waar of niet?'

'Dat is waar.'

'Probeer je nu eens voor te stellen dat jullie in plaats van jullie twee groepen jullie religies zouden moeten fuseren. Ook in dat geval, ondanks alle inspanningen om de dingen rechtvaardig te regelen, zou er uiteindelijk één boven komen te liggen en één onder. Dat zou niet te vermijden zijn. Christus is er of Christus is er niet, toch? Goed, als het jodendom en het christendom zouden fuseren zoals wij fuseren met Steiner, dan zou dat het einde van Christus betekenen. Dat model, het model dat jullie hebben gekozen voor de fusie, is verstoken van Christus.'

Hij is verward. Hij blijft glimlachen maar zijn glimlach wordt als het ware verziekt door afgrijzen.

'Want het is het joodse model, Patrick' – Patrick: ik heb hem bij zijn voornaam genoemd –, 'ik weet er niet veel van af, maar één ding weet ik: de monadische God die ziet en zorgt in een volledig verticale spanning met zijn volk is de God van de joden. Hij is star, log, volledig verstoken van mogelijkheden om schokken op te vangen, die door het christendom zijn toegevoegd, dat niet toevallig veel recenter, veel moderner is...'

O, wat komt het er allemaal houterig uit, waar is de elegantie waarmee Enoch het bracht? De lichtheid?

'De God van de joden is alleen,' vervolg ik, 'net zoals jij zult zijn vanaf maandag. Maar hij is God, let wel, en hij redt zich zo ook. Jij daarentegen bent een menselijk wezen, en geen menselijk wezen kan de druk weerstaan waar God op berekend is. Daarom is het waar wat je hebt gezegd, vanaf maandag zal je leven een hel worden: je zult dagelijkse worden gekweld door het bange vermoeden dat je niet voorzichtig, slim, vooruitziend, of snel genoeg bent geweest ten aanzien van iedere actie die Steiner zal ondernemen...'

En toch lijkt Boesson zeer onder de indruk van mijn woorden. Hij luistert aandachtig, bijna zorgelijk, en zijn glimlach is nog slechts een schaduw, een herinnering.

'Maar probeer nu eens te bedenken hoe het zou zijn als je de fusie had gebaseerd op het christelijke model.'

Hij probeert het, hah, hij spant zich in, maar hij ziet het nog niet. Hij lijkt op een smalneusaap die met zijn schele ogen staart naar het mysterie van de evolutie van de mensheid...

'Je hebt het even geleden genoemd: de drie-eenheid...'

En hier moet ik een driehoek in de lucht tekenen, langzaam, met veel nadruk op de hoekpunten, zoals Enoch deed; trouwens, min of meer op dezelfde plek waar Enoch het deed, want we stonden toen ook hier, voor het parkje. Enoch die op dit moment de tankwagen aan het vullen is.

'Vader, Zoon en Heilige Geest', en dat moet plechtig worden gezegd, met de lichtende blik die hoort bij echte openbaringen. 'Niet één top, en zelfs geen twee, maar drie. Want samen met Christus zou ook de schitterende constructie van een derde godheid zich aandienen, die alleen wij christenen hebben: neutraal, abstract, zonder macht, die er gewoon is, ondergeschikt en toch noodzakelijk om toezicht te houden op de verhouding tussen de andere twee. En we kennen allemaal het lot van de Zoon...'

Hier moet ik een pauze laten vallen en de kruisiging uitbeelden, door mijn armen uit te strekken en mijn hoofd naar één kant te laten vallen – kijk, zó. Het doet er niet toe dat het veel minder kwijnend en minder mooi is dan de uitbeelding van Enoch, het maakt toch wel indruk, daar ben ik zeker van.

'...Jij en Steiner zouden op gelijke voet kunnen strijden om de rol van de Vader. Dat zou ook zenuwslopend zijn, maar nooit zo als op die andere manier, en het zou bovendien voor allebei zenuwslopend zijn. Steiner: in de zeventig. Jij: veertig...?'

Nu heb ik hem overrompeld. Letterlijk. Ondanks mijn onhandigheid is hij er volledig in getuind.

'Vijfenveertig,' mompelt hij.

'Jij vijfenveertig: hoe lang zou híj nog mee kunnen? Hoe lang voordat Steiners zoon, die dandy, de plaats van Steiner inneemt?'

Ja, ik heb hem overrompeld. Maar uit zijn overrompelde blik blijkt iets wat mij weer overrompelt. Ik besef het opeens, terwijl ik in zijn ogen kijk, direct nadat ik ben opgehouden met praten: hij ziet iets verhelderends in mijn woorden, dat is duidelijk, maar hij gaat er ook van uit dat ik de Heilige Geest van de situatie zal zijn...

'Het is het meest intelligente verhaal dat ik ooit in mijn leven heb gehoord,' zegt hij.

Ja – het is ongelooflijk – uit die verbaasde oogjes straalt de zekerheid dat ik, Pietro Paladini, me zojuist kandidaat heb gesteld voor de rol van derde top in de driehoek. Natuurlijk, het zijn de ogen van iemand aan wie zojuist het meest onverwachte, schaamteloze, krankzinnige – en ook intelligente, en zelfs voor hem op dit moment zeer goed uitkomende – voorstel is gedaan: maak van mij een god, en je zult gered worden.

'Je bent een genie,' zegt hij plechtig.

Hah. Toe maar. Hij hoeft zich nu zelfs niet meer klein te maken, opeens ben ik een genie geworden. Dat was hij dus van plan, zegt hij nu tegen zichzelf, daarom heeft hij het presidentschap afgewezen en Thierry de toestemming afgedwongen om hier te mogen blijven... Ja, er is weinig aan te doen, voor hem is het nu zo. Het doet er niet toe dat ik slechts als een papegaai de dingen heb herhaald die iemand anders tegen me heeft gezegd, en het doet er nog minder toe dat, terwijl ik het deed, de gedachte niet bij me op is gekomen dat wat ik zei betrekking zou kunnen hebben op mijzelf. Ik heb de oplossing gesuggereerd voor zijn probleem en in ruil heb ik een derde van de buit opgeëist: wat is daar voor vreemds aan? Voor iemand zoals hij is het volstrekt redelijk, het is het enige wat hij kan bedenken. Ik ben een gefnuikt genie, en ik vraag de beloning die mij toekomt. Wat nou gladjakker: ik ben de Koning der gladjakkers... En nu is het moeilijk om niet te denken aan wat dat betekent, en ik kan ook niet om die gedachte heen. Jammer dat ik het hem niet eerder heb gezegd, denk ik, toen alles nog niet vast lag. Als ik had geweten dat hij zo zou toehappen...

'Dank je,' zeg ik. 'Ook al is het helaas te laat om –'

'Het is niet te laat,' zegt hij beslist.

O god...

'Bedoel je dat je nog iets zou kunnen veranderen? Echt waar? Nu kun je niets meer veranderen, alles is nu toch...'

'Ik kan alles,' zegt hij geconcentreerd en met grote nadruk.

O god, hij denkt erover na. Het is niet te geloven. Hij denkt er serieus over na om alles te torpederen en mij de plaats van de Heilige Geest toe te schuiven. Te gek, ik een titaan, een god. Zonder macht natuurlijk, een superstroman, een lege huls, een aangestuurde marionet, maar wat maakt het uit, intussen zou ik wel een sprookjesachtig leven krijgen. Zo maar, zac, van de ene dag op de andere. Heb je het al gehoord, engeltje? We verhuizen naar Parijs. Privévliegtuig, Maybach, chauffeur, een onverwachtse stortvloed van middeleeuwse omvang. De cover van *Fortune*: Pietro Paladini, de nieuwe man van de mondiale haute finance. Romein, 43. Sterrenbeeld: Kreeft. Weduwnaar, vader van Claudia, 11, jeugdkampioene turnen, zoon van een bekend advocaat uit de hoofdstad, broer van de beroemde modeontwerper van het merk Barrie – over een succesvolle familie gesproken. Doctoraal filosofie aan de Sapienza Universiteit met de hoogst mogelijke cijfers. *Master degree* aan Harvard. Twaalf jaar ervaring in televisieproductie, toen de grote sprong naar de haute finance, en nu vormt hij samen met Isaac Steiner en Patrick Boesson de leiding van de grootste telecommunicatiegroep ter wereld. Hij is een zonderling: tijdens het laatste World Economic Forum in Davos schijnt hij alle drie dagen te hebben doorgebracht met skiën met zijn dochter. Andere hobby's: paardrijden, surfen, en zeilen. Hoe lang was de boot die ik voorbij zag komen toen Thierry mij het presidentschap aanbood? Tweeëntwintig meter? Puhh. Vijftig meter: een gulet, met drie masten en een vijftienkoppige bemanning. Claudia! Claudia! CLAUDIA! Nee, ze hoort me niet, deze vervloekte boot is te lang, ik moet een intercom laten aanleggen...

Dit is waar we het ineens over hebben. Dit is de betekenis van dat waar Boesson over nadenkt.

'Natuurlijk,' zegt hij, en hij lacht. 'Je hebt gelijk. Het ontbrak deze onderneming aan gratie' – hij spreekt er al over in de verleden tijd – 'en de Heilige Geest is gratie...'

Nog eens wat anders als Willi die met baccarat wint: ik zou *Spelen in de morgenschemer* nu echt kunnen produceren. In Amerika, jezus, in Hollywood. Annalisa, draai het nummer van Spielberg, alsjeblieft. Hallo, Steve. Hallo, ik ben Pietro Paladini. Met mij uitstekend, en met jou? Fantastisch. Luister, we hebben een project voor je. Ik dacht dat we het misschien samen zouden kunnen doen, wij en Dreamwork, op fiftyfiftybasis. *Spelen in de morgenschemer* van Schnitzler: dat ken je toch wel? Ik weet het, ik weet het... Laten we zeggen dat ik goed op de hoogte ben. Formidabel, ja... Een zwaard rechtstreeks in je hart, ja... De rechten liggen nu bij ons en... Wat zeg je? Stanley? Ja, zeker, nee, nee, ik heb nooit kennis met hem gemaakt, maar het verbaast me niet dat hij het je heeft laten lezen. Tenslotte was *Eyes wide shut* gebaseerd op *Traumnovelle*...

'Natuurlijk...' herhaalt hij, en kijkt naar me, lacht, en denkt na. 'Maintenant l'Esprit a droit de cité parmi nous et nous accorde une vision plus claire de lui-même...'

Ik zou Matteo en zijn moeder een comfortabel leven kunnen bezorgen, want je ziet dat ze het moeilijk heeft. Anoniem, dat spreekt vanzelf: de onbekende weldoener...

'Ici il ne s'agira donc de l'Esprit Saint que dans l'économie divine. L'Esprit Saint est à l'oeuvre avec le Père et le Fils du commencement à la consommation du dessein de notre salut...'

Ik zou Marta en haar drie kinderen kunnen onderhouden, dan zou ze door kunnen gaan met toneelspelen zonder een moer te verdienen en zou ze niet zo gestrest zijn. Misschien zou ze genezen...

‘De grootste fusie ter wereld, geïnspireerd door de catechismus van de katholieke kerk. Denk eens hoe de Haai zich zou voelen...’

Ik zou me over vijf of zes jaar kunnen terugtrekken, als de heilige taak is volbracht, en gaan rentenieren...

‘Ik zal natuurlijk blind op die Heilige Geest moeten vertrouwen,’ zegt Boesson, op een andere, scherpere toon. Ik kijk naar hem: het hele luilekkerland dat ik voor me zag lost op in zijn gelaatstrekken, zo gewoon en eenvoudig, maar wel verstrakt, en niet meer zo fris en ontspannen als toen hij aankwam.

‘Dat spreekt vanzelf,’ zeg ik. ‘Maar jij neemt een normaal, bescheiden, en genoegzaam intelligente man, en maakt er een god van: hij zal geen andere keus hebben dan jou trouw te zijn.’

De bedoeling was om hem gerust te stellen maar opeens wordt zijn blik echter duister, alsof er een vlucht raven doorheen trekt.

‘Heeft Steiner je dat gesuggereerd, dat verhaal van de drie-eenheid? Is hij daarom hier gekomen?’

En dan is plotseling de nacht neergedaald. Nu lijkt hij helemaal op de kasuarisman midden in de savanne.

‘Kom nou,’ protesteer ik. ‘Doe niet zo paranoïde. Je bent hem zo te slim af: waarom zou hij in jou godsnaam op een idee brengen om hem te slim af te zijn?’

‘Ik ben hem te slim af als de Heilige Geest aan mijn kant staat. Als hij aan zijn kant staat, is hij mij te slim af.’

‘Leg me dat nu eens uit: jij maakt een soort god van een willekeurige man, en die verbindt zich vervolgens met jouw vijand?’

‘Dat hangt af van zijn aard...’

En dan doorbreekt hij zijn onbeweeglijkheid, en draait langzaam om me heen, terwijl hij me strak aankijkt en niet meer glimlacht.

‘Kan ik jou vertrouwen? Kan ik jou vertrouwen? Kan ik jou vertrouwen?’

Hij scandeert deze drievoudige vraag en staat stil, terwijl hij me strak blijft aankijken met de ogen van een gek.

Zo zou je bang van hem kunnen worden.

Dan breekt echter zijn gewone glimlach weer door, en hervat hij op theatrale wijze zijn aplomb, om aan te geven dat hij toneelspeelde, maar ik heb eerder de indruk dat hij nu toneelspeelt, en dat hij al die tijd toneel heeft gespeeld, behalve een ogenblik geleden. Over ware aard gesproken.

'Herinner je je wie dat zegt?' vraagt hij.

Het zal ook wel iets uit de bijbel zijn: het heilige getal drie, de haan die drie keer kraait...

'Jezus?'

Hij schudt zijn hoofd, en grinnikt.

'Robert de Niro, in *Casino*. Hij zegt het tegen zijn vrouw, Sharon Stone – die hij van de straat heeft opgeraapt en van wie hij een koningin heeft gemaakt – wanneer zij hem om 25.000 dollar vraagt maar niet wil zeggen waar ze het geld voor nodig heeft. Heb je de film gezien, *Casino?* Herinner je je die scène?'

Hij grinnikt nog steeds, voldaan. Hij heeft niet eens door dat hij mij heeft beledigd.

'Ja, die heb ik gezien. Maar die scène herinner ik me niet.'

'Het is wel de belangrijkste scène. Hij stelt haar de vraag der vragen, die waarvan zijn hele leven afhangt. En daarom stelt hij hem driemaal.'

'En wat antwoordt zij?'

'Zij antwoordt: "Ja."'

'En gelooft hij haar?'

'Hij zegt: "Dan moet je me nu zeggen waar je die 25.000 dollar voor nodig hebt."'

'En zegt ze het?'

Opnieuw verandert zijn uitdrukking: hij wordt dromerig, peinzend. Nu heeft hij echt de controle verloren.

'Het is vreemd,' zegt hij, 'maar ik herinner het me niet. Wat daarna volgt is zo tragisch dat ik het verdrongen moet hebben.'

'En de tragedie komt voort uit wat zij hem antwoordt?'

Die is raak. Want intussen heb ik me die film ook herinnerd; een film over paranoia, inderdaad: sowieso een tragische film wat wie dan ook zegt tegen wie dan ook. Fundamenteel tragisch.

'Zeg me wat Steiner tegen je heeft gezegd,' gebiedt hij.

Ja: rechtsom... keert! Loop naar de hel. Het is nu te laat om bevelen uit te delen. En vergelijk je vrouw er maar mee, met een van de straat opgeraapte hoer.

'Nee.'

Boesson fronst minachtend zijn voorhoofd. Hij is niet nederig, hij is niet toegeeflijk, hij is niet mijn gelijke. Hij is megalomaan en paranoïde, zoals Jean-Claude zegt. Hij is het slechte geweten van ons allemaal bij elkaar. Hij is de man die alles te gronde richt.

'Dat is jammer, Pietro,' hij schudt zijn hoofd en glimlacht, komediespelend, net als De Niro. 'Dat is echt jammer. Je hebt geniale dingen gezegd, en ik zou je graag met me meenemen, maar als je zo doet...'

En hij kijkt me aan. Ik ken die blik, hij wil zeggen: 'Geef maar toe, dat is beter voor je.' Ook mijn vader gebruikte die blik toen ik een jongen was en de universiteit wilde verlaten om naar Amerika te gaan, en ik heb toegegeven, en ben pas na mijn doctoraal naar Amerika gegaan, en ik heb altijd gedacht dat dat beter voor me was. Maar toen Carlo door hem werd benaderd met diezelfde blik, en niet toegaf, en de universiteit verliet om naar Londen te gaan, heeft hij daardoor niets hoeven inleveren – en als je het nu broodnuchter bekijkt, is mijn broer, in ieder geval voor het internetvolk, ongeveer zeventienhonderd keer zo belangrijk als ik. En het heeft hem ook zijn ziel niet gekost, integendeel: hij is in staat om te lijden vanwege een aan drugs verslaafd meisje dat zich twintig jaar geleden van kant heeft gemaakt, terwijl ik niet eens lijd vanwege een echtgenote die drie maanden geleden is gestorven. Maar ditmaal geef ik niet toe. Jij denkt dat ik alleen maar het begerige wezen ben dat je zojuist zijn ogen hebt zien opensperren bij het zien van de buit, maar ik heb nog een andere kant. Jij bent er zeker van dat ik dat betoog heb gehouden om er voordeel mee te behalen, maar dat was geheel toevallig. Ik redeneer niet zoals jij. Ik zie bijvoorbeeld nog een heleboel goede redenen om me verre te houden van dat delirium van jou. Ten eerste, ik ben geen genie, maar Enoch, een man die het afgelopen jaar van zijn leven heeft besteed aan het geruststellen van de mensen die door jouw ambities zijn ontregeld, en daar zo'n hekel aan heeft gekregen dat hij op dit moment bezig is met het vullen van tankwagens in het noorden van Zimbabwe; *hij* is de Heilige Geest, ik ben een louche materialist, een atheïst, een subversief element, en in mijn mond is de Heilige Geest slechts een vloek. Ten tweede, ik wil geen schuldgevoelens aan mijn reet hebben hangen, en op deze manier beloond worden, vanwege een verdienste die ik niet eens heb, door een boa die mijn vrienden heeft gewurgd, en bovendien op het hoogtepunt van een periode waarin ik niet eens een beetje heb geleden vanwege de dood van mijn vrouw, die stierf terwijl ik het leven van een onbekende vrouw redde met wie ik vervolgens een bloederig seksueel contact heb gehad waarbij ik het risico liep om mijn eigen dochter een trauma te bezorgen – goed, zeg jij het maar, maar mij lijkt het niet veel gemoedsrust te beloven. Ten derde, die fusie gaat mislukken, zoals alle andere: dat weet Jean-Claude, dat weet Enoch, en dat weet ik ook – dus waar hebben we het eigenlijk over?

'Leg je er maar bij neer,' zeg ik botweg. 'Ik zal het je nooit zeggen.'

Vraag me nu nog een keer waarom. Vooruit, vraag het me. Ten vierde, ik had tegen mezelf gezegd dat ik, als dat jongetje door die grote deur naar buiten zou komen, jou niets zou vertellen: hij is naar buiten gekomen, ik vertel je dus niets. Stop. En dat is de reden die je verdient, en het is onnodig om er nog andere bij te slepen.

'Oké,' zegt hij. 'Doe maar wat je wilt.'

Daar kun je van op aan. Knik maar, frons je voorhoofd maar, blijf maar komedie spelen: intussen heb ik wel die glimlach van je gezicht gekregen.

'Tot ziens.'

'Dag.'

Goed zo, geef mij een hand en licht je hielen, dat is beter. Ga terug naar kantoor – en laat je niet kisten door die zes kilometer. En ontsla me gerust, als je dat wilt. Je heb zojuist tegen me gezegd dat ik een genie ben: ontsla me maar, goed zo. Die klotemegagroep van jou barst van de genieëen. En teken maandag gewoon die stukken en laat je verscheuren door de haai, want daar zal het toch op uitlopen. En maak die veter vast.

Zo, hij is weg, en als ook de voosheid in mij – want die bestaat, heeft altijd bestaan, dat heb ik altijd geweten – voorbestemd was om ooit te verdwijnen, dan is die nu, een ogenblik geleden, samen met hem verdwenen. Ik heb mijn kans niet uitgebuit, ik zal niet verkeren met de machtigen, maar ik heb vandaag een geweldige herinnering opgebouwd. Zo iets groots dat ik er met niemand over zal kunnen spreken.

Ik zal me dit moment nog jaren lang herinneren – de hopen sneeuw langs het trottoir, de geur van vochtigheid, de wolkjes adem. Dan, op een dag, als ik een goed mens zal zijn geworden, zal ik het vergeten.

38

Het sneeuwt weer. De stad is verlamd, we staan stil in de file. Claudia zit naast me, moe en verhit. Ze is drijfnat omdat ze bij het uitgaan van de school sneeuwballen heeft gegooid met haar klasgenoten – de jongens tegen de meisjes. Ik heb haar laten begaan, ook al heeft ze morgen en overmorgen wedstrijden en zou ze zich kunnen bezeren; en ik heb ook goedgevonden dat ze volkomen nat in de auto ging zitten. Wat maakt het uit als ze de leren bekleding bederft. Het geeft haar helemaal het gevoel een magisch moment te beleven, een terugkeer naar het hoogtepunt van haar kinderjaren die ze op het punt staat te verlaten: doen zonder denken, vreugde, emotie, genot ervaren, zonder je in het minst druk te maken over de gevolgen. Het zou misdadig zijn geweest om dat voor haar te bederven. Ze zal het zich waarschijnlijk herinneren als ze de vrouw zal zijn geworden die je je nog zo moeilijk bij haar kunt voorstellen: die dag dat het sneeuwde, toen ik nog op de basisschool zat, en bij het uitgaan hebben we gesneeuwbald tegen de jongens. Als ik haar nu zou confronteren met de werkelijkheid, bedacht ik, terwijl zij zo dronken was van het heden – als ik haar nu had gevraagd te denken aan de wedstrijden, aan het risico een blessure op te lopen, of zelfs aan de bekleding van mijn auto – zou dat praktisch hetzelfde zijn als haar eraan herinneren dat haar moeder dood is. Dus heb ik haar laten begaan, dus laat ik haar begaan; dit meisje zit in een zeepbel, en het enige wat ik voor haar kan doen is zorgen dat ik dat ik hem niet kapotmaak. Ik moet me dwingen om even lichthartig te zijn als zij. Ik moet bijvoorbeeld niet denken aan de idiote dag die ik achter de rug heb, ik moet er niet aan denken dat ik waarschijnlijk mijn baan heb verloren, uitgerekend op de dag dat ik had kunnen opklimmen tot – precies: ik moet er niet aan denken. Ik moet afstemmen op die uiterst zuivere frequentie van haar hijgen, van haar uitputting, zonder verleden of toekomst. Ik moet mezelf dwingen om ook in die zeepbel te zitten. Sneeuw. Hormonen. Emotie. Stilte. Maar, waarom weet ik niet, het lukt me niet om de stilte te verdragen. Ik moet praten.

'Jullie hebben een flinke veldslag geleverd,' zeg ik.

'Ja, maar heb je gezien wat die klootzak van een Mirko deed?'

Ik moet haar niet berispen vanwege het scheldwoord, dat is wat Lara altijd deed.

'De jongen die bij Benedetta sneeuw in haar nek stopte?'

'Hij heeft haar aan het huilen gemaakt, de zielenpiet.'

Zielenpiet... Daar kunnen we het wel over hebben.

'Zielenpiet? Waar heb je dat woord geleerd?'

'Waarom? Is het vulgair?'

'Nee, het is meer iets uit een ander dialect.'

'Roxanna zegt het altijd.' Ze draait zich naar mij toe en glimlacht. 'Hé, Roxanna komt inderdaad uit Sicilië!'

Opgepast: Roxanna is het meisje dat in een opvangtehuis woont. Ze is geen wees, maar haar vader en moeder zitten in een therapeutische gemeenschap. Een onderwerp om te vermijden. En Lara's achternaam is Siciliano. Ik moet het onmiddellijk over een andere boeg gooien.

Ik begin te schreeuwen, claxonneer, steek mijn arm uit het raampje, maak een vulgair handgebaar – waardoor ik in deze opstopping lijk op een van al die zenuwlijders die hun geduld hebben verloren, terwijl het me niets kan schelen om in de file te staan; het is allemaal komedie om Claudia aan het lachen te maken. En Claudia moet lachen.

'Trouwens,' zeg ik, 'waarom gaan we maandag, na de wedstrijden, niet naar het Aquarium in Genua, je hoeft tenslotte niet naar school?'

In plaats van te blijven lachen, trekt Claudia een somber gezicht.

‘Maar oom dan? Blijft hij niet tot dinsdag?’

Shit.

‘Je oom kan niet komen, engeltje.’

‘Maar hij heeft gezegd dat hij vandaag zou komen en het hele weekend van Sint-Ambrosius zou blijven.’

‘Ja, maar hij kan niet. Hij moet naar Londen.’

‘Waarom?’

‘Eh, ik denk dat hij een of andere grillige diva gerust moet gaan stellen. Elizabeth Hurley. Britney Spears. Je weet hoe kwetsbaar die zijn...’

‘Dus daarom gaat hij erheen, en wat doet hij dan om ze gerust te stellen?’

‘Het was bij wijze van spreken, engeltje. Ik heb hem niet gevraagd wat hij moest doen. Misschien moet hij een gala-avond bijwonen. Of een cheque overhandigen om tweehonderd honden te redden. Of misschien krijgt hij een prijs...’

Ze is teleurgesteld, diep teleurgesteld. Maar dit kon ik haar niet besparen. Dit moest ze noodzakelijkerwijs incasseren.

‘Het is vast en zeker vanwege iets belangrijks, engeltje. Je oom is een publiek figuur. Hij betaalt de prijs van het succes.’

In de verte achter ons, op deze totaal verstopte weg, begint de sirene van een ambulance hoorbaar te worden. Ik vraag me af hoe hij erdoor moet komen.

‘Hoe dan ook,’ ga ik door, ‘met kerst gaan we samen met hem naar de bergen. Dat heeft hij mij bezworen, al vergaat de wereld. Naar Sankt Moritz.’

Ze kijkt schuin naar me, vol argwaan. Ik glimlach naar haar.

‘Dat wordt een mooie kerst, dat zul je zien,’ zeg ik. ‘Jij, ik en oom, in de sneeuw.’

Toe maar. Als de zeepbel maar niet knapt.

‘Nu we het er toch over hebben, zou je me kunnen zeggen wat je wil hebben voor kerst.’

‘Voor kerst? Nu al?’

‘Zo ver is het niet meer weg. Alles is al versierd. Wat zou je leuk vinden?’

‘Daar heb ik nog niet over nagedacht.’

‘Is er niet iets wat je graag wilt hebben?’

Claudia buigt haar hoofd, slaat haar ogen neer, en begint te denken. Ze wordt een van die sensuele vrouwen die hun ogen neerslaan als ze nadenken.

‘Een Bratz,’ zegt ze.

‘Een wat?’

‘Zo’n pop die je in plaats van andere schoenen andere voeten aantrekt. Een Bratz-pop.’

‘Engeltje, ik bedoelde iets groters. Iets wat je echt graag wilt hebben. Iets belangrijks.’

‘Een rugzakje van Eastpak?’

‘Nee, dat ik bedoel ik niet. Dat zijn doorsneecadeautjes.’

‘Het rugzakje van Eastpak kost wel een smak geld.’

‘Dat weet ik wel, maar iedereen heeft er een. Ik bedoelde iets exclusiefs. Een echte, diepe wens van je.’

Claudia buigt haar hoofd weer, en blijf een tijdje onbeweeglijk zitten. Ik weet niet hoe hij het heeft gered, maar de ambulance is dichterbij gekomen, het lawaai van de sirene is nu veel harder.

‘Die heb ik niet.’

‘Dat geloof ik niet. Er is altijd iets wat je heel graag wilt hebben. Ik weet zeker dat er iets bij je opkomt als je er even over nadenkt. Kom, denk eens goed...’

Zou het niet beter zijn om dit onderwerp te laten vallen? Haar met rust te laten? Maar het feit is dat ik vandaag de stilte niet verdraag, ze beangstigt me. Nu nog meer dan straks, met dat verscheurende lawaai van de sirene.

‘Eh,’ begin ik weer, ‘ik bedoel natuurlijk ook dingen die je niet per se hoeft te kopen.’

Claudia haalt diep adem, alsof ze iets wil zeggen, dan draait ze zich echter opzij, laat haar hoofd tegen het raampje rusten, en zwijgt. Het lijkt alsof ze ineens behoefte heeft om naar buiten te kijken, om haar ogen te vullen met etalages, koopwaar, mensen, verkeerslichten, gebouwen en auto’s die in de file vastzitten. Het sneeuwt niet meer, er valt een treurig licht, een niet-licht, zou je bijna zeggen, of misschien een nog-niet-donker.

'Iets waarvan je graag zou willen dat het gebeurde...'

Zo is het genoeg! Waarom blijf je haar bestoken? Zo manipuleer ik haar naar de enige wens die nooit verhoord zal kunnen worden. Wat is er met me aan de hand, ben ik er zo aan gewend om mensen te zien lijden dat ik nu ook haar wil zien lijden?

Stil. Ik moet me stil houden.

Het geloei van de sirene begint nu echt dichtbij te komen, een dramatisch geluid.

Stil.

Stil.

'Eh, eigenlijk is er wel iets,' zegt Claudia, zonder haar voorhoofd van het raam te halen.

'Zie je wel? En wat is het?'

'Het is een soort...'

En plotseling is de ambulance achter ons. Claudia onderbreekt zichzelf, want nu is het geloei van de sirene keihard, snerpend, onverdraaglijk, en ik moet ruimte maken, ja, maar hoe? Een paar seconden gebeurt er niets, ik heb geen centimeter tot mijn beschikking om wat voor manoeuvre in welke richting dan ook te maken, en de sirene blijft onze trommelvliezen scheuren; dan echter splijt de automassa voor mij zich als een ijskorst, waarbij een lange begaanbare spleet ontstaat, en nu is er wel ruimte om te passeren, maar ik kan nog steeds niet opzij gaan, de ambulance staat nog stil achter mij, met zijn belachelijke opschrift in spiegelschrift dat wordt rechtgezet door mijn achteruitkijkspiegel, en het geloei van de sirene is een duidelijke, aan mij, aan ons persoonlijk gerichte aanklacht geworden om ons de schuld te geven van wat er staat te gebeuren als wij niet maken dat we wegkomen. Er blijft me niets anders over dan zelf die fjord in te rijden die zich tussen de auto's heeft geopend, en dat doe ik, door deze Rode Zee van blik, op mijn hielen gezeten door de loeiende ambulance, ik rijd door maar vind nog steeds geen gaatje om opzij te gaan en hem te laten passeren, dus geef ik gas en trek hem achter mij aan, ik bereid letterlijk de weg voor hem, ik maak mezelf onderdeel van zijn urgente missie door mijn claxon toe te voegen aan zijn sirene – en dat is het ergst van alles, want nu lijkt het alsof we een van die wanhopige auto's zijn die je soms toeterend voorbij ziet vliegen, vlak in de buurt van een ambulance – gewoonlijk erachter, eerlijk gezegd, niet ervoor –, en we begrijpen allemaal waarom, en hun race is tragischer dan die van de ambulance zelf, omdat hij geen enkel helder professioneel doel heeft, hij straalt alleen maar vertwijfeling uit. Dat zijn wij nu: een brok vertwijfeling dat een dierbare, die misschien op ditzelfde moment stervende is, naar het ziekenhuis begeleidt.

Eindelijk komen we bij een verkeerslicht. Het is rood, maar ik rijd ver genoeg door om het midden van de kruising te bereiken, dat redelijk leeg is, en dan kan ik opzij schieten en stilstaan. De ambulance passeert ons als een projectiel, stort zich op de file aan de overkant van de kruising, en begint hem uiteen te rijten met loeiende sirene. Hij wordt verzwolgen, komt langzaam vooruit, moeizaam, als een ijsbreker, en de kwelling die voor ons net is afgelopen begint nu voor iemand anders. Ik sla rechts af, zomaar. Ik zou rechtdoor moeten, maar ik wil heel helder stellen dat wij met dat drama niets te maken hebben. Dat wil ik helder stellen voor mezelf, en vooral voor Claudia: die tragedie gaat ons niet aan. Wij bevonden ons toevallig op zijn route. We hadden het over cadeaus en wensen, wij: wij waren kalm – wij zijn kalm. Of niet?

Ik kijk naar Claudia. Ze is rustig, onbewogen, alsof ze nog nooit eerder te maken heeft gehad met tragedies en ambulances. Ze geeft geen commentaar. Ze vraagt me niet waarom ik ben afgeslagen in plaats van rechtdoor te gaan. Ze zegt niets. Ze zit makkelijker dan straks, met haar rug tegen de stoelleuning, en haar voeten komen niet bij het matje op de vloer. Ze lijkt klaar om het gesprek te hervatten op het punt waar we zijn opgehouden.

‘Wat zei je ook alweer?’ begin ik opnieuw. ‘Een soort...?’

Ze kijkt me aan en glimlacht. Dan kijkt ze weer recht voor zich uit, door de voorruit, naar deze straat die ze nog nooit heeft gezien omdat hij niet naar haar huis leidt, maar waar je tenminste een beetje op kunt schieten. Het lawaai van de sirene is nog steeds te horen, maar het is weer ver weg.

‘Papa,’ zegt ze. ‘Herinner je je nog waarover juffrouw Gloria de eerste schooldag met ons heeft gesproken?’

‘Nee. Waarover heeft ze met jullie gesproken?’

'Over omkeerbaarheid. Weet je nog? En er is ananas, Irene...'

Au, er is iets wat mij verontrust in deze woorden, en in de ernstige toon waarmee Claudia ze heeft uitgesproken.

'Ja, dat weet ik nog.'

'Juffrouw Gloria had daarover gesproken, en onmiddellijk daarna ben jij bij de school blijven wachten. Ik dacht dat die twee dingen met elkaar te maken hadden. Dat je me een soort voorbeeld wilde geven van iets omkeerbaars. Iets moois dat even gebeurt en dan niet meer gebeurt. Omdat het omkeerbaar is: je kunt daar toch niet altijd blijven?'

Au...

'Natuurlijk niet.'

'Iedere dag was ik erop voorbereid, en ik zei tegen mezelf: vandaag gaat hij tegen me zeggen dat hij weer naar kantoor moet, en ik zal hem laten zien dat ik dat verwachtte. Maar dan zei je het niet, dan bleef je ook die dag weer, en ik was daar blij om, weet je, ik was daar heel blij om. Behalve dat...'

Au...

'Behalve dat?'

Claudia slaat haar ogen neer, maar niet om na te denken. Ze weet heel goed wat ze wil zeggen, ze verzamelt alleen de kracht om het te zeggen.

'Nou ja, in de klas zijn ze begonnen me een beetje te pesten, dat is het.'

O nee, in godsnaam, nee...

'Je weet hoe kinderen zijn,' voegt ze eraan toe. 'Wreed.'

Ze zegt het alsof ze zelf geen kind meer is, en alsof ze die wreedheid alleen maar probeert te begrijpen.

'Vreemd,' mompel ik. 'Ik praat altijd met je juffrouwen en die hebben niets tegen me gezegd...'

'Ja, maar de juffrouwen merken dat helemaal niet,' zegt ze. 'Mijn klasgenoten pesten me niet waar zij bij zijn. Ze doen het veel subtieler..'

'Subtieler... Bijvoorbeeld?'

'Ze hadden bijvoorbeeld CLAUDIA PALADINI IS EEN ZIELENPIET op de deur van de wc geschreven.'

'We weten in ieder geval van wie dat komt.'

'Ja, maar weet je,' reageert ze, 'Roxanna zegt het openlijk omdat ze in het opvangtehuis zit en altijd kwaad is, maar zij is niet de enige. Wanneer ik je groet vanuit het raam en me opeens omdraai, zie ik ook anderen raar lachen.'

O nee, in godsnaam, nee... al die tijd ben ik een probleem geweest...

'O ja? En wie zijn dat dan?'

'Nilowfer, Giuditta. Lucilla. Bijna allemaal. En ook de jongens.'

'Benedetta ook?'

'Ja, ik heb haar ook een keer zien lachen. Maar niet uit boosaardigheid, snap je, of omdat ze mijn vriendin niet is. Het is nu eenmaal voor hen een soort gewoonte geworden: wanneer jij en ik elkaar groeten, moeten zij lachen, dat is het. En, nu het toch zo is, dacht ik dat...'

Ze onderbreekt zichzelf, de rest bespaart ze me. Ik strek mijn hand uit naar haar mond, en strijk erlangs.

'Zo is het genoeg, engeltje,' fluister ik. 'Zeg maar niets meer.'

Ik ben verdoofd, letterlijk verdoofd van schaamte. Ik blijf langs haar mond strijken, langzaam, schuldbewust, dan streel ik ook haar ogen, haar voorhoofd, haar natte haren – ik streel haar helemaal. Zij leunt tegen mijn zij en omhelst me.

'Ben je teleurgesteld?' vraagt ze.

Teleurgesteld is zwak uitgedrukt, engeltje: ik ben ontgoocheld. Ik voel me gevloerd, zoals die worstelkampioenen waar jij zo dol op bent – wanneer ze verliezen, wanneer ze huilen. Hoe kan ik zo stom geweest zijn?

'Helemaal niet, je hebt er juist goed aan gedaan,' zeg ik. 'Ik kon toch niet het hele jaar daar buiten blijven. Ik heb geprofiteerd van de situatie, van de chaos die is ontstaan door die stomme fusie; maar het was een omkeerbare chaos, dat wel. Woensdag is de fusie achter de rug, en zou ik toch naar kantoor terug moeten.'

'Dan had ik misschien beter niets kunnen zeggen.'

'Nee, waarom? Het is beter om de dingen te zeggen.'

Natuurlijk is het beter om de dingen te zeggen: als zij het niet had gezegd, dan zou het heus niet bij mij zijn opgekomen, stommeling die ik ben. Alléén zou ik er nooit op gekomen zijn. Ik had bescherming gevonden in de walvisbuik, en een goeie die mij daar weer uit kreeg.

'Je hebt er goed aan gedaan,' fluister ik. 'Dat moet je altijd doen, je moet de dingen altijd zeggen.'

Zo, dat is dat. Moet je zien wat ik heb weten te aan te richten. Het lukt me zelfs niet om haar aan te kijken, van schaamte: gepest door mijn schuld...

En nu ik teleurstelling heb gevoeld, en schaamte heb ondergaan, begint, op wat het hoogtepunt van één lange mislukking blijkt te zijn – waar ik misschien bang voor was en waarnaar ik, misschien, ook onbewust heb toegewerkt, maar dat ik nu pas openlijk onder ogen heb gezien –, een gevoel van opluchting los te komen. We blijven elkaar in stilte strelen, en nu beangstigt de stilte mij niet meer, want ze bevat niet langer de woorden die zij binnenhield. Wat een geweldig kind, denk ik, wat een geweldig menselijk wezen. En wat een les heeft ze me geleerd, wat een meesterlijke manier heeft ze gevonden om mij te zeggen dat ik op moest hoepelen. Niet zoals die ambulance, even geleden, met zijn woeste geloei, zijn vernederende beschuldiging – 'Maak dat je weg komt, ellendeling, weg, weg!' –, nee, zij heeft het gedaan met het zachte gefluister van een metafoor. En er is ananas, Irene. 335 8448533. 3358448 533. Het nummer van Jolanda. Hallo? Jolanda? Hoi, ik ben de Grote Omarmer. Sorry, maar ik zag het nummer op de penning van Nevel en het is me bijgebleven – omdat het een palindroom is, snap je, het blijft hetzelfde ook al lees je het achterstevoren, en als je dat eenmaal hebt gezien kun je het onmogelijk weer vergeten. Ik bel je om afscheid van je te nemen. We zullen elkaar niet meer zien. Mijn dochter heeft gelijk, mijn plaats is niet bij het parkje, mijn plaats is op kantoor, waar vanaf vandaag mijn plaats waarschijnlijk niet meer bestaat. Ik wilde je groeten. Sorry, mag ik nu mijn broer even, want ik heb hem iets te zeggen? Hallo, Carlo? Weet je dat je iets heel waars over Claudia hebt gezegd? Weet je dat je het geheim van haar schoonheid hebt begrepen? De wens bekruipt je haar te zijn, zei je, en zo is het ook. En het is niet waar dat ze niet lijdt: haar moeder is dood, en zij is gedwongen om heel veel dingen in haar eentje te bevatten, om ze te verwerken ten koste van zichzelf, om tegen mij te zeggen wat ik moet doen, en dat is lijden. En ook met mij gaat het slecht, je had gelijk. Sinds Lara dood is heb ik me voor die school geposteerd en me niet meer verplaatst, en ik heb het lijden van anderen op mijn nek genomen, en mijn leven is tot nul gereduceerd – en dat is klaarblijkelijk mijn manier van lijden. Dat ik niet intenser lijd, dat ik niet kapot ben en wanhopig, komt alleen omdat ik een oppervlakkig mens ben, en oppervlakkige mensen kunnen geen intense ervaringen hebben. Ik ben net als onze vader, Carlo, en je ziet toch dat ik in tegenstelling tot jou nog steeds in staat ben om van hem te houden, om hem te vergeven? Dat is omdat ik ben zoals hij, dat is de waarheid, en ik denk dat ik in zijn plaats hetzelfde gedaan zou hebben. Ja, en er is nog iets, maar dat wil ik tegen Marta zeggen als het kan: zou je me haar alsjeblieft willen geven? Hallo, Marta. Er is nog iets, zei ik; ik geloof namelijk dat jij gelijk hebt, ik hield niet van je zuster. Ik geloof dat die waarzegster gelijk had: zij had mij niet. Maar – en dat zeg ik je in alle oprechtheid, ik ben nooit zo oprecht geweest als nu – ik denk niet dat ze daarom is gestorven. Het zal slecht met haar gegaan zijn, zoals jij zegt, ik zal haar misschien hebben laten lijden, maar leed is niet dodelijk, Marta, niet op die manier. Ik zeg het omdat ik de indruk heb dat jij je een beetje te schuldig voelt, echt waar, ten aanzien van Lara's dood; je voelt je ook schuldig namens mij, maar wij zijn er niet schuldig aan, noch ik noch jij. Wat onze schuld is, is onze schuld, maar niet alles is onze schuld. Begrijp je? Zou je me nu Jean-Claude willen geven? Jean-Claude? Hoe is het weer in Aspen? Echt waar? Hier sneeuwt het, wat een verschil. Slechts één ding: raak niet te ontroerd over mijn loyaliteit. Ik heb gewoon gedaan wat goed was, wat mij het beste uitkwam: ik heb alleen maar vermeden om in een grote val te lopen. Ik ben een vriend, echt waar, ik bewonder je, ik sta aan jouw kant, maar als de kansen die ze me hebben geboden niet voos waren geweest, en als niet alles voorbestemd was om in korte tijd ineen te storten, denk ik niet dat ik, alleen om jou niet te verraden, ervan zou hebben afgezien. Weet je, ik denk dat ik jouw plek aangenomen zou hebben als het niet zo duidelijk was dat binnenkort de hele boel zou inzakken. Ik zou hem hebben aangenomen en een zeilboot hebben gekocht. Dat was het. O, en nog iets: degene van jouw mensen die briljant was, echt intelligent en geniaal, dat was niet ik, dat was Enoch. Enoch, die lange vage man, die op een Anglicaanse dominee lijkt, die van personeelszaken. Hij was de beste. Verreweg. En zou je me nu de ex-echtgenoot van Eleonora Simoncini willen geven? Nee, niet haar, ik wil haar ex-echtgenoot, die lange magere met rood haar en een stuk touw in zijn hand. Ja die, dank je. Hallo? Goedenavond. Ik zou u iets willen zeggen, voor wat het waard is. Ik zou u willen zeggen dat, als uw ex-vrouw nu bij me zou komen, met die trouwfoto, om me die vraag te stellen, ik haar zou antwoorden: 'Dat herinner ik me niet.' Het touw dat u in uw hand heeft lijkt me weliswaar nog steeds echt te kort, belachelijk kort voor het gebruik dat u ervan wilde maken, maar de waarheid is dat ik het niet heb gemeten, dus ik kan niet met zekerheid zeggen dat u uw vrouw liet verdrinken. Kortom, aangezien zij uiteindelijk niet is gestorven, denk ik dat ik er het beste aan gedaan zou hebben om me er niet in te mengen – om tenminste niet zo dwingend, zo arrogant 'ja' te zeggen. Maar de waarheid is dat ik bloedgeil was, en dat ik uw vrouw wilde neuken, daarom heb ik gehandeld met een zekere lichtzinnigheid. Goed, dat wilde ik zeggen. Begrijp me goed, ik blijf ervan overtuigd dat u een laaghartige schoft bent en dat u haar wilde ombrengen om het geld van de chocola op te strijken, maar ik heb zojuist het bewijs gehad dat mijn overtuigingen lang niet altijd stroken met de waarheid. Ik heb drie maanden doorgebracht voor de school van mijn dochter, weet u, en ik was er absoluut van overtuigd dat ik het voor haar deed, terwijl ik het daarentegen voor mezelf deed, en zij, zielenpiet, werd om die reden gepest. Ik zou daar zo lang mogelijk gebleven zijn, bij die school, rustig, zielsgelukkig, vooral nu ik mijn baan heb verloren, aangezien ik een god op aarde praktisch naar de hel heb gewenst en hij me dat betaald zal zetten, en uiteindelijk heeft ze het me zelf moeten zeggen, mijn dochter, nog maar een kind van tienenhalf dat kortgeleden haar moeder heeft verloren: ze heeft me moeten smeken om weg te gaan. Deze paradoxale, tegennatuurlijk omslag was nodig geworden omdat, zoals ik even geleden tegen mijn broer zei – ben je er nog, Carlo? Oké, blijf daar, en ook alle anderen, blijf luisteren, alsjeblieft, ik ben echt bijna klaar –, omdat ik, zoals gezegd, oppervlakkig ben, er gebeuren dingen voor mijn ogen en ik zie ze niet – of zoals in haar geval, ze gebeuren niet en toch geloof ik dat ik ze zie. Ik had iemand nodig die mij de ogen opende, begrijpt u. En mijn dochter heeft ze geopend. Ze heeft dat moeten doen, uit wanhoop, omdat ik, zoals ik was, een probleem was. Ze heeft dingen tegen me moeten zeggen die ik alleen niet in staat was te begrijpen. Papa, zei ze tegen me, je moet terug naar je werk; en als je de baan die je had, hebt verloren, moet je een andere vinden. Je moet de auto van mama regelen, je moet het verlies van de kentekenplaat aangeven en de auto terughalen. Je moet ophouden jaloers te zijn op mijn oom. Je moet zorgen dat ik niet zweet en drijfnat word als het koud is, je moet me beschermen. Je moet orde aanbrengen in je leven, en er zin aan geven, zin, want de chaos die het leven van kinderen beheerst is mooi, zeker, maar jij bent een man. En je moet niet bang zijn de zeepbel kapot te maken, want hij is al stuk. Dat heeft ze tegen me gezegd. Mijn dochter, een kind. Nu moet ik echter iets tegen jullie zeggen, iets belangrijks: zijn jullie er nog allemaal? Ik beloof jullie dat ik daarna mijn mond zal houden, want de stilte beangstigt me niet meer, maar nu vraag ik jullie aandachtig te luisteren naar wat ik jullie te zeggen heb. Het is iets cruciaals wat ik op dit moment heb begrepen, en dat ook jullie betreft. Jolanda, luister, want het betreft jou zeker. Maar het betreft ook jou, Marta, jij die geen rust kunt vinden, en ook jou, Carlo, met je fixatie voor Peter Pan. En misschien ook jou, Jean-Claude. Misschien betreft het jullie wel allemaal. Luister dus goed: de bal die we al spelend wegwierpen in het park is al een tijdje terug. We moeten er niet langer op blijven wachten.

En zouden jullie me nu Lara willen geven, alsjeblieft?